Wolfgang Kaes, geboren 1958 in Mayen (Eifel), Studium der Politikwissenschaft, Kulturanthropologie und Pädagogik in Bonn, Polizei- und Gerichtsreporter für den *Kölner Stadt-Anzeiger*, Reportagen für den *Stern*, das *Deutsche Allgemeine Sonntagsblatt* und andere. Textchef der *Mainzer Rhein-Zeitung*, anschließend Wechsel zum *Bonner General-Anzeiger*, Leiter der Redaktion Panorama / Medien / Justiz.

Gleich mit seinem ersten Roman «Todfreunde» (rororo 23515) gelang ihm ein großer Erfolg. *Die Welt* urteilte begeistert: «Von diesem Hochgeschwindigkeitsritt durch die Bundesstadt kann man sich schwer losreißen.» Das *Hamburger Abendblatt* schrieb: «Mit seinem Debüt ist Wolfgang Kaes ein höchst brisanter Polit-Thriller gelungen.»

Mit seinem zweiten Roman «Die Kette» (rororo 23873) setzte sich der Erfolg fort. Die *Westdeutsche Allgemeine Zeitung* meinte: «Nach seinem Debüt tritt Wolfgang Kaes mit ‹Die Kette› abermals den Beweis an, dass nicht nur in England oder Schweden gute Krimis geschrieben werden.» Die *Saarbrücker Zeitung* lobte: «‹Die Kette› ist ein Spannungsroman erster Güte.» Und im *Kölner Stadt-Anzeiger* stand: «In seinem zweiten Thriller schlägt der Journalist Wolfgang Kaes einen perfekt inszenierten Spannungsbogen vom Rheinland bis nach Spanien und Marokko. Gut recherchiert und präzise formuliert, liefert ‹Die Kette› eine überzeugende Auseinandersetzung mit den Folgen des 11. September. Plastisch gezeichnete Figuren und geschickt ineinander verwobene Handlungsstränge signalisieren dem Leser: Hier ist ein neuer Thriller-Autor der Premium-Klasse im Anmarsch.»

Wolfgang Kaes **Herbstjagd** Thriller

Mit einem Nachwort des Autors zum Thema «Stalking»

Rowohlt Taschenbuch Verlag

Ich danke zwei außergewöhnlichen Kriminalisten:

Hans-Georg Classen, Erster Kriminalhauptkommissar, der seit mehr als 20 Jahren all meine Fragen mit bewundernswerter Geduld beantwortet.

Und Friedhelm, dem familieneigenen Experten, für seine klugen Gedanken.

Originalausgabe
Veröffentlicht im Rowohlt Taschenbuch Verlag,
Reinbek bei Hamburg, September 2006
Copyright © 2006 by Rowohlt Verlag GmbH
Reinbek bei Hamburg
Umschlaggestaltung any.way Cathrin Günther
(Foto: JFPI Studios, Inc./CORBIS)
Satz Proforma Book PostScript, PageOne
Gesamtherstellung Clausen & Bosse, Leck
Printed in Germany
ISBN 10: 3 499 24183 8
ISBN 13: 978 3 499 24183 3

*Die Liebe, die wir nicht als
Segen und Glück empfinden,
empfinden wir als eine Last.*

Marie von Ebner-Eschenbach

Heute ist der 1. September. Herbstbeginn. Meteorologisch, nicht kalendarisch. Ein gewaltiger Unterschied. Kalendarisch erst drei Wochen später. Sommer ade, Scheiden tut weh. Wohin mit dem Schmerz? Weitergeben! Besser so. Dann geht das Leben weiter. Wessen Leben? Mein Leben ist wie eine fremde Stadt. Fremdes Land. Fremder Fluss. Stadt, Land, Fluss. Ein Spiel. Sie spielen es ohne mich. Deshalb spiele ich es ohne sie. Ich laufe durch die fremde Stadt, die mein Leben ist. Ich sehe keine Menschen in den Straßen. Ich sehe nur Köpfe. Die Köpfe sprechen eine fremde Sprache und sehen strafend über mich hinweg. Sie stehen um mich herum und reden über mich und sehen nichts. Mich nicht. Früher schlimm. Heute gut so. Sie haben keine Liebe, weil sie keine Sehnsucht haben. Wird Sehnsucht stillbar, ist Liebe nichts. Mein Kopf schrumpft in der fremden Stadt, bis er nichts ist. Erst wenn ich mich zwinge zu denken, die anderen sind nur Staub für mich, dann wächst mein Kopf wieder. Mein Körper ist aus Beton und innen hohl. Randvoll mit Benzin. Kein Streichholz, kein Streichholz! Die Hülle hat feine Risse. Vorsicht! Mein Geschlecht ist eingemauert. Gott sei Dank. Mich berührt nicht, was ich berühre. Deshalb berühre ich nichts. Wenn ich springe, zerspringe ich. Meine Stimme gehört nicht mir. Sie ist nur geliehen. So wie mein Name. Das bin ich nicht. Nicht ich. Mein Gehirn ist ein Computer ohne Programmierer. Deshalb muss ich mich selbst programmieren, immer wieder neu:

Ich, der Jäger.

Sie trat in die Pedale, stemmte sich gegen den Sturm, der durch die verlassenen Straßenschluchten fegte. Das Licht war kaputt. Hin und wieder warf sie einen flüchtigen Blick über die Schulter, nur um sicherzugehen. Aber niemand folgte ihr. Nicht um diese Zeit, nicht bei diesem Wetter. Falsch. Sie konnte nie sicher sein. Zu keiner Zeit. Der Regen peitschte ihr ins Gesicht. Nadelstiche auf ihrer Haut. Bornheimer Straße. Endlich. Niemand folgte ihr, außer der Angst. Sie strampelte die Angst nieder. Der Bus der Linie 620 überholte sie kurz vor dem Ziel, haarscharf und rücksichtslos, mit jaulendem Motor, als sei sie ein Nichts. Eine lange Reihe hell erleuchteter Fenster, leere Blicke aus stumpfen Augen, von oben herab. Das Spritzwasser der Pfützen tränkte ihre Hosenbeine. Ihre Finger spürten die Lenkstange nicht mehr. Sie hätte Handschuhe anziehen sollen. Sie hätte ihre gefütterte Winterjacke aus dem Schrank nehmen sollen. Im September? Sie hätte den Bus nehmen sollen. Um Mitternacht? Alleine an der Haltestelle?

Und wenn er schon in dem Bus gesessen hätte?

Als einziger Fahrgast?

Er hätte gelächelt.

Der Fahrer bremste. Sie bremste. Haltestelle Citywache.

Warum konnte ihr Sohn nicht einmal das Licht an seinem Fahrrad reparieren? Und warum konnte er nicht einmal auf seine Schwester aufpassen?

Alles lief aus dem Ruder.

Sie wartete. In sicherer Entfernung.

Sicher. Nichts war mehr sicher.

Niemand stieg aus. Der Bus fuhr weiter, gab Gas, schleuderte ihr die schmutzige Nässe der Straße entgegen. Jetzt erst stieg sie vom Rad, schob es über den Bürgersteig, vorbei an den beiden geparkten Streifenwagen, lehnte es an die grünen Glasbausteine. Sie kannte die Ziffernkombination des Zahlenschlosses nicht. Aber wer würde schon hier, unter den Augen der Polizei, ein altes Fahrrad klauen?

Er würde es tun. Wenn ihm danach wäre.

Die Tür war aus dickem, getöntem Panzerglas. Sie sah sich noch einmal um, nach links, nach rechts, sicherheitshalber.

Manchmal konnte sie seinen Blick spüren, quer über die Straße, durch die Menschen hindurch, in ihrem Rücken. Sie schaute wieder nach vorn, unschlüssig, ob sie das Richtige tat, und sah sich in der Tür. Sie erschrak vor sich selbst. Ihr mageres, blasses Gesicht spiegelte sich in dem grün schimmernden Panzerglas. Ihr Haar, das patschnass an ihren Schläfen klebte. Die Angst in ihren Augen. Der Summer. Das Brummen des Summers holte sie aus ihren Gedanken. Sie hatte noch gar nicht geklingelt. Sie hatten sie von innen beobachtet. Jetzt gab es kein Zurück mehr.

«Bitte helfen Sie mir. Jasmin ist weg!»

«Sie sind ja ganz nass. Soll ich Ihnen ein Handtuch geben? Wollen Sie einen Kaffee?»

Der Polizeibeamte war sehr groß und sehr hager und schon älter. Er hatte graues Haar, eine warme, dunkle, beruhigend wirkende Stimme und einen hervorstehenden Adamsapfel, der auf und ab hüpfte, wenn er sprach. Bevor sie antworten konnte, war er verschwunden und kehrte mit einem gelben Frottéhandtuch und einem Kaffeebecher zurück. Auf dem Becher stand: *Polizeisportfest* NRW 1983 *Duisburg*. Der Mann gab ihr das Handtuch und stellte den Becher vor sie, dicht an die Kante seines Schreibtisches.

Der Kaffee dampfte, so heiß war er.

«Hier. Bitte setzen Sie sich. Wir haben leider im Moment keine Milch da. Zucker? Wer ist Jasmin?»

«Meine Tochter. Sie ist weg.»

Der Polizeibeamte zog die Tastatur des Computers zu sich heran und starrte angestrengt auf den Monitor.

«Einen Moment noch, bitte.»

Niemand der anderen Männer im Raum beachtete sie. Das war ihr angenehm. So wie sie aussah. Das gelbe Handtuch war jetzt voller schwarzer Flecken. Von der zerlaufenden Wimperntusche. Sie knüllte das Handtuch auf ihrem Schoß zusammen, sodass man die Flecken nicht mehr sah. Sie hätte jetzt gerne ihr Gesicht abgewaschen. Sie hätte sich die Haare hochstecken sollen, so wie sie es tat, wenn sie morgens zur Arbeit ging. Ein Beamter sprach mit monotoner Stimme in ein Mikrofon, das vor ihm aus dem Tisch ragte. Sie verstand kein Wort. Zwei weitere Polizisten kontrollierten ihre Pistolen, steckten sie zurück in die Taschen an ihren Gürteln, setzten ihre Mützen auf, nickten dem Mann am Mikrofon zu und gingen wortlos. Sekunden später gellte das Martinshorn eines Streifenwagens durch die Nacht.

«So. Da haben wir's. Diese elektronischen Formulare. Furchtbar. Nächstes Jahr werde ich pensioniert. Dann kann ich diesen ganzen Computerkram getrost wieder vergessen. Wie heißen Sie?»

«Wer? Ich?» Sie erschrak. «Martina Hahne.»

«Martina ...»

«Ja. Hahne.»

«Hahne wie Hahn mit e?»

«Ja.»

«Und Ihre Tochter heißt Jasmin mit J...»

«Ja.»

«Jasmin Hahne ...»

«Ja.»

«Wie alt ist Ihre Tochter, Frau Hahne?»

«Fünfzehn ist sie letzten Monat geworden.»

«Oje. Schwieriges Alter, nicht wahr? Die Pubertät. Ich kann mich noch gut erinnern, als meine Töchter in dem Alter waren. Wann haben Sie Ihre Tochter zuletzt gesehen?»

Sie erzählte ihm, was er wissen wollte, und der fremde Mann schrieb alles in seinen Computer. Sie erzählte ihm auch Dinge, die er wohl gar nicht wissen wollte. Dann schrieb der Mann nichts in den Computer und hörte ihr einfach zu. Sie erzählte ihm, dass sie Jasmin zum letzten Mal am Morgen gesehen hatte, gegen halb acht, als ihre Tochter wieder mal ohne Frühstück die Wohnung verließ, um zur Schule zu gehen. Ihre Tochter hatte ständig Angst, zu dick zu werden, dabei war sie so schrecklich dünn, viel zu dünn. So dünn, dass die Rektorin der Hauptschule schon angerufen hatte. Aber was sollte sie machen? Die Rektorin hatte gut reden. Jasmin wollte unbedingt Model werden, später, nach der Schule, so wie Kate Moss, deren Poster über dem Bett hing, so eine verrückte Idee, die war ihr nicht auszutreiben, deshalb aß sie kaum etwas und übte in ihrem Zimmer, ging vor dem großen Spiegel auf und ab und kontrollierte ihren Gang, aber ansonsten war sie eine gute Schülerin und ein pflegeleichtes Kind, ja: Pflegeleicht, wenn Sie verstehen, was ich meine. Im Gegensatz zu ihrem Bruder. Wie alt? Wer? Boris? Gerade neunzehn geworden und immer noch nicht mit der Ausbildung fertig. Ja, insgesamt zwei Kinder. Das reicht doch auch, als Alleinerziehende, oder?

«Und Ihr Sohn lebt ebenfalls in Ihrem Haushalt?»

Ja klar, wo denn sonst? Mit dem bisschen Lehrgeld. Boris war schon immer das Sorgenkind gewesen, schon als er ein Baby war. Oft krank. Vor vier Wochen hat Boris seine dritte Lehrstelle angefangen, Kfz-Schlosser diesmal. Der Meister war ein guter Bekannter ihres Chefs. Was für ein Glück. Zwei Ausbildungen hat Boris schon abgebrochen, eine als Metzger und eine als Dachdecker, und jedes Mal eine passende Ausrede. Sie betete jeden Tag, dass er die neue Ausbildung diesmal zu Ende brächte, eine vierte Chance würde er nicht bekommen. Mit Autos hatte er gerne zu tun, das machte ihm Spaß.

Nur das Arbeiten machte ihm keinen Spaß. Für die paar Kröten, jammerte der allen Ernstes rum. Schau dich doch mal um, guck doch mal, was los ist auf dem Arbeitsmarkt, sei froh, dass du überhaupt Arbeit hast, oder meinst du, die hätten nur auf dich gewartet? Aber meistens fehlte ihr die Kraft, um sich mit ihm zu streiten. Und dem Jungen fehlte der Vater, da war sie sich sicher, das Vorbild, die starke Hand. Nur hätte der Erzeuger ihrer beiden Kinder für diese Rolle ohnehin nicht getaugt. Der hatte sich aus dem Staub gemacht, als Jasmin noch ein Baby war. Der Dreckskerl.

«Wo lebt der Vater?»

«Keine Ahnung.»

Sie wusste es wirklich nicht. Sie wollte es auch nicht wissen. Anfangs, als Jasmin noch klein war, da hatte sie versucht, dass er wenigstens für die Kinder Unterhalt zahlte. Aber dann wurde er arbeitslos und zog weg aus der Stadt. Wohin? Keine Ahnung. Die Arbeit hatte der sowieso nicht erfunden. Der hing schon immer lieber in der Kneipe rum und jammerte der Wirtin die Ohren voll, über sein verpfuschtes Leben und dass an allem die anderen schuld sind. Ein Säufer. Alkoholkrank nannte man das heute. Und sie konnte den Anwalt nicht mehr bezahlen.

«Wir kriegen das raus, wo er sich aufhält. Und seit wann vermissen Sie nun Ihre Tochter, Frau Hahne?»

Sie hatte ihren Sohn noch gebeten, den Frühstückstisch abzuräumen, obwohl sie sich das auch hätte sparen können, dann hatte sie fünf Minuten nach ihrer Tochter ebenfalls die Wohnung verlassen, um zu Fuß zur Arbeit zu gehen, über die Brücke und die Bahngleise rüber zum Lidl in der Justus-von-Liebig-Straße, wo sie als Kassiererin arbeitete, bis 20 Uhr. Sie brauchte die Überstunden. Die Waschmaschine gab ihren Geist auf. Waschmaschinen waren teuer. Ungefähr um halb neun abends war sie dann wieder daheim. Boris lag auf seinem Bett und guckte Fernsehen. Warst du nicht auf der Arbeit? Nein, hatte er gesagt, ich bin erkältet, und hatte sich umgedreht und die Decke über den Kopf gezogen. Ende der Diskussion.

Jasmin war nicht da. Die Panik befiel sie auf der Stelle. Etwa eine halbe Stunde lang zwang sie sich, Ruhe zu bewahren. Dann rief Martina Hahne die Freundinnen ihrer Tochter an, eine nach der anderen, und schließlich die Klassenlehrerin. Nichts.

Sie riss Boris die Bettdecke weg. Ist Jasmin nach der Schule hier gewesen? Nein! Was weiß ich, wo sich die blöde Zicke wieder herumtreibt.

Jasmin trieb sich nie herum. Jasmin nicht. Um Mitternacht nahm Martina Hahne das Fahrrad ihres Sohnes aus dem Waschkeller und fuhr damit zur Polizei.

Der Beamte sah von seinem Computer auf: «Frau Hahne, ich kann Ihre Sorge gut verstehen. Aber nur damit Sie mal eine Vorstellung haben: Bei den Dienststellen des Bonner Polizeipräsidiums werden jeden Tag zwischen zwei und fünfzehn Jugendliche als vermisst gemeldet. Tag für Tag! Je nach Wetterlage. Im Sommer mehr, im Winter weniger. Davon tauchen 95 Prozent schon am nächsten Tag wieder unversehrt auf. Oder spätestens nach dem Wochenende. Die Party war so schön und ging bis sechs Uhr morgens, oder man hat bei der Freundin übernachtet und verschwitzt, Bescheid zu geben, oder man hat sich verliebt und darüber alles andere vergessen...»

Martina Hahne klammerte sich mit ihren Augen an seinen hüpfenden Adamsapfel. Sie wollte seinen Worten so gerne Glauben schenken. Aber tief in ihrem Inneren wusste sie, dass ihre Tochter Jasmin zu den restlichen fünf Prozent der Polizeistatistik gehörte. Sie hatte dem netten Beamten so viel über sich erzählt.

Aber nicht die ganze Wahrheit.

Sie saß hinten in dem Streifenwagen. Zwei uniformierte Polizisten saßen vorne. Ständig krächzte der Lautsprecher des Funkgeräts. Mehrmals konnte sie aus dem Gekrächze den Namen ihrer Tochter erkennen. Jasmin Hahne. Negativ. Schulweg. Negativ. Rettungsleitstelle. Negativ. Die beiden Kollegen bringen Sie jetzt zur Kriminalwache im Präsidium, hatte der nette Beamte mit dem Adamsapfel ihr erklärt. Die Adenauerallee war hell erleuchtet. Das Licht spiegelte sich im regennassen Asphalt. Der Post-Tower wechselte ständig die Farbe. Auch die Gebäude entlang der Museumsmeile waren beleuchtet. Das sah schön aus. Sie war noch nie in einem der Museen gewesen.

Der Streifenwagen rollte die Rampe zum Haupteingang des Präsidiums hinauf. Das Präsidium sah aus wie ein Bunker. Die beiden Streifenpolizisten lotsten sie durch endlose Korridore aus grauem Sichtbeton, öffneten schließlich eine Tür, auf der ‹Kriminalwache› stand, ließen ihr den Vortritt und verschwanden. Ein Mann gab ihr die Hand, nannte seinen Namen, den sie sofort wieder vergaß, bot ihr einen Stuhl an und setzte sich hinter seinen Schreibtisch. Er trug keine Uniform, sondern Jeans, so wie sie, und eine moderne Jacke aus ganz weichem Leder, die bestimmt teuer gewesen war. Er war etwa so alt wie sie, schätzte sie. Er war schlank und muskulös. Sie hatte bis zu diesem Augenblick geglaubt, solche netten, sportlichen, gut aussehenden Typen gäbe es nur in den Krimi-Serien im Fernsehen.

Nicht im wirklichen Leben. Und nicht für sie.

«Frau Hahne, die Kollegen von der Citywache haben bereits die Rettungsleitstellen sowie sämtliche Krankenhäuser im Umkreis abgecheckt. Ergebnis negativ. Das ist doch schon mal beruhigend. Ihre Tochter wurde also nicht Opfer eines Verkehrsunfalls. Außerdem haben die Kollegen die Wegstrecken von der Hauptschule zu Ihrer Wohnung sowie vorsichtshalber auch von der Schule zu Ihrer Arbeitsstätte abgefahren. Ebenfalls negativ. Wir werden das aber morgen bei Tageslicht wiederholen. Außerdem werden wir die Ladeninhaber entlang der Wegstrecke und natürlich Mitschüler und Lehrer befragen. Sie haben Grün-Weiß ja schon eine Menge Namen und Adressen zu Protokoll gegeben …»

«Grün-Weiß?»

«'tschuldigung. Das ist hier bei der Kripo unser flapsiger interner Sprachgebrauch für die uniformierte Polizei.»

«Ach so.»

Der Mann sagte nichts. Sie sagte nichts. Der Mann sah sie an, als versuche er, durch ihre Augen bis in den hintersten Winkel ihres Gehirns vorzudringen. Sie wollte nicht, dass er dort etwas fand. Deshalb sagte sie: «Und wie geht es jetzt weiter?»

«Ich muss Ihnen noch ein paar Fragen stellen, Frau Hahne. Reine Routine. Einverstanden?»

Er lächelte. Sie nickte stumm. Er fragte sie nach ihrem Alter. 36. Oh, dann sind wir ja ein Alter. Familienstand? Geschieden. Tja, dann haben wir ja noch etwas gemeinsam. Nur Kinder habe ich nicht. Hat sich nicht so ergeben. Gott sei Dank, im Nachhinein betrachtet. Gab es in letzter Zeit Streit zwischen Ihnen und Ihrer Tochter? Nein? Das wäre wichtig zu wissen für uns. Wirklich nicht? Sie können es mir ruhig sagen, Frau Hahne, ist doch normal, bei Kindern in der Pubertät. Wirklich nicht? Könnte es sein, dass Jasmin zu ihrem Vater ist? Nein? Sind Sie sicher? Wir werden das vorsichtshalber überprüfen. Wie heißt er? Wer? Der Vater? Günther. Günther Hahne. Und Sie wissen nicht, wo er wohnt? Hatte, 'tschuldigung, hat Ihre Tochter einen Freund? Nein? Sind Sie sicher? Sie kommt doch langsam in das Alter, wo …

«Ich sagte Ihnen doch: Nein!»

«Gut. Wir werden Sie jetzt nach Hause fahren, Frau Hahne. Wir müssen uns die Wohnung ansehen.»

«Welche Wohnung?»
«Ihre Wohnung, Frau Hahne.»
«Wozu?»
«Das gehört zur Routine. Wir müssen uns ein Bild machen. Außerdem brauchen wir noch ein Foto Ihrer Tochter. Sie haben doch sicher ein Foto?»

Martina Hahne saß auf der Rückbank, der gut aussehende Kriminalbeamte, dessen Namen sie vergessen hatte, am Steuer. Neben ihm saß seine Kollegin, die noch weniger wie eine echte Polizistin aussah. Sie war vielleicht Ende zwanzig, schätzte Martina Hahne, während sie der jungen Frau in den Nacken starrte. Sie hatte eine ungewöhnlich dunkle Haut, die bekam man nicht von der Sonnenbank. Martina Hahne war früher gern ab und zu auf die Sonnenbank gegangen, man sah frischer und gesünder aus. Attraktiver. Jetzt nicht mehr. Jetzt sparte sie für die neue Waschmaschine.

Die Polizistin auf dem Beifahrersitz trug ihre pechschwarzen Haare bleistiftkurz. Das stand nicht jedem. Ihr stand es gut. Weil sie ein schönes Gesicht hatte. Sie trug ebenfalls eine Lederjacke, aber so eine schwere, altmodische, schon ziemlich abgeschabte, wie aus alten Kriegsfilmen, das Leder knarrte richtig, wenn sie sich bewegte. Dazu trug sie diese modernen, olivgrünen Militär-Hosen mit den vielen Taschen an den Beinen, die eigentlich nur ganz schlanke Frauen tragen durften, fand Martina Hahne. Aber diese Frau war nicht superschlank. Sie war aber auch nicht dick. Sie war klein und muskulös. Sie hatte kräftige Oberschenkel. So ein richtiges Kraftpaket. Zu muskulös für eine Frau, fand Martina Hahne. Außerdem trug sie Arbeitsschuhe wie die Männer auf dem Bau. Hätte sie nicht ein so schönes Gesicht gehabt, hätte Martina Hahne sie auf den ersten Blick, wenigstens von hinten, für einen Kerl gehalten. Die Polizistin hatte ein Gesicht wie diese brasilianischen Samba-Tänzerinnen, die sie mal im Fernsehen gesehen hatte. Das schöne Gesicht passte nicht zu ihr, fand Martina Hahne. Und sie fand, die Frau sah aus, als zöge sie noch diese Nacht in den Krieg.

Der gut aussehende Polizist am Steuer versuchte, nett mit seiner Kollegin zu plaudern. Sie ließ ihn ziemlich abblitzen, indem sie nur mit Ja oder Nein antwortete oder gar nicht. Das konnte Martina Hahne nicht verstehen. Sie hätte es gemocht, wenn sich jemand nett mit ihr unterhalten hätte. Vor allem ein so attraktiver Mann. Sie sah den ganzen Tag an der Kasse bei Lidl nur die mürrischen Gesichter der Kunden. Kein einziges nettes Wort. Aber die Frau auf dem Beifahrersitz ließ ihren netten Kollegen andauernd abblitzen, und schließlich sagte auch er nichts mehr.

Sie fuhren durch die menschenleeren Straßen des Dransdorfer Gewerbegebiets, folgten der endlos langen, schnurgeraden Justus-von-Liebig-Straße nach Norden, vorbei an dem Supermarkt, in dem sie arbeitete, vorbei am Gebäudekomplex des Bonner General-Anzeigers. Die Druckerei war hell erleuchtet. Lastwagen warteten vor der Rampe, wie immer nachts.

Sie bogen nach rechts ab, auf die Brücke über die Bahngleise.

Neu-Tannenbusch. Memelweg.

So schnell ging das, wenn man ein Auto hatte.

Die Haustür aus Alu ließ sich nicht mehr schließen, so oft war sie aufgebrochen worden. Ebenso die Hälfte der Briefkästen im Flur. Martina Hahne schämte sich vor den beiden Kriminalbeamten. Sie hatte nicht zum ersten Mal das Gefühl, im hässlichsten Haus der Stadt zu wohnen. Die Miete war billig. Der Aufzug kam nicht. Martina Hahne drückte mehrmals den Knopf. Wahrscheinlich hatte wieder irgendein Schwachkopf in irgendeiner Etage vergessen, die Tür zu schließen. Oder es war ihm egal. Hier war allen alles egal. Vierter Stock.

«Ich glaube, wir müssen zu Fuß gehen.»

Hoffentlich hatte Boris die Wohnung inzwischen nicht wieder in ein Schlachtfeld verwandelt.

«Wo warst du so lange?»

Boris hatte sich im Flur aufgebaut. Sein aggressiver Ton verflog erst, als er sah, dass seine Mutter nicht alleine war.

«Mach sofort die Musik aus, Boris. Man versteht ja sein eigenes Wort nicht. Weißt du eigentlich, wie spät es ist? Du weckst noch die ganze Nachbarschaft.»

«Wer sind die Leute?»

Bevor Martina Hahne ihrem Sohn antworten konnte, hatte sich der Polizist schon selbst vorgestellt: «Polizei. Guten Abend. Ich bin Kriminaloberkommissar Ludger Beyer. Und das ist meine Kollegin. Kriminalkommissarin Antonia Dix. Ich schlage vor, Sie zeigen mir den Keller, junger Mann, während Ihre Mutter meiner Kollegin die Wohnung zeigt.»

Boris griff sich den Schlüsselbund vom Haken neben der Wohnungstür und ging wortlos voran. Der Kommissar folgte ihm. Martina Hahne zeigte der Kommissarin die Wohnung.

Küche, Bad, das kleine Wohnzimmer, das Zimmer ihres Sohnes und schließlich Jasmins Zimmer.

«Und wo schlafen Sie, Frau Hahne?»

«Im Wohnzimmer. Man kann die Couch ausziehen. Ich kann mir keine größere Wohnung leisten.»

Sie schämte sich, weil die Wohnung nicht aufgeräumt, nicht mal der Frühstückstisch abgeräumt war, aber die Kommissarin sagte nichts, sondern zog sich Gummihandschuhe an, so hauchdünn, dass sie fast schon durchsichtig waren, und untersuchte Jasmins Zimmer, öffnete alle Schubladen, sah sogar unters Bett und hob die Matratze hoch.

«Hat Ihre Tochter ein Tagebuch geführt?»

«Jasmin? Nicht dass ich wüsste.»

«Wer benutzt den Computer im Wohnzimmer?»

«Wir alle. Also meine Tochter. Und ich. Ich hab den mal dem Freund einer Kollegin abgekauft, gebraucht natürlich, ganz billig. Ich dachte, das ist heutzutage wichtig für Kinder, dass sie mit einem Computer aufwachsen, aber Boris, mein Sohn, der hat keinen Spaß daran, der hat's mehr mit Autos. Wir haben Flatrate, das ist unterm Strich billiger, auch fürs Telefon...»

Sie entschuldigte sich schon wieder. Für was eigentlich? Was ging das die Kommissarin eigentlich an, was sie mit ihrem hart verdienten Geld...

«Frau Hahne, wir werden einen Experten vorbeischicken, der die Festplatte überprüft. Vielleicht finden wir dort einen Hinweis auf das Verschwinden Ihrer Tochter. Eine E-Mail beispielsweise, die Aufschluss über ihren Aufenthaltsort gibt. Besitzen Sie ein aktuelles Foto Ihrer Tochter?»

«Sie löscht immer alles. Damit ihr Bruder nichts liest.»

«Frau Hahne, unsere Experten können selbst von einer komplett gelöschten Festplatte vieles rekonstruieren, keine Sorge. Also: Haben Sie ein Foto für mich?»

Martina Hahne ging hinüber ins Wohnzimmer und kramte in den Schubladen ihrer Kommode. Die Kommissarin war ihr gefolgt, wartete aber diskret in der Diele, während Martina Hahne nervös in ihrer Wäsche wühlte. Boris kehrte mit dem Beamten aus dem Keller zurück. Aus dem Augenwinkel beobachtete sie, wie der Polizeibeamte den fragenden Blick seiner Kollegin mit einem Kopfschütteln beantwortete und dann mit Boris in dessen Zimmer verschwand. Schließlich fand sie ein Foto.

«Hier. Ich habe keinen Fotoapparat. Das hat eine Freundin von Jasmin gemacht. Das war kurz vor den Sommerferien. Bei einer Klassenfahrt nach Berlin. Sie ist die Zweite von links.»

Die Kommissarin betrachtete das Foto. Es zeigte vier Mädchen vor dem Brandenburger Tor. Martina Hahne wusste ganz genau, was der Kommissarin jetzt durch den Kopf ging, während sie das Foto studierte. Dass Jasmin im Vergleich zu den drei anderen Mädchen ziemlich herausgeputzt aussah.

Na und? Sie machte eben was aus sich. Warum auch nicht? Besser, als so vergammelt in der Gegend rumzulaufen, wie so viele in ihrem Alter. Aber die Kommissarin kommentierte das Foto nicht. Sondern fragte:

«Frau Hahne, können Sie mir beschreiben, wie Ihre Tochter gekleidet war, als sie heute zur Schule ging?»

«Ich glaube, sie trug ihre neue Jeans. Die hatte sie sich erst letzte Woche gekauft. Knalleng müssen die immer sein und auf der Hüfte sitzen. Der Bund mindestens eine Handbreit unter dem Bauchnabel. Damit man ihr Piercing sieht.»

«Farbe?»

«Die Jeans?»

«Ja. Frau Hahne. Jedes Detail ist wichtig für uns.»

«Blau. Aber so ganz hell und verwaschen.»

«Gürtel?»

«Ja. Ihren weißen Gürtel. Das ist ihr Lieblingsgürtel. Ein weißer Ledergürtel mit ganz vielen glitzernden Strass-Steinen drauf.»

«Schuhe?»

«Sie trägt immer Schuhe mit hohen Absätzen, damit sie größer wirkt. Schwarz. Nein, warten Sie ... das waren die weißen Schuhe. Klar, wegen des weißen Gürtels. Sie hat ein paar weiße Schuhe, ganz spitz vorne, mit Pfennigabsätzen. Ich weiß gar nicht, wie man darauf überhaupt laufen kann, ich könnte das gar nicht.»

Martina Hahne blickte an sich herab und betrachtete ihre vom Regen aufgeweichten Turnschuhe.

«Was trug sie noch?»

«Obenrum hatte sie ein weißes T-Shirt an. Knalleng und

bauchfrei natürlich. Alles muss immer knalleng sein. Der Regen kam zwar erst heute Abend, und den ganzen Tag schien die Sonne, aber ich sagte noch, Kind, der Sommer ist vorbei, die Sonne wärmt jetzt nicht mehr so, im Herbst, außerdem hatten die abends vorher im Fernsehen schon Regen gemeldet, im Wetterbericht, nimm wenigstens eine Jacke oder einen Pullover mit.»

«Und?»

«Was und?»

«Hat sie Ihren Rat angenommen?»

«Ich weiß es nicht. Vielleicht hat sie noch schnell einen Pulli in ihre Tasche gestopft. Das macht sie dann manchmal, nur um mich zu beruhigen.»

«Eine Tasche trug sie also auch bei sich?»

«Ja. Die hat sie immer dabei. Sie hat nur die eine.»

«Wie sieht die aus?»

«Rosa. Aus Plastik. Glänzend, wie Lack. So eine große Umhängetasche. Da hat sie auch ihre Schulsachen drin. Die hat sie immer mit, wenn sie unterwegs ist.»

Nun frag mich schon, dachte Martina Hahne. Frag mich schon, warum meine Tochter zur Schule geht wie die Nutten unten am Ende der Siemensstraße zum Straßenstrich. Ich weiß es nicht. Das ist modern so, Mama. Da hast du keine Ahnung von. Und sie, Martina Hahne, war müde; müde und ausgelaugt von den endlosen Diskussionen mit ihrer Tochter und mit ihrem Sohn, abends, wenn sie mit Kopfschmerzen von der Arbeit kam und die Wäsche noch gebügelt, das schmutzige Geschirr gespült, der Teppichboden gesaugt, der Küchenboden wieder mal geschrubbt, das Klo geputzt werden musste.

Aber die Kommissarin fragte nicht. Sondern klappte ihr Notizbuch zu, bedankte sich für das Foto und steckte beides in ihre unförmige Lederjacke.

«Damit wird Ihre Tochter jetzt bundesweit zur Fahndung ausgeschrieben.»

«Was hat Ihr Kollege denn im Keller gesucht?»

«Frau Hahne, wir erleben die verrücktesten Dinge. Deshalb müssen wir immer alle Eventualitäten in Betracht ziehen und ausschließen. Eine Familie vermisst plötzlich den Großvater. Wir finden ihn im Keller, wo er sich erhängt hat. Eltern vermissen ihr dreijähriges Kind. Wir finden es unter der Küchenbank. Dort hat es sich eine Höhle aus Decken gebaut und schlummert friedlich. Ein Mann vermisst seine Ehefrau. Wir finden sie bei den Nachbarn, wo sie sich festgequatscht und darüber die Zeit vergessen hat. Mein Kollege hat nicht nur im Keller nachgesehen. Er war auch auf dem Dachboden und hat alle Nachbarn aus dem Bett geklingelt.»

«Was? Um diese Uhrzeit? Und was macht er jetzt gerade mit meinem Sohn? Der weiß doch nichts.»

«Er vernimmt ihn. Alle Kontaktpersonen müssen vernommen werden. Das ist Routine. Frau Hahne, ich habe noch eine Bitte. Sehen Sie sich, wenn wir weg sind, in Ruhe nochmal das Zimmer und den Kleiderschrank ihrer Tochter an. Ob etwas fehlt. Ob sie sich zusätzlich Wäsche und Kleidung zum Wechseln in die Tasche gesteckt hat. Ob etwas aus dem Badezimmer fehlt. Ist zum Beispiel ihre Zahnbürste noch da?»

Martina Hahne sah nach. «Ja.»

«Und denken Sie bitte noch einmal in Ruhe darüber nach, ob die Kleidung, die Ihre Tochter zuletzt trug, noch irgendwelche unverwechselbaren Merkmale aufweist. Ebenso die Umhängetasche. Nehmen Sie sich Zeit dafür.»

Martina Hahne nickte geistesabwesend.

In diesem Moment trat der Mann aus dem Zimmer ihres Sohnes und nickte seiner Kollegin zu.

Die Kommissarin gab Martina Hahne ihre Visitenkarte.

«Unter dieser Nummer können Sie mich erreichen. Wir

beide haben diese Nacht turnusgemäß zufällig zusammen Dienst auf der Kriminalwache. Mein Kollege Beyer ist eigentlich Drogenfahnder, aber ich gehöre zu dem Kommissariat, das für Sie weiterhin zuständig sein wird. Vermisstensachen. Ich verspreche Ihnen, wir werden Ihre Tochter finden.»

Tot oder lebendig. Martina Hahne sah auf die Visitenkarte, weil sie den Namen der Kommissarin schon wieder vergessen hatte.

Antonia Dix.

Martina Hahne schloss die Wohnungstür hinter den beiden Kriminalbeamten und wartete, bis ihre Schritte im Treppenhaus verhallt waren. Dann drehte sie den Schlüssel zweimal um und ließ ihn von innen im Schloss stecken. Sie trat ans Küchenfenster und schaute zu, wie das Auto, das sie hergebracht hatte, den Wendehammer verließ und die beiden roten Schlusslichter in der Dunkelheit verschwanden. Sie blieb noch eine Weile am Fenster stehen, wartete und rauchte eine Zigarette und starrte in die Dunkelheit. Aber niemand war da unten auf der Straße.

Heute nicht.

Sie ging in die Diele, verharrte dort eine Weile unschlüssig, lauschte, ging zurück in die Küche, setzte sich, bis sie es nicht mehr aushielt. Sie stand auf, räumte den Frühstückstisch ab, spülte das schmutzige Geschirr, sah noch einmal aus dem Fenster, nur vorsichtshalber, dann ging sie erneut in die Diele und öffnete die Tür zum Zimmer ihres Sohnes.

Boris lag auf seinem Bett. Er blickte nicht mal auf.

«Was willst du?»

Der Fernseher lief. Werbung.

«Deine kleine Schwester ist verschwunden, und dich interessiert das überhaupt nicht?»

«Wer ist denn schuld daran, du oder ich? Hast du ihnen wenigstens die Wahrheit gesagt?»

Sie schwieg.

«Wo ist eigentlich mein Fahrrad?»

Seine Stimme klang lauernd. An das Fahrrad hatte sie überhaupt nicht mehr gedacht, seit sie es kurz nach Mitternacht vor der Citywache in der Bornheimer Straße abgestellt hatte.

«Das Fahrrad steht noch...»

«Ja super! Kannst du mir mal verraten, wie ich nachher zur Arbeit kommen soll?»

Er sprang vom Bett auf und war mit zwei langen Schritten bei ihr. Sie sah die Wut in seinen Augen blitzen. Sie hob die Hände schützend vor ihr Gesicht. Er knallte ihr die Tür vor der Nase zu. Sie blieb eine Weile wie erstarrt stehen, das Gesicht keine zehn Zentimeter von der geschlossenen Tür entfernt. Dann schlich sie ins Wohnzimmer, setzte sich auf die Kante der Couch und versuchte vergeblich, die Tränen aufzuhalten.

Jemand schrie.

Sie kamen zu dritt, um ihn zu holen. Er sah sie kommen, aber er konnte sich nicht bewegen. Herbach mit den blauen Augen und dem gefrorenen Lächeln. Die Frau mit der Maske. Und Ricardo, der schöne Ricardo mit der hässlichen Narbe im Gesicht.

Jemand schrie.

Sie öffneten die Tür. Er konnte sich nicht rühren. Er konnte weder Arme noch Beine bewegen.

Sie würden ihn zwingen, sich das Video anzusehen. Dann würden sie ihm fürchterliche Schmerzen zufügen. Und später, viel später, würden sie ihn töten.

Jemand schrie.

Sie wollten seine Kinder. Seinen Sohn und seine Tochter. Aber die hatte er gut versteckt, die würden sie niemals finden.

Deshalb suchten sie ihn.

Es war kalt in dem Keller. Er fror, aber er konnte sich nicht bewegen. Er wusste, was sie mit ihm machen würden.

Sie kamen näher, sie …

Jemand schrie.

Max Maifeld wachte auf. Er hielt sich die Hand vor den Mund und sah sich um. Er war allein. Er war von seinem eigenen Schrei aufgewacht. Von seinem Schrei und von seinem Albtraum.

Auf seiner Stirn stand der kalte Schweiß.

Manchmal ließ ihn die Erinnerung wenigstens nachts in Ruhe. Dann wieder riss ihn der Albtraum morgens vor dem Wecker aus dem Schlaf. Oder mitten in der Nacht. Seit vier Jahren.

Max Maifeld erschrak erneut, als es klingelte, Sekunden später. Aber das war nicht der Wecker. Er sprang aus dem Bett, lief nackt hinüber zum Schreibtisch und schaltete den Monitor ein.

Draußen, drei Stockwerke tiefer, stand Josef Morian auf dem gepflasterten Hof der verlassenen Fabrik vor dem geschlossenen Lastenaufzug. Er hatte den Kragen seines Mantels hochgeschlagen und versuchte vergeblich, sich vor dem Regen zu schützen. Wie lange trug er diesen Mantel schon? Solange sich Max erinnern konnte. Morian schaute mürrisch in die Videokamera über seinem Kopf und machte eine unmissverständliche Geste: Schick endlich den verdammten Aufzug runter. Max drückte den Knopf unter dem Schreibtisch, ging hinüber zum Küchentresen und schaltete die Espresso-Maschine ein. Dann ging er ins Bad, putzte sich die Zähne, rasierte sich unter der Dusche, stellte den Mischhebel auf kalt, ganz kalt, um den Traum abzuschütteln.

Die Frau mit der Maske war tot. Auch der schöne Ricardo mit der hässlichen Narbe war tot. Seit vier Jahren.

Aber Hartmut Herbach lebte.

Irgendwo.

Max Maifeld stieg in die Hose, die er am Abend achtlos neben das Klo hatte fallen lassen, streifte sich das daneben liegende zerknüllte T-Shirt über, schnitt ein paar gymnastische Grimassen vor dem Spiegel und bemühte sich, das wirre Gestrüpp auf seinem Kopf zu bändigen. Dann erst sah er sich in der Lage, Morian vor die Augen zu treten.

«Morgen. Als ich dich das letzte Mal sah, sahst du zehn Jahre jünger aus.»

«Danke. Das letzte Mal war vor drei Wochen. Was hast du in Köln zu suchen?»

Morian schob ihm eine der beiden Schalen mit Milchkaffee über den Küchentisch entgegen. Der Milchkaffee dampfte.

«Das macht der neue Job. Ständig wird irgendwo konferiert und getagt. Mein Kölner Amtskollege möchte mich mal persönlich kennen lernen.» Morian sah auf die Uhr. «Um neun. Ich hab also nicht viel Zeit. Ich wollte nur schnell mal sehen, wie es dir geht.»

«Und? Was siehst du?»

«Einen Mann, der sich aufgegeben hat.»

«Nochmals danke. Herzlichen Glückwunsch zur Beförderung übrigens. Was bist du denn jetzt?»

«Wer hat es dir erzählt?»

«Du weißt doch: Ich kriege alles raus.»

«Früher ja. Heute bin ich mir da nicht mehr so sicher.»

«Antonia Dix hat es mir erzählt.»

«Antonia, hätte ich mir denken können. Die gute Seele. Also: Bisher war ich Kriminalhauptkommissar und Leiter der Bonner Mordkommission. Seit 1. September bin ich Erster Kriminalhauptkommissar und außerdem Dienststellenleiter des KK 11, Tötungsdelikte, Brandstiftung, Sexualdelikte, Vermisstensachen. Und nebenbei immer noch Leiter der Mordkommission, die Bestandteil des KK 11 ist.»

«Alle Achtung, Jo. Erster Kriminalhauptkommissar Josef Morian. Hört sich gut an. Da fällt mir ein, ich hatte damals in Sarajewo mal mit einem Kerl von der deutschen Botschaft zu tun, auf dessen Visitenkarte stand: Vortragender Legationsrat Erster Klasse. Das klingt noch einen Zacken schärfer, finde ich. Gibt's denn wenigstens richtig Kohle für die Mehrarbeit?»

«Keinen Pfennig. Die Besoldungsgruppe hat sich nicht geändert. Immer noch A13. Das war's jetzt bis zur Pensionierung. Wann willst du endlich dein Problem lösen, Max?»

«Was für ein Problem?»

«Du weißt genau, was ich meine.»

«Im Moment verhält er sich ruhig. Er scheint mich tatsächlich vergessen zu haben.»

«Max, er vergisst nie. Herbach wird dich nie vergessen. Egal, wo er sich aufhält auf diesem Planeten. Eines Tages will er seine Rache. Er hat Geld, und er hat Zeit. Du hast deine Kinder seit vier Jahren im Ausland versteckt, du haust unter dem verlausten Dach dieser verkommenen Industriebrache wie in einem apokalyptischen Hochsicherheitstrakt, du ziehst dich immer mehr aus der Welt zurück, du hast kein Geld mehr, du ...»

«Hör endlich auf damit, Jo. Bist du deshalb gekommen? Um mir eine Moralpredigt zu halten?»

Morian erhob sich schwerfällig von seinem Stuhl und hängte sich den Trenchcoat über die Schulter. «Danke für den Kaffee. War nett, mit dir zu plaudern. Grüß Hurl von mir.» Dann verschwand er mit dem rumpelnden Lastenaufzug nach unten, ohne sich noch einmal umzudrehen.

Max trat an das Fenster in der Gaube, die einst den Flaschenzug für die Maschinenteile beherbergt hatte, und ließ den Blick über die Scheddächer der ehemaligen Draht-Seilereien und Walzwerke und über die verrosteten Gleise des stillgelegten Güterbahnhofs schweifen. Die Fabrik war Ende des 19. Jahrhunderts aus solidem Backstein gebaut worden und stand wie so viele Fabriken in Köln-Mülheim seit Jahrzehnten leer. Zwischen Schanzenstraße, Keupstraße und Carlswerkstraße hatten einmal 40 000 Menschen gearbeitet. Jetzt waren es noch 400.

Seit Beginn der Industrialisierung waren hier aus feinem Draht bis zu faustdicke Seile gedreht worden, aus Eisen und aus Stahl, aus Kupfer, aus Palladium oder aus anderen Edelmetallen, für den Bau von Spannbeton- und Hängebrücken, für die Oberleitungen der Eisenbahn und der Straßenbahn, für Hochspannungsleitungen und für Telegraphen-Verbindungen und für das unterseeische Transatlantik-Telefonkabel zwischen Europa und Amerika.

Dann kamen die Satelliten und der drahtlose Funkverkehr und die Globalisierung, Felten & Guillaume hieß plötzlich «nkt cables», produziert wurde seither billiger in Polen und in China, und Boomtown Mülheim war jetzt ein sozialer Brennpunkt von inzwischen bundesweiter Bekanntheit, seit dort vor einem türkischen Friseurladen eine Nagelbombe hochgegangen war.

22 Menschen wurden schwer verletzt. Ausnahmslos Türken. 90 Prozent der Bewohner der Keupstraße waren Türken. Und 100 Prozent der Geschäftsinhaber. Wie durch ein Wunder wurde bei der Explosion niemand getötet.

Wie eine zuckersüße Zukunftsverheißung priesen die Kölner Kommunalpolitiker den Umstand, dass einige der Backsteinbauten zu Tempeln der modernen Event-Kultur umgerüstet worden waren. Im ‹E-Werk› stand David Bowie auf der Bühne, im ‹Palladium› stellte DaimlerChrysler die neue E-Klasse vor, Harald Schmidt sendete aus dem ‹Studio 449›, gleich um die Ecke ging Viva hinter neonblauer Reklame auf Sendung, und die Gag-Factory-Denkarbeiter von ‹Brainpool› und ‹Bonito TV› fühlten sich ebenfalls von der Geisterstadt aus Backstein inspiriert.

Zum Totlachen.

Max stand regungslos in der Gaube und beobachtete durch das Fenster Morian, wie er sich auf dem Weg zum Auto immer wieder nach allen Seiten umschaute. Polizistenblick. Wie er umständlich in seinen vergammelten, verrosteten Volvo Kombi kletterte und über das Kopfsteinpflaster des Hofs davonrollte. Warum hing Morian nur so an diesem Schrotthaufen? Weil der Volvo ihn an sein früheres Leben erinnerte? Als Ehemann und Familienvater. Die Morians. Max hatte ihn stets um seine schöne, kluge Frau beneidet. Morian hatte wieder zugenommen, fand Max. Hurl versuchte immer mal wieder und stets vergeblich, ihn zum Sport zu überreden. Morian war mal ein verdammt guter Amateurboxer gewesen. Halbschwergewicht. Das war lange her. Als Max Maifeld noch als Reporter arbeitete.

In einem früheren Leben.

In einem früheren Leben hatten die größten Fabrikgebäude im Revier die Grundmaße mehrerer Fußballfelder. Das vermutlich kleinste im Revier hatte Max Maifeld gemietet. Es war von der Carlswerkstraße aus gar nicht zu sehen. Genau deshalb hatte er es gemietet. Vom Inhaber des türkischen Reisebüros in der Keupstraße. Man musste erst das weitläufige und verwinkelte Areal der ‹Future-Factory› passieren, die in kostspielig restaurierten Lofts gut ein Dutzend Software-Unternehmen und IT-Firmen beherbergte, die nun ‹intelligente Lösungen› feilboten, so wie früher Felten & Guillaume seine Kabel.

Er hatte zunächst die Zufahrt gerodet, bis das Kopfsteinpflaster unter dem Gestrüpp wieder sichtbar wurde, die zersprungenen Scheiben in den gewaltigen Sprossenfenstern ersetzt, auf dem Dachboden eine Heizung eingebaut, die Versorgungsleitungen erneuert und den Lastenaufzug reparieren lassen. Die zweigeschossige Halle unter dem Dachboden ließ er unberührt, und auch von außen wirkte das Gebäude weiterhin verlassen. Das war gut so. Niemand wusste, dass er hier oben hauste. Außer seinem türkischen Vermieter.

Und Morian. Und Hurl.

Es regnete nicht mehr.

Und Herbach?

Nur eine Frage der Zeit.

Vor vier Jahren hätten sie ihn beinahe zu Fall gebracht. Den mächtigen Drahtzieher des größten Pädophilen-Rings Europas. Ihn und seine Todfreunde. Hartmut Herbach konnte sich noch rechtzeitig nach Lateinamerika absetzen. Seine Spur verlor sich damals in Santiago de Chile.

Morian hatte völlig Recht: Herbach vergaß nie. Er war ein Soziopath. Ein charmanter Plauderer mit geschliffenen Umgangsformen. Ein Mensch ohne Empathie.

Ein seelenloses Monster.

Er hatte Rache geschworen. Max Maifeld hatte zunächst seine Kinder in Sicherheit gebracht. Seine Tochter Vera studierte unter falschem Namen und mit gefälschten Papieren in Amsterdam, sein Sohn Paul besuchte ein College in den USA und lebte dort bei Hurls Cousin. Und Max war zunächst für zwei Jahre in Spanien untergetaucht, hatte sich unsichtbar gemacht, in einem gottverlassenen Dorf am Rande Europas gelebt. Bis er dort seine wohl gehütete Anonymität aufgeben musste, um eine vermisste Frau zu suchen, und prompt jede Menge Scherereien bekam. Und eines Tages Post. Von Herbach.

Verehrter Herr Maifeld:
Schön, dass ich Sie endlich gefunden habe.
Bis bald. Ich freue mich.
Ergebenst, Ihr HH

Am nächsten Morgen hatte Max Maifeld das Dorf im wilden Nordwesten der Insel Fuerteventura, in dem er sich so lange so sicher gefühlt hatte, verlassen. Seither lebte er wieder in Köln. Und hoffte inständig, dass Hurl in der Nähe sein würde, wenn Herbachs Killerkommando ihn aufspürte.

Max Maifeld.

45 Jahre alt, geschieden. Bisherige berufliche Stationen: erfolgreicher Polizeireporter, gefeierter Kriegsreporter, erfolgreicher Privatdetektiv, Spät-Hippie auf Zeit, neuerdings Penner auf Lebenszeit. Steile Karriere. Und vielleicht bald tot.

Was hatte er aus seinem Leben gemacht?

Was hatte Herbach mit seinem Leben gemacht?

Max Maifeld machte sich einen Kaffee.

Morian hatte Recht.

Er musste Herbach stoppen, bevor der ihn stoppte.

Für immer.

Er hatte nicht die blasseste Ahnung, wie er das anstellen sollte.

Der Kölner Kollege stand unmittelbar vor der Pensionierung, war als Dienststellenleiter im Gegensatz zu Morian nicht zugleich in Personalunion auch noch Leiter der Mordkommission, sondern hatte seine Leute für die Frontarbeit – und langweilte sich ganz offensichtlich auf seine letzten Tage. Da er aber ein netter älterer Herr war, behielt Morian seinen Entschluss, den er soeben gefasst hatte, für sich: dass er künftig nicht mehr gewillt sein würde, auf diese Weise seine Zeit zu verschwenden. Es gab angenehmere Möglichkeiten, seine Zeit zu verschwenden. Um aber den netten älteren Herrn, der sich schon so sehr auf die baldige Pensionierung freute, nicht unnötig zu verärgern, bewunderte Morian pflichtschuldig sein schönes Büro im obersten Stockwerk des schicken Neubaus des Kölner Hauptquartiers mit beeindruckender Sicht auf den Rhein und den jenseits des Flusses aufragenden gotischen Dom, ließ sich lobende Worte darüber entlocken, dass die Kölner Polizeiführung regelmäßig Kölner Nachwuchskünstler mit Ausstellungen im Foyer des neuen Präsidiums förderte, und unterdrückte sogar sein Stirnrunzeln angesichts eines grün und orange lackierten sowie mit Vogelfedern beklebten Besenstiels, der einsam an einer Wand neben dem Informationsschalter lehnte. Morian wollte erst gar nicht wissen, was der junge Künstler ihm wohl damit sagen wollte.

Nach anderthalb Stunden lenkte er den Volvo zurück nach Bonn. Er hatte schon die Klinke der Tür seines Büros in der Hand, als eine Stimme ihn aufhielt.

«Josef? Kannst du mal kommen?»

Niemand nannte ihn Josef. Auch die Kollegen im Bonner Präsidium, die ihn duzten, nannten ihn beim Nachnamen. Morian. Manche nannten ihn Jo. Zum Beispiel Max. Und Hurl. Und die Kumpels aus seinem früheren Boxsportverein. Und seine Ex-Frau. Aber niemand nannte ihn Josef.

Außer Antonia Dix.

«Bitte. Ich brauche deine Hilfe, Josef.»

Dann musste es wichtig sein. Antonia Dix bat höchst selten und höchst ungern um Hilfe.

In ihrem Büro saßen auf den beiden Besucherstühlen vor ihrem Schreibtisch ein Mann und eine Frau und hielten sich bei der Hand. Eine Geste, die man bei Paaren dieses Alters nicht allzu oft beobachten konnte. Fand Morian. Sie waren schätzungsweise Mitte vierzig und ihrem Äußeren nach zu urteilen gebildete Leute aus der oberen Mittelschicht. Akademiker. Die Frau hielt den Blick gesenkt und hatte verweinte Augen.

«Josef, das sind …»

Der Mann sprang auf, bevor Antonia Dix den Satz zu Ende bringen konnte, und streckte Morian die Hand entgegen. Er wirkte fahrig und nervös.

«Dr. Walter Wagner. Das ist meine Frau. Dr. Ruth Wagner.»

«Angenehm. Josef Morian.»

«Sie sind der Leiter dieser Dienststelle?»

«Ja. Was kann ich für Sie tun?»

«Josef, ihre Tochter ist ...»

«Unsere Tochter ist verschwunden. Seit gestern schon. Wir hatten deshalb gestern Abend die Polizeiwache in Beuel aufgesucht. Wir wohnen im Siebengebirge, aber da gibt es ja schon seit geraumer Zeit keine Wache mehr, die abends besetzt ist. Schon seit Jahren nicht mehr. Als ob wir Bürger zweiter Klasse wären. Also fuhren wir zur nächstgelegenen Wache nach ...»

«Das war sehr vernünftig von Ihnen.»

«Mag sein. Allerdings hatten wir nicht den Eindruck, dass dort und anschließend seitens der Kriminalwache hier im Präsidium alles getan wurde, um unsere Tochter zu finden.»

Morian registrierte aus den Augenwinkeln den völlig entnervten Blick seiner Mitarbeiterin. «Hattest du nicht gestern Abend Nachtdienst in der Kriminalwache? Und wenn ja, wieso bist du dann eigentlich schon wieder hier?»

«Weil sich die Arbeit auf meinem Schreibtisch nun mal nicht von alleine erledigt. Außerdem bin ich erst vor einer halben Stunde gekommen, quasi gleichzeitig mit dem Ehepaar Wagner. Ja, ich hatte Nachtdienst. Diese Nacht war die Hölle los, wir hatten acht Einbrüche, eine Massenschlägerei, eine Fahrerflucht, eine versuchte Vergewaltigung und zwei Hausverbote gegen gewalttätige Ehemänner. Ich war gerade mit Beyer draußen, in einer anderen Vermisstensache, draußen in Neu-Tannenbusch, in der Zeit haben sich die Kollegen um die Wagners gekümmert, sagt der Computer, aber im

Computer ist auch ersichtlich, dass alles korrekt gelaufen ist, die ganze Maschinerie ist angelaufen, ich weiß wirklich nicht, was...»

Morian unterbrach sie mit einer Handbewegung und wandte sich wieder dem Ehepaar Wagner zu.

«Dürfte ich Sie bitten, einen Moment draußen zu warten?»

Der Mann und die Frau starrten ihn ungläubig an.

«Bitte. Es dauert auch nicht lange. Nur ein paar Minuten. Ich möchte mich nur zwei Minuten mit meiner Kollegin alleine besprechen. Bitte nehmen Sie solange draußen auf der Bank im Flur Platz. Danke.»

Sie folgten nur widerwillig seiner Bitte. Aber sie spürten, dass dieser Mann im Augenblick keine Widerrede duldete.

Morian schloss die Tür.

Antonia Dix verschränkte die Arme, Trotz im Blick.

Morian setzte sich auf einen der beiden Besucherstühle, beugte sich vor, stützte seine Unterarme auf ihren Schreibtisch und verschränkte die Hände wie zum Gebet.

«Antonia, du bist eine gute Polizistin. Du machst hier einen richtig guten Job. Wir alle machen hier unseren Job. Mehr oder weniger gut. Wir versuchen, unser Bestes zu geben. Bitte merke dir: Für Eltern, die ihr Kind vermissen, ist das nie gut genug. Nie. Das ist ein Naturgesetz. Verstanden?»

Antonia Dix nickte. Sie hatte begriffen, was er ihr damit sagen wollte. Sie begriff immer sehr schnell.

«Antonia, Eltern von vermissten Kindern sind verzweifelt, verängstigt, außerdem geplagt von Schuldgefühlen. Sie verzeihen sich nicht, ihr Kind noch am Vortag angeraunzt zu haben, ihm etwas verboten zu haben, ihm nicht genügend Aufmerksamkeit geschenkt zu haben. Ihr schlechtes Gewissen nagt an ihren Nerven. Oft grundlos, aber das spielt keine Rolle. Sie würden diese Selbstzweifel übrigens uns gegenüber niemals zugeben. Sie haben plötzlich keinen Boden mehr unter den Füßen. Ihr Wertesystem, ihr kompletter, sorgsam zusammengezimmerter Lebensentwurf bricht plötzlich wie ein Kartenhaus zusammen. Dann werden sie ungerecht uns gegenüber, manchmal sogar richtig eklig, weil sie nach jedem Strohhalm greifen, und sei es der Strohhalm der Wut. Und je höher ihr sozialer Status und ihr Bildungsgrad, desto schwieriger wird die Zusammenarbeit.»

«Ich habe verstanden.»

«In diesem Fall ist es auch noch ganz offensichtlich so, dass Herr Wagner seine Frau beschützen will, weil er sie für zu schwach hält, das durchzustehen. Also markiert er den Macher, den Weltmann, der stets Herr der Lage ist. Das hilft ihm, mit seiner Ohnmacht und seiner Verzweiflung klarzukommen.»

«Ich sagte doch: Ich habe verstanden.»

«Gut. Dann verschaff mir jetzt bitte rasch ein Bild, bevor die Wagners da draußen im Flur durchdrehen und zum Polizeipräsidenten durchmarschieren.»

«Dr. Walter Wagner, 44 Jahre alt, Chemiker, leitender Angestellter bei Bayer in Leverkusen. Dr. Ruth Wagner, 42 Jahre alt, promovierte Germanistin, arbeitete bis zur Geburt ihres ersten Kindes in der Erwachsenenbildung, seither Hausfrau. Sie sind seit 15 Jahren verheiratet. Drei Kinder. Der Jüngste, Lukas, ist drei Jahre alt, die Mittlere, Katharina, gerade zwölf geworden, und Anna, die Älteste, ist 14 Jahre alt. Anna ist verschwunden.»

«Seit wann genau?»

«Seit gestern. Sie besucht das Thomas-Morus-Gymnasium in Königswinter. Ein christlich orientiertes Privatgymnasium ...»

«Sagtest du Thomas Morus?»

«Ja. Kennst du das?»

«Meine Kinder gehen dort zur Schule.»

«Oh. Ich wusste gar nicht, dass du so religiös bist.»

«Die Schule ist nicht religiös in dem Sinne. Sie vermittelt nur ein christliches Wertesystem. Solidarität statt Ellbogen und so. Rücksichtnahme auf Schwächere und Benachteiligte. Die Schule fördert Hochbegabte genauso wie Legastheniker. Dagegen ist ja wohl nichts einzuwenden.»

«Natürlich nicht. Sei nicht gleich eingeschnappt. Ich bin nur ein bisschen ausgebrannt, nach der Nacht. Jedenfalls: Nach Schulschluss um eins fuhr sie nicht wie an den anderen Tagen der Woche mit dem Bus nach Hause, hinauf in das idyllische Dörfchen Ittenbach im Siebengebirge, sondern aß wie immer donnerstags in der Mensa der Schule zu Mittag und machte anschließend ihre Hausaufgaben im Aufenthaltsraum unter Aufsicht eines Betreuungslehrers. Denn um 16 Uhr begann, wie immer donnerstags, die Schreibwerkstatt, das ist eine freiwillige Arbeitsgemeinschaft, wenn ich das richtig verstanden habe, eine Literatur-AG für besonders begabte Nachwuchsautoren, geleitet von Annas Deutschlehrerin. Danach verliert sich ihre Spur. Die Schreibwerkstatt geht immer zwei Stunden, bis 18 Uhr. Dann hätte sie normalerweise eine halbe Stunde später, um 18.30 Uhr, den Bus hinauf ins Siebengebirge genommen.»

«Und?»

«Hat sie aber nicht. Die anderen Kollegen vom Nachtdienst haben das schon überprüft. Der Fahrer schwört Stein und Bein, dass sie nicht im Bus saß.»

«Daraufhin haben sich die Wagners also am frühen Abend bei der Wache in Beuel gemeldet …»

«Nein. Denn ungefähr um 18.15 Uhr hatte Anna Wagner von ihrem Handy aus ihre Mutter angerufen und ihr mitgeteilt, sie säße bereits im Bus, würde aber anschließend nicht gleich nach Hause kommen, sondern in Ittenbach in der Nachbarschaft noch eine Freundin besuchen. Am nächsten

Tag, also heute, ist schulfrei. Lehrerkonferenz. Weil Anna hätte ausschlafen können, erlaubte die Mutter ihr, bis 22 Uhr bei der Freundin bleiben zu dürfen. Nur: Anna ist erst gar nicht bei der Freundin aufgetaucht, und die Kollegen schreiben, so steht es jedenfalls im Computer, der Busfahrer wirke absolut vertrauenswürdig. Das hieße also mit anderen Worten: Anna hat ihre Mutter belogen.»

«Sie saß also gar nicht in dem Bus. Sie hatte was anderes vor, was ihre Eltern nicht wissen durften. Das streiten die Wagners natürlich ab, nehme ich an. Unsere Tochter tut so etwas nicht, unsere Tochter lügt uns nicht an.»

«Genau. Inzwischen war Walter Wagner von der Arbeit zurück. Er arbeitet immer sehr lange. Um 22.30 Uhr begannen sie sich Sorgen zu machen. Sie riefen die Mutter von Annas Freundin an. Dann fuhr Walter Wagner alleine zur Polizei, zur Wache nach Beuel. Ganz schöne Strecke, wenn man Angst um sein Kind hat. Um 23.17 Uhr traf er dort ein.»

«Danke, Antonia.» Morian erhob sich. «Dann wollen wir die Wagners mal wieder hereinbitten.»

«Moment noch.» Antonia Dix schob ein Foto über den Schreibtisch. «Heute fand Ruth Wagner das hier im Briefkasten. In einem weißen Briefumschlag, zusammen mit einem Gedicht von Anna. Ziemlich deprimierend. Das Gedicht, meine ich. Es geht nur um Tod und Sterben und so. Die Eltern sind sich sicher, dass es von ihr stammt. Sie schrieb wohl andauernd solche Sachen. Das hier ist eine gescannte Kopie des Fotos, die ich auf die Schnelle gemacht habe. Das Original habe ich bereits an den Erkennungsdienst weitergegeben, zusammen mit dem Gedicht und dem Umschlag. Vielleicht finden die noch Fingerabdrücke, auch wenn die Eltern alles inzwischen schon tausend Mal angefasst haben. Hast du eine Ahnung, wo das sein könnte?»

Morian setzte sich wieder und betrachtete das Foto.

«Ist das Anna?»

«Ja.»

Das Foto zeigte ein hübsches Mädchen. Ihr Blick war ernst. Viel zu ernst für eine 14-Jährige, fand Morian. Das Foto zeigte das Mädchen im Profil. Ihr Blick war seltsam abwesend, als nähme sie den Fotografen gar nicht wahr. Sie trug eine schwarze Cordhose und einen schwarzen Pulli und hielt eine schwarze Regenjacke in der Hand. Ihre Schuhe konnte Morian nicht sehen. Denn das Mädchen stand bis zu den Knien im Wasser.

«Josef? Hast du eine Ahnung, wo das sein könnte?»

Antonia Dix war erst vor zwei Jahren von Köln nach Bonn umgezogen. Aber Josef Morian kannte jeden Winkel seiner Heimatstadt. Er war hier geboren und aufgewachsen. Er hatte Bonn noch nie länger als zwei Wochen verlassen.

«Sieht aus wie ein Urwald, Josef.»

«Das sieht nicht nur so aus, Antonia. Das ist ein Urwald.»

Die Auenlandschaft war unverwechselbar. Pappeln, Weiden, Schwarzerlen. Durch den Urwald schlängelte sich träge ein Fluss. Im Lauf der Jahrhunderte hatte er immer wieder seine Richtung geändert und Dutzende Altarme hinterlassen. Sie waren als Jungs oft mit dem Rad dorthin gefahren, um Cowboy und Indianer zu spielen. Oder Tom Sawyer und Huckleberry Finn. Oder Tarzan. Sie hatten Baumhäuser gebaut und Flusskrebse gefangen und Krabbenspinnen, die wie Chamäleons ihre Farbe wechseln konnten. Weiß. Braun. Rot. Grün. Gelb. Sie hatten die Graureiher und Eisvögel beim Fischfang beobachtet. Sie hatten ein Schlauchboot im Unterholz deponiert und sich manchmal ein Floß aus Treibholz gebaut. Sie hatten stets davon geträumt, am Ende des Flusses einen Schatz zu finden, eines Tages, und zugleich gefürchtet, auf gefährliche Piraten zu treffen. Oder auf einen Eingeborenenstamm, der sie mit Pfeilen und Speeren empfing, sie gefangen nahm und sie marterte. Sie hatten es geliebt, für ein paar Stunden in ihrer abenteuerlichen Phantasiewelt zu leben und die langweilige Realität der Erwachsenenwelt auszusperren.

«Josef! Sag doch mal was.»

Auf dem Foto wirkte der Fluss viel kleiner als in den unlöschbar in seinem Gedächtnis verankerten Erinnerungen seiner Kindheit. Aber er machte ihm jetzt zum ersten Mal Angst.

«Josef?»

«Lass uns fahren. Ich brauche einen Rettungswagen, einen Notarzt, eine Hundertschaft der Bereitschaftspolizei, die Hundestaffel und den Erkennungsdienst. Aber die können wir noch von unterwegs aus alarmieren. Halt! Ruf zuerst noch den Polizeipsychologen an. Er soll sich um die Wagners kümmern. Sag ihm, es ist ein Notfall. Er soll sofort kommen und sie hier unten abholen und mit ihnen in die Kantine gehen oder so. Ich geh schon mal raus auf den Flur und rede mit ihnen.»

«Josef, was ist los? Wo ist sie?»

«Später, Antonia. Ruf den Psychologen an. Mach schon. Wir treffen uns draußen.»

Morian schloss die Bürotür hinter sich. Die Wagners erhoben sich von der Bank im Flur.

«Bitte bleiben Sie doch ruhig sitzen.»

Morian sah die Angst und die Hoffnung in ihren Augen. Was sollte er ihnen sagen?

Miguel war sofort dran. Max Maifeld hatte Miguels Sekretärin vor einer Stunde ausgerichtet, dass er noch einmal anrufen würde, sobald Miguel von seinem gewohnten mittäglichen Spaziergang zu seinem Lieblingscafé an der Gran Vía zurückgekehrt sei.

«Wie geht es dir, Max?»

«Danke, es geht so. *Mas o menos*. Ich brauche deine Hilfe.»

«Kein Problem. *Que pasa*?»

Kein Problem. So war Miguel. Sie hatten sich vor zwei Jahren das letzte Mal gesehen. In Madrid. Auch da war Miguel sofort gekommen, ohne überflüssige Fragen zu stellen.

Das vorletzte Mal hatten sie sich auf dem Flughafen von Bogotá in die Augen geschaut. Das war vor zwölf Jahren. Miguel wurde auf einer Krankenbahre und in Begleitung eines Arztes sowie eines ranghohen Diplomaten der spanischen Botschaft in Kolumbien in ein Flugzeug verfrachtet, das ihn zurück in seine Heimat brachte. Miguel war noch sehr jung gewesen damals, Mitte zwanzig, ehrgeizig und hitzköpfig, er hatte Biss, und er hatte sich in den Kopf gesetzt, eine Reportage über die üblen Machenschaften des Medellín-Kartells zu schreiben.

Ein Job für Lebensmüde.

Max Maifeld hatte ihm das Leben gerettet.

Die Knochenbrüche waren schnell verheilt, ebenso die Prellungen und Blutergüsse an Miguels Hoden und die Verbrennungen auf seiner Haut. Aber der kleine Finger seiner rechten Hand fehlte seither und würde ihn für den Rest seines Lebens an seine journalistischen Anfänge erinnern. Seither beschäftigte sich Miguel nicht mehr mit dem internationalen Kokainhandel, sondern in der Madrider Zentralredaktion von *El País* mit spanischer Innenpolitik.

«Ist euer Informantennetz in Lateinamerika immer noch so legendär wie damals?»

«Max! Willst du mich beleidigen? Du weißt doch: Madrid ist seit den *Conquistadores* die Hauptstadt Lateinamerikas. Daran hat sich bis heute nichts geändert. Allerdings: Auch unsere Zeitung leidet unter der Konkurrenz des Internets … nicht was den redaktionellen Teil betrifft, sondern auf dem Anzeigensektor. Aber weil wir nun mal wie alle anderen Zeitungen dieser Welt von den Anzeigen leben, hat es auch bei uns Kostenreduzierungen in der Redaktion gegeben. Auch, was die Zahl unserer Auslandskorrespondenten betrifft. Aber unser Netz in Lateinamerika ist immer noch beneidenswert. Max, wer hätte das gedacht, dass wir Journalisten mal um jeden Gebrauchtwagen trauern, der nicht bei uns inseriert wird, sondern im Internet. Wir sind übrigens gerade dabei, eine neue Strategie zu ...»

«Miguel, kannst du mir helfen?»

«Natürlich, Max. Ich schweife ab. Meine Kollegen nennen mich schon den Professor, weil ich dauernd doziere. Wie im Hörsaal. Eine Marotte. Wahrscheinlich das Alter. Stell dir vor, ich werde bald vierzig. Meine Güte. Sag mir, wie ich dir helfen kann. Ich freue mich, dir etwas zurückgeben zu können, Max. Mich erkenntlich zeigen zu können für ...»

«Miguel! Du bist mir nichts schuldig.»

Dann sagte Max ihm, welche Art von Hilfe er benötigte.

Von der Quelle am Rothaarkamm im Siegerland benötigte die Sieg exakt 131 Kilometer bis zu ihrer Mündung in den Rhein knapp jenseits der nördlichen Bonner Stadtgrenze – eine der letzten völlig naturbelassenen Nebenfluss-Mündungen des Rheins, reich an seltenen Wildpflanzen und ein Paradies für Vögel, weshalb man das Areal inklusive der Altarme 1986 unter Naturschutz stellte. Seither war es verboten, dort Baumhäuser zu bauen und Flusskrebse zu fangen und Krabbenspinnen zu ärgern. Allerdings hatte Josef Morian ohnehin den Eindruck, dass die meisten Kinder inzwischen ihre Abenteuer lieber vor dem Fernseher oder vor dem Computer erlebten.

Das einzige störende Element weit und breit in dieser urwüchsigen Idylle waren die grauen Stelzen der Betonbrücke der L 269, die den Fluss und den Rand des Naturschutzgebietes überspannte und Bonn mit dem einstigen Fischerdorf Mondorf verband – abgesehen von der Motorlautstärke des Kleinwagens, der soeben ungeachtet der erlaubten Höchstgeschwindigkeit mit Vollgas über die Brücke jagte.

«Gleich hinter der Brücke biegst du nach rechts ab, dann gleich wieder rechts, unterquerst diese hässliche Brücke und folgst der Beschilderung zum Fährhaus. Vielleicht könntest du den Bremsvorgang so rechtzeitig einleiten, dass ich nicht mit der Stirn gegen die Windschutzscheibe schlage.»

Antonia schaltete zurück und ließ den Motor des Minis aufjaulen. Morian hoffte inständig, jemals wieder heil aus den tiefen Schalensitzen zu kommen.

«Fährst du immer so schnell?»

«Nur wenn ich es eilig habe.»

«Wie schnell ist diese Kanonenkugel eigentlich?»

«Das ist ein Cooper S. 7,2 Sekunden von null auf 100. Spitze 220 laut Werksangaben. Ich hatte ihn allerdings auch schon mal auf 225. Aber das Beste ist die Kurvenlage. Wie ein Gokart. Nicht übel, oder?»

Morian war übel. Antonia stoppte neben dem Fährhaus. Sie waren die Ersten. Was Morian nicht wunderte. Bevor er aus dem engen Wagen geklettert war, hatte Antonia Dix bereits von außen die Heckklappe des Wagens geöffnet und ihre Schuhe gegen ein paar olivgrüne Gummistiefel aus dem Kofferraum getauscht.

«Was ist das hier, Josef?»

«Das Fährhaus ist eine Gaststätte. Hier legen im Sommer Wanderer und Radfahrer und Kanuten gerne eine Rast ein. Saisongeschäft. Bei Hochwasser guckt nur noch die Dachspitze aus der Sieg. Dann ist hier alles überschwemmt. Kilometerweit. Hier gibt es übrigens noch eine interessante Möglichkeit, den Fluss trockenen Fußes zu überqueren.»

Antonia Dix bemerkte erst jetzt den gut zehn Meter langen, fast zwei Meter breiten, eigenartig eckigen und altertümlichen Kahn am Ufer. Morian folgte ihrem Blick.

«Das ist die einzige Ein-Mann-Gierfähre Deutschlands. Siehst du die riesige Ruderpinne am Heck? Sie ist fast so lang wie der Kahn selbst. Der Fährmann benötigt großes Geschick und viel Erfahrung, um ohne Motorkraft und nur mit Hilfe der Strömung überzusetzen. Der Kahn ist fast sechzig Jahre alt, der Fährmann über siebzig. Seit vierzig Jahren macht er den Job. Seit ihn sein Vater nicht mehr macht. Wahrscheinlich sitzt er jetzt drinnen im Fährhaus. Wärmt sich auf und wartet auf Kundschaft. Von September bis April ist hier wochentags nichts los.»

«Dann schlage ich vor, du setzt über und nimmst dir die andere Seite vor, und ich marschiere auf dieser Seite des Flusses.»

«Wir werden überhaupt nicht marschieren. Wir warten jetzt hier auf die Einsatzhundertschaft.»

«Dann warte du. Mich macht Warten nervös.»

Sie stapfte los, Richtung Mündung, überhörte sein verärgertes Rufen. Sie wusste, es war gegen die Vorschrift, alleine loszugehen. Ein Polizeibeamter geht niemals alleine. Erster Lehrsatz auf der Polizeischule. Denn hinter dem nächsten Baum konnte nicht nur ein Opfer auf Hilfe warten, sondern auch der Täter mit einer tödlichen Waffe.

Das Fährhaus war längst außer Sichtweite. Antonia Dix hörte in ihrem Rücken Martinshörner über die Brücke jagen. Endlich. Die Einsatzhundertschaft. Wurde auch Zeit.

Ein Vogel flatterte aus der Kopfweide vor ihr, entsetzt über den Eindringling. Josef hatte Recht. Wie immer. Vielleicht war genau das ihr Problem. Dass er immer Recht hatte. Natürlich war es richtig, auf die Einsatzhundertschaft zu warten und ihnen den Weg zu weisen. Und im Gegensatz zu ihr wusste Morian auch ganz genau, wo sie suchen mussten.

Was sie hier machte, wie sie hier in ihren Gummistiefeln durch den Morast stapfte, das war absoluter Irrsinn.

Das dumpfe Gebell der Hunde drang gedämpft von weit weg bis zu ihr durch, übertönt vom Gurgeln und Plätschern des Flusses neben ihr, vom Zwitschern der Vögel über ihr, vom Knacken der Äste und Zweige unter ihren Füßen. Antonia Dix kannte das Schauspiel, wenn die Hunde aus ihren vergitterten Verschlägen im Kofferraum der Kombis gelassen wurden. Sie waren angespannt, erregt, hyperaktiv, wie immer vor einem Einsatz. Jede Hundestaffel verfügte über eine Reihe völlig unterschiedlich ausgebildeter Tiere. Absolute Spezialisten auf ihrem Gebiet. Schutzhunde, die Flüchtige verfolgen oder Messerstecher stoppen konnten. Dann die Spürhunde, wiederum unterschiedlich ausgebildet. Sie waren entweder spezialisiert auf Fährten. Oder auf das Aufspüren von Drogen. Oder Sprengstoff.

Oder Leichen.

In diesem Moment spürte Antonia Dix sehr deutlich, dass sie überhaupt nicht spezialisiert auf das Aufspüren von Leichen war. Je weiter sie durch das dichte Gestrüpp in den Urwald vordrang, desto mehr schnürte sich ihr die Kehle zu.

Sie war einen Moment versucht umzukehren.

Sie tastete nach ihrer Waffe.

Das Gewicht der vom steifen Leder des Holsters ummantelten Pistole unter ihrer Jacke beruhigte sie augenblicklich. Sie konnte mit dem Ding umgehen. Sie war schließlich die Beste ihres Ausbildungsjahrgangs gewesen. Außerdem konnte sie sich auf ihre Reflexe als Kick-Boxerin verlassen. Sie trainierte mindestens zwei Mal pro Woche, und sie war im Ring auch bei männlichen Sparringspartnern gefürchtet.

Also stapfte sie weiter.

Nach drei Schritten war die Angst wieder da.

Gelegentlich zwangen Tümpel und Altarme sie dazu, Umwege zu nehmen, über faulende Baumstämme zu klettern, schlammige, faulig stinkende Gräben zu überspringen. Sie machte große Schritte durch das knackende Unterholz, sie hob die Füße, um nicht über die Wurzeln zu stolpern, die sich wie Schlangen über und durch das Erdreich wanden, sie hob die Arme, um ihre Hände vor den hüfthohen Brennnesseln zu schützen.

Fast wäre sie über Anna Wagner gestolpert.

Das Mädchen lag zusammengekauert, mit dem Rücken zu ihr, wie ein Embryo im Mutterleib reglos im nassen, fast kniehohen Gras einer winzigen, von Bäumen und Sträuchern umrahmten Lichtung. Sie trug die schwarze Regenjacke, die sie auf dem Foto noch in der Hand gehalten hatte. Antonia Dix kniete nieder und berührte die Hauptschlagader an ihrem Hals.

Sie lebte.

Ihr Puls war schwach, ihre Haut viel zu kalt.

«Anna? Anna Wagner?»

Keine Reaktion. Da erst fiel Antonia Dix auf, dass die Hände des Mädchens mit einem orangefarbenen Strick aus Nylon hinter dem Rücken gefesselt waren. Auch die Füße waren gefesselt. Sie löste die Fesseln, dann stieg sie über den reglosen Körper hinweg und kniete erneut nieder, um ihr Gesicht zu sehen.

Sie hatte erwartet, warum auch immer, Annas Augen seien geschlossen, als schliefe sie. Doch ihre Augen waren weit aufgerissen. Und ihr Mund war von einem silbrig glänzenden, breiten Streifen Klebeband verschlossen.

«Anna, das kann jetzt etwas wehtun.»

Antonia Dix atmete einmal tief durch und riss das Klebeband mit einem Ruck von ihrem Mund. Sie hatte erwartet, warum auch immer, das Mädchen würde augenblicklich anfangen zu schreien.

Aber sie blieb stumm.

«Anna? Kannst du mich hören? Alles wird gut.»

Doch das Mädchen reagierte nicht auf ihre Worte. Sie schien auch keinen Schmerz zu verspüren. Ihr Gesicht blieb völlig ausdruckslos. Sie spürte nichts. Antonia Dix zog ihre Lederjacke aus, legte das Mädchen auf den Rücken und bettete Annas Kopf auf ihre Jacke. Ihre Augen sahen durch Antonia Dix hindurch, als sei die fremde Frau Luft. Antonias Atmung ging unwillkürlich schneller, ebenso ihr Herzschlag. Sie glaubte, in Annas großen, seltsam teilnahmslosen Augen zu ertrinken. Als stürze sie kopfüber in einen tiefen, klaren, kalten Bergsee.

Josef Morian verließ das Krankenhaus durch den hinteren Personaleingang, überquerte den Parkplatz und stieg in seinen Volvo. Sie wollten Anna Wagner auf alle Fälle über Nacht zur Beobachtung auf der Intensivstation behalten. Morian wusste, das Mädchen war dort in guten Händen. Sie arbeiteten seit vielen Jahren mit dem oberhalb des Bonner Stadtteils Bad Godesberg gelegenen Waldkrankenhaus zusammen. Die Ärzte und das Pflegepersonal wurden regelmäßig von Polizeipsychologen und Rechtsmedizinern geschult. Die medizinischen Mitarbeiter des Waldkrankenhauses wussten, was mit den meisten Frauen und Mädchen geschehen war, die von den Beamten gebracht wurden. Sie wussten, wie man mit traumatisierten Opfern umging, sie hatten die nötige Sensibilität, und sie wussten außerdem, dass die Polizei Spuren benötigte, um Täter zu fassen. Sie wussten, dass die Polizei die Kleidung der Opfer in absolut unverändertem Zustand brauchte, um Faserspuren zu sichern, inklusive Schuhe und Unterwäsche, behutsam in spezielle Plastiksäcke gepackt.

Sie wussten auch, wie man Schamhaare auskämmt und das

gesicherte DNA-Material so aufbewahrt, dass es nicht verdirbt.

Anna Wagner. 14 Jahre.

Morian wagte kaum, daran zu denken.

Morian dachte an seine eigene Tochter.

Laura Morian, 14 Jahre.

Auf der abschüssigen, kurvenreichen Straße hinunter zum Rhein begegnete ihm kein einziges Auto. Freitagabend. Ganz Bonn hatte längst Feierabend und war froh, bei diesem Wetter im warmen Wohnzimmer zu sitzen.

Außer den Ärzten.

Und den Krankenschwestern.

Und Morian.

Es gab zwei Gründe, warum er sein Handy aus der Manteltasche nahm und die Nummer seiner Ex-Frau wählte. Erstens musste er ihr schleunigst klar machen, dass er entgegen der ursprünglichen Vereinbarung die Kinder nun doch nicht übers Wochenende nehmen konnte. Morian warf beim Tippen der Tasten einen Blick auf die Uhr, während er das Steuer des Volvo mit seinen Knien unter Kontrolle hielt. Das Papa-Wochenende hatte offiziell schon vor zwei Stunden begonnen. Zweitens musste er ihr jetzt vorsichtig beibringen, die nächste Zeit ganz besonders auf die Kinder aufzupassen.

Was soll das denn heißen? Willst du damit sagen, ich passe gewöhnlich nicht genug auf die Kinder auf?... Nein, das will ich keineswegs damit sagen, Liz. Ich meine nur, dass es im Augenblick vielleicht sinnvoll wäre... Du rufst an, du sagst mir ohne Vorwarnung, dass du wieder mal keine Zeit für deine Kinder hast, und gibst mir obendrein noch schlaue Ratschläge, wie ich... Du weißt doch, wie das ist, bei einem neuen Fall, da müssen alle an Bord sein, und erst recht der Chef, und in diesem Fall, ich möchte dir keine Angst machen, Liz, aber in diesem speziellen Fall...

«Ja? Hallo?»

Seine Tochter.

«Hallo Laura.»

«Hallo Dad. Wann kommst du endlich?»

Sie nannte ihn seit einigen Monaten Dad. Wahrscheinlich hatte sie das aus einer ihrer geliebten Seifenopern im Fernsehen aufgeschnappt. Laura liebte glückliche amerikanische Familien, die all ihre Probleme binnen 30 Minuten Sendezeit lösten.

«Laura, kann ich mal deine Mutter...»

«Die ist nicht da!»

«Was? Wo ist sie denn?»

«Sie ist vor drei Stunden gefahren. Oder vor zwei Stunden. Ich hab nicht auf die Uhr geschaut. Zu diesem Seminar. Ich glaube, nach Münster oder so. Weißt du doch, oder? Sie sagte, sie könne nicht mehr warten; du wüsstest Bescheid und du kämst ja sowieso gleich. Wann kommst du denn?»

«Bald, mein Schatz. Bald. Ich muss noch schnell eine Sache erledigen, dann komme ich. Übrigens: Kennst du eine Anna Wagner? 14 Jahre. So alt wie du. Und an deiner Schule.»

«Und in meiner Klasse. Klar kenne ich die blöde Kuh. Was ist denn mit ihr? Kommt sie ins Gefängnis?»

«Quatsch. Wie kommst du denn darauf?»

«Nur so. Ist doch schließlich dein Job, Leute ins Gefängnis zu stecken, oder?»

Ein besseres Verhör-Training als ein Gespräch mit seiner Tochter konnte es gar nicht geben. Natürlich wusste sie ganz genau, dass Anna Wagner keine Straftäterin war. Sie wollte auf diesem Wege nur von ihm erfahren, was sie zum Opfer gemacht hat. Offenbar war kriminalistische Verhör-Technik vererbbar. Morian bereute bereits seine Frage.

«Du kannst sie also nicht besonders leiden, stelle ich fest.»

«Sie ist arrogant. Überheblich. Sie hält sich für was Besseres, nur weil sie Gedichte schreibt. Soll sie ruhig. Aber sie soll nicht so erwachsen tun, und vor allem soll sie nicht so tun, als wären wir anderen alle doof. Was ist denn jetzt mit ihr? Ist sie tot?»

«Nein. Ist Tim da?»

«Tiiiiiimmmm!»

Morian hielt das Handy auf Abstand zu seinem Ohr, während Laura durchs Treppenhaus nach ihrem zwei Jahre älteren Bruder brüllte.

«Dad für dich. Hier!»

«Ja?»

«Hallo, Tim.»

«Hallo.» Wortkarg.

«Ich habe noch einen wichtigen Termin. Aber in spätestens zwei Stunden bin ich bei euch. Ich möchte, dass du bis dahin niemanden ins Haus lässt, dass du gut auf deine Schwester aufpasst und dass du verhinderst, dass sie das Haus verlässt, bevor ich da bin. Sie soll jetzt bitte auch keine Freundin mehr in der Nachbarschaft besuchen. Hast du alles verstanden?»

«Klar. Wichtiger Termin. Wie immer.»

«Ich verlasse mich auf dich, Tim.»

«Klar. Sonst noch was?»

«Nein. Außer vielleicht…»

Aber sein Sohn hatte bereits aufgelegt. 16 Jahre. Morian fühlte sich überfordert. Müde und ausgelaugt und überfordert.

Scheidungskinder. Auch ein Trauma. Immer ein Trauma. Alles andere war eine Illusion. Glückliche Familien. Die Wagners waren eine glückliche Familie. Bis gestern.

Als Morian, bevor er das Krankenhaus verließ, einen letzten Blick durch die Glasscheibe der Zimmertür geworfen hatte, saß Walter Wagner am Krankenbett und hielt die Hand seiner Tochter, die ihn nicht beachtete, sondern mit offenen Augen an die Decke starrte. Ruth Wagner war nach Hause gefahren, um sich um die beiden jüngeren Geschwister zu kümmern, ihnen das Abendbrot zu richten und sie ins Bett zu bringen.

In der Südstadt war kein Parkplatz zu kriegen. Morian parkte im absoluten Halteverbot vor dem Portal der Elisabethkirche, machte sich zu Fuß auf den Weg und besah sich unterwegs die hübschen Jugendstilhäuser. Am Ende der Schumannstraße bog er nach links in die ebenfalls von Bäumen gesäumte Lessingstraße ab. Vor dem Café Extro an der Ecke standen noch Tische und Stühle, aber niemand saß draußen, bei dem Wetter.

Morian drückte den Klingelknopf unter dem Messingschild mit der Aufschrift ‹Dagmar Losem›. Die oberste Klingel. Darunter gab es eine Klingel ohne Namen, darunter einen ‹Oberstltd. a. D. Abert› ohne Vornamen und ganz unten ‹Die Müllers: Sigrid, Rüdiger, Marie, Jakob und Sophie›. Aus Keramik statt aus Messing. Er war kurz davor, ein zweites Mal den obersten Klingelknopf zu drücken, als er schließlich aus der kreisrunden, durchlöcherten Messingscheibe über den Knöpfen ihre Stimme hörte, zögerlich.

«Ja bitte? Wer ist da?»

«Mein Name ist Josef Morian. Ich hatte Sie vor einer halben Stunde angerufen. Darf ich reinkommen?»

Dachgeschoss.

Dagmar Losem öffnete die Wohnungstür exakt in dem Moment, als er die Hand hob, um anzuklopfen. Morian vermutete deshalb, dass sie ihn schon durch den Spion in der Tür beobachtet hatte, während er noch atemlos die letzten Stufen erklomm. Die Tür wurde nur einen Spalt geöffnet. Sie hatte die Sicherheitskette vorgelegt. Morian sah von ihr nicht mehr als einen Schatten.

«Kann ich bitte Ihren Dienstausweis sehen?»

Morian zeigte dem Schatten seinen Ausweis.

«Kommen Sie bitte rein.»

Dagmar Losem war klein. Sehr klein. Morian schätzte sie auf kleiner als 1,60 Meter. Sie war mindestens zehn Jahre jünger als er, vermutete Morian. Sie sah blass aus. Blass und ängstlich und nervös.

«Keine Angst. Es dauert nicht lange.»

«Ich habe keine Angst», entgegnete sie trotzig.

Sie war barfuß. Sie trug Jeans und darüber einen extrem weit geschnittenen Strickpulli, der fast bis zu ihren Knien reichte und offenbar ihre rundlichen Hüften verbergen sollte. Sie hatte naturblonde Haare, die sie mit einem strengen Pagenschnitt bändigte. Viel zu streng für ihr schönes Gesicht, fand Morian. Sogar die strenge Hornbrille mit den schmalen Gläsern schmeichelte ihrem Gesicht. Vermutlich wusste sie gar nicht, wie hübsch sie war. Viele Frauen wussten das nicht, hatte Morian herausgefunden. Vermutlich litt sie unter ihrem Übergewicht, unter den zehn Kilo oberhalb der von der Gesellschaft diktierten Norm, und fand sich deshalb hässlich. Schublade auf, Schublade zu. Er hatte sie bereits katalogisiert, die Zeugin Dagmar Losem. Unfreiwilliger Single. Sie würde das soeben begonnene Wochenende alleine verbringen, mit einem Berg von Büchern, für die seelische Befriedigung, und einem Berg von Schokolade, für die körperliche Befriedigung. Die jahrzehntelange Berufserfahrung als Polizist hatte Morian gelehrt, sich binnen Sekunden ein Bild von einem Menschen zu machen. Er hatte keine Zeit, die Menschen, denen er beruflich begegnete, in Ruhe kennen zu lernen. Weder Opfer noch Zeugen, noch Täter.

Vielleicht war das ungerecht.

Aber es war effektiv.

Und es schonte seine Seele.

«Kann ich Ihnen etwas anbieten? Einen Tee?»

«Nein danke.» Morian mochte keinen Tee. «Ich will Sie auch nicht lange aufhalten, Frau Losem.»

Sie ging voran, mit ihren nackten Füßen über die gewachsten, naturbelassenen Holzdielen des lang gestreckten Flurs. Ihr Gang war anmutig. Ja, anmutig. Morian fand kein besseres Wort für die Art, wie sie sich bewegte. Sie ignorierte die Küche im Vorbeigehen auffällig genug, sodass Morian einen neugierigen Blick durch die offen stehende Tür warf.

«Sie haben Katzen?»

«Ja. Woher wissen Sie das?»

Sie stockte den Bruchteil einer Sekunde in ihrer Bewegung, blieb aber nicht stehen und sah sich auch nicht nach ihm um, während sie weiter dem Ende des Flurs zustrebte. So hatte sich Morian als Kind den Gang einer Elfe vorgestellt.

«Die offene Dose mit Katzenfutter auf dem Küchentisch.»

«Sie sind ein aufmerksamer Beobachter. Ja. Ich habe eine Katze. Aber Sie werden sie nicht zu Gesicht bekommen. Sie hat sich längst versteckt. Sie ist sehr scheu gegenüber Fremden.»

«So wie Sie?»

«Wegen der Sicherheitskette? Oder weil ich mir Ihren Dienstausweis habe zeigen lassen? Ich bin nicht scheu, ich bin nur vorsichtig. Man kann nicht vorsichtig genug sein.»

Das Wohnzimmer. Morian war darauf trainiert, eine fremde Wohnung, einen fremden Raum sekundenschnell in seinem Gehirn abzuspeichern. Jedes Detail. Aber Dagmar Losems Wohnzimmer war er nicht gewachsen. Diesem Zimmer war unmöglich mit dem Kopf beizukommen. Schon gar nicht mit dem Kopf eines Kriminalisten. Es entzog sich von der ersten Sekunde an seinem fotografischen Gedächtnis. Sanft, fließend, verwirrend. Dieses Zimmer bot ihm keinerlei Orientierung. Es bot nur Gefühl. Kunstvoll um das Fenster drapierte Stoffe. Fernöstliche Skulpturen. Orientalische Möbel. Mit Samt bezogene Sitzkissen. Farben. Ein blutrotes Sofa. Ein altmodischer Ohrensessel, so wie seine Großmutter einen besessen hatte, aber in einem frischen, orangefarbenen Dekor. Überall brannten Kerzen. In Windlichtern auf dem Holzfußboden, auf den liebevoll dekorierten, im ganzen Raum verteilten chinesischen Tischchen, auf der Jugendstil-Kommode aus Mahagoni, auf dem Fensterbrett der Dachgaube. Das Kerzenmeer ließ die terrakottafarbenen Wände leuchten. Musik perlte durch den etwa 40 Quadratmeter großen Raum. Ein Piano und eine dunkle, raue Frauenstimme. Nur an der rechten Stirnwand war von der sanft und sonnig leuchtenden Farbe nichts mehr zu sehen, weil die Regalbretter in der gesamten Breite der Wand vom Boden bis zur Stuckdecke in dreieinhalb Meter Höhe reichten. Morian hatte noch nie so viele Bücher in einer Privatwohnung gesehen.

Er deutete nach oben. «Wie kommen Sie da dran?»

«Ich habe eine fahrbare Leiter. Hinter Ihnen. Hinter der Tür.» Die Frage schien sie zu irritieren. Sie hatte sich eine Zeugenbefragung durch einen Kriminalbeamten wohl anders vorgestellt. Sie versuchte vergeblich, sich das nicht anmerken zu lassen.

«Schöne Musik. Wer ist das?»

«Patricia Barber. Eine amerikanische Jazz-Sängerin.»

«Das Zimmer ist …»

«… mein Refugium. Mein Nest.»

Dagmar Losem setzte sich im Schneidersitz mitten in die Kissenberge auf dem Sofa, setzte die Hornbrille ab, legte sie vor die geschnitzte Buddha-Statue auf einem der Tischchen neben dem Sofa und deutete auf den Sessel ihr gegenüber. Morian stellte die nächste Frage, noch bevor er Platz nahm.

«Ich hätte übrigens geschworen, Sie haben nicht eine, sondern zwei Katzen.» Er war sich nicht sicher, ob er nur fragte, um eine Antwort zu erhalten oder um ihre warme Stimme zu hören.

«Wieso das?»

«Da stehen zwei Fressnäpfe in der Küche.»

«Dann wird Ihnen sicher auch aufgefallen sein, dass nur der eine gefüllt ist. Ich habe es noch nicht übers Herz gebracht, den anderen Fressnapf wegzuwerfen. Weil ich es immer noch nicht akzeptieren kann, dass sie tot ist.»

«Ihre Katze?»

«Lana. Ich hatte sie beide aus dem Tierheim geholt, als sie noch ganz klein waren. Klein und schwach und krank. Sie sind Schwestern. Aus einem Wurf. Lana und Lea. Eigentlich wollte ich damals nur eine Katze. Aber als ich die beiden Wollknäuel sah, wie sie da im Käfig lagen, zitternd und aneinander geschmiegt, weil sie niemanden hatten außer sich selbst, da habe ich es einfach nicht übers Herz gebracht, sie auseinander zu reißen.»

«Ich hatte auch mal eine Katze», sagte Morian. «Als Kind. Aber sie ist überfahren worden. Ich habe nächtelang geweint. Das kann man wohl nur vermeiden, wenn man sie von Geburt an nicht aus der Wohnung lässt, sodass sie gar nicht wissen, dass sie in einem Gefängnis leben. So wie hier.»

«Ja...», entgegnete sie zögernd. Dass Morian ihre Wohnung mit einem Gefängnis verglich, schien ihr nicht zu behagen. «Aber ich lasse immer das Dachfenster in der Gästetoilette offen stehen. Da können sie wenigstens an die frische Luft, wann immer sie wollen, und über die Dächer streunen.»

Dagmar Losem sprach von ihrer toten Katze immer noch in der Gegenwart, fiel Morian auf.

«Und wann ist sie...»

«Vor zwei Wochen. Aber Sie sind doch nicht gekommen, um sich mit mir über Katzen zu unterhalten?»

«Nein, natürlich nicht, Frau Losem. Entschuldigen Sie bitte. Ich will nicht Ihre Zeit stehlen. Sie unterrichten am Thomas-Morus-Gymnasium in Königswinter Deutsch und Philosophie. Eine Ihrer Schülerinnen, Anna Wagner...»

«Das habe ich alles schon dem Polizisten erzählt, der mich diese Nacht aus dem Bett geklingelt hat. Anna war gestern pünktlich um 16 Uhr in der Schreibwerkstatt erschienen und hatte um 18 Uhr zusammen mit den anderen Schülern den Raum verlassen. Ich weiß wirklich nicht, was ich Ihnen …»

«Frau Losem, das ist mir alles bekannt. Ich möchte von Ihnen gern mehr über Anna Wagner erfahren. Sie standen in einer besonderen Beziehung zu ihr, habe ich mir sagen lassen.»

«Von wem?»

«Von Annas Eltern.»

«Ach so. Ja. Das ist wohl wahr. Ich …»

Sie begann zu zittern, löste sich aus dem Schneidersitz, schloss die Knie und schlang die Arme um ihre Beine.

«Frau Losem, vielleicht sollte ich erwähnen: Anna lebt. Wir haben sie gefunden. Mehr kann und darf ich Ihnen allerdings noch nicht sagen, im Interesse unserer Ermittlungen.»

Ihr Gesicht blieb unbewegt, wie aus Stein gemeißelt, während dicke Tränen über ihre Wangen kullerten.

«Entschuldigung. Ich …» Sie sprang auf und rannte aus dem Zimmer. Morian nutzte die Gelegenheit, sich die gerahmten Schwarz-Weiß-Fotos über der Jugendstil-Kommode aus der Nähe anzuschauen. Eine junge Frau am Strand. Sie lachte fröhlich und unbefangen in die Kamera. Die blonde Afrolook-Frisur, der aus einer abgeschnittenen Jeans genähte knappe Minirock und die weiße, transparente Ibiza-Bluse aus Windelstoff ließen den Schluss zu, dass die Aufnahme in den späten sechziger Jahren entstanden sein musste. Die Ähnlichkeit der Gesichtszüge war allerdings verblüffend.

Das Foto daneben zeigte ein vielleicht achtjähriges Mädchen an der Hand eines ernsten Mannes. Der Mann trug eine verspiegelte Sonnenbrille, eine schwarze Lederhose, Cowboystiefel und eine Jeansjacke. Unter dem schwarzen, breitkrempigen Hut quoll eine Mähne hervor, die bis auf die Schultern fiel. Sie standen auf einem Friedhof, vor einem Grab. Der Mann starrte auf das Grab, das Mädchen blickte verstört in die Kamera.

«Das ist mein Vater.»

Er hatte sie nicht kommen gehört. Dagmar Losems Augen waren gerötet. In der Hand hielt sie eine Packung Tempos. Sie setzte ihre Brille wieder auf und trat neben Morian vor die Kommode.

«Und das Mädchen an seiner Hand? Das sind Sie?»

«Ja.»

«Und die Frau auf dem linken Bild ist …»

«Meine Mutter.»

«Sie ist sehr schön. Verblüffend, wie sie Ihnen ähnelt …»

«Sie ist tot.»

«Das tut mir Leid.»

«Das ist lange her. Leukämie. Ich war acht Jahre alt. Mein Vater und meine Mutter, das soll wohl die ganz große Liebe gewesen sein, erzählte man sich. Die wilde Flower-Power-Zeit. Das Foto auf dem Friedhof hat ein Freund gemacht, weil Papa wollte, dass ich ein Erinnerungsfoto besitze. Gleich nachdem das Foto gemacht worden war, lieferte er mich bei meinen Großeltern in Wuppertal ab, schwang sich auf sein Motorrad und verschwand Richtung Indien. Er wollte dort ihre wiedergeborene Seele finden. Sie glaubten beide an so was.»

«Und hat er sie gefunden?»

«Keine Ahnung. Ich habe meinen Vater nie wieder gesehen. Ich sehe das Bild noch genau vor mir, wie er vor dem Haus seiner Schwiegereltern in Wuppertal auf seine Maschine steigt, mir noch einmal zuwinkt und davonbraust. Alle Nachbarn waren beim Rasenmähen, sahen auf und schüttelten den Kopf, weil seine Maschine so einen Radau machte, und auch meine Großeltern schüttelten den Kopf, aber wohl aus einem anderen Grund, und ich konnte seine Maschine noch lange hören, als er schon längst nicht mehr zu sehen war. Das war's. Keine Postkarte, kein Telefonanruf. Nichts. Keine Ahnung. Wahrscheinlich ist er längst tot. Und im katholischen Himmel statt im Hippie-Nirwana. Im Engelsgewand, ganz brav mit Flügeln und Harfe. Oder in der Hölle.»

Sie lachte und setzte sich wieder aufs Sofa.

«Wo waren wir stehen geblieben, Herr Kommissar?»

«Und woran glauben Sie?»

«Das geht Sie nichts an. Anna Wagner. Ein ganz und gar außergewöhnliches Mädchen. Klug. Begabt. Sensibel. Und ein großes Talent, was das Schreiben betrifft. Wahrscheinlich hat sie dieses Talent ihrer Mutter zu verdanken. Ruth Wagner ist promovierte Germanistin. Wussten Sie das? Sie fördert ihre Kinder mit großem Erfolg, was die Begegnung mit Literatur betrifft. Anna schreibt ganz wundervolle Kurzgeschichten. Vor allem aber schreibt sie zauberhafte Gedichte. Ganz besondere Gedichte. Wir haben schon versucht, einen Verlag für sie zu finden. Aber die meisten Verlage scheuen das Risiko, Gedichte einer 14-Jährigen zu drucken, die sich vornehmlich mit dem Tod beschäftigen. Sie sagen, das glaube doch kein Leser, dass sich eine 14-Jährige literarisch ausgerechnet mit diesem Thema befasst.»

«Das würde ich auch nicht glauben.»

«Ich sagte ja schon, sie ist ein außergewöhnliches Mädchen.»

Morian zog eine zerknitterte Fotokopie aus seiner Jackentasche und entfaltete sie umständlich.

«Die Wagners haben das hier zusammen mit einem Foto von Anna in ihrem Briefkasten gefunden. Ein Gedicht. Könnten Sie sich vorstellen, dass dieses Gedicht von Anna stammt?»

Dagmar Losem überflog es kurz. Dann sah sie auf und reichte Morian den Zettel zurück.

«Ich kann es mir nicht nur vorstellen. Ich weiß definitiv, dass dieses Gedicht von Anna stammt.»

«Sicher?»

«Ganz sicher. Sie hatte es gestern in der Schreibwerkstatt vorgetragen, bevor sie ... Sie war sehr stolz darauf, aber ich fand diese Arbeit ausnahmsweise nicht so brillant. Ich glaube, sie war sauer. Ich hatte sie mit meiner Kritik wohl verletzt.»

«Und das ist sie nicht gewohnt von Ihnen?»

«Nein. Aber aus dem einfachen Grund, weil Anna in der Regel mehr Anlass für Lob als für Tadel bietet. Ich lobe meine Schüler gerne und ausgiebig, wenn sie gute Arbeit leisten oder sich zumindest bemühen. Es wird in der Schule wie in unserer Gesellschaft viel zu viel getadelt und viel zu selten gelobt.»

«Hatten Sie auch privaten Kontakt zu Anna?»

Dagmar Losem dachte nach, bevor sie antwortete. Morian spürte, dass sie nicht über seine Frage, sondern über ihre Antwort nachdachte. Schließlich reckte sie trotzig ihr Kinn vor und blickte Morian fest und entschlossen in die Augen.

«Ja. Als ich vor einem Jahr beruflich von Wuppertal nach Bonn gewechselt bin, habe ich gleich wieder eine Schreibwerkstatt gegründet. Ich hatte das schon mit großem Erfolg an meiner alten Schule in Wuppertal praktiziert, und die Leitung des Thomas-Morus-Gymnasiums war sofort begeistert von meinem Vorschlag. Wissen Sie, an einer Privatschule lassen sich gute Ideen viel schneller und unbürokratischer umsetzen. Auch wenn man am ThoMo immer etwas vorsichtig sein muss, welche Literatur man auswählt, weil es ja eine christlich orientierte Schule ist ...»

«Tomo?»

«ThoMo. So nennen die Schüler das Gymnasium. Das ThoMo. Jugendliche meinen doch, immer alles abkürzen zu müssen. Und natürlich haben die wenigsten von ihnen überhaupt eine Ahnung, wer Thomas Morus war.»

Morian hatte ebenfalls keine Ahnung, wer Thomas Morus war. Aber es interessierte ihn auch nicht, und deshalb fragte er auch nicht. Ihn interessierte Anna Wagner.

Und Dagmar Losem, gestand er sich ein.

«Jedenfalls fragte ich Anna, ob sie mitmachen wolle in unserer frisch gegründeten Literatur-AG. Sie war mir in meinem Deutsch-Unterricht positiv aufgefallen. Die meisten Schüler in der Schreibwerkstatt sind natürlich aus der Oberstufe, aber sie hatte von Anfang an keine Probleme, da intellektuell mitzuhalten. Aber die Oberstufen-Schüler hatten umgekehrt bald Probleme mit ihr. Sie konnten es nämlich nicht ertragen, dass eine 14-Jährige besser schrieb als sie. Aber das hat sich mittlerweile gelegt. Nur ihre gleichaltrigen Mitschüler aus ihrer eigenen Klasse haben weiterhin Probleme mit ihr. Neid und Missgunst. Das sind wohl typisch deutsche Eigenschaften. Niemand darf sich ungestraft aus der grauen, trägen Masse erheben, vor allem niemand aus dem eigenen Umfeld. Anna hat es nicht leicht, glauben Sie mir. Sie wird geschnitten. Und wenn sie mal scheitert, in einem anderen Fach, in Mathe oder in Bio, wenn sie mal eine Klassenarbeit verhaut, was selten passiert, dann johlt die Meute vor Schadenfreude und tratscht es in der großen Pause über den gesamten Schulhof. Ihre Tochter ist da übrigens keine rühmliche Ausnahme.»

«Meine Tochter?»

«Morian. Ihr Name kam mir doch gleich bekannt vor. Laura hat mir mal erzählt, dass ihr Vater bei der Kripo ist. Sie ist übrigens sehr stolz auf Sie. Wussten Sie das? Sie möchte später ebenfalls zur Polizei, hat sie gesagt. Wie ihr Vater. Schade, dass wir uns bisher nie begegnet sind. Ihre geschiedene Frau kommt ja immer zu den Elternsprechtagen.»

Morians schlechtes Gewissen stellte sich augenblicklich ein. Deshalb wechselte er das Thema.

«Um nochmal auf meine ursprüngliche Frage zurückzukommen: Die Wagners erzählten, Anna habe Sie gelegentlich auch privat besucht, hier, in Ihrer Wohnung.»

«Ja. Sie leiht sich Bücher aus. Sie hat uneingeschränkten Zugang zu meiner Privatbibliothek. Ich vertraue ihr. Wir trinken dann manchmal Tee, unterhalten uns über Literatur und über das Leben. Wissen Sie, ich mache Ihnen gegenüber gar kein Hehl daraus: Anna ist meine Lieblingsschülerin. Das darf ich natürlich nicht laut sagen. Aber Lehrer sind auch nur Menschen. Und da bleibt es nicht aus, dass es Sympathien und Antipathien gibt. Das darf sich natürlich nicht auf die Behandlung der Schüler im Unterricht auswirken oder auf die Notengebung. Aber es lässt sich auch nicht leugnen. Anna ist sehr wissbegierig, und es ist die reine Freude, sie zu fördern, ihr etwas beizubringen. Sie saugt alles Neue begierig auf wie ein trockener Schwamm das Wasser.»

«Hat sie Freundinnen? Einen Verehrer?»

«Die meisten Jungs stehen nicht auf fleißige, strebsame, bebrillte Bücherwürmer. Freundinnen? Nicht viele. Eigentlich nur eine. Ein Mädchen aus der Nachbarschaft. Biggi. Eine Freundschaft noch aus Sandkasten-Zeiten. Sie waren in dem kleinen Siebengebirgs-Dorf im selben Kindergarten. Biggi besucht nicht das Gymnasium, sondern die Hauptschule. Man fragt sich, was die beiden Mädchen verbindet, sie sind so verschieden wie Feuer und Wasser. Keinerlei gemeinsame Interessen. Aber vielleicht besteht gerade darin das Geheimnis. Biggi ist nicht neidisch auf Anna, und Anna schnappt Biggi keine Jungs vor der Nase weg, weil sie sich noch nicht für Jungs interessiert. Diese Beziehung ist also völlig frei von Eifersucht. Sie fühlen sich sicher miteinander.»

«Wissen Sie zufällig Biggis Nachnamen?»

«Nein. Keine Ahnung.»
«Welches Verhältnis hat Anna zu ihren Eltern?»
«Ist die Frage relevant für Ihre Ermittlungen?»
«Ja. Und deshalb bitte ich Sie, mir die Frage ehrlich zu beantworten.»
«Verstehen Sie mich bitte nicht falsch. Ich möchte meine Vertrauensstellung Anna gegenüber nicht...»
«Frau Losem: Es geht um die Aufklärung eines Verbrechens. Und es geht vielleicht auch darum, dass der Täter kein weiteres Mal zuschlägt.»
«Also gut. So gut wie Anna haben es nicht viele Kinder. Die Wagners sind eine intakte Familie. Was glauben Sie, wie viele meiner Schüler noch in intakten Familien aufwachsen?»
Morian sagte nichts. Er hatte kein Interesse, sich an dem pädagogischen Ratespiel zu beteiligen. Sie sahen sich forschend an, als könnten sie in den Augen des anderen alle Antworten auf ihre Fragen finden, und schwiegen eine Weile miteinander. Morian stellte fest, dass es ihm gefiel, mit ihr zu schweigen. Er löste den Blickkontakt instinktiv, als er glaubte, aus dem Augenwinkel eine Bewegung auf dem Fußboden registriert zu haben.
Die Katze. Sie saß regungslos neben seinem rechten Fuß auf ihren Hinterpfoten, hatte den Schwanz kunstvoll um ihre Vorderpfoten drapiert, sah zu ihm hoch und blinzelte. Eine zierliche, grau getigerte Katze. Morian hatte keine Ahnung, ob Katzen blinzeln können, aber er blinzelte zurück. Sie zögerte noch, rang spürbar mit sich, wog Misstrauen und Nähebedürfnis miteinander ab, dann kündigte das Vibrieren der Muskeln in ihren Hinterläufen an, dass die Entscheidung gefallen war, und mit einem eleganten Satz war sie auf seinem Schoß, ließ sich nach einer Drehung um die eigene Achse nieder, legte den Kopf flach wie eine Flunder auf seinen Oberschenkel und schnurrte wie eine gut geölte Nähmaschine.

Morian kraulte sie sanft zwischen den spitzen Ohren, während er den Blickkontakt zu Dagmar Losem wieder aufnahm. Er grinste unwillkürlich, sie lächelte, vielleicht ebenso unwillkürlich, ein schönes Lächeln, während sie gespielt missbilligend den Kopf schüttelte.

«Diese Katze. Sie überrascht mich jeden Tag aufs Neue. Das ist das Wundervolle an Katzen: Sie machen, was sie wollen. Sie behalten ihren eigenen Kopf. Sie lassen sich nicht dressieren. Im Gegensatz zu Hunden ...»

«... und Menschen.»

«Ja. Sie wollten wissen ... Sie haben das Ehepaar Wagner ja sicher schon kennen gelernt. Anna hat sich mir gegenüber nie beklagt. Außer vielleicht ...»

«Außer was?»

«Außer, dass sie sich gelegentlich vielleicht etwas zu behütet fühlte. Überbehütet. Alles ist perfekt im Hause Wagner. Die Kinder werden mit Aufmerksamkeit und Zuneigung überschüttet. Aber ihre zunehmende Abwehrhaltung ist sicher völlig normal in dem Alter. Man hält sich bereits für sehr erwachsen, will seine eigenen Entscheidungen treffen, sein Leben autark gestalten, und pfeift deshalb auf die Ratschläge der Eltern.»

«Trauen Sie Anna zu, dass sie ihre Eltern belügt?»

«Ich traue jedem Menschen eine Lüge zu. Haben Sie Ihren Eltern immer die Wahrheit gesagt?»

Morian dachte in diesem Moment nicht an seine Eltern, sondern an seine Kinder, die auf ihn warteten. Er sah auf die Uhr. Die Katze sprang beleidigt von seinem Schoß und verschwand. Patricia Barber hatte aufgehört zu singen. Der märchenhafte Bann war gebrochen. Morian beugte sich vor und lehnte seine Visitenkarte an das Knie des Buddhas auf dem Tischchen.

«Vielen Dank, Frau Losem. Sie haben uns sehr geholfen.»

«Wobei?»

Morian ließ die Frage unbeantwortet. Dagmar Losem brachte ihn zur Tür. Durch den langen Flur ließ sie ihm den Vortritt, was Morian bedauerte. Im Treppenhaus drehte er sich noch einmal um und nickte aufmunternd. Zu mehr war er nicht in der Lage. Sie nickte ebenfalls schweigend und schloss die Tür. Morian hörte deutlich, wie sie von innen den Schlüssel im Schloss zweimal umdrehte und die Sicherheitskette vorlegte.

Vielleicht ergab sich ja eine Gelegenheit, sie eines Tages wiederzusehen.

Vielleicht.

Vielleicht ergab sich ja dann auch eine Gelegenheit, herauszufinden, was ihr solche Angst machte.

In der zweiten Hälfte des 19. Jahrhunderts kamen die Kölner Ratsherren auf die Idee, für ihre wohlhabenden Bürger einen nagelneuen Stadtteil anzulegen, im Süden der Stadt, in gesunder Luft und grüner Umgebung, unmittelbar am Rhein gelegen. So entstand in parkähnlicher Landschaft rund um den bis dahin einsamen Landsitz Marienburg eine geschlossene Villen-Kolonie aus frei stehenden Gründerzeit-Häusern im Zuckerbäcker-Stil an von Bäumen gesäumten Alleen. Seither galt Köln-Marienburg als allerfeinste Adresse. Zu Beginn des 21. Jahrhunderts lebten dort 5700 der eine Million Kölner unberührt von den üblichen lästigen Nachteilen urbanen Lebens. Hier gab es Vogelgezwitscher statt Fluglärm, nette Nachbarn statt marodierender Jugend-Gangs, sonore, schallgedämpfte Sechszylinder statt hysterisch aufjaulender Kleinkrafträder. Keine Döner-Bude und kein Getränke-Discounter störten das seit mehr als 100 Jahren unveränderte Straßenbild, und die Bewohner Marienburgs verfügten über genügend Einfluss, dass sich daran auch die nächsten 100 Jahre garantiert nichts ändern würde.

Die Villen standen natürlich samt und sonders unter Denkmalschutz.

Bis auf eine Ausnahme.

«Wie hat er nur die Baugenehmigung bekommen?»

Hurl kurbelte die Seitenscheibe seines 40 Jahre alten Ford Mustang Shelby herunter, als könne er nicht glauben, was er sah, und rieb sich die Augen, als wolle er ausschließen, einer Sinnestrübung zu unterliegen. Was sich da auf der gegenüberliegenden Straßenseite zwischen zwei Jugendstil-Häusern auftürmte, sah eher aus wie die morgens um sechs erschaffene 3-D-Computer-Animation eines nach durchtanzter Techno-Nacht noch unter massivem Ecstasy-Einfluss stehenden Architektur-Studenten: Zwei frei stehende, schmucklose, fensterlose, sienarot marmorierte Begrenzungsmauern ragten links und rechts bis in Dachgeschoss-Höhe der Nachbar-Villen. Zwischen den beiden Mauern türmte sich ein polymorpher Berg aus spiegelndem, azurblau schimmerndem Glas, als sei es in flüssigem Zustand vom Himmel gegossen worden und erst zwischen den beiden sienaroten Mauern erkaltet und schließlich in bizarren Formen erstarrt, als hätten die beiden Mauern dafür gesorgt, dass sich das himmelblaue Magma nicht über ganz Marienburg ergoss.

«CC muss jedenfalls über ausgezeichnete Drähte ins Rathaus verfügen», sagte Max, der in dem zerschlissenen kunstledernen Beifahrersitz des Mustangs kauerte.

«CC?»

«Ja. Das sind die Initialen des Hausherrn. Seine Freunde nennen ihn so. Und diejenigen, die seine Freunde sein wollen. Die Initialen sind zugleich der Name seiner Firma. Curt Carstensen. Inhaber einer der zehn wichtigsten Werbeagenturen Deutschlands. ‹CC communications company›. Zu seinen

Kunden gehören einige der Global Players mit den ganz großen Etats. Er besitzt ein Filmstudio sowie ein Foto- und Graphik-Atelier im Norden der Stadt. Aber die Zentrale, das kreative Hirn der Agentur, ist dieses Raumschiff hier vor deiner Nase. Obwohl in diesem Viertel eigentlich gar kein Gewerbe erlaubt wird. Hier wohnt er übrigens auch. 54 Jahre alt. Geschieden. Je reicher er wird, desto jünger werden seine Freundinnen. Derzeit lebt er mit einer 24-Jährigen zusammen, die gerade erst die Journalistenschule absolviert hat und die er bei RTL unterbringen konnte.»

«Reich. Das ist gut. Wir können Geld gebrauchen.»

«Sehe ich auch so. Also los.»

Zwischen der linken Trennmauer und dem Glasgebirge befand sich der Eingang zur Agentur. Es war Freitagabend, 20.30 Uhr. Der Eingang war verschlossen. In der Schlucht zwischen der rechten Begrenzungsmauer und dem Glasgebirge war eine Treppe aus Edelstahl angebracht, die wie eine Gangway hinauf zur Privatwohnung führte. Am Ende gab es eine Tür, einen Klingelknopf, eine Gegensprechanlage und ein Video-Auge, aber kein Namensschild. In ganz Marienburg wurden Namensschilder als eher störend empfunden.

Eine junge Frau öffnete, ohne die Gegensprechanlage zu benutzen. Sie war sehr groß und so mager, dass man sie in früheren Zeiten auf der Stelle zum Arzt geschickt hätte. Sie trug verwaschene Röhren-Jeans, die ihre endlos langen Beine betonten, ein weißes T-Shirt und die feuerroten Haare scheinbar unsorgfältig hochgesteckt. Ihr engelhaftes Gesicht hatte slawische Züge, vor allem die hohen Wangenknochen und die leicht schräg gestellten Augen. Ihre passend zur Haarfarbe geschminkten Lippen öffneten sich zu einem Lächeln und entblößten ihre makellosen, strahlend weißen Zähne.

«Sie müssen die Herren von der Detektei sein.»

«Guten Abend. Ich bin Max Maifeld. Und das ist Hurl.»

«Hurl? Und der Nachname?»

«Einfach nur Hurl», antwortete Hurl.

«Oh», hauchte sie kokett wie ein Schulmädchen, aber mit einer schlecht verborgenen Spur Spott in der Stimme, und betrachtete mit unverhohlenem Interesse Hurls athletischen Körper.

«Ein Künstlername? Wie originell. Ihrem Akzent nach zu urteilen, sind Sie Amerikaner. Sagt man in Ihrem Fall Afro-Amerikaner? Wäre das politisch korrekt? Ich habe mal gelesen, dass die schwarzen Sklaven auf den Baumwoll-Plantagen ihren Kindern nur den Vornamen selbst aussuchen durften. Den Nachnamen hat sich stets der Besitzer für sie ausgedacht.»

Um zu vermeiden, dass Hurl damit konterte, was er über junge Osteuropäerinnen in Deutschland gelesen hatte, fasste Max ihn beim Arm und entgegnete: «Wir hätten jetzt gerne Herrn Carstensen gesprochen.»

«Oh ja, natürlich. Wie konnte ich nur so unhöflich sein. Mein Name ist Natascha Jablonski. Ich bin seine Lebensgefährtin. Bitte kommen Sie doch herein.»

Das Wohnzimmer hatte die Ausmaße einer Schulturnhalle und verbreitete etwa so viel Wärme und Behaglichkeit wie ein Eisberg in der Arktis. Durch die gläsernen Wände hatte man das Gefühl, im Freien zu sitzen, auch wenn man von draußen nicht hineinschauen konnte. Natascha Jablonski bat sie, auf einem weißen Ledersofa Platz zu nehmen, und versicherte, dass Herr Carstensen zwar wider Erwarten noch beschäftigt sei, aber in Kürze erscheinen werde. Während sie sprach, starrte sie ausschließlich den schwarzen Riesen auf dem weißen Sofa an wie ein exotisches, wildes Tier und würdigte Max Maifeld keines Blickes. Dann knipste sie ihr Lächeln aus und verschwand.

«Sie wird bei RTL noch Karriere machen.»

«Hurl, beruhige dich wieder. Vielleicht lässt du mich besser die weiteren Verhandlungen führen.»

«Ich habe nichts dagegen. Sorge nur dafür, dass die Provision meine Nerven beruhigt.»

Sie hörten seine Stimme, bevor sie ihn sahen. «*Dann bewegen Sie eben Ihren Arsch zurück ins Büro ... Das ist mir völlig egal, wie Sie Ihr Wochenende verplant haben...*» Er telefonierte. Curt Carstensen beugte sich mit einem Augenzwinkern über die Brüstung der Galerie und winkte ihnen von oben herab zu, was ihn nicht daran hinderte, gleichzeitig weiter in sein Handy zu brüllen. «*Entweder steht die Präsentation bis Montag, oder Sie können sich einen neuen Job suchen...*» Er beendete das Gespräch auf halber Treppe, ohne Grußformel. Er war schlank und braun gebrannt, hatte graue Schläfen, Schlupflider und Lachfalten, die sein fotogenes Gesicht sympathisch wirken ließen – wenn man nicht zugleich Zeuge dessen wurde, was Curt Carstensen unter Mitarbeiter-Motivation verstand. Er trug wie seine drei Jahrzehnte jüngere Lebensgefährtin Jeans und ein weißes T-Shirt. Er war der Typ Mann, der auch lediglich mit einem Kartoffelsack bekleidet das teuerste Restaurant der Stadt hätte aufsuchen können, ohne unangenehm aufzufallen.

«Ich freue mich, dass Sie so schnell Zeit für mich gefunden haben. Bitte, bleiben Sie doch sitzen. Meine Güte, sind Sie groß. Wie groß sind Sie?»

«Genau zwei Meter, seit ich das letzte Mal gemessen wurde», sagte Hurl. «Ist das von Belang für den Job?»

«Donnerwetter. Ich bin beeindruckt. Sie treiben sicher viel Sport, nehme ich an. Alle Achtung. Wie viel Kilo stemmen Sie denn so beim Bankdrücken? Treiben Sie auch Kampfsport? Ich hatte schon mal mit dem Gedanken gespielt, mir einen Bodyguard zuzulegen, der zugleich als Chauffeur arbeitet, vor allem auch für Natascha, wenn sie abends alleine ausgeht. Ich bin immer etwas beunruhigt, wenn ich lange arbeiten muss oder auf Dienstreisen bin und sie alleine loszieht. Man liest so viel in der Zeitung. Aber das wäre natürlich eine Vertrauensstellung, und da ...»

Max fiel ihm ins Wort, was er gewöhnlich an anderen hasste: «Herr Carstensen, was können wir für Sie tun?»

«Ich möchte, dass Sie einen Job für mich erledigen. Ich will nicht lange um den heißen Brei herumreden. Ich werde erpresst. Ich will, dass Sie zum Schein auf die Erpressung eingehen, ich will, dass Sie die Erpressung beenden, ohne dass ich dafür bezahlen muss, und ich will, dass Sie dem Erpresser gehörig Angst einjagen, sodass er mich ein für alle Mal in Ruhe lässt. Ich möchte, dass Sie ihm wehtun. Strafe muss sein. Sie verstehen, was ich meine?»

«Wissen Sie, wer Sie erpresst?»

«Nein. Er hat sich telefonisch gemeldet. Er sagte, er sei nur ein Mittelsmann, er arbeite im Auftrag. Ich habe diese Stimme noch nie gehört. Ich will, dass Sie sich den Hintermann vornehmen. Der Strohmann interessiert mich nicht.»

«Herr Carstensen, nach unserer Erfahrung geht es Erpressern nicht immer nur ums Geld. Es gibt nicht selten auch andere Motive. Neid oder Rache zum Beispiel. Hegen Sie einen Verdacht, wer dahinterstecken könnte?»

Zum ersten Mal schien Curt Carstensen um eine Antwort verlegen. Er dachte angestrengt nach, bevor er antwortete, so als habe er sich die Frage selbst noch nie gestellt.

«Ich habe nicht die leiseste Ahnung.»

Max Maifeld fragte sich, wie sehr jemand von sich überzeugt sein musste, dass er glaubte, keine Feinde zu haben.

«Aber Sie wissen, womit er Sie erpresst.»

«Ja.»

«Warum gehen Sie nicht zur Polizei?»

«Weil ...»

Carstensen ließ die Antwort in der Luft hängen, goss sich

stattdessen einen Cognac ein, schwenkte das Glas und stierte in die braune Flüssigkeit, als würde er dort den Rest des Satzes finden. Max wollte nicht solange warten.

«Herr Carstensen, Sie müssen schon mit offenen Karten spielen. Sie können sich auf unsere Diskretion verlassen. Wir sind nicht risikoscheu, aber wir wollen unser Risiko kalkulieren. Deshalb müssen wir wissen, ob wir uns mit dem Auftrag strafbar machen. Das gehört zu unseren Geschäftsbedingungen. Sie können natürlich jemanden beauftragen, der das nicht so genau nimmt. Aber vielleicht ist der nicht so effizient wie wir. Nun?»

«Also gut. Lassen Sie mich kurz die Situation umreißen: Ich habe private Auftraggeber, darunter einige namhafte Unternehmen, Markenhersteller, die weltweit mitspielen. Ich habe aber auch öffentliche Auftraggeber. Die Stadt Köln zum Beispiel. Bei der augenblicklichen Konjunkturlage werden die Etats der Wirtschaftsunternehmen immer schmaler, einige Firmen brechen sogar ganz weg. Obwohl sie in solchen Zeiten gut beraten wären, antizyklisch zu investieren. Aber das kriegen Sie in die Köpfe deutscher Unternehmer einfach nicht rein.»

«Also müssen Sie derzeit verstärkt jene Kunden pflegen, die ihre Werbeetats aus Steuergeldern finanzieren.»

«So ist es. Bei den Auftraggebern der öffentlichen Hand müssen Sie allerdings gelegentlich etwas Landschaftspflege betreiben, wenn Sie verstehen, was ich meine. Das ist inzwischen so üblich. Nicht nur in der Baubranche. Nicht nur bei der Müllentsorgung. Sie müssen dafür sorgen, dass die zuständigen Beamten in der Stadtverwaltung Ihnen geneigt bleiben, Sie müssen sich das Wohlgefallen der Kommunalpolitiker in den entsprechenden Ausschüssen sichern, sonst sind Sie ganz schnell weg vom Fenster, gleichgültig, wie gut die abgelieferte Arbeit bisher war. Herr Maifeld, wir sind hier in Köln. Diese Stadt hat den Klüngel erfunden. Die rheinische Vokabel ist nichts weiter als eine Verniedlichung des hässlichen Wortes Korruption.»

«Verstehe. Dann werden eben ein paar Leute an den Schaltknöpfen im Rathaus geschmiert, und ein paar Parteien erhalten eine kleine Wahlkampfspende, von Schwarzgeldkonto auf Schwarzgeldkonto. Und einen dieser Korruptionsfälle kann Ihr Erpresser belegen. Um welches Projekt geht es?»

«Um den Mediapark. Diese Schnapsidee. Da kamen vor ein paar Jahren diese Größenwahnsinnigen im Rathaus auf die Idee, auf dem Brachgelände hinter dem Rangierbahnhof zwischen Hansaring und Innerer Kanalstraße eine künstliche Stadt errichten zu lassen, elf im Halbkreis angeordnete Türme aus Stahl und Glas, rund um eine künstliche Piazza mit einem künstlichen See, das Ganze unterkellert von einer gigantischen Tiefgarage, in der Sie schon am späten Nachmittag das unangenehme Gefühl beschleicht, Sie seien der einzige Überlebende eines Neutronenbomben-Anschlags. Nur weil ein paar clevere Geschäftemacher aus dem Baugewerbe diesen Schwachköpfen im Rathaus erfolgreich eingeredet haben, die Medienstadt Köln brauche unbedingt einen Mediapark. Was das auch immer sein soll. Sie kennen das Gelände?»

Max Maifeld nickte.

«Dann wissen Sie ja Bescheid. Allein Turm 9 hat 43 Stockwerke. Wo sollen denn all die Mieter herkommen? Völlig am Markt vorbei konzipiert. Keine Sekunde nachgedacht. Diese Idioten hatten sich tatsächlich eingebildet, die 48 000 Medienschaffenden in Köln hätten nichts Besseres zu tun, als auf Kommando wie die Lemminge in ihren schönen Mediapark umzuziehen. WDR und RTL und all die Film- und Show-Produktionen.»

Curt Carstensen nippte an seinem Cognac, bevor er seinen Monolog fortsetzte.

«Und? Was ist inzwischen aus den schönen Plänen geworden? Der Plattenkonzern Emi ist noch da, hält wacker die Stellung in Turm 8. Viva ist schon wieder weg, RTL ist nie gekommen, sondern geht jetzt rüber nach Deutz, wo die Quadratmeterpreise billiger sind und wo die Studios über Expansionsmöglichkeiten verfügen. Ebenso Harald Schmidt und Endemol und all die anderen. Natürlich gehen die lieber vor den Stadttoren in Hürth oder Ossendorf oder Bocklemünd auf den freien Acker oder drüben in Mülheim in eine der leer stehenden Fabriken. Nur der WDR war so höflich und hat in Turm 5 ein Feigenblatt eingerichtet, eine Dependance für seinen Junge-Leute-Radiosender EinsLive. Dafür haben wahrscheinlich die Parteipolitiker im paritätisch besetzten Rundfunkrat gesorgt. Ansonsten haben wir in Turm 4 einen Luxus-Fitness-Tempel über mehrere Stockwerke sowie eine Klinik für plastische Chirurgie. Sehr schön. Ferner eine private Journalistenschule und ein Literaturhaus in Turm 6 sowie ein Hotel in Turm 10. Na immerhin. Wir finden auch noch ein paar wirklich sehr hübsche Restaurants und Cafés mit wirklich sehr hübschen Kellnerinnen, denen zwischendurch viel Zeit bleibt, ihre Schönheit im Spiegel über dem Tresen zu bewundern, außerdem ein paar Anwaltskanzleien. Anwälte lieben sterile Atmosphäre. Das war's.»

«Ich vermute, jetzt soll dem Aufschwung mit Hilfe einer Image-Kampagne nachgeholfen werden.»

«So ist es. Es gab eine öffentliche Ausschreibung. Das ist bei Behörden so Vorschrift, auch wenn die Stadt in diesem Fall zusätzlich Sponsorengelder von örtlichen Firmen auftreiben konnte. Es geht bei diesem Werbetopf um sehr viel Geld, Herr Maifeld. Wir hatten gute Chancen, weil wir sehr gut sind, sage ich jetzt mal ohne falsche Bescheidenheit, aber auch, weil wir eine Kölner Agentur sind, die den regionalen Markt kennt. Aber die Konkurrenz war gewaltig. Alle prominenten Agenturen aus Düsseldorf, aus Hamburg, aus Frankfurt hatten sich beworben. Am Ende hatten wir die Nase vorn, weil wir obendrein auch noch das preisgünstigste Angebot unterbreiteten. Jetzt werden Sie sich sicherlich fragen, wie man das schafft, auf alle Fälle der preisgünstigste Anbieter zu sein.»

Max Maifeld fragte sich das nicht, sondern schwieg, weil er die Antwort bereits kannte und weil er wusste, dass Curt Carstensen sie ihm obendrein binnen Sekunden liefern würde.

«Ganz einfach: Ein netter Beamter setzt Sie als letzten Kandidaten auf die Terminliste. Dann ruft er Sie nach der vorletzten Präsentation an und nennt Ihnen das bisher günstigste Angebot. Dann überarbeiten Sie über Nacht Ihre eigene Präsentation und trimmen Ihr Angebot auf einen Preis, der nur wenige Euro darunter liegen muss, und marschieren gelassen zum Termin ins Rathaus. Dort sitzen die Volksvertreter der verschiedenen Fraktionen und erinnern sich dankbar an die letzte großzügige Spende. Der Anruf des netten Beamten und die Spenden an die Parteien kosten natürlich eine Menge Geld, das Sie bedauerlicherweise nicht als Unkosten beim Finanzamt absetzen können, also aus Ihrer Schwarzkasse fließen muss. Aber so bleibt man wenigstens im Geschäft.»

«Sie haben also den Auftrag bekommen...»

«So ist es. Und dann kam dieser Anruf. Auf meinem Handy. In meinem Wagen. Ich war gerade auf dem Weg zum Flughafen. Ich musste nach Berlin. Der Mann benötigte nur drei, vier Sätze, dann war mir klar, dass sein Auftraggeber alles wissen musste. Er sagte, es würde keinen zweiten Anruf geben. Wenn ich mich nicht kooperativ zeige oder statt meiner die Polizei am vereinbarten Treffpunkt auf ihn warte, läge das komplette Material eine Stunde später in Kopie auf den Redaktionstischen sämtlicher Kölner Zeitungen und Rundfunksender.»

«Wie könnte das Material aussehen?»

«Ich habe keine Ahnung. Ich habe mir schon den Kopf darüber zerbrochen. Es wird ja bewusst nichts schriftlich fixiert. Aber man macht sich natürlich schon mal Notizen, am Telefon beispielsweise. Oder kalkuliert am Computer und vergisst, die Excel-Datei anschließend wieder zu löschen. Vielleicht hat sich ein Hacker Zugang verschafft. Oder man trifft sich in Restaurants. Wer weiß, wer am Nebentisch saß. Vielleicht gibt es Fotos oder Tonträger. Ich habe keine Erinnerung. Das mit der Ausschreibung ist ja auch schon eine ganze Weile her. Der Mann am Telefon wusste jedenfalls genau, wovon er redet. Er wusste exakt, wie und mit wem der Deal gelaufen war.»

«Herr Carstensen, ich frage Sie noch einmal: Wer hat ein Interesse, Ihnen zu schaden? Haben Sie jemanden in jüngster Zeit kräftig vors Knie getreten?»

«Wissen Sie, in meiner Branche macht man sich nicht nur Freunde. Es könnte ein Konkurrent sein, der aus Verärgerung, dass wir ihm den Auftrag weggeschnappt...»

«Unsinn. Der würde der Staatsanwaltschaft einen Tipp geben. Die Sache an die große Glocke hängen. Warum sollte der sich mit Geld zufrieden geben, wenn er Sie vernichten kann?»

«Vielleicht so ein kleiner, frustrierter Beamter im Rathaus, der leer ausgegangen ist und der es nicht ertragen kann, dass sein Vorgesetzter oder sein Kollege...»

«Jetzt kommen wir der Sache schon näher. Fällt Ihnen dazu ein passender Name ein?»

«Natürlich nicht. Wissen Sie, wie viele das sind, die da infrage kommen? Sozialneid ist schließlich die Volkskrankheit Nummer eins in Deutschland.»

«Keine Ahnung. Was ist mit Ihren Angestellten?»

«Für die lege ich meine Hand ins Feuer.»

Hurl runzelte die Stirn. Max wusste, was das Stirnrunzeln

zu bedeuten hatte. Schließlich hatten sie, als sie die Wohnung betreten hatten, gleich miterleben dürfen, wie Carstensen mit seinem Personal umsprang.

«Wenn ich an den Mitarbeiter denke, dem Sie eben am Telefon das Wochenende versaut haben ...»

«Ach, hören Sie auf. Das ist unser normaler Umgangston hier. Der klingt vielleicht etwas rau für fremde Ohren. Die Branche ist hart umkämpft. Das ist kein Zuckerschlecken. Aber hier arbeiten Gott sei Dank keine Sensibelchen.»

«Haben Sie in jüngster Zeit jemanden entlassen? Oder hat jemand überraschend gekündigt?»

Carstensen zögerte.

«Ja oder nein?»

«Sie meinen ...»

«Sagen wir: in den letzten sechs Monaten.»

«Natürlich. In unserer Branche gibt es immer eine gewisse Fluktuation. Das ist völlig normal.»

«Natürlich. Schicken Sie uns doch bitte per E-Mail die Namen und die Adressen. Was sagte der Erpresser noch?»

«Er nannte Termin und Ort der Übergabe. Dann legte er auf. Hier: Ich habe Ihnen alles aufgeschrieben. Montag, 21 Uhr. Der Spaßvogel hat als Treffpunkt ausgerechnet den Mediapark genannt. Ein Café auf der Dachterrasse des Cinedom. Das ist dieses große Kino ...»

«Ich kenne es. Welche Summe fordert er?»

«300 000 Euro.» Curt Carstensen stand auf, öffnete eine weiß gelackte Truhe, die Max Maifeld bis dahin für eine unbequeme Sitzbank gehalten hatte, und zog daraus eine mittelgroße, schwarze Sporttasche hervor, die in dieser Umgebung wie ein Fremdkörper wirkte. «Er hat auf einer Sporttasche mit dem Nike-Symbol bestanden. Als Erkennungsmerkmal. Da fällt mir ein: Wir haben uns noch gar nicht über Ihr Honorar unterhalten.»

«Das ist ganz einfach. Wir nehmen die Tasche jetzt mit. Wenn wir keinen Erfolg haben sollten, erhalten Sie die Tasche samt Inhalt unversehrt am Dienstag zurück. Sollten wir aber Erfolg haben, werden 60 000 Euro fehlen.»

Curt Carstensen brauchte eine Weile, bis er seine Sprache wiedergefunden hatte. «Das sind ja 20 Prozent!»

Max nickte stumm. Hurls Gesichtszüge entspannten sich zum ersten Mal, seit er den Mustang auf der Straße geparkt hatte. Er schenkte dem Hausherrn ein breites Grinsen. Kostenlos.

«Das ist viel Geld, meine Herren.»

«Das ist wenig im Vergleich zu der Summe, die der Erpresser verlangt, und noch viel weniger im Vergleich zu den Folgekosten, die Ihnen entstünden, wenn Sie sich der Polizei offenbarten. So gesehen sparen Sie viel Geld.»

Curt Carstensen wäre als Unternehmer nicht so erfolgreich, besäße er nicht die Gabe, schnell Entscheidungen zu treffen. Dennoch unternahm er einen letzten, wenn auch zaghaften Versuch:

«Welche Sicherheit habe ich?»

«Mein Wort. Sonst nichts.»

«Das ist nicht viel, um...»

«Das ist genug.»

«Ich habe nicht mal eine Adresse von Ihnen.»

«Ja.» Max stand auf und griff sich im Vorbeigehen die Tasche. Hurl folgte ihm wortlos.

«Sie haben meine E-Mail-Adresse. Mehr brauchen Sie nicht. Und grüßen Sie Ihre Freundin von uns.»

«Ich habe Ihnen nicht mal etwas zu trinken angeboten. Wie unhöflich von mir.»

Aber da waren Max und Hurl schon auf der Gangway, die aus dem Raumschiff führte. Während jede der neonblau leuchtenden Stufen sie der Straße ein Stück näher brachte, spürten sie im Rücken instinktiv die Blicke zweier Augenpaare. Das von Curt Carstensen in der offenen Tür. Und das von Natascha Jablonski jenseits der spiegelnden Scheiben der gläsernen Wohn-Vitrine.

Das Wochenende war eine einzige Katastrophe. Am Freitagabend, nach dem Besuch bei Dagmar Losem, hatte sich Morian zunächst einmal durch kollektives Schweigen dafür bestrafen lassen, dass er so spät erschienen war, um sie abzuholen. Er spürte, dass dies die fabelhafte Idee seines Sohnes gewesen sein musste und seine Schwester sich schweren Herzens solidarisch erklärt hatte, um ihrem über alles geliebten älteren Bruder nicht in den Rücken zu fallen. Im Wohnzimmer seiner Sechzig-Quadratmeter-Dachgeschoss-Wohnung klappte er die beiden Schlafsofas aus und bezog sie mit frischer Bettwäsche, während seine Kinder das Wohnzimmer mit dem Inhalt ihrer Rucksäcke binnen Minuten in ein Schlachtfeld verwandelten, ihn weiterhin ignorierten, sich vor den Fernseher hockten und MTV einschalteten. Josef Morian verzog sich nach nebenan in die Küche, weil ihm die Videoclips und die hysterische Kameraführung und vor allem aber die Missachtung seiner Kinder an den Nerven zerrten, machte sich einen Kaffee, setzte sich auf einen der unbequemen Holzstühle und las in dem Buch, in dem er schon seit Wochen las. «Die Korrekturen» von Jonathan Franzen. Antonia Dix hatte es ihm geschenkt. Sie verschlang Bücher.

Er war unkonzentriert. Er dachte an das Mädchen namens Anna Wagner, das so alt war wie seine Tochter und auf der Intensivstation des Waldkrankenhauses lag und an die Decke starrte. Als er dieselbe Buchseite zum dritten Mal las und deren Inhalt immer noch nicht in seinem Kopf angelangt war, klappte er das Buch zu und ging ins Bett.

Er lag lange wach, weil die Wände der Wohnung so dünn waren wie chinesisches Reispapier. Nebenan schrie jemand von MTV etwas über die große Liebe aus den übersteuerten Boxen des Fernsehers ins Wohnzimmer.

Am nächsten Morgen schlich er ins Bad, um die Kinder nicht zu wecken, stieg in die Klamotten vom Vortag, ging einkaufen, deckte den Frühstückstisch, trank Kaffee und las die Zeitung. Nichts über Anna Wagner. Die Pressestelle des Präsidiums hatte sich auf seinen Wunsch hin bedeckt gehalten. Er trank noch einen Kaffee und wartete.

Kurz nach elf erschien seine Tochter mit verquollenen Augen. Laura hatte ihr Schweigegelübde über Nacht aufgegeben. Sie redeten über die Schule, belangloses Zeug. Er spürte deutlich, wie weit er inzwischen vom Alltagsleben seiner Kinder entfernt war. Etwa eine Stunde später erschien Tim in der Küche und forderte eine Erklärung, warum man ihn nicht geweckt habe.

Nach dem Frühstück schalteten sie den Fernseher wieder ein und stritten sich um die Fernbedienung. Er schlug vor, einen Ausflug zu unternehmen, vielleicht nach Köln, und abends ins Kino zu gehen. Aber sie waren bereits verabredet. Mit ihren Freunden. Zum Lernen, für die Bio-Arbeit. Zum Streetball-Turnier. Zum Stadtbummel. Heute. Und morgen.

Den Rest des Wochenendes betätigte er sich als Chauffeur. Die Wartezeiten schlug er tot, indem er zwei Maschinen Wäsche machte, Staub wischte, die kaputte Glühbirne im Bad auswechselte und aus lauter Langeweile bügelte.

Am späten Nachmittag des Sonntags fuhr er Tim und Laura zurück zu ihrer Mutter. Er brachte sie bis zur Haustür. Er brachte sie immer bis zur Haustür. Als Liz öffnete, verzogen sich Tim und Laura augenblicklich die Treppe hinauf in ihre Zimmer.

Normalerweise verspürte er keine große Neigung, die

Schwelle des Hauses zu überschreiten, in dem er einmal gelebt und an die Liebe auf ewig geglaubt hatte.

Diesmal war das anders. Aber das hatte ausschließlich mit dem Fall Anna Wagner zu tun.

«Liz, hast du noch eine Minute Zeit? Ich muss dringend mit dir reden. Ich mache mir Sorgen um ...»

«Jetzt ist es ungünstig, Jo. Können wir nicht vielleicht morgen telefonieren?» Ein Lächeln. Höflich. Und verlegen.

Den Grund für ihre Verlegenheit machte er erst jetzt aus. Ein Räuspern aus der Küche. Seine Augen folgten dem Geräusch an Liz vorbei nach links, durch den Flur zum Küchentisch. Dort saß der Erzeuger des Räusperns, rührte in einer Kaffeetasse und nickte ihm freundlich zu.

«Das ist übrigens Jürgen. Ein Kollege. Wir waren zusammen auf dem Seminar. Jürgen, das ist Josef. Mein Ex-Mann.»

«Hallo», sagten die beiden Männer.

Zwanzig Minuten später saß Josef Morian wieder in seiner 60-Quadratmeter-Dachgeschoss-Wohnung. Er saß im Mantel mitten im plötzlich so leeren, stillen Wohnzimmer auf einem Hocker, den er sich bei Ikea gekauft hatte, weil er die Idee schön fand, abends vor dem Fernseher die Beine hochlegen zu können, auch wenn dessen himmelblaue Farbe so wenig mit dem Rest des bunt zusammengewürfelten Mobiliars harmonierte. Er saß da und dachte nach. Er hätte nicht sagen können, wie lange er da regungslos gesessen hatte, im Mantel, als das Telefon klingelte.

«Ja?»

«Josef? Ich bin's. Antonia.»

Er spürte die Anspannung in ihrer Stimme.

«Was gibt's?»

«Die Einsatzhundertschaft ...»

«Haben sie eine Spur gefunden?»

«Nein, keine neue Spur im Fall Anna Wagner. Nichts. Sie

haben gestern schon die Siegauen durchkämmt und heute nochmal das Suchgebiet erweitert, links und rechts des Flusslaufes. Vor einer halben Stunde haben sie dann ...»

Antonia Dix stockte.

«Antonia. Nun rede schon.»

«Jasmin Hahne. Du erinnerst dich noch an die zweite Vermisstensache? Die 15-jährige Hauptschülerin?»

«Als du Nachtschicht hattest?»

«Ja. Vor einer halben Stunde hat die Einsatzhundertschaft ihre Leiche gefunden.»

Seit einer halben Stunde wusste Max Maifeld, womit Herbach derzeit sein Geld verdiente.

Mit Kindern. Nach wie vor.

Miguel hatte sein recherchiertes Material vor einer halben Stunde per E-Mail aus Madrid geschickt. Der Politikredakteur hatte die guten Verbindungen der wichtigsten Zeitung Spaniens nach Lateinamerika genutzt und sämtliche Korrespondenten und Informanten von *El País* in Marsch gesetzt.

Hartmut Herbach. Bis noch vor vier Jahren erfolgreicher und einflussreicher Kölner Unternehmer. Gründer, geschäftsführender Gesellschafter und Mehrheitseigner der ‹HHH Hartmut Herbach Holding›. Bis Max Maifeld ihn vor vier Jahren als Drahtzieher des größten Pädophilen-Rings Europas enttarnte und er sich in letzter Sekunde nach Chile absetzen konnte.

Wenn Miguel Recht hatte, beziehungsweise sein Korrespondent in Kolumbien, der sich wiederum auf einen gewöhnlich vertrauenswürdigen ecuadorianischen Informanten berief, dann lebte Hartmut Herbach inzwischen in Ecuador. In einem noblen Vorort der Hauptstadt Quito. Dort war der inzwischen 68-jährige Deutsche ein geachteter Nachbar und

Bürger, ein großzügiger Mäzen des öffentlichen Lebens, zudem Präsident des Golfclubs und im Besitz der ecuadorianischen Staatsbürgerschaft.

Sein Geld verdiente Herbach allerdings nicht in der Hauptstadt Quito, sondern in der Provinz Putumayo an der Grenze zu Kolumbien. Und er verdiente sein Geld immer noch mit der Ausbeutung von Kindern. Er beutete sie nicht mehr sexuell aus, er sammelte sie nicht mehr in rumänischen Waisenhäusern ein und stellte sie nicht mehr vor die Video-Kameras der Kinderporno-Industrie. Er drückte ihnen stattdessen Waffen in die Hand.

Und auch das tat er nicht selbst.

Die Geschichte war etwas komplizierter.

Das Gebiet diesseits und jenseits der 500 Kilometer langen Grenze zwischen Ecuador und Kolumbien stufte das Pentagon in Washington nicht ohne Grund als ‹rechtsfreie Zone ohne staatliche Kontrolle› ein. Paramilitärische Todesschwadronen kontrollierten auf kolumbianischer Seite mehrere zehntausend Hektar Koka-Anbaufläche und sorgten dafür, dass auf dem Weg von den Koka-Bauern über die Labors bis zu den Kokain-Konsumenten in den USA und in Europa von der 10 000-prozentigen Wertsteigerung möglichst viel für das Mocoa-Kartell hängen blieb.

Koste es, was es wolle.

40 000 Menschenleben seit Beginn der Auseinandersetzungen mit der marxistischen Guerilla, die neuerdings ebenfalls am Kokain-Geschäft verdienen wollte. Die marxistische Guerilla in der Provinz Putumayo war zwar nicht so gut ausgebildet und ausgerüstet wie die paramilitärischen Todesschwadronen, hatte aber dafür überhaupt kein Problem mit der Nachwuchs-Rekrutierung.

Weil sie mit Kindersoldaten operierte.

Für den nie versiegenden Nachschub sorgte Herbach.

Er unterhielt im unzugänglichen Grenzgebiet eine kleine Privatarmee gut ausgebildeter und gut bezahlter Söldner aus aller Welt. Die durchkämmten für ihn systematisch jenseits der Grenze auf kolumbianischem Boden die Bananenplantagen und die Kaffeeplantagen, auf der Suche nach kräftigen, gesunden *niños*. Sie entführten die Kinder, verschleppten sie über die Grenze, steckten sie in Lager, raubten ihnen die Unschuld, zerstörten ihre Seelen. Sie bildeten sie zu Soldaten aus, zu gehorsamen Tötungsmaschinen, zu willenlosen Werkzeugen des Terrors. Sie brachten ihnen bei, wie man ein ganzes Dorf in Angst erstarren ließ, indem man die Bewohner wie Vieh auf dem Dorfplatz zusammentrieb und vor ihren Augen ein Baby gegen die Wand schleuderte oder einer schwangeren Frau den Bauch aufschlitzte. Wenn sie das konnten, brachten Herbachs Ausbilder die neuen Rekruten zurück über den Río San Miguel, über den Grenzfluss nach Kolumbien, und verkauften sie an die Guerillas.

Nach vorsichtigen Schätzungen der Vereinten Nationen standen derzeit 11 000 Kinder unter Waffen. Ihre Chancen, die Dschungelkämpfe mit den Todesschwadronen zu überleben, geschweige denn körperlich wie seelisch unversehrt das Erwachsenenalter zu erreichen, tendierten gegen null.

Der ecuadorianische Informant des spanischen Kolumbien-Korrespondenten in Bogotá behauptete, jemanden in Quito zu kennen, der mit handfesten Beweisen für Herbachs neues Betätigungsfeld dienen könne – bei entsprechender Bezahlung. Der Spitzel war ein einheimischer Fachanwalt für Steuerrecht, den Herbach rausgeschmissen hatte, weil er angeblich in die eigene Tasche gewirtschaftet hatte. Derzeit verfügte der Mann wohl über Liquiditätsprobleme, weil der mächtige Deutsche dafür gesorgt hatte, dass auch andere aus der Upperclass der ecuadorianischen Hauptstadt fortan auf seine steuerfachlichen Beratungsdienste verzichteten. Für eine bescheidene Aufwandsentschädigung in Höhe von 40 000 US-Dollar war er bereit, sämtliche Belege auf den Tisch zu legen.

Max Maifeld brauchte also dringend Geld.

Im Augenblick wusste er nicht einmal, wie er die nächste Miete bezahlen sollte. Sein türkischer Vermieter aus der Keupstraße verstand da überhaupt keinen Spaß.

Mit etwas Glück kassierten sie morgen Abend im Mediapark 60 000 Euro. Bei dem Auftrag für Curt Carstensen durfte also nichts schief gehen. Und sie mussten morgen Abend mit einem Minimum an Personal auskommen. Damit nach Abzug der Unkosten genug übrig blieb.

Und dann brauchte er noch jemanden, der scharf auf die Informationen aus Quito war und scharf darauf, Hartmut Herbach aus dem Verkehr zu ziehen. Ohne dass Herbach jemals erfahren würde, wer ihn ans Messer geliefert hatte.

Das Zimmer roch nach Möbelpolitur, nach Kölnischwasser und nach altem Schweiß. Altweiber-Schweiß. Das Doppelbett aus Kirschholz füllte fast das ganze Zimmer. Über dem Bett hing ein Ölgemälde. Er warf, als er das abgedunkelte Schlafzimmer betrat, einen Blick auf das Gemälde, ohne dass er es eigentlich wollte, weil er es eigentlich nie wollte, nur ganz kurz, um sich rasch zu vergewissern, dass es immer noch da hing.

Es hing noch da.

Es hing schon immer da. Solange er sich erinnern konnte.

Seit er Kind gewesen war.

«Braver Junge. Du bist ein guter Junge. Hast du auch an die Tabletten gedacht? Du weißt, ich brauche jetzt die neuen Tabletten, hat der Arzt gesagt. Die neuen Tabletten, die du aus der Apotheke geholt hast.»

Auch der Geruch von Kölnischwasser gehörte zu seiner Kindheit. Wie das Ölbild. Wie das Weihwasser. Ihre Erfrischungstücher waren mit Kölnischwasser getränkt. Auf den Wallfahrten machte sie ihm im Bus damit den Mund sauber, sobald er nur einen Bissen gegessen oder einen Schluck Limonade getrunken hatte. Da ging er schon zur Schule. Sonst könnte er sich nicht erinnern. Er konnte sich an nichts erinnern, was vor seiner Einschulung lag. Bei den Wallfahrten war er das einzige Kind zwischen all den alten Frauen im Bus gewesen. Die fremden Frauen tätschelten seinen Kopf und lobten ihn. Er wusste nicht mehr, für was eigentlich. Wenn die vakuumverpackten Erfrischungstücher, die sie aus ihrer Handtasche fingerte, aufgebraucht waren, dann nahm sie ihr Taschentuch und spuckte darauf. Mit ihrem Speichel reinigte sie sein Gesicht.

«Ja, Mama. Es sind die richtigen Tabletten. Die richtigen Tabletten und dein Tee. Nicht zu heiß.»

Er sah wieder auf das Ölbild, um sie nicht anschauen zu müssen, während sie sich ächzend aufrichtete und trank. Das Bild füllte fast die gesamte Wandfläche über dem Bett. Es verband die rechte Betthälfte, in der seine Mutter lag, mit der seit 34 Jahren verwaisten linken Betthälfte. Vor 34 Jahren war sein Vater gegangen. Da war er zwei Jahre alt gewesen.

Verwaist war nicht ganz richtig. Die linke Betthälfte war seither nicht ständig verwaist.

«Schläfst du diese Nacht hier? Sei ein guter Junge!»

Die Rollläden waren zur Hälfte herabgelassen, so wie immer. Das Ölbild war nur schemenhaft zu erkennen, aber er kannte es ohnehin in- und auswendig. Es zeigte die heilige Agatha. Sie hatte auf Sizilien ein gottgefälliges Leben der inneren Abtötung geführt. Weil sie nicht von ihrem Glauben abschwor, brachte man die Jungfrau in ein Bordell und am nächsten Tag den Folterknechten. Das Bild zeigte, wie aus ihrer linken Brust das Blut spritzte. Wie Muttermilch. Nur rot. Seither wurde sie sehr verehrt.

«Ich habe noch zu arbeiten, Mama. Warte mit dem Einschlafen nicht auf mich. Vielleicht komme ich noch, wenn ich fertig bin. Vielleicht schlafe ich aber auf der Couch im Arbeitszimmer. Ich habe noch viel zu tun.»

Agatha war nackt. Ihre Haut war weiß. So unschuldig weiß, dass man den Eindruck gewann, ihr Körper sei in diesem Moment zum ersten Mal in ihrem Leben unbekleidet dem Tageslicht ausgesetzt. Mit ihren zarten, schmalen Händen bedeckte sie ihre Scham. Sie hatte die Augen gen Himmel gerichtet. Sie war fast schon im Himmel. Sie hatte große, weiße Brüste. Zwei Folterknechte standen links und rechts von ihr und lachten. Der eine Folterknecht nahm eine riesige Zange aus dem Schmiedefeuer und quetschte ihr die rechte Brust ab.

«Fleißiger Junge. Arbeite nicht mehr so viel. Wer dankt es dir? Niemand!»

Manchmal hatte er nicht einschlafen können, unter dem Ölbild. Wenn er brav gewesen war, tagsüber, durfte er abends bei ihr im Bett schlafen. Dann hatte sie ihn in den Arm genommen und seinen Kopf an ihre Brust gelegt und ihm von den Märtyrern erzählt, die für Gott gestorben waren. Keinen Millimeter seien sie von ihrem Glauben abgewichen, selbst unter den grausamsten Martern und Schändungen nicht. Niemals hätten sie ihren Herrgott oder die Jungfrau Maria verleugnet. Niemals.

Wenn er nicht brav gewesen war, schlief er im Keller. Er war oft nicht brav gewesen. Ich werde dir die Flügel schon stutzen, hatte sie dann immer gesagt, und ihr Gesicht war ganz anders, wenn sie es sagte. Wie die Gesichter der beiden ...

«Ja, Mama.»

«Niemand dankt es dir. Niemand!»

Ich werde dir die Flügel schon stutzen.

Er verließ das Zimmer. Er bemerkte erst im Flur, dass er sie kein einziges Mal angesehen hatte. Er ging in die Küche, drückte den Lichtschalter, nahm ein Glas aus dem Geschirrschrank, hielt es gegen das Licht der Deckenleuchte, um es auf seine Sauberkeit zu prüfen, öffnete den Kühlschrank, goss in das Glas den Rest aus der Weinflasche, die er vom Vorabend übrig hatte, schaltete das Licht wieder aus und stieg die Treppe nach oben, so leise er konnte.

Er trank nie viel. Aber er legte größten Wert auf gute Weine. Qualitätsweine. Das war ihm wichtig.

Alles war an seinem Platz. Er stellte das Glas auf den Untersetzer neben den Computer, schaltete den Rechner ein und setzte sich. Er wartete geduldig, bis der Monitor zu leben begann.

Dann ging er auf die Jagd.

Flittchen-Jagd.

Das Netz war voll davon.

Sie waren alle gleich.

Antonia Dix jagte den Cooper über die Nordbrücke zurück nach Bonn. Mitten auf der vierspurigen Autobahnbrücke über den Rhein warf sie einen Blick nach rechts, stromabwärts, als müsse sie sich rasch noch vergewissern, das alles nicht nur geträumt zu haben. Aber es war kein Traum. Jasmin Hahne war tot. Das gleißende Flutlicht der Scheinwerfermasten des Erkennungsdienstes entlang der Mündung der Sieg in die schwarzgraue Brühe des Rheins war in der Dunkelheit selbst auf diese Entfernung deutlich auszumachen. Sie sah wieder geradeaus und mühte sich, auf den Verkehr zu achten. Das Bild des toten Mädchens füllte ihren Kopf und würde ihn so schnell nicht wieder verlassen.

Wie sie da lag, im grellen, unwirklichen Licht, das ihrem

Tod jede Würde nahm. Die Strass-Perlen an ihrem Gürtel hatten im Flutlicht geglitzert. Der linke Pfennigabsatz ihrer Stilettos fehlte.

Und ihre Tasche. Die große, rosafarbene Umhängetasche aus glänzendem Plastik, die sie laut Aussage ihrer Mutter stets bei sich trug, war weg.

Wie sie da lag, seltsam verdreht, weil die Arme hinter dem Rücken gefesselt waren, wie bei Anna Wagner; das silbrige Klebeband über dem Mund, wie bei Anna Wagner. Nur: Anna Wagner lebte. Aber Jasmin Hahne war tot. Der Stein, auf dem ihr Kopf lag, war voller Blut gewesen.

Ihre Füße waren im Gegensatz zu Anna Wagners Füßen nicht gefesselt gewesen.

Antonia Dix nahm die zweite Abfahrt nach der Brücke, bog rechts ab in Richtung Neu-Tannenbusch. Richtung Martina Hahne. Sie schluckte. Bisher hatte Morian das immer erledigt. Aber Morian wollte am Tatort bleiben, solange die Männer in den weißen Overalls noch ihrer Arbeit nachgingen. Und solange Arentz noch dort herumstreunte.

Oberstaatsanwalt Dr. Peter Arentz.

Dieser Kotzbrocken.

Er war keine fünf Minuten nach ihr am Tatort erschienen, in seinem schicken Anzug, in seinen teuren Schuhen. Und ließ sich Bericht erstatten, von oben herab, als sei sie ein kleines, dummes Schulmädchen. Und er schulmeisterte sie auch gleich, fiel ihr ins Wort, als sie vom Tatort sprach. *Sie meinen wohl den Fundort, wenn Sie von Tatort reden. Fundort und Tatort sind aber nicht automatisch identisch, ja höchst selten identisch. Unter Umständen haben wir es hier mit einem halben Dutzend Tatorten zu tun: der Ort der Entführung, der Ort der Fesselung, der Ort der ersten Vergewaltigung, der Ort der Zwischenlagerung, möglicherweise der Ort einer zweiten Vergewaltigung, schließlich der Ort der Tötung. Und wer sagt Ihnen, dass sie am Fundort getötet wurde?* Er ließ sie deutlich spüren, dass sie erst 29 war und erst zwei Jahre bei der Mordkommission und überhaupt erst seit ungefähr vorgestern bei der Kripo. Sie schätzte ihn auf Anfang fünfzig, aber so wie er redete und sich aufplusterte, war er schon seit mindestens drei Jahrhunderten Leiter der Abteilung Kapitalverbrechen der Bonner Staatsanwaltschaft.

Dann drehte er sich mit gespielt erstaunter Miene einmal im Kreis herum. *Wo ist denn Herr Morian?* Herr Morian wird sicher jeden Augenblick hier sein, erwiderte sie wie aus der Pistole geschossen, um die Ehre ihres Chefs zu retten, aber Arentz blickte mit spöttischem Blick auf sie herab, um sie zu seiner Komplizin zu machen, nach dem Motto: Aber meine Liebe, wir brauchen uns doch nichts vorzumachen. Sie und ich wissen doch ganz genau, was wir von unserem Herrn Ersten Kriminalhauptkommissar Morian zu halten haben.

Dann war Josef Morian endlich aufgetaucht, und von diesem Augenblick an hatte Oberstaatsanwalt Dr. Peter Arentz die kleine, unbedeutende Kriminalkommissarin Antonia Dix keines Blickes mehr gewürdigt.

Memelweg. Antonia Dix war am Ziel. Vier Jugendliche hockten auf der Mauer am Kopf des Wendehammers, tranken Bier und stierten sie an, als käme sie vom Mars. Als sie sich, nachdem sie bereits ausgestiegen war, noch einmal zurück ins Auto beugte, weil sie ihren Notizblock im Handschuhfach vergessen hatte, unterhielten sie sich ungeniert über ihren Hintern und was man mit dem anstellen könne. Genau in dem Augenblick, als sie den Kopf wieder aus dem Wageninneren zog, zerschellte eine Bierflasche vor dem Kühlergrill des Cooper auf dem Asphalt. Die Meute johlte. Sie steuerte auf den Dritten von links zu. Den Anführer, denn er war der Größte und Lauteste. Antonia Dix klappte ihre Jacke auf, sodass für eine Sekunde ihre Dienstwaffe zu sehen war, dann hielt sie dem Anführer ihre Marke unter die Nase.

«So, und jetzt will ich deinen Ausweis sehen.»

Der Junge schluckte und nickte, dann griff er in die Gesäßtasche seiner vier Nummern zu großen Hose.

Antonia Dix warf einen Blick darauf, dann gab sie ihm den Personalausweis zurück.

«Du bist ja tatsächlich schon sechzehn. Hast du aber ein Glück. Dann darfst du ja schon Bier trinken. Und in den Knast darfst du auch schon. Jetzt pass mal gut auf, Maik. Ich gehe jetzt in dieses Haus, und wenn ich wieder da rauskomme, dann sieht mein Auto noch genauso aus wie vorher, weil du in der Zwischenzeit gut aufpasst, dass keiner deiner Freunde auf dumme Gedanken kommt. Wenn nicht, dann komme ich und hole dich. Ich weiß ja jetzt, wo du wohnst. Alles klar?»

Maik nickte stumm.

Die Haustür stand offen. Es stank nach Kohl und nach verbranntem Fett. Der Aufzug rührte sich nicht. Sie nahm die Treppe in den vierten Stock.

«Wer ist da?»

Martina Hahnes Stimme klang ängstlich durch die geschlossene Wohnungstür.

«Polizei. Antonia Dix. Frau Hahne, Sie müssten mich eigentlich noch kennen. Ich war in der Nacht...»

Martina Hahne öffnete.

«Guten Abend. Darf ich reinkommen?»

Martina Hahne nickte. Ihr graues Sweatshirt hatte Flecken. Ihr Haar war wirr und strähnig. Mit leerem Blick stand sie im Flur, stumm und unschlüssig, als versetzte die Bewegungslosigkeit sie in die Lage, die Zeit anzuhalten. Dann ging sie voran, ins Wohnzimmer, mit schlurfenden Schritten, setzte sich auf die Kante des ausklappbaren, ausgeleierten Sofas und senkte den Blick, als ahnte sie bereits, welche zentnerschwere Last Antonia Dix in wenigen Sekunden auf ihre hängenden Schultern schmettern würde.

«Frau Hahne, es tut mir Leid, Ihnen...»

Sie brach augenblicklich in heftiges Schluchzen aus, das ihren ausgemergelten Körper schüttelte wie ein Herbststurm das welke Laub an den Bäumen.

Antonia Dix setzte sich neben sie auf das Sofa, legte den Arm um sie und sagte nichts mehr.

Die Zeit verrann wie eine zähflüssige, klebrige Masse.

Irgendwann drehte sich der Schlüssel in der Wohnungstür, und Martina Hahne riss sich augenblicklich zusammen. Sie wischte sich die Tränen mit dem Ärmel ihres Sweatshirts aus dem Gesicht und richtete ihren Oberkörper auf.

Boris streckte nur kurz den Kopf in den Raum und verschwand wortlos durch die Diele in seinem Zimmer.

«Frau Hahne, ist Ihr Sohn stark genug, um sich um Sie zu kümmern? Haben Sie Nachbarn, die nach Ihnen schauen können? Haben Sie Verwandte, bei denen Sie vielleicht ein paar Tage wohnen könnten? Ich kann auch einen Arzt...»

Antonia Dix unterbrach sich mitten im Satz und folgte Martina Hahnes ängstlichem Blick. Boris lehnte in der offenen Tür, die Hände in den Hosentaschen vergraben.

«Sie ist tot, oder?»

«Ja, Herr Hahne, Ihre Schwester ist tot.»

Der Blick des 19-Jährigen durchbohrte die Stirn seiner Mutter. Der Blick war voller Hass. «Hast du der Kommissarin schon erzählt, wer schuld daran ist, dass Jasmin tot ist?»

«Ich bin schuld», flüsterte Frau Hahne.

«Rede gefälligst lauter, damit die Kommissarin dich auch hören kann», schnauzte Boris seine Mutter an.

«Herr Hahne, bitte reden Sie nicht in diesem Ton mit Ihrer...»

«Ich bin schuld», flüsterte seine Mutter erneut.

«Ja, du bist schuld», zischte Boris hasserfüllt, machte kehrt und verschwand. Die Frau neben Antonia Dix zuckte zusammen, als die Wohnungstür mit einem scharfen Knall ins Schloss fiel. Antonia Dix hörte noch eine Weile das Knallen der Absätze seiner Springerstiefel im Treppenhaus, dann war Stille.

Antonia Dix nahm ihr Handy aus der Innentasche ihrer Jacke und suchte im Speicher nach einer Nummer.

«Frau Hahne, ich rufe jetzt den Notarzt an, der gibt Ihnen eine Spritze, und dann werden Sie wunderbar schlafen. Morgen sieht die Welt schon ganz anders aus.»

«Ich will nicht schlafen», entgegnete Martina Hahne und erhob sich vom Sofa. «Die Welt sieht morgen nicht anders aus als heute. Ich will auch keine Spritze. Die Welt sieht jeden Tag gleich aus. Ich mache jetzt einen Kaffee, und dann erzähle ich Ihnen alles.»

Martina Hahne hatte bei Männern noch nie das große Los gezogen. Immer nur Nieten. Sie geriet stets an die falschen Exemplare, als würde sie magnetisch von ihnen angezogen, und sie konnte sich an keine einzige Ausnahme von dieser Regel erinnern, seit sie mit 16 Jahren in einer warmen Sommernacht ihre Unschuld auf dem Parkplatz einer Discothek verloren hatte, auf der Motorhaube eines BMW 318i. Der Wagen war im Nachhinein betrachtet das einzig Aufregende an Günther Hahne gewesen. Der erste Liebesakt glich eher einer Vergewaltigung. Aber sie war es ja selbst schuld gewesen, selbst schuld, sie wollte es ja unbedingt wissen, jetzt, sofort, in dieser Nacht, sie wollte endlich mitreden können, sie wollte nicht länger von ihren Freundinnen mitleidig belächelt werden.

Neun Monate später kam Boris zur Welt. Und Günther verlor rasch das Interesse an seiner jungen Familie. Er trieb sich in Kneipen rum, geriet eines Nachts in eine Kontrolle, 1,8 Promille, verlor seinen Führerschein und am selben Tag seinen

Job als Lastwagenfahrer, verkaufte den BMW, schlief tagsüber seinen Rausch aus und zog abends los. Sie arbeitete halbtags im Supermarkt und gab das Kind solange bei den Nachbarn ab. Sie wollte kein zweites Kind. Auf keinen Fall.

Dann kam Jasmin zur Welt, und Günther verschwand auf Nimmerwiedersehen.

Eine Weile wollte sie nichts mehr von Männern wissen. Aber dann hatte sie doch im Lauf der Jahre hin und wieder Liebhaber, an deren Namen sie sich kaum noch erinnerte. Affären, manchmal nur für eine Nacht, manchmal für ein paar Wochen. Das war lange genug, um die Illusion zu nähren. Sie hatte Männer, die keine Kinder mochten, Männer, die sich von ihr eine Weile durchfüttern ließen, Männer, die sie verprügelten, Männer, die alles Geld versoffen wie der Vater ihrer Kinder, Männer, die sie nur fürs Bett haben wollten, ihrer aber rasch überdrüssig wurden und der nächsten Trophäe nachjagten. Oder verheiratete Männer, die nicht im Traum daran dachten, ihre Ehen aufzugeben, ihr kostbares Familienglück für sie aufs Spiel zu setzen.

Ausgerechnet für sie.

Mit jeder Affäre wuchs die Einsamkeit. Und das lähmende Gefühl, an der Eintönigkeit ihres Lebens zu ersticken. Der ewig lange Tag an der Lidl-Kasse, die allabendlichen Streitereien mit ihrem Sohn, die Hausarbeit, das langweilige Fernsehprogramm, sechs Stunden traumloser Schlaf. Sie sehnte sich nach einem Mann, der ihr Halt gab, nach einem Mann, zu dem sie aufsehen konnte, nach einem Mann, der sie ansah, wirklich sah.

Eine Kollegin gab ihr den Tipp, es doch einmal im Internet zu versuchen. Unverbindlich. Anonym. Risikofrei. Unabhängig von Zeit und Ort. In einem der zahllosen Chatrooms für einsame Herzen lernte sie im Frühsommer Mario kennen.

Sie wusste nicht, ob das sein richtiger Name war. Das war ihr auch egal. Mario. Er schrieb ihr, er sei 36, lebe in Bonn und habe italienische Vorfahren. Daher der Vorname. Seinen Nachnamen kannte sie nicht. Er sei Unternehmer, ihm gehöre eine kleine, aber florierende Firma in Köln, die Software entwickle. Er war charmant, er war galant, er schrieb ihr Gedichte. Und er bedrängte sie nicht. So etwas hatte sie noch nie erlebt.

Zunächst beschränkte sich ihr Kontakt auf E-Mails. Jeden Tag schrieben sie sich, tauschten Alltagserlebnisse aus, einige Wochen lang. Mario erzählte sehr freimütig über sich. Das gefiel ihr so an ihm. Er war so offen und ehrlich. Seine Eltern seien vor langer Zeit bei einem Verkehrsunfall ums Leben gekommen, schrieb er. Unter dem Verlust seiner geliebten Eltern leide er noch heute. Er hoffe, dass sie Verständnis dafür habe, dass er nicht gleich schon seine Identität preisgebe, aber leider habe er sehr schlechte Erfahrungen mit Frauen gemacht, die nur hinter seinem Geld her waren. Martina Hahne hatte großes Verständnis – schließlich kannte sie diese tief sitzenden Ängste, wieder mal an den falschen Menschen zu geraten. Aber zu diesem Zeitpunkt hatte sie sich schon längst in Mario verliebt.

Sie tanzte vor Glück, als er eines Tages aus dem Schatten der Computer-Anonymität trat. Er lud sie zum Abendessen ein, in ein sehr vornehmes und sehr teures Restaurant in Köln. Das sei einfacher für ihn, weil er ja nicht in Bonn, sondern in Köln arbeite. Sie fuhr mit dem Zug, er holte sie am Kölner Hauptbahnhof ab, mit seinem schicken Wagen. Sie sahen sich zum ersten Mal in die Augen. Er öffnete ihr den Wagenschlag. Ein Mercedes. Ein silberfarbenes Cabriolet. Als sie gestand, dass sie noch nie in ihrem Leben in einem so tollen Wagen gesessen habe, öffnete er eigens für sie das Verdeck. Sie genoss die kurze Fahrt durch die fremde Stadt. Im Restaurant rückte er ihr den Stuhl zurecht, er kannte sich aus mit den Weinsorten, er bestellte für sie, das Essen und auch den Wein.

Eigentlich war er überhaupt nicht ihr Typ. Sie hatte sich ihn wesentlich größer vorgestellt, mit vollem Haar, außerdem mochte sie normalerweise keine Schnauzbart-Träger. Wenigstens war er schlank. Aber das war ohnehin längst alles nebensächlich. Er überhäufte sie mit Komplimenten. Er hörte ihr geduldig zu, ja ermunterte sie sogar immer wieder, von sich und ihren Sorgen zu erzählen. Nach einem wundervollen Abend fuhr er sie über die Autobahn zurück nach Bonn. Das dauerte mit dem schnellen Auto knapp zwanzig Minuten. Länger nicht.

Vor ihrer Haustür verabschiedete er sich von ihr mit einem Handkuss und bestand darauf, draußen zu warten, bis sie ihren Schlüssel gefunden hatte und die Haustür hinter ihr ins Schloss fiel. Damit ihr nichts passiere, hatte er gesagt. In ihrem ganzen Leben hatte sich noch nie ein Mann dafür interessiert, ob ihr etwas passieren könnte. Eigentlich war es ihr peinlich gewesen, dass er darauf bestanden hatte, sie bis nach Hause zu fahren. Sie wollte nicht, dass er sah, in was für einer schäbigen Gegend sie wohnte. Aber er schien die hässliche Umgebung überhaupt nicht wahrzunehmen. Er hatte nur Augen für sie.

Als sie am nächsten Tag wieder an ihrer Kasse saß, hielt ein Taxifahrer auf dem Parkplatz gleich vor dem Eingang des Supermarkts und lieferte einen Riesenblumenstrauß bei ihr ab. Das war ihr sehr peinlich, vor den Kunden und vor allem vor den neugierigen Kolleginnen.

So ging das einige Wochen weiter. Er entführte sie in sündhaft teure Restaurants, immer nach Köln, jedes Mal in ein anderes. Einmal gingen sie in die Oper. Das war sehr schön, auch wenn sie kein Wort verstand von dem, was gesungen wurde, und um was es eigentlich ging. Aber es war interessant, in der Pause die vornehmen Menschen zu beobachten. Sie hatte ihm vorher gesagt, dass sie nicht wisse, was man in die Oper anzieht. In Wahrheit wusste sie ganz genau, dass sie in ihrem Kleiderschrank aber auch gar nichts finden würde, was für einen Opernbesuch auch nur halbwegs geeignet gewesen wäre. Er antwortete, man nähme das heutzutage nicht mehr so genau. Sie schwieg. Er verstand ihr Schweigen. Am nächsten Tag wurde ein Paket angeliefert. In dem Paket befanden sich ein Kleid, 200 Euro in bar und ein Zettel, auf dem stand, sie solle sich von dem Geld ein passendes Paar Schuhe kaufen. Das Kleid passte perfekt. Sie hatte nicht gewusst, dass man so zur Oper ging. Sie genierte sich, als sie es vor dem großen Spiegel im Zimmer ihrer Tochter anprobierte. Aber ihre Tochter sagte, sie sähe in dem Fummel rattenscharf aus.

Ihr Sohn sagte nichts.

In der Oper stellte sie binnen weniger Minuten an den unverhohlen taxierenden Blicken der Männer und an den feindseligen Blicken der Frauen fest, dass sie an diesem Abend die Einzige in einem so rattenscharfen Fummel war. Am liebsten hätte sie sich auf der Stelle in Luft aufgelöst. Aber Mario lächelte und sagte, sie sähe hinreißend aus.

Sie hatte schon ewig nicht mehr mit einem Mann geschlafen. Jetzt hatte sie Lust dazu. Große Lust. Mit diesem Mann. Doch er schien dem Thema bewusst aus dem Weg zu gehen. Er küsste sie nie, er berührte sie nicht einmal flüchtig am Arm.

Eines Abends fasste sie sich ein Herz, trank sich mit drei Gläsern Wein Mut an und näherte sich behutsam dem Thema. Er lächelte verständnisvoll und sagte, er habe doch nur nichts überstürzen wollen. Er wolle sie erst besser kennen lernen. Für ihn gehörten Sex und Liebe untrennbar zusammen. Außerdem sei für die erotische Liebe das Gehirn das entscheidende Körperorgan, und sie gehe ihm schon lange nicht mehr aus dem Kopf, ja sie beherrsche Nacht für Nacht, während er schlafe, die Phantasien seines Unterbewusstseins. Er beugte sich über den Tisch, ihr entgegen, er senkte seine Stimme, er flüsterte fast, sie traute ihren Ohren nicht, denn er beschrieb ihren nackten Körper, den er noch nie gesehen hatte. Er streichelte sie mit Worten. Er liebkoste sie mit seiner Stimme. Sie errötete verlegen. Ihre Wangen glühten.

Er lächelte.

Nach einigen Minuten lächelnden Schweigens forderte er sie unvermittelt auf, die Damentoilette aufzusuchen und sich dort ihrer Unterwäsche zu entledigen, ihr Kleid wieder überzustreifen, die Unterwäsche in der Hand zu behalten und damit zurück zum Tisch zu kommen. Er sagte es so leise, dass sie glaubte, sich verhört zu haben, aber dann sagte er laut, so laut, dass es alle hörten und sich umdrehten: «Jetzt! Steh auf.»

Sie zögerte keine Sekunde, dachte nicht nach, sondern erhob sich wie ferngesteuert von ihrem Stuhl, strich ihren kurzen Rock glatt, der ihr auf einmal viel zu kurz erschien, und ging los, unsicher, aber unbeirrt, Schritt für Schritt, auch wenn sie auf dem endlos langen Weg durch das Restaurant tausend fremde Blicke in ihrem Rücken spürte und auf dem Rückweg ihre Knie zitterten.

Vor Scham.

Und vor Erregung.

Sie wusste nicht, warum sie es tat. Sie wusste nur, sie hätte in diesem Augenblick alles getan, was er von ihr verlangte. Alles. Aber er verlangte nichts mehr an diesem Abend. Er schenkte ihr ein Lächeln, dann nahm er unter dem Tisch das einzige Stück Unterwäsche in Empfang, das sie unter ihrem Kleid getragen hatte, einen hauchdünnen, weißen Body, den sie sich am Vortag eigens für diesen Abend gekauft hatte. Er steckte ihn seelenruhig ein und verlangte die Rechnung. Er fuhr sie wie üblich zurück nach Bonn, wie üblich bis vor ihre Haustür, und verabschiedete sich von ihr wie üblich. Ohne eine Berührung.

Sie hörte tagelang nichts mehr von ihm. Zunächst war sie verwirrt. Was hatte sie um Gottes willen falsch gemacht? Hatte er sie nur getestet? Hatte sie den Test nicht bestanden? Sie schlief unruhig, hatte Mühe, sich bei der Arbeit zu konzentrieren. Sie verzählte sich beim Wechselgeld. Sie versaute beim Bügeln die Lieblingsbluse ihrer Tochter. Sogar die abendlichen Wutausbrüche ihres Sohnes verloren an Bedeutung. Mario. Sag mir doch bitte, was ich falsch gemacht habe. Er antwortete nicht auf ihre E-Mails; eine andere Möglichkeit der Kontaktaufnahme hatte sie nicht. Sie wusste nicht, wo er wohnte, sie wusste nicht, wie er mit Nachnamen hieß, sie kannte den Namen seiner Firma nicht, sie hatte keine Telefonnummer. Sie hatte nichts außer dieser verdammten E-Mail-Adresse, an die sie sich klammerte wie eine Ertrinkende.

Neun Tage später antwortete er. Ob sie ihm noch einmal verzeihen könne. Er sei untröstlich, aber das sei nun mal das Los eines freien Unternehmers: ein überraschender Auftrag, eine dringende Reise ins Ausland. Ob sie noch am selben Abend Zeit für ihn hätte. Natürlich hatte sie.

Wieder ein fremdes Restaurant. Er überhäufte sie mit zärtlichen Worten und mit Aufmerksamkeit, er hörte ihr konzentriert und interessiert zu, als sie von ihrem missratenen Sohn erzählte, von Boris, dem ewigen Sorgenkind, und von ihrer Tochter, die nichts aß und immer dünner wurde, aus Angst, zu fett zu werden, und von der Nebenkosten-Nachzahlung und von dem Toaster, der an diesem Morgen den Geist aufgegeben hatte.

Als sie am nächsten Tag von der Arbeit kam, stand ein Karton vor ihrer Wohnungstür. In dem Karton befanden sich ein nagelneuer Toaster und 200 Euro in bar.

Sie begann sich daran zu gewöhnen, dass er sich tagelang nicht meldete. Er war eben ein viel beschäftigter Geschäftsmann, und sie wollte keine von diesen dummen Puten sein, die ewig rumzickten und Männern ein schlechtes Gewissen machten.

Sie begann sich außerdem daran zu gewöhnen, dass Mario hin und wieder ihre materiellen Sorgen linderte.

Sie konnte sich allerdings nie daran gewöhnen, dass er keinerlei Absicht erkennen ließ, das mit ihr zu tun, was zwei Menschen gewöhnlich miteinander tun, wenn sie sich lieben. Aber das behielt sie für sich. Sie brauchte es auch gar nicht anzusprechen.

Mario sprach es an.

Als könnte er Gedanken lesen.

Er sagte, dass der Liebesakt etwas Heiliges sei. Dass er deshalb zuvor weitere Liebesbeweise von ihr benötige. Weil er in seinem bisherigen Leben so oft von Frauen betrogen worden sei. Weil er so viele schmerzhafte Enttäuschungen habe erleben müssen. Die hätten seiner Seele tiefe, kaum vernarbte Wunden zugefügt. Ja, so nannte er das, was er von ihr verlangte: Liebesbeweise. Zunächst machte sie mit. Sie wollte ihm gefallen, sie wollte sich ihm beweisen, sich seiner würdig erweisen.

Außerdem fand sie es zunächst aufregend. Neuland, dunkel und geheimnisvoll. Harmlose Spielchen, die ihr einen wunderbar prickelnden Adrenalin-Schub bereiteten, so wie die Sache mit der Unterwäsche im Restaurant.

Doch die Spielchen blieben nicht harmlos. Sie wurden von Mal zu Mal seltsamer, obskurer. Und erniedrigender. Selbst heute konnte sie noch nicht darüber sprechen. Selbst gegenüber der netten Kommissarin nicht, zu der sie Vertrauen hatte. Selbst jetzt nicht, wo Jasmin tot war.

Mario wurde ihr unheimlich. Die voyeuristischen Phantasien dieses Mannes und seine demütigenden Liebesbeweise verursachten ihr immer mehr Unbehagen. Und schließlich Angst. Sie konnte die Angst nicht benennen. Sie konnte auch nicht den Zeitpunkt benennen. Er fasste sie nicht an, er tat ihr nicht weh. Nicht körperlich. Nicht so, wie sie es kannte. Aber sie spürte, wie er Macht über sie gewann. Es war eine schleichende Angst, die sich ihr näherte, lautlos und gefährlich wie eine Schlange. Als Martina Hahne nach mehreren schlaflosen Nächten endlich begriff, dass sie auf dem besten Wege war, den letzten Rest ihrer Selbstachtung zu verlieren, brach sie die Beziehung ab.

Per E-Mail.

Eine andere Möglichkeit, mit ihm Kontakt aufzunehmen, hatte sie schließlich nicht. Sie gab sich große Mühe, die richtigen Worte zu finden, denn sie wollte ihn nicht unnötig verletzen. Aber sie ließ dennoch keinen Zweifel an der Ernsthaftigkeit und Endgültigkeit ihrer Entscheidung.

Von diesem Tag an wurde ihr Leben zur Hölle.

Am Montagmorgen saß Antonia Dix um Viertel vor acht im Besprechungsraum und ordnete ihre Papiere. Fünf Minuten später erschien Morian, nickte ihr aufmunternd zu, setzte sich neben sie an das Kopfende des Tisches und schwieg. Es gab nichts mehr zu sagen, bis die restlichen Mitglieder der noch in der Nacht zusammengestellten Sonderkommission ‹SoKo Sieg› erscheinen würden.

Nachdem sie kurz vor Mitternacht Martina Hahnes Wohnung verlassen hatte, war sie sofort ins Präsidium gefahren und hatte dort Morian in seinem Büro angetroffen. Sie hatten etwa eine halbe Stunde geredet, dann hatte Morian den Polizeipräsidenten aus dem Bett geklingelt.

Der neue Präsident war erst seit vier Monaten im Amt und im Gegensatz zu einer ganzen Reihe seiner Vorgänger ein Mann mit Verständnis für die Polizeiarbeit. Er hatte nach dem Abitur selbst die Polizeiausbildung absolviert, bevor er sich für ein Studium und für eine Laufbahn als Verwaltungsjurist entschied. Er war ein kluger Mann mit rascher Auffassungsgabe. Er war mit 39 Jahren ungewöhnlich jung für den Posten und glaubte noch unbeirrt daran, Karriere mache man durch Leistung. Auch das unterschied ihn von seinen Vorgängern. Und er hatte den Ehrgeiz, dass die Kriminalitätsstatistik bei seinem Ausscheiden positiver ausfallen sollte als bei seinem Amtsantritt.

Morian brauchte am Telefon gar nicht viele Worte zu machen, um das Personal zu kriegen, das er wollte.

Im Grunde genügte ein einziges Wort, um den Polizeipräsidenten augenblicklich zu elektrisieren.

Stalking.

Eine Mordkommission bestand, wenn nicht gerade ein aktuelles Tötungsdelikt vorlag, lediglich aus zwei Beamten: dem Leiter und dem Aktenführer. Der Leiter der Bonner Mordkommission war Josef Morian. Die Aktenführerin war Antonia Dix.

Aktenführerin. Sie hatte das Wort gehasst. Es klang so schrecklich spießig nach Bürokratie. Bis sie begriff, was sich dahinter verbarg und welch große Verantwortung man ihr mit dieser Aufgabe zutraute. Jede einzelne Spur in einem Mordfall bekam eine eigene Akte. Der Aktenführer musste stets den Überblick und einen klaren Kopf behalten, neue Spuren miteinander verknüpfen und darauf achten, dass sämtliche Spuren von den Teams systematisch und zügig abgearbeitet wurden. Weil Zeit der alles entscheidende Faktor bei der Aufklärung eines Verbrechens war, musste der Aktenführer gemeinsam mit dem Leiter der Mordkommission dafür sorgen, dass die SoKo ständig unter Strom stand, nicht einschlief, immer wieder neues Material für weitere Ermittlungen erhielt.

Bis der Fall gelöst war. Bis der Täter ermittelt, überführt und festgenommen war und die Staatsanwaltschaft genügend wasserdichtes Beweismaterial in Händen hielt, um daraus einen Antrag auf Haftbefehl und eine Anklage zu erwirken.

All das ging Antonia Dix durch den Kopf, als sie zum wiederholten Male die Papiere vor sich auf dem Tisch ordnete, während neun Männer, die inzwischen Platz genommen hatten, sie erwartungsvoll beobachteten.

Sie war die Jüngste am Tisch.

Und sie war die einzige Frau.

Bei einem aktuellen Verbrechen wurde die Mordkommission durch erfahrene und speziell geschulte Kollegen aus den anderen Kommissariaten zu einer Sonderkommission aufgestockt. Der Präsident hatte noch in der Nacht am Telefon entschieden, dass die ‹SoKo Sieg› sich aus fünf Ermittler-Teams plus Erwin Keusen, dem Leiter des Erkennungsdienstes, zusammensetzte. Jeweils zwei Kriminalbeamte bildeten ein Team. Morian hatte freie Hand, die Beamten selbst auszuwählen, und hatte sie noch in der Nacht aus dem Schlaf geklingelt. So erschienen an diesem Montagmorgen pünktlich um acht Uhr neun Männer im Besprechungsraum, von denen Antonia Dix nur einen Bruchteil kannte, nickten den beiden bereits Anwesenden zu, gossen Kaffee aus Warmhaltekannen in Pappbecher und klappten ihre Notizblöcke auf.

In Wahrheit kannte sie nur zwei Gesichter näher.

Erwin Keusen, 58 Jahre alt, Witwer, Kriminalhauptkommissar und Leiter des Erkennungsdienstes, ein kluger und besonnener Mann, der ihr aufmunternd zuzwinkerte.

Und Kriminaloberkommissar Ludger Beyer, Drogenfahnder, ausgeliehen vom KK 21, Organisierte Kriminalität.

Ausgerechnet Beyer. 36 Jahre alt. Geschieden. Sie war mit ihm bei Martina Hahne gewesen, als sie gemeinsam Nachtdienst auf der Kriminalwache hatten und Martina Hahne ihre Tochter als vermisst gemeldet hatte. Ein Schürzenjäger, der sich für unwiderstehlich hielt. Ein Irrtum. Eine glatte Fehleinschätzung. Antonia Dix konnte ihm problemlos widerstehen. Allerdings wusste Beyer das noch nicht.

«Guten Morgen. Fangen wir an. Für alle, die sie noch nicht kennen sollten: Das ist Kriminalkommissarin Antonia Dix, unsere Aktenführerin. Bitte, Antonia.»

«Guten Morgen. Ich versuche, kurz den Sachverhalt zu umschreiben. Wir haben es mit zwei Fällen zu tun, von denen wir zurzeit nur vermuten können, dass sie in einem Zusammenhang stehen. Zwei minderjährige Mädchen sind am vergangenen Donnerstag verschwunden, an verschiedenen Orten, zu verschiedenen Uhrzeiten. Die genaueren Umstände sowie die Personenbeschreibungen finden Sie vor sich auf den Waschzetteln, die ich für Sie vorbereitet habe. Nichts deutet darauf hin, dass die Mädchen sich kannten. Verschiedene, weit voneinander entfernte Wohnorte, die eine Gymnasiastin, die andere Hauptschülerin. Höchst unterschiedliches familiäres Milieu. Ebenso unterschiedlich das Tatergebnis: Jasmin Hahne ist tot. Anna Wagner lebt, und ihr äußerlicher körperlicher Zustand lässt nicht darauf schließen, als hätte der Täter auch nur versucht, sie zu töten. Lediglich der Modus Operandi lässt vermuten, dass es sich um ein und denselben Täter handeln könnte: einmal der identische Fundort, nämlich das Naturschutzgebiet Siegauen nahe der Mündung der Sieg in den Rhein, ferner die Art der Fesselung und Knebelung der Opfer, ferner…»

Sie stockte mitten im Satz, weil die Tür geöffnet wurde. Und sie war vollends aus dem Konzept gebracht, als sie sah, wer das Besprechungszimmer betrat.

Oberstaatsanwalt Dr. Peter Arentz.

«Bitte, lassen Sie sich nicht stören, meine Herren. Ich will mir nur ein Bild vom Stand der Ermittlungen machen.»

Als wolle er damit seine Worte unterstreichen, setzte sich

Arentz nicht dazu, obwohl noch drei Stühle frei waren, sondern schlich bis zum gegenüberliegenden Kopfende des Raumes und lehnte sich hinter Beyer an die Wand. Dann verschränkte er die Arme und setzte ein Gesicht auf, als wisse er schon jetzt, dass ihn die nächsten Minuten furchtbar langweilen würden.

Meine Herren. Er ignorierte sie schon wieder.

Morian registrierte Antonias Irritation und half ihr aus der Klemme, indem er ihre Sprachlosigkeit überbrückte:

«Fesselung. Das ist ein gutes Stichwort. Erwin, vielleicht schilderst du uns mal kurz den Stand der Dinge aus der Sicht des Erkennungsdienstes.»

Erwin Keusen klappte umständlich seine speckige Aktentasche auf, zog eine Rolle Klebeband hervor, anschließend ein paar Stricke, legte alles ordentlich vor sich auf den Tisch, verschloss die Aktentasche, stellte sie wieder neben seinem Stuhl ab und hob zu einem seiner typischen, singsangartigen Zeitlupen-Vorträge an, die erst gar keinen Zweifel an seiner rheinischen Herkunft aufkommen ließen.

«Hier. Ich hab die Sachen mal mitgebracht und lasse sie jetzt rumgehen. Das sind natürlich nicht die Originale. Die sind noch im Labor. In beiden Fällen, also bei Anna Wagner wie auch bei Jasmin Hahne, wurden identische Materialien verwendet. Das Klebeband ist ein Textilband mit einer speziellen Kunststoff-Beschichtung. Extrem reißfest, zieht sich wie Kaugummi. Absolut wasserdicht. Sehr flexibel. Passt sich geschmeidig jeder Form an und ist dennoch leicht wieder zu entfernen. Früher war das unter dem Namen Gaffer-Tape nur im Fachhandel zu beziehen und ein Insider-Tipp unter Profis, die schnell etwas reparieren und dabei improvisieren mussten. Zum Beispiel Bühnenarbeiter am Theater. Messebau. Aufbauhelfer bei Rock-Konzerten. Unverzichtbar auch für Leute, die mit Booten und Schiffen zu tun haben. Heute kriegt man das allerdings sogar bei Aldi. Da habe ich zum Beispiel diese Rolle her, die im Moment auf dem Tisch hier die Runde macht. Vor zwei Wochen zufällig bei Aldi im Sonderangebot entdeckt. Damit habe ich meinen Gartenschlauch repariert.»

«Da haben wir ja schon den Täter», scherzte Arentz bemüht heiter. Niemand lachte. Keusen setzte ungerührt seinen Vortrag fort, als sei nichts gewesen.

«Jeder ordentliche deutsche Camper hat das heutzutage in seiner Werkzeugkiste. Das ist das Problem. Wir werden Mühe haben, das Band zurückzuverfolgen.»

«Und die Nylonseile?» Morian konnte nur mühsam seine Ungeduld zügeln. Antonia beobachtete ihn aus den Augenwinkeln. Ihr Chef sah müde aus.

«Die Nylonseile. Vielleicht haben wir da mehr Glück. Die sehen zwar genauso aus wie die Meterware von der Rolle, die man in jedem Baumarkt kriegt, aber sie fühlen sich ganz anders an. Weicher. Biegsamer. Bessere Qualität. Wesentlich teurer. Die Exemplare, die jetzt auf dem Tisch die Runde machen, habe ich mir heute Morgen von meinem Nachbarn geben lassen. Der ist leidenschaftlicher Hobby-Segler. Hat so 'ne kleine Jolle am Ijsselmeer liegen. Ich frage mich immer, wo nimmt der nur die Zeit her, ständig rüber nach Holland zu fahren, nur um mal schnell eine Runde zu segeln? Na ja, er ist Ministerialbeamter...»

«Erwin», stoppte ihn Morian. «Die Nylonseile...»

«Die Nylonseile. Die Stücke auf dem Tisch haben alle ein sauberes Ende und ein ausgefranstes Ende. So wie die Originale. Sie sind alle so etwa achtzig Zentimeter lang, mal kürzer, mal länger. So wie die Originale. Mein Nachbar hat es mir erklärt: Auch die besten Taue fransen mit der Zeit aus. Immer am Ende, wo die Belastung stattfindet. Wo sie dauernd auf- und zugeknotet werden. Dann werden sie eben ein Stück gekappt, um nicht gleich ein neues Tau kaufen zu müssen. Nach Augenmaß. Nicht zu knapp, weil man die abgeschnittenen Stücke dann noch gut brauchen kann. Etwa um Fender an der Bordwand anzubringen.»

«Fender?»

«Diese Gummi-Dinger, um das Boot im Hafen vor der Kaimauer zu schützen. Mein Gott, so genau weiß ich das jetzt auch alles nicht. Aber die Stricke von meinem Nachbarn fühlen sich jedenfalls genauso an wie die Originale, die jetzt im Labor sind. Vielleicht lässt sich ja über das Gaffer-Tape und über die Nylonseile eine Verbindung zur Rheinschifffahrt herstellen. Wäre doch eine Möglichkeit, oder?»

«Was haben wir noch, Erwin? Reifenspuren? Faserspuren? Fingerabdrücke? DNA-Spuren?»

«Ich muss dich enttäuschen, Morian. Bisher Fehlanzeige. Aber wir haben ja gerade erst angefangen.»

«Kein Sperma? Also keine Vergewaltigung», schaltete sich Arentz aus dem Hintergrund ein.

«Vorsicht», warnte Keusen, ohne den Kopf auch nur einmal in Richtung Arentz zu wenden. «Keine voreiligen Schlüsse. Noch nie was von Kondomen gehört?»

Einige lachten. Antonia Dix schwieg, weil ihr bei der Vorstellung, was den beiden Mädchen möglicherweise widerfahren war, überhaupt nicht zum Lachen zumute war. Aber sie war Erwin Keusen unendlich dankbar. Mit einer einzigen Bemerkung hatte der gutmütige, behäbige Kollege dem Herrn Oberstaatsanwalt vor versammelter Mannschaft deutlich gemacht, dass er als Vertreter seiner Behörde zwar offiziell Herr des Ermittlungsverfahrens war, in Wahrheit aber nichts weiter als ein stümperhafter Amateur. Das würde ihr helfen, das zu sagen, was sie gleich zu sagen hatte.

Keusen redete weiter: «Ansonsten müssen wir zunächst die Obduktion abwarten. Spätestens morgen haben wir die

Ergebnisse aus der Gerichtsmedizin. Aber mein Bauchgefühl sagt mir, dass der Täter extrem vorsichtig war. Vermutlich trug er Handschuhe und eine Kopfbedeckung. Wir haben bisher kein einziges fremdes Haar gefunden. Vielleicht finden wir ja noch Hautschuppen, die nicht zu den Opfern gehören. Zu dämlich allerdings, dass es die ganze Zeit geregnet hatte.»

Arentz versuchte, seine Autorität durch einen neuerlichen Beweis seiner Kompetenz zu retten: «Wieso gibt es keine Faserspuren an der Kleidung der Opfer? Die müssen doch mit einem Auto zum Fundort gekommen sein. Da muss es doch zumindest Faserspuren vom Sitzpolster geben!»

Diesmal antwortete Morian, um zu verhindern, dass Keusen, der auf seinem Stuhl schon genüsslich in Positur rutschte, zum vernichtenden Schlag ausholte und den Oberstaatsanwalt endgültig zum Gespött der Truppe machte. «Herr Dr. Arentz, bei einer möglichen Lederpolsterung im Wagen haben wir das Nachsehen. Aber vielen Dank für den Hinweis. Das schränkt die Suche nach dem Tatfahrzeug schon mal wesentlich ein. Danke auch dir, Erwin. Noch Fragen? Sonst würde ich Antonia jetzt bitten, zu erzählen, was sie gestern bei ihrem Besuch...»

«Ja. Eine Frage noch.» Ludger Beyer. Wer sonst. «Die Knoten. Was ist mit den Knoten?»

Erwin Keusen war irritiert. «Was meinst du?» Aber Antonia Dix wusste sofort, was er meinte. Verdammt. Wieso war sie nicht selbst darauf gekommen?

Ludger Beyer erklärte es Keusen: «Du sprachst doch eben selbst von einer möglichen Verbindung zur Rheinschifffahrt, Erwin. Wegen des Klebebands und der Nylonseile. Deshalb meine Frage: Wie waren die Mädchen gefesselt, Erwin? Die Knoten. Waren das vielleicht Seemannsknoten? Die beherrscht nicht jeder, und dann hätten wir einen Ansatzpunkt.»

Beyer stand auf, umkurvte den Tisch und trat an die Landkarte, die Antonia Dix vor einer Stunde an die Magnetwand neben der Tür geklemmt hatte. Das war jetzt seine Show, und Beyer genoss es sichtlich, dass sogar Arentz interessiert aufblickte.

«Hier.» Beyer folgte mit seinem Zeigefinger dem Flusslauf. «An dieser Stelle unterquert die Sieg die Betonbrücke der L 269 zwischen Bonn und Mondorf. Zweihundert Meter später passiert der Fluss das Ausflugslokal unmittelbar am Ufer und die alte Gierfähre. Dann kommt etwa ein Kilometer lang nichts als Natur pur. Und dann, keine hundert Meter vom Rheinufer entfernt, macht die Sieg plötzlich eine Schleife nach rechts, nach Norden, als hätte sie noch keine Lust, hier schon in den Rhein zu münden. Das hat mit Fließ-Physik zu tun. Die wenigsten Nebenflüsse münden im 90-Grad-Winkel, wenn sie nicht künstlich durch Menschenhand dazu gezwungen werden. Deshalb tut es die Sieg auch nicht, weil ja hier nichts reguliert wird, weil sie unter Naturschutz steht. Sie macht also unmittelbar vor dem Rheinufer eine Kurve nach rechts und fließt nun noch etwa einen Kilometer parallel zum Rhein, bevor sie in Mondorf im spitzen Winkel in den Strom mündet.»

«Vielen Dank für diesen interessanten heimatkundlichen Beitrag», entgegnete Antonia Dix scharf. «Und was hat das mit unserem Fall zu tun?»

«Dazu komme ich gleich, Antonia. Wo hast du nochmal Anna Wagner gefunden?»

Beyer duzte sie stets, obwohl sie sich nicht erinnern konnte, ihm jemals das Du angeboten zu haben.

«Im Scheitelpunkt der Flusskurve, genau zwischen der Sieg und dem Altarm, den Sie gerade mit Ihrem Finger verdecken.»

«Sehr gut. Die tote Jasmin Hahne hingegen wurde noch weiter flussabwärts gefunden. Weniger als einen halben Kilometer von der Mündung entfernt. Schlagen wir doch jetzt mal im Geiste um Anna Wagner als Mittelpunkt einen Kreis mit einem Radius von einem Kilometer, so finden wir exakt zwei letzte, mit dem Auto erreichbare Niederlassungen menschlicher Zivilisation, bevor die Wildnis beginnt: zum einen das Ausflugslokal mit der Gierfähre; zum anderen aber, am entgegengesetzten Punkt auf der gedachten Kreislinie, ganz lauschig und ganz versteckt im letzten Altarm vor der Mündung... den Mondorfer Yachthafen.»

«Ja und?», entgegnete Antonia Dix trotzig, obwohl ihr bereits zu dämmern begann, worauf Beyer hinauswollte. Morian, dem es offenbar ähnlich ging, legte kurz seine Fingerspitzen auf ihren Unterarm, um sie zu bremsen.

«Schlüpfen wir doch kurz mal in die Haut des Täters», fuhr Beyer geduldig fort, als stünde er vor einer Klasse begriffsstutziger Grundschüler. «Er hat kein Interesse, von Zeugen beobachtet zu werden. Er muss also mit dem Auto so weit wie möglich zum Fundort vorrücken, um die Wegstrecke zu minimieren. Denn je länger die Strecke, die er mit den Opfern zu Fuß zurücklegen muss, desto größer die Gefahr, von Wanderern, Anglern oder Kanuten gesehen zu werden, die später als unliebsame Zeugen auftreten können. Zumal er die Strecke an diesem Tag zweimal bewältigen muss; denn er wird wohl kaum mit beiden Opfern gleichzeitig dort angerückt sein. Vor diesem Hintergrund ergeben sich zwei Parkmöglichkeiten für den Täter. Möglichkeit Nummer eins, wie bisher stillschweigend und wie selbstverständlich von uns angenommen: der Parkplatz am Ausflugslokal. Auch wenn... oder gerade weil... da um diese Jahreszeit und bei schlechtem Wetter werktags kaum was los ist, ist die Gefahr groß, von den Wirtsleuten oder vom Fährmann gesehen zu werden. Denn der Trampelpfad führt doch hier genau zwischen der Außenterrasse der Gaststätte und dem Steg der Gierfähre durch.»

Ludger Beyer machte eine Pause und ließ seine Worte auf sein Publikum wirken, bevor er fortfuhr.

«Möglichkeit Nummer zwei: der Parkplatz am Yachthafen. Da ist werktags überhaupt nichts los. Außerdem ist er durch Bäume von der Hafenmeisterei abgeschirmt, und man ist ruck, zuck im Wald verschwunden. Aber man muss sich schon auskennen, um diesen Parkplatz hinter dem Altarm zu finden. Man muss den nicht ausgeschilderten Weg durch die engen Gassen von Mondorf genau kennen, und man muss überhaupt erst mal den kleinen Yachthafen kennen. Wenn ich also jetzt daran erinnere, was Erwin eben gesagt hat, und dann die geistige Brücke zum Yachthafen schlage … ich will damit nur sagen und davor warnen, dass wir uns nicht voreilig auf nur einen möglichen Standort des Täterfahrzeugs einschießen und uns damit unnötig die Tür zu einer möglicherweise viel interessanteren Spur verschließen.»

«Bravo», lobte Arentz.

Morian nickte anerkennend.

Beyer setzte sich wieder. Der junge, durchtrainierte Kollege neben ihm, den Antonia nur vom Sehen kannte, der aber ebenfalls von der Drogenfahndung an die Mordkommission ausgeliehen worden war, klopfte Beyer auf die Schulter.

«Meine Leute werden das mit den Knoten sofort überprüfen, Ludger. Vielen Dank für den Hinweis.» Dabei sah Erwin Keusen alles andere als dankbar aus. Eher verärgert. Über sich selbst. Er war Perfektionist. Antonia kannte ihn inzwischen gut genug, um zu wissen, wie Erwin Keusen es hasste, womöglich etwas übersehen zu haben. «Allerdings: Wir haben von den Fesseln nur ein einziges Exemplar zur Anschauung. Wir haben nur die gefesselte Leiche, und Jasmin Hahne war nur an den Händen gefesselt. Die Fesseln von Anna Wagner an Händen und Füßen waren bereits gelöst, als meine Leute eintrafen.»

Dr. Peter Arentz runzelte die Stirn und hob zugleich die rechte Augenbraue, als wolle er damit sagen: Wie konnte das denn passieren? Wer ist denn für diese Panne verantwortlich? Doch bevor der Oberstaatsanwalt die Gelegenheit fand, laut in die Runde zu fragen, was ihn so brennend interessierte, lenkte Morian zur großen Erleichterung von Antonia Dix die Aufmerksamkeit der Runde auf ein neues Thema.

«Wir haben noch eine weitere Spur. Eine viel versprechende Spur, wie ich finde. Bitte, Antonia!»

Antonia Dix nahm das Foto aus ihren Akten, ging zur Magnettafel und klemmte es mitten auf die Landkarte. Das Foto war eine DIN-A4-Vergrößerung des Originals. Sie hatte das Original am frühen Morgen in ihren Computer gescannt, vergrößert und ausgedruckt, bevor sie das Original ins Labor brachte. Das vergrößerte Foto, das jetzt an der Wand hing, zeigte eine hübsche, junge Frau auf einem Steg. Kein Laufsteg, sondern ein verrotteter, morscher Bootssteg aus Holz. Die junge Frau benutzte ihn lediglich als Laufsteg. Sie hatte den Kopf selbstbewusst in den Nacken geworfen. Die langen, dünnen, blonden Haare bewegten sich dabei im Wind. Sie machte den Eindruck, als hätte sie diese Geste schon tausendmal vor dem Spiegel geübt. Wie ein Model schritt sie auf den hohen Pfennigabsätzen der weiß lackierten Stilettos auf den Fotografen zu. Außer den Schuhen trug sie einen hauchdünnen, weißen Body, unter dem sich ihre winzigen Brüste, ihre mageren Rippen und ihre knochigen Hüften abzeichneten. Außer den hochhackigen Schuhen und dem Body trug sie nichts.

«Was Sie hier sehen, ist keine junge Frau, kein erwachsenes Fotomodell, sondern eine 15-jährige Schülerin. Das Mädchen ist stark geschminkt. Das verändert ihr Gesicht fast bis zur Unkenntlichkeit. Die Schminke und die perfekt einstudierte, laszive Gestik und Mimik lassen sie auf diesem Foto wesentlich älter erscheinen.»

Antonia Dix setzte sich wieder. In dem Raum herrschte absolute Stille. Kein Räuspern, kein Rascheln.

«Das ist Jasmin Hahne. Kurz vor ihrem Tod. Jasmin wollte später Model werden. Das war ihr großer Traum. Sie hat zu Hause immer vor dem Spiegel geübt. Sie hatte einen riesigen Spiegel in ihrem Zimmer, der vom Boden bis fast zur Decke reichte. In ihrem Zimmer hing außerdem ein Poster von Kate Moss. Sie war geradezu besessen davon, so zu sein wie Kate Moss. Die Fledermaus vermutet, dass Jasmin magersüchtig war.»

«Die Fledermaus?» Arentz. «Wer ist das?»

«Entschuldigung. Ich meinte natürlich Dr. Friedrich, den Leiter der Rechtsmedizin. Wir hier nennen ihn nur so. Weil seine Physiognomie eine gewisse Ähnlichkeit mit einer Fledermaus ausweist. Und weil er den ganzen Tag im Keller ...»

«Antonia», unterbrach Morian sie. «Das Foto.»

«Das Foto steckte in einem weißen, unbeschrifteten Umschlag, den jemand in Martina Hahnes Briefkasten geworfen hatte. Am Donnerstag. Also noch am Tag ihres Verschwindens. Martina Hahne hatte es verschwiegen, als sie spätabends auf der Citywache Anzeige erstattete. Aus Scham.»

«Aus Scham?» Arentz schüttelte missbilligend den Kopf. «Man könnte es auch Strafvereitelung nennen.»

Antonia Dix ignorierte die Bemerkung. «Im Fall Hahne wie im Fall Wagner wird den Familien also ein Foto der Tochter zugestellt, das nach ihrem Verschwinden aufgenommen wurde. In beiden Fällen nicht per Post. In einem unbeschrifteten weißen Briefumschlag. Im Fall Wagner dazu noch ein Gedicht, das eindeutig aus Annas Feder stammt. Beide Fotos wurden mit einer Digitalkamera hergestellt. Wichtiger jedoch erscheint mir, was die Fotos darstellen. Der Täter wusste über die persönlichen Träume und Sehnsüchte der Mädchen bestens Bescheid. Und das hat er in den Fotos dargestellt: die

Liebe Annas zu morbider Lyrik und ihren Traum, eines Tages eine gefeierte Schriftstellerin zu sein, ebenso wie Jasmins Traum von einer großen Karriere in der schillernden Model-Welt. Als wolle der Täter den Familien mit den Fotos beweisen, wie gut er selbst über die intimsten Träume der Töchter informiert ist.»

«Aber für was, in Gottes Namen, hat sich Martina Hahne denn geschämt, Antonia?» Erwin Keusen blickte sie verständnislos an, während er auf eine Antwort wartete. Für den Kriminaltechniker zählte nur, was sich mit Hilfe der Naturwissenschaften messen und beschreiben ließ. Irrationales, allenfalls mit Hilfe der Psychologie erklärbares Verhalten war ihm geradezu unheimlich.

«Sie fühlt sich verantwortlich für den Tod ihrer Tochter, Erwin. Sie glaubt, den Täter zu kennen. Sie glaubt, dass der Täter ihr ehemaliger Liebhaber ist.»

Schweigen. Selbst Ludger Beyer fiel die Kinnlade runter.

«Mehr dazu erfahren Sie aus dem Papier, das Sie vor sich auf dem Tisch liegen haben. Ich habe diese Nacht Frau Hahnes Aussage zusammengefasst und für Sie kopiert.» Antonia Dix fixierte dabei den Oberstaatsanwalt am entgegengesetzten Ende des Raumes, der natürlich nichts vor sich liegen hatte, weil er nicht am Tisch saß. Nur mühsam gelang es ihm, seine ungestillte Neugierde zu verbergen.

«Sie hat ihn im Frühsommer im Internet kennen gelernt. Die Gründe für das Scheitern der seltsamen Beziehung habe ich in dem Papier nur kurz angedeutet, weil mir bisher die Zeit für eine längere schriftliche Ausarbeitung fehlte.»

Das war gelogen. In Wahrheit hatte sie keine Lust, Martina Hahnes Intimleben vor all diesen Männern auszubreiten. In Wahrheit ruhte das ausführliche schriftliche Protokoll der Vernehmung längst in ihren Akten.

«Mario. Keine Adresse, keine Telefonnummer. Wir wissen

nicht einmal, ob dieser Vorname überhaupt echt ist. Jedenfalls brach sie die Beziehung aus nachvollziehbaren Gründen ab. Seither bestraft er sie für diese bodenlose Frechheit, diese unglaubliche Demütigung, ihn einfach so abserviert zu haben. Für mich gibt es keinen Zweifel: Mario ist in Reinkultur das, was die Lehrbücher einen Stalker nennen ...»

«Frau Dix! Wenn ich Sie mal kurz unterbrechen dürfte ...» Arentz. Wieder dieser arrogante Blick, von oben herab.

«Ahnte ich es doch schon. Wollen Sie sich tatsächlich auf dieses Feld begeben? Weil es zurzeit groß in Mode ist? Haben Sie eine Ahnung, was sich Ex-Partner so alles gegenseitig in die Schuhe schieben? Aus Wut, Enttäuschung, verletzter Eitelkeit? Sind Sie sicher, wer in diesem Fall wen verlassen hat? Das Ganze scheint mir nicht gerade zielführend für unsere Ermittlungen zu sein. Wir sollten keine voreiligen Schlüsse ziehen.»

«Herr Dr. Arentz, Martina Hahne wurde ...»

«Stalking. Ich kann es nicht mehr hören. Jeder billige Serien-Schauspieler, jede zweitklassige Pop-Sängerin zweifelt inzwischen schon am Marktwert, wenn er oder sie nicht mindestens einmal pro Jahr als Stalking-Opfer Schlagzeilen machen darf und durch sämtliche Talkshows gereicht wird. Ich rate Ihnen: Lassen Sie besser die Finger davon. Halten wir uns lieber an die Fakten.»

«Herr Dr. Arentz, Fakt ist ...»

«Wir haben es in den beiden vorliegenden Fällen mit Freiheitsberaubung zu tun, durch die Fesselung zwangsläufig in Tateinheit mit Körperverletzung, ferner unter Umständen mit gleich zwei Verbrechen gegen die sexuelle Selbstbestimmung, ferner mit einem Mord oder wenigstens Totschlag. Allerdings scheint mir die Fesselung unzweifelhaft das Mordmerkmal der Heimtücke zu erfüllen. Ferner kommt je nach Ausgang der Obduktion das Mordmerkmal der Verdeckung einer Straftat hinzu, in diesem Fall die Verdeckung einer Vergewaltigung. Also, liebe Frau Dix: Wozu sollten wir uns leichtfertig auf dieses zwar zurzeit so populäre, aber juristisch so unsichere Terrain begeben?»

«Weil Frau Hahne...»

«Stalking ist sicher ein schickes Thema für Frauenzeitschriften. Aber nicht für eine Mordkommission. Ich halte es nach Kenntnis der Dinge für wesentlich naheliegender, dass wir es hier mit einem stinknormalen Sexualstraftäter zu tun haben. Vielleicht will Frau Hahne ihrem Ex-Freund nur eins auswischen. Wäre nicht das erste Mal. Fragen Sie mal die Familiengerichte. Sonst hätte sie ihn doch schon früher angezeigt. Bevor ihre Tochter verschwand. Frau Dix, ich denke, Sie müssen noch viel lernen.»

«Herr Dr. Arentz», sagte Morian, und seine Stimme klang ungewöhnlich kühl und scharf: «Wie viel Frau Dix noch lernen muss, sollten wir vielleicht vom Ausgang der Unterredung zwischen Ihrem und unserem Chef abhängig machen, die soeben im Büro des Leiters der Bonner Staatsanwaltschaft stattfindet. Unser Präsident ist jedenfalls wild entschlossen, im Fall Hahne/Wagner ein Exempel zu statuieren. Ich habe den Eindruck, der Polizeipräsident will es jetzt ganz genau wissen, wie ernst es die Justiz und die Politik damit nehmen, Frauen vor Stalking zu schützen. Wenn die Unterredung zwischen unseren Chefs so endet, wie ich es mir vorstelle, dann werden wir offiziell, auch gegenüber der Medienöffentlichkeit, in Richtung der von Ihnen, Herr Oberstaatsanwalt, soeben skizzierten Straftaten ermitteln. Inoffiziell aber werden wir Stalking als mögliches Tatmotiv nicht aus dem Auge verlieren und schauen, ob uns dieses mögliche Tatmotiv zum Täter führt oder nicht. Bis wir das Ergebnis der Unterredung auf höherer Ebene im Büro Ihres Chefs kennen, schlage ich vor, dass wir mit unserer Arbeit fortfahren. Wir haben keine Zeit zu verlieren. Bitte, Antonia!»

«Also gut. Mario ... nennen wir ihn so, bis wir seinen wahren Namen wissen ... bombardierte Martina Hahne rund um die Uhr mit E-Mails und SMS-Botschaften und Telefonanrufen. Auch nachts. Manchmal klingelte das Telefon ein Dutzend Mal pro Nacht. Er rief sogar im Supermarkt an und sagte dem Lidl-Filialleiter, er sei ein Verwandter und müsse Frau Hahne in einer dringenden Familienangelegenheit sprechen. Anfänglich beschwor er in den E-Mails ihre gemeinsame große Liebe, erinnerte sie an bessere Zeiten, jammerte und klagte, erging sich in Selbstmitleid und appellierte an ihr schlechtes Gewissen. Dann aber schlug der Inhalt der Botschaften zunehmend in Hass um. Und blanke Drohungen. Martina Hahne machte den Fehler, den viele Stalking-Opfer machen: Sie reagierte auf ihn. Sie beantwortete seine E-Mails. Sie legte nicht sofort auf, wenn er anrief. Sie versuchte, ihm ihre Gründe plausibel zu machen. Sie versuchte, ihn zu besänftigen. Bis sie eines Tages, als sie mit ihren Nerven schon ziemlich am Ende war, im Fernsehen eine Sendung über Stalking sah. Eine Reportage mit anschließender Expertenrunde im Studio. Das Problem bei solchen Sendungen ist nur, dass sie verallgemeinernd sind, vermutlich sein müssen. Jedenfalls befolgte sie den Rat des von den Fernsehleuten interviewten Psychologen und stellte augenblicklich jeglichen Kontakt ein. Absolute Funkstille. Sie reagierte auf keine SMS mehr, sie ließ seine E-Mails unbeantwortet, sie ging nicht mehr ans Telefon, sondern überließ das ihrem Sohn oder dem Anrufbeantworter. Dann wurde übrigens immer sofort aufgelegt. Nachts stöpselte sie das Telefon einfach aus. 87 Prozent der Stalker, sagt die Statistik, geben dann irgendwann auf, wenn das Opfer ganz konsequent keine Projektionsfläche mehr bietet, sich also für den Täter kommunikationstechnisch gesehen unsichtbar macht. Manche Stalker geben dann schon nach Wochen auf, andere erst nach Monaten. Weil viele Stalking-Opfer aus Unkenntnis diese Grundregel der Funkstille nicht oder zu spät befolgen, liegt die kriminalstatistisch durchschnittliche Dauer der Belästigungen bei mehr als zwei Jahren.»

«Na dann hätten wir ja noch etwas Zeit, um zu beobachten, ob die Funkstille bei Frau Hahnes Ex-Liebhaber Wirkung zeigt», spottete Arentz. «Sie kennen sich ja erst ein paar Monate, wenn ich das richtig verstanden habe.»

Antonia Dix reagierte nicht auf die Bemerkung und vermied jeglichen Blickkontakt. Stattdessen nickte sie Erwin Keusen zu, der die Hand hob.

«Antonia, dann gehe ich mal davon aus, du glaubst nicht, dass er zu den 87 Prozent gehört, sondern zu den restlichen 13 Prozent.»

«So ist es, Erwin. Die guten Ratschläge, wie sie auch in den Faltblättern formuliert sind, die in unseren Beratungsstellen ausliegen, kannst du nämlich allesamt in den Wind schießen, wenn es sich um einen Vertreter der glücklicherweise kleinen Gruppe der so genannten wahnhaft fixierten sadistischen Stalker handelt. So nennen Psychiater diesen Typus. Was Martina Hahne erlebte, lässt mich vermuten, dass Mario, oder wie er auch immer heißen mag, zu dieser Gruppe gehört.»

«Vielleicht schilderst du uns kurz die Charakteristika dieser Gruppe», bat Morian. «Und nennst uns vielleicht ein Beispiel, was Martina Hahne erlebt hat.»

«Gern. Zum besseren Verständnis ist vielleicht die Unterscheidung der drei Stalker-Grundtypen hilfreich. Sie unterscheiden sich durch die Zeitebene, aus der ihr Handeln motiviert wird. Die zahlenmäßig größte Gruppe ist die des verlassenen Ex-Partners. Sein Handeln wird durch die Vergangenheit bestimmt. Weil er das Rad der Zeit zurückdrehen will. Er hält sich krampfhaft an dem fest, was gewesen ist, und verklärt die Vergangenheit. Wie gefährlich er werden kann, ist von Fall zu Fall verschieden, hängt vom individuellen Charakter des Stalkers ab und lässt sich kaum voraussagen. Dann haben wir als zweitgrößte Gruppe die Gruppe der schwärmerischen Verliebten. Mit dem haben es zum Beispiel die Promis zu tun. Dieser Stalker bildet sich ein, der ideale Liebhaber für sein Opfer zu sein. Weshalb sein Opfer aber noch nicht entflammt ist, noch nicht bis über beide Ohren in ihn verliebt ist, liegt seines Erachtens ausschließlich daran, dass das Opfer ihn noch nicht oder noch nicht genügend kennt. Also macht er sich dem Opfer durch seine verrückten Aktionen näher bekannt. Das Motiv seines Handelns bezieht sich also auf die Zeitebene Zukunft: auf die künftige große, glückliche Liebe zwischen ihm und dem Star. Dieser Typus ist zwar furchtbar lästig, aber in den meisten Fällen ungefährlich. Und in dieser Gruppe finden wir übrigens auch die meisten Frauen unter den Stalkern…»

«… die nicht verstehen, warum Brad Pitt ihnen nicht längst schon einen Heiratsantrag gemacht hat.»

«Gut aufgepasst, Kollege Beyer. Allerdings gibt es auch Männer, die ihre erotische Anziehungskraft maßlos überschätzen. Mir fallen da auf der Stelle einige Beispiele ein.»

«Weiter, Antonia», ging Morian dazwischen.

«Ja, Chef. Die dritte Gruppe: der wahnhaft fixierte sadistische Stalker. Seine Zeitebene ist die Gegenwart. Sein Handeln ist nicht Mittel zum Zweck, sondern Selbstzweck. Aus seinem sadistischen Handeln zieht er seine wahre Befriedigung. Die Gründe für sein Handeln, in dem Fall die Verletzung durch die Trennung, sind nur vorgeschoben. Schließlich hat Mario selbst alles dafür getan, dass es zur Trennung kam. Dieser Typus will mit seinem gnadenlosen Vernichtungsfeldzug seine Rachlust ausleben, seine Macht demonstrieren, seine manipulatorische Kraft. Dazu bedarf es nicht unbedingt körperlicher Gewalt. Ihm genügt der Psycho-Terror. Das wichtigste

Kennzeichen seines Handelns ist die Eskalation: Jede aktive Handlung des Opfers, jeder Versuch des Opfers, zu agieren statt zu reagieren, um sich aus der Passivität zu befreien, ruft eine noch heftigere Reaktion des Täters hervor.»

«Also beispielsweise die von dem Fernseh-Experten dringend empfohlene Funkstille.»

«So ist es, Josef. Dieser Typus lässt sich nicht einschüchtern. Er zieht sein Ding durch, bis zum bitteren Ende. Er will die Seele seines Opfers zerstören. Er gibt nie auf.»

Alle Augen waren auf sie gerichtet. Antonia Dix nahm einen Schluck Wasser, bevor sie fortfuhr.

«Martina Hahne hat in ihrem Leben nie gelernt, sich zu wehren. Deshalb ist sie nicht zur Polizei gegangen, und deshalb hat sie auch keinen Anwalt eingeschaltet. Was ist ihr passiert? Entscheidend ist nicht das einzelne Ereignis, sondern die unendliche Kette von Ereignissen. Die Angst, morgens aufzustehen und sich zu fragen, was wohl heute passieren wird. Angefangen hat es scheinbar harmlos. Der Pizza-Bote klingelt an der Tür. Sie hat aber keine Pizza bestellt. Versandhäuser schicken fast täglich Pakete und Rechnungen. Die Sprechstundenhilfe ihres Zahnarztes ruft empört an, warum sie den vereinbarten Termin nicht eingehalten habe. Desgleichen ihre Krankenkasse und ihre Bank. Bei ihrem Vermieter geht mit einer gefälschten Unterschrift die Kündigung ihrer Wohnung ein. Fotos von ihr erscheinen zusammen mit ihrem Namen und ihrer Adresse auf Internet-Seiten, wo Prostituierte ihre Dienste anpreisen. Sie erhält daraufhin obszöne Anrufe, und Nachbarn beschweren sich bei ihr über die herumlungernden Freier. Als sie einmal mit dem Fahrrad ihres Sohnes zur Arbeit fährt, stellt sie abends nach Feierabend auf dem Parkplatz des Supermarkts fest, dass die Reifen durchstochen sind. Sie schleift das Fahrrad mühsam nach Hause. Ein weiter Weg. Gewerbegebiet. Da ist um diese Zeit kaum jemand zu

Fuß unterwegs. Die ganze Zeit folgt ihr ein Fremder auf einem Motorrad. Im Schritttempo. Auf dem Bürgersteig. In zehn Meter Abstand. Manchmal lässt er den Motor im Leerlauf bedrohlich aufjaulen. Kurz bevor sie ihre Straße erreicht, gibt er Gas und rast auf sie zu. Sie lässt das Fahrrad fallen und springt in das Dornengestrüpp neben dem Bürgersteig. Die Plastiktüten reißen auf, und die Lebensmittel, die sie zuvor in ihrem Supermarkt eingekauft hatte, kullern über die Straße. Der Motorradfahrer rast mit kreischendem Motor davon. Ihre Kleidung ist zerrissen, ihr Gesicht und ihre Hände sind zerkratzt. Ihr Herz schlägt bis zum Hals. Sie macht auch in dieser Nacht kein Auge zu. Genügt das vorerst, oder brauchen Sie noch mehr Beispiele?»

Schweigen. Schließlich unterbrach Morian die beklemmende Stille. Er bestimmte die fünf Teams und verteilte die Aufgaben für die nächsten 24 Stunden.

Es gab viel zu tun.

«Team Nummer fünf besteht aus Antonia und mir. Wir übernehmen die Gerichtsmedizin, die Erstellung eines Phantombildes, außerdem Martina Hahne, Boris Hahne, Anna und die Familie Wagner.»

«Viel Vergnügen», sagte Ludger Beyer. Er sagte es so leise, dass Morian nicht ganz klar war, wen er damit meinte.

«Was meinst du damit?»

«Ach, nur so. Nichts weiter. Ich habe nur laut gedacht. Also gut: Familie Wagner. Wenn wir beweisen können, dass ein und derselbe Täter die beiden Mädchen entführt hat, und wenn Antonias Theorie zutrifft, dass dieser Stalker mit der Entführung der kleinen Jasmin deren Mutter bestrafen wollte, also seine treulose Ex-Geliebte, die er im Internet kennen gelernt hat, dann frage ich mich nur gerade im Zusammenhang mit der kleinen Anna, wie es denn wohl um das geheime Sexualleben von Frau Dr. Ruth Wagner beschaffen sein mag.»

Morian antwortete nicht. Weil er sich das schon längst selbst gefragt hatte. Und weil er wusste, dass er mit seinem nächsten Besuch bei den Wagners aller Voraussicht nach die zumindest äußerlich heile Hülle einer Familie zerstören würde. Und weil er nur zu genau wusste, was eine zerstörte Familie für die drei Kinder der Wagners bedeutete.

Also löste er die Besprechung auf.

Als alle gegangen waren, rieb er sich die Müdigkeit aus den Augen und sah auf die Uhr.

Es war halb zehn.

Er hatte vergangene Nacht knapp zwei Stunden geschlafen. Unten im Keller. In einer der Arrestzellen. Er hatte keine Ahnung, wann er das nächste Mal zum Schlafen kommen würde.

Er dachte nach.

Da war etwas in seinem Hinterkopf, ganz tief vergraben.

Zwecklos.

Er stand auf, nahm die Warmhaltekannen vom Tisch, eine nach der anderen, schüttelte sie kurz und stellte sie wieder ab.

Der Kaffee war alle. Sämtliche Kannen waren leer. Er würde sich in der Kantine Nachschub besorgen müssen. Er brauchte jetzt dringend eine gehörige Dosis Koffein.

«Trink nicht so viel Kaffee.» Antonia. Sie lehnte mit verschränkten Armen in der offenen Tür. «Mineralwasser. Mein Tipp. Wir trinken alle zu wenig Wasser. Zwei Liter pro Tag sind das Minimum. Ehrlich.»

Morian sah sie entgeistert an. Sie grinste. Er wusste, sie hatte überhaupt nicht geschlafen vergangene Nacht. Allerdings war sie auch fast zwei Jahrzehnte jünger als er.

«Sollen wir mal loslegen, Chef? Ist schon spät.»

«Ja, Antonia. Ja. Wir sollten mal loslegen.»

Es war viel zu leicht gewesen. Ein Kinderspiel. Max Maifeld saß auf dem Beifahrersitz, rückte die schwarze Sporttasche auf seinen Knien zurecht und dachte nach, während Hurl den Mustang durch die nächtliche Stadt steuerte, zurück nach Köln-Mülheim. Er wusste nicht, warum ihn plötzlich diese Unruhe erfasste. Weil alles so glatt gelaufen war? Nein, das war es nicht. Es war die ernüchternde Erfahrung, wie binnen zwei Stunden Opfer und Täter die Rollen gewechselt hatten. Als wäre das Leben eine Theaterbühne in einem Brecht-Drama.

Vor zwei Stunden noch hatten sich in der Sporttasche 300 000 Euro befunden. Curt Carstensens Lösegeld. Jetzt waren es nur noch 240 000 Euro. Die fehlenden 60 000 Euro, ihren Anteil, fuhr jetzt Theo, Max Maifelds Bruder, in seinem antiken Toyota Landcruiser durch Köln spazieren, zusammen mit den Festplatten eines Computers und eines Notebooks sowie einer Hand voll Disketten. Theo nahm einen anderen Rückweg durch die Stadt.

Sicherheitshalber.

«Es war viel zu leicht gewesen», sagte Hurl und warf einen Blick in den Rückspiegel. Sicherheitshalber.

«Ja», antwortete Max. «Manchmal ist es leicht.»

«Armer Kerl. Er tut mir richtig Leid. Weißt du, Max, wenn wir nicht auf das Geld angewiesen wären, dann ...»

«Ja», sagte Max. «Du hast Recht.»

«Ich wünschte, jeder Job würde so glatt laufen. Ein Kinderspiel. Wie viel kriegt Theo?»

«Fünftausend. Die Sender waren teuer.»

«Dann bleiben 55 000, das müsste reichen. Flug, Hotel, das Schmiergeld. Mir gefällt der Gedanke überhaupt nicht, dass ein ecuadorianischer Steuerberater, der vom Waschen von Drogengeldern lebt, für ein paar läppische Informationen das ganze schöne Geld kriegt. Morgen fliege ich.»

«Ich weiß nicht mehr, ob das eine so gute Idee war. Ob ich nicht besser selbst fliegen sollte, Hurl.»

«Rede keinen Unsinn. Was machst du, wenn Herbach dich in Quito sieht, bevor du ihn siehst? Unser schöner Plan wäre im Eimer. Hast du schon mal ein ecuadorianisches Gefängnis von innen gesehen? Ich bin eindeutig im Vorteil, mein Freund: An mich wird sich Herbach kaum erinnern. Außerdem ist Englisch meine Muttersprache, und deshalb falle ich weniger auf, und außerdem werden die Drogenfahnder des FBI ihren Landsmann Hurl wohl nicht im Stich lassen, falls es eng werden sollte.»

Max hielt das, was Hurl da gerade erzählte, gleich aus mehreren Gründen für hanebüchenen Unsinn.

Erstens: Hartmut Herbach hatte Hurl vor vier Jahren zwar nur ein einziges Mal gesehen, für einen kurzen, dramatischen Moment auf dem Monitor einer Überwachungskamera, aber wer Hurl, diesen Riesen, einmal gesehen hatte, vergaß ihn nie wieder.

Zweitens: Quito, 2900 Meter über dem Meeresspiegel mitten in den Anden gelegen, war die Hauptstadt eines Landes, das von zwölf Millionen kleinwüchsigen Indios bevölkert war, die sich von einer Hand voll hispanischer Granden und libanesischer Geschäftsleute beherrschen ließen. Hurls schwarze Hautfarbe und seine beeindruckende Statur wären im benachbarten Kolumbien nicht weiter aufgefallen. Aber in Quito war er etwa so unauffällig wie ein Roncalli-Clown an Karfreitag im Kölner Dom.

Drittens: Hurls Südstaaten-Amerikanisch konnte zwar eine Weile darüber hinwegtäuschen, dass er ein staatenloser Deserteur war, wenn auch mit einem ordentlich gefälschten deutschen Pass ausgestattet. Aber die Drogenfahnder des FBI in Quito würden sich nie und nimmer die Finger für ihn verbrennen, sobald die CIA im dritten Untergeschoss des Bunkers der US-Botschaft in der kolumbianischen Hauptstadt Bogotá in Windeseile seine wahre Identität entschlüsselt hätte.

Hurl hatte nur einen einzigen, wenn auch entscheidenden Vorteil: Er wusste wie kaum ein anderer, wie man überlebt. Notfalls, indem man tötet. Abgesehen davon war es völlig sinnlos, Hurl zu widersprechen. Also schwieg Max den Rest der Fahrt zurück nach Köln-Mülheim. Und dachte nach, während die schwarze Sporttasche auf seinen Knien ruhte.

Es war so leicht gewesen. Amateure. Blutige Anfänger. Woher sollten sie es auch besser wissen? Hurl hatte pünktlich um 21 Uhr auf der Dachterrasse des Cafés im Cinedom Platz genommen, gleich an der Brüstung, sodass er freie Sicht auf den menschenleeren Platz hatte, den die Kölner Ratsherren so gerne als belebte italienische Piazza gesehen hätten. Theo hatte eine Stunde zuvor in der weitläufigen Tiefgarage des Mediaparks gleich neben dem Ausgang unter dem Kino Stellung bezogen, Max zeitgleich an einem der zahlreichen freien Tische des ‹Kandinsky›, unmittelbar am Fenster des Restaurants im Erdgeschoss von Block 5, mit freier Sicht auf den Cinedom und das von einem Geländer aus Metall gesäumte schwarze Loch, das hinab in die Tiefgarage führte.

Um 21.04 Uhr rührte Max in seinem dritten, vorsorglich bereits bezahlten Espresso, als sein Handy vibrierte. Theo.

«Der Nächste. Ein Porschefahrer. Er hat zwar keine Sporttasche dabei, aber er sieht so aus, als besäße er eine.»

Sekunden später tauchte aus dem schwarzen Loch ein Mann auf, und Max wusste, was Theo meinte. Der Mann trug die klassische Uniform des Bodybuilders: Braun gebrannter, kahl rasierter Schädel, seidig schimmernde Jogginghosen und darüber ein Sweatshirt, dessen Ärmel knapp oberhalb der beiden gewaltigen Bizeps-Kugeln provisorisch abgeschnitten worden waren. Der Mann sah sich viel zu unauffällig um und ging dann eiligen Schrittes auf Block 4 zu, der im obersten Stockwerk eine Klinik für plastische Chirurgie und auf den restlichen Etagen darunter ‹Holmes Place Health Club› beherbergte.

«In zwei Minuten wissen wir mehr, Theo. Vielleicht sucht er nur kurz sein Spind im Fitnessstudio auf.»

Nach drei Minuten trat der Mann wieder aus der Tür, sah sich erneut um und steuerte auf den Cinedom zu.

In der rechten Hand trug er eine schwarze Sporttasche mit einem weißen Nike-Symbol.

«Theo, er ist es. Leg los.»

Max wählte Hurls Nummer. «Hast du den Bodybuilder gesehen? Er ist es. Viel Glück.»

Max nahm die winzige Canon aus seiner Jackentasche und zoomte auf Tele. Hurl lehnte oben auf der Dachterrasse des Cafés am Geländer der Brüstung, die schwarze Sporttasche neben sich auf dem gemauerten Sims. Der Bodybuilder erschien links neben ihm an der Brüstung. Ernste Gesichter. Respektvolle Blicke, die gegenseitige Wertschätzung ausdrückten. Hurl war ein guter Schauspieler. Der Bodybuilder hätte trotz seiner gewaltigen Bizeps-Kugeln nicht den Hauch einer Chance.

Ein kurzer Wortwechsel. Hurl hob die Arme und spreizte die Beine. Der Mann tastete ihn sorgfältig ab, wollte sichergehen, dass er nicht verdrahtet war. Sie tauschten die Taschen. Der Mann griff in Hurls Tasche und zählte das Geld, während Hurl den Inhalt der anderen Tasche kontrollierte. Er nahm eine Hand voll Disketten in die Hand, so, dass Max sie durch das Teleobjektiv sehen konnte, warf sie wieder zurück in die Tasche und wartete geduldig, bis der Mann mit dem Geldzählen fertig war.

Als er fertig war, nahm der Mann ein Gerät von der Größe eines Handys aus der Hosentasche, schaltete es ein und tastete damit die Tasche von innen und außen ab. Max konnte auf die Entfernung trotz des starken Objektivs den Gegenstand nicht ganz genau erkennen. Aber er wusste auch so, was der Mann tat: Er suchte nach einem Peilsender.

Der Mann schaltete das Gerät wieder aus, warf es zu dem Geld in die Tasche, schloss den Reißverschluss und nickte. Er war offensichtlich zufrieden mit dem Ergebnis und wollte gehen, als Hurl seine kleine Show abzog, ihn am rechten Handgelenk packte und einen Wortschwall über ihn ergoss. Der Mann riss sich los, landete einen Tiefschlag in Hurls Magengrube und rannte mit der Geldtasche von der Terrasse, zurück ins Innere des Gebäudes.

Max konnte durch die komplett verglaste Vorderfront des Multiplex-Kinos beobachten, wie der Mann erstaunlich leichtfüßig in Schwindel erregender Höhe über ein Geländer setzte, einen Augenblick über dem Abgrund schwebte und sicher auf der Rolltreppe landete, die in dem gläsernen Turm aus dreißig Metern Höhe steil nach unten führte. Als sei der Teufel hinter ihm her, nahm er auf der Rolltreppe immer drei Stufen auf einmal, bis er im Foyer angelangt war. Vor der Drehtür stieß er zwei Kinobesucher beiseite und spurtete mit der Sporttasche über den freien Platz auf das schwarze Loch zu.

«Theo? Mach dich unsichtbar. Er kommt.»

Max steckte Kamera und Handy ein, verließ das ‹Kandinsky› und wartete draußen auf Hurl, der seelenruhig auf ihn zuschlenderte, die Sporttasche des Bodybuilders unterm Arm.

«Hat's wehgetan?»

«Blödmann.»

«Sah aber gut aus. Ich hoffe nur, du hast ihm mit deinen Bauchmuskeln nicht sämtliche Finger gebrochen. Er braucht seine Hände noch. Er muss uns lotsen.»

Theo lehnte am Kühler seines Landcruiser, der in der Tiefgarage neben dem Mustang geparkt war. «Na, großer Bruder, hast du mir wenigstens einen Espresso mitgebracht? Hurl, was hast du dem armen Kerl nur ins Ohr geflüstert? Das hättet ihr sehen müssen: Der ist gerade mit seinem Porsche wie von der Tarantel gestochen aus der Tiefgarage gerast.»

Hurl hatte ihm nur ein bisschen Angst gemacht, so wie besprochen. Damit er sie schnurstracks zu seinem Auftraggeber führte, statt noch einen Umweg zu seiner Freundin oder zu einem Bierchen in seiner Lieblingskneipe einzuschlagen.

Sie hatten keine große Eile.

«Wie hast du es gemacht, Theo?»

«Ein Kinderspiel. Der Peilsender klebt unter der Ölwanne. Außerdem hat er jetzt nur noch zwei Liter Sprit. Das wird ihn vielleicht wundern, weil der Tank vorher halb voll war. Aber ihm bleibt jetzt nichts anderes übrig, als die nächste Tanke anzusteuern. Dann haben wir ihn wieder. Außerdem war genug Zeit, um die Freisprechanlage des Porsche zu checken. Eines dieser modernen Navi-Systeme. Die sind wie ein offenes Buch. Wir haben also jetzt seine Handy-Nummer.»

«Es muss klappen, Theo.»

«Es wird klappen. Und wenn nicht, dann fällt mir unterwegs sicher noch was anderes ein.»

Das GPS-Signal kam sauber. Außerdem hatten sie seit dem Tank-Stopp Sichtkontakt. Der Bodybuilder stellte den Porsche mitten in der City im Parkverbot ab und betrat das Hochpfortenhaus unweit der Schildergasse, nachdem er an der Haustür geklingelt hatte und keine drei Sekunden warten musste. Durch die Glastür konnten sie sehen, wie er im Foyer in den Aufzug stieg.

Der weitläufige, denkmalgeschützte Gebäudekomplex war vor nicht allzu langer Zeit in schicke Lofts für Besserverdienende verwandelt worden. Fünf Stockwerke. Max klingelte bei der Zahnarztpraxis im Erdgeschoss. Die Tür sprang auf.

Auf dem Display über der Aufzugtür beobachteten sie, wie der Bodybuilder ganz nach oben fuhr. Dann holte Hurl den Aufzug zurück, während Max und Theo die Treppe im Laufschritt nahmen.

Fünfter Stock.

Drei Wohnungstüren.

«Ich bitte um einen Augenblick absoluter Ruhe», sagte Theo, grinste und wählte die Nummer des Bodybuilders. Das Handy war deutlich zu hören. Eine affige Melodie.

«Die linke Tür.»

«Mach sie auf», sagte Max.

Theo kniete vor der Tür nieder und nahm ein Werkzeug aus seinem Aktenkoffer, das aussah wie eine Miniatur-Bohrmaschine von der Größe eines Schraubenziehers. Vier Sekunden später sprang die Tür auf.

Es gab keine Diele. Sie standen sofort im Wohnzimmer und blickten in zwei völlig erstarrte Gesichter. Sie gingen arbeitsteilig vor. Hurl kümmerte sich um den Bodybuilder und machte ihm klar, dass Widerstand nicht nur zwecklos, sondern auch ungesund war. Dann nahm er sich die Wohnung vor. Zimmer für Zimmer. Das waren nicht viele. Das gigantisch große Wohnzimmer mit integrierter offener Küche, ein gigantisch großes Schlafzimmer mit einem gigantisch großen Bett, ein gigantisch großes Badezimmer mit einer gigantisch großen Badewanne.

Theo riss derweil das Telefonkabel aus der Wand, schnitt es mit einem Taschenmesser entzwei und warf das auf dem Esstisch liegende Handy der Einfachheit halber in hohem Bogen durch die offene Terrassentür, sodass es in den sprudelnden, von innen beleuchteten Jacuzzi platschte. Theo wusste aus Erfahrung, dass solch kleine Gesten gleich zu Beginn eines Auftritts gewaltigen Eindruck auf das Publikum machten und die weitere Arbeit wesentlich erleichterten. Anschließend kümmerte er sich um den Computer auf dem Schreibtisch aus gehärtetem Glas und gebürstetem Edelstahl.

Inzwischen sprach Max mit dem Wohnungseigentümer. Ruhig und sachlich, von Mann zu Mann.

«Wissen Sie eigentlich, was Paragraph 253 des Strafgesetzbuches für Erpressung vorsieht? Bis zu fünf Jahre Knast. Sie sehen nicht so aus, als würden Sie ein paar Jahre Knast unbeschadet überstehen. Bei Ihrem Aussehen.»

Der Mann sah verdammt gut aus. Er war schätzungsweise Mitte dreißig. Schlank, sehr schlank, fast feingliedrig. Ein schönes Gesicht, wie der schweißtreibenden nächtlichen Phantasie eines antiken griechischen Bildhauers entsprungen. Schmale Nase, ein Grübchen am Kinn, gleich unter den sinnlich geschwungenen Lippen. Der Teint war makellos, ebenso seine Zähne. Der Mann trug ein weißes Leinenhemd offen über einer weißen Leinenhose. Er war barfuß. Das naturblonde Haar war schulterlang und so perfekt geföhnt, dass es wild und ungeföhnt wirkte.

«Wie sind Sie denn nur an den Typen da geraten?» Max deutete auf den kahlköpfigen Bodybuilder, der sich immer noch mit schmerzverzerrtem Gesicht den Bauch hielt.

«Er ist mein Personal Trainer.»

«Aber noch nicht so lange, oder?» Max besah sich die hervorstehenden Rippen und die flache Brust des Mannes unter dem offenen Leinenhemd.

Der Blonde sagte nichts.

«Setzen Sie sich.»

«Ich stehe ganz gut.»

«Setzen Sie sich!»

Der Blonde setzte sich auf das magentafarbene Ledersofa und zündete sich eine Zigarette an. Seine Gestik wirkte feminin und perfekt einstudiert.

«Bingo», sagte Theo. Er fuhr das Betriebssystem wieder

runter, schaltete den Computer aus, zog den Stromstecker aus der Wand und machte sich daran, das Gehäuse des Rechners aufzuschrauben.

«Hey, was machen Sie da?»

«Wir stellen die Fragen, und Sie antworten», sagte Max. «Das ist Teil des Deals, den wir Ihnen vorzuschlagen haben.»

«Sauber», sagte Hurl, als er aus dem Schlafzimmer trat. «Keine Akten, keine Fotos, keine Dokumente. Nur das hier.»

Hurl legte das schmale Notebook aus Titan auf den Schreibtisch neben Theos Aktentasche. Theo nickte, und Max wandte sich wieder dem Blonden zu:

«Der Deal sieht so aus: Wir nehmen das Lösegeld wieder mit und außerdem die Festplatten Ihres Computers und Ihres Notebooks. Die Disketten reichen uns nicht. Nehmen Sie es nicht persönlich. Wir kennen Sie nicht, also vertrauen wir Ihnen nicht. Sie erzählen uns jetzt, wie Sie an das Material gekommen sind, und wir verzichten im Gegenzug auf weitere Maßnahmen und verschwinden für immer aus Ihrem Leben. Das ist doch ausgesprochen fair, oder?»

«Wenn Carstensen das rauskriegt, bin ich erledigt.»

«Wenn er was rauskriegt?»

«Dass ich der Erpresser bin.»

«Er wird es nicht erfahren. Jedenfalls nicht von uns. Sofern Sie kooperativ sind, verzichten wir sogar darauf, Sie auftragsgemäß zu bestrafen. Also: Woher haben Sie das Material?»

«Aus seinem Büro.»

«Wie konnten Sie sich Zugang zu seinem Büro verschaffen, ohne dass er es merkte?»

«Ich hatte seine Erlaubnis.»

In der Carlswerkstraße bog Hurl auf das Gelände der ehemaligen Stahlseilerei ab, steuerte den Mustang durch das Labyrinth der beleuchteten Backsteingebäude der ‹Future-Factory› und stoppte schließlich vor dem einzigen unbeleuchteten und unrenovierten Bau. Max klemmte sich die Sporttasche unter den Arm, stieg aus und beugte sich noch einmal in das Innere des Wagens.

«Danke für alles, Hurl.»

«Willst du wirklich nicht mitkommen? Theo würde sich freuen. Und was er da zur Feier des Tages aus seinem Weinkeller hervorzaubern will, hört sich verdammt gut an.»

«Nein. Ich will in Ruhe nachdenken. Über alles. Und versprich mir bitte: Pass gut auf dich auf.»

«Mach ich. Ich melde mich von unterwegs. Und wenn ich wiederkomme und alles erledigt ist, dann sollten wir mal überlegen, ob wir uns vielleicht aus der Ruine hier wieder eine schöne Burg basteln, so ein schickes Teil, wie früher unsere Burg am Rheinhafen, mit viel Platz für die ganze Familie. Wie fändest du das? Ich mache wieder einen Dojo auf, unten im Erdgeschoss, und du könntest oben …»

«Mal sehen, Hurl.»

Hurl nickte und wendete den Mustang. Er würde zu Theo in die Werkstatt fahren. Und Theo würde ihn morgen zum Flughafen bringen. Hurl würde nach Madrid fliegen und von dort weiter nach Quito. Max wartete in der Dunkelheit, bis das Brummen des Achtzylinders nicht mehr zu hören war.

Erst im Dachgeschoss machte er Licht. Er schaltete die Alarmanlage wieder ein und starrte auf den Monitor, während er die Videobänder der drei Überwachungskameras abspulte; die Bänder der Tageslicht-Kamera, der Infrarot-Kamera und der Wärmebild-Kamera. Er ließ sie rückwärts laufen, High Speed, rückwärts bis zum Anfang, dann konnte er sie anschließend gleich wieder verwenden.

Nichts. Niemand hatte sich in seiner Abwesenheit auf dem Gelände zu schaffen gemacht. Im Schnelldurchlauf stand das Stückchen Erde, auf dem er lebte, die ganze Zeit still.

Früher hätte ihn das beruhigt.

Er trank den Espresso in kleinen Schlucken und dachte nach.

Über Guido van den Bosch.

So hieß der Blonde in der sündhaft teuren Penthouse-Wohnung mit dem sprudelnden Jacuzzi auf der Dachterrasse und der Designer-Küche und der Designer-Couch und dem echten Uecker an der Wand. Guido van den Bosch war fünf kurze Monate lang Art Director der ‹CC communication company› gewesen. Die rechte Hand des Chefs. Dann hatte Curt Carstensen ihn hochkantig rausgeworfen. Fristlos. Ohne Angabe von Gründen. Guido van den Bosch verstand die Welt nicht mehr, fühlte sich ungerecht behandelt und zog vors Arbeitsgericht.

Curt Carstensens Anwalt war teuer und sein Geld wert. Weil bei arbeitsrechtlichen Auseinandersetzungen in der ersten Instanz beide Parteien unabhängig von Sieg oder Niederlage im Prozess ihre sämtlichen Kosten selbst bestreiten müssen und weil er gerade erst so viel Geld für die Einrichtung der neuen Wohnung ausgegeben hatte, verzichtete Bosch auf einen kostspieligen Anwalt der Carstensen-Spielklasse.

Er glaubte an die Gerechtigkeit und dass ihm deshalb ohnehin nichts passieren könne.

Das war ein Fehler.

Der biedere Anwalt des Klägers hatte sich mit dessen exzellenten Diplomen, Arbeitszeugnissen und Leistungsnachweisen bestens präpariert – und ließ sich von der Taktik des Gegners überraschen, die berufliche Leistung des Klägers erst gar nicht in Zweifel zu ziehen. Carstensens Anwalt konzentrierte sich auf einen einzigen Punkt: das zerrüttete und irreparable Vertrauensverhältnis des Chefs zu seinem höchsten Angestellten. Und er legte ohne Zögern die Karten offen auf den Richtertisch.

Den Grund für den Vertrauensbruch.
Der Grund hieß Natascha Jablonski.
Damit hatten Guido van den Bosch und sein Anwalt nicht gerechnet. Das Gericht folgte der Argumentation des Beklagten, dass eine weitere vertrauensvolle Zusammenarbeit ungeachtet der fachlichen Eignung des Klägers unter diesen Umständen selbstverständlich ausgeschlossen sei, und drängte die Parteien zum Vergleich. Richter lieben Vergleiche, weil sie weniger Arbeit machen. Da das Arbeitsverhältnis nur fünf Monate bestanden hatte und noch innerhalb der Probezeit gekündigt worden war, gab sich Guido van den Bosch schließlich auf Drängen seines Anwaltes, der ihm dies als grandiosen Verhandlungserfolg verkaufte, mit einer sofortigen Auflösung sowie einer Abfindung in Höhe eines Jahresgehaltes zufrieden.

Allerdings hatte er in seiner grenzenlosen Naivität zu diesem Zeitpunkt noch nicht begriffen, wie weit Curt Carstensens Arm in der Branche reichte: Sämtliche Bewerbungen, die er in den folgenden Monaten an die großen Agenturen zwischen München und Hamburg schickte, wurden postwendend an den Bewerber zurückgeschickt, versehen mit gesichtslosen Begleitschreiben, deren hohle, billige Standardformulierungen ihn demütigten und sein Selbstbewusstsein aushöhlten, bis nichts als eine brüchige Schale übrig blieb.

Guido van den Bosch begriff, dass er zum ersten Mal in seinem Leben gescheitert war. Ohne seine Schuld. Ohne sein Zutun. Er hatte nicht den Hauch einer Chance gehabt, dies zu verhindern.

Deshalb hatte es ihn auch so getroffen.
Bis ins Mark.
Sein Lebenslauf hatte bis dahin fast senkrecht nach oben geführt. Beginnend bei null. Guido van den Bosch wusste, was Armut bedeutete. Seit seinem fünften Geburtstag. Das war

der Tag, an dem sein Vater, ein glückloser Architekt, seinen Wagen auf der Standspur der Autobahn gestoppt, sich von der Ahrtalbrücke gestürzt und der Familie nichts als einen Berg von Schulden hinterlassen hatte. Guido van den Bosch beschloss ein Jahr später, an seinem sechsten Geburtstag, später einmal, als Erwachsener, niemals mehr in Armut zu leben. Er kämpfte von da an verbissen darum, dass sein kindlich-naiver Beschluss eines Tages Realität würde. Also machte er ein Einser-Abitur, bekam ein Stipendium, schloss das Studium mit Prädikats-Examen ab, bewarb sich erfolgreich als Trainee bei McCann in New York, wurde Jahrgangsbester, ging dann als Assistent zu Springer & Jacobi nach Hamburg und war schon ein Jahr später Projektleiter. Da wurde Curt Carstensen auf ihn aufmerksam. Als Guido van den Bosch ihm einen Etat vor der Nase wegschnappte.

Dem vier Wochen später folgenden Angebot, bei CC als Art-Director einzusteigen, konnte er unmöglich widerstehen. Was das Geld betraf und was die attraktive, verantwortungsvolle Aufgabe als rechte Hand des Kölner Eigentümers betraf.

Seine Karriere hätte zwangsläufig weiter steilauf geführt, bei seinem Können, seinem Fleiß, seinem blendenden Aussehen, seinen ausgezeichneten Manieren und seinem umwerfenden Charme.

Wäre Natascha Jablonski nicht gewesen.

Carstensens Geliebte. Sie wollte ihn haben. Ihn, Guido van den Bosch. Gewöhnlich bekam sie, was sie wollte. Jederzeit und auf der Stelle. Die Handtasche von Prada, die Sonnenbrille von Gucci, die Schuhe von Wedges, das Cabriolet von Porsche. Nur Guido van den Bosch war selbst mit der goldenen Kreditkarte nicht zu kriegen. Für keinen Preis der Welt.

Weil Guido van den Bosch mit Frauen nichts anzufangen wusste. Zumindest sexuell. Und selbst wenn er heterosexuell wäre, so bilanzierte er später, viel später, zu spät, als er plötzlich sehr viel Zeit zum Nachdenken hatte, dann hätte er garantiert nichts mit einer psychisch gestörten, infantilen 24-Jährigen und aus Prinzip nichts mit der Freundin seines Chefs angefangen.

Das war sein Pech.

Er arbeitete hart, und er arbeitete abends stets lange. Länger als alle anderen. Das Problem war, dass die Zentrale der Agentur und Carstensens Privatwohnung im selben Gebäude untergebracht waren. In diesem gläsernen Raumschiff mitten zwischen den Marienburger Gründerzeit-Villen.

Eines Abends, Carstensen war auf Dienstreise in London, und Guido van den Bosch war noch als Einziger im Büro, klingelte das Telefon auf seinem Schreibtisch. Hausleitung.

Natascha Jablonski.

Sie habe Probleme mit der Fernbedienung der Stereo-Anlage. Ob er mal kurz hinauf in die Wohnung kommen und ihr helfen könne. Natürlich konnte er. Schließlich war sie die Freundin des Chefs. Ihr Wunsch war ihm Befehl. Er ließ sofort alles stehen und liegen. Sekunden später war er oben.

Mit der Fernbedienung war so weit alles in Ordnung. Nur mit ihr war etwas nicht in Ordnung. Ganz und gar nicht. Aber das drang viel zu spät in sein Bewusstsein. Weil er ohne Argwohn war. Sie goss zwei Gläser Wein ein. Die Flasche war bereits geöffnet gewesen, als er die Wohnung betrat. Schwerer, roter Bordeaux. Er hatte noch nie viel Alkohol vertragen. Sie nötigte ihn, noch etwas zu bleiben. Weil sie es als angenehm empfände, alle Mitarbeiter ihres Lebensgefährten persönlich zu kennen, und bisher sei noch keine Gelegenheit gewesen, mit dem neuen Art Director der Firma ein persönliches Wort zu wechseln. Er geriet ins Plaudern, er war charmant, wie er stets charmant zu Frauen war.

Es blieb nicht bei dem einen Wein. Sie duzte ihn von einem Satz zum nächsten. Er siezte sie weiterhin. Irgendwann ging sie aufs Klo. Jedenfalls dachte er das. Sie sagte nur: «Entschuldige mich bitte einen kurzen Moment.»

Sie blieb lange weg.

Als sie zurückkehrte, trug sie immer noch die Halskette und die hochhackigen Sandaletten. Aber sonst nichts mehr. Sie blieb mitten im Raum stehen und sah ihn herausfordernd an. Sie fragte: Gefalle ich dir? Er sagte nichts und lächelte verlegen, während ihm Schweißperlen auf die Stirn traten. Sie genoss ihren Auftritt. Und sie genoss seine Verlegenheit. In vollen Zügen. Sie schritt auf ihn zu, auf ihren endlos langen Beinen, in Zeitlupe, blieb erst knapp einen Meter vor ihm stehen, breitbeinig, während er in dem weißen Ledersofa versank. Sie legte ihre Hände in ihren Nacken, straffte ihren makellosen, gertenschlanken Körper, schob ihr Becken vor, während er wie gelähmt auf die rasierte Wölbung unterhalb ihres Bauchnabels starrte.

Sie sagte, sie wolle ihn jetzt haben, und ihre Stimme klang wie die einer Irren. Sie sagte, sie wolle jetzt auf der Stelle mit ihm ins Bett. Nein, das sagte sie nicht, sie benutzte dafür ein anderes Wort, ein kurzes, einfaches, vulgäres Wort, das Guido van den Bosch nicht mochte und es deshalb auch gegenüber Max Maifeld nicht wiederholt hatte. Er sprang auf, stieß dabei mit seinem Kopf gegen ihr Kinn, sodass sie rückwärts stolperte, stotterte etwas von einem Berg von Arbeit, der auf seinem Schreibtisch warte, und verließ fluchtartig die Wohnung.

Zwei Stunden später, als er längst zu Hause war, schlug sein Herz immer noch bis zum Hals. Es war nicht ihre Nacktheit, die ihn in Panik versetzt hatte. Nicht die unerwartete, für ihn so peinliche Situation. Nicht ihre völlige Schamlosigkeit.

Nein, es war dieser Blick.

Ihr Blick, der so gar nicht zu ihrem kindlichen Schmollmund passte. Diese Aggressivität in ihren kalten Augen.

Am nächsten Tag betrat er das Büro mit einem dicken Kloß im Hals, obwohl ihre Garage offen stand und verwaist war, obwohl er wusste, dass sie tagsüber selten da war. Carstensen hatte ihr, kaum dass sie mit der Journalistenschule in München fertig war, diesen Job als Reporterin bei RTL in Köln besorgt.

Glücklicherweise gab es alle Hände voll zu tun, und das Büro glich an diesem Morgen einem Bienenschwarm. Aber nach knapp einer Stunde, als sich sein Herzschlag gerade normalisiert hatte, holte ihn die Erinnerung an den vorigen Abend wieder ein. In Form einer E-Mail, versendet von einem RTL-Rechner:

ICH WILL DICH. UND ICH KRIEGE DICH.
VERLASS DICH DRAUF.

Die erste von mindestens einhundert E-Mails, die er in den nächsten zwei Wochen erhalten sollte.

Als er wenig später die unterste Schublade seines Schreibtisches öffnete, lag dort ein Foto. Der Ausdruck eines Digitalfotos. Es zeigte Natascha Jablonski, wie sie nackt über einem Bidet hockte und sich wusch. Sie sah nicht in die Kamera, sondern war scheinbar ganz versunken in ihr Tun. Als sei sie heimlich, ohne ihr Wissen, fotografiert worden. Guido van den Bosch ahnte, dass sie es noch am Abend mit einer Digitalkamera per Fernauslöser selbst hergestellt hatte. Er ahnte jedoch nicht, was sie sich in den nächsten Tagen noch alles einfallen lassen würde.

Nach zwei Wochen war Guido van den Bosch am Ende seiner Kräfte. Seine Leistung ließ nach, seine Konzentrationsfähigkeit, resultierend aus dem permanenten Schlafmangel. Seine Energiereserven schmolzen wie Speiseeis in der Sommersonne. Die Mitarbeiter witzelten schon über ihn, wenn er eine seiner Schubladen oder seinen Schrank öffnete und sofort wieder schloss oder morgens nervös seinen Papierkorb kontrollierte. Er wusste nie, was er morgens vorfinden würde. Er wusste nur, dass sie immer etwas für ihn hinterlegte. Irgendwo. Jeden Morgen. Ein Kondom. Ein String-Tanga, der noch ihr Parfüm verströmte. Textauszüge, die sie offenbar aus einem pornographischen Buch fotokopierte. Er konnte es nicht verhindern, er konnte sich nicht schützen, weil sie in einem Großraumbüro arbeiteten, weil es keine Schlüssel für die Schreibtischschubladen und Büroschränke gab und weil kein einziger der Computer durch ein Passwort geschützt war, selbst der Computer des Chefs nicht. Denn das war Curt Carstensens Firmenphilosophie: Grenzenlose Kreativität durch grenzenlose Transparenz.

Die Kollegen redeten schon über ihn, hinter vorgehaltener Hand, wegen der ständigen SMS-Nachrichten, die sein Handy piepsen ließen. Er schaltete es ab und verpasste einen wichtigen Anruf eines neuen Kunden. Nach zwei Wochen war er so weit am Limit, dass er einen großen taktischen Fehler machte: Er informierte nicht seinen Chef über die Sache, sondern er drohte Natascha Jablonski per E-Mail an, genau dies zu tun, wenn sie nicht augenblicklich damit aufhörte, ihn zu belästigen.

Die Beweise für ihre Belästigungen hatte er stets auf der Stelle vernichtet. Aus Scham. Aus Wut. Aus Angst. Auch das war ein Fehler. Aber er hatte nicht damit gerechnet, was sie nun tat. Sie reagierte auf seine Drohung, indem sie in die Offensive ging. Sie wartete eine Woche, wog ihn in Sicherheit, eine Woche der trügerischen Ruhe, dann passte sie den Moment ab, als er für zwei Tage zu einer Präsentation in die Schweiz gereist war.

Was dann passierte, erfuhr er erst viel später, lange nach dem verlorenen Prozess vor dem Arbeitsgericht, vom Textdesigner der Firma, den er zufällig in einem Café traf: Am zweiten Tag seiner Dienstreise platzte sie unter haltlosem Schluchzen mitten in eine Besprechung, erlitt vor den Augen sämtlicher Mitarbeiter einen perfekt inszenierten Nervenzusammenbruch und teilte Curt Carstensen mit tränenerstickter Stimme mit, dass Guido van den Bosch sie permanent belästige.

Carstensen bebte vor heiligem Zorn. Blamiert bis auf die Knochen, und das vor seinen Leuten. Er bewahrte mühsam Haltung und befragte seine Mitarbeiter, ob ihnen an dem neuen Art Director Sonderbares aufgefallen sei. Oh ja, bestätigten sie eilfertig. Der Neue verhalte sich in der Tat sonderbar. Daraufhin durchwühlte Carstensen wie ein wild gewordener Stier den Schreibtisch und den Schrank des Neuen und fand das Foto mit dem Bidet, das Guido van den Bosch längst vernichtet hatte. Natascha Jablonski musste es am Abend zuvor neu ausgedruckt und anschließend in seinen Schubladen versteckt haben.

Die Nachricht, dass ihm fristlos gekündigt wurde, erreichte Guido van den Bosch nur Minuten später per SMS.

Max Maifeld wartete, bis die letzten schwarzen Tropfen in der kleinen Tasse versunken waren, dann rührte er Zucker unter, ging mit dem neuen Espresso zu dem Fenster in der Gaube und starrte eine Weile in die Dunkelheit. Er würde morgen wie vereinbart zu Curt Carstensen fahren, ihm sein Geld abzüglich der Provision zurückbringen und, so vermutete und so hoffte er, anschließend ihn und seine Geliebte niemals wiedersehen.

Aber da irrte er sich.

Der zweite Ermittlungstag begann so, wie der erste Ermittlungstag der ‹SoKo Sieg› geendet hatte und wie grundsätzlich alle ersten Ermittlungstage auf die Ermittler einer Mordkommission wirkten, wenn nicht zufällig eine gehörige Portion Glück mitspielte, nämlich: chaotisch, verwirrend, ernüchternd, entmutigend, immer wieder Selbstzweifel nährend, ob die vagen Spuren, die man verfolgte, an die man sich krampfhaft klammerte wie ein Schiffbrüchiger an eine Holzplanke, überhaupt die richtigen Spuren waren.

«Es war ein Unfall», sagte die Fledermaus.

«Was?» Morian schrie fast ins Telefon. Es war acht Uhr morgens. Um diese Uhrzeit hatte er gewöhnlich weder seine Stimme noch seine Emotionen unter Kontrolle.

«Es war ein Unfall», wiederholte sich die Fledermaus unbeirrt, als hätte ihn Morian lediglich akustisch nicht verstanden. Alles andere hätte Dr. Ernst Friedrich als Beleidigung aufgefasst.

«Ein Unfall?»

«Drücke ich mich so undeutlich aus?» Der Leiter des Instituts für Rechtsmedizin der Universität Bonn wirkte bereits ungehalten. Morian wusste, dass sich die Fledermaus selten irrte. Eigentlich nie. Nur das telefonische Vorspiel zerrte Morian jedes Mal an den Nerven. Dr. Ernst Friedrich liebte es, die mitunter überraschenden Ergebnisse seiner Obduktionen zu zelebrieren. Und er liebte es, an Morians Nerven zu zerren. Aber Morian wusste aus langjähriger leidvoller Erfahrung, er hatte keine andere Chance, als dieses dämliche Spiel mitzuspielen.

«Nein, nein, Doc, ich verstehe Sie schon. Ich stehe wohl noch etwas auf der Leitung um diese Uhrzeit. Was ist denn Ihrer Ansicht nach da draußen passiert?»

«Ganz einfach. Wie ich schon sagte: Es war ein Unfall. Jasmin Hahne kam keineswegs durch Gewalteinwirkung Dritter zu Tode. Jedenfalls nicht unmittelbar. In einfachen Worten für Sie, mein Lieber, zum Mitschreiben: Das Mädchen wurde nicht erwürgt, nicht erdrosselt, nicht erstochen, nicht erschossen, nicht erschlagen. Sie ist gestürzt.»

«Sind Sie sicher?» Morian bedauerte die Frage, kaum dass er sie ausgesprochen hatte.

«Halten Sie mich für einen ausgemachten Idioten, Morian? Jasmin Hahne geriet ins Stolpern und ist bei dem Sturz mit dem Kopf auf einen scharfkantigen Stein aufgeschlagen. Sie starb wenig später an einer Hirnblutung.»

«Sie sagten eben: jedenfalls nicht unmittelbar.»

«Was?»

«Sie sagten, sie sei nicht unmittelbar durch die Einwirkung Dritter ums Leben gekommen.»

«Ja, das sagte ich.»

«Und was bedeutet das?»

«Ganz einfach: Wären ihre Hände nicht auf dem Rücken gefesselt gewesen, wäre sie vermutlich nicht gestürzt. Und außerdem hätte sie sich ohne die Fesselung bei dem Sturz vermutlich rechtzeitig mit den Händen auf dem Erdboden abfangen und so ihren Kopf schützen können. Damit könnte die Fesselung also mittelbare Ursache ihres Todes sein. Ich bin mir sicher: Sie lief sehr schnell, als sie stürzte. Sie war in Panik. Fragen Sie Erwin Keusen, ob der Erkennungsdienst am Fundort Laufspuren auf dem Erdboden feststellen konnte. Größeres Schrittmaß. Tiefere Eindrücke der Fußballen. Ich schätze, sie war in Panik. Aber das ist jetzt reine Vermutung, wilde Spekulation, also genau das Richtige für Sie, Morian. Aber nicht wissenschaftlich belegbar, und deshalb wird sich diese Vermutung natürlich nicht in meinem schriftlichen Gutachten wiederfinden. Beweisbar ist nur: Sie kam durch einen selbst verursachten Sturz ums Leben.»

«Wurden die Mädchen...»

«Vergewaltigt? Nein. Weder vaginal noch anal. Jasmin Hahne nicht, und Anna Wagner ebenfalls nicht. Anna Wagners Hymen ist noch intakt. Das sagte mir der Kollege aus dem Waldkrankenhaus gestern am Telefon. Jasmin Hahne war allerdings keine Jungfrau mehr. Nun, das ist ja nicht ungewöhnlich heutzutage. Sie werden es nicht glauben, aber ich hatte hier schon ...»

«Vielen Dank, Doc. Das war's?»

«Wie bitte? Reicht das noch nicht? Wissen Sie eigentlich, wie lange ich hier gestern ...»

«Doch, doch, sorry, Doc. Vielen Dank, dass Sie sich so beeilt haben und mich sofort ...»

«Das war tatsächlich noch nicht alles, Morian. Jetzt wird es erst richtig spannend. Aber das erzähle ich Ihnen besser hier. Kommen Sie einfach vorbei. Wie wär's jetzt gleich?»

«Muss das unbedingt ...»

«Bis gleich.»

Die Leitung war tot. Morian riss einen Zettel von seinem Notizblock, schrieb eine kurze Nachricht für Antonia Dix, legte den Zettel auf ihren Schreibtisch, verließ das Büro und fuhr mit dem Aufzug in die Tiefgarage.

Die Stadt war dicht. Berufsverkehr. Der Volvo kroch von Ampel zu Ampel. Morian sah in mürrische Gesichter hinter getöntem Glas. Er schaltete das Radio ein und nach dem ersten Krächzen gleich wieder aus. Das Radio war kaputt, seit zwei Wochen schon. Er hatte sich nur noch nicht daran gewöhnt.

Allein schon dieser Geruch. Morian hasste diesen alles durchdringenden Geruch, diese Mixtur aus Ammoniak und Verwesung. Er hasste Termine mit der Fledermaus im Keller der Gerichtsmedizin. Und weil Dr. Ernst Friedrich das wusste, liebte er Termine mit Morian in der Gerichtsmedizin. Er könnte ihn dort auch in seinem Büro im ersten Stock empfangen. Aber er empfing Morian grundsätzlich an seinem Hauptarbeitsplatz im Keller. An seinem Autopsie-Tisch. Und grundsätzlich lag auf dem kalten Stahl zufällig eine Leiche, mit der sich die Fledermaus zuvor gerade eingehend beschäftigt hatte.

Morian hatte in seinem Leben schon eine Menge Leichen gesehen. Aber allein der Gedanke an die anschließende weitere Entwürdigung eines toten Menschen, eines Mordopfers zum Forschungsobjekt machte ihm zu schaffen.

Was ihn aber im Augenblick wesentlich mehr beschäftigte als die Abneigung, sich mit der Fledermaus über eine aufgeschnittene Leiche hinweg zu unterhalten, und seine Abneigung, sich mit dem Wagen im Schneckentempo durch den morgendlichen Bonner Berufsverkehr zu quälen, war die Frage, was die Fledermaus noch herausgefunden hatte.

Sie brauchten dringend eine heiße Spur.

Die extrem hohe Aufklärungsquote bei Tötungsdelikten in der Kriminalstatistik im Vergleich zu anderen Straftaten hatte vor allem damit zu tun, dass die meisten Kapitalverbrechen Beziehungstaten waren. Ehemann tötet Ehefrau, weil sie ihn verlassen will, Geliebte tötet Ehemann, weil er die Ehefrau nicht verlassen will. Ein Vater tötet seine drei kleinen Kinder, weil er seine Ehefrau dafür bestrafen will, dass sie ihn verlassen will. Ein Türke tötet im Auftrag und unter dem Druck der Familie seine ungehorsame Schwester, um die Familienehre wiederherzustellen. In diesen Fällen war das Verbrechen in der Regel nicht sorgsam und mit kühlem Verstand geplant, sondern geschah meist in einem Zustand größter emotionaler Aufgewühltheit. Dieser seelische Ausnahmezustand führte fast immer dazu, dass die meisten Mörder oder Totschläger wesentlich weniger Energie auf die Vertuschung der Straftat verwendeten als ein Fahrraddieb. Beziehungstäter hinterließen Spuren, so breit und so lang wie eine frisch geteerte Autobahn.

Problematisch waren die wenigen anderen Mörder.
Täter wie in diesem Fall.

Ein Fall, der zudem seit zwanzig Minuten, seit dem Telefonat mit der Fledermaus, nicht einmal mehr ein Mordfall war.

Wenn es keine Beziehungstat war, spielten plötzlich entflammte Gefühle, die sich im Affekt entluden, überhaupt keine Rolle. Das Opfer war dem Täter völlig gleichgültig.

Das Opfer.

Es gab gleich zwei Opfer. An einem Tag.

Jemand hupte. Morian sah in den Rückspiegel. Der Fahrer hinter ihm zeigte ihm einen Vogel. Morian sah auf den Tacho. Er fuhr exakt die erlaubten innerstädtischen 50 Stundenkilometer. Das war dem Mann hinter ihm offenbar zu langsam. Sein BMW klebte förmlich an der Stoßstange von Morians altersschwachem Volvo. Morian beobachtete den Mann im Rückspiegel. Er gestikulierte so aufgebracht, dass Morian fürchtete, der Mann würde in den nächsten zwei Minuten einen Herzinfarkt erleiden. Morian musste ohnehin nach links in die Wilhelmstraße, blinkte und ordnete sich auf der Abbiegespur ein. Als der BMW wild hupend vorbeiraste, zeigte ihm der Mann mit weit aufgerissenen Augen, hochrotem Kopf und vor Wut verzerrtem Gesicht noch einmal einen Vogel und brüllte dabei gegen die Seitenscheibe. Morian merkte sich das Kennzeichen und wusste, er würde es in spätestens zwei Minuten schon wieder vergessen haben.

Zwei Opfer. Irgendwelche politischen Gremien, mehrheitlich bestückt mit kriminalistischen Laien, die nicht bis drei zählen konnten, hatten vor geraumer Zeit beschlossen, in Kriminalstatistiken erst ab drei zu zählen. Ob Mörder, Vergewaltiger oder Kinderschänder: Zum gefährlichen Serientäter wurden sie in der Kriminalstatistik erst ab drei erfolgreich ausgeführten Taten. Das sah gegenüber der Öffentlichkeit besser aus, weil es die Zahl der Serientäter erheblich senkte.

So fielen auch diejenigen aus dem Raster, die von der Kripo frühzeitig gestoppt worden waren. Mehr oder weniger zufällig. Nach der ersten oder zweiten Tat. Und in forensischen Kliniken darauf warteten, nach guter Führung und wohlmeinender Begutachtung entlassen zu werden.

Aber vielleicht dachte er schon viel zu weit. Engte sich mit seinem Denken unnötig ein. Morian suchte einen Parkplatz. Es war nur so ein Gefühl. Nach zehn Minuten gab er die Suche auf und parkte im absoluten Halteverbot. Ein Gefühl, das ihm große Bauchschmerzen bereitete. Morian verschloss den Wagen und machte sich zu Fuß auf den kurzen Weg zum rechtsmedizinischen Institut. Hätte er das Gefühl auch, wenn er nicht selbst Vater einer Tochter in Jasmins und Annas Alter wäre?

Jede Stunde, die seit der Tat ohne neue Ermittlungsergebnisse verstrich, brachte den Täter um Lichtjahre der Straffreiheit näher. Als würde man mit einem Fahrrad einen Rennwagen verfolgen. Sie wussten noch nicht einmal, welche Richtung der Rennwagen eingeschlagen hatte.

Die bisherigen Ergebnisse der Teams waren mehr als dünn. Sie hatten mit sämtlichen Nachbarn, Lehrern und Mitschülern der Opfer gesprochen, außerdem mit sämtlichen Ladeninhabern entlang der Schulwege. Niemand hatte Jasmin Hahne oder Anna Wagner in ein fremdes Auto einsteigen sehen. Das war bedauerlich, aber nicht ungewöhnlich und legte zumindest den Schluss nahe, dass sowohl Jasmin Hahne als auch Anna Wagner am helllichten Tag wohl nicht gewaltsam in ein fremdes Auto gezerrt worden waren. Sie hatten mit den Wirtsleuten und dem Fährmann an der Sieg gesprochen, ebenso mit dem Hafenmeister des Mondorfer Yachthafens am Rheinufer. Fehlanzeige. Es gab keine Faserspuren, keine DNA-Spuren, keine Reifenspuren, keine Fingerabdrücke. Auch ein Abgleich des Modus Operandi mit den Datenbanken der Landeskriminalämter blieb ohne Erfolg: Ein Täter mit dieser speziellen Handschrift war in Deutschland bisher noch nicht in Erscheinung getreten.

Das Klebeband ließ sich unmöglich zurückverfolgen. Eine Anfrage beim Hersteller ergab im Umkreis von 20 Kilometern um den Fundort 98 Einzelhändler, die das Produkt in ihrem Sortiment führten. Die Erfahrung lehrte, dass sich Kassiererinnen in Supermärkten oder Baumärkten fast nie an ein Gesicht erinnern, geschweige denn ein Gesicht mit einer gekauften Ware übereinbringen konnten.

Blieb noch die Spur der Nylonstricke. Wenigstens ein Ansatz. Seile aus diesem speziellen Material und in dieser Stärke wurden vornehmlich für Boote oder kleinere Yachten verwendet. Zum Vertäuen, zum Befestigen von Fendern, Ankern oder Beibooten. Das Problem war nur: Sie waren praktisch bei allen Motor- oder Segelbooten, bei allen offenen Booten oder Kajütbooten bis zu einer gewissen Länge und Gewichtsklasse im Einsatz, wenn er das richtig verstanden hatte. Das hieß mit anderen Worten: bei sämtlichen Freizeit-Kapitänen auf dem Rhein. Morian hatte keine Ahnung, wie groß deren Zahl war. Er wusste nur, dass ihre Zahl viel zu groß war, um sie alle zu überprüfen. Im Umkreis von 30 Kilometern gab es allein sechs Yachthäfen und außerdem Dutzende Möglichkeiten, kleinere Boote direkt vom Anhänger ins Wasser zu bugsieren, wenn man sich die kostspieligen Liegegebühren in einem Hafen nicht leisten wollte.

Sie würden dennoch heute schon damit anfangen, die Bootseigner der drei Clubs im Mondorfer Yachthafen unter die Lupe zu nehmen. Wegen der geographischen Nähe zum Fundort. Allein die Überprüfung dieser Personen und deren Alibis würde eines seiner Teams tagelang auf Trab halten.

Ludger Beyer hatte mit seiner Vermutung Recht behalten: Der bei der Fesselung verwendete Knoten war ein Seemannsknoten. Erwin Keusen hatte seinen segelnden Nachbarn sowie einen Kollegen von der Wasserschutzpolizei um Rat gefragt. Beide versicherten übereinstimmend, dass es sich bei den Knoten um den so genannten ‹Doppelten Palstek› handelte.

Vielleicht half jetzt der Zufall. Der Zufall, der einen weiteren Fehler des Täters enttarnte. Sie lebten von den Fehlern der Täter. Ohne die Fehler der Täter hatten sie keine Chance. Die Kunst bestand allerdings darin, diese Fehler auch als Fehler zu erkennen.

Morian wartete geduldig in dem schmalen, von Neonlicht grell erleuchteten Gang aus Sichtbeton, bis das Kreischen der elektrischen Säge jenseits der Flügeltüren verstummte. Dann erst holte er ein letztes Mal tief Luft und stieß die wippenden Flügel der Doppeltür zu dem weiß gefliesten Raum auf.

Auf dem Stahltisch lag die Leiche eines alten Mannes. Sie musste lange Zeit im Wasser gelegen haben. Dr. Ernst Friedrich hatte soeben die Schädeldecke entfernt.

«Wer ist das?»

«Höchst interessanter Fall, Morian. Ihre Kollegen vom Koblenzer Polizeipräsidium haben ihn geschickt. Sie haben ihn gestern aus einem Eifelsee gefischt. Wollen Sie mehr darüber wissen?»

«Nein.»

Morian hatte sich einen Moment lang darüber gewundert, von einer Leiche nichts zu wissen, als ihm erneut bewusst wurde, für wie viele verschiedene Polizeidienststellen im weiten Umkreis die Bonner Gerichtsmedizin zuständig war. Wahrscheinlich hatte die Fledermaus nur aus diesem Grund den alten Mann für ihn ausgewählt. Um Morian die permanente Arbeitsüberlastung seines Ladens zu demonstrieren. Aber Morian hatte jetzt weder Lust noch Zeit, Dr. Ernst Friedrich zu bedauern.

«Also: Hier bin ich. Was gibt's?»

Friedrich zog die Gummihandschuhe aus, forderte seinen Assistenten auf weiterzumachen und stakste die wenigen Schritte zu seinem Schreibtisch. In der steifen, abwaschbaren Schürze und den Gummistiefeln sah er aus wie ein Metzger.

«Hier. Ich habe Ihnen schon mal ein paar Eckdaten ausgedruckt. Das können Sie sich mitnehmen und später in Ruhe studieren. Dann wissen Sie, wie GHB wirkt.»

«GHB?»

«Gammahydroxybuttersäure. In der Szene auch als Liquid X oder Fantasy bekannt. Oder ganz schlicht unter dem wissenschaftlich etwas irreführenden Begriff, der den Verwendungszweck aber wohl am besten beschreibt: Vergewaltigungsdroge.»

«Sie sagten aber doch eben am Telefon, dass Jasmin Hahne und Anna Wagner nicht …»

«Immer mit der Ruhe, Morian. Sie werden schon etwas Geduld aufbringen müssen. Die Mädchen wurden nicht vergewaltigt. Richtig. Warum dennoch GHB im Spiel war, darauf werden Sie sich vielleicht einen Reim machen können, wenn Sie mich jetzt endlich in Ruhe die Wirkungsweise schildern lassen. Ich beschränke mich dabei auf die wesentlichen Eigenschaften, die GHB so interessant für Vergewaltiger und Zuhälter macht. Genau diese Eigenschaften könnten vielleicht aus einem anderen Grund auch für Ihren Täter nützlich gewesen sein.»

Morian spürte deutlich, wie der grantigen Stimme des Gerichtsmediziners, die er seit Jahrzehnten kannte, zum ersten Mal jegliche Ironie fehlte.

«Also der Reihe nach: GHB tauchte erstmals in den neunziger Jahren in Zuhälter-Kreisen in den USA und dann wenig später in Großbritannien auf. Zuvor wurde es in den sechziger Jahren von der Pharma-Industrie als neues Anästhesie-Mittel entwickelt, erwies sich aber als untauglich und verschwand wieder in den Giftschränken der Labors. Irgendein Schwein hat es dort drei Jahrzehnte später wieder rausgeholt, um mit der Rezeptur Geld zu verdienen. In Deutschland kursiert es erst seit ein paar Jahren. Ich hatte bisher hier noch keinen einzigen Fall. Aber wie sie in den Fotokopien nachlesen können: Die kriminalmedizinischen Experten sagen, die Tendenz ist steigend.»

Friedrich machte eine Pause, um die schwere Gummischürze abzulegen. Morian lehnte sich mit dem Rücken gegen die gefliese Wand neben dem Schreibtisch. Seine Beine versagten plötzlich ihren Dienst. Seine Knie zitterten. Und das hatte nichts damit zu tun, dass der Assistent soeben damit begonnen hatte, den Brustkorb des alten Mannes zu öffnen.

«Erste Eigenschaft: GHB bewirkt eine temporäre Amnesie für die Dauer der Wirkung der Substanz im Körper. Mit einfachen Worten ausgedrückt: Schon ein paar Tropfen, heimlich in ein Getränk gemixt, führen zu einem stundenlangen Gedächtnisverlust. Die Amnesie hält so lange an, wie sich das Zeug im Körper des Opfers befindet: etwa vier Stunden. Alles, was vor der Einnahme passierte, kann das Opfer mühelos erinnern. Ebenso alles nach dem vollständigen Abbau der Substanz.»

«Das heißt: Das Opfer kann unter Umständen den Täter beschreiben, aber auf keinen Fall die Tat.»

«So ist es, Morian. Das Opfer ist als Tatzeuge vor Gericht absolut untauglich. Das Opfer hat außerdem nicht den Hauch einer Chance, die Einnahme des Mittels zu verhindern. Denn die Droge ist absolut geruch- und farblos. Sie schmeckt zwar leicht salzig, ist aber aufgelöst in einem Getränk, heimlich etwa in der Disco ins Glas gekippt, nicht mehr herauszuschmecken. Dritte Eigenschaft: Eine solche Dosis kostet den Täter nicht mehr als zwei Euro, denn GHB besteht lediglich aus zwei chemischen Grundsubstanzen, die man problemlos über das Internet beziehen und dann selbst zusammenmixen kann. Vierte Eigenschaft: Auf unbeteiligte Außenstehende, also mögliche spätere Zeugen vor Gericht, wirken die Opfer während der Wirkzeit völlig normal, allenfalls leicht betrunken. Beschwipst, sagt man im Rheinland, nicht wahr?»

Morian nickte und schwieg.

«Die fünfte Eigenschaft aber ist wirklich perfide: In der richtigen Dosierung wirkt GHB bereits fünfzehn Minuten nach der Einnahme angstlösend, enthemmend, euphorisierend … und sexuell stimulierend. Es stellt sich eine als sehr angenehm empfundene Gleichgültigkeit ein. Auch viele Prostituierte nehmen die Droge, um ihren Job seelisch besser zu überstehen. Wissen Sie, was das bedeutet, Morian?»

«Ja. Ich glaube es zumindest. Mit dieser Droge wird den Opfern sogar die Möglichkeit genommen, sich als Opfer zu fühlen. Wahrscheinlich ähnlich dem seelischen Verdrängungsmechanismus, der bei frühkindlichen Opfern von sexuellem Missbrauch in der Familie einsetzt.»

«Exakt, Morian. Den Opfern fehlt nicht nur die Erinnerung, dass ihnen etwas passiert ist, ihnen fehlt auch das für eine Heilung der Seele notwendige sichere Gefühl, dass ihnen Unrecht geschah. Sie können es später sagen, wenn man ihnen gesagt hat, was passiert ist: Mir ist Unrecht geschehen. Sie können den Satz wieder und wieder sagen: Mir ist Unrecht geschehen. Aber sie können das Unrecht nicht fühlen. Sie fühlen sich eher noch mitschuldig und schämen sich. Verstehen Sie, Morian: Der Aufschrei der Empörung fehlt. Das gesunde Gefühl der Wut, die sich aus seelischem Schmerz nährt. Weil die Chemie in ihrem Körper sie vier Stunden lang gleichgültig gegenüber der Vergewaltigung und gleichgültig gegenüber dem Täter gemacht hat. Das Gefühl für das erlittene Unrecht, das Gefühl, missbraucht worden zu sein, ist lediglich schwach im Unterbewusstsein gespeichert, in einer verschlossenen Kammer. Ohne den Schlüssel wird es ihr komplettes weiteres Leben beeinflussen. Ohne den Schlüssel werden sie niemals wieder glücklich sein.»

«Wie kann man den Schlüssel finden? Vielleicht durch ein Gegengift? Ein Medikament?»

«Nein, Morian. Es gibt kein Serum. In den Panzerschränken der Pharma-Industrie schlummert eine Menge Teufelszeug, für das es kein Serum gibt. Man sollte diese Panzerschränke in die Luft sprengen. Und die Verantwortlichen gleich mit dazu. In den Papieren, die ich für Sie kopiert habe, sind einige Fälle von Opfern aus den USA und aus Großbritannien dokumentiert. Viele Frauen leiden noch Jahre später an Schlaflosigkeit, an Angstzuständen, an Panikattacken, an schweren Depressionen. Vielleicht kann eine Hypnose helfen. Ich weiß es nicht. Ich bin kein Seelenklempner, Morian. Ich schneide Leichen auf. Fragen Sie doch Ihre Ex-Frau. Die ist doch vom Fach.»

Morian überhörte die letzte Bemerkung. Weil er sie nicht hören wollte. Und weil ihm schon die ganze Zeit noch etwas anderes durch den Kopf ging.

«Doc, wenn dieses Zeug die Opfer so gleichgültig macht, so apathisch ... was meinen Sie, warum ist Jasmin Hahne dann davongerannt ... wie in Panik?»

«Das hat mit der Dosierung zu tun. Die Gefahr der Überdosierung ist extrem groß. Ich rede hier von Milligramm-Differenzen. Ein Tropfen zu viel, und es kann zu Schwindelanfällen kommen, zu Muskelkrämpfen, zu epileptischen Anfällen, zu Atemlähmung, Koma, Herzstillstand, Tod. Die Grenze zur Überdosierung hängt vom jeweiligen Körpergewicht des Opfers ab. Jasmin Hahne war extrem dünn. Viel zu dünn. Meines Erachtens war sie magersüchtig. Ich vermute, es gab Probleme mit der Dosierung. Ich vermute, es kam zu Nebenwirkungen. Ich vermute, das Mädchen geriet deswegen in Panik.

Jeder Mensch gerät bei den eben genannten körperlichen Symptomen in Panik, in heillose Angst, sterben zu müssen. Vielleicht wäre sie auch ohne den Sturz gestorben. An einer GHB-Überdosierung. Die Täter sind doch medizinische Laien und haben keine blasse Ahnung von der Dosierung, und wahrscheinlich...»

«Und weil Anna Wagner über mehr Körpergewicht verfügt, hat die gleiche Dosis bei ihr keine...»

«Morian, wir wissen nicht, ob Anna Wagner ebenfalls GHB bekommen hat.»

«Ich verstehe Sie nicht, Doc. Das müssten Ihre Kollegen im Waldkrankenhaus doch festgestellt haben.»

«Natürlich liegt der Verdacht nahe. Auch ihre derzeitige psychische Verfassung spricht anscheinend dafür. Diese Apathie, resultierend aus dem Nichtwissen. Sie können das jetzt vermuten. Aber wir können es nicht beweisen. Das ist die sechste teuflische Eigenschaft der Gammahydroxybuttersäure: Sie ist nur bis maximal vier Stunden nach der Einnahme labortechnisch nachweisbar... genauso lange, wie die Wirkung anhält. Dann hat sich die Substanz im Körper verflüchtigt. Spurlos. Sie finden sie weder im Urin noch im Blut. Als hätte es sie nie gegeben. Anna Wagners Blut ist von den Kollegen im Waldkrankenhaus natürlich sofort untersucht worden. Schon alleine wegen der Gefahr der Infizierung durch HI-Viren. Nichts. Kein GHB.»

«Und weshalb...»

«...wir es in Jasmin Hahnes Blut gefunden haben? Ganz einfach: weil sie tot ist. Stirbt das Opfer während der vierstündigen Wirkzeit, bleibt GHB noch eine ganze Weile nachweisbar, weil durch den Tod die gesamte Verstoffwechselung gestoppt wird. Der Körper hört auf, die Substanz abzubauen. Das ist die wirkliche Ironie dieses Verbrechens: Nur durch die tätige Mithilfe des Opfers verwischt der Täter seine Spuren restlos.»

Die Ironie des Verbrechens.

Morian stieg in den Wagen und kletterte sofort wieder hinaus, um den Zettel, der hinter der Windschutzscheibe klemmte und ihm die Sicht nahm, zu entfernen. Dann sah er die Politesse, die sich keine dreißig Meter entfernt an einem weiteren Wagen zu schaffen machte. Er war einen Moment versucht, zu ihr zu gehen und sie anzusprechen, ließ es aber doch bleiben. Was sollte er ihr sagen? Dass er einen triftigen Grund hatte, im absoluten Halteverbot zu parken? Den hatte jeder.

Außerdem klingelte in diesem Augenblick sein Handy.

«Josef, wir haben ein Problem.»

Antonia Dix.

«Was, nur eins?»

«Genau genommen sind es zwei.»

«Wo bist du?»

«Im Auto. Auf dem Weg zurück ins Präsidium.»

«Hast du Lust auf einen Kaffee?»

«Was? Jetzt?»

«Ja. Jetzt. Ich brauche dringend einen anständigen Kaffee, bevor ich mich mit dem nächsten Problem befassen kann. Wir treffen uns in einer Viertelstunde bei Paolo.»

Paolo Granatella machte den besten Espresso von Bonn. Fand Morian. Die Bohnen importierte er eigens aus seiner sizilianischen Heimat, die er vor dreißig Jahren mit seiner Familie verlassen hatte. Paolo hatte aber nicht nur einen phantastischen Espresso, sondern viele feine Sachen, die er in seiner Küche zauberte. Der Mann war die Versuchung in Person, und in welchem Maße er selbst der Versuchung seiner eigenen Kochkünste unterlag, zeigte sein beträchtlicher Leibesumfang unter der schneeweißen Kochjacke, die er stets trug. Morian nahm sich dennoch vor, zu widerstehen und es heute bei einem Espresso zu belassen. Er wollte abspecken. Unbedingt. Mindestens fünf Kilo. Er hatte es sich fest vorgenommen. Er wollte auch wieder Sport treiben, vielleicht wieder mit dem Boxtraining anfangen. So wie früher. Das hatte er sich zwar schon oft vorgenommen in den letzten Jahren. Aber diesmal war es ihm ernst.

Sobald dieser Fall gelöst war.

Als Morian in die Rochusstraße einbog, sah er Antonias Cooper in einer Parklücke stehen, in die sein monströser, rostiger Blechhaufen nicht mal quer gepasst hätte. Paolo und Antonia fachsimpelten gerade über Olivenöl, als Morian zehn Minuten später die Tür öffnete. Paolo umarmte Morian, dann ließ er sie allein und verschwand hinter der Theke.

Morian unterrichtete Antonia über das Gespräch mit der Fledermaus. Paolo stellte die beiden Espresso-Tassen vor sie auf den Tisch, außerdem zwei große Gläser Wasser, und verschwand in der Küche, bevor Morian etwas sagen konnte. Morian starrte in das Wasser, als sei ihm die Existenz dieser Materie bis zu dieser Sekunde völlig fremd gewesen.

«Ist das jetzt so eine neumodische Marketing-Idee von ihm? Ein Eimer Wasser zum Espresso?»

«Nein, das war meine Idee. Du trinkst zu wenig, Josef. Wir trinken alle viel zu wenig. Das macht krank. Die Mediziner empfehlen zwei bis drei Liter Wasser pro Tag.»

«Das war aber sicher nicht eines der beiden Probleme, von denen du am Telefon sprachst.»

«Nein.» Sie wirkte zerknirscht.

«Also raus mit der Sprache.»

«Der Computer ist weg.»

«Welcher Computer?»

«Martina Hahnes Computer.»

«Was?»

«Boris, ihr Sohn, hat ihn nach einem Wutanfall von der Kennedybrücke in den Rhein geworfen. Weil das Ding für ihn die Ursache allen Übels ist. Die Ursache für den Tod seiner Schwester. Hätte seine Mutter nicht im Internet Mario kennen gelernt, dann wäre...»

«Wieso ist der Computer nicht längst zur Untersuchung in der Kriminaltechnik?»

Antonia kratzte sich verlegen am Kopf.

«Du hast es vergessen, Antonia?»

«Ja. Ich habe in der ganzen Aufregung vergessen, den Antrag auf Beschlagnahmung des Rechners an die Staatsanwaltschaft zu geben. Und als ich dann gestern Abend bei Martina Hahne vorbei bin, so gegen 21 Uhr, da war der Computer schon weg. Sie hatte Streit mit ihrem Sohn, als sie von der Arbeit kam. Er hat sie wieder mit Vorwürfen überschüttet. Sie hat sich ausnahmsweise mal gewehrt und zurückgebrüllt und ihm gesagt, er solle sie gefälligst in Ruhe lassen mit seinen ständigen Vorwürfen. Da ist Boris ausgerastet. Er hat einen Kumpel angerufen, einen seiner Neonazi-Kameraden, der ein Auto besitzt. Sie haben wortlos den Computer eingeladen und sind weg. Ich kam eine halbe Stunde zu spät.»

«Kann man die Geschichte glauben?»

«Ich habe sie überprüft. Ich hatte die beiden Burschen schon in der Mangel. Kein Zweifel.»

Morian rührte in seinem Espresso und sagte nichts. Was sollte er auch sagen? Was er hätte sagen können, wusste Antonia Dix genauso gut selbst: dass so etwas einer Kriminalbeamtin nicht passieren darf und der Aktenführerin einer Mordkommission schon gar nicht. Dass die einzige greifbare Verbindung zwischen Jasmin Hahnes Tod und der Internet-Bekanntschaft ihrer Mutter jetzt auf dem Grund des Rheins ruhte. Morian dachte kurz daran, wie er es begründen könnte, Taucher anzufordern, ohne den Fehler seiner Kollegin auf dem Präsentierteller mitzuliefern. Ihm fiel nichts ein. Würden die Taucher den Rechner überhaupt finden? War er schwer genug, um nicht von der starken Strömung mitgerissen zu werden? Hätten die Computer-Experten beim Landeskriminalamt, die zweifellos immer wieder Wunder vollbrachten, überhaupt noch eine Chance, wenn die Festplatte so lange im Wasser gelegen hatte?

«Und wie heißt das zweite Problem?»

Antonia Dix griff in die Innentasche ihrer voluminösen Lederjacke, entfaltete zwei Zettel und legte sie nebeneinander zwischen Morians ausgetrunkenen Espresso und Morians unangerührtes Wasserglas.

Zwei Gesichter, merkwürdig unwirklich. Das hatten Phantombilder so an sich. Morian glättete, so gut es ging, die Falten der beiden DIN-A4-Ausdrucke mit seinen Händen. Bei Phantombildern hatte man selten das spontane Gefühl, in das Antlitz eines Menschen aus Fleisch und Blut zu schauen. Das lag daran, dass sie nicht unter künstlerischen, sondern unter kriminalistischen Aspekten hergestellt wurden. Denn Zeugenbeschreibungen waren grundsätzlich immer vage. Das wusste jeder Verkehrspolizist. Fünf Zeugen eines Unfalls hatten fünf verschiedene Erinnerungen. Deshalb wurden Phantombilder möglichst allgemein gültig gehalten, mit möglichst wenig Details versehen, um die Chance des Wiedererkennens durch andere Zeugen möglichst groß zu halten. Aber die beiden Gesichter, die Morian anstarrten, gehörten mit Sicherheit zwei völlig verschiedenen Menschen. Die einzige Übereinstimmung, die Morian erkennen konnte, war das Geschlecht: männlich. Und mit viel gutem Willen konnte man die beiden Männer derselben Altersklasse zuordnen: etwa Mitte dreißig.

«Wer ist das?»

«Das ist Mario.»

«Antonia, diese beiden Gesichter können unmöglich ein und derselben Person gehören.»

«Das ist das Problem, Josef. Ich hatte den Phantombild-Zeichner vom Düsseldorfer Landeskriminalamt gestern Abend zu Martina Hahne nach Neu-Tannenbusch bestellt. Er hatte zwar zunächst etwas gemurrt, wegen der Uhrzeit, aber dann ist er doch extra aus Düsseldorf gekommen, als Frau Hahne Feierabend hatte, mit seinem Notebook und seiner Spezial-Software. Ich wollte unbedingt, dass sie das in Ruhe in ihrer Wohnung machen kann, um das bestmögliche Ergebnis zu erzielen. Sie ist ja ohnehin nur noch ein Nervenbündel.»

«Verstehe. Und wer von den beiden Herren ist nun Martina Hahnes Mario?»

«Links.»

Links. Morian betrachtete den Mann mit dem dunklen Schnäuzer, dem dichten, dunklen Haarkranz um die gelichtete Schädeldecke, dem rundlichen Kopf und dem pausbäckigen, ansonsten völlig konturlosen Durchschnittsgesicht, das lediglich durch die altmodisch wirkende Brille zusammengehalten wurde. Der Mann erinnerte ihn entfernt an Walter Sedlmayer. Nur wesentlich jünger, als er den ermordeten Münchner Schauspieler in Erinnerung hatte. Und noch mehr erinnerte ihn dieses Gesicht an ‹Oskar, der freundliche Polizist›, jenen Comic, der früher jeden Samstag auf der Kinderseite des Kölner Stadt-Anzeigers stand, als Morian noch ein Kind war. Sein Vater brachte die Samstagsausgabe der Zeitung immer montags aus seiner Kölner Anwaltskanzlei mit.

So sah also ein Mann aus, für den Frauen sich in öffentlichen Restaurants ihrer Unterwäsche entledigten. Wie Oskar, der freundliche Polizist. Morian schüttelte den Kopf.

«Was bedeutet das Kopfschütteln?»

«Ich dachte nur gerade: So sieht also ein Stalker aus.»

«Ich weiß genau, was du in Wirklichkeit dachtest, Josef. Du

verstehst die Frauen nicht. Es geht in Wahrheit nicht um Waschbrettbauch und Knackarsch. Der Kerl hier auf dem Bild ist mal gerade 1,70 Meter groß. Ein Zwerg mit einem Langweiler-Gesicht. Mich erinnert er übrigens an Oskar, den freundlichen Polizisten. Kennst du den Kinder-Comic im Kölner Stadt-Anzeiger? Gab's den schon zu deiner Zeit?»

«Gibt's den etwa immer noch?»

«Natürlich! Du hast vermutlich Recht mit deiner Einschätzung, Josef: Mario ist höchstwahrscheinlich der Prototyp des Spießers. Das Brillengestell war sicher preiswert als Sonderangebot zu haben. Aber darum geht es doch gar nicht, Josef.»

«Um was geht es denn?»

«Frauen, die sich nach Zuneigung und Aufmerksamkeit verzehren, in hohem Maße bedürftig sind, sehnsüchtig nach ein bisschen Liebe, erwarten nicht, dies ausgerechnet von Adonis persönlich zu bekommen. Sie erwarten gar nichts. Sie sind nur dankbar für das, was sie kriegen. Und Mario weiß anscheinend, wann und wie man die richtigen Knöpfe drückt. Er hatte über das Internet bei Martina Hahne schon längst ein virtuelles Bild von sich entworfen, das perfekt zu ihr passte. Und dieses virtuelle Bild war beim ersten Treffen schon viel zu real, als dass Martina Hahne es noch kritisch überprüft hätte. Da hatte Mario seine Köder längst ausgelegt. Er versteht es, mit Worten umzugehen. Er manipuliert mit Sprache. Kannst du dich an die Schlange in Disneys Dschungelbuch erinnern? Er lullt sie ein, so wie die Schlange. Außerdem, darauf würde ich meinen Cooper verwetten, hat er feine Antennen für perfekte Opfer. Er kann sie riechen. Schon im Internet. Und Martina Hahne ist das perfekte Opfer. Sie war ihr Leben lang das perfekte Opfer.»

Morian dachte darüber nach. Dann betrachtete er das zweite Bild. Der Mann auf dem rechten Phantombild hatte volles, lockiges blondes Haar, das ihm bis auf die Schultern fiel. Die dichten, über dem Nasenrücken zusammengewachsenen Augenbrauen waren hingegen dunkel bis schwarz, sodass der Schluss nahe lag, dass sich der Mann die Haare färbte. Auch die Locken kamen Morian nicht echt vor. Überhaupt erinnerte die Frisur entfernt an eine Perücke – und an die eigenartigen Frisuren, die Fußballspieler in den siebziger Jahren bevorzugten. Vokuhila-Frisur. Vorne kurz, hinten lang. Und die kleinen, künstlichen Locken hießen damals Minipli. Die Nase wirkte ramponiert wie die eines Boxers. Er hatte ein kräftiges Kinn. Das Gesicht eines großen, kräftigen Mannes, der sein Geld nicht mit seinem Gehirn verdiente.

«Und wann ist dieses Phantombild entstanden? Der Frisur nach zu urteilen, vor dreißig Jahren.»

«Nein. Vor einer Stunde.»

«Und wer soll das sein?»

«Ebenfalls Mario. Das ist das Problem. Anna Wagner wird morgen aus dem Krankenhaus entlassen. Also dachte ich mir, ich besuche sie noch schnell in der Klinik, bevor ihre Eltern und ihre Geschwister zu Hause ständig um sie herumschwirren und bevor die morgige Rückkehr in ihre vertraute häusliche Umgebung möglicherweise Emotionen auslöst, die ihre Bereitschaft, sich zu erinnern, unnötig trüben. Also bin ich mit dem LKA-Mann in aller Herrgottsfrühe ins Waldkrankenhaus…»

«Sie ist schon wieder ansprechbar? Was hat sie dir erzählt? Kann sie sich an irgendwas erinnern, was uns weiterhilft? Ich dachte, dieses Teufelszeug GHB hätte ihre Erinnerung…»

«Eines nach dem anderen, Josef. Ich komme gleich darauf zurück. Zunächst mal: Der Mann auf dem Bild ist der Mann, der Anna Wagner entführt hat. Jedenfalls wie das Mädchen ihn in Erinnerung hat. Er ist demnach mindestens 1,90 Meter groß und sehr kräftig. Übergewichtig, aber auch außergewöhnlich muskulös. Wie einer, der früher viel Sport getrieben hat und jetzt zu viel frisst, wahrscheinlich lauter ungesunde Sachen, und glaubt, immer noch solche Mengen an Kalorien zu benötigen.»

Morian wusste, was sie meinte. Aber Antonia Dix war zu sehr bei der Sache, um festzustellen, dass sie gerade das akute Problem ihres Chefs beschrieben hatte.

«Auch wenn man vielleicht Abstriche machen muss, weil das Mädchen ihn durch das Erlebte subjektiv größer und voluminöser in Erinnerung hat, als er tatsächlich ist ... wenn du mich fragst: Der sieht aus wie der Rausschmeißer einer billigen Vorstadt-Disco. Oder wie ein drittklassiger Zuhälter.»

Sie schwiegen eine Weile.

Morian gab Paolo ein Zeichen, und der brachte ihm einen neuen Espresso. Morian verrührte bedächtig den Zucker. Am Nebentisch ließen sich vier junge Männer nieder, deren tadellos sitzende Anzüge und Krawatten signalisierten: Seht her, wir sind erfolgreiche, dynamische Nachwuchsmanager. Paolo brachte ihnen vier Speisekarten, nahm die Getränkewünsche entgegen und verschwand wieder. Sie redeten laut und alle gleichzeitig. Von Workflow und von Benchmarking. Morian verstand kein Wort. Aber er hörte auch nicht aufmerksam zu.

«Antonia, dann haben wir tatsächlich ein Problem.»

«Kann man so sagen.»

«Vielleicht hat Arentz Recht. Vielleicht ist der Stalker gar nicht der Entführer. Vielleicht gibt es nur eine zufällige, verwirrende Parallelität der Ereignisse.»

«Vielleicht.»

«Dann wird es schwer werden, dem Präsidenten und vor allem der Staatsanwaltschaft klar zu machen, die Stalking-Spur weiterhin vorrangig zu behandeln.»

«Kann schon sein.»

«Wir dürfen uns nicht verrennen.»

«Auf keinen Fall.»

«Wir müssen jetzt konzentriert alle Möglichkeiten durchgehen.»

«So ist es.»

«Könntest du vielleicht einmal etwas anderes sagen, statt mir dauernd zuzustimmen?»

«Ja, kann ich. Er ist es.»

«Wer?»

«Mario. Der Stalker. Er ist unser Mann.»

«Und wie erklärst du dir dann diese beiden Phantombilder hier? Die sind sich etwa so ähnlich wie Arnold Schwarzenegger und Danny DeVito.»

«Eine Kombination aus verschiedenen Ursachen. Vielleicht hat sich Mario ja verkleidet. Und Anna Wagner ist durch dieses Teufelszeug GHB in ihrem Erinnerungsvermögen noch so weit getrübt, dass sie...»

«Was hat das Mädchen noch erzählt?»

«Nichts. Sie durfte nicht.»

«Sie durfte nicht?»

«Die von der Staatsanwaltschaft bestellte psychologische Betreuung saß die ganze Zeit neben dem Krankenbett und passte auf wie ein Schießhund, damit ich nur ja keine Fragen zum Tathergang stellte. Das sei jetzt noch viel zu früh für das Mädchen und wirke sich kontraproduktiv auf den Heilungserfolg aus. Es könne sonst zu unkontrollierten posttraumatischen Störungen kommen oder so ähnlich.»

Morian glaubte zunächst, sich verhört zu haben, weil in diesem Augenblick am Nebentisch lauthals gelacht wurde. Aus kernigen Jungmanager-Kehlen. Deshalb fragte er nach:

«Habe ich dich richtig verstanden? Die Staatsanwaltschaft bestellt eine psychologische Betreuung, damit das Mädchen vor den für die Aufklärung eines Verbrechens notwendigen Vernehmungen der Polizei geschützt wird?»

«So in etwa, Josef. Ich war selbst ganz überrascht. Die psychologische Betreuung erklärte mir, Oberstaatsanwalt Dr. Peter Arentz persönlich habe sie beordert, um zu verhindern, dass die Verteidigung später im Prozess behaupten könne, wir hätten die Erinnerung des Opfers in eine bestimmte Richtung gelenkt und unter Ausnutzung des desolaten seelischen Zustands des Mädchens die Zeugenaussage manipuliert.»

«Aha. Arentz. Hätte ich mir denken können. Und wie heißt diese psychologische Betreuung?»

Antonia Dix verschluckte sich an ihrem Mineralwasser, weil sie mit dieser Frage so schnell nicht gerechnet hatte.

«Die von der Staatsanwaltschaft bestellte psychologische Betreuung ist zugleich vereidigte Gutachterin am Bonner Landgericht. Liz Morian. Deine Ex-Frau, Josef.»

Die vier Anzugträger am Nebentisch lachten erneut schallend. Morian wäre am liebsten aufgesprungen und hätte sie zur Rede gestellt, warum sie sich so benahmen, als seien sie alleine auf der Welt, und warum sie sich im ansonsten noch völlig leeren Lokal ausgerechnet diesen Platz ausgesucht hatten. Doch er unterließ es mit Rücksicht auf Paolo.

Und er wechselte das Thema.

«Antonia, was macht dich eigentlich so sicher, dass wir mit der Stalker-Spur die richtige Spur verfolgen?»

«Der weiße Body.»

«Der was?»

«Dieser hauchdünne, transparente Body, den Jasmin Hahne auf dem Foto trug. Du erinnerst dich?»

«Ja, natürlich erinnere ich mich.»

Nein, er erinnerte sich nicht so richtig. Er hatte das Gesicht in Erinnerung. Diese ausdruckslosen Augen, wie bei Anna Wagner. Die dicke Schminke. Und diese spindeldürren Arme und Beine. Und die unmöglich hohen Absätze der Schuhe.

«Dieser Body ... er gehörte nicht Jasmin Hahne. Sie trug ihn auch nicht mehr, als wir ihre Leiche fanden. Sie trug ihn auch nicht, als sie morgens das Haus verließ und zur Schule ging. Zu diesem Zeitpunkt hätte sie ihn nämlich noch gar nicht tragen können. Sie trug ihn nur für das Foto. Der Täter hat ihn extra mitgebracht, nur für das Foto. Denn der weiße Body gehört Jasmins Mutter.»

«Was?»

«Ja. Er gehört Martina Hahne. Sie hat ihn eindeutig identifiziert. Das ist der Body, den sie für Mario im Restaurant ausgezogen hatte. Und Mario hatte ihn eingesteckt.»

«Warum hast du das nicht...»

«Irgendwie ist es mir durchgegangen, das gestern Morgen in der SoKo-Besprechung zu erwähnen. Vielleicht hat mir auch mein Unterbewusstsein einen Streich gespielt, und ich habe es deswegen nicht in dieser Männerrunde erwähnt. Vor Arentz und Beyer und so. Tut mir Leid.»

Morian hätte jetzt seinen Satz loswerden können. Den Satz, den er vorhin runtergeschluckt hatte. Von wegen, dass so etwas einer Kriminalbeamtin und schon gar nicht der Aktenführerin einer Mordkommission passieren durfte. Und dass man sich als Ermittler nicht von seinem eigenen Unterbewusstsein an der Nase herumführen lassen durfte. Doch er behielt die Vorwürfe für sich. Dinge passierten. Menschen waren fehlbar. Auch er, Erster Kriminalkommissar Josef Morian, Dienststellenleiter des KK 11 des Bonner Polizeipräsidiums, Leiter der Mordkommission, Leiter der ‹SoKo Sieg›, Besoldungsgruppe A13. Sie könnten nämlich längst Klarheit über Mario, den Stalker, haben. Wenn er schon die Person vernommen hätte, die er eigentlich gestern hätte vernehmen sollen. Wenn ihm sein Unterbewusstsein keinen Streich gespielt und dafür gesorgt hätte, sich gestern mit formalem Kleinkram aufzuhalten.

«Josef, was sagt eigentlich Ruth Wagner dazu?»

«Ich weiß es nicht. Ich wollte eigentlich gleich zu ihr fahren. Ich bin gestern nicht mehr dazu gekommen.»

Natascha Jablonski gab sich einen Augenblick irritiert, als sie die Tür öffnete, sah ihn verständnislos an, so wie den Postboten oder einen nicht angemeldeten Vertreter für Staubsauger, ganz so, als erkenne sie ihn nicht wieder. Bis sie die schwarze Sporttasche mit dem Nike-Symbol in seiner Hand entdeckte. Daraufhin entblößte sie ihre tadellosen, viel zu weißen Zähne.

«Ah, der Privatdetektiv. Wo haben Sie denn Ihren schwarzen Goliath gelassen?»

Sie erwartete natürlich keine Antwort auf ihre Frage. Sie ging voran und deutete auf das Ledersofa. Max zog es vor zu stehen. Er hatte nicht vor, lange zu bleiben.

«Ich bin mit Curt Carstensen verabredet.»

«Natürlich. Einen Augenblick. Er ist im Büro.»

Sie zückte ein winziges, schnurloses Telefon.

«Curt? Hier oben wartet Herr…»

Sie stockte und warf ihm ein Lächeln und aus ihren großen Augen einen gespielt hilflosen Blick zu. Max entschied, ihr auf die Sprünge zu helfen, um die Sache abzukürzen.

«…Maifeld.»

«Hier oben wartet Herr Maifeld auf dich.»

Sie nickte stumm, dann beendete sie das Telefonat.

«Er kommt. Bitte gedulden Sie sich einen Augenblick. Er steckt bis über beide Ohren in Arbeit. Nehmen Sie doch bitte Platz. Waren Sie erfolgreich?»

«Ja.»

Sie wartete auf Details. Vergeblich. Ihr Lächeln erstarb. Sie zündete sich eine Zigarette an. Ihre Hände zitterten kaum merklich. Sie rauchte nervös. Als sie feststellte, dass Max ungeniert ihre zitternden Hände beobachtete, drückte sie die Kippe im Aschenbecher aus, so als wolle sie die Kippe ermorden, sprang auf und verließ den Raum. Max stellte die Tasche zwischen seinen Beinen auf dem Fußboden ab.

«Lieber Herr Maifeld. Schön, Sie zu sehen.»

Curt Carstensen trug einen schwarzen Armani-Anzug und darunter ein schwarzes Armani-T-Shirt. Er sah gut aus. Gut und zufrieden und entspannt.

«Nehmen Sie doch bitte Platz. Waren Sie erfolgreich?»

«Ja. Hier. Ihr Geld.»

Carstensen nahm die Tasche mit einem Lächeln entgegen und ließ sie in der Truhe verschwinden, aus der er sie vier Tage zuvor hervorgeholt hatte. Er zählte nicht nach.

«Wollen Sie einen Drink?»

«Nein, danke.»

«Bitte setzen Sie sich doch.»

Max tat ihm den Gefallen. Carstensen setzte sich ihm gegenüber auf einen Hocker, breitbeinig, stützte die Ellbogen auf die Knie, faltete die Hände, beugte den Oberkörper vor und sah ihn erwartungsvoll an wie ein Kind den Weihnachtsmann.

«Schießen Sie los. Wie ist es gelaufen?»

«Problemlos. Der Strohmann erschien pünktlich am Treffpunkt, wir folgten ihm, er führte uns schnurstracks zum Erpresser, wir haben das Geld wieder einkassiert, sämtliche Beweise vernichtet und dem Erpresser deutlich gemacht, dass es für ihn gesünder ist, Sie ein für alle Mal in Ruhe zu lassen.»

«Ausgezeichnet. Und? Weiter?»

«Was weiter?»

«Wer ist es?»

Klar. Die Frage musste kommen. Früher oder später. Max sah Carstensen in die Augen.

«Herr Carstensen, Sie sind Unternehmer. Ein erfolgreicher dazu. Sie wissen, was ein Geschäft ist. Sie haben eine klar umrissene Leistung verlangt, und wir haben diese Leistung erbracht und dafür unsere Provision kassiert. War das Bestandteil unserer Abmachung, dass wir Ihnen den Namen und die Anschrift samt Postleitzahl besorgen? Ich glaube nicht.»

Max nahm ein Diktiergerät aus der Jackentasche und drückte den Wiedergabeknopf. Carstensen hörte seine eigene Stimme:

«Ich möchte, dass Sie einen Job für mich erledigen. Ich will nicht lange um den heißen Brei herumreden. Ich werde erpresst. Ich will, dass Sie zum Schein auf die Erpressung eingehen, ich will, dass Sie die Erpressung beenden, ohne dass ich dafür bezahlen muss, und ich will, dass Sie dem Erpresser gehörig Angst einjagen, sodass er mich ein für alle Mal in Ruhe lässt. Ich möchte, dass Sie ihm wehtun. Strafe muss sein. Sie verstehen, was ich meine?»

Max stoppte das Diktiergerät und steckte es wieder ein. Curt Carstensen fegte eine unsichtbare Fluse von seiner Hose. Er wusste, er hatte verloren. Max erhob sich. Carstensen sah zu ihm auf und warf ihm einen beinahe flehenden Blick zu.

«Und das Belastungsmaterial?»

«Wie ich schon sagte. Vernichtet. Vollständig. Disketten, Festplatten. In einem Säurebad.»

«Was wusste er konkret über die Mediapark-Geschichte? Was hatte er in der Hand gegen mich?»

«Genug, um Sie zu vernichten.»

«Herr Maifeld, wie kann ich sicher sein, dass die Erpressung jetzt auch tatsächlich aufhört?»

«Sie haben mein Wort. Und inzwischen wissen Sie ja, dass ich mein Wort halte.»

Max öffnete die Haustür und stieg die Gangway hinab. Er hatte die Straße fast schon erreicht, als er hinter sich, von oben, aus der offenen Tür des Raumschiffs, seine Stimme vernahm:

«Warum schützen Sie diesen Dreckskerl? Warum nennen Sie mir nicht den Namen?»

Max Maifeld blieb nicht stehen, er drehte sich nicht um, er gab keine Antwort, als hätte er die Frage nicht gehört. Er stieg in Hurls Mustang und drehte den Zündschlüssel um. Er drückte das Gaspedal nieder und ließ den Motor aufbrüllen, nur weil es so ganz und gar nicht in diese Gegend passte.

Das Haus war ein hübsches, frei stehendes, von einem großen Garten umgebenes eineinhalbstöckiges Einfamilienhaus aus vermutlich ökologisch unbedenklich gebrannten Ziegelsteinen am Ende einer durch allerlei Höcker und Anpflanzungen verkehrsberuhigten Seitenstraße, die ein Verkehrsschild an der Abzweigung als Spielstraße auswies.

Früher Nachmittag. Niemand spielte auf der Spielstraße. Morian parkte und durchquerte den Vorgarten. Über dem Klingelknopf stand: ‹Hier wohnen die Wagners: Ruth, Walter, Anna, Katharina, Lukas und der kleine Prinz›.

Als die naturbelassene Holztür aufschwang, blickte Morian in eine menschenleere Diele.

«Wer bist du?» Die Stimme kam von unten. Von ganz unten. Morian ging in die Hocke. Der kleine Blondschopf trug knallrote, winzige Gummistiefel und Jeans und ein viel zu großes Sweatshirt mit der Simpson-Familie drauf.

«Ich bin ein Polizist. Und du? Bist du der kleine Prinz?»

Der Kleine hielt sich vor Lachen den Bauch. «Ich? Ich bin doch der Lukaaas! Der kleine Prinz ist doch das Kaniiinchen. Annas Kaninchen! Wo ist deine Pistole?»

«Ach so. Du bist der Lukas. Wie alt bist du denn?»

Lukas hob drei Finger, um dann zu der Frage zurückzukehren, die ihn brennend interessierte:

«Wo ist denn deine Pistole? Zeig mir deine Pistole!»

«Die hab ich leider im Büro vergessen. Ich brauche auch keine. Oder sind hier etwa Räuber?»

Der Kleine bog sich wieder vor Lachen.

«Lukas? Wer ist an der Tür?»

Das war Ruth Wagner.

«Ein Polizist», krähte der Kleine. «Ohne Pistole! Weil keine Räuber da sind!» Dann rannte er an Morian vorbei in den Garten und verschwand hinter dem Haus.

Ruth Wagner erschien in der Diele.

«Herr Morian! Kommen Sie doch rein. Ich wusste gar nicht ... hatten Sie mit meinem Mann telefoniert?»

Morian folgte ihr durch die Diele in die Küche. Die Küche sah aus, wie Küchen sonst nur in Bilderbüchern aussehen. In bunten Bilderbüchern über märchenhafte Bauernhöfe mit schnatternden Gänsen und schnurrenden Katzen und glücklichen Kühen und sprechenden Pferden und süßen, kuschelweichen Küken.

«Süß, der Kleine.»

«Ja, das ist er. Manchmal aber auch etwas anstrengend. Er hält uns ganz schön auf Trab. Unser Küken. Setzen Sie sich doch. Möchten Sie einen Tee?»

«Nein, danke.» Morian ließ sich auf der Küchenbank nieder und starrte die sonnenblumengelb gestrichenen Wände an. Ruth Wagner goss Tee aus einer Kanne in einen Becher, auf den ein Nilpferd gemalt war. Dann setzte sie sich ihm gegenüber und umklammerte den Becher mit ihren Händen.

«Ihre Tochter Laura und unsere Anna sind ja in einer Klasse. Aber sie sind wohl nicht miteinander befreundet, sagt Frau Losem.»

«Frau Losem?»

«Ja. Dagmar Losem. Die Deutschlehrerin. Anna liebt sie über alles. Sie kennen sie sicher, von den Elternsprechtagen. Frau Losem rief eben an und hat sich nach Anna erkundigt.

Das fand ich richtig lieb. Sie ist ganz erschüttert. Es hat gut getan, mit jemandem zu sprechen, der so mitfühlend ist. Wann haben Sie eigentlich mit meinem Mann telefoniert?»

«Ehrlich gesagt ... ich hatte gar nicht vorher angerufen. Frau Wagner, ich wollte nur sichergehen, Sie einen Moment alleine sprechen zu können, ohne ... also bevor Ihr Mann von der Arbeit heimkehrt. Morgen kommt Anna ja aus dem Krankenhaus. Da wird er sicher Urlaub nehmen, und ...»

«Mein Mann ist nicht zur Arbeit. Er hat schon seit Freitag Urlaub. Er hat kurzfristig seinen kompletten Jahresurlaub genommen, damit wir uns abwechselnd um Anna kümmern können. Bis sie wieder richtig auf den Beinen ist. Mein Mann ist nur schnell mit Katharina einkaufen gefahren. Katharina, Annas Schwester. Sie will Anna einen Kuchen backen zum Empfang.»

«Sie ist zwölf, nicht wahr?»

«Ja. Sind Sie gekommen, um mich zu fragen, wie alt meine Tochter ist? Was ist mit Katharina?»

«Nein, um Gottes willen, Frau Wagner. Nichts ist mit Katharina. Es geht um Anna. Und um Sie!»

Er löste seinen Blick von der sonnengelben Wand und sah ihr in die Augen. Sie wirkte verwirrt. Sie hatte die brünetten, dicken und leicht krausen Haare eilig hochgesteckt und trug einen grünen, verwaschenen Overall. Der stand ihr gut. Sie sah wesentlich jünger aus als 42, wenn auch die Ereignisse der letzten Tage Spuren in ihrem Gesicht hinterlassen hatten. Die Augenringe deuteten auf Schlafmangel, die Rötungen zeigten, dass sie heute schon geweint hatte. Auf dem Küchentisch aus unbehandeltem Kiefernholz lagen Arbeitshandschuhe. Offenbar war sie im Begriff gewesen, Lukas zu folgen, um im Garten zu arbeiten. Das war wohl in dieser Situation das Beste: sich ablenken.

«Um mich?»

«Ja, Frau Wagner. Ich möchte Sie bitten, uns zu helfen, ein Phantombild zu erstellen.»

«Ich? Von wem?»

«Von Mario.»

Es war nur ein Versuch. Der Versuch misslang gründlich. Keine Körperreaktion. Ihre Gesichtshaut verfärbte sich keine Spur. Ihre Pupillen erweiterten sich keinen Millimeter. Sie blinzelte nicht häufiger. Vorhin, als er gekommen war, alle drei Sekunden und jetzt alle drei Sekunden. Außerdem wich sie seinem Blick nicht aus, sondern sah ihn offen und interessiert an.

«Wer ist Mario?»

Auch ihre Stimmlage veränderte sich nicht. Ihre Hände ruhten entspannt auf der Tischplatte. Das konnten nur Psychopathen. Indem sie ihre Lügen blitzschnell im Gehirn zur neuen Wahrheit erhoben. Nur Psychopathen konnten die Angst vor der Enttarnung einer Lüge vollständig auflösen.

Diese Frau sah nicht aus wie eine Psychopathin.

Es gab allerdings noch eine weitere Möglichkeit. Natürlich. Sie hatte den Stalker nicht wie Martina Hahne als Mario, sondern unter einem anderen Phantasie-Namen kennen gelernt.

Morian startete den nächsten Test: Er antwortete ihr nicht. Er wartete und sah sie an. Wenn sie jetzt nicht augenblicklich nachhakte, dann verschwieg sie etwas. Er gab ihr noch drei Sekunden. Wenn sie dann nicht ...

«Wer, bitte, ist Mario, Herr Morian?»

In diesem Augenblick wurde die Haustür geöffnet. Stimmen in der Diele, dann lautes Poltern auf der Holztreppe. Wahrscheinlich rannte Katharina hinauf in ihr Zimmer. Kinder poltern immer auf Treppen. Sie löste den Blickkontakt.

«Liebling?»

«Frau Wagner, vielleicht wäre es wirklich besser, wir würden ein anderes Mal unter vier Augen ...»

«Liebling, kannst du mal kommen?»

«Frau Wagner, ich gehe jetzt besser. Wir werden sicher in den nächsten Tagen einen Termin ausmachen, um Anna zu vernehmen. Natürlich erst, wenn sie sich besser fühlt. Vielleicht ergibt sich ja dann eine Gelegenheit, dass wir uns zu zweit...»

«Liebling? Die Kripo ist hier! Herr Morian! In der Küche! Kommst du mal bitte?»

Walter Wagner erschien in der Tür. Auf Socken. Er hatte die Schuhe also bereits in der Diele ausgezogen. Oberhalb der dicken braunen Socken trug er eine cognacfarbene Cordhose und ein in Brauntönen gestreiftes Flanellhemd. Die kurzen grauen Haare waren wirr und ungekämmt. Sein von tiefen Falten durchfurchtes Gesicht wirkte noch schmaler als bei ihrer letzten Begegnung. Sein Blick strahlte höfliches Misstrauen aus. Er nahm wieder diese Beschützerhaltung ein. Wie schon am Freitag im Präsidium.

«Guten Tag, Herr Morian.»

«Guten Tag, Herr Wagner. Ich war gerade im Begriff zu gehen. Ich wollte mich nur nach Ihrer Tochter erkundigen.»

«Herr Morian?»

Das war Ruth Wagner.

«Ja?»

«Sie haben meine Frage immer noch nicht beantwortet. Wer ist Mario? Sie müssen wissen, ich habe keine Geheimnisse vor meinem Mann. Walter, bitte setz dich zu uns!»

Walter Wagner setzte sich neben sie und nahm die Hände seiner Frau in seine Hände.

Okay. Sie hat es so und nicht anders gewollt. Er war Polizeibeamter und kein Eheberater.

«Also gut. Wir haben eine Spur. Vieles spricht dafür, dass ein und derselbe Täter Ihre Tochter und Jasmin Hahne entführt hat. Das Mädchen aus Neu-Tannenbusch.»

Sie schwiegen und nickten und hielten sich bei den Händen und sahen ihn an und warteten.

«Es muss also eine Verbindung geben, wenn es kein Zufall war, und daran glauben wir im Moment nicht. Wir haben das überprüft und sind uns sicher: Zwischen den beiden Mädchen gab es keine Verbindung. Sie kannten sich nicht, und ihre Lebenswege haben sich vermutlich nie gekreuzt.»

«Davon gehen wir ebenfalls aus», sagte Walter Wagner. «Der Name Jasmin Hahne ist hier noch nie gefallen. Wir haben auch schon Katharina gefragt. Anna haben wir natürlich noch nicht gefragt, weil die Psychologin, die Anna im Krankenhaus betreut, uns dringend davon abgeraten hat, sie zu dem Ereignis zu befragen. Es ist übrigens Ihre Ex-Frau.»

Sie sagte den letzten Satz etwa so wie: Cholera haben ist nicht so schlimm wie geschieden sein. Aber vielleicht bildete Morian sich das auch nur ein.

«Ich weiß. Also, welche andere Verbindung könnte es geben? Verstehen Sie mich bitte richtig: Wir Kriminalisten suchen zunächst einmal immer nach möglichen Verbindungen, auch wenn sie sich im Nachhinein als falsch erweisen sollten...»

«Bitte kommen Sie zum Punkt», sagte Ruth Wagner. «Uns kann jetzt, nach dem, was wir durchgemacht haben, wohl so schnell nichts mehr schrecken.»

Das war natürlich falsch, und Morian sah der Frau an, dass sie ahnte, wie falsch es war, was sie da sagte. Denn Angst und Schrecken waren stets beliebig steigerbar. Morian spürte deutlich, wie Ruth Wagner plötzlich unter höchster Anspannung stand.

Wieso erst jetzt?

Welchen Reim sollte er sich darauf machen?

Er würde später darüber nachdenken.

«Frau Hahne, also die Mutter von Jasmin, hatte im Internet

einen Liebhaber gesucht. Und gefunden. Mario. Wir wissen nicht, ob er wirklich so heißt. Wir wissen nur, dass er brandgefährlich ist. Aber das konnte Martina Hahne damals nicht ahnen. Als sie es schließlich begriff und das Verhältnis löste, war es zu spät. Der Mann ist ein Stalker. Und zudem ein Psychopath. Er bestraft sie seither. Und wir haben allen Grund zu der Annahme, dass Jasmins Entführung Bestandteil seines selbstgerechten Bestrafungs-Kreuzzugs war, wenn auch ihr Tod…»

«Herr Morian, Sie wollen doch wohl damit nicht allen Ernstes andeuten und unterstellen, dass auch meine Frau ein Verhältnis mit diesem Mario unterhielt?»

Walter Wagner lauerte wie ein in die Enge getriebenes Raubtier, bereit zum Sprung, zum rettenden Angriff, bereit, seine Zähne und Krallen in Morians Kehle zu schlagen. Deshalb ließ Morian sich Zeit mit der Antwort. In der vagen Hoffnung, dass Walter Wagner sich wieder beruhigte.

«Ich will gar nichts unterstellen, Herr Wagner. Ich will Ihrer Frau nur eine ganz einfache Frage stellen. Also, Frau Wagner: Haben Sie im Internet einen Mann kennen gelernt, mit dem Sie anschließend ein Verhältnis unterhielten?»

Walter Wagner sprang auf. Sein Stuhl kippte um, schlug hart und hohl auf die Terrakotta-Fliesen.

«Herr Morian, ich fordere Sie auf: Verlassen Sie unverzüglich mein Haus! Ich werde mich über Sie beschweren. Ich werde meinen Anwalt konsultieren. Sie werden von mir hören. Sie werden sich wünschen, mein Haus nie betreten zu haben!»

«Herr Wagner, ich…»

«Raus!»

Morian erhob sich, zwängte sich umständlich durch den Spalt zwischen Sitzbank und Tisch, warf Ruth Wagner einen um Verständnis werbenden Blick zu, der sie nicht erreichte, weil sie in diesem Moment die Augen niederschlug, und schickte sich an, das Haus zu verlassen.

In der Küchentür drehte er sich noch einmal um.

«Frau Wagner. Bitte! Sonst muss ich Sie notfalls vorladen, ins Präsidium. Ich muss es wissen!»

«Raus!» Wagner brüllte ihm aus zwanzig Zentimetern Entfernung ins Gesicht. Der Mann war außer sich. Morian wischte sich die Speicheltropfen von der Wange und sah Ruth Wagner in die Augen. Sie erwiderte den Blick und schüttelte den Kopf. Verzweiflung in ihrem Gesicht. «Nein.» Es war nicht zu hören, so leise flüsterte sie. Aber Morian konnte das Wort von ihren Lippen ablesen.

«Raus! Auf der Stelle!» Walter Wagner war kurz davor, durchzudrehen und handgreiflich zu werden. Morian wusste, was dann passieren würde. Also ging er und schloss die Haustür hinter sich, so leise er dies vermochte.

Im Garten stand Lukas und hielt das Kaninchen auf dem Arm. Ein kleines, pechschwarzes Kaninchen. Er presste es an sich. Dem Kaninchen schien das nicht zu gefallen.

«Das ist der kleine Prinz», krähte er stolz.

«Das ist wirklich wunderschön, dein Kaninchen», sagte Morian. Ihm fiel nichts Passenderes ein.

«Das ist nicht mein Kaninchen. Das ist Annas Kaninchen!»

Morian sagte nichts mehr, sondern ging, setzte sich in seinen Wagen, winkte Lukas noch einmal zu und verließ das Dörfchen Ittenbach und das Siebengebirge über die kurvigen Straßen durch den dichten Wald in Richtung Bonn. Auf der abschüssigen Strecke am Fuß der Auffahrt zum Grand Hotel Petersberg riss ihn der kurze, grelle Blitz der Radarfalle aus seinen Gedanken. Morian trat auf die Bremse, natürlich viel zu spät und somit völlig überflüssig. Die Radarfalle stand da fest installiert, solange er denken konnte. Er hatte keine Ahnung, wie schnell er gefahren war.

Zwei Beobachtungen beschäftigten ihn.

Als Ruth Wagner den Kopf schüttelte und ihr «Nein» flüsterte, waren ihre Wangen gerötet und ihre Pupillen geweitet. Ihr Blick flackerte, ihre Hände zitterten sichtbar. Außerdem hatte sie seit dem Wutausbruch ihres Mannes ohne Unterlass geblinzelt.

Vermutlich, um die Tränen zurückzuhalten. Morian wusste genug über Kriminalpsychologie, um zu wissen: Seine Beobachtung war nichts wert. Denn um anhand der reflexgesteuerten, vom Gehirn unkontrollierbaren Körperreaktionen zu prüfen, ob eine Person gestresst war, weil sie log oder bei einer Lüge ertappt wurde, musste man zuvor alle anderen möglichen Stressfaktoren ausschalten. Das war nicht der Fall gewesen. Von dem Moment an, als Walter Wagner durchdrehte.

Sein Gefühl sagte ihm, dass Ruth Wagner die Wahrheit gesagt hatte, auch wenn sein Verstand protestierte.

Die zweite Beobachtung machte ihm wesentlich mehr zu schaffen. Die Hände.

Während des kurzen Gespräches zu dritt, aber noch bevor Walter Wagner wutentbrannt aufgesprungen war, um Morian anzubrüllen und aus dem Haus zu werfen, hatte er seine Hände von den Händen seiner Frau gelöst. Er hatte sie fallen gelassen. Erst von diesem Moment an hatten ihre Hände zu zittern begonnen.

Das war doch Morians Rostlaube. Eindeutig. Kriminaloberkommissar Ludger Beyer gab Zeichen mit der Lichthupe. Aber Morian sah stur geradeaus. Er schien völlig in Gedanken versunken und rauschte in seinem Volvo an ihm vorbei, den steilen Berg hinab. Wenn er nicht aufpasste, würde er hinter der nächsten Kurve garantiert geblitzt, bei dem Tempo.

Sein Problem.

Beyer schaltete zurück und gab Gas. Der Porsche schnurrte wie auf Schienen die Serpentinen hinauf. Beyer hatte sich den Wagen aus dem Fuhrpark der Drogenfahndung geborgt. Gelegentlich brauchten Beyer und seine Kollegen in ihrem Job ein standesgemäßes Auto, für die verdeckten Ermittlungen, um in der Szene nicht aufzufallen. Drogendealer wurden sofort misstrauisch, wenn jemand im Passat aufkreuzte.

Beyer ließ den Porsche in die Spielstraße rollen, nur um sich ein Bild vom Haus der Wagners zu machen. Dann wendete er, bog nach links auf die Hauptstraße des Dorfes ab, an der nächsten Straße wieder nach links, zwanzig Meter später nach rechts, parkte und lehnte sich entspannt zurück.

Das Haus war der völlige Gegenentwurf zum Haus der Wagners. Ebenfalls freistehend, ebenfalls auf einem großen Grundstück, wie man es sich in der Stadt niemals leisten konnte, ebenfalls ein Neubau, aber von einer geradezu deprimierenden Schlichtheit und Funktionalität. Das Haus war unverputzt, wie so viele Häuser auf dem Land, die von Einheimischen bewohnt und in Eigenleistung hochgezogen worden waren. Putz war überflüssiger Schnickschnack, und wenn beim Neubau gespart werden musste, dann am Putz. Das hatte Zeit. Jahrelang Zeit.

Biggis Vater stammte aus Ittenbach und war Polier bei einer Baufirma, so viel wusste Beyer aus den Akten.

An der Fassade aus tristen, grauen Gasbetonsteinen klebte im ersten Stock wie ein Fremdkörper ein hölzerner, gedrechselter Balkon, der an einem dieser verkitschten Postkarten-Bauernhäuser im Schwarzwald nicht weiter aufgefallen wäre.

Unter dem barocken Balkon wartete eine verbeulte Mischmaschine auf den nächsten Baufortschritt.

Der Garten hatte seine beste Zeit noch vor sich. Die sorgsam platt gewalzte Erde wies darauf hin, dass erst kürzlich Rasen ausgesät worden war. Zwei Streifen Verbundpflaster in der

Spurbreite eines Autos führten zu einer Fertiggarage, die auf dem Grundstück so deplatziert wirkte, als habe man sie nur vorübergehend dort abgestellt, weil man sich über den endgültigen Standort noch nicht einig werden konnte. Die Garage stand offen und war leer.

Beyer wartete. Nicht lange.

Biggi verließ das Haus und steuerte auf die Hauptstraße zu. Sie trug Jeans, deren Bund knapp über der Scham endete, ein T-Shirt, das eine Handbreit über dem Bauchnabel endete, weiße Turnschuhe und eine Sporttasche über der Schulter. Ihre feuerroten Haare hatte sie zu einem Pferdeschwanz gebändigt. Ihr Gesicht war voller Sommersprossen.

Im Vorbeigehen warf sie einen respektvollen Blick auf den Porsche und sah schnell wieder weg, als sich ihre Blicke kreuzten. Es funktionierte. Er hatte sie also richtig eingeschätzt.

Sie sah nicht aus wie vierzehn. Er hätte sie auf einige Jahre älter geschätzt. Beyer beobachtete sie im Rückspiegel und wartete, bis sie um die Ecke verschwunden war. Dann startete er den Wagen, wendete und folgte ihr, bis ihm die Gelegenheit günstig erschien.

«Kann ich dich ein Stück mitnehmen?»

Sie blieb stehen, unschlüssig. Ihr Blick war eine Mischung aus widerstrebenden Gefühlen: Misstrauen und Neugierde. Das Misstrauen bezog sich auf ihn, die Neugierde auf den Porsche. Bevor sie antworten konnte, streckte Beyer seinen Ausweis aus dem Fenster und sagte:

«Ludger Beyer. Kriminalpolizei. Es geht um Anna.»

Zehn Sekunden später hockte sie auf dem Beifahrersitz des Porsche, presste die Sporttasche auf ihren Schoß und betrachtete ehrfürchtig die Armaturen. Beyer hätte ihr am liebsten gesagt, was er davon hielt, dass 14-Jährige zu wildfremden Männern ins Auto stiegen. Er wollte sie alleine sprechen, ohne dass ihre Eltern dazwischenfunkten. Weil er ahnte, dass sie im Beisein ihrer Eltern die Klappe nicht aufkriegen würde. Beyer drückte aufs Gas, etwas mehr als nötig. Sie war beeindruckt.

«Was macht der Spitze?»

«260. Du interessierst dich für Autos?»

Sie nickte stumm.

«Was willst du denn mal werden, nach der Hauptschule?»

«Weiß nicht. Papa sagt, Friseuse, weil zum Friseur gehen die Leute immer, egal, wie schlecht die Wirtschaft läuft. Aber da habe ich eigentlich keine Lust zu. Aber man kann sich das heute ja nicht mehr aussuchen, was man werden will. Man muss gucken, was man überhaupt kriegt. Irgendeine Lehrstelle.»

«Und Anna?»

«Anna? Die ist klug. Die liest den ganzen Tag. Anna lernt auch richtig für die Schule. Die kann alles machen, wenn sie erst mal das Abi hat. Die macht bestimmt auch ein Einser-Abitur, da gehe ich jede Wette ein, und dann kann sie machen, was sie will. Ich bin nicht so klug wie Anna. Ich bin schon zufrieden, wenn ich die Hauptschule schaffe. Anna will Schriftstellerin werden. Sie kann ganz toll schreiben. Echt voll gut!»

«Ihr kennt euch schon ziemlich lange.»

«Oh ja», hauchte sie.

«Und ziemlich gut, nehme ich an.»

Sie nickte. Misstrauisch.

«Freundinnen haben keine Geheimnisse voreinander, nicht wahr? Freundinnen wissen alles voneinander.»

Keine Reaktion. Also wechselte Beyer das Thema und deutete auf die Tasche auf ihrem Schoß.

«Gehst du zum Sport?»

«Ja. Nein. So was Ähnliches. Wir haben so eine Showtanzgruppe. Und am Wochenende einen Auftritt, im Nachbardorf. Wir müssen noch ein paar Figuren ausprobieren.»

«Interessant. Zeigst du mir den Weg?»

Sie zeigte ihm den Weg. Der Festsaal der Pfarrgemeinde. Biggis Vater hatte ihn gebaut, zusammen mit anderen Dorfbewohnern, erfuhr Beyer von Biggi. Beyer bremste mitten auf dem verlassenen Parkplatz und stellte den Motor ab.

«Biggi, warum hat Anna ihre Mutter belogen?»

«Was?»

«Warum hat sie ihre Mutter angelogen, als sie am Donnerstag nach der Schreibwerkstatt von ihrem Handy anrief und sagte, sie säße bereits im Bus nach Ittenbach und würde den Abend mit dir in eurem Haus verbringen? Anna war nicht bei dir, und Anna saß nicht im Bus. Und du hast es gewusst. Sie hatte dich natürlich vorher eingeweiht. Du bist ihre beste Freundin. Außerdem konnte sie nicht riskieren, dass du vielleicht nichts ahnend bei ihr zu Hause aufgetaucht wärst, am Donnerstag, oder dort angerufen hättest, und der ganze Schwindel wäre aufgeflogen. Also?»

Biggi schwieg.

Stimmen. Lachen. Mädchen in Biggis Alter, ein halbes Dutzend vielleicht, steuerten über den Platz auf das Gebäude zu. Als sie in einiger Entfernung den Porsche passierten, schielten sie aus den Augenwinkeln ungläubig ins Innere, als sie Biggi erkannten. Sie verrenkten sich die Augen nach dem Mann hinter dem Steuer des Porsche, den man ärgerlicherweise durch die getönten Scheiben nicht so gut erkennen konnte, wie sie sich das gewünscht hätten. Sie steckten die Köpfe zusammen, dann gingen sie weiter, tuschelten und schnatterten und machten sich ihren Reim darauf und sahen sich noch einmal verstohlen um, bevor sie durch die Flügeltür im Inneren des Gebäudes verschwanden. Biggi genoss es sichtlich. Außerdem war sie dankbar für die kleine Ablenkung.

«Also?»

«Was also?»

«Biggi, wir können auch anders verfahren, wenn dir das

lieber ist: Ich bestelle dich am besten zusammen mit deinen Eltern ins Polizeipräsidium, und wenn du dann nicht redest, stecken wir dich wegen Strafvereitelung eine Weile in eine Zelle, zu all den zugedröhnten Huren vom Straßenstrich, die freuen sich immer über etwas Abwechslung.»

Das war natürlich Blödsinn. Aber das wusste Biggi nicht. Sie rutschte unruhig in ihrem Sitz hin und her. Die Vorstellung behagte ihr nicht. Beyer hatte allerdings den Eindruck, das hatte mehr mit ihren Eltern als mit der Zelle zu tun.

«Es war doch nur eine Notlüge.»

«Eine Notlüge?»

«Ja. Weil sie nur ein einziges Mal in ihrem Leben etwas alleine hinkriegen wollte. Ganz alleine. Nur ein einziges Mal. Ohne ihre fürsorglichen Eltern mit ihren klugen Ratschlägen. Die Anna kann doch nicht mal aufs Klo gehen, ohne dass ihre Eltern ihr sagen, ob das jetzt gerade richtig oder falsch für sie ist. Ich würde da wahnsinnig. Kennen Sie Annas Eltern?»

«Vermutlich sind sie perfekt.»

«Ja. Sie sind perfekt.»

«Und was wollte sie alleine hinkriegen?»

«Dass ihre Gedichte als Buch gedruckt werden.»

«Aha.»

«Ja. Ihre Mutter hatte ihr gesagt, das sei jetzt chancenlos, sie sei noch zu jung, sie müsse noch warten, bis sie älter ist. Und ihre Deutschlehrerin hatte ihr das ebenfalls gesagt. Außerdem war sie gerade sauer auf ihre Lehrerin. Deswegen hat sie auch ihr nichts von der Sache erzählt.»

«Warum war sie sauer?»

«Weil die Lehrerin ihre letzten Arbeiten kritisiert hatte. Da war Anna sehr empfindlich. Das konnte sie nicht gut vertragen. Wahrscheinlich war das aber auch ungerecht von der Lehrerin. Ich finde ihre Gedichte jedenfalls ganz toll. Ich verstehe nicht immer alles, aber wenn man ihre Gedichte liest, kriegt man so ein Kribbeln. Und Anna sagt, dieses Kribbeln ist bei Gedichten das Wichtigste. Nicht der Inhalt, sondern das Kribbeln.»

«Und weiter?»

«Und dann meldete sich dieser Verleger bei ihr. Per E-Mail. Ich fragte sie noch, woher hat der eigentlich deine E-Mail-Adresse, aber sie lachte und sagte, so ist das eben, wenn man berühmt ist. Er schrieb ihr, er sei immer auf der Suche nach jungen Talenten, sie solle ihm mal ein paar Gedichte mailen. Unverbindlich, nur zur Ansicht. Das hat sie dann auch gemacht, und dann schrieb er zurück, er sei begeistert, und er mache das Buch, und jetzt müsse man sich mal treffen und alles bereden. Die Einzelheiten. Das Honorar und so. Außerdem müsse er dringend ein Foto von ihr machen. Für die Werbung.»

«Und das Treffen war dann am Donnerstag, nach der Schreibwerkstatt?»

Sie nickte stumm und schluckte. Tränen schossen ihr in die Augen, während sie durch die Windschutzscheibe starrte.

«Hast du gesehen...»

«Ja. Ich war einfach neugierig. Also bin ich ihr nachgeschlichen. Er parkte um die Ecke. Er stieg aus, gab ihr die Hand, öffnete ihr den Wagenschlag. Ich konnte es sehen, ich konnte es selbst auf diese Entfernung sehen: Sie platzte vor Stolz.»

«Und dann fuhren sie los.»

«Ja. Nein. Also jedenfalls nicht auf der Stelle. Ich war wirklich sehr neugierig, also bin ich vorsichtig noch etwas näher, auf zehn Meter vielleicht. Ich habe mich hinter ein anderes Auto geduckt. Ich konnte sie durch das Rückfenster sehen. Sie saßen zusammen im Auto, und dann sagte der Mann was, das konnte ich natürlich nicht verstehen, und Anna lachte laut, ich konnte ihr Lachen hören, so laut lachte sie. Dann fuhr der Mann los.»

«Wie sah der Mann aus? Könntest du ihn beschreiben?»

«Schwierig. Ich war ja noch ziemlich weit weg, als er ausstieg und Anna die Hand gab. Und später, als ich näher dran war, konnte man durch die Heckscheibe nicht so viel sehen. Nur ihre Hinterköpfe habe ich gesehen.»

«Versuch es. Bitte.»

«Also, er war ziemlich groß. Sehr groß sogar. Er trug einen schwarzen Anzug und ein schwarzes Hemd. Ohne Krawatte. Der Anzug spannte um die Schultern. Aber auch am Bauch. Wenn Sie mich fragen, der Mann sah irgendwie prollig aus.»

«Prollig?»

«Ja. So wie im Kino diese fiesen, ekligen Leibwächter von Mafia-Bossen immer aussehen. Einfach prollig eben.»

«Weiter, Biggi.»

«Das Gesicht konnte ich nicht sehen. Nur die Haare. Blond. Lang. Aber nur hinten. Bis auf die Schultern. Vorne waren sie kurz. So kleine, komische Locken. Mehr konnte ich wirklich nicht sehen. Wirklich nicht. Kann ich jetzt gehen?»

«Und das Auto? Du kennst dich doch aus mit Autos.»

«Mercedes. Silbermetallic. Cabriolet. Nicht das große SL-Cabrio. Sondern aus der kleinen Serie. Ein SLK. Aber nicht das neue Modell. Sondern das Vorgänger-Modell. Die erste Serie.»

«Bist du sicher?»

Biggi verdrehte beleidigt die Augen.

«Klar. Der SLK der ersten Serie war das erste Cabrio von Mercedes mit elektrisch versenkbarem Stahldach. Damals hatte der große SL noch ein Stoffdach. Natürlich elektrisch. Aber ein Stoffdach. Und der neue SLK hat ganz andere Heckleuchten. Ich konnte den Mann übrigens so schlecht erkennen, weil das Dach geschlossen war. Keine Chance, durch die schmale Heckscheibe. Glauben Sie mir jetzt? Es war ein SLK der ersten Bauserie.»

«Ja. Danke. Dir ist inzwischen sicher klar, dass dieser Mann alles andere als ein Buchverleger war?»

Sie nickte.

«Und wenn du das nächste Mal zu einem fremden Mann ins Auto steigst, der behauptet, er sei Polizist, dann vergewissere dich vorher ganz genau, dass er dir einen echten Dienstausweis und nicht den Mitgliedsausweis seines Fitnessstudios unter die Nase hält. Haben wir uns verstanden?»

Sie nickte wieder. Diesmal erschrocken. Dann kletterte sie aus dem tiefen Schalensitz des Porsche, schulterte ihre Sporttasche, schloss die Tür, blieb aber stehen, öffnete die Tür wieder und beugte sich zu ihm ins Wageninnere, als sei ihr noch etwas Wichtiges eingefallen.

«Wissen Sie, warum Anna zu dem Mann in den Wagen gestiegen ist? Weil er ihr den Himmel versprochen hat. Jeder Mensch hat seinen eigenen Himmel auf Erden. Seinen großen Traum. Manche träumen ihn ein Leben lang, und er geht nie in Erfüllung. Aber wenn da plötzlich jemand auftaucht und sagt, er hat den passenden Schlüssel für deinen Traum, hier, bitte schön, als Geschenk, nur für dich, dann macht man dumme und gefährliche Dinge, ohne lange darüber nachzudenken. Das ist nicht nur bei Jugendlichen so. Bei Erwachsenen genauso. Achten Sie mal darauf. Tschüs.»

Beyer sah ihr nach, bis sie im Festsaal der Pfarrkirche verschwunden war.

Was für ein kluges Mädchen du bist, dachte Beyer. Klüger jedenfalls als deine gebildete Freundin Anna, die ein Einser-Abitur machen wird. Ich drücke dir die Daumen, dass du deinen Schlüssel findest.

Ludger Beyer drehte den Zündschlüssel, wendete und verließ das Dorf über die Hauptstraße. Er musste dringend mit Antonia Dix reden. Und die musste dieser Martina Hahne nochmal auf den Zahn fühlen. Irgendetwas stimmte nicht an dieser Geschichte.

Das Klingeln des Telefons hallte bereits durch den Schacht, als Max Maifeld den Mustang parkte. Es wurde lauter und lauter, je mehr sich der behäbige Lastenaufzug seinem Ziel näherte. Jemand schien großen Wert darauf zu legen, Max unbedingt zu sprechen.

«Max? Miguel hier. Gott sei Dank, du bist noch da.»

«Ich war unterwegs. Ich bin gerade zurückgekommen.»

«Nein, Max, das meine ich nicht. Ich bin nur froh, dass du noch nicht abgereist bist.»

«Was soll das heißen, Miguel?»

Max ließ sich auf den Stuhl vor dem Schreibtisch fallen und presste den Hörer ans Ohr.

«Vielleicht solltest du dir die ganze Sache nochmal überlegen, Max. Mein Informant hat eben angerufen. Es scheint, als ob Herbach seinen Ex-Steuerberater in Quito überwachen lässt. Als ob Herbach Lunte riecht ... Sekunde bitte ...»

Max hörte, wie jemand, der offenbar Miguels Büro in der Madrider Redaktion betreten hatte, ihn nach einem Foto fragte, das er vermisse. Miguel erwiderte, er werde sich nach dem Telefonat sofort darum kümmern.

«Max? Vielleicht spürt Herbach, dass irgendetwas gegen ihn im Gange ist. Oder der Steuerberater hat sich verplappert. Abends, an der Theke einer Bar, nach dem vierten Brandy. Quito ist klein. Und Herbach hat seine Spitzel überall. Max, ich denke, du bläst die ganze Sache besser ab.»

«Miguel, ich kann sie nicht mehr abblasen.»

«Wieso nicht?»

«Weil ein Freund von mir die Sache für mich erledigt. Seine Maschine ist bereits über dem Atlantik.»

«Dann kannst du ihn doch sicher erreichen, wenn er in seinem Hotel eincheckt. Am besten setzt er sich gleich in die nächste Maschine und fliegt wieder zurück. Max, ich muss mich um dieses verfluchte Foto für die Frühausgabe kümmern. Die werden da draußen nervös. Die tanzen schon Samba vor der Glastür. Ist nicht mehr lange bis zum Andruck. Ich drücke euch die Daumen. Wenn ich was Neues erfahre, rufe ich sofort an.»

«Ja, danke, Miguel.»

Max legte auf. Er stützte die Ellbogen auf die Tischplatte und massierte seine Schläfen. Miguel kannte Hurl nicht, und er wusste nicht, wie Hurl arbeitete. Hurl würde, kaum dass er mit seinem falschen Pass den Zollschalter passiert und das Flughafengebäude verlassen hatte, untertauchen. Unauffindbar. Unerreichbar. Sie hatten vereinbart, dass Max ihn auf keinen Fall anrufen würde. Damit Hurl nicht übers Handy zu orten war. Weder von Herbach und seinen Söldnern, was allerdings eher unwahrscheinlich war, noch von Hurls alten Freunden im Pentagon. Was sehr wahrscheinlich war. Sie hatten vereinbart, dass Hurl sich melden würde, wenn es etwas mitzuteilen gab. Von einer sicheren Leitung.

Max dachte nach.

Er hätte niemals einwilligen dürfen, als Hurl ihm anbot, den Job für ihn zu erledigen.

Er zündete sich eine Zigarette an, rauchte hastig drei Züge und drückte sie im Aschenbecher aus, als er merkte, dass sie ihn beim Denken störte.

Sobald Hurl untergetaucht war, würde ihn niemand finden.

Aber er musste irgendwann wieder auftauchen.

Um Kontakt zu dem Steuerberater aufzunehmen.

Max sah auf die Uhr.

In zwei Stunden würde die Maschine in Quito landen.

Solange konnte er nichts tun.

Außer Warten.

Nach zweieinhalb Stunden griff er nach dem Telefon und wählte Hurls Handy-Nummer.

Eine Stimme vom Band meldete sich.

Diese Nummer ist uns nicht bekannt.
Bitte rufen Sie die Auskunft an.

Ich werde dir die Flügel schon stutzen!
Wie lange war das her, dass er diesen Satz gehört hatte?
Ich werde dir die Flügel schon stutzen!
Zwanzig Jahre? Dreißig Jahre?
Ich werde dir die Flügel schon stutzen!
Ihm schien es, als sei es gestern gewesen.
Ich werde dir die Flügel schon stutzen!
Es gab Zeiten, da hörte er ihn täglich.
Ich werde dir die Flügel schon stutzen!
Von morgens bis abends.
Ich werde dir die Flügel schon stutzen!
Aus ihrem schmalen, wütenden Mund.
Jetzt schlief sie.
Irgendwas war in dem neuen Medikament drin, das der Arzt ihr verschrieben hatte. Es machte sie schläfrig.
Gut so.
Ratsch, ratsch, Flügel ab. Wie Brüste ab. Heilige Agatha, bitte für uns Sünder. Vergebung, Vergebung, Vergebung.
Ohne Flügel keine Flucht.
Kleiner Rumhopser, ohne Flügel.
Er schlich die Treppe hinauf, um sie nicht zu wecken, und schloss die Tür der Dachkammer hinter sich.
Wo war der Untersetzer? In der Spülmaschine. Er stellte das Wasserglas auf ein Stück Papier, damit es keine Ränder auf dem Schreibtisch gab, und schaltete den Computer ein.
Kein Alkohol. Er musste noch fahren.
Während das Betriebssystem hochfuhr, drehte er den Kopf nach links und nach rechts und betrachtete seinen Nacken im spiegelnden Glas des Dachfensters über dem Schreibtisch.

Sie hatte Recht. Die Haare ragten über den Hemdkragen. Das war nicht gut. Das sah nicht gut aus. Ungepflegt sah das aus. Sie hatte Recht. Er würde zum Friseur gehen. Er würde gleich morgen einen Termin ausmachen, telefonisch, vom Büro aus. Er würde die Mittagspause nutzen.

Falls man ihm so schnell einen Termin gab.

NA? GIBST DU AUF?

Mastermind. So nannte er sich im Netz. Wie originell. Sein Fernschachpartner. Im Siegesrausch und deshalb schon ganz ungeduldig. Mastermind kannte ihn nur als Mario. Mastermind hatte keine Ahnung, dass er umgekehrt natürlich längst seinen Echtnamen kannte. Und nicht nur das.

Jan Kreuzer, 22 Jahre alt, ohne Schulabschluss, Aushilfskraft in einem Computerladen in Köln. Der Laden, in dem auch Mario einkaufte. Das Jüngelchen bediente ihn immer zuvorkommend und freundlich und hatte keinen blassen Schimmer, wen er vor sich hatte. Mastermind verstand was von Computern, das musste man ihm lassen. Ein Naturtalent. Mario war davon überzeugt, dass sich Jan Kreuzer als Hacker ein paar Euro dazuverdiente. Deshalb war Mario vorsichtig. Einmal tauchte im Laden seine kleine Freundin auf. Unverkennbar aus besserem Hause. Die Eltern würden noch Spaß kriegen mit ihrem künftigen Schwiegersohn. Ein Krimineller ohne Schulabschluss. Viel Vergnügen.

Er schob den Läufer auf G7, ohne Kommentar, und schloss das Programm. Er hatte alles genau durchdacht. Er hatte einen Plan. Er hatte in dieser von Anfang an verkorksten Partie zwar eindeutig die schlechtere Position, aber er würde Mastermind durch eine Finte nochmal gewaltig unter Druck setzen, um ihm dann im geeigneten Moment ein Remis anzubieten. Und wenn sein Gegner bis dahin nicht ganz genau aufpasste, war auch noch ein Patt drin. Mehr war aus dieser Partie nicht mehr rauszuholen. Er hatte Zeit, viel Zeit, und Mastermind wurde schnell nervös.

Mario streifte die Tarnkappe über.

Zeit für die Jagd.

Seine Hände flogen über die Tastatur, schnell, effektiv, virtuos, wie die Hände eines Konzertpianisten.

Die Vorstellung gefiel ihm: ein Virtuose im Netz.

Da!

Da war sie, die Schlampe.

Astrid-Asteroid.

So nannte sie sich. Wie billig. So billig wie der ganze Text. Vermutlich war sie auch noch stolz auf ihr Gestammel. Das musste man sich mal auf der Zunge zergehen lassen:

*ich suche DEN Mann, der nicht nur darüber diskutiert
und theoretisiert, was zu leben so wunderbar ist.*

*ich suche DEN Mann, der mich aus meinem Alltag reißt und
sich nicht lange fragt, ob dies in Ordnung ist. Er wird wissen,
dass mein «JA» bedingungslos sein wird, falls ich ihn liebe.*

*ich suche DEN Mann, der versteht, dass ich lebe, weil
ich SEIN Glück als mein Glück empfinde.*

*ich suche DEN Mann, zu dem ich innerlich aufschauen
kann, auch wenn ich meine hohen Absätze trage.*

*ich suche DEN Mann, der mich durch diese Zeilen erkennt
und mir keinen Katalog an Fragen schickt, mich nicht als
Ganzes serviert bekommen, sondern mich Stück für Stück
entdecken will, und dem jetzt etwas Besseres einfällt, als
mir zu schreiben, dass er meine Anzeige ganz toll findet.*

ich suche DEN Mann, der mir nicht sofort ein Foto schickt, sondern mir zutraut, dass ich ihn durch das Netz fühlen kann.

ich suche DEN Mann, der genau mich sucht. Und ich bin ganz sicher, es wird IHN geben. Jetzt. Hier.

Klar. Kannst du haben, Astrid-Asteroid. Hier bin ich. Exklusiv für dich. Gedulde dich noch einen Augenblick.

Er nahm die Tasche mit dem Notebook aus der untersten Schublade des Schreibtisches, stieg die Treppe hinunter, leise, nahm in der Diele seinen Mantel vom Haken, lauschte.

Nichts.

Sie schlief.

Er schloss die Haustür von außen mit Hilfe des Schlüssels. Lautlos. Den Wagen hatte er um die Ecke abgestellt, damit sie den startenden Motor nicht hörte. Er brauchte knapp zwanzig Minuten bis zu seinem Ziel. Ein Immobilienmakler am Rand des ehemaligen Regierungsviertels. Preiswerte Büroflächen. Stockdunkel, bis auf die hässliche Leuchtreklame. Er parkte auf der gegenüberliegenden Straßenseite, ließ die Seitenscheibe ein Stück herunter, lehnte sich zurück, schloss die Augen und genoss die frische Abendluft.

Astrid-Asteroid. Hast du noch deine Flügel?

Er packte das Notebook aus der Tasche, legte es sich auf den Schoß und klappte es auf.

Zwei Minuten später verschmolz das Notebook bis zur Unkenntlichkeit mit dem drahtlosen W-LAN-Netzwerk des Immobilienmaklers. Niemand würde jemals nachvollziehen können, woher die E-Mail stammte, die er in wenigen Sekunden versenden würde. Und morgen würde er sich ein neues Kuckucksnest suchen.

Dann legte er seinen Köder aus:

Wer eine Rose ohne Dornen will, hat die Rose nicht verdient.
Mario

Der Cursor schwebte bereits über dem Sende-Icon, als er es sich anders überlegte und Mario löschte. Kein Risiko. Er wählte einen neuen Namen. Sicher war sicher. Er sah in seiner Liste nach. Carlos. Das klang gut. Er war jetzt Carlos.

Mario ist tot. Es lebe Carlos.

Er klappte das Notebook zu und fuhr nach Hause.

Er wusste, sie würde anbeißen. Wie eine läufige Hündin.

Die verbeulte Haustür stand wie immer offen. Antonia Dix versuchte erst gar nicht, den Aufzug zu aktivieren, sondern benutzte die Treppe hinauf in den vierten Stock.

Boris öffnete. Er stand da in karierten Boxershorts, barfuß und mit nacktem, haarlosem, hagerem Jungmänner-Oberkörper, und hatte dem verwirrten Blick nach zu urteilen offenbar jemand anderes vor der Tür erwartet. Aus seinem Zimmer plärrte der Fernseher. Werbung.

«Ich möchte deine Mutter sprechen.»

«Sie ist nicht da. Sie ist vor ein paar Minuten weg. Vielleicht auch vor einer Viertelstunde. Ich habe nicht auf die Uhr gesehen. Ich dachte schon ... als es klingelte ...»

Antonia Dix sah die Angst in seinen Augen.

«Hat sie gesagt, wo sie hinwollte?»

Boris schüttelte den Kopf.

«Was ist passiert?»

Boris sagte nichts. Tränen schossen ihm in die Augen.

«Habt ihr euch gestritten?»

Boris schüttelte den Kopf.

«Rede gefälligst!»

«Sie hat früher einmal gesagt, sie könne die Leute gut verstehen, die vor den Zug springen, wenn sie nicht mehr weiterwissen. Das passiert nämlich öfter, an der Stelle, wo sie auf dem Weg zur Arbeit über die Fußgängerbrücke muss...»

Boris drehte sich um und ging in die Küche. Antonia Dix folgte ihm. Boris trat ans Fenster und schob die Gardine beiseite, damit Antonia Dix sehen konnte, was passiert war.

Keine dreißig Meter entfernt wuchs der Rohbau eines neuen Wohnsilos aus dem Boden. Scheinwerfer tauchten die Werbetafel der Baufirma im fünften Stock des Gerippes in gleißendes Licht. Das Streulicht erfasste noch die Front des darunter liegenden Stockwerks. Auf die Außenwand der aus Beton gegossenen Balustrade des mittleren der drei Balkons im vierten Stock hatte jemand etwas mit schwarzer Farbe gepinselt.

Ein Kreuz. Und daneben stand in großen schwarzen, ungelenken Lettern:

SELBST SCHULD DU NUTTE

Antonia Dix zog die Gardine wieder zu.

«Seit wann steht das da?»

«Keine Ahnung. Sie hat es eben erst entdeckt, als sie von der Arbeit kam und aus dem Fenster sah.»

«Könnte sie vielleicht zu Nachbarn gegangen sein?»

Boris schüttelte den Kopf. Sein Blick war ein einziger Hilferuf. Nein, sie hatte niemanden, mit dem sie sich aussprechen konnte. Schon gar nicht über die Schmiererei, die jeder Nachbar lesen konnte. Martina Hahne war allein auf dieser Welt.

«Du bleibst hier und rührst dich nicht von der Stelle!»

Antonia Dix nahm immer zwei Stufen auf einmal.

Die alte Frau im zweiten Stock drückte sich erschrocken an die Wand, als Antonia Dix an ihr vorbeihetzte.

Sie rannte zu ihrem Wagen, zückte unterwegs den Zündschlüssel und drückte die Fernbedienung für die Zentralverriegelung. Vor ein paar Minuten. Vielleicht auch vor einer Viertelstunde. Zu Fuß. Sekunden später trieb sie den Cooper mit quietschenden Reifen aus dem Wendehammer. Sie dachte nicht nach. Sie musste nicht nachdenken. Sie sah alles genau vor sich, verschobene Zeitebenen, als sei die nahe Zukunft in die Gegenwart gerutscht. Sie widerstand der Versuchung, die Augen zu schließen.

Sie nahm den Weg, den Martina Hahne täglich zu Fuß nahm. Sie ignorierte die rote Ampel, ignorierte das wütende Hupen von rechts. Sie stoppte erst vor dem Poller. Sie sprang aus dem Wagen und rannte los, so schnell sie konnte, die sanft ansteigende Fußgängerbrücke hinauf, die über die Gleise führte. Am höchsten Punkt der schmalen Brücke blieb sie stehen und beugte sich über das Geländer aus Aluminium. Ihre Augen hetzten von links nach rechts über die Gleise.

Nichts.

Sie hörte den Zug. In ihrem Rücken. Sie wirbelte herum und beugte sich über das gegenüberliegende Geländer. Die Scheinwerfer des Triebwagens näherten sich mit großer Geschwindigkeit.

Sie spähte nach unten.

Ihre Blicke trafen sich.

Tief unten, keine zwei Schritte vom Gleis entfernt, kauerte Martina Hahne in der Böschung. Sie hockte auf ihren Fersen und hatte die Arme um ihre Knie geschlungen. Sie zitterte. Die Haare hingen ihr in Strähnen vor dem Gesicht. Sie schaute nach oben, schaute Antonia Dix geradewegs in die Augen.

Ihr Blick war leer.

«Tu es nicht! Bitte tu es nicht!»

Martina Hahne versuchte ein Lächeln. Ein verzweifeltes Anspannen der Gesichtsmuskeln, das zur Grimasse fror.

Dann sprang sie.

Bisher war der Fall über Bonn hinaus keine einzige Schlagzeile wert gewesen. Ein totes Mädchen am Rheinufer. Na und? In einer Stadt im Rheinland, die vor langer Zeit mal Bundeshauptstadt war. Noch nicht mal eine vorangegangene Vergewaltigung. Und vermutlich kein Mord. Das war den Printmedien, Radiosendern und Fernsehanstalten zwischen Hamburg, München und Berlin nicht mal eine winzige Meldung wert.

Die regionalen Medien hatten natürlich über Jasmin Hahnes mysteriösen Tod berichtet, ohne den Namen des Opfers und ohne Details zu nennen. Auch von Stalking war nicht die Rede. Dafür hatten die Kollegen von der Presseabteilung des Polizeipräsidiums gesorgt. Sie machten ihren Job gut. Profis in ihrem Fach. Mit den regionalen Medien gab es selten ein Problem. Man kannte sich, man verstand sich, man vertraute sich seit Jahren, und so genügte der Hinweis auf die Gefährdung der laufenden Ermittlungen. Man versprach ein exklusives Zückerchen bei nächster Gelegenheit, und die Sache war erledigt. Die Kollegen der Presseabteilung hatten es sogar geschafft, den Fall Anna Wagner komplett aus der Öffentlichkeit zu halten.

Jetzt war alles anders. Jetzt begann die neue Zeitrechnung. Dank Bild und RTL. Jetzt wurden neue Wahrheiten geschaffen. Jetzt erhielt das Dreieck Täter–Opfer–Ermittler eine vierte Dimension. Die Dimension der massenmedialen Öffentlichkeit. Jetzt waren die Amateur-Ermittler zugange: Die Reporter. Die Stammtisch-Experten. Die politischen Taktiker im Innenministerium.

Martina Hahnes Selbstmord hatte alles verändert.

Vor dem tristen Wohnblock in Neu-Tannenbusch traten sich die Kamerateams der Privatsender und die Fotografen der Boulevardblätter seit dem frühen Morgen gegenseitig auf die Füße. Irgendjemand aus dem Polizeiapparat hatte offenbar geplaudert. Aus Eitelkeit. Aus Geltungssucht. Oder für ein Taschengeld. Das war immer so. Das würde immer so sein.

Der einzig beruhigende Aspekt war bislang, dass die Meute aus unerfindlichen Gründen felsenfest davon überzeugt war, irgendwelche Nachbarn seien für die Schmiererei am Balkon des Rohbaus verantwortlich. Das Wort Stalking war bei den Anfragen an die Presseabteilung, bei der jetzt pausenlos das Telefon klingelte, kein einziges Mal gefallen. Beruhigend? Morian hatte schlecht geschlafen. Auch aus anderen Gründen. Aber nicht zuletzt deshalb, weil ihn quälende Zweifel wach hielten: War die ‹SoKo Sieg› noch auf der richtigen Spur? Oder hatten sie sich bereits hoffnungslos verrannt?

Neu-Tannenbusch glich einem Kriegsschauplatz. Vergeblich klingelte die Meute seit dem frühen Morgen an Martina Hahnes Tür Sturm. Niemand öffnete. Boris Hahne war einfach nicht aufzutreiben. Kein Wunder: Morian hatte ihn noch in der Nacht aus der Schusslinie bugsiert, ihn mit zu sich nach Hause genommen, ihm die Schlafcouch im Wohnzimmer bezogen, ihm morgens Frühstück gemacht und ihn anschließend mit ins Präsidium genommen. Jetzt kümmerte sich Antonia Dix um ihn. Und Morian bereitete sich auf einen Job vor, den er immer schon gehasst hatte wie die Pest.

Die Pressekonferenz.

Der Leiter der Presseabteilung würde die Journalisten begrüßen und das Wort dem Polizeipräsidenten übergeben. Der würde sein tiefes Bedauern über den Suizid zum Ausdruck bringen, anschließend Zuversicht verbreiten, dass der Fall Jasmin Hahne unmittelbar vor der Lösung stünde, und schließlich für Verständnis werben, dass man im Interesse der Ermittlungen noch keine Details nennen könne. Dann würde er die Journalisten zu Fragen ermuntern, aber die Beantwortung der Fragen, die nicht zu beantworten waren, Morian überlassen. Darf ich vorstellen: Erster Kriminalhauptkommissar Josef Morian, langjähriger Leiter der Mordkommission, Ihnen allen sicher ein Begriff. Ferner darf ich Ihnen vorstellen, sehr verehrte Damen und Herren: Oberstaatsanwalt Dr. Peter Arentz, Leiter der Abteilung Kapitalverbrechen der Bonner Staatsanwaltschaft. Bitte sehr.

Danke sehr.

Morian sah auf die Uhr, klemmte sich den schmalen Aktendeckel mit den dürftigen Notizen unter den Arm und verließ sein Büro. Am Ende des langen Ganges aus Sichtbeton, den Martina Hahne noch vor nicht mal einer Woche benutzt hatte, als man sie nachts zur Kriminalwache führte, entschied er sich gegen die Treppe.

Die falsche Entscheidung.

Als sich die Aufzugtür öffnete, stand Arentz vor ihm.

«Ich grüße Sie. Was machen die Ermittlungen?»

Arentz trug sein klassisches Fernseh-Outfit: anthrazitfarbener Zweireiher, weißes Hemd mit Button-down-Kragen, bordeauxrote Krawatte ohne Muster. Wie zu den alten Bundeshauptstadt-Zeiten, denen er nachtrauerte, weil er damals, als Sprecher der Bonner Staatsanwaltschaft, viel häufiger vor die Kameras treten durfte. Flick-Affäre, Parteispenden-Skandal. Das sorgte für Punkte im Düsseldorfer Justizministerium.

«Warum haben Sie ausgerechnet Liz als Psychologin für Anna Wagner bestellt?»

Es dauerte eine Ewigkeit, bis sich die Tür wieder schloss und der Aufzug nach oben ruckelte.

«Nun ja, ich wollte aus nahe liegenden Gründen eine Frau, und das schränkte die Auswahl erheblich ein.»

«Erheblich? Ich würde sagen, ziemlich genau auf die Hälfte. Nicht mehr und nicht weniger.»

Der Aufzug stoppte, die Tür ging auf.

Vor der Tür stand Klaus-Hinrich Pelzer, 59, dreimal geschieden, vier Entziehungskuren, und strahlte übers ganze Gesicht.

«Ja wunderbar! Gott zum Gruße. Da haben wir ja wohl denselben Weg, meine Herren.»

Pelzer hatte während seiner langen Berufszeit als Reporter sämtliche Printmedien zwischen Koblenz und Dortmund von innen gesehen. Seinem Rausschmiss war er stets zuvorgekommen, indem er rechtzeitig die Kündigung anbot und sich im Gegenzug ein phantastisches Zeugnis ausstellen ließ. Jetzt fristete er als freier Rhein-Ruhr-Korrespondent für Bild sein Gnadenbrot. Solange er Geschichten lieferte, konnte er seine Miete bezahlen. Und den Cognac. Und deshalb war er jetzt hier.

Dachte Morian. Aber er sagte etwas anderes.

«Pelzer, wir haben zwar denselben Weg, aber wir benutzen unterschiedliche Verkehrsmittel. Besetzt!»

Morian schlug gegen den obersten Knopf, und die Tür schloss sich mit einem Seufzen. Arentz beobachtete die Szene und Morians Anspannung mit selbstgerechtem Gleichmut.

«Morian, ich denke, Sie haben sich gerade einen Freund fürs Leben geschaffen.»

«Sparen Sie sich Ihre klugen Ratschläge, Arentz. Warum ausgerechnet meine Ex-Frau?»

«Haben Sie damit ein Problem? Ich hatte Ihnen mehr Professionalität zugetraut. Sind Sie etwa nicht in der Lage, Job und Privates zu trennen?» Ein Gedanke schien ihn plötzlich zu erheitern. Arentz grinste breit. «Im Übrigen verstehe ich Ihre ganze Aufregung nicht. Sie haben die enge und vertrauensvolle Zusammenarbeit mit der reizenden Frau Morian doch schon zweimal eindrucksvoll unter Beweis gestellt. Wie geht's denn den beiden süßen Kleinen?»

Morian griff zu der Armaturentafel und schlug auf den Kippschalter. Der Aufzug stoppte mit einem unsanften Ruck. Arentz verging schlagartig das dämliche Grinsen.

Das tat gut.

«Arentz, wenn ich Ihre letzten zwei Sätze jetzt auf Band hätte, wären Sie dran! Ich würde eine Dienstaufsichtsbeschwerde schreiben. Störung des Betriebsfriedens. Dann wären Sie raus aus dem Fall. Macht sich nicht gut in der Personalakte. Wäre gar nicht gut für die Karriere.»

«So heftig reagieren Sie auf einen kleinen, harmlosen Scherz? Wenn Sie das jetzt auf Band hätten, lieber Morian, könnten Sie sich das Band wer weiß wohin schieben, weil es in unserem Rechtsstaat glücklicherweise immer noch strikt untersagt ist, unbescholtene Bürger abzuhören. In welcher Branche arbeiten Sie eigentlich, um das nicht zu wissen? Sind Sie vielleicht überfordert mit dem neuen Job und der Doppelbelastung, lieber Herr Morian? Sollte Ihr Präsident Sie vielleicht mal ein paar Wochen in Kur schicken? Ich kann gerne mal mit ihm reden und ein gutes Wort für Sie einlegen, wenn Sie das möchten.»

Er hatte sein arrogantes Grinsen wiedergefunden. Morian versuchte, sich zu beruhigen, um die nächsten Sätze möglichst kühl und scheinbar emotionslos loszuwerden.

«Arentz, Sie werden Ihre frechen Bemerkungen noch verfluchen. Ich werde Sie von nun an im Auge behalten. Sie haben nicht viele Freunde bei der Polizei. Ich kenne jedenfalls keinen einzigen unter den Kollegen. Sie dürfen jetzt nie wieder einen Fehler machen. Weder beruflich noch privat. Keinen einzigen Fehler. Lassen Sie sich weder zum Schwarzfahren in der U-Bahn verleiten noch zum Schummeln bei Ihrer Einkommensteuererklärung. Sie können sich darauf verlassen: Ich werde es erfahren, Arentz. Und dann sind Sie dran!»

Morian schob den Kippschalter nach oben. Der Aufzug setzte sich wieder in Bewegung und ächzte seinem Ziel entgegen. Arentz schwieg. Bis zwei Minuten später die erste Fernsehkamera seine bordeauxrote Krawatte ins Visier nahm.

Ein Streifenwagen verließ die Tiefgarage des Präsidiums und passierte im aufreizenden Schneckentempo den Pulk der Fotografen und Kameraleute auf der Straße. Gelangweilte Blicke folgten dem Wagen. Die Meute war nicht interessiert. Die Meute war nur an Boris Hahne interessiert.

Zwei uniformierte Beamte, vermutlich auf dem Weg zu einem Blechschaden und geifernden Versicherungsgegnern. Kein Blaulicht, kein Martinshorn, kein Schwerverbrecher in Handschellen auf dem Rücksitz, nichts, was eine Nachricht versprach. Der Streifenwagen bog in Richtung Norden ab und war sieben Minuten später am Ziel. Ein verlassener Garagenhof. Mitten auf dem Hof stand ein blauer Ford Mustang. Am Heck lehnte ein Mann und rauchte eine Zigarette. Die Beamten stiegen aus und nickten ihm zu. Der jüngere Polizist öffnete den Kofferraumdeckel des Streifenwagens. Boris Hahne kletterte aus dem Kofferraum, griff nach seiner Reisetasche und schlenderte zu dem Mustang, ohne die Beamten eines weiteren Blickes zu würdigen. Er warf die Tasche in den Kofferraum, den der Mann geöffnet hatte, und stieg wortlos in den Wagen.

«Viel Vergnügen», sagte der ältere Polizist. Der Mann nickte und wartete, bis der Streifenwagen verschwunden war. Dann klemmte er sich hinters Steuer.

«Hallo. Ich bin Max.»

«Wie alt ist der?»

«Der Mustang? Ungefähr 40 Jahre.»

Max startete den Motor.

«Geiler Sound. Sieht aus wie neu.»

«Er ist so gut wie neu. Genau das kannst du demnächst lernen. Wie man aus alten Autos neue Autos macht. Und wenn du dann erst mal den Führerschein hast, dann …»

«Ich habe den Führerschein!»

«Du hast einen Führerschein? Will ich sehen!»

Boris kramte ihn aus seiner Jackentasche.

«Okay. Dann kannst du ihn ja fahren.»

«Was?» Boris starrte den fremden Mann ungläubig an. «In echt?»

Sie stiegen wieder aus und trafen sich vor der Motorhaube.

«Nochmal von vorne: Hallo. Ich bin Max.»

«Boris.»

«Gut, Boris. Setz dich hinters Steuer. Das ist ein ganz normales Auto wie jedes andere auch. Mit einem winzigen Unterschied: das Gaspedal. Sei ganz sachte mit dem Gaspedal.»

Er machte seine Sache gut. Anfangs noch etwas unsicher und verkrampft. Er hatte augenscheinlich keine Fahrpraxis, und er hatte einen Heidenrespekt vor dem brummenden Achtzylinder.

«Wohin jetzt?»

«Nach Köln. Du bist übrigens ein Naturtalent. Woher hat denn ein Azubi das Geld für den Führerschein?»

Max hatte mit allen möglichen Antworten gerechnet, wahren und erlogenen, aber nicht mit dieser:

«Meine Mutter. Sie hatte es gespart ... für mich ...»

Weiter kam er nicht. Seine Stimme versagte, und Max schwieg die nächsten zwanzig Minuten. Boris starrte angestrengt durch die Windschutzscheibe, bis sie Köln erreichten.

Max lotste ihn über die Bonner Straße, vorbei an den Großmarkthallen, vorbei am Fortuna-Stadion, auf die Innere Kanalstraße, in Richtung Neu-Ehrenfeld.

«Sie haben ein tolles Auto, ehrlich.»

«Es ist nicht mein Auto. Es gehört einem Freund.»

«Und der gibt es Ihnen einfach so?»

«Ja. Einfach so.»

«Der Mann mit der Werkstatt, zu dem wir fahren?»

«Nein. Der Mann mit der Werkstatt ist mein Bruder. Theo hat das Auto wieder aufgebaut.»

«Oh. War sicher teuer. Hat Ihr Freund so viel Geld?»

«Theo hat es ihm geschenkt.»

Boris dachte nach. Die Antwort schien ihn zu verwirren. Max beobachtete ihn aus den Augenwinkeln und versuchte vergebens, Boris Hahne zu erkennen hinter der knochenharten, wenn auch brüchigen Beton-Fassade. Die Kampfstiefel. Die schwarzen Klamotten. Als er vorhin in Bonn seine Tasche in den Kofferraum geworfen hatte, konnte Max die Aufschrift auf seiner Jacke lesen:

EINES TAGES WERDET IHR
EUCH WÜNSCHEN, WIR HÄTTEN NUR
DIESE SCHRECKLICHE MUSIK GEHÖRT

Er hatte ein nettes Gesicht. Wenn er sich unbeobachtet fühlte und nicht so grimmig guckte. Warum nur rasierte sich ein 19-Jähriger den Schädel kahl? Bestimmt nicht, um den Mädchen zu gefallen. Max konnte sich denken, wem er damit gefallen wollte.

«Was für Musik hörst du denn?»

«Ich? Dies und das. Warum tun Sie das?»

«Was?»

«Sie und Ihr Bruder. Warum tun Sie das für mich?»

«Ach so. Das. Weil wir einem Freund damit einen Gefallen tun.»

«Dem Freund, dem das Auto gehört?»

«Nein. Der ist in Südamerika.»

«Kuba?»

«Nein. Woanders.»

«Und was macht er da ... woanders?»

«Er tut mir einen großen Gefallen. Nein, wir tun das für einen anderen Freund. Er ist Polizist.»

«Der Dicke ... bei dem ich übernachtet habe?»

«Er heißt Morian. Er war übrigens mal ein guter Boxer.»
«Jetzt ist er ganz schön fett.»
«Ja.»
Boris lachte.
«Was gibt's denn da zu lachen?»
«Ich dachte nur gerade: Macht ihr eigentlich noch was anderes, als Freunden einen Gefallen zu tun?»
«Ja. Essen und trinken und schlafen und atmen. Da vorne links biegst du ab und fährst durch das Tor in den Hof.»

Auf dem Hof stand Theo, die Hände in den Taschen seines ölverschmierten Overalls vergraben. Boris bremste, zu heftig. Der Mustang ging unsanft in die Knie. Boris würgte vor Schreck den Motor ab. Der Mustang machte einen Satz nach vorn.

«Sorry. Tut mir Leid. Die Bremsen sind echt heftig...»

Aber Max war schon aus dem Wagen und umarmte seinen Bruder. Boris wusste nicht, was er mit dem Zündschlüssel machen sollte. Er ließ ihn stecken und stieg aus.

«Herzlich willkommen. Ich bin Theo.»
«Boris.»

Theo drückte seine Hand, hielt sie fest und sah ihm lange in die Augen. Theo hatte seine eigene Art, sich ein Bild von einem fremden Menschen zu machen. Schließlich entließ er die Hand wieder aus seinem Schraubstock und grinste.

«Siehst du die Hühnerleiter rechts neben dem Büro? Da oben ist deine Wohnung. Sie ist nicht besonders groß, sie ist auch nicht ganz so luxuriös wie das Hyatt Regency. Aber sie hat einen Kühlschrank und einen Herd und einen Fernseher und eine Dusche und ein Bett, das breit genug ist, falls du mal einen netten Übernachtungsgast hast. Wenn du Farbe brauchst oder sonst was, um es dir da oben gemütlich zu machen, sag mir Bescheid. Mit deinem ehemaligen Lehrherrn habe ich schon telefoniert. Ist alles geregelt. Auch mit der

Handwerkskammer. Ab morgen bist du mein Lehrling. Und montags ist Berufsschule. Den Weg dahin zeige ich dir noch. Wenn du ein Auto brauchst, nimmst du den gelben Polo da drüben. Der sieht zwar aus, als sei er reif für die Schrottpresse, aber er fährt. Und wie. Der Schlüssel hängt im Büro. Im Handschuhfach liegt eine Tankkarte. Wenn du allerdings vorhast, damit bis nach Paris zu fahren, will ich das vorher wissen. Ich brauche außerdem ein paar Unterschriften von dir. Aber das hat Zeit. Später, im Büro. Da gibt's auch Kaffee. Hier. Der Schlüssel für die Wohnung. Sieh dir in Ruhe dein neues Zuhause an. Wir reden später. Ich habe Vertrauen zu dir, solange du ehrlich zu mir bist. Und noch etwas: Wir sind hier eine Familie. Wir brauchen keine Alt-Nazis als Ersatz-Papas. Alles klar?»

Boris schluckte und nickte. Dann wuchtete er seine unförmige Reisetasche aus dem Kofferraum des Mustang und kletterte die schmale Stiege hinauf.

Theo sah Max fragend an.

«Was weißt du über ihn, Max?»

«Er ist allein. Er hat keine Familie mehr. Außerdem ist er voller Hass. Er hasst die Gesellschaft und macht sie für sein Schicksal verantwortlich. Er hasst seinen Vater, der ihn im Stich gelassen hat und auf Nimmerwiedersehen verschwunden ist, als er noch ein kleiner Junge war. Morian sagt, er ist vor drei Jahren als Penner in Osnabrück am Suff krepiert. Morian weiß es erst seit gestern. Der Junge weiß es erst seit heute. Außerdem hasst er den Mann, den er für den Tod seiner Schwester und seiner Mutter verantwortlich macht. Und er hasst sich selbst, weil er so eklig zu seiner Mutter war, bevor die in den Tod sprang. Weil er sie für den Tod seiner Schwester verantwortlich gemacht hatte. Am meisten aber hasst er sich vermutlich selbst. Der Hass wird ihn auffressen, wenn er ihn nicht bald besiegt. Was meinst du? Hat er eine Chance?»

«Max, ich hatte schon Ex-Junkies hier und Ex-Knackis und auch mal einen, der meinte, er müsse den Castor-Transport in die Luft jagen, um die Welt zu retten. War übrigens ansonsten ein netter Kerl. Und hatte als Kfz-Elektriker echt was los. Mal funktioniert es, mal funktioniert es nicht. Wir werden sehen.»

Mit der Dämmerung kam der Sturm. Zunächst ließ er nur die feinen Spinnennetze des erblassenden Altweibersommertages zittern und die achtbeinigen Baumeister dieser Seismographen der Natur eilig die Flucht vor dem nahenden Unwetter ergreifen. Dann peitschte der Sturm den ersten feinen, wässrigen Nebel durch die Straßen, bis der bedrohlich anthrazitfarbene Himmel den kalten Regen in verschwenderischen Massen zur Erde schickte. Der Sturm wütete sich zum Orkan, rüttelte vergeblich, aber unermüdlich an den stabilen Gartenzäunen der Reih-und-Glied-Häuser der Vorstädte, zerrte an den Verkehrsschildern und Ampelmasten der Innenstädte, verbog die mit sterbendem Laub überladenen Äste der Bäume in den Alleen zu grotesken Gebilden, fegte den Unrat eines geschäftigen Tages über die Marktplätze und trieb die Menschen fluchtartig in ihre Häuser. Die Meteorologen hatten schon den ganzen Tag im Radio vor dem Unwetter gewarnt. Orkanartige Böen im Rheintal, verbunden mit Gewittern und Starkregen, von Westen kommend.

Im Kölner Stadtteil Neu-Ehrenfeld hockten Theo Maifeld und Boris Hahne mitten in der verlassenen Werkhalle zwischen aufgebockten Autos auf Reifenstapeln, tranken Kaffee und redeten, während der Regen gegen die Scheiben trommelte, über den Tod und über das kurze Leben vor dem Tod. Und über das, was zählte in diesem kurzen Leben. Die Liebe zum Beispiel. Und die Angst vor der Einsamkeit.

Am Rande des Bonner Regierungsviertels war zwei Stockwerke unter der Erdoberfläche von Blitz, Donner und Wolkenbruch nichts zu spüren. Bei nervtötend lauter Musik unternahm Kriminaloberkommissar Ludger Beyer nach einem langen und anstrengenden Arbeitstag an diesem Abend bei der Afterjob-Party im ‹Pantheon› den erfolglosen Versuch, die Nacht nicht alleine zu verbringen. Die Erfolglosigkeit seiner Mission lag zum einen an seinem Drogenfahnder-Blick, den er auch privat nicht ablegen konnte, zum anderen an seinem Aufreißer-Blick, den er selbst im Dienst nicht ablegen konnte – und den im Übrigen nur er selbst für unwiderstehlich hielt. Gegen ein Uhr morgens verließ Ludger Beyer das ‹Pantheon›, alleine, und fuhr auf dem kürzesten Weg nach Hause. Er war nicht sonderlich frustriert. Er zweifelte keine Sekunde an sich selbst. Er war einfach nur der Meinung, zufällig die falschen Frauen angetroffen zu haben. Der kürzeste Weg führte ihn durch die Lessingstraße. Hätte er sich die Erfolglosigkeit seiner Balzversuche im ‹Pantheon› eine Stunde früher eingestanden, so hätten ihm in der Lessingstraße Löschfahrzeuge der Bonner Berufsfeuerwehr den Weg versperrt. Seine berufliche Neugier hätte ihn aus dem Wagen hinaus in den Regen getrieben, und er hätte Dagmar Losem kennen gelernt. Vielleicht auch Mario. Denn Kriminaloberkommissar Ludger Beyer war ein Polizist mit guten Instinkten.

Im Kölner Industrierevier Mülheim starrte Max Maifeld abwechselnd auf sein Handy und auf die Pfütze auf dem Fußboden, die der prasselnde Regen im verlässlich viersekündigen Rhythmus vergrößerte. Er las zum wiederholten Mal die SMS, die Hurl vor zwei Stunden von einem fremden Handy geschickt hatte, Buchstabe für Buchstabe, als sei die telefonische Textnachricht eine rätselhafte Botschaft aus einer anderen, einer fremden Welt:

BINGO. ICH BIN GANZ NAH DRAN.
DU KANNST SCHON MAL MIT SERGEJ REDEN.

Nicht, dass Max die Botschaft nicht verstanden hätte. Hurl war kurz vor dem Ziel. Und genau das machte Max solche Angst. Er hatte schon mehrfach versucht, Hurl anzurufen, um ihn zu warnen. Um ihn zu bitten, die Sache abzublasen. Doch Hurls Handy war ausgeschaltet. Und unter der Nummer des fremden Handys, von dem die SMS verschickt worden war, meldete sich der Inhaber eines Tabakwarengeschäfts in Quito, der noch nie von einem Mann namens Hurl gehört hatte und versicherte, er lasse grundsätzlich keine Fremden mit seinem Handy telefonieren.

Anschließend hatte Max vergebens versucht, seine beiden Kinder anzurufen. Paul sei mit dem Basketball-College-Team für ein paar Tage auf Tour, sagte Hurls Cousin in den USA. Alles in Ordnung hier. Und bei dir, Max?

Vera sei auf einer Party, sagte eine ihrer WG-Mitbewohnerinnen in Amsterdam. Ob sie Vera etwas ausrichten solle? Nein danke, nicht so wichtig, er versuche es einfach morgen nochmal.

Nicht so wichtig.

Max legte auf. Mit seinem Sohn und seiner Tochter war also alles in Ordnung. Er wischte die Pfütze weg und stellte einen Eimer unter das Loch in dem undichten Dach. Dann holte er eine Leiter und eine Taschenlampe und besah sich den Schaden. Höchste Zeit, die Bude zu wechseln. Höchste Zeit, ein neues Zuhause zu finden. Er ertappte sich dabei, wie er mit sich selbst sprach. Die in den Eimer klatschenden Regentropfen zählten die Zeit, und Max hörte zu, wie die Zeit verging.

Im Zentrum des Bonner Stadtteils Beuel, im vierten Stock über der menschenleeren Friedrich-Breuer-Straße, telefonierte Josef Morian in seiner 60-Quadratmeter-Dachgeschoss-Wohnung mit der Frau, die er einmal geliebt hatte und die ihn einmal geliebt hatte. Liz hatte ihn angerufen. Das Telefon hatte schon geklingelt, als er die Wohnung betrat. Jetzt telefonierten sie schon seit einer halben Stunde. Liz beschwor ihn, sich nicht von Arentz provozieren zu lassen. Sie sagte, sie mache sich Sorgen um ihn. Sie sagte, sie seien doch erwachsene Menschen und außerdem Profis genug, um das Private aus dieser unfreiwilligen beruflichen Begegnung herauszuhalten. Außerdem sei ihr Job als amtlich bestellte psychologische Betreuerin zeitlich begrenzt und vermutlich in den nächsten Tagen beendet. Anna gehe es schon viel besser. Die anschließende Langzeit-Therapie würde ohnehin eine Kollegin übernehmen, weil sie sonst in dem Fall vor Gericht nicht mehr als Gutachterin auftreten könne.

Falls es jemals zu einem Prozess komme.

Falls der Täter jemals gefasst würde.

Sie redeten noch eine Weile über die Kinder, ihre eigenen Kinder, und sie versprach, den Kindern beizubringen, dass ihr Vater im Augenblick wenig Zeit habe, wegen des Falles, und Morian, der immer noch im Mantel in seiner kärglich möblierten Wohnung saß, hätte gerne immer weiter mit ihr geredet, die ganze Nacht, und vielleicht hätten sie auch immer weitergeredet, wenn er nicht diese Frage gestellt hätte, diese dämliche Frage, ausgerechnet jetzt:

«Wer ist eigentlich Jürgen?»

«Das sagte ich doch schon. Ein Kollege. Wir waren zusammen auf dem Seminar. Was möchtest du noch wissen?»

Was er noch wissen wollte, brauchte er nicht zu fragen, denn er kannte die Antwort bereits.

«Jo, wir leben seit zwei Jahren getrennt. Und vorher ...»

«Ich weiß, Liz. Eine lange Zeit. Vielleicht haben wir uns vorher nicht genug Zeit gegeben.»

«Jo, wir hatten alle Zeit der Welt. Die Zeit war nicht das Problem. Aber die Zeit lässt sich nun mal nicht zurückdrehen. Und Gefühle auch nicht. Wir haben uns zu oft wehgetan. Sehr wehgetan. Aber das Schlimmste war, wir haben uns nicht mehr um die Wunden gekümmert. Wir haben die Wunden schlecht versorgt. Unsere eigenen, und die des anderen. Jetzt sind sie vernarbt. Narben sind hässlich. Aber sie erfüllen ihren Zweck. Man sollte sie nicht wieder aufschneiden. Schlaf gut, Jo. Und pass auf dich auf.»

Sie hatte aufgelegt.

Josef Morian stand auf, stand da im Mantel, wie ein Eindringling in einer wildfremden Wohnung, presste noch immer das Telefon an sein Ohr und lauschte und sah aus dem Fenster, als der erste Blitz über die Dächer zuckte.

Im Siebengebirgsdorf Ittenbach brachte Dr. Ruth Wagner ihren dreijährigen Sohn Lukas zu Bett. Sie versuchte, ihm die Angst vor dem Gewitter zu nehmen, indem sie sich zu ihm setzte, seinen Kopf streichelte, seine kleine Hand hielt, ihm erklärte, wie Blitz und Donner funktionierten, seine Kuscheltiere wie einen schützenden Wall um ihn herumdrapierte und ihm aus seinem Lieblingsbuch vorlas.

Angesichts der in der Familie bekannten panischen Angst des Dreijährigen vor Gewittern war Ruth Wagner erstaunt, dass Lukas tief und fest schlief, kaum dass sie die ersten Sätze vorgelesen hatte. Sie legte das Buch beiseite, betrachtete noch eine Weile die entspannten, zufriedenen Gesichtszüge ihres Sohnes, dann schlich sie auf Zehenspitzen aus dem Kinderzimmer.

Der Flur lag im Dunkel. Vermutlich fiel ihr deshalb sofort auf, dass in ihrem winzigen Arbeitszimmer Licht brannte.

Das Licht fiel durch den schmalen Spalt der nur angelehnten Tür.

Mit dem Zeigefinger berührte sie die Tür und erweiterte behutsam den Spalt, Zentimeter um Zentimeter, nur so weit, um sich davon zu überzeugen, dass das schreckliche Gefühl, das sie plötzlich überkam, in ihre Eingeweide drang wie ein frisch geschärftes Messer, sie getäuscht hatte.

Aber das Gefühl hatte sie nicht getäuscht.

In der knapp neun Quadratmeter großen, durch die Dachschräge noch winziger wirkenden Kammer, in ihrem bescheidenen Refugium, das sie sich geschaffen, in ihrer Lieblingsfarbe gestrichen und sorgsam dekoriert hatte, saß ihr Mann an ihrem winzigen Schreibtisch und starrte auf den Bildschirm ihres Computers. Sie wusste, was er tat, bevor sie es sehen konnte: Er scrollte sich durch ihre E-Mails. Er stahl sich wie ein Dieb durch ihre private elektronische Post.

Und sie wusste, wonach er suchte. Er suchte in ihren E-Mails nach diesem Mario. Er durchsuchte ihre Festplatte und ihren Posteingang nach elektronischen Spermaspuren, er suchte, getrieben von nagender, alles zerstörender Eifersucht, nach heimlichen Treffen, nach schnellem Sex am Vormittag, im Auto, auf der Parkbank, in den verschwitzten, fleckigen Bettlaken eines Stundenhotels, wenn die Kinder zur Schule waren und er zur Arbeit. Er suchte nach Beweisen für ihren Betrug, nach Rechtfertigungen für seine krankhaften Eifersuchts-Phantasien, nach einer Bestätigung für das Ende des Vertrauens.

Sie schlich die dunkle Treppe hinab. Sie ging in die Küche, setzte sich und legte die Hände in den Schoß.

Morgen würden sie Anna aus dem Krankenhaus abholen. Ruth Wagner wusste, dass ihre Tochter nicht in dieselbe Familie zurückkehren würde, die sie eine Woche zuvor verlassen hatte. Nichts war mehr so, wie es gewesen war.

Im Bonner Stadtteil Endenich parkte Antonia Dix gleich neben dem ‹Rex› auf dem Bürgersteig im Parkverbot, weil sie keine Lust hatte, mit den sieben Aktenordnern länger als nötig durch den Wolkenbruch zu laufen, und weil die Bonner Stadtverwaltung es für sinnvoll erachtete, ausgerechnet in jenem Viertel jede Parkmöglichkeit unter Parkverbot zu stellen, das mit dem ‹Rex› Bonns wichtigstes Filmkunsttheater, mit dem ‹Haus der Springmaus› Bonns bekannteste Kabarettbühne und mit der ‹Harmonie› Bonns beliebtesten Treffpunkt der Jazz-Szene beherbergte; ganz abgesehen vom ‹Theater im Ballhaus› zwei Häuser weiter und der irischen Kneipe, die nebenan fast jeden Abend Livemusik bot.

Antonia Dix hetzte mit den Aktenordnern durch das offene Tor neben dem Haupteingang des Kinos, durchquerte den Hinterhof, hastete die Stiege hinauf zur Tür ihrer Wohnung im ersten Stock, die einst vom Vorführraum des Kinos abgeteilt worden war. Bis sie die Tür hinter sich geschlossen hatte, war sie so nass, als käme sie soeben aus der Dusche. Gute Idee. Sie riss sich die Sachen vom Leib, schleuderte sie in die nächstbeste Ecke und sprang unter die Dusche. Eine Viertelstunde lang genoss sie den heißen Wasserstrahl, der ihren Körper wärmte, und versuchte, die Welt um sie herum zu vergessen.

Als ihr das beim besten Willen nicht gelang, drehte sie den Hahn zu, trocknete sich ab und zog sich lediglich das altmodische Herrenhemd aus Leinen über, das sie im Sommer in einer Laune auf dem Flohmarkt erstanden, aber bisher noch nie getragen hatte. Sie stellte fest, dass es ihr bis zu den Knien reichte. Sie krempelte die weiten Ärmel hoch, schob eine Fertig-Pizza aus dem Tiefkühlfach in die Mikrowelle, die sie anschließend lustlos und nur zur Hälfte aß, während sie die Akten studierte.

Die Teams hatten gute Arbeit geleistet.

Den Teams war nichts vorzuwerfen.

Und auf ihren Chef war sie sogar richtig stolz. Sie fand, Morian hatte sich phantastisch geschlagen in der Pressekonferenz. Den mediengeilen Arentz ganz kalt abblitzen lassen. Bei allen Fragen der Journalisten ganz cool geblieben. Sie könnte nie so ruhig und gelassen bleiben. Das hatte sie ihm anschließend auch gesagt. Ich bin stolz auf dich, hatte sie gesagt. Sogar Pelzer in der letzten Reihe hatte die Klappe gehalten. Genau das macht mir Sorgen, hatte Morian ihr geantwortet. Klaus-Hinrich Pelzer ist zwar eine widerliche Kanalratte, aber er versteht sein Handwerk. Dass er keine Fragen stellt, kann nur bedeuten, dass er schon viel zu viel weiß. Pelzer stellt dann keine Fragen bei Pressekonferenzen, wenn er längst schlauer ist als seine Kollegen.

Morian hatte die Abteilung bei der Pressekonferenz gut verkauft. Aber die Zwischenbilanz ihrer bisherigen Ermittlungsarbeit war niederschmetternd.

Team zwei hatte sämtliche DaimlerChrysler-Niederlassungen und autorisierte Mercedes-Händler in Westdeutschland per Fax kontaktiert, außerdem im Bonner Raum von A bis Z sämtliche Auto-Vermieter und Gebrauchtwagenhändler abgeklappert und ihnen die Phantombilder unter die Nase gehalten. Niemand konnte sich an einen Cabriolet-Kunden erinnern, der einem der beiden ungleichen Porträts auch nur entfernt ähnelte. Die Beschreibung passte auch auf keinen der Bootseigner im Mondorfer Yachthafen. Team drei hatte sich vom Hafenmeister die Adressen sämtlicher Vereinsmitglieder besorgt und jeden Einzelnen persönlich in Augenschein genommen.

Nichts war einfacher, als sich die Vergewaltigungsdroge GHB zu besorgen. Sie ließen via BKA ein halbes Dutzend deutscher Internet-Händler zwischen München und Hamburg festnehmen. Die Typen handelten alle auch mit Rohypnol, das eine ähnlich fatale Wirkung besaß und von Junkies als Ersatzdroge verwendet wurde. Es gab keine niedergeschriebenen Kundenlisten, und weil das Zeug anonym via Internet gehandelt wurde, musste man den Händlern sogar wohl oder übel glauben, dass sie die Gesichter ihrer Kunden noch nie gesehen hatten.

Wenigstens wussten sie seit Beyers Gespräch mit Annas Freundin Biggi, dass Anna den blonden Minipli-Riesen korrekt beschrieben hatte. Beyer war richtig gut. Er ackerte wie verrückt. Trotzdem war er ein selbstverliebtes, aufgeblasenes Arschloch.

Was aber hatte der Minipli-Mann mit dem anderen Phantombild zu tun? Mit dem Mann, den Martina Hahne beschrieben hatte?

Wüsste Martina Hahne die Antwort?

Zum ersten Mal seit 24 Stunden konnte Antonia Dix nicht verhindern, dass ihr die Erinnerung in den Kopf schoss. Die Erinnerung an die letzten Sekunden. Der Zug. Der Moment, als sich ihre Blicke trafen. Ihre traurigen Augen.

Sie hatte mit dem Polizeipsychologen geredet. Das war Vorschrift. Pflichttermin. Fünfzig Minuten. Er hatte ihr weitere Gespräche angeboten. Sie hatte abgelehnt. Sie vertraute auf ihre eigenen Abwehrkräfte. Außerdem hatte sie keine Zeit.

Keine Zeit.

Wäre sie doch nur eine Viertelstunde früher gekommen.

Dieser traurige, verlorene Blick.

Als sie sprang.

Einfach so sprang.

Der Regen trommelte unablässig auf die Plexiglaskuppel, des Oberlichts. Trommelwirbel. Bereit zum Sprung. In diesem Moment brachen in ihr alle Dämme. Die Tränen schossen ihr in die Augen, tropften auf das Papier. Sie fegte den Aktenordner wütend beiseite, so heftig, dass er vom Schreibtisch fiel und auf den Fußboden klatschte. Sie sprang auf, so heftig, dass der Stuhl umkippte, und schlug mit der Faust gegen die Wand, ging ziellos auf und ab, hob schließlich den Stuhl auf, sackte schließlich kraftlos, haltlos zurück auf die Sitzfläche.

Sie musste ihn finden.

Sie musste ihn stoppen.

Aber zunächst musste sie vergessen.

Die sichere Garantie für Vergessen gab es nur wenige Schritte entfernt, drei Schritte durch den Regen, über die Galerie, hinter der nächsten Tür, die nie verschlossen war, um diese Zeit.

«Claude?»

«Ja ... bist du's, Antonia?»

Sie musste sich erst an die Dunkelheit gewöhnen. Claudes schwarzer Wuschelkopf tauchte kurz unter der altmodischen Vorführmaschine auf, durch die das perforierte, 35 Millimeter breite, schier endlos lange Band aus Zelluloid knatterte. In der Hand hielt er wie immer ein Buch.

«Komm doch rein. Du wirst ja ganz nass, Antonia.»

Antonia duckte sich unter der ratternden Maschine durch. In der Ecke hockte Claude auf einer Matratze und schickte sein umwerfendes Lächeln zu ihr hoch. Über der Matratze brannte eine winzige Leselampe. Claude las ununterbrochen. Wenn er nicht gerade die Filmrollen wechselte oder Antonia sein entwaffnendes Lächeln schenkte.

Claude kam aus Montpellier im Süden Frankreichs und studierte deutsche Literatur an der Bonner Uni. Er arbeitete fast jeden Abend als Filmvorführer, weil er das Geld brauchte, um sich sein Studium zu finanzieren, und weil der Job ihm zugleich viel Zeit zum Lesen ließ. Er war geistreich, witzig, charmant, er war ein aufmerksamer Zuhörer, er hatte ein ansteckend sonniges Gemüt, er war genauso alleine in dieser Stadt wie sie, und er hatte diesen ganz bezaubernden französischen Akzent.

Also die idealen Voraussetzungen für eine wunderbare Affäre. Antonia widerstand der Versuchung schon seit mehr als zwei Jahren. Seit sie in diese Wohnung gezogen war. Weil sie keine Affären mochte. Und mehr hätte es nicht werden können mit Claude. Weil er erst 23 war. Viel zu jung. Nächstes Jahr würde sie 30. Außerdem würde er zurück nach Frankreich gehen, eines Tages. So viel war sicher.

Deshalb hatte sie es bisher stets dabei belassen, mit ihm eine Flasche Wein zu leeren und dabei über Gott und die Welt zu reden.

«Hübsches Kleid...»

Heute wollte sie nicht reden.

«Hey, toll, du hast ja was zu trinken dabei.»

Sie stellte wortlos den Korb vor seinen Füßen ab und überließ es ihm, die Flasche zu öffnen.

«Scheußliches Wetter draußen. Ist dir nicht zu kalt? Soll ich dir eine Decke geben?»

Sie öffnete den einzigen geschlossenen Knopf. Das Hemd glitt von ihren Schultern.

Jetzt sagte auch Claude nichts mehr. Er vergaß sogar, die Weinflasche zu öffnen. Zumal er in dem Korb außer der Flasche und dem Korkenzieher und zwei Gläsern noch etwas entdeckt hatte, das ihn verwirrte. Eingeschweißt in durchsichtiges Plastik.

«Wie lange läuft der Film noch, Claude?»

«Der Film? Ach so. Der Film hat gerade erst angefangen. Antonia, ich sollte dir vielleicht noch sagen, dass...»

«Das ist gut so, Claude. Bitte lass uns heute was anderes machen als reden. Mir ist nicht nach reden. Vielleicht könntest du ein wenig mein Herz wärmen. Hast du Lust?»

Als Claude 97 Minuten später aufsprang, um den Projektor

zu stoppen, das Licht im Saal einzuschalten und sich anzuziehen, weil er hinter den letzten Kinobesuchern abschließen musste, sagte er:

«Ich wollte es dir vorhin schon sagen, als du kamst, Antonia. Ich habe endlich ein Stipendium bekommen. An der Sorbonne. Ich gehe also nach Paris.»

«Das freut mich», log sie. «Und wann?»

«Nächste Woche schon. Am Montag muss ich mich vorstellen. Also in fünf Tagen. Aber ich werde wohl morgen schon fahren. Ich muss mir ja noch ein Zimmer in Paris suchen. Das ist nicht so einfach wie in Bonn. Alles ist sehr teuer in Paris.»

«Ja, das denke ich mir.»

«Ich muss jetzt schnell runter und abschließen, Antonia. Dauert nicht lange. Bist du noch da, wenn ich zurückkehre?»

«Aus dem Rex oder aus Paris?»

Er lächelte. «Tut mir Leid, Antonia. Ich habe den Brief erst gestern Abend in meinem Briefkasten gefunden. Ich würde gerne noch mit dir den Wein trinken und reden.»

Sie nickte. Er lächelte ihr aufmunternd zu und verschwand. Sie wartete, bis seine Schritte auf der Treppe verhallt waren. Dann zog sie sich das Hemd über, ließ den Korb mit dem Wein stehen, lief über die Galerie zurück in ihre Wohnung, knallte die Tür hinter sich zu und warf sich aufs Bett.

Sie hätte nicht mehr zu sagen gewusst, wie lange sie so dagelegen und geheult hatte, als das Telefon klingelte.

«Ja?»

«Ich bin's. Hast du schon geschlafen?»

Morian. Als hätte er es geahnt.

«Nein. Du weißt doch: Ich bin zwar bei der Polizei und unglaublich abgebrüht, aber nachts fürchte ich mich vor dem Gewitter. Wie spät ist es eigentlich?»

«Keine Ahnung. Irgendwas nach Mitternacht. Dann ist ja gut, dass ich anrufe.»

«Ja, Josef, das ist gut so. Gibt es auf der ganzen Welt eigentlich nur noch einsame Singles?»

«Keine Ahnung, wie das auf der ganzen Welt ist. Aber hier in Bonn und in Köln sind ungefähr die Hälfte aller Haushalte inzwischen Ein-Personen-Haushalte. Hinzu kommen noch die Singles, die in Wohngemeinschaften leben, außerdem die Alleinerziehenden und die Menschen in Altenheimen. Letzte Woche habe ich beim Friseur gelesen, dass es in ganz Deutschland mehr als 13 Millionen Singles im Alter zwischen 25 und 65 gibt. Und stell dir vor: Laut Statistik wollen über 90 Prozent von ihnen gar keine Singles sein. Gut, dass wir beide da ganz anders sind.»

«Genau.» Sie lachte. Das Lachen tat gut.

«Wie geht's dir eigentlich, meine Aktenführerin?»

Sie erzählte ihm, wie es ihr ging. Sie erzählte ihm von der Erinnerung, die sie verfolgte. Und von Martina Hahnes Augen in den letzten Sekunden ihres Lebens.

Keine 300 Meter Luftlinie entfernt, im Bonner Stadtteil Lengsdorf, an der vierspurigen Einflugschneise von der Autobahn ins Stadtzentrum, in einem der 43-Quadratmeter-Apartments des tristen Betonklotzes, der ausschließlich aus Apartments für berufstätige Singles bestand, trank eine 32-jährige ledige Krankenschwester, die sich im Internet ‹Astrid-Asteroid› nannte, ihr zweites Glas Wein, während sie die eingegangenen E-Mails aussortierte, indem sie die interessanten ausdruckte und die uninteressanten augenblicklich löschte.

Die uninteressanten, unverschämten, eitlen, langweiligen, billigen, vor Selbstverliebtheit strotzenden oder schlicht obszönen E-Mails waren eindeutig in der Überzahl.

Von den drei verbliebenen interessanten E-Mails, die sie ausdruckte, zog sie eine einzige geradezu magisch an:

Wer eine Rose ohne Dornen will, hat die Rose nicht verdient.
Carlos

Zum ersten Mal in ihrem Leben hatte sie im Internet eine Kontaktanzeige aufgegeben. Sie hatte keine Zeit und auch keine Lust mehr, in Kneipen oder Discos auf Mr. Right zu warten. Und ihm nach der ersten, lauwarmen Nacht, nachdem er sich so viel Mühe gegeben hatte, zu gestehen, dass sie nicht auf diese Art Sex stand. Nicht auf diese normale Art. Die meisten Männer spielten dann eine Weile mit. Weil sie neugierig waren. Oder sie nicht verlieren wollten. Aber sie begriffen niemals, warum eine selbstbewusste, eigenständige Frau …

Schluss mit dem faulen, verlogenen Zauber. In der Anzeige hatte sie zumindest vage angedeutet, wonach sie sich sehnte. Sich schon immer gesehnt hatte.

Sie hatte Lust auf das Spiel mit der Unterwerfung.

Dieser Carlos schien als Einziger begriffen zu haben, welches Spiel sie spielen wollte.

Für eine geistreiche Antwort war sie jetzt eindeutig zu müde, nach zehn Stunden Spätschicht.

Oder war das nur eine feige Schutzbehauptung?

Nein. Feigheit war es nicht.

Was dann? Was ließ sie zögern?

Ihr Job ließ sie zögern. Ihre langjährige Berufserfahrung als Schwester in der Neurologie der Universitätskliniken. Dort konnte sie Tag für Tag beobachten, wie Menschen ihre sorgsam gezimmerte Fassade verloren. Alle, die als Patienten kamen. Dankbar für jeden Strohhalm, an den sie sich klammern konnten. Dort spielten sie keine Rollen. Dort waren sie durchschaubar.

Sie hatte die Menschen studiert.

Carlos.

Carlos wusste sicher ganz genau, wie man das Spiel spielte. Und alleine die Vorstellung, ihm jetzt zu antworten, einfach so, erregte sie.

Aber Carlos war nicht echt.

Carlos war nur Fassade. Das spürte sie.

Und hinter der Fassade?

Dafür war das Spiel zu gefährlich.

Sicher war sicher. Sie zerriss die E-Mail, warf sie in den Papierkorb und gönnte sich ein drittes Glas Wein.

Schade.

Durch die Südstadt gellten Martinshörner. Dagmar Losem kannte das. Polizei, Feuerwehr, Rettungswagen, Notärzte: Sie alle benutzten die nahe gelegene vierspurige Reuterstraße, um die Bahngleise ohne zeitraubende Schranken überqueren zu können. Tagsüber fiel ihr das gar nicht auf, wie oft das geschah. Nachts trug der Schall besser. Nachts schwoll das Gellen an, hielt sich etwa zehn Sekunden in den Trichtern der kreuzenden Straßen und verebbte schließlich wieder zwischen den Häuserschluchten. Dagmar Losem hatte sich längst daran gewöhnt.

Doch der Schall verebbte diesmal nicht. Sie lag in ihrem Bett und lauschte. Die Martinshörner kamen näher und näher, wurden lauter und lauter, unerträglich laut. Es wurde erst wieder still, für einen kurzen Moment beängstigend still, als sich die zuckenden Blaulichter in ihrem Fenster spiegelten. Autotüren schlugen zu. Männer brüllten Kommandos. Jemand klingelte. Dann hörte sie schon das Trampeln von Stiefeln draußen im Treppenhaus. Das Trampeln hörte nicht auf. Das Trampeln kam näher.

Sie kletterte aus dem Bett, suchte nach ihrem Kimono und raffte ihn vom Boden auf. Sie wollte einen Blick aus dem Fenster ihres Schlafzimmers werfen, als mit Fäusten gegen ihre Wohnungstür gehämmert wurde.

Vor der Tür drängelten sich sechs Feuerwehrmänner auf dem schmalen Treppenabsatz. Sie trugen Helme und reflektierende, feuerabweisende Jacken, schwere Stiefel und Handschuhe und außerdem Äxte in ihren Fäusten.

«Ja bitte?»

«Guten Abend. Ein Notruf ist eingegangen. Der Anrufer sagte, diese Dachgeschosswohnung brenne lichterloh.»

«Hier brennt aber nichts.»

«Dürfen wir uns trotzdem mal umsehen?»

«Natürlich. Kommen Sie rein.»

Fünf Männer stapften unbeholfen durch den Flur und untersuchten sämtliche Zimmer. Nur der Wortführer blieb neben Dagmar Losem in der offenen Wohnungstür stehen. Er musterte sie unverhohlen von Kopf bis Fuß. Unwillkürlich schlang sie den Kimono fester um sich, bis sie feststellte, dass sich ihr nackter Körper dann umso mehr unter der japanischen Seide abmalte.

Die fünf Männer kehrten zurück, schüttelten die Köpfe und stapften wieder die Treppe hinab. Der Wortführer sah Dagmar Losem an wie eine Schwerverbrecherin.

«War wohl blinder Alarm, oder was meinen Sie? Sie sind schließlich der Fachmann.»

«Scheint so. Als hätten wir diese Nacht nichts Besseres zu tun. Dauernd schlagen irgendwo in der Stadt Blitze ein. Was haben Sie eigentlich so gemacht die letzte halbe Stunde?»

Dagmar Losem hätte am liebsten laut gelacht, so absurd erschien ihr die Situation.

«Ich lag im Bett. Ich habe versucht zu schlafen. Was mir nicht gelang, wegen des Gewitters.»

«Mhm», brummte der Feuerwehrmann. «Sie wissen, dass ein Fehlalarm den Verursacher teuer zu stehen kommt.»

«Was wollen Sie damit sagen?» Dagmar Losem fror in ihrem hauchdünnen Kimono.

«Ich will damit sagen, dass die missbräuchliche Benutzung der Notrufnummer...»

«Wollen Sie etwa behaupten, ich hätte die 112 gewählt? Die Anrufer werden doch aufgezeichnet. Und die Telefonnummer doch ebenfalls. Also?»

Der Feuerwehrmann druckste herum.

«Wie bitte?» In Dagmar Losem erwachte die Kampfeslust. Sie war wütend. «Ich kann Sie so schlecht verstehen.»

«Nein. Der Anruf kam von der Telefonzelle unten an der Ecke. Und der Anrufer war wohl ein Mann, sagt die Leitstelle.»

Dagmar Losem wartete.

Auf eine Entschuldigung.

Vergeblich.

«Schönen Abend noch», sagte der Feuerwehrmann. Dagmar Losem schlug ihm die Tür vor der Nase zu.

Wieder das dämliche Gebrüll auf der Straße, das Anlassen der Dieselmotoren.

Dann herrschte Stille.

An Schlaf war jetzt nicht zu denken. Sie war immer noch wütend. Diese unverschämte Unterstellung. Und wie er sie die ganze Zeit angestarrt hatte. Dagmar Losem ging in die Küche und machte sich einen Tee. Die Katze hockte vor ihrem Fressnapf, blickte zu ihr auf, blinzelte und miaute.

«Na, Süße? Heute keine Lust, über die Dächer zu ziehen? Das kann ich verstehen.»

Der Anruf kam von der Telefonzelle unten an der Ecke.

Der Anrufer war ein Mann.

Immer noch zuckten Blitze über den Himmel, aber der Donner folgte erst viel später und war dann nur noch ein dumpfes Grollen.

Auch der Regen hatte endlich aufgehört.

Fast hätte sie vor Schreck den Becher mit dem Tee fallen lassen, als das Telefon klingelte.

Sie sah auf die Uhr. Kurz nach Mitternacht.

«Ja? Hallo?»

Nichts. Bis auf den Atem des Anrufers. Dann:

«Das nächste Mal brennt deine Wohnung wirklich.»

Sie suchte nach dem winzigen, roten Knopf, um die Verbindung zu unterbrechen. Ihre Hände zitterten, ihr Körper zitterte. Sie brauchte eine Ewigkeit, um den Knopf zu treffen. Sie drückte ihn, so fest sie konnte, und ließ ihn nicht mehr los.

Ganz ruhig. Es ist nichts passiert.

Sie warf den schnurlosen Hörer auf das Sofa, lief zu ihrem Schreibtisch und schaltete den Anrufbeantworter so, dass er noch vor dem ersten Klingeln ansprang. Sie rannte in den Flur und kontrollierte die Schlösser der Tür. Alles in Ordnung. Sie kehrte zurück ins Wohnzimmer und versuchte, ihre Atmung zu beruhigen. Und einen klaren Gedanken zu fassen. Ihr Blick fiel auf die Buddha-Statue. Da lehnte noch immer diese Visitenkarte.

Josef Morian.

Erster Kriminalhauptkommissar.

Polizeipräsidium Bonn.

Sie wählte die Nummer.

«Polizeipräsidium Bonn, Kriminalwache, guten Abend?»

«Ist ... guten Abend ... ist Herr Morian vielleicht noch ...»

«Nein, bedaure, Herr Morian ist morgen früh wieder erreichbar. Kann ich ihm vielleicht etwas ausrichten? Kann er Sie vielleicht zurückrufen? Wie ist denn Ihr Name?»

«Nein, nein, vielen Dank, es ist nicht so wichtig. Ich melde mich wieder. Auf Wiederhören.»

Sie legte auf. Sie drehte die Visitenkarte um. Auf die Rückseite hatte er tatsächlich seine Privatnummer aufgeschrieben. Sie sah auf die Uhr. Sie wählte die Nummer.

Besetzt.
Dann eben nicht.
Sie war auch bisher alleine zurechtgekommen.
Sie war schon immer in ihrem Leben alleine zurechtgekommen.
Kein Problem.
Sie zuckte zusammen, als das Klingelzeichen ertönte.
Ihr Handy.
Kein Anruf.
Das Zeichen für eine SMS.
Das Handy hatte sie erst seit zwei Wochen. Neues Handy, neuer Anbieter, neue Rufnummer. Die konnte er unmöglich kennen.
Wo hatte sie das Handy?
In der Handtasche.
Wo war ihre Handtasche?
Im Flur.
An einem der Haken der Garderobe.
Wie immer.

Sie haben eine neue Nachricht.

Sie kannte die Rufnummer des Absenders nicht.

Liebe Frau Losem, wir kennen uns nicht, aber Sie haben sicher schon mal meinen Namen von Anna gehört. Da ich weiß, dass Anna großes Vertrauen zu Ihnen hat, habe ich die Beweise in Ihren Briefkasten geworfen. Liebe Grüße, Biggi

Dagmar Losem las die Nachricht ein zweites und schließlich ein drittes Mal.
Was für Beweise?
Sie hatte den Briefkasten geleert, als sie am frühen Nach-

mittag aus der Schule kam, aber dann die Wohnung nicht mehr verlassen und bis in den Abend hinein Hefte korrigiert.

Woher hatte das Mädchen ihre neue Handy-Nummer?

Natürlich. Von Anna. Dagmar Losem hatte Anna eine SMS ins Krankenhaus geschickt und ihr gute Besserung gewünscht.

Beweise.

Was für Beweise?

Keine Angst, keine Angst, keine Angst.

Sie würde jetzt einfach hinunter zum Briefkasten gehen und nachsehen. Sie durfte erst gar nicht den Gedanken zulassen, sich im Haus nicht mehr sicher zu fühlen. Das wäre das Ende. Das Ende von allem. Notfalls könnte sie unterwegs einfach bei den Nachbarn Sturm klingeln. Schließlich gab es auf jedem Stockwerk eine verdammte Klingel. Und Menschen.

Falsch. Die Familie im Hochparterre war bis morgen verreist, zur Beerdigung der Großmutter. Der alte Militarist im ersten Stock war Witwer und schwerhörig. Und die Wohnung im zweiten Stock stand seit zwei Wochen leer. Sie war also praktisch allein im Haus.

Na und?

Sie lief in die Küche und nahm das große Fleischmesser aus der Schublade. Das Messer in der einen, ihren Schlüsselbund in der anderen Hand, öffnete Dagmar Losem die Wohnungstür einen Spalt, soweit die Sicherheitskette dies zuließ, und lauschte.

Nichts. Absolute Stille.

Sie löste die Sicherheitskette, so leise sie dies vermochte, öffnete die Tür ganz, umklammerte das Messer und drückte den Knopf für die Treppenhaus-Beleuchtung unter dem Klingelknopf.

Zeitschaltung.

Wie lange würde es dauern, bis das Licht im Treppenhaus wieder ausging?

Sie hatte noch nie darauf geachtet.

Sie wusste nur, dass es nie reichte, um mit den Einkäufen aus dem Supermarkt bis ganz nach oben zu kommen. Sie hatte sich schon unzählige Male bei der Hausverwaltung darüber beschwert. Ohne Erfolg. Das interessierte die einfach nicht.

Die Hand, die das Messer hielt, zitterte. Sie besah sich die zitternde Hand, als sei es nicht ihre eigene.

Und die Wohnungstür?

Sie ließ sie angelehnt, in der Hoffnung, die Katze würde es in der Zwischenzeit nicht bemerken.

Sie schlich los, barfuß. Die Stufen der Holztreppe knarrten dennoch wie verrückt. Vielleicht hätte sie doch besser Schuhe angezogen. Egal.

Im zweiten Stock blieb sie stehen, hielt inne, die Hand am Lichtschalter, und wartete auf die Dunkelheit.

Nur nichts riskieren.

Im Erdgeschoss hatte sich ihr Puls wieder normalisiert. Sie prüfte vorsichtshalber die Kellertür unter der Treppe. Sie war verschlossen, der Schlüssel steckte.

Ein langer, schmaler Flur führte zur Haustür. Kalter Steinfußboden. Ungefähr acht Meter bis zur Haustür. War sie verschlossen? Oder war sie nur angelehnt? Man musste sie richtig feste zuziehen, sonst konnte man sie von außen aufdrücken. Die Feuerwehrleute. Die wussten das nicht.

Sie lauschte, hörte aber nichts als ihren Atem. Sie wartete, bis es erneut dunkel wurde, dann drückte sie den Lichtschalter und rannte los. Sie war schnell, in Wuppertal hatte sie als 17-Jährige eine Urkunde bekommen, daran erinnerte sie sich ausgerechnet jetzt, während sie durch den Flur rannte. Als Jugendstadtmeisterin über 100 Meter. Sie konnte schon immer rennen wie der Teufel. Sie warf sich mit der Schulter gegen die Jugendstil-Tür.

Die Tür schlug zu.

Aber sie sprang nicht ins Schloss.

Das Schloss schnappte nicht mehr zu.

Das Holz rund um das Schloss war zerfetzt.

Die Feuerwehr. Sie hatten die Tür aufgebrochen.

Diese Idioten.

Schnell jetzt. Der Briefkasten. Der Umschlag. Ein großer, weißer Din-A4-Umschlag. Kein Absender. Zurück jetzt. Schnell zurück. Öffnen konnte sie den Umschlag auch später. Sobald sie zurück in ihrer Wohnung war, in ihrem Nest. In Sicherheit. Sie wartete nur noch auf das Ablaufen der Zeitschaltung.

Jetzt. Sie drückte den Lichtschalter.

Im selben Moment glitt der komplette Inhalt aus dem unverschlossenen Umschlag und rutschte über den glatten, kalten Steinfußboden davon. Sie sprang hinterher, bückte sich, raffte mit zitternden Händen die Papiere auf, erhob sich wieder aus der Hocke.

Das erste Blatt war ein förmlicher Brief.

Adressiert ... nicht an sie, sondern an ihre Schule.

Sie hielt die ungefalteten Bögen Papier so, dass sie von dem schwachen Lichtschein der kegelförmigen Lampe an der vergilbten Stuckdecke über ihr erfasst wurden.

Thomas-Morus-Gymnasium, Königswinter. Schulleitung
Betreff: Ihre Lehrkraft Dagmar Losem (Deutsch / Philosophie)

Sehr geehrte Damen und Herren,
als Bürger und Christ weiß ich zu schätzen, wenn sich Lehranstalten in dieser von Desorientierung und moralischem Verfall geprägten Zeit nach Kräften bemühen, jungen Heranwachsenden ethische

Werte und moralisches Rüstzeug zu vermitteln. Dazu gehört erfreulicherweise auch Ihre Schule. Umso erstaunter, ja beunruhigt bin ich allerdings angesichts der Tatsache, dass Sie eine Person beschäftigen, deren Lebenswandel ganz und gar nicht dem Ideal einer ...

Das Licht ging wieder aus. Sie klatschte mit der flachen Hand auf den Schalter. Den Brief hatte nie und nimmer diese Biggi geschrieben. Dann stammte also auch die SMS, die sie erhalten hatte, nicht von Annas Freundin.

... füge ich drei Fotos bei, die belegen, dass meine Befürchtungen durchaus berechtigt sind. Ich empfehle Ihnen daher dringend, sich bei Frau Losems ehemaliger Schule in Wuppertal über ihren bisherigen Lebenswandel zu erkundigen. Es lohnt sich.
Mit vorzüglicher Hochachtung

PS: Wie gefällt dir das? Es ist natürlich nur ein erster Entwurf. Dir zur Ansicht und Prüfung. Sprachlich sicher nicht ausgereift. Wir können daran noch feilen. Dir als wortgewandter Lehrerin und verhinderter Schriftstellerin dürfte das ja nicht schwer fallen.

In ewig dein
Mario

Fotos. Was für Fotos?

Mit zitternden Fingern blätterte sie um. Computerausdrucke von Digitalfotos. Das erste Foto kannte sie. Es war vor drei Jahren entstanden. In Wuppertal. Sie kannte das Foto, weil sie es selbst gemacht hatte. Mit Zeitauslöser. Mit ihrer kleinen Digitalkamera, die sie sich damals gerade erst gekauft hatte. Um ihr kleines Glück einzufangen. Bis vor wenigen Sekunden hätte sie geschworen, das einzige Abbild dieses trügerischen Glücks befände sich auf der Festplatte ihres Computers.

Auch das Motiv des zweiten Fotos kannte sie. Schließlich hatte sie selbst Modell gesessen. Im Frühsommer, eines Vormittags.

Während der großen Pause.

Von der Existenz des dritten Fotos hatte sie bisher nichts geahnt.

Wie sollte sie auch.

Es war erst vor weniger als einer Stunde entstanden. Die mangelhafte Qualität lag an den schlechten Lichtverhältnissen in ihrem Schlafzimmer und daran, dass sich das zuckende Blaulicht der Feuerwehrwagen im Glas ihres Fensters spiegelte. Das Foto zeigte sie in dem Moment, als sie nackt aus dem Bett gesprungen war, um nach ihrem Kimono zu suchen.

Für dieses Foto gab es nur eine Erklärung: Er musste sie aus einer der Dachgeschoss-Wohnungen der gegenüberliegenden Straßenseite fotografiert haben.

Er war also ganz in ihrer Nähe gewesen.

Er war vielleicht immer noch da.

Er stand jetzt vielleicht schon vor ihrer Haustür, die nicht mehr schloss, keine zwei Meter von ihr entfernt, lediglich getrennt durch eine 100 Jahre alte Holzplatte, die nutzlos in den Scharnieren hing. Er beobachtete sie vielleicht schon durch den Briefschlitz der Tür.

Sie rannte los.

Mitten auf der Treppe zum zweiten Stock ging das Licht aus.

Sie stolperte weiter, bis zur Wohnungstür, und fand den Schalter. Dann drückte sie auf den Klingelknopf unter dem Messingschild mit der Aufschrift *Oberstltd. a. D. Abert*, zweimal, dreimal, schließlich hämmerte sie gegen die Tür.

«Herr Abert?»

Nichts.

Bis auf ein Geräusch, das ihr bekannt und vertraut vorkam,

das ihr aber erst Sekunden später, als das Echo bereits im Treppenhaus verhallt war, den Atem raubte, nachdem sie es identifiziert hatte.

Ihre Wohnungstür war soeben ins Schloss gefallen.

Der Durchzug, Dagmar. Was sonst.

Sie vergewisserte sich des Schlüsselbunds in ihrer linken Hand, suchte den markierten Schlüssel für die Wohnungstür und hielt ihn ganz fest zwischen Daumen und Zeigefinger. Das Messer hielt sie in der rechten Hand, weit von sich gestreckt, den Umschlag klemmte sie sich unter den linken Arm.

Noch zwei Etagen.

Sie wartete, bis es erneut dunkel wurde, schaltete das Licht wieder ein und rannte los.

Im dritten Stock schien es ihr, als schimmere Licht durch das Oberlicht aus Milchglas über der Tür. Wie das Zucken einer Taschenlampe. Dagmar, du spinnst. Die Wohnung steht leer. Du hast schon Halluzinationen. So weit hat er dich schon gebracht. Sie hastete weiter, Stufe für Stufe, stieß mit dem Schlüssel gegen das Schloss ihrer Tür, zielte daneben.

Keine Halluzinationen. Sie hörte deutlich, wie die Tür der leer stehenden Wohnung im dritten Stock geöffnet und wieder geschlossen wurde. Schritte. Jemand lief die Treppe hinunter.

Oder hinauf?

Gehschongehschongehschonendlichreinduverdammter... Jetzt!

Sie stieß ihre Tür auf, riss den Schlüssel aus dem Schloss, warf sich von innen gegen die Tür, steckte den Schlüssel von innen ins Schloss, drehte ihn zweimal um und legte die Sicherheitskette vor. Minutenlang stand sie einfach so da, zitternd, im Flur, unfähig, sich zu bewegen. Dann riss sie sich zusammen, gab sich einen Ruck, lief ins Wohnzimmer, nahm das Fernglas ihres Großvaters aus der untersten Schublade des Schreibtisches, rannte weiter ins Schlafzimmer, löschte das Licht, ließ sich fallen, kroch auf allen vieren bis zum Fenster, richtete sich vorsichtig auf, ganz langsam, gerade so weit, dass ihre Augen über die Fensterbank hinweg nach draußen sehen konnten.

Tatsächlich.

Eine der Dachgeschoss-Wohnungen jenseits der Straße stand leer. Die Wohnung, die der ihren exakt gegenüberlag.

Zwei Gaubenfenster. Durch das linke Fenster erkannte sie eine Leiter und einen Tapeziertisch. Sie konnte sogar den Namen des Immobilienmaklers auf dem Plakat im rechten Fenster lesen, der damit warb, dass die Wohnung zu vermieten war. Bezugsfertig zum 1. Oktober. 2ZKB. Eine Adresse im ehemaligen Regierungsviertel.

Und dann erkannte sie noch etwas. Über dem in das Gaubenfenster geklebten Plakat. Schemenhaft. Ein Fernglas. Eine Stirn. Und eine Hand, die ihr zuwinkte.

Jemand hämmerte energisch gegen ihre Wohnungstür.

«Fräulein Losem?»

Auch die Kasernenhof-Stimme klang energisch. Laut und energisch. Der alte Abert.

Sie kroch auf allen vieren zurück in den Flur, raffte sich auf und öffnete die Tür.

Wilhelm Abert, Oberstleutnant außer Dienst, war trotz seiner inzwischen 76 Jahre immer noch eine stattliche Erscheinung. Er trug einen weinroten Hausmantel, aus dessen Ausschnitt zwischen den breiten, seidenen Revers weiße Brusthaare quollen. An den Füßen trug er altmodische Lederpantoffeln. Seine linke, knochige Hand stützte sich auf einen schwarzen Gehstock mit einem Adlerkopf aus Elfenbein als Griff. Seine rechte Faust hielt eine Pistole umklammert, die den Anschein erweckte, als sei sie mindestens so alt wie er selbst.

«Fräulein Losem, was ist passiert? Soll ich besser die Polizei rufen?»

Dann senkte er erschrocken seinen Blick und starrte verlegen auf seine ledernen Fußspitzen. Bis Dagmar Losem endlich begriff, weshalb er so angestrengt wegschaute. Sie knotete hastig den Gürtel ihres Kimonos wieder zu.

«Danke, dass Sie gekommen sind, Herr Abert. Kommen Sie doch bitte herein. Ich ziehe mir nur rasch etwas an. Und schließen Sie bitte die Tür. Damit Lea nicht abhaut.»

Nicht nur deshalb.

Dagmar Losem lief ins Bad.

«Lea? Wer ist Lea?»

«Lea? So heißt meine…»

Dagmar Losem wollte gerade die Tür des Badezimmers schließen. Sie blieb wie erstarrt stehen, während ihre Hand die Türklinke umklammert hielt.

«…meine Katze.»

Sie drehte sich auf dem Absatz um und checkte systematisch Zimmer für Zimmer.

Leas Körbchen im Wohnzimmer war leer.

Im Bett lag sie auch nicht.

Das Dachfenster im Gäste-WC war fest verschlossen.

In der Küche lag ein Zettel neben dem Fressnapf.

Sie musste den Zettel nicht erst vom Fußboden aufheben, um die Schrift lesen zu können, nur drei Wörter, in großen, fetten, mit rotem Filzstift gemalten Buchstaben:

STRAFE MUSS SEIN

Sie brauchte dringend frische Luft. Antonia Dix öffnete per Knopfdruck die Seitenfenster und das Schiebedach, noch während der Cooper aus der Tiefgarage des Polizeipräsidiums schoss. Sie musste dringend mal raus aus dem grauen Bunkerbau, den manche Kollegen liebevoll ‹die Festung› nannten. Für sie hatte der Bau, sobald seine steingrauen Eingeweide sie morgens verschluckten, etwas von einem Gefängnis. Und sie alle, die sie sich tagein, tagaus darin bewegten, hatten lebenslänglich.

Die Meute der Fotografen und Kameraleute, die gestern noch die Einfahrt belagert hatten, war verschwunden. Offenbar hatten sie begriffen, dass aus dem Bunker keine Neuigkeiten zu erwarten waren. Außerdem brauchten sie nur die heutige Ausgabe der Bild-Zeitung zu lesen, um zu erfahren, was sie interessierte.

Fast eine Stunde hatte sie bis eben mit einem Computer-Experten des Landeskriminalamtes in Düsseldorf telefoniert. Was sie erfahren hatte, stimmte sie nicht gerade optimistisch. Mario, oder wie er auch immer heißen mochte, machte offenbar alles richtig. Er war gerissen. Gerissen und gefährlich. Mario machte sich unsichtbar. Mario benutzte Tarnkappen. Am Ende schwang fast schon Respekt in der Stimme des LKA-Spezialisten mit. Mario hinterließ keine Spuren. Nicht einmal elektronische Spuren.

Antonia Dix hatte noch in der Nacht Dagmar Losems Computer sicherstellen und von einer Streifenwagen-Besatzung zum Landeskriminalamt nach Düsseldorf bringen lassen. Sie hatte bisher immer geglaubt, auf diesem Gebiet nicht ganz unbeschlagen zu sein. Aber den LKA-Spezialisten musste sie am Telefon mehrfach unterbrechen und ihn bitten, sich zu wiederholen, bis sie verstanden hatte, was er meinte.

«Jede versendete E-Mail, jede einzelne aufgerufene Website im Internet hinterlässt eine unverwechselbare Spur: die IP-Adresse des Nutzers. Denn bei jedem Eintritt ins Internet, bei jeder erneuten Kontaktaufnahme über das weltweite Netz wird eine solche IP-Adresse automatisch vom Provider, also vom gewerblichen Internet-Anbieter, an den jeweiligen Privatkunden und dessen Computer vergeben und registriert. Damit ist weltweit jeder Internet-Nutzer auch im Nachhinein identifizierbar.»

«Ja super. Dann haben wir ihn ja.»

«Leider nicht.»

Leider nicht. Nach dem fast einstündigen Intensiv-Kurs am Telefon brummte ihr der Schädel.

Antonia Dix steuerte den Cooper auf die Stadtautobahn und drückte das Gaspedal durch. Morian hatte Recht behalten, was Klaus-Hinrich Pelzer betraf. Diese Kanalratte. Während alle anderen Journalisten sich an die von den Ermittlungsbehörden gestern während der Pressekonferenz servierten Informationen und Interpretationen gehalten hatten, die regionalen Medien aus Fairness, die überregionalen aus Mangel an besseren Informanten, kochte Pelzer in Deutschlands größter Tageszeitung seine eigene, widerliche Suppe. Sein Auftraggeber wusste das zu würdigen: Anreißer auf der Titelseite, dazu ein Foto, das Martina Hahnes notdürftig mit einem weißen Tuch verhüllten Leichnam auf den Gleisen zeigte. Weiter auf Seite drei. Einmal umblättern.

Fast die ganze Seite drei hatten sie Pelzers widerlicher Geschichte eingeräumt. Oben ein Foto von der ekelhaften Schmiererei auf der Balkonbrüstung des Hochhaus-Rohbaus in Neu-Tannenbusch, quer über die komplette Zeitungsseite. Darunter die daumendicke Schlagzeile:

«*Das Sex-Phantom der Ex-Hauptstadt:*
Er treibt Bonns einsame Frauen in den Tod»

Pelzer wusste jedenfalls fast alles, was die Polizei wusste, woher auch immer, und was er wusste, hatte er auch ungeniert geschrieben.

«Sie sehnen sich nach Liebe. Er schenkt ihnen das Grauen.»

Pelzer wusste offenbar auch sämtliche Details zu den Entführungen der beiden Mädchen.

«Anna W. und Jasmin H. – blutjung und neugierig. Mario fesselt sie und gibt ihnen die Vergewaltigungsdroge.»

Ein Foto zeigte das Haus der Wagners in Ittenbach.

«Heile Welt? Nein. Die Siebengebirgs-Idylle trügt. Walter W. ist Manager bei einem großen Chemie-Konzern im Rheinland. Er schuftet rund um die Uhr, um seiner Familie ein besseres Leben zu ermöglichen. Fiel auch seine Frau auf Mario rein? Jetzt jagt die Polizei Deutschlands brutalsten und perversesten Sex-Stalker.»

Frische Luft. Antonia Dix stoppte den Cooper hinter der Gaststätte an der Siegfähre. Pelzer wusste alles. Nur nicht die neueste Entwicklung. Die Entwicklung seit letzter Nacht. Vermutlich würde sie es morgen lesen können.

Der alte Fährmann war nirgends zu sehen. Antonia Dix betrat die Gaststätte. Kein einziger Gast im Schankraum. Hinter der Theke stand eine stämmige Frau mittleren Alters in klassischer Kellnerinnen-Kluft und räumte dicke Biergläser in die Regale.

«Morgen. Ich suche den Fährmann.»

«Der ist nicht hier.»

«Wo ist er denn?»

«Sie sind von der Polizei, nicht wahr? Sie waren doch letzte Woche hier, als die Mädchen verschwunden sind.»

«Ja. Also? Wo ist er?»

«Zur Siegmündung. Er will zusehen, wenn die Werft seine neue Gierfähre anliefert, übern Rhein. Sie schleppen die neue Fähre von der Lux-Werft in Mondorf den Rhein rauf. Dann ziehen sie das Boot über den alten Treidelpfad die Sieg hoch.»

Antonia Dix entschied sich gegen den Fußweg durch die Auen, vorbei an der Lichtung, wo sie Anna Wagner gefunden hatte, vorbei an der Fundstelle der Leiche von Jasmin Hahne. Antonia Dix entschied sich für die Landstraße. Sie jagte den Cooper nach Mondorf und bog am Ortseingang nach links in Richtung Rheinufer und Yachthafen ab.

Der alte Mann stand breitbeinig am Ufer und hielt Ausschau, wie ein Kapitän auf der Brücke eines Dickschiffes mit Kurs auf Kap Hoorn. Er trug eine Prinz-Heinrich-Mütze, eine speckige Weste und ausgebeulte Jeans.

«Und wenn jetzt jemand übersetzen will?»

«Müssen warten. Das ist ein historischer Moment.»

«Schon was zu sehen?»

Der Alte schüttelte den Kopf.

«Nix. Kann aber nicht mehr lange dauern.»

«Und? Freuen Sie sich?»

«Weiß nicht. Die Sieglinde war noch in Ordnung. Nicht mehr die Jüngste. Baujahr 1948. Aber prima in Schuss. Die Bürokraten wollen es so. Die haben ihre Vorschriften.»

«Und die neue Sieglinde…»

«Die Neue heißt nicht Sieglinde. Das könnte ich meiner Sieglinde nicht antun. Das brächte ich nicht übers Herz.»

«Und wie heißt die neue Fähre?»

«Adelheid. Nicht aus Eisen wie Sieglinde, sondern aus Alu. Rostet nicht. Doppelwandig. Unsinkbar. So'n Quatsch. Als hätte ich vor, damit den Atlantik zu überqueren.»

Der Alte spuckte in den Rhein.

«Und? Gibt's ein großes Fest? Feierliche Schiffstaufe?»

«Ja. Morgen. Dann kommt die Prominenz. Bürgermeister, Pfarrer und so. Und die Presse natürlich.»

«Sie hatten ja schon letzten Monat einen prominenten Fahrgast, habe ich in der Zeitung gelesen …»

«Sie meinen den Schröder? Das war ja vielleicht ein Rummel. Wahlkampf. Taucht da plötzlich auf mit seinem ganzen Tross. Berater. Leibwächter. Journalisten. Fotografen. Ich dachte noch bei mir, das ist doch der Schröder. Nä, in Wahrheit dachte ich zuerst, Mensch, guck mal, da kommt einer, der sieht genauso aus wie der Schröder. Wie im Fernsehen. Da stand er auch schon auf meiner Sieglinde und schüttelte mir die Hand. Hatte seine Jacke im Auto gelassen, damit er volkstümlicher aussieht. Nur Hemd und Krawatte. Ich sagte ihm gleich, ich fahr Sie ja gern rüber, Herr Bundeskanzler, Sie müssen auch nichts bezahlen, die Fahrt geht aufs Haus, aber alle Leute auf einmal, das geht nicht. Kommt nicht in die Tüte. Ich halte mich an die Vorschriften.»

«Haben Sie vielleicht einen von diesen beiden Männern hier schon mal gefahren?»

Antonia Dix zeigte ihm die beiden Phantombilder.

Der alte Fährmann studierte die Bilder aufmerksam und ließ sich Zeit mit dem Durchforsten seines Gedächtnisses. Dann schüttelte er energisch den Kopf und reichte ihr die Bilder zurück.

«Sind Sie sicher?»

«Ganz sicher. Ich kann mir nämlich Gesichter gut merken. Haben Sie den Dreckskerl immer noch nicht?»

Jetzt schüttelte Antonia Dix den Kopf.

«Wer von den beiden ist es denn?»

«Das wissen wir noch nicht so genau.»

Der Alte grinste und fing an zu kichern.

«Was ist denn so lustig?»

«Ach, mir kam nur gerade so eine Idee. Vielleicht verwandelt er sich ja. Vielleicht ist der Kerl in Wahrheit eine Krabbenspinne.»

«Eine was?»

«Eine Krabbenspinne. Die leben hier in den Auen. Stehen unter Naturschutz. Sie wechseln die Farbe. So machen sie sich unsichtbar und sehen jedes Mal anders aus. Genauso wie ... wie heißen die Dinger gleich nochmal ...»

«Chamäleons?»

«Ja. Genauso wie diese ... vielleicht ist der Kerl ja ein ...»

«Chamäleon.»

«Genau. Sie sagen es.»

Antonia zeigte ihm ein weiteres Foto. Der Alte musste nur einen flüchtigen Blick darauf werfen, um zu wissen, was er sah.

«Doppelter Palstek. Was ist damit?»

«Der Täter wusste, wie man ihn knüpft.»

«Wurden so die Mädchen gefesselt?»

Antonia Dix nickte.

«Den Knoten kann nicht jeder. Der Kerl ist also vom Fach. Haben Sie sich schon mal hier im Yachthafen umgehört?»

«Haben wir. Fehlanzeige.»

«Und in dem anderen?»

«Dem anderen? Welchem anderen?»

«Ja. Da drüben.» Er deutete mit seiner knochigen Hand über den Rhein. «Sehen Sie den Kirchturm hinter den Pappeln am Ufer? Das ist Hersel. Sie sind nicht von hier, oder? Hersel ist ein kleines Dorf direkt auf der anderen Rheinseite. Und am Herseler Werth gibt es einen kleinen Yachthafen. Also das ist vielleicht ein bisschen übertrieben. Kein richtiger Yachthafen mit allem Drum und Dran, kein Clubhaus, keine Slipanlage für Wartung oder Überwinterung. Auch lange nicht so groß wie der Mondorfer Hafen. Nur ein paar Stege. Sie können ihn nicht sehen von hier aus. Weil er hinter dem Werth liegt.»

«Werth?»

«So nennt man hier am Rhein die schmalen, lang gestreckten Inseln in Ufernähe. Von hier aus kann man das Herseler Werth gar nicht sehen. Es verschmilzt mit dem Uferpanorama. In Hersel gibt es ein paar Anleger zwischen dem Ufer und dem Inselstreifen. Da gehen die Leute hin, die sich den Mondorfer Hafen nicht leisten wollen oder können. Ist nämlich billiger in Hersel, weil es keinen Service gibt. Da gehen aber auch Bootseigner hin, die hier keinen Steg kriegen, weil gerade alles belegt und verpachtet ist. Sie brauchen nur hier vorne mit der Autofähre übern Rhein zu fahren und dann gleich rechts. Nicht zu verfehlen.»

«Und Sie meinen…»

Der Alte nickte. «Klar doch. Wer da sein Boot hat, der kennt sich auch auf dieser Rheinseite hier aus.»

Die Sonne ließ das Laub der Bäume am Flussufer unterhalb des Petersbergs leuchten und verwandelte die graue Brühe des Rheins und die Bugwellen des stromaufwärts stampfenden Frachters in ein Meer aus funkelnden Wasserkristallen.

Als wäre die vergangene Nacht nur ein böser Traum gewesen. Ein Traum, den man am nächsten Tag abschütteln kann wie eine lästige Fliege.

Es war überraschend kühl. Der Herbstsonne fehlte selbst zur Mittagszeit die wärmende Kraft. Sie spazierten schon eine Weile stumm nebeneinanderher, seit Dagmar Losem ihre Aktentasche auf den Rücksitz ihres mausgrauen Nissan Micra geworfen hatte und sie den Parkplatz des Thomas-Morus-Gymnasiums zu Fuß verlassen hatten. Sie hatte ihn angerufen und um das Gespräch gebeten, gleich nach Schulschluss, sie hatte um einen Spaziergang am Rhein gebeten, unterhalb des Siebengebirges, dort, wo der böse Traum seinen Anfang genommen hatte.

«Ich glaube, ich könnte jetzt immer weiterspazieren, ohne ein Wort zu sagen. Sie sind ein angenehmer Schweiger.»

«So?» Morian runzelte die Stirn.

«Ja. Es gibt angenehme und unangenehme Schweiger. Die angenehmen Schweiger sind übrigens sehr selten. Das ist ein Kompliment. Was ist meiner Katze widerfahren?»

«Ich glaube, das wollen Sie nicht so genau wissen.»

«Oh doch, Herr Morian. Ich will es sogar ganz genau wissen. Ich muss nämlich wissen, wozu dieser Mann fähig ist.»

Morian studierte sie aus den Augenwinkeln. Bis sie es bemerkte und stehen blieb.

«Ich meine es ernst, Herr Morian.»

Dann ging sie einfach weiter, vergrub ihre Hände tief in ihren Manteltaschen und ihr Kinn in ihrem Schal. Morian beschleunigte seinen Schritt, um sie einzuholen.

«Also gut. Er war vorbereitet. Er hatte einen Katzenkäfig dabei. Sie kennen sich da besser aus als ich.»

«Eine kleine Kiste aus Plastik, und vorne ist ein Gitter als Tür dran und zugleich als Luftloch. Ich verstehe nur nicht… sie war gegenüber Fremden so scheu.»

«Er hat vermutlich nur den Käfig durch den Spalt Ihrer offenen Wohnungstür geschoben und wartete draußen im Treppenhaus. Er hat die Gittertür so manipuliert, dass sie automatisch hinter der Katze ins Schloss fiel. Er hat Baldrian benutzt, um die Katze anzulocken. Katzen reagieren wie verrückt auf Baldrian. Einige wenige Tropfen genügen. Und in den Käfig hat er ein Stück Fisch gelegt. Als die Falle zuschnappte, legte er den Zettel in die Küche und ist mit dem Käfig die Treppe hinunter. Die leer stehende Wohnung im zweiten Stock. Die unter Ihrer Wohnung. Sie wird gerade renoviert. Dort standen Farbeimer. Weiße Wandfarbe. Er musste die Katze nicht einmal anfassen. Er hat den Käfig hochkant gestellt und die dickflüssige Farbe durch das Gitter…»

«Hören Sie auf. Hören Sie bitte auf.»

Dagmar Losems Beine versagten ihren Dienst. Morian fing die Lehrerin auf und trug sie die wenigen Schritte vom Wanderweg den Hang hinab zu der Parkbank unmittelbar am Ufer. Dort setzte er sie behutsam ab, blieb selbst aber unschlüssig stehen.

«Geht's wieder?»

Sie nickte.

«Ich nehme an, Sie haben kaum geschlafen.»

«Ich habe noch gar nicht geschlafen. Ihre Leute sind erst gegen sechs Uhr morgens weg. Bis dahin glich meine Wohnung einem Taubenschlag. Und um halb acht bin ich zur Schule gefahren. Aber ich hätte sowieso nicht schlafen können.»

«Hätten Sie nicht heute ...»

«Urlaub nehmen? Krankfeiern? Zu Hause rumsitzen und grübeln und bei jedem Geräusch im Haus zusammenzucken? Außerdem habe ich beschlossen, mich von diesem Dreckskerl nicht unterkriegen zu lassen.»

«Wir wollen Sie für eine Weile aus der Schusslinie bringen, Frau Losem. In einem Hotel einquartieren. Bis wir ihn gefasst haben. Sie würden uns die Arbeit wesentlich erleichtern, wenn Sie sich für diese Zeit krankschreiben lassen würden.»

Sie schwieg und starrte in den Fluss.

Also schwieg auch Morian.

Bis sie das Schweigen beendete. Sie sah ihn nicht an dabei. Sie starrte weiter in den Fluss, während sie redete.

«Herr Morian, ich war sehr feige. Ich hatte einfach nur Angst um meinen kleinen, blöden Job da oben in der Schule. Er hatte damit gedroht, gewisse Dinge bei der Schulleitung publik zu machen. Das Thomas-Morus-Gymnasium ist eine sehr gute Schule. Aber es ist eine christliche Schule, und es ist eine private Schule, die ihren guten Ruf zu wahren hat. Ich bin keine unkündbare Beamtin. Ich bin nur angestellt und habe einen Zeitvertrag. Ich hatte panische Angst, rauszufliegen und vielleicht nie wieder eine Anstellung zu kriegen ... nach dem, was schon in Wuppertal passiert war. Deshalb war ich so feige und habe geschwiegen.»

«Was ist denn in Wuppertal passiert?»

«Könnten Sie sich bitte neben mich setzen? Dann fällt es mir leichter, zu erzählen, was ich zu erzählen habe.»

Morian setzte sich.

«Herr Morian, er wollte mit Annas Entführung gar nicht Annas Mutter bestrafen. Ruth Wagner ist ihm völlig egal.»

«Woher wollen Sie das wissen?»

«Bitte glauben Sie mir: Er kennt sie nicht einmal. Nein. Er wollte nur mich bestrafen, mich, Dagmar Losem. Er wollte mir wehtun, indem er meiner Lieblingsschülerin wehtut. Ich habe keine Verwandten, ich habe keine Kinder. Wenn er mich bestrafen will, wenn er mir so richtig wehtun will, bleiben als mögliche Opfer nur meine Katzen und Anna.»

Dagmar Losem griff in ihre Manteltasche. Aus einem Briefumschlag nestelte sie zwei gefaltete Zettel.

Ein Gedicht von Anna. Und ein Foto, das Anna am Ufer der Sieg zeigte. Morian sah sofort, dass beides identisch war mit der Post, die Ruth Wagner vergangenen Freitagmorgen in ihrem Briefkasten vorgefunden hatte.

«Das fand ich letzten Freitag am frühen Nachmittag in meinem Briefkasten, Herr Morian. Als ich aus der Schule kam. Zusammen mit einem ganz widerlichen Brief, den ich aber auf der Stelle zerrissen und weggeworfen habe. Sagen Sie mir ruhig, das war dumm von mir, dass ich ihn weggeworfen habe. Ja, sicher war es dumm. Aber ich war in Panik. Ich wusste nicht mehr, was ich tun sollte. Am Abend zuvor hatte mich Ruth Wagner angerufen. Anna sei verschwunden und ob ich vielleicht eine Ahnung hätte. Ich habe geschwiegen. Obwohl ich in diesem Moment eine schreckliche Ahnung hatte. Ich habe auch am nächsten Tag geschwiegen, als das in meinem Briefkasten war. Und aus der Ahnung plötzlich Gewissheit wurde. Ich war so feige. Ich redete mir ein, dass mein dürftiges Wissen der Polizei auf keinen Fall helfen würde, Anna zu finden.»

«... was ja auch vermutlich stimmte.»

«Danke. Dass ausgerechnet Sie als Polizist so etwas sagen... ist das nicht Strafvereitelung, was ich gemacht habe?»

«Ja, juristisch gesehen. Strafvereitelung ist eine Straftat. Aber zu dem Zeitpunkt, als Sie nach der Schule in Ihren Briefkasten schauten, hatten wir Anna bereits gefunden. Schwerer wiegt das Problem, dass Walter Wagner nun glaubt, seine Frau hätte eine Affäre mit Mario gehabt.»

«Vielleicht...»

«Ja?»

«Vielleicht sollte ich mit den Wagners reden.»

«Gute Idee. Was haben Sie mir noch mitgebracht?»

Sie atmete tief durch, dann reichte sie ihm das nächste Stück Papier und starrte wieder in den Fluss.

Ein Foto.

Es war ebenso wie das Foto von Anna ein Computer-Ausdruck eines Digitalfotos auf gewöhnlichem Druckerpapier. Außerdem war es unterbelichtet und leicht unscharf. Es zeigte Dagmar Losem mit einem Mann, der mindestens zehn Jahre älter war als sie. Und sie schien auf dem Foto einige Jahre jünger zu sein als heute. Aber vielleicht wirkte sie auch nur wesentlich jünger, weil sie so glücklich aussah. Glückliche Menschen wirkten jünger und schöner. Dagmar Losem und der fremde Mann knieten auf einem Bett, hielten sich eng umschlungen und lachten in die Kamera.

Sie waren beide nackt.

«Wer hat das Foto gemacht?»

«Ich selbst. Mit Zeitauslöser. Ich hatte die Digitalkamera da gerade erst gekauft. Ist schon ein paar Jahre her.»

«Wer ist der Mann?»

«Das ist Falk. Ein Kollege von mir an der Schule in Wuppertal, an der ich unterrichtete, bevor ich nach Bonn gezogen bin.»

«Und Sie waren …»

«Ein Liebespaar? Ich weiß heute gar nicht mehr, was wir eigentlich waren. Ja, ich habe ihn geliebt. So sehr geliebt. Aber ich bin heute nicht mehr sicher, ob er mich jemals geliebt hat. Er war verheiratet. Er sagte, er sei so schrecklich unglücklich in seiner Ehe. Er warte nur auf den richtigen Zeitpunkt für den Absprung. Ich habe dann mit ihm gewartet. Ich hätte wohl ewig gewartet. So wie ich als Kind auf meinen Vater gewartet hatte. Dass er eines Tages aus Indien zurückkommt und mich holt, mich auf seinem großen Motorrad mitnimmt. Mit Falk war das genauso. Ich habe ihm geglaubt. Weil seine Frau tatsächlich eine ganz schreckliche Person war. Das erzählten sich im Lehrerzimmer immer die Kollegen, die mit Falk befreundet waren. Während ich still daneben saß und die Ohren spitzte und versuchte, möglichst teilnahmslos auszusehen. Sie war launisch, aufbrausend, stets mit allem unzufrieden. Aber was ich nicht begriff, damals noch nicht begriff, war, dass er sein Leben lang zu feige sein würde, um sich tatsächlich von ihr zu trennen. Einmal die Woche haben wir uns heimlich getroffen, bei mir. Außer in den Schulferien. Dann fielen die Treffen natürlich aus. Weil er mit seiner Frau und seinen Kindern beschäftigt war. Bei einem dieser heimlichen Treffen ist damals dieses Foto entstanden.»

«Und irgendwann war es dann doch vorbei?»

«Ja. Aber erst, als seine Frau es rauskriegte. Das mit unserer Affäre. Da hat er den Kontakt zu mir von einem Tag zum nächsten abgebrochen. Er hat sogar in der Schule kein einziges Wort mehr mit mir gewechselt. Das hat mich sehr verletzt. Nicht, dass wir uns nun nicht mehr trafen. Das konnte ich verstehen. Das war vorbei. Aber dass er mich ab sofort so behandelte, als hätte ich aufgehört zu existieren. Seine Frau kam übrigens gar nicht erst auf die Idee, sich scheiden zu lassen. Nein, für sie war es am Ende sogar ein großer Sieg. Denn jetzt hatte sie ihn endlich so, wie sie ihn schon immer haben wollte: klein, unterwürfig, folgsam wie ein Schoßhündchen. Aber das reichte ihr noch nicht. Sie musste auch mich noch erledigen. Ich musste noch weg, um ihren Triumph perfekt zu machen. Sie hat sich dann an die Schulleitung, an die Schulaufsicht beim Regierungspräsidenten, sogar ans Düsseldorfer Kultusministerium gewandt. Schließlich legte man mir nahe, und zwar sehr deutlich, mich nach einer neuen Stelle umzusehen.»

«Und dieses Foto…»

«… lag gestern Abend in meinem Briefkasten. Zusammen mit zwei weiteren Fotos. Eines davon haben Ihre Kollegen bereits. Das Foto, das gestern Abend aus der gegenüberliegenden Wohnung gemacht wurde. Das andere Foto werde ich Ihnen gleich noch zeigen. Ich habe Ihren Leuten diese Nacht nichts von den anderen Fotos gesagt. Ich konnte nicht. Ich habe mich zu sehr geschämt. Die Beamten waren sehr freundlich und rücksichtsvoll, aber sie waren eben wildfremde Leute. Deshalb habe ich Sie angerufen.»

Morian verkniff sich die Frage, wieso er nach einer einzigen Begegnung nicht mehr zu den wildfremden Leuten zählte.

«Wie kommt Mario an dieses Foto aus Wuppertal?»

«Ich habe nicht die blasseste Ahnung. Es gab keine Kopien, keine Ausdrucke. Das Foto existierte lediglich als Datei auf der Festplatte meines Computers. Ich kann Ihnen nicht sagen, warum ich es nicht längst gelöscht habe. Ich könnte jetzt behaupten, ich hätte es längst vergessen. Aber das stimmt nicht. Ich wusste immer, dass es noch existiert, obwohl ich es mir nie wieder angeschaut habe, seit damals.»

«Ich nehme an, dass Mario damals, als Sie mit ihm ... also ich meine, er brauchte doch nur damals, während Sie vielleicht mal kurz ins Bad verschwunden waren, eine Diskette in ihren Computer schieben, und schon hatte er das Foto.»

Sie schüttelte den Kopf. «Herr Morian, ob Sie es glauben oder nicht, aber so weit war es nie gekommen. Ich schwöre: Ich habe diesen Mario noch nie in meinem Leben gesehen.»

«Aber Sie sagten doch eben ...»

«Ich kann verstehen, dass es für Sie unglaublich klingen muss. Ich verstehe es ja selbst nicht mehr.»

«Dann erzählen Sie mir am besten alles, und zwar von Anfang an und so, dass ich es auf Anhieb verstehe. Weil es mein Job ist, dafür zu sorgen, dass er nicht noch weiteren Menschen schaden kann. Und deshalb haben wir jetzt keine Zeit mehr zu verlieren.»

Dagmar Losem sah ihn aus ihren großen, braunen Augen an. Sie studierte aufmerksam sein Gesicht. Morian wusste, dass sie etwas in seiner Stimme gespürt hatte, was ihr Angst machte. Er wusste allerdings nicht, was das sein könnte.

«Vielleicht sollte ich besser mit einer Mitarbeiterin von Ihnen reden, Herr Morian. Einer Beamtin. Einer Frau.»

«Vielleicht sollten Sie das. Wir können das gleich erledigen, wenn Sie wollen. Ich nehme Sie mit ins Präsidium, und eine Kriminalbeamtin nimmt Ihre Aussage zu Protokoll. Kein Problem. Ist ganz schnell erledigt.»

Morian erhob sich von der Bank. Die Sonne war hinter bleigrauen Wolken verschwunden.

«Was ist? Können wir fahren?»

In ihrem Blick lag etwas Flehendes.

«Ich ... ich möchte nicht, dass bestimmte intime Dinge schriftlich in irgendwelchen Akten ...»

«Frau Losem, ich habe kein Problem damit, gewisse Dinge nicht aktenkundig werden zu lassen. Mir kann nichts mehr passieren. Ich bin 47 Jahre alt und am Ende der Karriereleiter angelangt. Und wenn ich im Nachhinein deswegen Ärger kriegen sollte, so ist mir das völlig wurscht. Aber ich würde niemals eine Beamtin meiner Dienststelle dazu nötigen, ebenso zu verfahren.»

«Und jetzt? Was tun wir jetzt?»

«Sie haben die Wahl.»

Sie versteckte ihr Kinn noch tiefer in ihrem Schal und legte die Stirn in Falten, während sie angestrengt nachdachte.

«Bitte setzen Sie sich wieder, Herr Morian.»

Setzen, Morian, sagte die Lehrerin.

Morian setzte sich.

«Bitte verstehen Sie, wie unangenehm mir das ist. Es fällt mir sehr schwer, darüber zu sprechen. Mir hatte nur eben diese unerbittliche Entschlossenheit in Ihrer Stimme Angst gemacht. Aber eigenartigerweise habe ich Vertrauen zu Ihnen, Herr Morian.»

«Wieso eigenartigerweise?»

«Weil Sie so gar nicht der Typ Mann sind, der normalerweise mein Herz erreicht.»

Nicht so wie Falk oder Mario, dachte Morian, sagte es aber nicht. Stattdessen fragte er: «Und welcher Typ Mann erreicht gewöhnlich Ihr Herz, wenn ich fragen darf?»

«Typen wie Falk oder Mario vermutlich.» Sie lachte auf. Ihr Lachen klang seltsam künstlich und passte nicht zu ihr.

«Männer, die von sich den Eindruck vermitteln, sie wüssten ganz genau, wo es langgeht in der Welt. Und die mir sagen, wo es langgeht. Keine Proleten. Echte Feingeister mit Lebensart. Ich nenne sie intellektuelle Öko-Frauenversteher-Machos. Falk war auch so einer. Er hatte mich und einige andere Kolleginnen und Kollegen mal ins Kino eingeladen. Ich durfte sogar neben ihm sitzen. Falk ist einer, der sich im Programmkino Frauenfilme anschaut, aber wie selbstverständlich beide Armlehnen für sich beansprucht. Und anschließend in der Kneipe allen, vor allem uns Frauen, die tiefere Botschaft des Films erklärt. Weil natürlich nur er die Botschaft eines Frauenfilms versteht. Glauben Sie mir: Nicht nur ich klebte an seinen Lippen, wenn er uns die Welt erklärte. Dieser Schwätzer.»

«Ich nehme an, es dauert eine Weile, bis man solche Leute durchschaut.»

«Ich brauche allerdings besonders lange. Sie sind großartige Schauspieler. Ihre Bühne ist das reale Leben. Und wir sind nur Statisten. Das Blöde ist nur: Diese Typen ziehen mich magisch an. Wenn sie nämlich in ihrer unerfindlichen Gnade mich auserkoren haben, wenn sie ein Auge ausgerechnet auf mich geworfen haben, auf mich, die kleine, dumme, pummelige, hässliche Dagmar Losem, dann gibt es für mich kein Entrinnen mehr. Mein Verstand setzt aus. Ich bin ihnen hilflos ausgeliefert. Auch wenn sie sich am Ende als elende Schwächlinge entpuppen, so wie Falk, oder als gefährliche Irre, so wie Mario. Verstehen Sie, was ich meine?»

«Wie hat es angefangen mit Mario?»

«Im Internet. In einem Chatroom für Singles. Als ich nach Bonn kam, nachdem das mit Falk vorbei war, habe ich mich sehr einsam gefühlt. Bonn ist eine freundliche Stadt, aber es war eine fremde Stadt. Ich kannte niemanden. Tagsüber war das kein Problem. Aber abends hockte ich in meiner Wohnung und sehnte mich nach Wärme, nach Geborgenheit, nach Zärtlichkeit, nach…»

«Und dann war da auf einmal Mario.»

«Ja. Ich hatte mir eine Weile die Zeit vertrieben im Internet, mit ein paar netten Leuten, die offenbar ebenso einsam waren und nachts viel, viel Zeit hatten. Männer wie Frauen. Aus ganz Deutschland. Man tauscht seine Sorgen aus, man lässt Dampf ab, man genießt auch schon mal ein gewisses Kribbeln, aber im Grunde war das immer alles nur harmloses Wortgeplänkel.»

«Und auf einmal war Mario da.»

Dagmar Losem stellte den Kragen ihres Mantels hoch und vergrub ihre Hände anschließend wieder in den Taschen. Sie sah ihn nicht an. Sie starrte unentwegt zum gegenüberliegenden Ufer des Rheins. Morian spürte, wie schwer es ihr fiel, zu sagen, was sie nun zu sagen hatte.

«Ja. Und auch noch aus Bonn. Wunderbar. Ich ahnte zwar, dass Mario nicht sein richtiger Name war, aber wer ist im Internet schon mit seinem richtigen Namen unterwegs? Er brauchte mich nicht lange zu überreden, mit ihm per E-Mail in Einzelkontakt zu treten. Er konnte nur mit Worten meinen Verstand ausschalten. So entstand eine Art intensiver ... Gedankenaustausch. Ich kann es im Nachhinein nicht mehr erklären. Jedenfalls brachte er mich in kürzester Zeit dazu, intimste Dinge ... in Worte zu fassen. Träume, Sehnsüchte. Es war sehr ... aufregend. Und es war ja völlig ungefährlich. Dachte ich damals. Was war schon dabei? Er hatte ja lediglich meine E-Mail-Adresse. Er wusste nicht, wo ich wohnte, er hatte nicht mal meine Telefonnummer. Hätten Sie vielleicht eine Zigarette für mich, Herr Morian?»

«Leider nein. Ich rauche nicht mehr.»

«Ich auch nicht. Seit einem halben Jahr nicht mehr. Aber jetzt hätte ich große Lust dazu.»

Sie reichte ihm das nächste Foto, zögernd, suchte nur kurz Kontakt zu seinen Augen, als wolle sie sich seiner Anwesenheit vergewissern, und sah rasch weg, als er danach griff. Der Computer-Ausdruck zeigte Dagmar Losem, wie sie auf dieser Parkbank saß, auf der sie auch jetzt saß, neben ihm. Auf dem Foto saß sie alleine auf der Bank.

Es musste mit einem sehr starken Teleobjektiv aufgenommen worden sein, mit extremer Brennweite, so wie es Sportreporter benutzen. Denn das Teleobjektiv ließ die Entfernungen unnatürlich schrumpfen, Vordergrund und Hintergrund grotesk zusammenrücken: Scheinbar unmittelbar über Dagmar Losems Kopf und den Baumwipfeln schwebte der markante Dachgiebel der Aula des Thomas-Morus-Gymnasiums, und gleich darüber türmte sich der Gipfel des Petersbergs mit dem elfenbeinfarbenen Grandhotel auf. Der Fotograf hatte sich also am gegenüberliegenden Rheinufer postiert. Dem Sonnenstand nach zu urteilen, musste es am Vormittag aufgenommen worden sein. Irgendwann im Sommer, der Kleidung der Senioren-Wandergruppe nach zu urteilen, die in Dagmar Losems Rücken durchs Bild lief. Die alten Frauen sahen stur geradeaus, aber fast alle Männer riskierten im Vorbeigehen scheue, neugierige Blicke auf die junge Frau in dem luftigen, dünnen, knielangen, vorne geknöpften Sommerkleid auf der Parkbank am Ufer.

Was sie nicht sehen konnten, sondern nur dem Blick des Fotografen jenseits des Flusses vorbehalten blieb, weil der Wanderweg in Wahrheit doch gut fünf Meter von der Parkbank entfernt lag, waren Dagmar Losems entblößte Brüste. Sie hatte das Kleid bis zum Bauchnabel aufgeknöpft und die gebräunten, nackten Beine gespreizt. An den Füßen trug sie Sandaletten mit hohen Absätzen. Ihre Hände befanden sich zwischen ihren Schenkeln, von ihrer Scham lediglich durch den hauchdünnen Stoff getrennt, zwei Finger ihrer rechten Hand waren zwischen der Knopfleiste verschwunden, ihr Gesichtsausdruck war entspannt und seltsam entrückt, ihr schöner Mund leicht geöffnet, ihre Augen hielt sie geschlossen.

Morian reichte ihr das Foto kommentarlos zurück.

«Wer hat das Foto gemacht?»

«Er. Oder wer auch immer in seinem Auftrag. Eines Abends forderte er mich per E-Mail auf, mich am nächsten Tag in der ersten großen Pause auf dieser Parkbank einzufinden. Er sagte, er würde mich dann vom jenseitigen Ufer aus mit einem Fernglas betrachten. Ich wusste nicht, dass er mich fotografierte. Er gab per E-Mail vor, was ich anzuziehen hatte, und er wies schriftlich an, was ich auf der Bank zu tun hatte. Und ich tat es. Verstehen Sie? Er befahl es, und ich tat es. Sieben Minuten Fußweg von der Schule, hin und zurück also vierzehn Minuten, plus die Zeit hier auf der Bank ... ich kam natürlich zu spät zurück zum Unterricht, völlig außer Atem. Ich bin gerannt wie der Teufel. Aber ich hatte keine Sekunde gezögert, es zu tun.»

«Und das war dann das Ende?»

«Nein. Das Ende kam erst vier Wochen später. Die Sache mit der Parkbank war gar nicht der Grund. Wenn ich ganz ehrlich bin: Ich hätte vermutlich weitergemacht. Ich hätte auch weiterhin getan, was er von mir verlangte. Weil ... wie soll ich sagen? Er hatte etwas in mir entdeckt. Ich glaube inzwischen, dass die meisten Menschen tief verborgene Sehnsüchte in sich tragen, ohne sie zu kennen. Dieser Psychopath, der sich Mario nennt, verfügt über die ganz besondere Gabe, diese verborgenen Sehnsüchte bei anderen aufzuspüren und für seine Zwecke zu nutzen. Er hat jedenfalls meine tief verborgene exhibitionistische Ader entdeckt, von der ich bis dahin selbst nichts wusste. Aber ich stellte sehr bald fest, wie mir diese kleinen Spielchen zunehmend gefielen. Das prickelnde, wenn auch kalkulierbare Risiko des Entdecktwerdens. Das erregende Gefühl, heimlich von ihm beobachtet zu werden. Einmal schickte er mich in die Wäscheabteilung von Karstadt und befahl mir, den Vorhang der Umkleidekabine nur halb zu schließen. Ich glaube, dass dieser Mario ein völlig gestörter und sexuell verklemmter Typ ist. Aber er kann Menschen in kürzester Zeit bis auf den Grund ihrer Seele blicken. Das nutzt er für seine Zwecke. Und er spielt meisterlich auf dieser Klaviatur.»

«Aber was war dann am Ende der Grund für Sie, diese ... Beziehung zu beenden?»

Morian fühlte sich unbehaglich. Allein die Vorstellung, sich von einem Psychopathen freiwillig in die Seele blicken zu lassen, machte ihn auf der Stelle nervös. Ihm hatte es bisher mehr als genügt, Psychopathen während der Festnahme oder für die Dauer eines Verhörs in die Augen zu schauen.

«Herr Morian, sind Sie zufällig katholisch? Erinnern Sie sich noch an den Spruch, den man uns Kindern früher in der Kirche erzählt hat? Gott sieht alles? Mario muss Gott sein. Er sieht alles, und er weiß alles. Anfangs habe ich das gar nicht begriffen. Natürlich erwähnt man ganz automatisch nach einer Weile auch Begebenheiten aus dem Alltag, die ein Bild ergeben. Wenn man so wie Mario weiß, wie man ein Puzzle zusammensetzt. Natürlich erwähnte ich sicher mal in einem Nebensatz, dass ich Lehrerin bin, und ein anderes Mal beiläufig, dass ich morgens auf dem Weg zur Arbeit kurz vor Königswinter im Stau gesteckt habe. Wer nur halbwegs intelligent ist, reimt sich eins und eins zusammen.»

«Aber er wusste mehr.»

«Ja. Er wusste mehr. Viel mehr. Ich habe zum Beispiel nie Anna erwähnt. Aber Mario wusste ganz genau, wer Anna ist. Dass sie meine Lieblingsschülerin ist. Er wusste bald alles über mich. Einfach alles, verstehen Sie? Als würde er mir nicht nur in die Seele, sondern auch geradewegs ins Gehirn blicken. Aber umgekehrt wusste ich nichts über ihn. Gar nichts. Nicht, wo er wohnt, nicht einmal, wie er aussieht. Und da bekam ich Angst. Er wurde mir unheimlich. Nicht die sexuellen Dinge haben mir Angst gemacht. Sondern das Gefühl, permanent überwacht zu werden.»

«Können Sie mir ein Beispiel sagen?»

«So viele Sie wollen. In einer E-Mail erwähnte er eines Tages scherzhaft, ob ich nicht wüsste, dass Falschparken im absoluten Halteverbot teuer würde. Ich hatte just an diesem Tag das Knöllchen im Briefkasten gefunden. Irgendwann mal hatte ich den Wagen tatsächlich vor der Elisabethkirche abgestellt, das ist verboten, und da kontrollieren sie auch oft, aber es war wieder mal weit und breit kein regulärer Parkplatz zu finden, und ich hatte Einkäufe auszuladen. Kontrollierte er meine Post? Fuhr er mir nach? Lag er vor meiner Haustür auf der Lauer? Folgte er mir auf Schritt und Tritt? Ich hätte ihn ja nicht mal erkannt. Da erst bin ich aufgewacht. Da erst habe ich ihm eines Abends im Sommer geschrieben, dass ich ab sofort keinerlei Kontakt mehr wünsche.»

«Und dann ...»

«Und dann? Dann tat sich die Hölle auf. Wissen Sie, wie sich die Hölle anfühlt, Herr Morian?»

Der Mestize erklärte ihm zum dritten Mal das altmodische Wandtelefon und das Zählwerk, als habe er es mit einem geistig Minderbemittelten zu tun. Hurl nickte geduldig. Der Mestize notierte sich umständlich den Zählerstand mit einem Bleistift in der speckigen Kladde und sagte, er könne ruhig schon telefonieren, er benötige für das Notieren noch eine Weile. Wohin er denn anrufen wolle? Hurl lächelte freundlich, lehnte sich an die Wand neben der Tür zur Toilette und wartete geduldig in dem engen, dunklen, stinkenden Gang, der hinaus zum Hinterhof führte, bis der neugierige Mestize schließlich aufgab und wieder hinter seiner Theke verschwand. Hurl checkte kurz den Hinterhof. Spielende Kinder. Ein Basketball-Spielfeld hinter Maschendraht, auf dem sich ein halbes Dutzend Jugendlicher langweilte und auf neue Herausforderungen wartete. Frauen, die frisch gewaschene Bettlaken aufhängten. Rundherum Hoftüren, die in die Treppenhäuser der angrenzenden Mietskasernen führten.

Ideal.

Hurl postierte sich so, dass er vom Gang aus sowohl den Wirt hinter der Theke als auch die Eingangstür im Blick hatte. An der Decke zerschnitt ein Ventilator die stickige Luft. Unter dem Ventilator lag ein Hund mitten im Schankraum und schlief. Die fünf Tische sowie der Tresen waren unbesetzt. Hurl hoffte, dass dies noch eine Weile so blieb. Er nahm den Hörer ab und wählte die Nummer in Deutschland.

Max war sofort dran.

«Alles, klar, Max?»

«Hurl! Ich habe mir solche Sorgen gemacht.»

«Keine Namen. Die Sache ist erledigt.»

«Miguel rief aus Madrid an, kaum dass du in der Luft warst. Angeblich…»

«Ich weiß. Unser Mann wird überwacht. Das hat mich eine Weile beschäftigt. Aber jetzt ist alles in Ordnung.»

«Du solltest besser auf der Stelle aus Quito verschwinden, hörst du?»

«Beruhige dich. Ich bin schon nicht mehr in Ecuador. Ich bin in Kolumbien. Bis hierher reicht Herbachs Arm hoffentlich nicht. Ich glaube, ich stehe hier gerade in der hässlichsten und schmutzigsten Kneipe von ganz Bogotá. Ich suche mir jetzt ein ruhiges Plätzchen und warte auf den Flug. Ich rufe dich von Madrid aus an und sage dir, wann ich in Köln/Bonn lande. Bist du mit Sergej klar?»

«Alles bestens. Er hat Kontakt aufgenommen.»

Die beiden Männer in den schwarzen Anzügen, die in diesem Augenblick durch die Tür traten und sich an die Theke lehnten, brauchten keine Ausweise. Der Mestize gab ihnen auch so bereitwillig Auskunft. Er flüsterte und nickte immer wieder aufgeregt in Richtung Toilette.

«Ich muss Schluss machen, Max. Pass schön auf meinen Mustang auf, hörst du?»

Hurl wartete die Antwort nicht ab, sondern hängte den Hörer in die Gabel und stieß die Tür zum Hinterhof auf.

Höchste Zeit zu verschwinden.

Jede SoKo erlebt im Laufe ihrer Ermittlungen solche Tage. Tage, an denen sich plötzlich Spuren wie Puzzleteile zu einem vagen Bild fügen. Tage, an denen ein Fall eine unerwartete Wende nimmt. Tage, die hoffen lassen, dem Täter plötzlich ganz dicht auf den Fersen zu sein. Tage, die Optimismus verströmen, neue Energien freisetzen und die gesamte Truppe elektrisieren.

Heute war so ein Tag.

Antonia Dix konnte es spüren, und sie konnte es in jedem einzelnen Gesicht lesen. Sie hatte die SoKo zur Lagebesprechung zusammengetrommelt. Alle brannten darauf, neue Informationen auszutauschen.

Außerdem fehlte Oberstaatsanwalt Dr. Peter Arentz, was die Stimmung ebenfalls merklich hob.

Und deshalb war es schade, dass ihr Chef diesem Tag einen solchen Dämpfer verpassen musste.

«Wir haben einen Maulwurf unter uns», sagte Morian, kaum dass sich die Truppe um den Tisch des Besprechungsraums versammelt hatte. «Ich bin sicher, jemand aus dieser Runde hat Pelzer mit Informationen versorgt. Das ist unverzeihlich. Ich gebe dem Informanten die Chance, sich bis spätestens morgen Abend bei mir zu melden. Dann werden wir unter vier Augen eine Lösung besprechen. Anderenfalls werde ich es dennoch rauskriegen, früher oder später, und dann gnade ihm Gott.»

Alle starrten betreten in ihre Kaffeetassen.

Antonia Dix räusperte sich.

«Okay, Antonia, fang an.»

«Also gut. Gehen wir einfach reihum.» Sie nickte Oberkommissar Ludger Beyer zu, der seinen Stolz über seinen Ermittlungserfolg nur schwer verbergen konnte. Beyer hatte doch tatsächlich in Köln das Restaurant ausfindig gemacht; das Restaurant, in dem Mario seine Begleiterin Martina Hahne aufgefordert hatte, sich auf der Damentoilette ihrer Unterwäsche zu entledigen. Das Personal konnte sich noch sehr genau an Martina Hahne erinnern. An ihr unpassendes Kleid, an ihre spürbare Verlegenheit, an ihre erröteten Wangen und ihre sichtbare Erregung. Aber niemand konnte sich an ihren zahlenden Begleiter erinnern. Selbst als Ludger Beyer die beiden Phantombilder zeigte, waren sie sich nicht hundertprozentig sicher. Der Blonde mit der Minipli-Frisur auf keinen Fall, da waren sie sich einig. Der Unscheinbare mit dem lichten Haar und dem Schnauzbart: vielleicht, vielleicht auch nicht. Beyer hatte sich beim Polizeipsychologen eine Erklärung für das Phänomen besorgt, die plausibel klang.

«Er hat Martina Hahne stets in Szene gesetzt. Beispielsweise beim Besuch in der Oper. In diesem nuttigen Outfit. Er hat sie in Szene gesetzt wie eine Marionette. Jeder kann sich natürlich später an die Marionette erinnern, niemand an den unauffälligen Marionettenspieler im Hintergrund.»

Erwin Keusens Leute hatten die Stimme des Anrufers, der von der Telefonzelle an der Kreuzung Lessingstraße/Schumannstraße über die Notruf-Nummer die Feuerwehr alarmiert hatte, analysieren lassen. Ergebnis: Der Anrufer war männlich, deutscher Muttersprachler, zwischen Mitte zwanzig und Mitte fünfzig Jahre alt. Seine schwach ausgebildete, kaum merkliche Dialektfärbung ließ nach Ansicht einer zu Rate gezogenen Logopädin darauf schließen, dass er im Rheinland aufgewachsen, aber früh dazu angehalten worden war, ein sauberes Hochdeutsch zu sprechen, was seine Eltern selbst aber nicht lupenrein sprachen, sonst wäre es nicht zu der frühkindlich geprägten Dialektfärbung gekommen. Die Logopädin mutmaßte deshalb, dass es sich bei dem Anrufer und seinen Eltern um Angehörige der nach sozialem Aufstieg strebenden unteren Mittelschicht handele. Ferner war sie überrascht, dass trotz der Lüge am Telefon und der damit zwangsläufig verbundenen Stresssituation die Frequenz seiner Stimmlage sich kein einziges Mal hob und seine Stimme nicht einmal andeutungsweise vibrierte. Sie folgerte daraus, dass dieser Mensch zu lügen gewohnt war.

Erwin Keusen hatte den von der Rettungsleitstelle automatisch aufgezeichneten Anruf vervielfältigen lassen und verteilte die Kassetten über den Tisch an jedes Team.

Der Erkennungsdienst hatte den Abend minuziös rekonstruiert. Demnach hatte sich Mario unmittelbar nach seinem Anruf bei der Rettungsleitstelle Zugang zum gegenüberliegenden Haus und der leer stehenden Dachgeschoss-Wohnung verschafft, um ein Foto von Dagmar Losem zu schießen. Vermutlich hatte er es an Ort und Stelle in ein Notebook eingespeist und ausgedruckt.

«Erwin, habe ich dich richtig verstanden? Der schleppt einen Drucker durch die Gegend?»

«Antonia, es gibt heute Drucker für Notebooks, die passen problemlos in deine Jackentasche.»

Ludger Beyers Teamkollege von der Drogenfahndung, dessen Namen sie immer wieder vergaß, lachte dämlich. Vermutlich über ihre alte Kradmelder-Jacke. Sie überlegte einen Augenblick, ob sie das verpickelte Milchgesicht fragen sollte, was er denn inzwischen zum Fortgang der Ermittlungen beigetragen habe, ließ die Idee aber wieder fallen.

Außerdem war jetzt Erwin an der Reihe.

«Weder die Haustür noch die Wohnungstür waren aufgebrochen. Er musste also Schlüssel besessen haben. Die Sache konnten wir inzwischen klären.»

Bei der Immobilienfirma war kurz vor Feierabend ein Mann in weißer Maler-Montur erschienen: Er habe nach getaner Arbeit ordnungsgemäß die Tür hinter sich geschlossen, aber versehentlich seine Geldbörse und sein Handy in der Wohnung liegen lassen, und sein Chef sei nicht erreichbar. Die Sekretärin händigte ihm einen Satz Schlüssel aus und nahm ihm das Versprechen ab, die Schlüssel anschließend in den Briefkasten der Immobilienfirma zu werfen. Am nächsten Morgen lagen sie tatsächlich da. Keusens Leute hatten der Sekretärin des Immobilienmaklers die beiden Phantombilder gezeigt. Sie zögerte keine Sekunde und deutete auf den Blonden mit der Minipli-Frisur.

In dem allgemeinen Trubel bei dem Feuerwehr-Einsatz fiel nicht weiter auf, dass ein fremder Mann Dagmar Losems Haus betrat; vermutlich, als die Feuerwehrleute sich noch in ihrer Wohnung aufhielten. Mario warf im Vorbeigehen den Briefumschlag in ihren Briefkasten. Die Feuerwehrleute hatten zuvor sowohl die Haustür als auch die Tür der leer stehenden Wohnung im zweiten Stock aufgebrochen. Mario wartete in der leeren Wohnung, bis die Feuerwehr wieder abgezogen war. Die SMS, die Dagmar Losem erreichte und auf die Post in ihrem Briefkasten hinwies, kam natürlich nicht von Biggis Handy. Sie kam von gar keinem Handy. Sie kam von einem Computer in Nigeria.

«Nichts leichter als das», sagte Erwin Keusen mit einem Schulterzucken. «Aber dazu wird Antonia gleich noch mehr erzählen können. Während Frau Losem den Umschlag aus ihrem Briefkasten holte, holte sich Mario die Katze aus ihrer Wohnung. Er hinterlegte den Zettel neben dem Fressnapf in der Küche und ertränkte die Katze eine Etage tiefer. Dann wartete er, bis die Lehrerin wieder ihre Wohnung betreten hatte, und verließ das Haus, um wieder die leer stehende Dachwohnung jenseits der Straße aufzusuchen. Vielleicht aber hat er sich dort auch die ganze Zeit aufgehalten und den Rest von seinem Komplizen erledigen lassen. Dem Minipli-Mann.»

Morian berichtete von seinem Gespräch am Nachmittag mit dem Polizeipräsidenten. Sie erhielten mehr Personal: sechs Fahnder, die sich bereits an diesem Abend in Dagmar Losems Wohnung einquartieren und im Dreischicht-Betrieb rund um die Uhr ihr Festnetz-Telefon, ihr Handy und ihren Computer-Anschluss überwachen würden. Und sehnsüchtig darauf hofften, dass Mario vielleicht noch einmal persönlich vorbeischauen würde.

Morian hatte seine Zweifel.

Dagmar Losem war vorübergehend auf Staatskosten in einem Bonner Hotel untergebracht. Sie hatten im obersten Stock am Ende des Ganges zwei benachbarte Doppelzimmer mit Zwischentür angemietet; eines für Dagmar Losem, eines für ihre Beschützer. Morian hatte keine Ahnung, wie lange Arentz da mitspielen würde. Und wie lange Dagmar Losem mitspielen würde. Auf sein Anraten hin hatte sie sich tatsächlich krankschreiben lassen. Team zwei und Team drei würden sie im Dreischicht-Betrieb rund um die Uhr nicht aus den Augen lassen. Na wunderbar, dachte Antonia Dix, ohne es laut auszusprechen: Damit blieb die eigentliche Ermittlungsarbeit ab sofort an nur drei Teams hängen. Und wenn man genau rechnete und Erwin Keusen, der noch genug anderes zu tun hatte, sowie das unerfahrene Pickelgesicht in Beyers Windschatten nicht mitrechnete, lediglich an drei Personen: an Ludger Beyer, Morian und ihr. Aber sie sagte nichts. Weil sie wusste, wie sehr Morian die Sicherheit und das Wohlergehen der Lehrerin am Herzen lag. Und wie sehr er sich in der Chefetage ins Zeug gelegt hatte, um den Polizeipräsidenten von der Notwendigkeit des Hotelaufenthaltes und des permanenten Personenschutzes zu überzeugen.

«Und wie war dein Spaziergang mit der Lehrerin?»

Beyer. Wer sonst, dachte Antonia, und beobachtete ihren Chef aus den Augenwinkeln. Der schüttelte den Kopf.

«Nichts Neues. Nichts, was uns weiterbringt. Antonia, erzähl uns was über Marios Computerkünste. Damit wird sich deine Frage automatisch beantworten, Ludger.»

«Ich dachte immer, ich verstehe was von Computern. Aber was dieser Mario veranstaltet, ist schon von besonderer Güte. Mario surft mit einer Tarnkappe durchs Netz. Diese Tarnkappen-Programme sind zwar verboten, doch ihre Beschaffung ist nach Ansicht der Computer-Experten vom Landeskriminalamt ein Kinderspiel. Diese Programme generieren ständig neue, real existierende, aber fremde IP-Adressen. Deshalb ist es auch nicht überraschend, dass die über Computer künstlich hergestellte SMS auf Frau Losems Handy aus Nigeria kam. Die Kollegen vom LKA haben ihren Computer gecheckt. Sie haben auch sämtliche bereits gelöschten Dateien regeneriert und Marios IP-Adressen zurückverfolgt. Ohne Ergebnis. Mario geht kein Risiko ein. Deshalb benutzt er mit Vorliebe so genannte Hot Spots, um übers Internet in Kontakt zu treten. Das sind öffentlich zugängliche Einwahlknoten, und die kommen immer mehr in Mode. Alleine in Bonn gibt es schon 37 Stück. Diese Funkanlagen machen den Nutzer zum digitalen Nomaden. Experten schätzen, in drei Jahren gibt es in Deutschland mehr Hot Spots als Tankstellen. Man benötigt lediglich ein Notebook und die entsprechende Software. Dann setzt man sich, so wie Mario es nach LKA-Recherchen getan hat, in den lauschigen Hofgarten der Universität, ins Foyer der Telekom-Konzernzentrale, vor ein hübsches Gemälde in der Bundeskunsthalle oder in die Lobby des Maritim-Hotels, und schon surft man drahtlos und vor allem unerkannt durchs weltweite Netz. Im Umkreis von mehreren Hundert Metern. Das heißt, selbst wenn wir wüssten, wo er in dieser Sekunde gerade online geht, und das wäre zufällig das Flughafengebäude oder der Hauptbahnhof, müssten wir schon mit einer Hundertschaft anrücken, um ihn zu erwischen.»

Erwin Keusen hob die Hand. Auch deshalb mochte Antonia Dix den alten Kriminaltechniker. Er quatschte nie dazwischen, sondern bat stets höflich ums Wort.

«Ja, Erwin?»

«Muss man sich denn nicht mit seinem Namen einloggen, um in so einen Hot Spot zu gelangen? Ich habe mal gelesen, man muss sogar Mitglied werden.»

«Richtig, Erwin. Man wird binnen Sekunden Mitglied, gibt falsche Personalien an, eine falsche Bankverbindung, surft durchs Netz und kündigt seine Mitgliedschaft wieder binnen Sekunden. Die Datenübertragung funktioniert bei Hot Spots übrigens sieben Mal schneller als bei einem DSL-Anschluss.»

Keusen schüttelte den Kopf. Das war nicht seine Welt. Antonia ging ihre Stichwort-Liste durch, bevor sie fortfuhr.

«Das ist aber noch nicht alles. Mario klinkt sich auch gern schon mal in die internen W-LAN-Netzwerke von Firmen ein. Zum Beispiel in das des Immobilienmaklers, der für die Vermietung der Dachgeschoss-Wohnung gegenüber von Dagmar Losems Haus zuständig ist. Dafür muss er lediglich abends einen Parkplatz in der Nähe der Firma finden. Seine E-Mails können dann nur bis zum Sitz der Firma zurückverfolgt werden. Außerdem verschmilzt sein Notebook in diesen Momenten mit dem betriebsinternen Netzwerk der Firma. Er hat also auch Einblick in deren Datenverkehr. So wusste Mario auch, dass der Makler auf Geschäftsreise war. Und man mit der Sekretärin, was die Schlüssel betraf, leichtes Spiel haben würde. Man mag einfach nicht glauben, wie viele Firmen ihre Netzwerke gar nicht oder nur ungenügend nach außen schützen.»

«Aber das erklärt noch nicht, wieso er so viel über seine Opfer wusste», sagte Morian.

«Nein. Aber auch dafür gibt es eine plausible Erklärung. Die LKA-Experten haben auf Dagmar Losems Computer ein so genanntes Keylogger-Programm gefunden. Das sind Programme, die tatsächlich mal von der CIA entwickelt wurden. Sie werden mittels eines Trojaners übers Internet in fremde Computer geschleust und nisten sich dort ein. Mario hat übrigens sein Keylogger-Programm mit Hilfe eines Liebesgedichts an Frau Losem in deren Rechner eingeschleust. Das Gedicht war Bestandteil eines Fotos, in dessen JPEG-Datei das Programm verborgen war. In dem Moment, als sie diese E-Mail öffnete, war es um ihre Privatsphäre geschehen. Ob sie nun künftig in ihrem Word-Programm Briefe schrieb, eine E-Mail an Anna schickte, ein neues Passwort fürs Online-Banking vergab oder etwa eine neue Handy-Nummer beantragte: Jeder einzelne Tastenanschlag wurde im Hintergrund automatisch an Mario weitergeschickt und in dessen Computer entschlüsselt. So, als hätte er ihr in ihrer eigenen Wohnung beim Schreiben ständig über die Schulter geschaut. Wir können nur annehmen, dass er auch Martina Hahnes Computer entsprechend manipuliert hatte. Auch die Handys der beiden Frauen hatte er übrigens verseucht, wie die LKA-Leute festgestellt haben. Eine russische Software. Fortan ließen sich die Handys der beiden Frauen von Mario über GPS orten, ohne dass die Eigentümerinnen etwas davon mitkriegten. Das Ganze ist noch nicht supergenau, aber man kann den Standort am Computer-Bildschirm immerhin auf einen Radius von hundert Metern orten. Das liegt übrigens nicht an der mangelnden Qualität der Software, sondern an der mangelnden Qualität der Handys. Die Experten sagen, mit der nächsten Handy-Generation wird es auf den Meter genau funktionieren. Aber Mario genügte das schon, um zu wissen, ob seine Opfer sich in ihrer Wohnung aufhielten oder auf der Arbeit befanden oder beim Schaufensterbummel in der City. Alles in allem besaß Mario also die perfekte Kontrolle über seine Opfer. Big Brother is watching you.»

«Der unsichtbare Tarnkappen-Stalker», sagte Ludger Beyer, wenn auch mehr zu sich selbst.

«Das klingt ja schon wie die Schlagzeile der morgigen Ausgabe der Bild-Zeitung», entgegnete Antonia Dix spitz.

«Was willst du damit sagen?» Beyer sah sie wütend an. Seine Hände ballten sich unwillkürlich zu Fäusten.

Morian warf seiner Aktenführerin einen unmissverständlichen Blick zu: Egal, was du damit sagen wolltest, behalte es einfach für dich. Und erzähle der Truppe lieber, was du außerdem in Erfahrung gebracht hast.

«Da gibt es noch etwas», sagte Antonia. «Vielleicht hat unser Stalker bereits einen kleinen Fehler gemacht. Wenn wir Glück haben, ist seine Tarnkappe etwas verrutscht. Der Fehler ist der Seemannsknoten. Ich war bei diesem Krabbenspinner...»

«Krabbenspinner?»

«Entschuldigung. Bei dem alten Fährmann. Er faselte was von Krabbenspinnen, die ständig die Farbe wechseln und sich auf diese Weise unsichtbar machen. Das erinnert mich übrigens gerade an das Personal aus dem Kölner Restaurant, das Mario nicht wiedererkannt hat. Jedenfalls empfahl der Alte mir, mich doch mal jenseits des Mondorfer Yachthafens umzuhören. In Hersel. Da liegen ein paar Boote in einem Altarm. Kein richtiger Yachthafen, nur ein einfacher Liegeplatz. Ganz idyllisch, mit einer Zeile schmucker, alter Fischerhäuser gleich am Ufer. Ich habe an jeder Haustür geklingelt und die Phantombilder rumgezeigt. Volltreffer. Gleich drei Zeugen konnten sich erinnern. An den Minipli-Mann. Ist jetzt wohl schon fünfzehn oder zwanzig Jahre her, dass er regelmäßig in Hersel gejobbt hatte. Schwarz. Als Jugendlicher. Für die Bootseigner. Die Yachten gewartet, winterfest gemacht, Dieselmotoren repariert, Ölwechsel und solche Dinge. Er war wohl ein Naturtalent. Das schätzten die Bootseigner. Außerdem war er preiswert. Was sie weniger schätzten, war seine Unzuverlässigkeit. Er kam immer mit dem Fahrrad angeradelt, aus einer der Trabantensiedlungen im Bonner Norden. Und er träumte wohl davon, eines Tages nach Köln zu gehen und dort Karriere zu machen. Die Zeugen tippen auf eine kriminelle Karriere. Er war riesengroß, so um die zwei Meter, und stark wie ein Bär. Aber nicht besonders helle im Kopf. Die Zeugen können sich sogar an seinen Namen erinnern, wenn auch leider nur an seinen Vornamen: Werner.»

Keusen nickte ihr anerkennend zu.

«Werner, der Cyber-Stalker», lästerte Beyer. «Klingt wie der Titel einer billigen Comic-Serie.»

«Nur dass das Ganze nicht besonders komisch ist», kanzelte ihn Morian in rüdem Ton ab. «Werner ist garantiert nicht der Stalker. Werner scheint mir vielmehr so etwas wie die private mobile Einsatztruppe des Stalkers zu sein. Werner muss dafür ein Motiv haben. Wenn wir Werner haben und das Motiv haben, dann haben wir auch den Stalker. Also: an die Arbeit!»

Antonia Dix verteilte die Arbeit auf die wenigen verbleibenden Schultern und hakte die Punkte von ihrer Checkliste ab. Die Sitzung war beendet. Sie packte ihre Akten zusammen und wollte den anderen durch die Tür folgen, als Morian sie zurückhielt.

«Bitte setz dich nochmal einen Moment.»

Sie setzte sich.

«Kaffee?»

Sie schüttelte den Kopf.

«Antonia, diese Bemerkung eben ... das war nicht fair.»

«Beyer ist ein arrogantes Arschloch. Und es würde mich gar nicht wundern, wenn sich rausstellen würde ...»

«Antonia! Nichts ist bewiesen. Und solange nichts bewiesen ist, will ich keine Spekulationen. Und vor allem will ich keine ständigen Reibereien in der Truppe. Das können wir jetzt nicht brauchen. Beyer macht unbestritten einen guten Job.»

«Okay. Ich habe verstanden.»

Antonia Dix rieb sich die müden Augen. Morian goss sich den letzten Rest Kaffee ein.

«Gut. Ich danke dir. Wir sind einen entscheidenden Schritt weitergekommen. Wir haben endlich die Gewissheit, dass die beiden Phantombilder keine Phantome sind.»

«Ja. Aber sie sind auch noch keine Menschen aus Fleisch und Blut. Sie haben noch kein Profil.»

«Stimmt. Das erschwert die Fahndung. Vielleicht sollten wir uns an diese Spezialabteilung vom Bundeskriminalamt in Wiesbaden wenden. Uns mit einem dieser Profiler treffen.»

«Überflüssig, Josef. Wir haben gleich einen Termin hier in Bonn.» Antonia Dix sah auf die Uhr. Es war kurz vor sieben.

«In einer Stunde.»

«Ein Profiler?»

«Viel besser, Josef. Ein Hellseher.»

Seit einer Stunde saß Dagmar Losem auf dem Bett des Hotelzimmers und starrte das Telefon auf dem Nachttisch an. Dann fasste sie sich ein Herz, schlug die letzte Seite ihres Adressbuches auf und wählte die Nummer.

«Ja?»

«Guten Abend, Frau Wagner. Hier ist Dagmar Losem.»

Schweigen.

«Wie geht es Anna? Sie haben sie ja heute aus dem Krankenhaus …»

«Es geht ihr gut.»

«Ich bin so froh, dass Anna wieder bei Ihnen ist.»
Schweigen.
«Meinen Sie, es würde ihr gefallen, wenn ich sie ...»
«Nein!»
«Ich verstehe. Ich respektiere das selbstverständlich.»
Schweigen.
«Frau Wagner, Sie haben vielleicht schon von der Polizei gehört, wie sich die Sache tatsächlich ...»
«Ich bin heute lediglich darüber informiert worden, was ich ohnehin wusste: dass ich keine Affäre mit diesem Mario hatte und dass ich meinen Mann nicht betrogen habe.»
«Ich wollte Ihnen nur sagen, wie Leid es mir tut, dass Anna durch meine Schuld ...»
«Ahnte ich es doch. Genau das hätte ich gerne schriftlich von Ihnen, Frau Losem. In aller Ausführlichkeit.»
Die Leitung war tot. Ruth Wagner hatte aufgelegt.

Eva Carstensen lag bäuchlings auf dem Sofa und blätterte gelangweilt in einer der Kunstzeitschriften, die bergeweise im Arbeitszimmer ihrer Mutter herumlagen. An Seite 83 war eine Büroklammer als Lesezeichen befestigt. Das weckte ihre Neugierde. Eva Carstensen betrachtete das Farbfoto, das einen Besenstiel zeigte, der an einer Wand lehnte. Der Besenstiel war grün und orange lackiert und außerdem mit Vogelfedern beklebt. Aus dem knappen Text unter dem Foto war zu erfahren, dass man den Besenstiel im Foyer des Kölner Polizeipräsidiums besichtigen konnte und dass dort junge, talentierte Nachwuchs-Künstler aus ganz Europa regelmäßig eine Chance erhielten, ihre Arbeit einem breiteren Publikum vorzustellen, und dass dieser 28 Jahre junge, aufstrebende brasilianische Künstler von der bedeutenden Bonner Kunstmäzenin Theresa Carstensen betreut wurde.

Betreut.

Seltsames Wort dafür, fand Eva Carstensen. Seltsames Wort für das, was sich höchstwahrscheinlich in diesem Augenblick keine drei Kilometer Luftlinie vom Bad Godesberger Villenviertel entfernt in dem schmuddeligen Atelier abspielte, das ihre Mutter für ihn angemietet hatte.

Sie schleuderte die Zeitschrift im hohen Bogen durchs Zimmer, sodass sie zerfleddert unter dem Erkerfenster landete.

Da sie gerade auf nichts anderes Lust hatte, genoss sie das angenehm kühlende Leder des Sofas auf ihrer erhitzten Haut und studierte Jan Kreuzers nackten Rücken. Und seine wunderbar schmalen Hüften. Mehr war von ihm nicht zu sehen, nicht mal sein Kopf mit den wilden, bunt gefärbten Struwwelpeter-Haaren. Er saß weit vornübergebeugt am Schreibtisch ihrer Mutter und drosch unentwegt auf die Tastatur ihres Computers ein.

«Was machst du da eigentlich?»

«Ich suche eine Lösung für unser Problem.»

«Wie kommst du da eigentlich überhaupt rein? Hat sie denn kein Passwort?»

«Doch.» Jan Kreuzer sparte sich weitere Erklärungen, die sie ohnehin nicht verstanden hätte. Außerdem war er beschäftigt.

«Jan...»

«Ja?»

«Fick mich.»

Er seufzte. Es klang genervt.

«Komm schon», gurrte sie. Das Gurren hatte sie sich erst kürzlich in einem Kinofilm abgeschaut. Sie fand das besonders verführerisch. Jan Kreuzer kam es lächerlich vor.

«Eva, wir haben doch gerade erst. Außerdem geht es mir auf die Nerven, dass du es immer und ewig im Arbeitszimmer deiner Mutter treiben willst. Warum eigentlich?»

«Es turnt mich total an. Es ist so was wie eine erlösende, befreiende rituelle Entweihung.»

Jan Kreuzer stutzte. Wo hatte sie denn diese Vokabeln aufgeschnappt? Wahrscheinlich ebenfalls im Kino.

«Ach du meine Güte. Demnächst willst du es wahrscheinlich auch noch im Schlafzimmer deiner Mutter treiben. Wo ist sie eigentlich heute Abend?»

«Keine schlechte Idee. Bei ihrem Besenstiel-Künstler. Diesem Brasilianer. Komm jetzt endlich her!» Aus dem Gurren wurde ein trotziges Schmollen. Das hatte sie sich nicht im Kino abgeschaut; das Schmollen beherrschte sie von Kindesbeinen an.

«War der nicht aus Ghana?»

«Quatsch. Das war der davor.»

Sie drehte sich auf den Rücken, verschränkte die Hände hinter ihrem Kopf und betrachtete ihren mageren Körper.

«Ich werde zu fett.»

«Blödsinn!»

«Du hast gut reden. Du kannst dir sogar dauernd diese ekligen Pommes mit Mayo und so reinschieben und bleibst trotzdem so dünn wie ein Hering.»

Jan Kreuzer fühlte sich genötigt, seinen Blick wenigstens für einen Moment von dem Monitor zu lösen und sie zu betrachten. Er wusste, wie sehr sie es mochte, wenn er sie ausgiebig betrachtete. Also tat er ihr den Gefallen. Wenn sie so wie jetzt auf dem Rücken lag, mit hinter dem Kopf verschränkten Händen, waren ihre winzigen Brüste gar nicht mehr zu sehen. Nur noch ihre Brustwarzen.

Aber ihre Beine waren perfekt.

«Blödsinn. Du bist perfekt.»

«Wirklich?»

«Wirklich.» Er wandte sich wieder dem Computer zu. Manchmal ging es ihm auf die Nerven, dass sie erst 16 war. Vor allem dann, wenn sie sich benahm wie eine 16-Jährige. Was allerdings selten vorkam. Außerdem konnte man nicht alles haben.

So hatte er immerhin eine ausnehmend hübsche Freundin, um die ihn seine Freunde beneideten und nach der sich wildfremde Männer auf der Straße umdrehten.

Außerdem hatte sie Geld. Jede Menge Geld. Auch das war von Vorteil, wenn man so wie er weder die Schule noch eine Berufsausbildung zu Ende gebracht hatte, als miserabel bezahlte Aushilfskraft in einem Computer-Shop jobbte und im teuren Köln eine Wohnung unterhalten musste.

«Jan, meine Mutter sagt, du wärst zu alt für mich.»

Zu alt. Er war 22. Das war ein Altersunterschied von sechs Jahren. Evas Mutter war 46. Ihre Liebhaber waren im Schnitt zwanzig Jahre jünger.

Aber vielleicht war er wirklich der Falsche für Eva.

Nicht wegen des Altersunterschieds. Sondern weil sie in einer 320-Quadratmeter-Villa mit allem Schnickschnack in Bad Godesberg lebte und er in einem muffigen 29-Quadratmeter-Souterrain-Loch einer Kölner Nachkriegs-Mietskaserne. Weil sie noch zur Schule ging und er nicht. Weil sie mit ihrer Mutter Krebsschwänze auf Rucola aß, in piekfeinen Restaurants, und er Currywurst, im Stehen an der Pommesbude.

Außerdem konnte Theresa Carstensen ihn nicht leiden.

Was seine Attraktivität in Evas Augen enorm steigerte.

Wie lange noch?

Sie hatten sich geliebt und gestritten und wieder geliebt, zur Versöhnung. Aber das Streitthema war deshalb nicht aus der Welt. Morgen war Freitag. Sein letzter Arbeitstag für drei Wochen. Ab Montag hatte er Urlaub. Und er wollte nach Ibiza. Mit ihrem Geld natürlich. Mit wessen Geld auch sonst? Jan Kreuzer war noch nie in Urlaub gewesen. Die Gelegenheit war günstig. Nachsaison. Billige Flüge. Und eine Freundin mit eigener Kreditkarte. Raus aus seiner Bruchbude. Raus aus dem kalten, verregneten rheinischen Herbst. Geld war nicht das Problem. Sondern ihre Schule.

«Was ist schon dabei, mal zwei Wochen zu fehlen? Sie bräuchte dir doch nur eine Entschuldigung zu schreiben, und die Sache wäre geritzt. Warum stellt sich deine Mutter eigentlich so an? Die hat doch selber kein Abi hingekriegt.»

«Ebendarum wahrscheinlich. Sie sagt, ich hätte gefälligst in den Sommerferien verreisen sollen.»

«Da hatte ich aber doch keinen Urlaub.»

«Sie sagt, dann hätte ich eben mit jemand anderem verreisen sollen. Sie findet's geil, mich zu ärgern. Das befriedigt sie vermutlich noch mehr als der Besenstiel ihres Brasilianers.»

«Und was sagt dein Vater dazu?»

«Der? Der hat zwar das Geld, aber der hat nichts zu sagen. Sie hat das alleinige Sorgerecht, seit der Scheidung. Stell dir vor, in seiner Werbefirma in Köln scheißt er alle zusammen, die nicht spuren, der große Curt Carstensen. Hab ich selbst schon gesehen. Vor versammelter Mannschaft. Ein echtes Erlebnis. Aber vor seiner Ex kuscht der große CC wie ein Schoßhündchen. Genau wie vor dieser kleinen Russen-Schlampe, die er sich angeschafft hat, mit der er in diesem grauenhaften Raumschiff in Köln haust. Diese kleine, miese RTL-Tussi. Ich hasse sie.»

«Okay. Dann lösen wir das Problem eben selbst. Ich bin schon dabei. Habt ihr eine Digi-Kamera im Haus?»

«Was hast du vor? Mir ist übrigens kalt.»

«Dann zieh dir was an. Und schlag die Seite drei auf und lies, was da steht.»

Während sie aufsprang und auf dem Teppich ihre Jeans und ihren Slip und ihr T-Shirt aufklaubte, warf er die Bild-Zeitung, die er mitgebracht hatte, auf das Sofa.

«Seite drei? Was soll ich lesen?» Sie hasste lesen.

«Was da steht auf Seite drei. Über den Entführer. Danach packst du deine Sachen, und ich erkläre dir, wie wir es machen. Nächste Woche liegen wir am Strand von Ibiza.»

«Erklär's mir doch sofort. Dann muss ich nicht lesen.»

«Lies gefälligst! Ich habe zu tun.»

Sie schloss den Reißverschluss ihrer Jeans, ließ sich wieder auf das Sofa fallen, griff angewidert nach der Zeitung und schlug sie auf. Sie rümpfte die Nase.

«Das über diesen Mario? Das ist ja eine halbe Seite!»

Blankes Entsetzen lag in ihrer Stimme.

«Ich verspreche dir: Es lohnt sich. Danach zeige ich dir, was dieser Mario mit deiner Mutter zu tun hat. Beziehungsweise hatte. Du wolltest ihr doch schon immer mal so richtig eins reinwürgen. Wir können heute viele Fliegen mit einer Klappe schlagen, meine kleine Gazelle. Und nun lass mich gefälligst noch einen kleinen Moment in Ruhe arbeiten.»

Jan Kreuzer beugte sich wieder über den Computer. Ihm war nicht kalt. Ihm wurde heiß und heißer.

Er war unschlagbar.

Er war Mastermind.

Er war in diesem Augenblick der König der Hacker.

Er war ein Genie.

Der Volvo würde es nicht mehr lange machen. Vielleicht sollte er ihn mal nach Köln zu Theo in die Werkstatt bringen. Vielleicht hatte der eine Idee, wie man einem dreißig Jahre alten Auto neue Lebenslust einimpfen konnte.

Vielleicht sollte er sich gleich dazulegen, auf Theos Hebebühne. Vielleicht hatte Theo ja eine Idee, wie man einem 47-jährigen übergewichtigen Kriminalbeamten neue Lebenslust einimpfen konnte. Einmal Ölwechsel und neue Zündkerzen bitte.

«Erzähl mir was über deinen Hellseher.»

Antonia Dix zuckte zusammen und richtete sich in dem verschlissenen Beifahrersitz auf. Sie war tatsächlich für einen kurzen Moment eingeschlafen. Das Spiegeln der Straßenlaternen und der Scheinwerfer auf den dunklen, regennassen Straßen und das monotone Schaben der ausgeleierten Scheibenwischer hatten ihr übermüdetes Gehirn hypnotisiert.

«Warum regnet das denn schon wieder? Da vorne biegst du links ab.»

«Da vorne ist Linksabbiegen verboten.»

«Ist doch kein Mensch mehr auf der Straße. Sei nicht immer so spießig, Josef. Vielleicht solltest du dir mal neue Scheibenwischer anschaffen. Professor Dr. Dr. Ansgar Kempkes. Ich stottere übrigens nicht, er hat tatsächlich zwei Doktortitel. Lass mich rechnen. Er müsste jetzt siebzig sein.»

Sie kramte in den Unterlagen auf ihrem Schoß. Sie überließ möglichst nichts mehr dem Zufall, seit Morian sie zur Aktenführerin der Bonner Mordkommission ernannt hatte.

«Ja, genau. 1935 geboren. Pensionierter Professor. Beziehungsweise emeritiert, so heißt das bei denen, nicht pensioniert. Viktimologe. Ehemaliger Lehrstuhlinhaber am Psychologischen Institut der Bonner Uni. Den hat er übrigens gegründet, den Lehrstuhl für Viktimologie. Das ist, falls deine Lateinkenntnisse nicht ausreichen, ein Zweig der Kriminologie, der sich mit der psychischen Konstellation der Opfer beschäftigt. Warum Menschen zu Opfern werden. Welche spezielle seelische Beziehung zwischen Täter und Opfer besteht. Klar?»

«Klar. Woher kennst du ihn?»

«Er war zu meiner Zeit Referent an der Polizeischule. Ob er das heute immer noch ist, weiß ich nicht. Ist ja schon ein paar Jahre her. Jedenfalls hatte ich ihn damals gleich gemocht. Weil er so unkonventionell ist. So jung im Kopf. Aber ich warne dich: Er ist etwas sonderbar. Allein schon sein schräger Lebensweg...»

«Schräger Lebensweg? War er mal Bulle?»

«So schräg nun auch wieder nicht. Warte, ich hab's gleich. Ich habe seinen Lebenslauf für dich ausgedruckt. Hier: Nach dem Abitur ging er freiwillig zur soeben gegründeten Bundesmarine, am 2. Januar 1956, um genau zu sein, noch bevor ein halbes Jahr später die allgemeine Wehrpflicht eingeführt wurde. Er verpflichtete sich gleich für vier Jahre, weil er was von der Welt sehen wollte. Aber nur zwei Jahre später, da war Ansgar Kempkes schon Offizier auf einem Schnellboot, erklärte er sich zum Kriegsdienstverweigerer. Er hat mir erzählt, er wollte damals eigentlich nur mal testen, ob dieses neue Grundgesetz tatsächlich funktionierte und wie demokratisch die neue Republik war. Ich glaube, er machte es, weil Verweigerer damals als der letzte Dreck galten, als Drückeberger. Ansgar Kempkes gefiel sich schon immer in der Rolle des Außenseiters.»

«Das ist aber für eine wissenschaftliche Karriere ebenso wenig förderlich wie für eine militärische.»

«Daran ist er ja am Ende auch gescheitert. Bevor er zur Uni ging, hatte er nach der Marine noch eine Lehre als Steinmetz in der Eifel absolviert. Um den Kopf frei zu kriegen, behauptet er. Da vorne biegst du rechts ab, und dann sind wir auch schon fast am Ziel. Wie gesagt, er hat zwei Doktortitel, in Psychologie und in Kulturanthropologie. Seine viktimologischen Forschungen fanden weltweit große Beachtung, er war ein geschätzter Gastredner bei internationalen Kriminologen-Kongressen, selbst die Profiler der FBI-Academy in Quantico suchten seinen Rat. Sein Lehrstuhl war für die Bonner Universität international ein enormer Imagegewinn ... und außerdem war er beliebt bei den Studenten.»

«Beliebt? Wie beliebt?»

«Sehr beliebt.»

«Verstehe. Was ist passiert?»

«Sie haben ihn rausgemobbt. Das war zu viel für die ehrwürdigen Professoren der philosophischen Fakultät. Ein Kollege, der mit den Studenten auf die Straße zog, um für Reformen im Uni-Betrieb zu demonstrieren, der als Forscher internationales Ansehen genoss, obwohl er aussah wie ein dahergelaufener Hippie und sich von seinen Studenten, die ihn duzten und die er zu sich nach Hause einlud, äußerlich nur durch seine Falten und das Grau seiner Haare unterschied. Als Ansgar merkte, dass die lieben Kollegen heimlich Heerscharen darauf ansetzten, nach Formfehlern in seinen Forschungsarbeiten suchen zu lassen, und außerdem Gerüchte über Affären und wilde Orgien mit seinen Studenten streuten, warf er das Handtuch.»

«Und? War was dran?»

«Sie konnten ihm keine Fehler in seinen Forschungsarbeiten nachweisen. Bei den Orgien bin ich mir nicht so sicher.»

«Und was macht er jetzt?»

«Er nennt sich Privatgelehrter. Ab und zu lässt er sich als Referent engagieren, ab und zu schreibt er ein Buch. Dicke Fachbücher, die kein Mensch liest.»

«Verheiratet? Kinder?»

«Ansgar? Er war nie verheiratet. Er besitzt auch keinen Führerschein. Er ist in jeder Hinsicht anders.»

Morian konnte sich den inneren Zusammenhang zwischen einem Trauschein und einem Führerschein beim besten Willen nicht erklären.

«Was weiß er über den Fall?»

«Alles, was wir wissen. Ich habe ihm die Akten kopiert. Er hat sie studiert und sich ein Bild gemacht. Dann hat er mich angerufen und gesagt, wir sollen vorbeikommen.»

«Und was erhoffen wir uns von ihm?»

«Du kannst hier parken, Josef. Den Rest gehen wir zu Fuß. Ist nicht mehr weit.»

Antonia schnallte sich ab und stemmte mit einem Ruck die metallisch quietschende Beifahrertür auf.

«Ganz einfach, Josef. Er soll uns sagen, was für ein Mensch dieser Mario ist. Damit wir wissen, wie er tickt. Damit wir ihn endlich finden.»

Er hatte das Spiel erfunden. Und die Spielregeln. Und jetzt wollten sie es nach ihren eigenen Regeln spielen. Was bildeten sie sich eigentlich ein? Er durfte die Kontrolle nicht verlieren. Er musste den Überblick behalten.

Sonst war er verloren.

Sein Kopf hatte feine Risse. Er betastete ihn vorsichtig. Den Kopf und den Hals. Er bekam keine Luft mehr. Er zerrte an seiner Krawatte, bis der Knoten nachgab, er riss sich die Krawatte über den Kopf und schleuderte sie aufs Bett. Er öffnete den obersten Hemdknopf. Er sprang von seinem Schreibtisch auf, griff nach der Bild-Zeitung auf seinem Bett, zerknüllte sie zu einer Kugel und warf sie in den leeren Papierkorb.

Das Spiel glitt ihm aus den Händen.

Er brauchte dringend eine neue Aufgabe.

Etwas Ablenkung.

Warum meldete sich diese Maso-Schlampe eigentlich nicht? Wie hieß sie noch gleich?

Astrid-Asteroid. Statistisch lag das durchaus in der Norm. Er führte sorgfältig Statistik über seine Projekte. Nur jede vierte Zielperson antwortete auf die erste E-Mail.

Astrid-Asteroid.

Bei ihr war er sich absolut sicher gewesen.

Wer eine Rose ohne Dornen will, hat die Rose nicht verdient.

Warum antwortest du nicht?

Er hatte auch schon die nächste E-Mail für sie vorbereitet. Er würde sie nicht abschicken. Er verschickte niemals zwei E-Mails in Folge. Er reagierte nur. Er wartete stets ab, bis die Zielperson antwortete. Er machte sich rar. Das war einer der Bausteine seines Erfolges. Er druckte die vorbereitete, unversendete E-Mail aus, lochte das Blatt, öffnete den Schrank und wählte den Aktenordner ganz links im obersten Regal aus. Während er das Blatt abheftete, überflog er noch einmal seinen bescheuerten Text.

Dein Herr bin ich
und doch nur Sklave deiner Lust.
Du nennst mich deinen Meister,
und doch bist du es,
die mich zu dem macht, was ich bin.
Du kniest zu meinen Füßen
und doch bin ich es,
der sich im Geiste ehrfürchtig vor dir verneigt.

Was für ein billiger Schund. Aber sie fuhren darauf ab. Man musste nur die richtigen Knöpfe drücken. Mit den richtigen Worten. Es war einfach nicht zu fassen: Er, Mario, er, Carlos, er, der Jäger, der sich selbst erschaffen hatte und immer wieder neu erschuf, war in der Lage, allein mit Worten fremde Gehirne lahm zu legen. Seine private Statistik belegte, dass 98 Prozent der Zielpersonen, die so dumm gewesen waren, seine zweite E-Mail zu beantworten, nach seiner dritten E-Mail den Verstand verloren.

Selbst diese literaturbeflissene Deutschlehrerin.

Dagmar Losem.

Er zog ihren Aktenordner aus dem Schrank und blätterte ziellos darin herum. Er würde eine Weile die Finger von ihr lassen müssen. Diese Stümper glaubten doch tatsächlich, er würde nicht merken, dass sie die Schlampe nicht mehr aus den Augen ließen und ihren Computer und ihr Handy überwachten.

Außerdem musste er jetzt Prioritäten setzen. Nein, er brauchte jetzt keine neuen Aufgaben. Keine neuen Projekte. Keine Ablenkung. Vorerst. Er musste zuerst ein Problem lösen.

Das Problem hieß Mastermind.

Die rote Lampe über der Zimmertür blinkte auf. Er schaltete das Licht aus, verließ den Raum, eilte die Treppe hinunter ins Erdgeschoss und übte in der Diele, im Vorbeigehen, ein nettes Lächeln im Spiegel, bevor er das abgedunkelte Wohnzimmer betrat.

«Du hast gerufen, Mama?»

«Was ist mit dem Fernseher los?»

Sie sah wütend aus. Sie lag in ihrem neuen Bademantel im Fernsehsessel und fuchtelte mit der Fernbedienung in der Luft herum, als würde sie ihn damit am liebsten erdolchen. Sie hielt die Fernbedienung in der linken Hand, weil ihr rechter Arm gelähmt war, seit dem Schlaganfall. Nutzlos. Unbrauchbar. Überflüssig.

«Was soll denn mit dem Fernseher los sein, Mama?»

«Das zweite Programm. Ich drücke dauernd den Knopf, aber das zweite Programm geht nicht rein.»

Er war froh, sich dem Fernseher zuwenden und den Blick von ihr abwenden zu können. Er konnte den Hass in ihren Augen nicht ertragen. Mit dem Fernseher war alles in Ordnung. Oben links war das orangefarbene ZDF-Logo deutlich sichtbar.

«Aber Mama, das ist doch das zweite Programm.»

«Ist es nicht. Sonst käme jetzt der Kerner. Es ist schon zwei Minuten nach elf.»

«Vielleicht hat die Sendung ja etwas Verspätung. Vielleicht hat sich was im Programmablauf verschoben.»

Sie fixierte ihn mit ihren stechenden Augen, als mache sie ihn persönlich dafür verantwortlich.

«Soll ich mal nachsehen, Mama?»

Sie hielt ihm wortlos die Fernbedienung entgegen. Er achtete darauf, sie zu ergreifen, ohne ihre Hand berühren zu müssen. Dann wandte er sich wieder dem Fernseher zu.

«Siehst du, Mama, im Videotext steht, sie haben den Programmablauf kurzfristig aus aktuellem Anlass geändert. Wegen des Wahlkampfs. Sie haben eine Podiumsdiskussion dazwischengeschoben. Wegen der Bundestagswahl am Sonntag. Kerner kommt erst um halb zwölf.»

«Dann muss ich ja jetzt noch eine halbe Stunde warten!» Ihre schneidende Stimme war ein einziger Vorwurf.

«Möchtest du lieber, dass ich dich ins Bett bringe?»

«Nein! Ich warte. Ich will Kerner sehen. Wie siehst du überhaupt aus? Wie läufst du eigentlich hier rum?»

Er sah erschrocken an sich hinab. Ihm fiel nichts auf. Schließlich begriff er, was sie meinte.

«Entschuldige bitte. Ich habe nur die Krawatte abgelegt und den obersten Hemdknopf geöffnet. Mir war heiß.»

«Heiß? Dann schalte die Heizung ab. Das spart Geld.»

«Ja, Mama.»

Er stand da und wartete. Sie beachtete ihn nicht weiter und stierte gebannt in den Fernseher. Nachrichten. Das Wetter.

Er rückte das verrutschte Deckchen und den Kerzenleuchter auf dem Fernseher zurecht und war im Begriff, das Zimmer zu verlassen, als ihre Stimme ihn stoppte.

«Was ist ein Schtoker?»

«Was sagst du, Mama?»

«Sie haben heute in den Regionalnachrichten im dritten Programm etwas von einem Schtoker erzählt. Der soll hier in Bonn sein Unwesen treiben. Warum müssen die im Fernsehen eigentlich neuerdings dauernd englisch reden?»

«Du meinst Stalker.»

«Ist mir egal, wie das ausgesprochen wird. Du sollst mich nicht verbessern, du undankbarer Junge, sondern mir erklären, was das ist. Was macht der Kerl?»

«Er bestraft Flittchen, Mama.»

Der Hass in ihren Augen wich Verwunderung.

Das Haus in der Argelanderstraße, an dessen Tür sie klopften, war eines der typischen dreistöckigen, villenartigen Reihenhäuser im Zuckerbäckerstil der Gründerzeit. Nur dass der Zuckerguss in diesem Fall unter beängstigenden Auflösungserscheinungen litt. Zwischen all den frisch restaurierten und nachts anheimelnd illuminierten Fassaden wirkte das Haus wie eine Kampfansage an das Bürgertum. Über dem Türsturz mühte sich eine nackte Glühbirne vergeblich im Kampf gegen die Dunkelheit. Die Wandfarbe blätterte ungeniert ab, der Putz bröckelte, und die nackten, muskulösen Schönlinge aus ehemals weißem Stuck, die den zierlichen, schmiedeeisernen, inzwischen völlig verrosteten Balkon über der Haustür trugen, waren fast schwarz vom Ruß längst ausrangierter Kohleheizungen.

Eine junge Frau, die aussah, als hätte sie sich gerade für ein Punk-Konzert fein gemacht, riss die Tür auf und schenkte ihnen ein Lächeln, das ansteckend wirkte. Die rot gefärbten Haare standen in allen Himmelsrichtungen von ihrem Kopf ab. Sie trug einen schwarzen Minirock, den man auch als Gürtel hätte definieren können, schwarze Netzstrümpfe mit Strapsen und an den Füßen derbe, schwarze, wadenhohe Motorradstiefel. Morian begann, die Piercings in ihrem Gesicht zu zählen, war aber noch nicht fertig, als die Frau einen Schritt zurücktrat und sie mit ihrem Lächeln aufforderte einzutreten.

«Sie wollen bestimmt zu Ansgar, stimmt's?»

Morian hatte geglaubt, kein Mensch besäße mehr Bücher als Dagmar Losem. Das war ein Irrtum. Sogar auf dem Fußboden des gut 80 Quadratmeter großen, zweigeteilten Salons sowie auf dem von zwölf hochlehnigen Stühlen gesäumten Esstisch türmten sich Berge von Büchern, die nie und nimmer eine Chance erhalten würden, jemals in den deckenhohen Regalen an den Wänden einen Platz zu finden.

Inmitten der Bücherberge stand ein alter Mann, dem Morian auf den ersten Blick ohne weiteres abnahm, dass er all diese Bücher gelesen hatte. Der Mann hatte die Hände hinter dem Rücken verschränkt, wippte auf den Fußspitzen und betrachtete die oberste Bücherreihe knapp unter der Stuckdecke mit einer kindlichen Neugierde, als befände er sich nicht in seiner eigenen, sondern in einer ihm völlig fremden Wohnung. Er trug altmodische, karierte Filzpantoffeln an den Füßen, einen Bademantel, dem der Gürtel fehlte, ein kariertes Hemd aus dickem Flanell, wie sie in den siebziger Jahren modern waren, sowie eine ausgebeulte Zimmermannshose aus schwarzem Breitcord, die von ledernen Hosenträgern gehalten wurde. Seine fast schulterlangen Haare und sein Vollbart waren bereits schlohweiß, obwohl er gerade erst die 70 überschritten hatte. Seine winzigen, von Lachfalten umrahmten Nikolaus-Augen blitzten, als er Antonia Dix entdeckte.

«Antonia! Mein brasilianischer Engel. Du wirst tatsächlich von Jahr zu Jahr schöner.»

«Blödsinn. Ich werde von Jahr zu Jahr älter. Wer war denn die junge Dame eben an der Tür?»

«Das war Olga. Meine neue Haushälterin. Sie kommt aus Polen und sucht hier Arbeit. Ist nicht so einfach, ohne Visum. Sie wohnt hier. Ich begnüge mich inzwischen mit dem Erdgeschoss und habe den Rest vermietet. Das Treppensteigen bereitet mir Mühe. Die Bandscheiben. In der ersten Etage wohnt neuerdings eine Studenten-WG, vier ganz reizende junge Leute, und unterm Dach wohnt jetzt Olga, meine zauberhafte Haushälterin.»

«Haushälterin? Sie sieht nicht gerade so aus, als verstünde sie sich aufs Putzen.»

«Doch, meine Liebe. Sie putzt mein Ego. Das genügt. Den Rest putze ich selber. Ab und zu kauft sie für mich ein und bügelt meine Hemden. Du weißt, ich gehe ungern in Supermärkte. Und wenn ich selbst bügle, sehen die Sachen anschließend zerknitterter aus als vorher. Was kann sich ein alter Mann mehr wünschen, als ständig von jungen Leuten umgeben zu sein? Bist du vorhin im Hausflur in den Genuss von Olgas zauberhaftem Lächeln gekommen? Sie schenkt es mir jeden Tag.»

«Das ist übrigens Josef Morian. Mein Chef.»

«Guten Abend, Herr Morian. Ich freue mich, Sie kennen zu lernen. Wenn ich Antonias Schilderungen Glauben schenke, und ich wüsste nicht, warum ich dies nicht tun sollte, dann müssen Sie ein ganz außerordentlicher Mensch sein.»

Morian war erleichtert, dass Ansgar Kempkes ihn nicht gleich duzte und umarmte, und zugleich irritiert, was Antonia wohl alles über ihn erzählt haben mochte.

«Guten Abend, Herr Kempkes. Ich bin froh und dankbar, dass Sie uns helfen wollen.»

«Obwohl Antonia mir gern hellseherische Fähigkeiten zuschreibt, so wie die Jugend gemeinhin zur maßlosen Übertreibung neigt, weiß ich, Ihnen in Wahrheit nicht helfen, sondern nur raten zu können. Helfen müssen Sie sich selbst, Herr Morian. Und ich beneide Sie keineswegs um Ihre Aufgabe.»

«Wieso?»

«Sie sind der Kriminalist. Ich bin nur ein Kriminologe. Ich beschränke mich darauf, ein wenig nachzudenken und dann kluge Dinge zu sagen oder aufzuschreiben. Aber Sie müssen handeln. Haben Sie Erfahrung mit Serientätern, Herr Morian? Sie jagen nicht irgendeinen frustrierten Ex-Liebhaber. Sie jagen einen Psychopathen. Er ist hochintelligent, er ist völlig skrupellos. Noch sind seine Taten von überschaubarer Brutalität. Aber das wird sich ändern. Jede Wette. Durch die Umstände. Noch bremst ihn die mühsam gezimmerte Fassade seines Privatlebens. Aber nicht mehr lange. Er verliert bald die Kontrolle.»

«Über wen?»

«Über sich selbst.»

«Was hat sich denn für ihn geändert?»

«Herr Morian, Stalking funktioniert nur, solange zwischen Tätern und Opfern eine stille Übereinkunft der Geheimniswahrung besteht. Übrigens ein interessantes Thema: die Vulnerabilität. Entschuldigen Sie bitte das Fachchinesisch. Ich versuche es im Folgenden zu vermeiden. Die grundsätzliche, schon zuvor existente Verwundbarkeit des Opfers. Eine niederländische Studie belegt, dass auffällig viele Stalking-Opfer schon vor der Belästigung psychische Belastungsmerkmale aufwiesen, also bereits verwundbar in die Situation gerieten. Vereinfacht gesagt: Menschen, die kein ‹nein› ertragen, in diesem Fall die Täter, suchen sich gezielt Menschen aus, die nicht ‹nein› sagen können. Mitunter ist es auch umgekehrt: Opfer suchen sich zu ihnen passende Täter aus. Aber ich schweife ab. Verstehen Sie in etwa, was ich meine, Herr Morian?»

«Ich denke, ja.»

«Gut. Stalking funktioniert nur unter der Maxime der Nichtöffentlichkeit. Die Öffentlichkeit ist aber nun hergestellt. Durch die Medien. Eine für ihn überraschende Entwicklung. Diese Entwicklung entreißt ihm die Kontrolle, die ihm so wichtig ist, und katapultiert ihn auf ein neues, höheres Niveau. Sobald seine gesellschaftliche Fassade Risse bekommt, wird er versuchen, seine Umgebung mit in den Abgrund zu reißen. Seine psychische Grundkonstellation unterscheidet sich durch nichts von der eines Serienvergewaltigers oder der eines Serienmörders. Er wird sich steigern, wenn Sie ihn nicht schleunigst stoppen. Was halten Sie von einem Gläschen Bordeaux, bevor wir anfangen?»

Kein Alkohol. Keinen Tropfen. Nicht mal ein einziges Glas Wein. Er brauchte seinen Geist heute Abend in Topform. Er war ein Muster an Selbstdisziplin. Schon immer gewesen. Allein sein Geist und seine Disziplin würden diese kleine Ratte besiegen.

Nachdem er seine Mutter zu Bett gebracht und sie mit ihrer Medizin versorgt hatte, machte er sich in der Küche einen Tee, löschte sämtliche Lichter im Erdgeschoss und zog sich in sein Zimmer unterm Dach zurück. Er stellte die dampfende Tasse auf den Untersetzer und schaltete den Computer ein. Während sich das Betriebssystem aufbaute, nahm er den Papierball aus dem Papierkorb, glättete die Zeitung, so gut es ging, schnitt den Artikel auf der dritten Seite mit der Schere aus und schob den Ausschnitt in eine Klarsichthülle, nahm den Aktenordner mit dem Buchstaben H aus dem Schrank und heftete die Klarsichthülle mit dem Artikel unter dem Registernamen ‹Hahne, Martina› ab. Dann las er zum zweiten Mal die Nachricht, die ihm die Ratte geschickt hatte, unmittelbar bevor er seine Mutter zu Bett gebracht hatte:

Lieber Mario, ich muss unsere interessante Partie leider für zwei
Wochen unterbrechen, da ich überraschend und kurzfristig aus ge-
schäftlichen Gründen ins Ausland muss. Richte dich aber schon mal
auf ein baldiges Schachmatt nach Rückkehr ein.
Voller aufrichtigem Mitleid
Mastermind

Aus geschäftlichen Gründen. Lächerlich. Am meisten ärgerte ihn, dass Mastermind alias Jan Kreuzer, dieser kleine, miese Aushilfsverkäufer, ihn für einen kompletten Idioten hielt.

Im Hintergrund der E-Mail hatte die Ratte doch tatsächlich ein Keylogger-Programm versteckt. Aber eines von der ganz billigen Sorte. Die Warnsysteme hatten sofort angeschlagen. Er vermutete deshalb, dass Mastermind nicht an seinem eigenen Computer saß, also nicht sein vollständiges Equipment zur Verfügung hatte, und außerdem in großer Eile war.

Vielleicht aber war Mastermind, war dieser Jan Kreuzer ja auch nur ein kleiner Stümper, den er bisher maßlos überschätzt hatte, nur weil er leidlich Schach spielen konnte.

Er benötigte knapp zwanzig Minuten, um Jan Kreuzers Keylogger-Programm umzuprogrammieren.

Dann schickte er es zurück. Versteckt in einer E-Mail:

Kein Problem. Arbeite bereits an einer Lösung.
Richte mich tatsächlich auf ein baldiges Schachmatt ein.
Frage ist nur: Wer ist am Ende schachmatt?
PS: Nimmst du denn wenigstens deine kleine, süße Freundin mit auf deine geschäftliche Auslandsreise?

Der letzte Satz würde Mastermind für eine Weile außer Gefecht setzen. Er würde mächtig ins Grübeln geraten, was Mario alles über Mastermind wusste, wovon Mastermind bisher nicht die leiseste Ahnung hatte. Die plötzlich aufkeimende Angst würde sein Gehirn vernebeln, und wenn sich der Nebel in seinem Kopf schließlich lichtete und Mastermind feststellen würde, dass sein kleines, dämliches Keylogger-Programm eilends zu ihm zurückgekehrt war, wäre es längst zu spät.

Enter and go.

Ibiza. Zwei Tickets für Dienstag. Airport Cologne. Sämtliche Maschinen an den Tagen zuvor waren bereits ausgebucht.

Jan Kreuzer und Eva Carstensen.

Carstensen?

Seine Freundin natürlich. Eva. Wie niedlich.

Carstensen?

Der Name kam ihm irgendwie bekannt vor. Er sprang auf und nahm den Aktenordner mit dem Buchstaben C aus dem Schrank.

Das konnte doch nicht wahr sein.

Er checkte über Masterminds lächerliches Keylogger-Programm sicherheitshalber die anderen E-Mails in dem fremden Computer. Die abgespeicherten Word-Dateien. Und das Outlook-Adressbuch.

Einladungen zu Vernissagen.

Irgendwelche namenlosen Künstler, die um Geld bettelten.

Ein verschobener Friseur-Termin.

Ein Brief an Curt Carstensen: Er solle sich nur ja davor hüten, seine Tochter darin zu unterstützen, mit diesem Versager während der Schulzeit in Urlaub zu fliegen.

Eine Rechnung über eine Botox-Behandlung.

Das WDR-Kulturmagazin WestArt bat um ein Interview.

Kein Zweifel.

Der Computer, den sein Fernschachpartner Jan Kreuzer alias Mastermind gerade benutzte, um ihn aufs Kreuz zu legen, gehörte tatsächlich Theresa Carstensen.

Im Verlauf der ersten halben Stunde gewann Josef Morian den Eindruck, Professor Dr. Dr. Ansgar Kempkes sei ein arroganter und aufgeblasener Wichtigtuer.

«Sie glauben, er besitzt einen Mercedes? Ein Cabriolet?»

«Nun, zumindest hat er damit Martina Hahne ...»

«Vergessen Sie's. Das ist nicht sein Wagen. Ich schätze, Mario fährt eine mindestens zehn Jahre alte Mittelklasse-Limousine, die aber aussieht, als käme sie gerade frisch vom Fließband. Gedeckte Farbe. VW Passat oder Audi 80 oder Opel Vectra oder so etwas. Ein Wagen, der bei der Markteinführung gerühmt wurde, absolut zuverlässig zu sein und wenig Benzin zu verbrauchen. Autos sind allerdings nicht mein Spezialgebiet.»

Antonia Dix klebte an seinen Lippen.

Nach einer weiteren halben Stunde änderte Josef Morian seine Meinung über Ansgar Kempkes. Das lag nicht nur an dem vorzüglichen Bordeaux, den Olga aus dem Keller geholt hatte, gleich drei Flaschen davon, bevor sie ihrem Mäzen ein weiteres Lächeln schenkte und das Haus verließ.

«Ich würde mich nicht wundern, wenn er trotzdem mit der Bahn zur Arbeit fährt, um das Auto zu schonen. Auch die Kleidung ist unauffällig. Dieser Mann fiele Ihnen nicht einmal auf, wenn er in der Fußgängerzone binnen einer halben Stunde dreimal an Ihrem Tisch im Straßencafé vorbeiliefe.»

Antonia sah ihn strafend an.

«Entschuldige bitte, Antonia. Ich vergaß. Ihr seid Polizisten. Ihr habt eure Augen überall. Das ist natürlich etwas anderes. Aber ihr habt jetzt vielleicht eine ungefähre Vorstellung, wen ich meine: den absolut durchschnittlichen Jedermann, der die deutschen Sekundärtugenden erfunden zu haben scheint. Nachbarn und Kollegen würden ihn mit den folgenden Attributen beschreiben: höflich, verträglich, zuverlässig, sparsam, pünktlich, ordentlich. Er putzt sich vor der Haustür penibel die Schuhe ab. Es würde mich auch nicht wundern, wenn er zu Hause in akkurat beschrifteten Aktenordnern ausführliche Dossiers über seine Opfer anlegt. Vermutlich stehen die Ordner nicht in einem offenen Regal, sondern in einem Schrank, damit sie nicht einstauben.»

«Woher wollen Sie das alles wissen?»

«Herr Morian, ich phantasiere mir nichts zusammen. Ich habe lediglich sehr sorgfältig die Akten studiert, die bisherigen Ergebnisse Ihrer Ermittlungen. Und diese Fakten habe ich in Korrelation gebracht mit meiner Erfahrung als Viktimologe. Sie kennen doch sicher den uralten Leitspruch der Kriminalistik?»

«Studiere die Opfer, und du erkennst die Täter.»

«So ist es. Ich besitze den Vorteil, durch meine Arbeit sehr viel über Opfer zu wissen. Das ist alles.»

Nach einer Stunde war sich Morian sicher, dass Ansgar Kempkes weder arrogant noch ein Wichtigtuer war. Die Selbstsicherheit seines Urteils war vielmehr das Ergebnis eines Denkprozesses, in dessen Verlauf er systematisch sämtliche Zweifel und offenen Fragen aus dem Weg geräumt hatte. Der alte Mann, der seit ewiger Zeit keinen Fuß mehr vor seine Haustür gesetzt hatte, würde Mario problemlos im Straßencafé erkennen.

Ansgar Kempkes hatte nichts schriftlich fixiert und sprach ebenso druckreif wie schnell. Das Gehirn des Professors besaß eine andere Umdrehungsgeschwindigkeit.

«Ich bin sicher, er ist als Einzelkind aufgewachsen. Sein Vater ist entweder früh gestorben oder früh verschwunden. Jedenfalls spielte er in der Erziehung keine Rolle. Dafür war ausschließlich Marios Mutter zuständig. Schauen Sie sich die Mutter an, wenn Sie einen Tatverdächtigen haben, Herr Morian.»

«Was ist mit der Mutter?»

«Wir kommen später noch einmal darauf zurück. Dieser Mario hatte noch nie in seinem Leben eine feste Beziehung zu einer Frau. Er hat auch keine Freunde. Er hatte noch nie Freunde. Es würde mich auch nicht wundern, wenn er immer noch bei seiner Mutter lebt. Aus Kostenspargründen, würde er Ihnen erzählen. Er treibt zwar keinen Sport, weil man dabei schwitzt, und das ist für ihn ebenso unerträglich wie körperliche Nähe. Aber er achtet auf seine Gesundheit, auf seine Ernährung und auf sein Gewicht. Er wohnt in einer völlig durchschnittlichen Mittelschicht-Gegend, er hat einen völlig durchschnittlichen Schreibtisch-Job. Vielleicht bei einer Versicherung, vielleicht in einer Verwaltung. Er leidet darunter, kein Abitur zu haben. Er ist viel intelligenter, als seine Umwelt vermutet. Er würde niemals nach einer Gehaltserhöhung fragen. Er fügt sich klaglos in vorgegebene Hierarchien ein. In der Nazizeit wäre er der ideale Blockwart gewesen. Er passt sich seiner Umwelt so perfekt an wie ein Chamäleon.»

Mario, das Chamäleon. Wo hatte Morian das schon einmal gehört? Vor wenigen Stunden, in der SoKo-Besprechung. Von Antonia. Der alte Fährmann. Die Krabbenspinnen.

«Deshalb ist er der perfekte Jäger. Weil er so anpassungsfähig ist. Und so wandlungsfähig. Er schlüpft problemlos in jede Rolle, die ihm die Frauen anbieten. Und er spielt sie perfekt. Er verwandelt sich in das Abziehbild ihres Traummannes. Er spürt, was sie sich wünschen, wonach sie sich sehnen, was sie so lange vermisst haben, sodass sie schon ganz ausgehungert sind. Er kann ihre Bedürftigkeit und ihre Defizite förmlich riechen.»

«Aber er hält die Rolle nicht durch.»

«Nein, Herr Morian. Weil sie nur gespielt ist. Und weil sie nur Mittel zum Zweck ist. Sein Verhalten ist nicht echt. Ich denke, wir machen eine kurze Pause.»

Während Antonia ihre handschriftlichen Notizen sortierte und Ansgar Kempkes die Pause nutzte, um die dritte Flasche Wein zu öffnen, erhob Morian sich vom Stuhl und vertrat sich ein wenig die Beine. Er studierte die Buchrücken. Dicke Wälzer über Psychologie und forensische Psychiatrie. Morian war zu sehr in Gedanken, um die komplizierten Titel der Bücher bis in sein Gedächtnis vorzulassen.

Abgesehen von der Tür und von den Fenstern an den Stirnseiten des Raumes gab es an den vier Wänden nur eine einzige bücherlose Fläche. Dort hing ein gewaltiger, goldener Barockrahmen im Querformat, der ein zerknittertes Poster bändigte. Ein Foto im Cinemascope-Format, aufgenommen mit einem extremen Weitwinkel-Objektiv. Eine Bühne, eine Band auf der Bühne, mit dem Rücken zum Fotografen, vor der Bühne Menschenmassen bis zum Horizont.

«Ist das etwa Woodstock?»

«Ja, das legendäre Woodstock-Festival. Drei Tage Musik und Frieden und Joints und freie Liebe. Was für eine wundervolle Zeit. Sie war weniger kompliziert als die heutige. Junge Leute hatten es einfacher, sich in der Welt zu orientieren und einen Standpunkt einzunehmen: Der Vietnam-Krieg war böse, und die Anti-Vietnam-Demos waren gut.»

Ansgar Kempkes trat neben Morian und tippte mit dem Zeigefinger mitten in die gesichtslose Menge.

«Vorne auf der Bühne spielt gerade Carlos Santana. Und da hinten steht der kleine, glückliche, 34-jährige Alt-Hippie Ansgar Kempkes. Und denkt gerade, dieses wunderbare Glücksgefühl der Freiheit, des friedlichen Miteinanders und der unbändigen Lebenslust werde nie mehr enden. Verrückt, was?»

Kurz nach Mitternacht verließen Eva Carstensen und Jan Kreuzer die Bad Godesberger Villa. Sie stopften einen Koffer und eine kleine Reisetasche in den Kofferraum eines schwarz lackierten Golf, der keine Rückbank besaß und dessen auffällige, orangefarbenen Werbeschriftzüge auf den seitlichen Türen und auf der Heckklappe verrieten, wem der Wagen gehörte: der Computer-Firma, für die Jan Kreuzer jobte.

Sie waren viel zu beschäftigt, um zu bemerken, dass sie beobachtet wurden.

Sie waren allerdings auch nicht darauf trainiert, ein menschliches Chamäleon zu identifizieren.

Jan Kreuzer startete den Golf, der erst beim zweiten Versuch ansprang. Das Getriebe krachte, als er den ersten Gang einlegte. Der Keilriemen jaulte, als der Golf vom Bürgersteig auf die menschenleere Straße hopste und ruckartig beschleunigte. Das waren alles sehr ungewohnte Geräusche in dieser Gegend.

Das Chamäleon folgte dem Golf.

In angemessenem Abstand.

Woodstock im goldenen Barockrahmen. Und der einstige Marineoffizier, Kriegsdienstverweigerer, Steinmetz und Professor für Viktimologie Ansgar Kempkes, der mittellosen Studenten und polnischen Punk-Prinzessinnen Asyl gewährte und inzwischen aussah wie der liebe Gott der verblichenen Flower-Power-Zeit, stecknadelkopfgroß mittendrin.

«Wo waren wir vor der Pause stehen geblieben?»

Antonia sah in ihren Notizen nach.

«Er hält seine Rolle nicht durch. Weil sie nur gespielt ist. Weil sie nur Mittel zum Zweck ist.»

«Richtig, Antonia. Zunächst ist er charmant und galant, ein echter Frauenversteher. Doch schon nach relativ kurzer Zeit wird er fordernder, dominanter, rigoroser. Die Frauen brauchen Zeit, bevor sie begreifen, was mit ihnen geschieht. Denn er ist ein großartiger Manipulator. Doch früher oder später kriegen die Frauen Angst vor ihm. Sie beenden den Kontakt. Doch er duldet keine Ablehnung. Er kann Zurückweisung nicht ertragen. Deshalb bestraft er sie.»

«Das klingt ganz so, als lege er es regelrecht darauf an, dass die Sache jedes Mal scheitert.»

«So ist es, Antonia. Er lebt ein Paradoxon: Er hat panische

Angst vor Zurückweisung … die er aber jedes Mal durch sein sexuell deviantes Verhalten und durch seine Kontrollsucht selbst heraufbeschwört. Es scheint, als ob …»

«Sexuell deviantes Verhalten …?»

«Ein von der gesellschaftlichen Norm erheblich abweichendes sexuelles Verhalten. Es scheint, als ob ein innerer Drang ihn Dinge tun lässt, damit die Frauen ihn schließlich ablehnen und er endlich zum Stalker werden kann. Sobald die Frauen ihn zurückweisen, kommen sein Narzissmus und seine krankhafte Rachsucht zum Tragen. Er sieht sich völlig im Recht. Narzissten können nicht verzeihen.»

«Narzisst? Mario liebt also nur sich selbst.»

«So ist es. Manche Sprachpuristen, die sich nicht mit dem angelsächsischen Begriff Stalking anfreunden mögen, bezeichnen das Phänomen in ihrer dümmlichen Arroganz als Liebeswahn. So ein Unsinn. Es geht nicht um Liebe. Stalker lieben nur sich selbst. In Wahrheit geht es Mario nicht einmal um Sex. Er kann Frauen ja nicht einmal anfassen …»

«Was heißt das?» Antonia legte die Stirn in Falten. Marios Psyche überstieg allmählich ihre Vorstellungskraft. «Er fasst Frauen grundsätzlich nicht an?»

«Davon bin ich überzeugt. Schau dir die beiden Fälle an. Martina Hahne und Dagmar Losem. Die Lehrerin hat ihn ja noch nicht einmal zu Gesicht bekommen, obwohl sie am Rheinufer für ihn vor seinen Augen …»

Der Blick des Professors kreuzte zufällig Morians Blick. Daraufhin unterließ es Ansgar Kempkes, beim Namen zu nennen, was Dagmar Losem am Rheinufer getan hatte.

«Die Sache mit den Entführungen hat mich darauf gebracht. Und das zweite Phantombild. Sonnenklar: Er hat einen Helfer. Den blonden Mercedesfahrer. Er brauchte einen Helfer, weil er auch die beiden Mädchen nicht hätte anfassen können.»

«Aber welches Motiv hat dieser Helfer? So wie Sie Mario schilderten, wird er nicht im Geld schwimmen.»

«Nein, Herr Morian. Geld ist mit Sicherheit nicht das Motiv. Er hat den Helfer mit irgendetwas in der Hand. Vergessen Sie nicht: Mario ist ein grandioser Manipulator. Der Helfer ist nicht annähernd mit Marios Intelligenz gesegnet. Er ist ihm geistig unterlegen. Er ist Mario etwas schuldig, glaubt er. Und Mario hilft ihm dabei, dies zu glauben. Mario ist der Regisseur, und der Helfer führt wie eine Marionette seine Befehle aus.»

«Wenn es ihm nicht um Sex geht...»

«Es geht ihm ausschließlich um Dominanz, Manipulation, Kontrolle. Auch darin ähneln Stalker dieser gefährlichsten Kategorie, die wahnhaft fixierten sadistischen Stalker, dem Persönlichkeitsbild von Serien-Vergewaltigern und Serien-Mördern. Sie sind eben Psychopathen.»

Sie sind eben Psychopathen. Das klang wie: Sie sind eben Teetrinker, Linkshänder, Bierdeckelsammler.

«Ich fürchte, mir bleibt nichts anderes übrig, als Sie beide an die Hand zu nehmen und zu einer kleinen Reise in die schwarzen Seelen einzuladen. Sind Sie bereit?»

Antonia und Morian nickten schweigend.

Der Golf verließ die Autobahn, ordnete sich am Kölner Verteilerkreis in die Bonner Straße ein, folgte ihr bis zum Chlodwigplatz, bog nach rechts auf den Ubierring ab, erneut nach rechts in die Mainzer Straße und quetschte sich nach fünfzig Metern in eine Parklücke auf dem Bürgersteig. Jan Kreuzer wuchtete den Koffer aus dem Heck, Eva Carstensen schulterte die Reisetasche. Durch den feinen Nieselregen steuerten sie eines der tristen, anthrazitfarbenen Nachkriegs-Mietshäuser an. Jan Kreuzer zückte einen Schlüssel. Licht im Treppenhaus. Die Haustür fiel wieder ins Schloss. Keine zwei Minuten später fiel Licht aus dem schmalen Kellerfenster rechts neben der Haustür.

Souterrain. Wie romantisch.

Er wartete im Auto, starrte das erleuchtete Kellerfenster an und dachte nach. Dann nahm er eines der drei Handys aus dem Handschuhfach und wählte eine Nummer in Bonn.

«Ja?»

«Ich brauche dich.»

«Weißt du eigentlich, wie spät es ist?»

«Nur eine kleine Observation. Morgen. In Köln.»

«Ich mach nicht mehr mit!»

«Gleich gegenüber ist auch ein Café. Wenn du dich da ans Fenster setzt, bist du schön im Warmen und Trockenen und hast das Haus wunderbar im Auge.»

«Hast du nicht gehört? Ich steige aus. Endgültig. Hast du nicht die Bild-Zeitung gelesen?»

«Schlaf weiter. Aber stell dir vorher den Wecker auf halb sieben. Ich muss wissen, was sie tun. Ich muss wissen, was sie vorhaben. Ich will über jeden Schritt informiert werden.»

«Du bist wahnsinnig. Das ist das letzte Mal.»

Wahnsinnig. Er gab ihm die Adresse durch, außerdem eine Beschreibung von Jan Kreuzer und Eva Carstensen.

Dann unterbrach er die Verbindung.

Er betastete seinen Kopf, ganz vorsichtig.

Er spürte die feinen Risse in der Schädeldecke.

Er wartete, bis in der Souterrain-Wohnung das Licht ausging. Dann startete er den Motor, wendete und fuhr zurück nach Bonn. Er achtete unterwegs darauf, die Geschwindigkeitsbegrenzungen sowie alle anderen Vorschriften der Straßenverkehrsordnung strikt einzuhalten. Kein Ärger.

Mastermind war nicht sein einziges Problem.

Er würde sie alle lösen. Eines nach dem anderen.

Die schwarze Seele des Psychopathen.

Eine Reise ins Herz der Finsternis.

Ansgar Kempkes war ein erfahrener Reiseführer.

«Wir wissen, wie man zum Mond fliegt. Wir wissen, wie ein Hurrikan entsteht. Wir schicken Sonden zum Mars und zum Saturn. Wir spalten Zellkerne und entschlüsseln das Genom des Menschen. Aber wir wissen immer noch nicht, wie das Böse in die Welt gelangt und was Menschen zu Bestien macht. Früher, als wir noch die Religion hatten, da hatten wir Satan als Erklärung.»

«Jetzt haben wir doch die Psychiatrie als Religion.»

Ansgar Kempkes lachte schallend über Morians Bemerkung. Sein Bart zitterte, und seine kleinen Äuglein blitzten. Dann wurde er schlagartig wieder ernst.

«Wir glauben zu wissen ... die Formulierung ist schon paradox. Wir sind darauf trainiert, menschliches Verhalten blitzschnell zu analysieren und zu prognostizieren. Diese Fähigkeit sichert seit jeher unser Überleben. Und unser Zusammenleben. Sonst würde jedes soziale Gefüge auf der Stelle kollabieren. Aber die in unserem Gehirn zur Verfügung stehende Software geht davon aus, dass die Menschen, die wir betrachten, genauso ticken wie wir. Das ist ein fataler Fehler, wenn wir es mit einem Psychopathen zu tun haben. Er verfügt zwar über unsere Software, wir aber nicht über seine.»

«Und wie tickt Mario? Ich vermute, Sie kennen das Passwort für seine Festplatte, Herr Kempkes.»

«Wichtig für Sie ist aber nicht nur, von mir das Passwort zu erfahren, Herr Morian. Sondern sich anschließend stets daran zu erinnern und das Passwort niemals zu vergessen. Sonst sind Sie ihm hoffnungslos unterlegen. Sonst wird er Sie überrumpeln und besiegen. Mario ist ein Borderliner. Haben Sie schon einmal vom Borderline-Syndrom gehört, Herr Morian? Mario kennt keine Grenzen, weder bei sich noch bei anderen.

Er hat kein natürliches Verhältnis zu Nähe und Distanz, zu Bindung und Autonomie. Er will Menschen zugleich wegstoßen und an sich klammern. Wenn diese widerstrebenden Gefühle zu weit auseinander klaffen und sich nicht vereinen lassen, kann sich ein Mensch in multiple, also mehrere Persönlichkeiten aufspalten.»

«Er ist also schizophren?»

«Nicht ganz. Das wäre wissenschaftlich nicht korrekt. Aber das führt jetzt zu weit. Es reicht für Sie, zu wissen, dass er außer dem Borderline-Syndrom einem zweiten psychischen Defekt unterliegt: einer dissoziativen Persönlichkeitsstörung. Mario ist ein Vakuum. Eine substanzielle Persönlichkeit existiert nicht, nur eine äußere Hülle. Seine Rituale sind der einzige Halt für diese äußere Hülle. Er hat schon in seiner Kindheit gelernt, jeden auch noch so feinen Zwischenton zu scannen und auf seine Festplatte, die sich Gehirn nennt, zu brennen. So findet er jede noch so versteckte verletzliche Stelle in der Psyche des Opfers, und sie muss nicht wie einst bei Siegfried eigens markiert werden. Es geht ihm ausschließlich um das unstillbare Bedürfnis, Menschen zu beherrschen, über sie zu verfügen, sie zu kontrollieren. Liebe und Sexualität werden instrumentalisiert, um Macht auszuüben.»

«Aber warum dann überhaupt diese sexuelle Komponente?»

«Ja, seht ihr das denn nicht?»

Morian und Antonia schüttelten den Kopf. Morian kam sich in diesem Moment vor wie ein kleiner, dummer Schuljunge. Die Rolle gefiel ihm überhaupt nicht.

«Ganz einfach. Und genial zugleich: Die Sexualität ist das Intimste, was wir besitzen. Nur über die Sexualität kann er die Intimsphäre des Opfers durchbrechen und aufheben, damit das Opfer ihm schließlich völlig ausgeliefert ist. Die seelische Vernichtung des Opfers ist Ausdruck der eigenen Omnipotenz. Auch darin unterscheidet sich die Psyche eines Stalkers nur wenig von der eines Serien-Vergewaltigers oder eines Serien-Mörders. Die Katzen haben mich darauf gebracht.»

«Die Katzen?»

«Ja. Die beiden toten Katzen.»

«Wir wissen nur von der zweiten Katze, dass sie definitiv getötet wurde, Herr Kempkes.»

«Sie wurden beide getötet, Herr Morian. Das will die Lehrerin nur nicht wahrhaben. Was ja auch verständlich ist.»

«Auf welche Idee haben die Katzen Sie denn gebracht?»

«Bettnässen, zündeln, Tiere quälen. Die klassische Karriereleiter aller Psychopathen. Wenn Sie einen Tatverdächtigen haben, dann schauen Sie sich unbedingt seine Biographie an, Herr Morian.»

«Das werde ich tun.»

«Die spürbare Ohnmacht des Opfers beschert ihm ein befriedigendes Gefühl der Omnipotenz. Dazu muss er aber seine Opfer zuerst abwerten, er muss sie entpersönlichen, damit er sie als Sache statt als Mensch betrachten kann. Hilfreich ist dabei allen Psychopathen, dass sie kein Mitgefühl kennen, außer für sich selbst natürlich. Oft sind sie Hypochonder, wehleidig und extrem schmerzempfindlich. Der Psychopath ist in Bezug auf seine fehlende Empathie vergleichbar mit einem Farbenblinden: Der kommt durchs Leben, weil er weiß, wie eine Ampel aussieht und wie darauf die Farben angeordnet sind, damit er keinen Unfall baut. Er hat sich auch gemerkt, dass eine Wiese grün und der Himmel blau genannt wird ... so wie der Psychopath weiß, dass er an der Supermarkt-Kasse bezahlen muss, weil er sonst Ärger bekommen könnte, und dass man besser niemanden umbringt, wenn Augenzeugen oder Polizeibeamte in Sichtweite sind. Einem echten Geisteskranken wäre das alles völlig egal. Ein echter Geisteskranker wäre vergleichbar mit einem Blinden, der vor den

Augen der Polizei bei Rot über die Ampel fahren würde, weil er einfach keine Chance hat, dies zu verhindern.»

«Das heißt, Sie glauben also, dass man einem Psychopathen auf keinen Fall verminderte Schuldfähigkeit ins Urteil schreiben darf? Dass er vielmehr voll verantwortlich ist für seine Taten?»

«So ist es, Herr Morian. Aber den Unterschied begreifen deutsche Richter wohl nie. Psychopathen müssen intelligent sein, um mehr als eine Tat begehen zu können, ohne gefasst zu werden. Sie müssen strategisch und taktisch denken können, um einen Plan zu entwickeln, der die befriedigende Ausführung der Tat ebenso wie die Nicht-Entdeckung garantiert. Mario plant sein Werk sorgsam, wie ein Künstler. Seine Tat hat er zuvor tausendfach in seiner Phantasie durchgespielt, jedes Detail. Anschließend genießt er die Erinnerung... bis sie verblasst und er sich rasch ein neues Opfer suchen muss. Allerdings stehen der Effektivität seiner Taten auf Dauer sein Narzissmus und sein irreales Gefühl der Omnipotenz im Weg. Das ist Ihre Chance, Herr Morian.»

«Ich weiß. Wir leben von den Fehlern der Täter.»

«So ist es. Denn mit der Zeit und mit den Erfolgserlebnissen wächst seine Risikobereitschaft. Außerdem muss er wie ein Heroinsüchtiger die Thrill-Dosis erhöhen.»

«War der Selbstmord von Martina Hahne für ihn eine Erhöhung der Thrill-Dosis?»

«Nein, Antonia. Im Gegenteil. Weil seinem Opfer auf diese schreckliche Weise die Flucht vor seinen Bestrafungen gelungen ist. Sie hat sich endgültig seiner Kontrolle entzogen. Das Einzige, was er in seiner Phantasie nicht vorausplanen kann, ist die Reaktion des Opfers. Wenn sich das Opfer anders verhält, als der Täter sich dies in seiner Phantasie ausgemalt hat, kann das bei Psychopathen mitunter zu fatalen Spontan-Handlungen führen.»

«Das heißt: Mario wird durchdrehen?»

«Das ist so sicher wie das Amen in der Kirche. Der Selbstmord. Die Medien. Er fühlt sich in die Enge getrieben. Er merkt, dass er Fehler macht. Er kann Fehler nicht ertragen. Vielleicht fehlt nur noch ein einziger Tropfen, der das Fass zum Überlaufen bringt. Dann müssen Sie ihn schnappen. Ohne zu zögern.»

Stadt Land Fluss. Er würde die Spielregeln ändern müssen. Am Ende würden sie den Tag verfluchen, an dem sie gewagt hatten, ihr eigenes Spiel zu spielen.

Das Ende ist nah, sprach Carlos.

Er verließ die Autobahn am Bonner Verteilerkreis, bog nach rechts auf den Lievelingsweg, nach links auf die Bornheimer Straße, an der nächsten Ampel wieder nach rechts, in Richtung Dickobskreuz und Siemensstraße. Dort standen sie, Abend für Abend, in Reih und Glied. Warteten auf Kundschaft, knipsten ihr falsches, verlogenes Lächeln an, sobald sich ein Scheinwerferpaar näherte. Verschwanden die roten Rücklichter in der Dunkelheit, zitterten sie in ihren billigen Kleidchen und Jäckchen vor Kälte, rauchten gierig und trampelten in ihren Lackstiefelchen auf dem Bürgersteig herum.

Er bremste ab, schaltete zurück in den zweiten Gang, ließ den Wagen an ihnen entlangrollen, provozierend langsam, und studierte ihre angemalten Gesichter. Sie beugten sich vor, um durch die geschlossene Seitenscheibe Blickkontakt aufzunehmen.

Sie waren alle gleich.

Eine stand abseits, unter der Eisenbahnbrücke. Gut so. Sie war sehr jung und sehr mager. Sie hatte die dunklen Augenringe der Heroin-Süchtigen. Sie versuchte, ihre Unsicherheit und Unerfahrenheit mit Arroganz zu überspielen.

All das scannte er binnen Sekunden, noch bevor er den Wagen neben ihr stoppte.

Er öffnete das Fenster der Beifahrertür.

«Na, Süßer?»

«Wie viel?»

«Dreißig. Mit Gummi.»

«Aha, dreißig. So viel bist du also wert. Inklusive Gummi. Exakt dreißig Euro. Interessant.»

«Ich bin gut. Hat sich noch keiner beschwert. Was ist? Lässt du mich jetzt in dein warmes Auto, mein Süßer?»

«Du irrst», sagte er mit einem kalten Lächeln. «Ich bin nicht dein Süßer. Ich bin Carlos.»

Ihr Lächeln erstarb. Sie war tatsächlich noch unerfahren. Denn sie hielt immer noch die Klinke der Tür fest.

Er trat das Gaspedal durch und ließ die Kupplung fliegen. Der Motor jaulte auf, der Wagen schoss davon. Im Rückspiegel beobachtete er, wie sie sich das schmerzende Handgelenk rieb und wütend mit dem Fuß aufstampfte, bis ihm die nächste Kurve die Sicht versperrte.

«Nicht aufregen, du hysterische Kuh. Hast doch großes Glück gehabt. Denn das nächste Mal leg ich dich um, du kleine Nutte. Paff. Mausetot.»

Es befriedigte ihn, so zu reden. Er fühlte sich lebendig, wenn er so redete. Auf der menschenleeren Straße neben dem Schlot der Müllverbrennungsanlage stoppte er kurz den Wagen, stieg aus, öffnete den Kofferraum, entnahm ihm einen Lappen, wischte damit den Griff der Beifahrertür ab, warf den Lappen zurück in den Kofferraum und stieg wieder hinters Steuer.

Dann fuhr er nach Hause. Er hatte das dringende Bedürfnis, sich gründlich die Hände zu waschen.

Er hatte sich nur vergewissern wollen.

Sie waren alle gleich.

Der Freitag versprach schon am frühen Morgen ein schöner Tag zu werden. Die makellos blaue Kulisse des Himmels verwandelte die alten Backsteingebäude in unwirklich märchenhaft leuchtende Requisiten, als drehe Bernardo Bertolucci ein Leinwand-Epos über das frühe Industriezeitalter.

Fehlten nur noch die demonstrierenden Arbeiter mit den Ballonmützen und den roten Fahnen.

Max Maifeld stand am Fenster der Dachgaube, nippte an seinem Espresso und blinzelte in die noch tief stehende Sonne. Er war ohne den Albtraum aufgewacht. Er wusste, dass er ihn besiegt hatte, endgültig besiegt, diesen Albtraum.

Auf dem Fußboden, genau unter dem Loch im Dach, stand immer noch der Eimer. Heute würde es nicht regnen. Und morgen würde er anfangen, sich eine neue Bleibe zu suchen. Kein Versteck, sondern ein Zuhause. Hurl hatte Recht. Sie brauchten wieder ein Zuhause. So wie früher.

Er stellte die Tasse ab, rubbelte sich mit dem Handtuch, das noch um seinen Nacken hing, die Haare trocken, öffnete den Kleiderschrank und wählte den anthrazitfarbenen Anzug, dazu ein weißes Hemd, eine himmelblaue Krawatte und schwarze Halbschuhe. Seriös. Gediegen. Konservativ. Wie ein Anwalt. Kolumbianer mögen das.

Den Tresor, der nichts enthielt außer seiner Walther und der Munition, ließ er verschlossen. Kolumbianer mögen keine Waffen, die nicht ihre eigenen sind.

Eine halbe Stunde später war Max Maifeld am Flughafen. Er parkte Hurls 40 Jahre alten Ford Mustang Shelby in Sichtweite der Drehtür und blieb sitzen. Zwanzig Minuten später schlenderte Hurl durch die Drehtür und steuerte auf ihn zu. Er trug einen cremefarbenen Anzug und darunter ein schwarzes Hemd mit Stehbündchen. Max fragte sich, wo der Mann bei zwei Metern Körpergröße diese perfekt sitzenden Anzüge auftrieb. In der linken Hand trug Hurl eine Reisetasche, in der rechten einen schlanken, ledernen Aktenkoffer. Max stieg aus, nahm ihm die Reisetasche ab und verstaute sie im Kofferraum.

Dann umarmten sie sich.

«Die Reisetasche ist leichter geworden.»

«Ja. Um 53 837 Euro leichter, um genau zu sein. Dafür ist der Aktenkoffer jetzt etwas schwerer.»

Hurl behielt ihn auf dem Schoß, während Max den Mustang zurück nach Köln lenkte.

Der Kölner Großmarkt war eine Stadt in der Stadt. Mit eigenen Gesetzen, die nirgendwo niedergeschrieben waren, an die sich aber dennoch jeder hielt, der nicht lebensmüde war. Die Schranke stand offen. Max kannte den Weg. Er parkte den Mustang auf dem Kopfsteinpflaster vor der Rampe an Halle 8.

Hurl reichte ihm den Aktenkoffer.

«Soll ich nicht doch besser ...»

«Nein, Hurl. Ich muss dort alleine erscheinen. Das ist die Vereinbarung. Außerdem gibt es mir ein gutes Gefühl, wenn du mir den Rücken freihältst.»

«Ich trage keine Waffe. Der Metalldetektor am Flughafen ...»

«Hurl, du bist die Waffe. Wird schon schief gehen. Bis gleich.»

Max stieg aus und sprang auf die Rampe. Vor dem nur zur Hälfte geöffneten Rolltor stand ein Mann in einer schwarzen Jacke aus Kunstleder und einer schwarzen Polyester-Hose. Einer von Sergejs russischen Totschlägern. Sein Blick war unmissverständlich: Durchgang verboten.

«Mein Name ist Max Maifeld. Sergej erwartet mich.»

Der Totschläger sagte nichts, sondern bedeutete ihm mit einem Nicken, hier draußen zu warten und sich gefälligst nicht von der Stelle zu rühren. Dann verschwand er in dem schwarzen Loch unter dem Rolltor.

Max wartete und rührte sich nicht von der Stelle.

Nach zwei Minuten tauchte der Mann wieder auf und nickte erneut. Das hieß: Arme heben und Beine spreizen. Der Mann tastete Max von den Achselhöhlen bis zu den Fußknöcheln ab und durchsuchte ihn nach Waffen, schnell, routiniert. Der Mann erhob sich wieder aus der Hocke und nickte ein drittes Mal. Das hieß: mitkommen.

Max folgte ihm.

«Max! Was für eine Freude! Wir haben uns ja eine Ewigkeit nicht mehr gesehen. Wie läuft das Geschäft?»

Eingerahmt von zwei weiteren seiner Leibwächter, schritt Sergej ihm mit ausgebreiteten Armen durch die Lagerhalle entgegen. Wie ein Opernsänger auf dem Weg zu seinem Publikum, dachte Max. Sergej trug einen dunkelblauen Zweireiher, der eine Spur zu eng war und um seinen fetten Leib spannte, dazu ein hellblaues Hemd mit weißem Kragen, eine weinrote Krawatte und ein passendes weinrotes Einstecktuch. Sergej nickte dem Totschläger zu. Der drehte ab und postierte sich zusammen mit den beiden anderen Leibwächtern im Eingang.

«Was für eine Freude.» Sergej packte Max mit ausgestreckten Armen bei den Schultern und strahlte ihn an, als sei er der verlorene Sohn. So machte er das immer. Und Max wusste genau, was als Nächstes auf dem Programm stand.

«Das müssen wir begießen, mein Freund. Mit dem besten Wodka, den du je getrunken hast. Wenn du den gekostet...»

«Nicht heute, Sergej.»

«Warum nicht?»

«Jederzeit gern, nur nicht heute.»

Sergej ließ vor Enttäuschung die Mundwinkel fallen. Er liebte die große, dramatische Geste, und er liebte die Rolle des Bohemiens. Vermutlich sah er deshalb so gar nicht wie ein russischer Mafioso aus, sondern dem französischen Romancier Honoré de Balzac zum Verwechseln ähnlich. Das pomadige, schwarz gefärbte, sorgsam nach hinten gekämmte, viel zu lange und schon etwas schüttere Haar. Das alberne Kinnbärtchen und das präzise gestutzte, schmale Oberlippenbärtchen. Mit dem Unterschied, dass Balzac, als er 1850 starb, erst 51 und arm wie eine Kirchenmaus war. Sergej hingegen war ein vor Gesundheit strotzender Mittsechziger und sehr reich. Dank seiner Import-Export-Firma, die das Steuer- und Zoll-Gefälle zwischen der EU und dem restlichen Osteuropa zu seinen Gunsten nutzte.

Sergej lotste Max durch die mittlere Schlucht der gut fünf Meter hohen Lagerregale. Als sie schließlich den aus Sperrholz und Glas errichteten Würfel am Ende des Ganges erreichten, öffnete Sergej die Tür seines provisorischen Büros, ließ Max Maifeld den Vortritt und deutete auf eines der beiden rostbraunen Ledersofas, die im rechten Winkel vor dem gewaltigen Art-déco-Schreibtisch aus Kirschholz standen.

«Mach's dir bequem. Wie geht es denn unserem alten Freund Morian? Ich glaube, das ist schon zwei Jahre her, dass ich ihn das letzte Mal getroffen habe.»

«Er knabbert an einem schwierigen Fall.»

«Knabbert er nicht immer an einem schwierigen Fall? Als er das letzte Mal hier war, knabberte er gerade an der Leiche von Heinz Lewandowski herum. Der Waffenhändler. Ich habe ihm natürlich ein bisschen geholfen, ist doch klar. Freunde helfen einander.»

«Klar, Sergej.»

«Wir sind doch quitt, wenn die Sache heute über die Bühne ist, nicht wahr, Max?»

«Natürlich, Sergej. Dann sind wir quitt.»

Sergej schloss die Plastik-Rollos vor den Glasscheiben, sodass nun aus der Halle niemand mehr in das Büro schauen konnte.

Und niemand aus dem Büro hinaus.

«Schön, dass du wieder in Köln bist, Max. Man sagt, du hättest auf dieser spanischen Insel gehaust wie ein Einsiedler. Was für eine Verschwendung von Talent. Max, wenn es in Köln für dich nicht mehr so läuft wie früher, dann kommt ihr einfach zu mir. Du und dein schwarzer Riese. Leute wie euch kann ich immer brauchen. Leute mit Grips im Hirn sind nämlich selten geworden heutzutage. Versprichst du mir das, Max? Sag etwas!»

«Einen Teufel werde ich tun.»

Sergej lachte schallend und hielt sich den Bauch.

«Dafür liebe ich dich, Max. Dafür liebe ich dich.»

Das Handy klingelte. Max nahm es aus der Innentasche seines Jacketts und sah auf das Display. Hurl.

«Sie sind da. Zwei Wagen. Mercedes. S-Klasse. Gepanzert. Der Kolumbianer, sechs Schläger mit Pferdeschwanz-Kopfstücken und so eine Art Sekretär oder Anwalt.»

«Danke.» Max legte auf. «Sie sind da, Sergej.»

«Entspann dich, mein Freund. Ich bin gleich zurück.»

Der Russe verschwand durch die Tür.

Zehn Minuten später kehrte er zurück. Mit einer devoten Geste ließ er dem Kolumbianer den Vortritt. Max Maifeld stand auf, um ihm die Hand zu reichen, doch der Kolumbianer ignorierte ihn, setzte sich auf das zweite Ledersofa und widmete sich hingebungsvoll dem Anzünden einer Zigarre, die er einem Aluminiumröhrchen entnommen hatte. Der Kolumbianer war allenfalls Mitte dreißig. Schlank. Unauffällig. Elegant. Ein Geschäftsmann. Brioni-Anzug. Nichts deutete darauf hin, dass er in einer Wellblechhütte in den Slums von Bogotá aufgewachsen war. Max Maifeld hatte sich die Nummer drei des Mocoa-Kartells älter vorgestellt.

Der Assistent des Kolumbianers nahm ungefragt hinter Sergejs Schreibtisch Platz, lehnte sich zurück, faltete die

Hände wie zum Gebet und studierte Max Maifeld, als habe er den Vorsatz gefasst, dessen Gesicht nie wieder vergessen zu wollen. Mit seiner schwarzen Hornbrille, dem jungenhaften Gesicht und der schlaksigen Figur sah er aus wie frisch vom College. Er trug einen leichten Sommer-Anzug von Armani und dazu ein mattschwarzes Hemd ohne Krawatte. Unter dem Schreibtisch streckte er die Füße in den handgefertigten, cognacfarbenen Schuhen aus Pferdeleder ungelenk von sich.

Sergej drehte sich in der Tür zu den sechs Schlägern des Kolumbianers um: «Wollen Sie nicht eintreten, meine Herren? Ich weiß, es ist ein bisschen eng hier, aber...»

«Nein», antwortete der Kolumbianer für seine stumme Leibgarde und schickte eine Rauchwolke an die Decke des Büros. «Meine Leute warten draußen. Es wird sowieso nicht lange dauern.»

«Einen Wodka vielleicht? Ich habe hier einen...»

«Nein.»

Der Mann war es gewohnt, zu befehlen. Immerhin hörten 8000 Milizionäre einer paramilitärischen Todesschwadron entlang der Grenze zu Ecuador auf sein Kommando.

«Okay. Wie sind die Regeln?»

Sergej, der immer noch unschlüssig in der Tür stand, ergriff das Wort. Sein Englisch klang wie gewohnt holprig, seine Stimme aber ungewöhnlich nervös:

«Die Regeln sind einfach. Erstens: Was in diesem Raum gesprochen wird, bleibt in diesem Raum und hat keine wie auch immer gearteten unangenehmen Konsequenzen für die in diesem Raum Versammelten... völlig unabhängig, ob sich die Parteien am Ende handelseinig werden oder nicht. Zweitens: Ich garantiere die Sicherheit der hier Anwesenden für die Dauer des Gespräches. Draußen sind drei Dutzend meiner besten Leute in Stellung. Sie würden für die Sicherung der

Fluchtwege ihr Leben geben. Drittens: Alle in diesem Raum Versammelten sind jetzt unbewaffnet. Viertens…»

«Und was ist mit dir, Russe?»

Sergej, so unvermittelt aus seinem Vortrag gerissen, stutzte einen Moment, dann begriff er, knöpfte den Zweireiher auf, griff mit der rechten Hand unter die linke Achsel, zog seine geliebte Beretta Cougar aus poliertem, rostfreiem Inox-Stahl heraus, entfernte das Magazin aus dem Schaft und die Parabellum-Patrone aus dem Lauf, ließ beides in die Hosentasche gleiten und legte die nun nutzlose Waffe auf den Schreibtisch vor den College-Burschen, der sie angewidert durch seine Hornbrille betrachtete.

«Viertens: Sie müssen jetzt und in diesem Raum prüfen sowie entscheiden, ob die Informationen für Sie von Interesse sind. Es wird kein zweites Treffen geben.»

Der Kolumbianer schickte eine zweite Rauchwolke zur Decke. Die Luft in dem winzigen Büro war bereits zum Schneiden. Dann richtete er seinen Blick zum ersten Mal auf Max.

«Wer ist dieser Nigger da draußen?»

«Mein Freund.»

«Was hat er dort zu suchen?»

«Er sorgt für meinen Schutz.»

«Alleine?»

«Ja, alleine.»

«Sie haben einen Nigger zum Freund?»

Max antwortete nicht. Ihm fiel keine Antwort ein, die nicht augenblicklich die Verhandlungen hätte platzen lassen.

«Der Nigger trägt keine Waffe.»

«Er braucht keine Waffe. Er ist eine Waffe.»

«Ich könnte jetzt meine Leute rausschicken und das überprüfen lassen… wie gefährlich er ist, ohne Schusswaffe.»

«Tun Sie's. Haben wir so viel Zeit?»

Der Kolumbianer neigte den Kopf und sah ihn an, als

dächte er ernsthaft darüber nach. Schließlich warf er einen gelangweilten Blick auf seine Armbanduhr. Eine Breitling Aerospace. Von deren Anschaffungspreis könnte eine achtköpfige Familie in den Slums von Bogotá bequem ein ganzes Jahr leben.

«*Vale, Señor.* Sie haben von nun an genau zehn Minuten Zeit, um mich davon zu überzeugen, dass es sich für mich gelohnt hat, mich dieser demütigenden Prozedur der Leibesvisitation und der Entwaffnung zu unterziehen.»

Max öffnete den Aktenkoffer, den Hurl während seiner Reise gefüllt hatte. Er war hellwach. Sein Herz pumpte Adrenalin durch seine Adern. Er spielte ein gefährliches Spiel.

«Ich weiß, Sie haben ein ernsthaftes Problem in Kolumbien. Ihr Problem ist die marxistische Guerilla in der Provinz Putumayo, die überhaupt kein Problem mit der Nachwuchs-Rekrutierung hat. Weil sie mit Kindersoldaten operiert...»

«Ich hasse Kommunisten. Und ich hasse Nigger.»

Der Kolumbianer sah ihn herausfordernd an. Max durchschaute das Spiel. Der Kolumbianer versuchte abzulenken, Desinteresse vorzugaukeln. Dabei hatte ihn das Wort ‹Kindersoldaten› in Wahrheit augenblicklich elektrisiert.

«Ich kenne den Mann, der den Handel mit den Kindersoldaten organisiert. Er ist kein Kommunist. Er glaubt an gar nichts. Er will nur Geld verdienen. Und auf diesem Wege selbst Fuß fassen im Kokain-Geschäft. Er spielt sein eigenes Spiel...»

«Niemand fasst Fuß im Kokain-Geschäft, wenn wir das nicht wollen! *Claro?*»

Die Stimme des Kolumbianers wurde zum ersten Mal laut. Außerdem wechselte er vom Englischen ins Spanische. Max ließ sich nicht beirren und antwortete auf Spanisch:

«Bisher duldete Washington die kolumbianischen Paramilitärs, weil sie dafür sorgten, dass nicht die falschen Leute an die Regierung kommen. Leute, die Washington nicht passen. Aber allmählich wird es für Washington eng, seit die Zeitungen über das tägliche Morden schreiben. Die CIA tief unten im bombensicheren Keller der US-Botschaft in Bogotá hat den Eindruck, dass die Paramilitärs nicht mehr so ganz Herr der Lage sind. Washington hat bereits 800 Elite-Soldaten nach Kolumbien geschickt, und ihr Kommandeur, General James T. Hill, hat jetzt vor dem amerikanischen Kongress eine Verdopplung der Truppen gefordert. Drei Milliarden Dollar haben die USA seit 1999 in ihr militärisches Engagement in Kolumbien investiert...»

«Sie erzählen mir nichts Neues. Sie verschwenden meine Zeit. Ich gebe Ihnen noch zwei Minuten.»

«... jetzt will die Öffentlichkeit Erfolge sehen. Und der Präsident braucht angesichts des desaströsen Irak-Engagements dringend militärische Erfolge, die sich politisch vermarkten lassen. Das wäre das Ende Ihrer Autonomie, *Señor*. Das Ende Ihrer lukrativen Geschäfte. Außerdem: Wie ist es dem einst so mächtigen Medellín-Kartell ergangen? Was ist aus dem mächtigen Cali-Kartell geworden? Heute hat das Mocoa-Kartell das Sagen. Noch. Geduldet von der CIA. Und morgen?»

Max Maifeld wartete nicht auf die Antwort, um den Kolumbianer nicht unnötig zu demütigen, sondern nahm stattdessen die Dokumente aus dem Aktenkoffer.

«Der Mann, von dem ich rede, residiert in Ecuador. In der Hauptstadt, in Quito. Er unterhält eine kleine Privatarmee gut ausgebildeter und gut bezahlter Söldner. Die durchkämmen für ihn die Bananenplantagen, die Kaffeeplantagen, auf der Suche nach kräftigen, gesunden *niños*. Sie entführen die Kinder, sie stecken sie in Lager, sie brechen ihren Willen, rauben ihre Seele, nehmen ihnen die Unschuld, sie bilden sie zu Soldaten aus, zu seelenlosen Tötungsmaschinen. Dann bringen sie die Kindersoldaten über den Rio San Miguel, über den

Grenzfluss nach Kolumbien, und verkaufen sie an die Guerillas.»

Die Asche der Zigarre fiel zu Boden und streifte die polierte Schuhspitze. Sergej beeilte sich, dem Kolumbianer einen Aschenbecher zu reichen. Der Kolumbianer würdigte die devote Geste des Russen keines Blickes.

«Wir sind es gewohnt, unsere Probleme selbst zu lösen.»

«Selbstverständlich. Diesen Mann zu finden wird Sie allerdings Zeit und Geld kosten. Und bis dahin wird er Sie zusätzliches Geld kosten, viel Geld, weil er weiter Ihre Geschäfte stört. Und wer weiß, ob Sie ihn gefunden haben, bis der amerikanische Präsident auf die Idee kommen könnte, die Koka-Plantagen aus der Luft mit Herbiziden vernichten zu lassen.»

«Wer ist der Mann?»

«Ein Deutscher. Sehr reich, sehr mächtig, sehr clever. In diesem Dossier finden Sie seinen Namen, seine Adresse und Fotos seiner Villa in Quito, ferner die Kennzeichen seiner Autos, außerdem Fotos und Zeittabellen, die seinen Tagesablauf dokumentieren, ferner die Adressen seines Golfclubs, seines Friseurs, seines Zahnarztes, seines Lieblingsrestaurants ...»

«Wie viel? Was kostet die Information?»

«Kein Geld. Ich will kein Geld.»

«Was wollen Sie dann?»

«Ich will, dass der Mann von den ecuadorianischen oder von den kolumbianischen Behörden festgenommen wird. Ich will, dass er angeklagt und verurteilt wird und in einem Gefängnis landet. Und ich will, dass er dieses Gefängnis nie wieder verlässt.»

«Und was haben Sie davon, Señor?»

«Nennen Sie es Rache, nennen Sie es Gerechtigkeit, ganz wie Sie wollen. Der Mann müsste eigentlich seit Jahren in einem deutschen Gefängnis sitzen. Aber er konnte sich rechtzeitig absetzen. Seitdem bedroht er meine Familie. Er hatte auch hier mit Kindern gehandelt. Wenn auch zu einem anderen Zweck. Er hatte hier Kinder vermietet, an...»

«Ich hasse Kinderficker. Und Kommunisten. Und Nigger. Wir werden die Ware kurz prüfen.»

Der Kolumbianer nickte seinem Assistenten zu. Der streckte den Arm aus. Max Maifeld warf die Dokumente auf den Schreibtisch. Der Assistent rückte seine Hornbrille zurecht und klappte sein Notebook auf.

«Wir könnten ihn auch umlegen lassen. Kein Problem. Aber wenn ich Sie richtig verstanden habe, wollen Sie ihn lieber im Gefängnis schmoren sehen. Lateinamerikanische Gefängnisse können sehr unangenehm sein, vor allem für Kinderficker...»

Zum ersten Mal lächelte der Mann.

Max sagte nichts.

«*Señor*, Sie stehen natürlich in unserer Schuld, wenn wir dieses Problem in Quito für Sie lösen. Sie werden sich eines Tages erkenntlich erweisen müssen...»

«Irrtum. Der Handel lautet: Sie bekommen unentgeltlich die Information, die Ihr Problem mit der Guerilla löst, und zufällig löst dies auch mein Problem. Wir sind dann quitt.»

Sie sahen sich in die Augen. Der Kolumbianer lächelte erneut. In seinen Augen war nichts als Kälte.

«Sie sind ein mutiger Mann, *Señor*. Ein Mann, der für seine Familie kämpft. Das gefällt mir. Das gefällt mir sehr. Ihre Frau muss sich glücklich schätzen...»

«Ich bin geschieden.»

«Oh. Ich verstehe. Wo sind Ihre Kinder jetzt?»

«In Sicherheit. Im Ausland.»

«Seit wann müssen Sie Ihre Kinder verstecken?»

«Seit vier Jahren.»

«Das ist eine lange Zeit. Dieser Mann in Quito muss Sie sehr hassen, wenn er seine Rache so lange konserviert...»

«Er ist ein Psychopath.»

«Ich hasse Psychopathen. Und Nigger. Bist du bald fertig?»

Er warf einen ungeduldigen Blick in Richtung Schreibtisch. Der Assistent klappte sein Notebook zu und nickte.

«*Bueno*. Mein Assistent ist zufrieden. Dann bin ich es auch. Der Handel gilt, *Señor*.» Der Kolumbianer erhob sich. Sergej geleitete ihn und seinen Assistenten hinaus.

Max Maifeld lehnte sich zurück, schloss die Augen, atmete tief durch und versuchte, seinen Herzschlag zu kontrollieren.

Es war vorbei. Mit etwas Glück war vielleicht bald alles vorbei, und sie konnten wieder ein normales Leben führen.

Er zog sein Handy aus der Tasche und schickte Hurl eine SMS:

Hast du Lust auf einen Wodka?

Sein Hemd unter dem Anzug war durchgeschwitzt.

Stalker reagieren empfindlich auf Öffentlichkeit. Also würden sie für Öffentlichkeit sorgen, in der vagen Hoffnung, Mario zu einem Fehler zu verleiten.

Am frühen Freitagmorgen vereinbarte Morian in einer Unterredung mit dem Präsidenten, dem Leiter der Presseabteilung des Präsidiums und Oberstaatsanwalt Dr. Peter Arentz, noch am selben Tag eines der beiden Phantombilder an die Medien zu geben. Das Bild des Helfers. Das Bild des Minipli-Mannes. Arentz plädierte dafür, gleich beide Phantombilder zu veröffentlichen, doch Morian war dagegen. Warum nicht gleich beide, fragte der Präsident. Nur so ein Bauchgefühl, antwortete Morian: Der Stalker soll noch nicht wissen, dass wir wissen, wie er aussieht. Sonst bewegt er sich nicht mehr. Und wenn er sich verkriecht, finden wir ihn nie. Außerdem: Vielleicht schaffen wir es so, Spannungen zwischen dem Helfer und ihm zu erzeugen. Der Präsident stimmte ihm zu. Ob seine

Entscheidung von Morians Argumentation getragen wurde oder eher vom Umstand, dass er Arentz nicht leiden konnte, ließ der Präsident nicht erkennen.

Das Phantombild des Minipli-Mannes würde noch am Abend in den WDR-Regionalnachrichten sowie in den Samstagsausgaben sämtlicher Regionalzeitungen gezeigt werden, so viel war sicher. Den Medien war in der Stalking-Geschichte inzwischen der Stoff ausgegangen, und sie lechzten nach neuem Futter.

Das galt auch für die Bild-Zeitung. Klaus-Hinrich Pelzer wartete offenbar vergeblich auf neue Informationen des Maulwurfs. In der Freitagsausgabe fand sich jedenfalls keine einzige Zeile in seinem Blatt. Die Chefredaktion war vermutlich sehr verärgert über Herrn Pelzer, schätzte Morian.

Die Presseabteilung würde zu dem Phantombild einen kurzen, vagen Text absetzen, der einen Zusammenhang zum Stalking-Fall herstellte und von einer ‹ganz heißen Spur› phantasierte, aber bewusst offen ließ, ob es sich bei dem Gesuchten um den Stalker handelte. Das würden die Medien dann schon selbst besorgen, und Morian setzte darauf, dass dies einen Keil zwischen den Minipli-Mann und Mario treiben würde.

Die Besprechung im Büro des Präsidenten war nach zwanzig Minuten beendet. Morian ließ sich Zeit und ordnete erst umständlich seine Papiere, bevor er sich erhob. Das hatte seinen Grund: Er hatte kein Interesse an einer weiteren gemeinsamen Aufzugfahrt mit Arentz. Aber auch der Präsident schien nur darauf gewartet zu haben, dass sie alleine waren.

«Morian, ich habe eine Nachricht, die Sie vermutlich nicht erfreuen wird. Die Drogenfahndung ist zurzeit hoffnungslos unterbesetzt. Die haben einen dicken Fisch an der Angel. Einen ganz dicken Fisch. Ein Türke, der dabei ist, eine Dreivierteltonne Heroin via Antwerpen ins Land zu schleusen. Er hat sein Hauptquartier in Bonn aufgeschlagen.»

«Lassen Sie mich raten: Er und seine Helfer müssen nun rund um die Uhr observiert werden.»

«So ist es.»

«Das heißt, ich bin ein weiteres Team los.»

«Ja, Morian. Oberkommissar Beyer und sein junger Kollege, wie heißt er gleich nochmal ...»

«... Mertens ...»

«... sind ab sofort wieder bei der Drogenfahndung im Einsatz. Wir brauchen Beyer dort dringend. Er ist sehr erfahren. Morian, bitte haben Sie Verständnis dafür, dass ich die Interessen aller Kommissariate zu wahren habe. Ich kann mir das Personal nicht aus den Rippen schneiden.»

Nein, das konnte er tatsächlich nicht. Was dachten sich die Politiker eigentlich dabei, wenn sie in ihren Haushaltsplänen die Stellenschlüssel für die Polizei festlegten?

«Ich drücke Ihnen die Daumen, Morian. Wenn Ihnen ab und an die Unterstützung der uniformierten Schutzpolizei dienlich sein könnte, dann lassen Sie es mich wissen.»

Morian nickte und ging.

Halb neun.

Auf seinem Schreibtisch lag ein Zettel.

Deine Idee mit den Stadtwerken hat sich ausgezahlt.
Die haben eben angerufen.
Ich bin mal schnell hin und überprüfe das.
Bis später. Wir sehen uns auf der Beerdigung. Antonia

Es war tatsächlich nur so eine Idee gewesen. Eine Schnapsidee. Absoluter Irrsinn. Morian hatte am Montag, nach der ersten Besprechung der ‹SoKo Sieg›, mit einem Bekannten bei den Stadtwerken telefoniert, einem alten Sportsfreund aus seinem ehemaligen Boxclub. Und der hatte versprochen, jedem einzelnen Müllwerker einen Zettel mit der dürftigen Beschreibung zukommen zu lassen: große, rosafarbene Umhängetasche, glänzendes Material aus Plastik, keine Werbeaufschrift. Inhalt unbekannt. Name der Eigentümerin: Jasmin Hahne. Die Müllwerker waren gebeten worden, vier Wochen lang den Deckel jeder Tonne und jedes Containers einmal kurz zu öffnen, bevor der Inhalt im Schlund der Lastwagen verschwand.

Inzwischen war Freitag.

Eine Bitte, mehr nicht. Wie viele graue, blaue, gelbe, grüne Tonnen gab es in Bonn? Und wer würde so dämlich sein, den Beweis für eine Straftat erst vom Tatort mitzunehmen und dann einfach in eine Tonne zu werfen?

Achtzig Prozent aller Straftäter waren zum Glück so dämlich. Dennoch hatte Morian nicht mehr damit gerechnet, jemals etwas von den Stadtwerken zu hören.

Er besorgte sich einen Kaffee. Dann studierte er die Post auf seinem Schreibtisch. Eine Einladung der Gewerkschaft der Polizei zu einer Fortbildungsveranstaltung in Regensburg. Thema: Zeitmanagement für Polizeibeamte der mittleren Führungsebene. Morian seufzte und warf die Einladung in den Papierkorb. Er konnte sich nicht erinnern, wann er das letzte Mal an einer Fortbildungsveranstaltung teilgenommen hatte.

Faxe von anderen Polizeidienststellen mit der Bitte um Amtshilfe. Aus Osnabrück, aus Saarlouis, aus Freiburg und vom LKA Niedersachsen. Nichts, was sich im Handumdrehen erledigen ließ. Also mussten die Kollegen warten.

Ein kleiner, dicker Brief.

Für Herrn Josef Morian persönlich

Kein Absender. Keine Briefmarke, kein Poststempel. Jemand musste ihn also an der Wache abgegeben haben.

Morian öffnete die unterste Schreibtisch-Schublade, zupfte

ein Paar der hauchdünnen Wegwerf-Handschuhe aus der Box und streifte sie sich über, bevor er den Umschlag öffnete.

Als er begriff, wer den Brief geschrieben hatte, zog er die Handschuhe wieder aus.

Der Brief stammte von Ansgar Kempkes. Er war auf einer mechanischen Schreibmaschine geschrieben, die schon bessere Tage gesehen hatte. Das blassgraue Schriftbild signalisierte, dass das ausgeleierte Farbband wohl seit ewiger Zeit nicht mehr ausgewechselt worden war. Manche Buchstaben standen zu hoch in der Zeile, und andere hatten Löcher in das billige Manuskriptpapier gestanzt.

Davon abgesehen hatte sich Ansgar Kempkes kein einziges Mal vertippt. Obwohl er von den drei Flaschen Bordeaux annähernd zwei Drittel selbst getrunken hatte. Morian blätterte die Seiten durch, um sie zu zählen. Dann las er die erste Seite:

Lieber Herr Morian,
Antonia hatte nicht zu viel versprochen: Sie sind ein kluger und vor allem außerordentlich sympathischer Gesprächspartner. Ich habe den Abend mit Ihnen und Antonia sehr genossen. Gleichwohl kommen mir, kaum dass Sie soeben mein Haus verlassen haben, einige Gedanken, die ich nun rasch zu Papier bringe. Olga wird diesen Brief freundlicherweise morgen in aller Frühe an der Wache abgeben, damit wir keine unnötige Zeit mit dem postalischen Transportweg verschwenden.
Die feministische Gewaltforschung sieht nicht gerne, womit ich mich in jüngster Zeit intensiver beschäftige: mit der versteckten, aber nicht minder zerstörerischen Aggressivität von Frauen, konkret mit der versteckten Gewaltausübung von Müttern und ihre fatalen Folgen auf das Erwachsenenleben ihrer Söhne.
Im konkreten Fall können wir davon ausgehen, dass Mario von einer solchen versteckt aggressiven Mutter erzogen wurde. Nur so lassen sich seine Handlungen verstehen. Keineswegs will ich sein

Tun damit rechtfertigen oder gar entschuldigen. Denn jeder Mensch, der nicht geisteskrank im pathologischen Sinne ist, hat stets die Entscheidung, gut oder böse zu sein.
Ich denke, meine nun folgende Betrachtung könnte Ihnen helfen. In beruflicher Hinsicht, weil sie Ihnen hilft, Ihr Bild von Mario zu komplettieren. Vielleicht aber hilft sie Ihnen unterdessen auch persönlich.
Ich habe Ihnen heute Abend wiederholt in die Augen gesehen, Herr Morian. Ich habe sehr wohl Ihre heftige innere Reaktion bemerkt, als ich beiläufig erwähnte, Sie sollten sich die Mutter genauestens anschauen, sobald Sie einen Tatverdächtigen haben. Herr Morian. Ich habe genau aus diesem Grund das Thema nicht weiter vertieft. Ich spürte Ihre innere Aufgewühltheit. Ich hoffe, ich trete Ihnen nicht zu nahe, und es tröstet Sie zugleich, wenn ich sage: Sie selbst sind der beste Beweis, dass man sich für das Gute entscheiden kann. Ich stehe Ihnen für ein Gespräch gerne und jederzeit zur Verfügung. Sollten Sie sich aber mit einem erfahrenen Therapeuten unterhalten wollen (der ich nicht bin), so kann ich Ihnen mit erstklassigen Adressen dienen. Nun aber meine Überlegungen zu Marios Mutter:

Morian steckte den Brief wieder in den Umschlag und stopfte ihn in die Innentasche seines Sakkos, wo er auf sein Herz drückte.

Er trank ein Glas Wasser.

Er sah auf die Uhr.

Er nahm das Bonner Branchenbuch aus dem Regal und rief der Reihe nach sämtliche darin verzeichneten Schrottplätze an. Auf der Suche nach dem Eigentümer eines silberfarbenen Mercedes SLK Cabrio der ersten Generation, der vielleicht ein billiges Ersatzteil benötigt hatte.

Negativ. Aber es hatte ihn eine Weile abgelenkt. Dann nahm er sich die Faxe vor. Bitte um Amtshilfe. Als er alles erledigt hatte, sah er erneut auf die Uhr.

Er nahm seinen Trenchcoat und verließ das Büro.

Der Müllmann hieß Stefano, war 58 Jahre alt und vor 36 Jahren auf der Suche nach Arbeit aus Sizilien nach Deutschland gekommen. Er hatte zuerst in einer Fabrik in Köln gearbeitet, bis die Fabrik keine Arbeit mehr hatte und dichtmachte. Seither arbeitete er als Müllmann bei den Bonner Stadtwerken, nächstes Jahr stand sein silbernes Dienstjubiläum an. Stefano war seit 34 Jahren verheiratet, mit einer Frau aus seinem Heimatdorf, und hatte mit ihr drei Kinder. Zwei Töchter und einen Sohn. Das alles hatte Antonia Dix binnen einer Viertelstunde erfahren, obwohl sie es gar nicht wissen wollte. Aber Antonia Dix unterbrach ihn nicht, weil Stefano ein ausgesprochen freundlicher Mann war, der das Herz auf der Zunge trug.

Außerdem hatte er die Tasche gefunden.

Im mittleren der drei grauen Müllcontainer, die zu einem sechsstöckigen 30-Parteien-Mietshaus in der Kölnstraße 247 gehörten. Sie standen keine drei Meter vom Bürgersteig entfernt und waren turnusgemäß an diesem Freitagmorgen von Stefano und seinen Kollegen geleert worden.

Antonia Dix streifte sich Latex-Handschuhe über, bevor sie den Inhalt kontrollierte. Kein Zweifel: Die große, rosafarbene Umhängetasche aus glänzendem Plastik hatte Jasmin Hahne gehört. Jedes Schulbuch, jedes Heft war in akkurater Schreibschrift mit ihrem Namen versehen. Mathe, Deutsch, Erdkunde, Geschichte.

Das deckte sich mit ihrem Stundenplan am letzten Tag ihres Lebens. Außer den Schulsachen fand Antonia Dix ein Schülerticket für die öffentlichen Verkehrsmittel sowie eine rosafarbene Geldbörse, auf der die Simpsons abgebildet waren. In der Geldbörse befanden sich 14 Euro und 83 Cent.

Eine angebrochene Packung Tempo-Taschentücher. Schminkzeug. Zwei Tampons.

Ferner fand Antonia Dix am Boden der Tasche, nachdem sie

die Schulsachen ausgeräumt hatte, einen kleinen Zettel mit einer kurzen Notiz, verfasst in derselben akkuraten Schreibschrift wie der Namenszug in den Büchern:

Donnerstag, 8. September
13.30 Uhr
Parkplatz vor Hauptbahnhof
Mercedes silber
Foto-Shooting!!!
Jippieeehhh!!!

Und einen Gegenstand, der sich noch nicht in der Tasche befunden haben konnte, als Jasmin Hahne an jenem Morgen die Wohnung verließ, um zur Schule zu gehen. Weil er sich zu diesem Zeitpunkt noch in Marios Besitz befand.
 Der weiße, hauchdünne Body ihrer Mutter.

Morian war viel zu früh dran. Er parkte den Volvo in einer der Parkbuchten des Seitenwegs vor der Ladenzeile auf der gegenüberliegenden Straßenseite so, dass er die Gärtnerei und den Steinmetz, der auf Grabsteine spezialisiert war, im Rücken hatte.
 Und den Eingang des Nordfriedhofs vor sich.
 Morian hatte dafür gesorgt, dass zwei Dutzend Beamte der uniformierten Schutzpolizei, Männer und Frauen, ausnahmsweise in Zivil auf dem Friedhof patrouillierten und möglichst diskret die Personalien sämtlicher Besucher feststellten. Die Beamten hatten die Anweisung, Kameraleute und Fotografen vom Grab und von der Kapelle fern zu halten. Außerdem trug jeder der Beamten Kopien der beiden Phantombilder bei sich.
 Morian sah auf die Uhr.
 Noch 25 Minuten.

Die Trauerfeier in der Friedhofskapelle, anschließend die Beerdigung.

Er zog den Briefumschlag aus der Tasche.

... ich spreche von einer besonders subtilen, aber folgenreichen Form des Missbrauchs, die im Gegensatz zum körperlichen oder sexuellen Missbrauch bisher von der Forschung weitgehend ignoriert wurde: der narzisstische Missbrauch.

Was ist narzisstischer Missbrauch? Die Mutter befriedigt ihre narzisstischen Bedürfnisse unter permanenter Ausnutzung der Abhängigkeit des Kindes. Das Kind ist ein von der Mutter geschaffener Gegenstand, über den sie beliebig verfügen kann. Sie nimmt das Kind nicht als eigenständiges Wesen wahr, sondern stülpt ihm eine Rolle über, die ihren Vorstellungen, wie ein Kind zu sein hat, entspringt.

Das Kind hat ausschließlich die Aufgabe, das schwache Selbstbild der Mutter zu stärken und das Loch in ihrer Seele wie eine Plombe zu füllen. Das ist die einzige Daseinsberechtigung des Kindes. Zuwendung erfährt es nur, sofern es exakt den Erwartungen der Mutter entspricht und deren narzisstische Bedürfnisse befriedigt.

Entspricht das Kind einmal nicht den Vorstellungen, wird es mit emotionaler Kälte bestraft. Die Wechsel zwischen Pseudo-Nähe und Rückzug geschehen abrupt und sind für das Kind weder vorhersehbar noch in ihrer Wirkung kalkulierbar ...

Das metallische Kreischen schoss wie ein glühender Draht durch sein Ohr mitten ins Gehirn, als Antonia Dix mit einem Ruck die verrostete rechte Tür des Volvo aufriss und sich auf den Beifahrersitz fallen ließ.

«Es ist die Tasche.»

Morian stopfte hastig den Brief wieder in den Umschlag.

«Meine Güte, Antonia. Du hast mich zu Tode erschreckt. Was für eine Tasche?

«Entschuldigung. Seit wann bist du so schreckhaft? Kannst

du die verdammte Beifahrertür dieses Rosthaufens nicht mal ölen lassen? Jasmins Tasche, natürlich.»

«Bist du sicher?»

«Natürlich bin ich sicher. Erwin Keusen hat die Tasche jetzt und versucht, DNA-Spuren für die Rechtsmedizin zu sichern. Was ist los mit dir? Du siehst ja furchtbar aus.»

«Ich habe schlecht geschlafen.»

Sie setzte diesen Mir-machst-du-nichts-vor-Blick auf, bevor sie weiterbohrte.

«Josef! Was ist los?»

«Was soll schon los sein? Wir tragen zwei Menschen zu Grabe, und der Verantwortliche für ihren Tod läuft immer noch frei rum.»

«Du siehst so blass aus. So...»

«Mir ist nur der Schreck in die Glieder gefahren, als du eben wie ein Geist hier aufgetaucht bist.»

Ein dunkelblauer Audi 80 näherte sich auf der Bundesstraße aus Richtung Norden und passierte die Friedhofsmauer. Eine Spur zu langsam, fand Morian. Die Seitenscheibe spiegelte, Morian konnte das Gesicht des Fahrers nicht erkennen. In Höhe des Eingangs verlangsamte der Fahrer das Tempo erneut. Hinter ihm erschien ein Betonmischer und hupte wütend. Der Audi beschleunigte und verschwand stadteinwärts.

BN-RL 247.

Morian notierte sich das Kennzeichen.

«Nein, nein, Josef. Du wirkst zerstreut. Du bist unkonzentriert. Du bist nicht bei der Sache. Willst du vielleicht reden? Sag schon: Was bedrückt dich?»

Morian schüttelte den Kopf, sah demonstrativ auf die Uhr und öffnete die Fahrertür. «Die Trauerfeier. Höchste Zeit. Lass uns gehen. Bringen wir's hinter uns.»

Jan Kreuzer hatte morgens um kurz nach acht das Haus verlassen, war mit dem Firmenwagen zur Arbeit gefahren und hatte ihn auf dem Hof hinter dem Laden an der Venloer Straße abgestellt, bevor sein Chef, der wie immer um neun erschien, hätte feststellen können, dass sein Mitarbeiter sich den Wagen am Abend zuvor ungefragt ausgeliehen hatte.

Um halb zwölf verkaufte er einem pensionierten Oberamtsrat einen sündhaft teuren Laserdrucker, dessen Leistungsstärke der Käufer in seinem restlichen Pensionärsleben niemals mehr würde ausreizen können. Jan Kreuzer war eine echte Verkaufskanone, und sein Chef war sehr zufrieden mit ihm. Also nutzte Jan Kreuzer die Gunst der Stunde und bat wenig später darum, seinen zweiwöchigen Urlaub schon etwas früher beginnen zu dürfen, indem er ein paar Überstunden abfeierte. Sein Chef nickte gnädig und wünschte ihm einen schönen Urlaub. Um halb drei verließ Jan Kreuzer fröhlich pfeifend den Laden, gönnte sich unterwegs einen Döner, schlenderte kauend zur Haltestelle am Friesenplatz und fuhr mit der Straßenbahn nach Hause.

Am Chlodwigplatz stieg er aus und ging den Rest zu Fuß. Jan Kreuzer dachte an den pensionierten Oberamtsrat, der jetzt vermutlich über der Bedienungsanleitung schwitzte und sich fragte, warum er eigentlich nicht den billigen Tintenstrahldrucker genommen hatte, der im Prospekt als Sonderangebot angepriesen worden war. Schließlich hatte er doch deswegen den Laden aufgesucht. Jan Kreuzer grinste in sich hinein und kam sich in diesem Moment wieder einmal unglaublich gerissen vor. Wenn sich die Realität auch nur halbwegs mit seinem Selbstbild gedeckt hätte, dann wäre ihm aufgefallen, dass er seit sieben Stunden unter permanenter Beobachtung stand.

In fast allen Fenstern des Mietshauses an der Kölnstraße 247 brannte Licht. Sehr gut. Uhrzeit, Jahreszeit und Wetter waren ideal, um möglichst viele Bewohner anzutreffen: Freitag, später Nachmittag, Herbststimmung, Nieselregen, Feierabend, Abendbrot vor dem Fernseher. Morian hatte eine Streifenwagenbesatzung vor das Gebäude beordert. Nur für den Fall, dass jemand, der einem der beiden Phantombilder ähnlich sah, es vorzog, sich der Befragung durch Flucht entziehen zu wollen.

Der graue Betonkasten war Anfang der siebziger Jahre gebaut worden. In der damals grassierenden Wohnungsnot der stetig wachsenden Bundeshauptstadt hatte keiner der in jener Zeit aus dem Boden gestampften Wohnsilos die Aufgabe, einen Schönheitspreis zu gewinnen. Auf der gegenüberliegenden Straßenseite begann das weitläufige Gelände der psychiatrischen Klinik, schräg gegenüber kreuzte die Kölnstraße den Kaiser-Karl-Ring. Eine der verkehrsreichsten innerstädtischen Kreuzungen. Links neben dem Gebäude, an der Haltestelle der Straßenbahn, lag der Pausenhof einer Berufsschule, an der rechten Seite des Mietshauses zweigte die Verbindungsstraße zum Verteilerkreis ab, der Bonn mit dem westdeutschen Autobahnnetz verband. Nicht gerade die ideale Wohngegend für Lärmempfindliche.

Sechs Etagen, fünf Wohnungen pro Etage. Die Namen auf den Briefkästen an der Haustür ließen erahnen, dass gut achtzig Prozent der Mieter nicht in Deutschland geboren waren. Und die vielfach mit Papierstreifen überklebten Plastikschildchen deuteten darauf hin, dass man in diesem Haus auch nicht alt zu werden gedachte. Nicht eben die besten Voraussetzungen für das, was sie vorhatten. Allenfalls die Tatsache, dass zahlreiche Fenster des Gebäudes freie Sicht auf die Müllcontainer nahe der Straße gewährten, nährte Hoffnung.

Sie gingen systematisch vor. Morian nickte den beiden uniformierten Beamten zu und nahm den Aufzug in den sechsten Stock. Antonia Dix begann im Erdgeschoss. Eine halbe Stunde später war Morian zu der Überzeugung gelangt, er hätte statt der Streifenwagenbesatzung besser eine Dolmetscherbesatzung für ein Dutzend Fremdsprachen geordert.

Im vierten Stock wartete die Mieterin der mittleren Wohnung schon in der geöffneten Tür auf ihn. Die Tür lag exakt gegenüber der Treppe, die Morian aus dem unergiebigen fünften Stock hinabstieg. Zuerst sah er nur ein Paar himmelblauer, puscheliger Pantoffel. Nach zwei weiteren Schritten einen himmelblauen, gesteppten Morgenmantel, der bis zu den schneeweißen Knöcheln reichte. Dann zwei vor der flachen Brust verschränkte Arme. Ein halbes Dutzend goldener Armreifen an dem sichtbaren Handgelenk. Pro Finger ein Ring. Eine Lesebrille, die an einer goldenen Kette um den Hals baumelte. Dann sah Morian die eingefallenen Wangen und die spitze Hakennase einer Frau, die jenseits der achtzig sein musste, und schließlich die fliederfarben getönte künstliche Lockenpracht, die wie ein Horst auf ihrem winzigen Adlerkopf thronte.

«Sind Sie von der Polizei?»

Sie fragte eher neugierig als misstrauisch. Im Hintergrund plärrte viel zu laut ihr Fernseher aus dem Wohnzimmer, das Morian als schmalen, hellen Ausschnitt am Ende der stockdunklen Diele in ihrem Rücken ausmachen konnte. Über ihren fliederfarbenen Lockenkopf hinweg. Denn die Frau reichte ihm gerade bis zum Revers seines Trenchcoats. Morian registrierte das Namensschild über der Klingel. Elisabeth Wolf.

«Ja, Frau Wolf. Mein Name ist Josef Morian. Ich will Sie auch gar nicht lange aufhalten. Ich möchte nur, dass Sie sich das hier mal kurz ansehen.»

Er reichte ihr die beiden Phantombilder.

Sie löste ihre Arme aus der Verschränkung. Der Goldschmuck an ihrem Handgelenk klimperte, als sie sich die Lesebrille auf die Nase setzte und nach den Zeichnungen griff. Sie hielt die Bilder mit ausgestreckten Armen nebeneinander und grinste.

«Frau Wolf, kommt Ihnen vielleicht eines der beiden Gesichter irgendwie bekannt vor?»

«Na und ob.»

«Wie bitte? Sind Sie sicher?»

«Ja klar. Der da wurde doch gerade im Fernsehen gezeigt. In der ‹Aktuellen Stunde›, im dritten Programm. Vor fünf Minuten. Die Nachrichten. Die gucke ich immer.»

Morian sah auf die Uhr. Kurz nach sieben. Durch das Treppenhaus hörte er Antonia Dix. Sie sprach englisch, was offenbar auch nicht weiterhalf. Sie musste im dritten Stock sein, so deutlich, wie er ihre Stimme hören konnte.

«Frau Wolf, haben Sie zufällig einen der beiden Männer gestern oder heute an den Müllcontainern gesehen?»

«An den Müllcontainern?»

«An den Müllcontainern!»

«An unseren Müllcontainern?»

«Ja.»

«An den Müllcontainern? Was sollen die denn an unseren Müllcontainern gemacht haben?»

«Frau Wolf, manchmal werfen doch sicher auch fremde Leute, die zufällig vorbeikommen, was in die Container. Weil die so nah am Bürgersteig stehen.»

«Das können Sie laut sagen. Einmal hielt hier einer mit dem Wagen an und hat seinen alten Fernseher da reingeworfen. Einen Fernseher! Ich kam gerade vom Einkaufen. Den habe ich aber angezeigt. Ich habe mir das Nummernschild gemerkt. Das war doch vielleicht eine Unverschämtheit. Die Container sind sowieso immer so schnell voll. Ich musste dann sogar noch zur Wache in die Bornheimer Straße und eine Aussage machen.»

«Aber diese beiden Männer haben Sie nicht zufällig mal an den Müllcontainern gesehen?»

«Nä.»

«Wohnen Sie schon lange hier?

«Kann man wohl sagen. Von Anfang an. Erstbezug. Keiner wohnt schon so lange hier wie ich. Jetzt wohnen fast nur noch Ausländer hier. Wollen Sie vielleicht reinkommen, Herr Kommissar? Können Sie einen Kaffee vertragen? Ich habe nämlich gerade welchen gemacht.»

«Danke für das Angebot. Aber ich muss noch die anderen Mieter hier auf dieser Etage …»

«Da werden Sie aber Pech haben.» Mit ihrem knochigen Zeigefinger zerschnitt sie die stickige Luft im Treppenhaus. «Die da rechts von mir sind in Urlaub. In Antalya. Das ist in der Türkei. Da fliegen die jedes Jahr hin. Die zwei Wohnungen da links stehen leer. Da ziehen neue Leute ein, aber erst übernächste Woche. Zum ersten Oktober. Und die kleine Wohnung da hinten, ganz hinten rechts am Ende vom Gang, da wohnen neuerdings drei Pakistanis. Die sind jetzt auf der Arbeit. Die kochen in einem Restaurant. Können Sie Pakistanisch, Herr Kommissar?»

Morian wusste nicht, was er jetzt noch entgegnen sollte, um die Einladung zum Kaffee auszuschlagen. Also entschied er sich, es bei einem albernen Nicken zu belassen, und wandte sich der Treppe zu, um Antonia Dix im dritten Stock zu helfen.

Er hatte die ersten beiden Stufen genommen, als er in seinem Rücken die Stimme der Alten hörte.

«Ich bin mir nicht ganz sicher. Hieß er Walter? Oder Werner? Ist ja auch schon so lange her.»

Morian wirbelte auf dem Absatz herum und starrte sie ungläubig an. Die Alte grinste schelmisch.

«Haben Sie gerade Werner gesagt, Frau Wolf?»
«Genau. Werner hieß er. Nicht Walter.»
«Sie kennen …»
«Das habe ich Ihnen doch gleich gesagt.»
«Aber …»
«Aber was? Sie haben mich doch die ganze Zeit nur nach den blöden Müllcontainern gefragt. Und da habe ich den Werner nicht gesehen. Ich habe den Werner überhaupt das letzte Mal vor … lassen Sie mich nicht lügen … also vor ungefähr zwanzig Jahren das letzte Mal hier gesehen.»

Im dritten Stock radebrechte Antonia Dix vergeblich auf Französisch. Auf der Kölnstraße raste ein Rettungswagen mit eingeschaltetem Martinshorn vorbei. Irgendwo kläffte ein Hund, und im fünften Stock schrie ein Baby.

«Was ist, Herr Kommissar? Wollen Sie jetzt vielleicht doch einen Kaffee? Ich habe auch Streuselkuchen.»

Die heilige Agatha mit ihren blutenden Brüsten starrte ihn unentwegt an. Ihr Blick war ein einziger Vorwurf. Ihre unschuldigen Augen leuchteten im Halbdunkel des muffigen Schlafzimmers und registrierten jede seiner Bewegungen. Die ganze Zeit hielt er den Kopf gesenkt, um sie nicht anschauen zu müssen. Was zwangsläufig dazu führte, dass er seine Mutter anschauen musste, als er das Glas mit den in Wasser aufgelösten Tropfen auf ihren Nachttisch stellte.

«Du hast das Bild immer gemocht, nicht wahr?»

Er nickte, so wie sie es von ihm erwartete.

«Ich weiß noch, wie ich dir immer von ihr erzählen musste, wenn wir hier lagen und kuschelten.»

«Ja, Mutter. Ich wünsche dir eine gute Nacht.»

«Von der Jungfrau Agatha und von ihrem gottgefälligen Leben und von ihrem Märtyrertod.»

«Ja, Mutter. Denk dran, deine Medizin zu trinken, bevor du einschläfst. Gute Nacht.»

«Warum hat Gott nicht allen Frauen die Gnade der unbefleckten Empfängnis geschenkt, so wie der heiligen Jungfrau Maria?»

«Ich weiß es nicht, Mutter.»

«Aber ich weiß es, mein Sohn. Er will uns prüfen. Ob wir trotz der Befleckung in der Lage sind, ein gottgefälliges Leben zu führen. Das ist unser Martyrium.»

«Ja, Mutter. Ich habe noch zu arbeiten. Schlaf gut.»

«Arbeite nicht so viel, mein Junge. Du bist so fleißig und so tüchtig. Du wirst mir keine Schande machen, nicht wahr? Du wirst mich nie verlassen, nicht wahr?»

«Nein, Mutter. Ich werde dich nicht verlassen.»

Sie war eingeschlafen. Er hörte ihren gleichmäßigen, schnarrenden Atem. Er stand unschlüssig da, mit gesenktem Kopf, um den Blicken der heiligen Agatha zu entgehen. Sie hatte ihre Medizin nicht getrunken.

Er schlich auf Zehenspitzen aus dem Zimmer und schloss die Tür. Er machte sich einen Tee in der Küche und schlich die Treppe hinauf. Er schloss die Tür seines Zimmers hinter sich.

Er musste dringend telefonieren.

«Ja?»

«Wie ist es gelaufen?»

«Warum flüsterst du? Ist deine Alte in der Nähe?»

Er sollte nicht so von seiner Mutter reden. Nicht in diesem Ton. Seine Mutter hatte ihn immer vor ihm gewarnt. Seine Mutter hatte ihn immer vor allen Kindern in der Nachbarschaft gewarnt. Das ist kein guter Umgang hier für dich. Du bist anders. Du hast bessere Freunde verdient.

Aber es gab keine besseren Freunde weit und breit, dort, wo er damals wohnte.

«Bist du noch dran?»

«Natürlich bin ich noch dran. Ich will wissen, wie es gelaufen ist. Jeden Schritt will ich wissen.»

«Beruhige dich. Keine Panik. Der Kanarienvogel ist morgens zur Arbeit, hat aber früher Schluss gemacht und ist zurück zu seinem Engelchen. Die hat wahrscheinlich die ganze Zeit in der Kiste gelegen. Jedenfalls hat sie das Haus nicht verlassen, während er weg war. Am Chlodwigplatz ist er aus der Bahn gestiegen und hat in einer Buchhandlung einen Reiseführer über Ibiza gekauft. So ein dünnes Teil aus dem Sonderangebot, für 4,95 Euro. Dann hat er nebenan Brötchen gekauft und ist im Haus verschwunden. Nach ungefähr einer Stunde sind die dann beide zusammen aus dem Haus gekommen und zu Fuß zum Rhein gegangen.»

«Zum Rhein? Was wollten sie denn da?»

«Fotografieren.»

«Könntest du vielleicht in ganzen Sätzen reden?»

«Er hatte so eine kleine Digitalkamera dabei. Sie sind auf eine Wiese am Ufer. Sie haben gewartet, bis mal gerade keine Jogger vorbeikamen. War aber sowieso nicht viel los, weil es die ganze Zeit so ekelhaft genieselt hat. Jedenfalls hat die Kleine, ohne mit der Wimper zu zucken, mal eben alles abgelegt und sich pudelnackt von ihm fotografieren lassen.»

«Was?»

«Wenn ich es dir sage. Sie hatte nichts an. Ging alles ganz schnell. Er machte ein paar Fotos, und dann hat sie sich wieder angezogen, und sie sind zurück in die Wohnung. Nein, stopp: Unterwegs sind sie noch in ein Café in der Südstadt. So ein Ding, wo die Wände bemalt sind, damit man für den Milchkaffee den doppelten Preis rausschlagen kann. Ich konnte nichts verstehen, ich konnte nur sehen, dass er ihr einen Vortrag gehalten hat, bestimmt eine halbe Stunde lang, und sie hat die ganze Zeit immer nur genickt und gelangweilt aus der Wäsche geguckt.»

«Weiter.»

«Dann haben sie bezahlt, beziehungsweise sie hat bezahlt. Sie ist nochmal aufs Klo, und dann sind sie zurück zu seiner Wohnung. Und da sind sie immer noch.»

«Sonst noch was?»

«Sie ist ein bisschen mager für meinen Geschmack. Aber geile Beine. Das hättest du sehen müssen, wie sie sich in Positur geworfen hat. Völlig ungehemmt. Meine Fresse.»

Er ekelte sich vor dieser Sprache. Und er ekelte sich vor dem Bild, das die Beschreibung in seinem Kopf entstehen ließ. Aber stärker als der Ekel war die Verachtung.

«Ich nehme an, du begreifst nicht, was da passiert ist? Was die mit den Fotos vorhaben?»

«Wieso?»

Er verachtete so viel Dummheit. Er beendete das Gespräch. Er musste nachdenken. Benzin tropfte aus den Rissen in seinem Kopf. Mit Erstaunen registrierte er, dass es verdunstete, bevor es hässliche Flecken auf der Schreibtischplatte erzeugen konnte.

Mario löschen.

Carlos umprogrammieren. Unbesiegbar.

Nicht wenige Kollegen im Präsidium hielten Josef Morian für einen Sonderling. Für einen seltsamen Kauz und Einzelgänger, der seine Marotten pflegte und sich absonderte, statt fröhlich mit den Kollegen nach Feierabend ein Bier trinken zu gehen und an der Theke weiter über die Arbeit zu reden, gemeinsam die Wunden zu lecken und die alten Zeiten zu glorifizieren. Als alles besser war.

Und das Bier billiger.

Sie kannten ihn nicht besonders gut.

Außer Antonia vielleicht.

Und die kannte ihn von allen Kollegen die kürzeste Zeit.
Außerdem trank sie kein Bier.
Was ihm an ihr gefiel. Nicht nur das.
In Wahrheit hasste er nichts so sehr wie das Alleinsein.
Dabei war er das seit geraumer Zeit fast jeden Abend.

Morian schüttelte Tiefkühl-Bratkartoffeln aus der Aldi-Packung in die Pfanne und briet sich dazu ein Spiegelei. Er lud das Ergebnis auf einen Teller, setzte sich damit auf die Couch im Wohnzimmer und schaltete den Fernseher ein. Tagesschau. Die Wahl. Er hatte keine Ahnung, was er übermorgen wählen sollte.

New Orleans. Nahost. Der Gazastreifen.

Das Telefon.

«Ich bin's.»

Max.

«Hallo Max.»

«Wie geht's dir, alter Junge?»

«Bestens.»

«Lüg nicht. Theo hat dich heute auf der Beerdigung gesehen. Er hat mich deshalb eben angerufen. Er macht sich Sorgen. Er sagt, du sahst nicht gerade blendend aus. Gibt's Probleme?»

«Halb so wild. Der Stress.»

«Die Sache mit dem Stalker?»

«Ja. Wie geht's dem Jungen?»

«Boris? Theo ist ganz zufrieden.»

«Der Junge hat sich heute großartig gehalten.»

«Ja, sagt Theo auch.»

«Theo tut ihm gut. Boris hat zur Beerdigung sogar Halbschuhe statt der Fallschirmspringer-Stiefel getragen.»

«Theo sagt, die Beerdigung heute war die traurigste Beerdigung, die er je mitgemacht hat. Ich glaube, er hat einen Narren an dem Jungen gefressen. Mein Bruder, der Ersatz-Papa.»

«Ein echter Maifeld eben. Aber im Ernst: Ich bin Theo sehr dankbar. Der Junge wäre sonst garantiert abgeschmiert. Wie geht's Hurl? Ist er schon zurück aus...»

«Ja. Und gleich bei mir eingezogen.»

«Was? Wieso das?»

«In seiner Abwesenheit war der durchgeknallte Junkie, der über ihm wohnte, auf die Idee gekommen, Hurls Bude in ein Freibad zu verwandeln. Weiß der Teufel, warum. Wahrscheinlich, weil der Vermieter ihm gekündigt hatte. Er hat in seiner eigenen Bude sämtliche Wasserhähne aufgedreht und dann die Biege gemacht. Die Brühe lief tagelang durch die Decke in Hurls Wohnung.»

«Alles hinüber?»

«Alles hinüber.»

«Und die Versicherung?»

«Hurl hat keine Versicherungen. Und er hatte auch keine Lust auf die Polizei. Also wohnt er jetzt bei mir.»

«Und die Herbach-Sache?»

«Nicht am Telefon. Außerdem lenkst du ab, Jo.»

«Wovon?»

«Von dir.»

«Schon möglich. Aber wohl nicht besonders professionell.»

«Nein. Du warst schon besser. Wenn du willst, sind Hurl und ich in einer halben Stunde bei dir. Wir bringen eine Flasche Wein mit und reden. So wie früher.»

«Max, nichts ist mehr wie früher. Ich werde jetzt essen, solange mein Essen noch warm ist, und dann werde ich ein bisschen über mein Leben nachdenken. Und wenn ich in meinem Kopf alles sortiert habe, dann melde ich mich bei dir.»

«Versprochen?»

«Versprochen. Sei mir nicht böse. Ciao, Max.»

Morian schaltete den Fernseher aus, ging in die Küche und

kippte das Essen in den Abfalleimer unter der Spüle. In der Diele nahm er den Briefumschlag aus seinem Sakko, das dort neben dem Trenchcoat am Haken hing, und setzte sich an den Küchentisch, weil dort das Licht besser war.

... nicht selten und vor allem, wenn das Kind männlichen Geschlechts und Einzelkind ist, geht mit diesem narzisstischen Bemächtigungsverhalten ein latenter Inzest einher – so wie meiner Ansicht nach bei Mario geschehen. Mario hatte nicht nur den Riss in der emotionalen Identität der Mutter, sondern zudem den Riss in ihrer sexuellen Identität zu stopfen. Beim latenten Inzest werden harmlose Alltags-Rituale, etwa auf dem Feld der Hygiene und der Gesundheitsvorsorge, unangemessen sexualisiert. Die Mutter nötigt ihren Sohn, bei ihr im Bett zu schlafen, sie betreibt an ihm eine pedantische und völlig übertriebene Körperpflege; er darf sich beispielsweise nicht alleine waschen, vielleicht untersucht sie dabei aus vermeintlich gesundheitsfürsorglichen Gründen seine Genitalien. Ihrer Phantasie sind keine Grenzen gesetzt. Während sie den Alltag sexualisiert, predigt sie ihrem Sohn, Sexualität sei etwas Schlechtes, Schmutziges, Sündiges.
Der latente Inzest durch die Sexualisierung des Alltags hat zwei Funktionen: die unterentwickelte Identität der Mutter als Frau aufzuwerten – und außerdem die symbiotische Bindung zu verstärken, den Sohn also noch enger an die Mutter zu ketten. Er dient der Konsolidierung von Dominanz, Manipulation, Kontrolle – interessanterweise zugleich die drei Triebfedern aller Stalker, Serienvergewaltiger und Serienmörder. In der Regel haben diese Mütter keine große Freude an Sexualität mit erwachsenen Männern; und die Vorstellung, ihr Sohn könnte eines Tages an Sex mit fremden Frauen Gefallen finden, hat für sie etwas existenziell Bedrohliches.

Der Streuselkuchen lag ihm im Magen. Morian machte sich einen starken Kaffee, in der Hoffnung, der könnte das Bleigewicht in seinem Magen wegspülen. Elisabeth Wolf hatte ihm vier Kuchenstücke aufgenötigt, bevor Morian von ihr alles wusste, was er wissen wollte. Sie konnte sich nur an den Vornamen des Minipli-Mannes erinnern, den sie ohnehin schon kannten. Werner. Aber jetzt wussten sie, dass er in dem Betonklotz aufgewachsen war. Sie konnte sich nur noch erinnern, dass er mit seinen Eltern und seiner kleinen Schwester im zweiten Stock gewohnt hatte. Ein frecher Bengel sei er gewesen. Nur Unsinn im Kopf. Eines Tages seien sein Vater und seine kleine Schwester zum Großvater nach Mannheim gefahren und auf dem Rückweg auf der Autobahn tödlich verunglückt. Seine Mutter sei regelrecht durchgedreht, habe sich die Schuld gegeben, sei in schwere Depressionen verfallen und nach einem Selbstmordversuch vier Wochen nach dem Unfall gleich gegenüber zur Beobachtung in die psychiatrische Klinik eingewiesen worden. Dort sei zwei Wochen später der zweite Selbstmordversuch erfolgreich gewesen. Der damals 16-jährige Junge habe noch eine Weile alleine in der Wohnung gehaust, bis Nachbarn das Jugendamt alarmierten, die irgendwann erschienen, um ihn in ein Heim einzuweisen. Aber die Wohnung war leer. Werner war getürmt. Seither hatte Elisabeth Wolf nichts mehr von ihm gehört oder gesehen. Und das war ihrer Schätzung nach ziemlich genau zwanzig Jahre her.

Am Wochenende war nicht viel zu machen.

Am Montag würden sie nicht länger als einen halben Tag brauchen, und der Minipli-Mann hatte eine Identität.

Ein Gesicht. Eine Biographie. Eine Adresse.

Und einen Sitzplatz.

Im Vernehmungszimmer des Präsidiums.

Vielleicht auch, je nach Ergebnis, in einer Zelle.

Mit dem zweiten Phantombild konnte Elisabeth Wolf nichts anfangen. Sie dachte lange nach, aber dann schüttelte sie energisch den Kopf. Nichts zu machen. Noch ein Stückchen Kuchen?

Wer erkannte schon ein Chamäleon?

Auf dem Parkplatz hinter dem Betonklotz wünschten sich Morian und Antonia Dix ein schönes Wochenende. Dumme Redensart. In Wahrheit wünschten sich beide nichts sehnlicher als den Montagmorgen herbei.

Morian setzte sich zurück an den Küchentisch und trank den heißen Kaffee in vorsichtigen Schlucken. Sein Magen rebellierte auf der Stelle. Keine gute Idee. Um sich abzulenken, wie er sich einredete, setzte er die Lektüre des Briefes fort.

… der Vater ist physisch oder emotional abwesend. Er bietet dem Sohn keine Identifikationsmöglichkeit und folglich keinen Ausweg aus der symbiotischen Beziehung zur Mutter. Allerdings fehlt der Vater auch oft deshalb, weil narzisstische Mütter nicht in der Lage sind, eine dauerhafte Beziehung zu einem erwachsenen Mann zu pflegen. Oft leben sie deshalb als Alleinerziehende ohne Partner. Lebt der Vater aber mit Mutter und Sohn unter einem Dach, ist er zumindest emotional abwesend. Nur mit dem Kind ist diesen Müttern angstfreie Nähe möglich, weil sie sich dem Kind überlegen fühlt und das Maß der Nähe kontrollieren kann. Oft wird das Kind sogar als Bundesgenosse im Konflikt mit dem Partner missbraucht, mitunter dazu benutzt, den Partner zu demütigen, indem ihm vermittelt wird, dass er sogar durch ein Kind zu ersetzen ist …

Morian legte den Brief wieder beiseite, nahm das Telefon und wählte die Durchwahl des Hotelzimmers.

«Ja?»

Er hatte es vergessen. Die Anrufe wurden automatisch ins Nachbarzimmer durchgestellt, das mit Dagmar Losems Zimmer durch eine Zwischentür verbunden war.

«Morian hier. Ist Frau Losem da?»

«Einen Moment.»

Natürlich war sie da. Wo sollte sie auch sonst sein? Der Versuch, gegenüber dem Polizeibeamten am Telefon möglichst dienstlich zu klingen, war gründlich misslungen.

«Hören Sie, Herr Morian? Sie ist im Bad. Sie duscht.»

«Alles in Ordnung so weit?»

«Alles ruhig. Und bei Ihnen?»

«Wir machen Fortschritte. Am Montag wissen wir mehr. Hat er versucht, Kontakt aufzunehmen?»

«Ich habe noch vor ein paar Minuten mit den Kollegen in ihrer Wohnung über Funk gesprochen. Nichts. Kein Telefon, keine SMS, keine E-Mail. Als würde er ahnen ...»

«Wahrscheinlich tut er genau das. Wir dürfen seine Intelligenz nicht unterschätzen. Bestellen Sie Frau Losem einen schönen Gruß, und rufen Sie mich sofort an, wenn irgendwas ist. Auf der Stelle. Kann ich mich darauf verlassen?»

«Natürlich, Herr Morian. Gute Nacht.»

Natürlich. Der Beamte klang jung und unerfahren. Morian kannte ihn nicht. Früher kannte Morian sämtliche Kollegen im Präsidium. Er hatte keine Ahnung, welche Grünschnäbel dazu eingeteilt worden waren, diese Nacht Dagmar Losems Leben zu schützen.

Der Kaffee war kalt.

... abwesender Vater, narzisstische Mutter: eine teuflische Kombination. Das Verhältnis einer solchen Mutter zu ihrem Sohn ist ambivalent: Einerseits soll er als Partner-Ersatz die viel zu große Verantwortung eines Erwachsenen übernehmen, gleichzeitig aber klein, kindlich und abhängig bleiben. Deshalb beobachtet sie das Kind auf Schritt und Tritt, isoliert es von gleichaltrigen Spielkameraden. Abnabelungsversuche werden bestraft oder aber mit dem Wecken von Schuldgefühlen im Keim erstickt, indem die Mutter etwa mit Krankheit oder ihrem Tod droht ...

Mitten in der Nacht schreckte Morian aus dem Schlaf hoch. Er wusste zunächst nicht, was ihn geweckt hatte. Er setzte sich im Bett auf und rieb sich die Augen. Stille. Dann erinnerte er sich. Er hatte geträumt. Von seiner Mutter. Wie sie apathisch in ihrem Sessel saß und vor sich hin stierte, sich jeder Kontaktaufnahme verweigerte. Und er sah sich, das ängstliche Kind, ständig bemüht, ihr eine Freude zu machen, sie zu erheitern, um sie aus ihrer dunklen Welt zu reißen. Er hatte ständig Angst um sie gehabt. Todesangst. Manchmal brach die ewige Dunkelheit in ihrer Seele auf, dann sprang sie aus dem Sessel, leerte den Rest in der Cognacflasche in einem Zug und tanzte mit ihm durch die Wohnung, bis die Euphorie wie ein Kristallglas zerbrach, nach Tagen, nach Stunden oder schon nach Minuten, und sie glitt binnen Sekunden zurück in die alles umfassende, alles ausschließende Schwermütigkeit.

Er war allein mit ihr.

Tag für Tag.

Jahre.

Bis sie starb.

Sein Vater war nicht da, als sie starb.

Sein Vater war nie da.

Sein Vater war der prominente Strafverteidiger Dr. Karl-Georg Morian, der seine Frau verachtete, solange sie lebte, und sein einziges Kind ignorierte, solange er lebte. Manchmal war er zu Hause. Dann saß er in seinem Arbeitszimmer hinter seinem Schreibtisch, studierte Akten, rauchte Zigarre und durfte nicht gestört werden. Josef Morian erinnerte sich weder an Vertrauen noch an Liebe. Wie viel Aufmerksamkeit er nach dem Tod der Mutter erhielt, hing ausschließlich von den ständig wechselnden Haushälterinnen ab. Gleich, ob sie nett waren oder boshaft, jung oder alt, hübsch oder hässlich: Keine hatte es länger als ein Jahr im Hause des cholerischen Anwalts ausgehalten.

Josef Morians Leben war wie im Zeitraffer durch seinen nächtlichen Traum gerast. Seine rastlose, atemlose Jugend, seine ständige Suche nach dem ultimativen Kick, seine sportliche Karriere als Amateurboxer, die ihn lehrte, seine Aggressionen zu kanalisieren und im Zaum zu halten, seine Angst vor der Endlichkeit der Liebe und der daraus resultierende Tanz durch die Betten fremder Frauen, die ihm auch am nächsten Morgen noch fremd waren, sein Entschluss, Polizist zu werden, weil ihm nach dem mittelmäßigen Abitur nichts Besseres einfiel und weil er wusste, dass es seinen Vater auf die Palme bringen würde, wenn er nicht Jura studierte, um viel Geld zu machen, sondern sich stattdessen mit einem mittelmäßigen Beamtengehalt zufrieden gab, als bescheidenen Lohn für die Mühe, genügend Beweise gegen Leute zu sammeln, um sie hinter Gitter zu bringen, selbst wenn sein Vater sie vor Gericht verteidigen würde. Erst mit den Berufsjahren wuchs die schmerzende Erkenntnis, dass diese schöne Idee nichts weiter als eine schöne Illusion war.

Morian sah auf die Uhr.

Halb fünf.

Mit seinem toten Vater war er fertig.

Er war nicht einmal zu seiner Beerdigung gegangen und hatte den Pflichtteil seines Erbes ausgeschlagen.

Sein Magen beruhigte sich.

Seine manisch-depressive Mutter war keine Täterin gewesen. Sie hatte sich ihren Zustand schließlich nicht ausgesucht.

Wirklich nicht?

Zumindest war sie nicht das gewesen, was der Professor in seinem Brief beschrieb. Und das beruhigte ihn. Dr. Dr. Ansgar Kempkes war ein kluger Mann und ein brillanter Wissenschaftler.

Aber kein Hellseher.

Morian kletterte aus dem Bett, schwankte in die Küche und trank ein Glas Wasser. Steif und schwerfällig ließ er sich auf einen der Stühle fallen und rückte den Brief in den Lichtkegel:

... diese Mütter fallen in ihrem sozialen Umfeld nicht auf und funktionieren äußerlich perfekt. Vielleicht bemitleidet oder bewundert man sie sogar, wie sie sich ohne Mann so tapfer durchs Leben schlagen – damit ihr Sohn es später einmal besser hat. Diese Form des Missbrauchs ist deshalb so schwer zu identifizieren, weil er im Gewand der Liebe und selbstlosen Aufopferung daherkommt. Er bleibt aber ein unentschuldbarer Akt der Gewalt und der Zerstörung.
Die Söhne stehen eines Tages vor der Entscheidung, die jedes Kind überfordern muss: Sie haben nur die Wahl zwischen der extrem schmerzhaften Abnabelung und verantworten subjektiv damit den Untergang der Mutter, den sie ja immer wieder beschwört, oder aber sie verharren in der Abhängigkeit und bezahlen dies mit dem Verlust ihrer Identität. Sie entwickeln sich zu sozial isolierten Menschen. Als Fluchtweg aus dem Dilemma bleibt allerdings noch die Psychose – ein paradoxer, aber nicht seltener Lösungsversuch: Als Kompromiss flüchtet das Kind in die Krankheit; es geht also nicht wirklich weg, verletzt die Mutter also auch nicht, ist aber trotzdem für die Mutter nicht mehr erreichbar. Ich habe eine erstaunliche Korrelation zwischen narzisstischem Missbrauch in der Kindheit und psychotischen Krankheitsbildern bei männlichen Erwachsenen festgestellt.
Zum Zeitpunkt der Pubertät ist das Kind längst ein seelischer und sexueller Krüppel. Und was machen solche Söhne später als erwachsene Männer? Da die Grunderfahrung eines narzisstisch missbrauchten Kindes darin besteht, dass in einer Beziehung immer nur Platz für ein einziges Ich besteht, kann sich der spätere Erwachsene eine Beziehung nur in der Polarität von Unterwerfung und Herrschaft vorstellen. Da das narzisstisch missbrauchte Kind weiß, dass Liebe stets nur ein Mittel der Ausbeutung, Manipulation und Kon-

trolle ist, muss jeder Versuch, Nähe und Intimität zu leben, zum Scheitern verurteilt sein. Diese Männer sind nicht in der Lage, aus dem Muster abweichende Bedürfnisse eines Lebenspartners wahrzunehmen und zu respektieren. So bleiben sie entweder allein – oder sie versuchen aus ihrer Einsamkeit zu fliehen, indem sie sich nicht etwa eine gleichberechtigte Partnerin suchen, sondern eine unfreiwillige, aber willige Komplizin. Diese Frau darf keine eigenständigen Bedürfnisse haben, sondern sie hat sich an strenge Regeln zu halten, die es dem Mann erlauben, die narzisstischen Wünsche seiner Mutter psychodramatisch zu wiederholen. Solange diese Komplizinnen die zugewiesene Rolle spielen, werden sie idealisiert; sobald sie aber versagen, ihn enttäuschen, ihn gar verlassen, werden sie abgewertet, entpersönlicht und bestraft…

Morian faltete den Brief und steckte ihn zurück in den Umschlag.

Er musste diesen Mario finden.

Und ihn stoppen.

Das Aufjaulen des Mopeds unten auf der Straße verriet ihm die Zeit. Der Zeitungsbote hatte soeben die druckfrische Ausgabe des Bonner General-Anzeigers in seinen Briefkasten gestopft.

Mit dem Phantombild des Minipli-Mannes.

Die Zeitung klatschte auf den Tisch und vertrieb den Staub von der mattschwarz furnierten Resopalplatte.

«Weißt du, was das ist?»

Natürlich wusste Werner, was das war. Er war ja nicht doof. Eine Zeitung. Genauer gesagt: der Express. Dennoch ließ er sich Zeit mit der Antwort auf die Frage. Man konnte nie wissen. Wenn er was Falsches sagte, bedeutete das Ärger. Werner entzifferte das Datum. Samstag, 17. September 2005.

«Das ist der Express von heute.»

«Wie klug du doch bist.» Hohn in der Stimme. Verachtung im Blick. «Ist das alles?»

Werner konzentrierte sich. Das war doch der Schröder auf dem Foto. Der Bundeskanzler. Und auf dem Foto daneben die Frau, die gegen ihn antrat. Merkel. Angela Merkel. Morgen war Wahl. Werner versuchte, Zeit zu gewinnen, und sagte deshalb:

«Setz dich doch.»

«Ich stehe lieber.»

Also blieb auch Werner stehen. Und sagte, weil ihm als Antwort auf die gestellte Frage nichts Besseres einfiel:

«Morgen ist Wahl.»

«Du Idiot.»

Die Zeitung klatschte erneut auf den Tisch. Diesmal heftiger. Diesmal andersrum. Jetzt war die untere Hälfte der gefalteten Zeitung zu sehen. Der Staub kitzelte in seiner Nase. War doch nicht seine Schuld, wenn die Zeitung falsch rum gelegen hatte und er nur den Schröder und die Merkel sehen konnte.

«Und? Was sagst du jetzt? Kommt dir dieses Gesicht vielleicht ebenfalls bekannt vor?»

Und ob. Werner sagte nichts, sondern stützte die Fäuste auf den Tisch und beugte sich über die Zeitung, als habe er sich verguckt. Ihm wurde ganz flau im Magen.

«Das ist ein Phantombild, du Idiot. Von dir. Nicht nur im Express, sondern auch im General-Anzeiger und außerdem noch in der Bild-Zeitung. Und gestern Abend im Fernsehen.»

«Komisch.»

«Was ist denn daran komisch?»

«Woher wissen die, wie ich aussehe?»

Seine Worte wurden vom Kreischen der Schrottpresse hinter der Baracke verschluckt.

Sie schwiegen. Sie starrten sich über die Resopalplatte hinweg an und schwiegen, bis die Schrottpresse ihre Arbeit erledigt hatte. Werner konnte das Schweigen nicht länger ertragen.

«Die haben angerufen.»

«Wer hat angerufen?»

«So ein Bulle. Gestern. Auf dem Anrufbeantworter. Ich war ja nicht da. Ich war ja noch beim Observieren in Köln.»

«Was wollte der?»

«Wollte wissen, ob ich einen Kunden hätte, der ein silberfarbenes Mercedes-Cabrio fährt. Jetzt mal ehrlich. Woher...»

«Halt die Klappe. Ich muss nachdenken.»

Werner hielt die Klappe. Wie ein kleiner Schuljunge starrte er verlegen zu Boden, nagelte seinen Blick auf die Noppen zu seinen Füßen. Die Entfernung bis zu dem anthrazitfarbenen Noppenboden betrug fast zwei Meter. Werner war nicht nur sehr groß, er war außerdem so breit und so stark wie ein Bär. Was das betraf, müsste er sich eigentlich nicht so behandeln lassen. Gewöhnlich ließ er sich auch von niemandem so behandeln. Nicht von seinen Leuten draußen auf dem Platz, die vor seinen unberechenbaren Launen und vor seiner Brutalität kuschten, nicht von der Konkurrenz, die früher schon mal, als er noch neu in dem Geschäft war, unangemeldet aufgetaucht war, um ihn zu überreden, doch bitte schön schnell wieder zu verschwinden.

Vergebens.

Doch dem schmächtigen Zwerg, der jenseits der Resopalplatte die Arme verschränkte und die Stirn in Falten legte, war er noch nie gewachsen gewesen.

Draußen schlug jemand mit dem Vorschlaghammer Scheiben ein. Glas splitterte. Jemand fluchte auf Polnisch.

«Verdammt, wie soll man nachdenken bei dem Lärm? Wie kannst du das nur den ganzen Tag aushalten?»

«Gleich ist Feierabend. In einer Stunde. Dann ist hier eine

paradiesische Ruhe. Fast so wie auf dem Land ist das dann hier. Jedenfalls bis Montagmorgen.»

«Und der ganze Dreck. Sieh dich doch mal um. Du haust hier wie ein Schwein.»

Werner sah sich um. Es sah aus wie immer. Trotzdem machte er vorsichtshalber ein schuldbewusstes Gesicht. Und fragte: «Was machen wir jetzt? Abhauen?»

«Wir? Wieso wir? Nichts da. Du machst übers Wochenende gar nichts. Du bleibst schön hier und wartest ab. Ich lasse mir was einfallen. Hast du die Pistole noch?»

«Klar. Immer in Griffweite.» Werner Frick zog die Schublade unter dem Schreibtisch auf und zeigte sie ihm.

«Geladen?»

«Klar. Was ist damit?»

«Nichts. Steck sie wieder in die Schublade.»

«Ich will jetzt ehrlich gesagt nicht noch mehr Schlamassel. Ich hab dir schon am Telefon gesagt, ich mach nicht mehr mit. Ich bin doch nicht bescheuert.»

«Steck sie wieder weg. Und gib mir die Tasche. Wir brauchen sie jetzt nicht mehr. Seit die Schlampe sich vor den Zug...»

«Die rosafarbene Tasche?»

«Natürlich. Welche denn sonst?»

«Die hab ich doch schon entsorgt.»

«Du hast was? Wo?»

«Reg dich nicht auf. Ich bin doch nicht doof. Die hat sich längst im Müllofen in Rauch aufgelöst. Ich hab sie auf dem Weg in die Stadt, eine halbe Stunde bevor die Müllabfuhr...»

Werner brach ab und starrte zur Tür.

Dort stand ein junger Typ in einem knallroten Overall und mit einer Art Piratentuch auf dem Kopf.

«Was gibt's? Wir haben schon geschlossen!»

«Entschuldigung. Mein Chef hat gestern mit Ihnen telefoniert. Ich soll für ihn die Stoßstange abholen.»

«Was für eine Stoßstange?»

«Für einen Renault Alpine. Mein Chef…»

«Jetzt fällt es mir wieder ein. Aus Köln. Maibaum. Hat dich der Maibaum geschickt?»

«Maifeld.»

«Maifeld, richtig. Theo Maifeld. Ich komme.»

In diesem Moment drehte sich Werners Gast zur Tür um. Und der Junge mit dem Piratentuch riss die Augen auf, als sei er soeben dem Teufel persönlich begegnet.

Werner schob ihn vor sich her, hinaus ins Freie.

«Was glotzt du so dämlich? Hier geht's lang.»

Auf dem Hof öffnete der Junge die Heckklappe eines gelben Polo und klappte die Rücksitze um. Werner wartete, bis der Junge die Stoßstange verstaut hatte. Dann hielt er die Hand auf.

Ein 50-Euro-Schein wechselte den Besitzer. Der Junge wich seinem Blick aus. Die Hand zitterte. Aber Werner war nicht besonders geschult darin, solche Dinge richtig zu interpretieren. Er vermutete vielmehr, der Junge habe Angst vor ihm. Das gefiel ihm und verwunderte ihn auch nicht weiter.

«Sag deinem Boss, es hat mich gefreut. Vielleicht kommt man ja mal ins Geschäft. Was macht ihr denn hauptsächlich?»

«Dies und das», entgegnete der Junge.

«Genau wie ich. Das trifft sich ja gut.»

Werner zog eine zerknitterte Visitenkarte aus der Hosentasche und drückte sie dem Jungen in die Hand. Die Visitenkarte hatte einen Fettfleck. Der Junge wich Werners Blick aus.

«Dann mal gute Fahrt. Der Polo sieht nicht so aus, als würde er es noch bis zurück nach Köln schaffen.»

«Keine Sorge», sagte der Junge und öffnete die Fahrertür. Werner wartete, bis der Polo vom Platz rollte, dann drehte er sich um und schlenderte zurück in die Baracke.

«Wer war das?»
«Ein Kunde. Aus Köln.»
«Hast du gesehen, wie der mich angeglotzt hat?»
«Ja. Kennt ihr euch?»
«Nein. Noch nie gesehen.»
«Dann ist ja gut.»
«Gar nichts ist gut. Der kennt mich irgendwoher.»
«Quatsch. Von dir ist doch kein Bild in der Zeitung. Der hätte doch viel eher mich erkennen und sich zu Tode erschrecken müssen. Also beruhige dich wieder. Kein Stress.»
«Was ist mit diesem GHB-Zeug?»
«Die Zaubertropfen? Was soll damit sein?»
«Hast du davon noch was hier?»
Werner grinste und deutete auf die Schublade.
«Natürlich. Brauchst du was davon? Das Zeug ist eine Erfindung des Himmels. Du kannst dir gar nicht vorstellen, wie vollkommen enthemmt die Weiber…»
«Ich kann mir vorstellen, dass man schon völlig enthemmt sein muss, um diese Bruchbude hier überhaupt zu betreten. Sobald deine Jungs Feierabend machen und vom Platz verschwunden sind, fährst du den Mercedes in die Schrottpresse.»
«Bist du bescheuert? Mein Cabrio?»
«Du tust, was ich sage. Außerdem schneidest du dir die Haare. Nicht beim Friseur. Du machst es selbst. Bis kein einziges von den dämlichen Minipli-Löckchen mehr zu sehen ist. Verstanden? Ich muss jetzt los. Du rührst dich am Wochenende nicht von der Stelle. Ich melde mich. Bis dann.»

Über dem Platz schwebte der Himmel wie eine tonnenschwere Schieferplatte. Als Werner durch die Tür nach draußen trat, zog er unwillkürlich den Kopf zwischen die Schultern und vergrub seine Hände tief in den Hosentaschen, als erhöhe dies seine Überlebenschance, falls die Schieferplatte plötzlich auf die Idee kommen sollte, auf die Erde zu fallen und den Schrottplatz unter sich zu begraben. Die Polen grüßten nickend, murmelten was von schönem Wochenende und verließen den Hof zu Fuß. Der frisch gewaschene dunkelblaue Audi 80 wartete ungeduldig mit laufendem Motor, bis die Polen das Tor passiert hatten, dann rollte er vom Platz. Die Bremslichter zuckten kurz auf und verloschen wieder, dann bog der Audi nach rechts auf die Bundesstraße, in Richtung Stadt, und war Sekunden später hinter dem Wellblechzaun verschwunden.

Hätte der Wellblechzaun, der das Gelände umfriedete, ihm nicht die Sicht versperrt, dann hätte Werner beobachten können, wie ein gelber Polo sich vom Straßenrand löste und dem Audi in großem Abstand folgte. Aber vielleicht hätte er es auch ohne den Wellblechzaun nicht bemerkt. Denn Werner war in Gedanken.

Er versuchte sich vorzustellen, wie er wohl aussah, wenn er sich gleich mittels Schere und Spiegel von seiner geliebten Lockenpracht trennen würde. Anschließend stellte er sich vor, wie die Schrottpresse sein geliebtes Cabrio binnen Sekunden in einen handlichen Metallwürfel verwandelte.

Sowohl der eine wie auch der andere Gedanke verdarb ihm gründlich die Laune.

Anna Wagner hockte im Schneidersitz mitten auf dem schmalen, kurzen Bett im Zimmer ihres kleinen Bruders und starrte auf ihre Hände, die ein Elefantenbaby aus rosafarbenem Plüsch streichelten. Mechanisch, als sei sie mit ihren Gedanken weit weg. Sie sah nicht einmal auf, als die drei Erwachsenen durch die offen stehende Tür nacheinander ins Zimmer traten.

«Anna? Hier bist du! Wir haben dich schon gesucht. Das ist

die Frau von der Polizei, von der ich dir erzählt habe. Frau Dix, die dich gefunden hat. Sie möchte dich besuchen und sich kurz mit dir unterhalten. Ist dir das jetzt recht?»

Anna nickte, ohne ihren Vater anzusehen, der sich neben sie auf die Bettkante setzte und seine Hand auf ihre Schulter legte.

Antonia Dix warf Liz Morian einen Hilfe suchenden Blick zu. Die nickte, um ihr zu signalisieren, dass sie verstanden hatte.

«Herr Wagner, ich denke, wir beide gehen jetzt wieder runter in die Küche und machen uns einen Kaffee, während Frau Dix mit Anna redet. Das hatten wir ja so besprochen.»

«Ich habe es mir aber soeben anders überlegt, Frau Morian. Ich denke, es ist für meine Tochter besser, wenn ich ihr bei dem Verhör Beistand leiste.»

Auch das noch. Der Mann war promovierter Chemiker und leitender Angestellter eines Weltkonzerns. Aber der Trotz in seinen Augen war der eines störrischen Kleinkindes. Antonia Dix wusste nur zu gut, wie effizient Unterhaltungen mit Jugendlichen im Beisein wohlmeinender Eltern waren. Vermutlich würde er gleich auch noch anmerken, dass seine Tochter schließlich keine Geheimnisse vor ihm habe. Der Irrglaube aller Eltern, die sich für besonders fortschrittlich hielten. Antonia Dix suchte noch nach der passenden Formulierung, um Dr. Walter Wagner begreiflich zu machen, dass es sich nicht um ein Verhör, sondern um eine Zeugenvernehmung handelte, reine Routine, als Liz Morian ihr zuvorkam.

«Herr Wagner, ich habe die Sache mit Frau Dix ausführlich besprochen. Sie ist eine erfahrene Kriminalbeamtin. Sie weiß, was sie tut. Es dauert nicht lange.»

«Das glaube ich Ihnen gern, Frau Morian. Aber wieso soll dann meine Anwesenheit hinderlich sein? Meine Tochter hat schließlich keine Geheimnisse vor mir.»

«Ich erkläre es Ihnen gern in der Küche, Herr Wagner.»

Anna Wagner legte den Plüschelefanten beiseite und sah ihrem Vater in die Augen.

«Papa! Ist schon gut. Bitte geh jetzt.»

«Aber ...»

«Bitte!»

Walter Wagner stand beleidigt auf und verließ wortlos das Zimmer. Liz Morian folgte ihm und nickte Antonia Dix aufmunternd zu, bevor sie die Tür schloss.

Antonia Dix hockte sich auf den Fußboden. Anna lauschte, bis die Schritte auf der Holztreppe verhallt waren.

«Manchmal frage ich mich wirklich, wer in Wahrheit das Kind in unserer Familie ist.»

«Er macht sich vielleicht nur Sorgen.»

Anna ignorierte die Bemerkung, als sei sie mit ihren Gedanken schon wieder woanders, und setzte sich den Plüschelefanten auf den Schoß. Zwischen sich und Antonia Dix.

«Er liebt diesen Elefanten über alles.»

«Wer? Dein Vater?»

«Mein kleiner Bruder. Lukas. Das hier ist sein Zimmer.»

«Ein schönes Zimmer. Und ein schönes Haus.»

«Ja. Alles ist perfekt hier. So wahnsinnig perfekt. Sie haben mich damals gefunden, nicht wahr?»

«Ja. Erinnerst du dich?»

«Nein. Mögen Sie Gedichte?»

«Ich gestehe, ich kenne mich mit Lyrik nicht besonders gut aus. Aber deine Lehrerin sagt, du hättest großes Talent.»

«Wer? Dagmar?»

«Du duzt sie?»

«Ja. Wieso auch nicht?»

Weil du erst 14 bist und sie 34 und deine Lehrerin, dachte Antonia Dix. Aber sie sagte es nicht.

«Hast du Kontakt zu Frau Losem?»

«Nein. Meine Mutter hat es mir verboten. Sie sagt, das sei jetzt nicht gut für mich. In Wahrheit ist meine Mutter eifersüchtig auf Dagmar. Das war sie schon immer. Sie will unbedingt meine beste Freundin sein. Aber sie ist nun mal meine Mutter, und deshalb kann sie nicht meine Freundin sein.»

«Und deshalb hattest du ihr auch nichts erzählt, als…»

«Ich wollte einmal im Leben etwas alleine hinkriegen. Ohne meine großartige, unfehlbare Übermutter.»

Anna löste sich aus dem Schneidersitz, zog ihre dicken Socken hoch, die ihr als Pantoffel-Ersatz dienten, lehnte sich mit dem Rücken an die orangefarben gestrichene Wand und streckte ihre Beine aus. Der Trotz in den Augen schien genetisch bedingt zu sein. Der Hausanzug aus leuchtend gelbem Nicki-Stoff ließ sie kindlicher aussehen, als sie war. Antonia Dix zog Notizblock und Kugelschreiber aus der rechten Seitentasche ihrer Kradmelder-Lederjacke und versuchte auf dem Fußboden eine Haltung zu finden, die ihr das Schreiben ermöglichte.

«Interessante Jacke. Soll ich Ihnen einen Stuhl holen?»

«Es geht schon. Kein Problem. Und warum hattest du nicht wenigstens Frau Losem in deine Pläne eingeweiht?»

«Ich war sauer gewesen auf Dagmar. Sie hatte mich in letzter Zeit dauernd kritisiert. Sie machte andauernd so dumme Sprüche wie: Große Kunst besteht zu zehn Prozent aus Genialität und zu neunzig Prozent aus Fleiß, harter Arbeit und Geduld. Ich sei zwar auf einem guten Weg, aber ich müsse noch viel lernen. Als würde meine Mutter zu mir sprechen. Deshalb. Na ja, den Rest kennen Sie ja. Dabei hätte ich es gleich merken müssen…»

«Was hättest du merken…»

«…dass der Mann mit dem Mercedes kein Buchverleger war. Und dass er unmöglich der Mann sein konnte, der mir vorher die ganzen E-Mails geschrieben hatte. An der Sprache konnte man es merken. Die E-Mails waren so einfühlsam gewesen. Geistreich. Einschmeichelnd. Ich weiß nicht, wie ich das erklären soll. Jeder Satz in den E-Mails ließ mich vergessen, dass ich erst 14 bin. Jeder Satz ließ mich glauben, dass ich eine junge Frau und eine großartige Schriftstellerin bin. Die großartige Schriftstellerin und ihr künftiger Verleger tauschen E-Mails aus. Aber dieser Mann, der mich dann abholte, der war ganz anders. So ... primitiv. Als hätte er die Worte, die er benutzte, vorher auswendig gelernt, um keinen Fehler zu machen.»

«Aber trotzdem bist du in den Mercedes gestiegen.»

«Ja. Natürlich. Was hätten Sie getan? Ich wollte doch jetzt nicht mehr kneifen, wo das Ziel so nahe schien. Außerdem wusste der Mann ja alles über das Buchprojekt. Er sagte, wir müssten noch ein paar Fotoaufnahmen machen, für die Werbung, Fotos, die zu meinen Gedichten passen. Und dann, an diesem Fluss, packte er so eine kleine Champagner-Flasche aus, echter Champagner, ich konnte die französische Schrift auf dem Etikett erkennen. Er ließ den Korken fliegen und füllte zwei Gläser. Echte Sektkelche. Ich kam mir so großartig vor. Ich bekam in der ganzen Aufregung überhaupt nicht mit, dass er was in mein Glas kippte. Ein paar Tropfen reichen ja auch schon, hat mir der Arzt im Krankenhaus erklärt. Ich war so sehr damit beschäftigt, möglichst cool zu wirken. Möglichst erwachsen. Dann kam dieses eigenartige Prickeln. Nur Minuten später. Ich dachte, das kommt von dem Champagner. Ich hatte noch nie in meinem Leben Alkohol getrunken. Ich glaube, ich hätte von da an alles gemacht, was der Mann verlangte. Aber ich weiß in Wahrheit gar nicht, was ich gemacht habe. Was er mit mir gemacht hat. Ich weiß nichts mehr von den Fotos, ich weiß gar nichts mehr ...»

Sie konnte die Tränen nicht mehr aufhalten. Sie schluchzte still vor sich hin. Antonia Dix erhob sich vom Fußboden und setzte sich neben sie aufs Bett.

«Vielen Dank, Anna. Wir sind auch schon fertig. Du hast uns sehr geholfen. Soll ich vielleicht Frau Morian rufen?»

Anna Wagner nickte stumm, während die Erinnerung an das Nichts in ihrem Gedächtnis, an das schwarze Loch in ihrem erst 14-jährigen Leben ihren zerbrechlichen Körper schüttelte. Antonia Dix berührte zum Abschied Annas Knie, verließ das Zimmer, schloss leise die Tür und stieg die Treppe hinab. Die Vernehmung hatte die Ermittlungen keinen Schritt weitergebracht.

Und warum hatte sie dann das Mädchen mit ihren sinnlosen Fragen so unnötig aufgewühlt?

Weil es Pflicht war.

Manchmal hasste sie ihren Beruf.

Max hatte vom Markt frische Champignons mitgebracht, die er vorsichtig entstielte und in eine Auflaufform setzte. Dann bereitete er die Füllung vor, indem er die Stiele sowie eine Zucchini und spanische Tomaten in feine Würfel hackte und Hurl beauftragte, das alles mit Knoblauch in der Pfanne leicht anzubraten. Sie hantierten zu viert in Antonias sechs Quadratmeter kleiner Küche, die nichts weiter war als eine fensterlose, lediglich durch einen Perlenvorhang vom einzigen Wohnraum abgetrennte Nische. Eine echte Herausforderung für Klaustrophobiker. Morian ergriff als Erster die Flucht, deckte freiwillig den Tisch, spülte nebenan im Badezimmer die vier bauchigen, völlig verstaubten Rotweingläser, die Max ihm durch den Perlenvorhang gereicht hatte, entkorkte die erste der beiden Flaschen, die Hurl mitgebracht hatte, zündete Kerzen an und legte die CD auf, die er Antonia als Gastgeschenk mitgebracht hatte. Jazz. Patricia Barber. Die Platte, die damals in Dagmar Losems Wohnung lief.

Als er ihr das erste Mal begegnet war.

Er nahm sein Handy, schlich sich ins Badezimmer und wählte ihre Nummer im Hotel.

Nur um ihre Stimme zu hören.

Besetzt.

Was hätte er ihr eigentlich sagen wollen?

Erleichtert über den durch Morians Flucht gewonnenen Platz in der Küche gönnten sich die drei zunächst ein Gläschen Prosecco und machten sich wieder an die Arbeit. Antonia bereitete die Bruschettas auf einem Blech vor, Hurl spülte die erste Fuhre schmutzigen Geschirrs weg, Max füllte die Champignons mit dem Inhalt der Pfanne und verschloss die gigantisch großen Pilze mit einer Paste aus Ziegenfrischkäse, frischem Rosmarin und Bienenhonig, bevor er die Auflaufform in den Backofen schob und die Küche verließ, um Morian ein Glas Prosecco zu bringen.

«Ist das Patricia Barber?»

Morian nickte.

«Seit wann hörst du Jazz?»

Morian zuckte mit den Schultern. Er war ein schlechter Lügner. Also wechselte er lieber schnell das Thema.

«Wie läuft das mit eurer Wohngemeinschaft?»

«Großartig. Ich koche, und Hurl macht den Abwasch. Ich putze das Klo, und er bügelt meine Hemden. Während ich telefoniere, um neue Aufträge ranzuschaffen, stemmt er seine Gewichte, macht Klimmzüge an der Decke oder seine 200 Liegestütze und stöhnt dabei so laut, dass jeder potenzielle Kunde gleich wieder auflegt. So wie das eben ist, wenn eine Wohnung nur aus einem einzigen Raum besteht. Und abends legen wir uns schöne Musik auf und kuscheln, wenn es nicht gerade durchs Dach aufs Bett regnet. Ich nehme an, wir werden bald heiraten.»

«Das heißt also mit anderen Worten, ihr braucht dringend eine neue Bleibe?»

«Keine Bleibe, sondern endlich wieder ein Zuhause.»

«So wie früher, im Rheinhafen?»

«So wie früher, Jo.»

«Ist lange her.»

«Ja. Kann man wohl sagen. Ich habe dieses Leben so satt, Jo. Ich will wieder wissen, wo ich hingehöre.»

«Max, ich freue mich sehr, dass ihr das mit Herbach hingekriegt habt. Endlich. Vielleicht wird jetzt alles wieder gut.»

«Ja, vielleicht, Jo. Ich weiß noch nicht, ob die Rechnung tatsächlich aufgeht. Ich kann nichts tun außer warten.»

«Dieses Schwein. Verdient schon wieder sein Geld mit dem Leid von Kindern. Vielleicht kam das neulich am Telefon nicht so deutlich rüber, als du …»

«Schon gut. Du hast viel um die Ohren.» Max ließ sich neben Morian auf dem pinkfarbenen Sofa unter dem Hochbett nieder, legte seinen Arm um dessen mächtige Schultern und nickte in Richtung Perlenvorhang.

«Wie hat sie die Sache mit dem Selbstmord verkraftet?»

«Äußerlich: Sie tut so, als sei sie drüber hinweg. Innerlich: Ich bin mir nicht sicher.»

«Du bist um sie zu beneiden, Jo.»

«Oh ja. Ich weiß. Antonia ist ein …»

«Max!»

Antonia.

Max sprang auf und verschwand wieder in der Küche.

Antonia stand breitbeinig da und stemmte die Fäuste in die Hüfte.

«Wie lange brauchen die Dinger im Backofen?»

«Jetzt noch dreißig Minuten.»

«Gut. Dann warte ich noch.»

«Was gibt's denn dazu?»

«Frische Pasta in gesalzener Butter mit frischen Salbei-Blättern.»

«Wunderbar. Hurl, steht dein Angebot noch?»

Hurl grinste und nickte. Also füllte Max sein Glas ein zweites Mal mit Prosecco. Hurl würde fahren.

Als sie fertig mit Kochen waren, waberten dicke Schwaden wie Herbstnebel durch das Apartment. Antonia riss das Fenster zum Hinterhof auf. Sie hockten sich um den viel zu kleinen Tisch unter dem Hochbett, Hurl und Max auf dem Sofa, Morian auf dem einzigen Stuhl, den Antonia besaß, und Antonia auf einer seit zweieinhalb Jahren unausgepackten Umzugskiste, und sie redeten, während sie aßen und die beiden Weinflaschen leerten, über die wirklich wichtigen Dinge des Lebens.

Also mit keiner Silbe über die morgige Bundestagswahl.

Später machte Antonia Kaffee.

Als sie wieder aus der Küche auftauchte, hatte Morian den Stuhl verlassen und sich zu Hurl und Max aufs Sofa gequetscht. Antonia musste unwillkürlich lachen, als sie das Tablett mit den Tassen auf dem Tisch abstellte.

«Was gibt's denn da zu lachen? Wir konnten es nicht mehr ertragen, dich auf dieser Kiste hocken zu sehen.»

«Es ist nur ... wie ihr da so aufgereiht sitzt ... ihr seht aus wie drei schüchterne Jungs in der Tanzschule, die beim Abschlussball leider nicht zum Zuge gekommen sind.»

«Danke für das Kompliment.»

«Jetzt mal im Ernst: Ich sehe drei liebenswerte Männer, die unfreiwillig als Singles leben. Wieso haben euch die einsamen Frauen dieser Welt noch nicht entdeckt?»

«Wieso unfreiwillig? Wir leben gern allein. Niemand nörgelt an uns rum, niemand ... Und warum bist du allein, Antonia? Eine schöne Frau, klug ...»

«Danke für die Blumen.»

«Nein, im Ernst.»

«Wahrscheinlich bin ich ungenießbar.»

«Blödsinn. Wenigstens hast du deinen Claude.»
«Claude? Antonia, wer ist Claude?»
«Claude ist... war... der Filmvorführer.»
«War?»
«Er ist zurück nach Frankreich.»
«Oh. Das tut mir Leid, Antonia. Das wusste ich nicht.»
«Vielleicht gibt's ja einen neuen...»
«Einen neuen Filmvorführer? Ja. Gibt's. Sie heißt Gerda.»
«So ein Pech.»
«Wieso? Ich habe sie noch nicht kennen gelernt.»
«Warum sind Beziehungen so schwierig geworden?»
«Wenn ihr mich fragt: Frauen suchen sich die falschen Männer aus und umgekehrt. Weil jeder Mensch ein starres Muster erfüllt, das er in der Kindheit gelernt hat, das aber fürs Erwachsenenleben gar nicht mehr taugt.»
«Und welches Muster erfüllen die Frauen, die sich von eurem Psychopathen angezogen fühlen?»
Hurl hatte die Frage gestellt. Antonias und Morians Blicke trafen sich. Sie hatten die unausgesprochene Übereinkunft, nur einen einzigen Abend, wenigstens ein paar Stunden, nicht an den Fall zu denken, geschweige denn, über den Fall zu reden.
Zu spät.
«Das läuft anders», sagte Antonia. «Sie fühlen sich nicht von einem Psychopathen angezogen. Sondern von einer Illusion. Mario studiert die Frauen, zu denen er Kontakt aufnimmt, bis er ihre Muster erkennt. Und dann spielt er die Rolle, die perfekt zu diesem Muster passt. Bis die Frauen ihm hoffnungslos verfallen sind. Dann erst zeigt er sein wahres Gesicht.»
«Wie nah seid ihr an ihm dran?»
Max sah Morian an. Der ließ sich Zeit mit der Antwort, bis er den Zucker verrührt und den Löffel abgelegt hatte.

«Ich glaube, wir sind ganz nah an ihm dran. Spätestens am Montag kennen wir seinen Helfer. Und wenn wir den kassiert haben, ist es nur noch eine Frage der Zeit.»

Und eine Frage der Vernehmungstechnik. Max wusste, dass Morian darin ein Meister war. Was auch immer dieser Helfer über den Psychopathen wusste: Morian würde es binnen zwei Stunden nach der Festnahme ebenfalls wissen.

«Und wo liegt das Problem?»

«Wir haben keine Zeit mehr, Max. Seine kaputte Psyche bereitet sich gerade zur Explosion vor. Die Zündschnur ist schon gelegt. Es fehlt nur noch das Streichholz ... eine winzige Veränderung in seinem Alltag. Ich hoffe nur, wir sind dann zur Stelle. Bevor er ein neues Opfer findet.»

Er wusste, dass es passiert war, kaum dass der Tag ihn aus dem Tiefschlaf an die Oberfläche gespült hatte. Er konnte es ganz deutlich spüren. Die Totenstille. Er wagte nicht, die Augen zu öffnen. Er versuchte, ihren Atem in seinem Rücken zu orten, er wartete auf das Röcheln und Grunzen, das ihn immer so geekelt hatte.

Schließlich, nach einer Ewigkeit vergeblichen Wartens, öffnete er ein Auge und schielte zu den grellgrünen Leuchtziffern des Radioweckers auf dem Nachttisch, der einmal der Nachttisch seines Vaters gewesen war, lange vor der Zeit, an die er sich erinnern konnte.

Halb neun.

Sonntag, 18. September, 8.32 Uhr. Es war stockdunkel, weil der Rollladen herabgelassen war. Wie immer.

Er schlug die schwere Decke zur Seite, stieg aus dem Bett, tastete sich zur Tür und verließ das Schlafzimmer.

Im Bad wusch er sein Gesicht mit kaltem Wasser und vermied den Blick in den Spiegel.

In der Küche machte er sich Kaffee und ein Brot und dachte während des Frühstücks nach.

Er wusste, was er zu tun hatte.

Jetzt. Und gleich. Und später.

Er schlich sich die Treppe hinauf in sein Zimmer, kleidete sich vollständig an, nahm aus der obersten Schublade seines Schreibtisches die Visitenkarte und wählte die dort verzeichnete Privatnummer des Bestattungsunternehmers, mit dem er schon nach ihrem ersten Schlaganfall Kontakt aufgenommen und alles besprochen hatte. Er redete am Telefon fast im Flüsterton, so, als sorgte er sich, sie könnte ihn hören.

Nach dem Telefonat stieg er wieder hinab ins Erdgeschoss, räumte in der Küche die Kaffeetasse, den Frühstücksteller und das Messer in die Spülmaschine, nahm seine Lederhandschuhe aus der Kommode in der Diele und stopfte sie in die Außentaschen des Anoraks, den er bereits am Abend zuvor an die Garderobe gehängt hatte. Er kontrollierte die Innentaschen. Papiere, Autoschlüssel, die Wahlbenachrichtigung, die Lederhandschuhe.

Alles war an seinem Platz.

Er öffnete die Tür zum Schlafzimmer. Er hätte es unpassend gefunden, den Schalter zu betätigen. Das Streulicht aus der Diele verschaffte ihm genügend Sicht, um den Weg zum Fenster zu finden, ohne sich an der Einfassung des Doppelbettes zu stoßen. Er zog an dem Riemen, der den schweren, hölzernen Rollladen in die Höhe hievte. Nicht viel, vielleicht zwanzig Zentimeter.

Das genügte.

Sie starrte ihn an. Vorwurf im Blick. Sie hatte nicht nur die Augen, sondern auch den zahnlosen Mund weit aufgerissen. Die schmalen Schlitze des Rollladens malten Streifen aus Licht und Schatten auf ihr knochiges Gesicht.

Mit spitzen Fingern griff er nach der Bettdecke und schlug

sie mit einem Ruck zurück. Er betrachtete ihren fleischlosen Körper, der sich unter dem dünnen, weißen Nachthemd abmalte. Ihre spitzen Knie. Die Hüftknochen. Er mied es, ihr Gesicht anzusehen, und konzentrierte sich auf ihren Körper.

«Siehst du, ich habe dich nie verlassen. Aber jetzt hast du mich verlassen. Ausgerechnet du.»

Sie sagte nichts. Was er auch sagte, sie entgegnete nichts. Sie schwieg zum ersten Mal in seinem Leben.

«Mich einfach im Stich gelassen.»

Jetzt musste sie sich alles anhören, was er zu sagen hatte. Ohne widersprechen zu können.

«Schämst du dich denn gar nicht? Bist du etwa auch wie all die anderen? Sieh dich nur mal an!»

Dann fiel ihm nichts mehr ein. Nichts von alledem, was er seit Jahren sagen wollte. Er hob den Kopf, während er sie zudeckte, um ihren Augen auszuweichen. Da erst bemerkte er, dass auch die heilige Agatha an der Wand ihn aus ihrem Rahmen vorwurfsvoll anstarrte, während das Blut aus ihren Brüsten tropfte. Er verließ das Schlafzimmer, setzte sich in die Küche und wartete. Er betastete vorsichtig seinen Kopf.

Als der Bestattungsunternehmer eine halbe Stunde später an der Haustür klingelte, öffnete Carlos ihm.

«Mein Beileid. Ist der Arzt schon da? Ich hatte ihn angerufen. Wegen des Totenscheins. Das ist Vorschrift.»

«Nein. Sie kommen spät. Ich habe nicht den ganzen Tag Zeit.»

Er selbst hätte so etwas nie sagen können.

Aber Carlos konnte es.

Als Antonia Dix am Montag gegen neun Uhr morgens das Präsidium betrat, lag bereits eine Nachricht auf ihrem Schreibtisch.

Morians Handschrift.

Sein Name ist Werner Frick.

Morian hatte noch am Sonntag den Geschäftsführer der Hausverwaltung aufgetrieben und ihn genötigt, den Frühstückstisch vorzeitig zu verlassen, sich für den Rest des Vormittags von seiner Familie zu verabschieden und mit ihm ins Büro der Hausverwaltung zu fahren. Dort benötigten sie etwas mehr als drei Stunden, um sämtliche Akten des Hauses Kölnstraße 247 durchzusehen. Dort hatte im fraglichen Zeitraum nur ein einziges Kind mit Vornamen Werner gelebt.

Sein Name ist Werner Frick. Mehr habe ich gestern nicht rauskriegen können. Häng dich dran. Aber unternimm nichts ohne mich. Ich bin kurz rüber zur Staatsanwaltschaft. Arentz hat gerade angerufen und mich zum Rapport bestellt. Ich werde die Gelegenheit nutzen und ihn schon mal darauf vorbereiten, dass er beim Richter einen Hausdurchsuchungsbeschluss erwirken muss, sobald wir ihn anrufen. Ich bin gegen halb elf zurück.

Antonia Dix hängt sich dran. Eine halbe Stunde später war Werner Frick kein unbeschriebenes Blatt mehr. Und für die Polizei offensichtlich auch noch nie gewesen.
36 Jahre alt, 1,96 Meter groß, 112 Kilogramm schwer, ledig. Besondere Kennzeichen: ein Stacheldraht-Tattoo um den linken Oberarm. Begeisterter Bodybuilder. Abgebrochene Lehre als Kfz-Schlosser. Die erste Verurteilung mit 16 Jahren, Bewährungsstrafe wegen Verstoßes gegen das Betäubungsmittelgesetz. Deswegen verzichtete die Bundeswehr zwei Jahre später auf seine Dienste. Gelegenheitsarbeiter, wiederholt arbeitslos gemeldet, häufig wechselnder Wohnsitz, mal Bonn, mal Köln. Als 21-Jähriger verlor er wegen wiederholten zu

schnellen Fahrens seinen Führerschein und ging drei Monate zu Fuß – zum ersten, aber nicht zum letzten Mal. Mit 26 Jahren stand er wegen gefährlicher Körperverletzung vor Gericht. Da war er als Türsteher einer Kölner Disco beschäftigt und hatte einem Gast drei Rippen und das Nasenbein gebrochen. Sein Anwalt plädierte erfolgreich auf Notwehr. Freispruch. Mit 28 wurde gegen ihn wegen Zuhälterei in Tateinheit mit schwerer Körperverletzung ermittelt. Bevor es zur Anklage kommen konnte, zogen die drei Prostituierten aus Haiti ihre Anzeige zurück und verschwanden ins Ausland. Und die Staatsanwaltschaft stand ohne Zeugen da.

Vor sechs Jahren meldete Werner Frick ordnungsgemäß ein Gewerbe an und eröffnete einen Schrottplatz auf einem gepachteten Brachgelände im Bonner Norden, unmittelbar an der Stadtgrenze, an der Bundesstraße 9, der alten Verbindung zwischen Bonn und Köln, bevor 1928 die Autobahn gebaut wurde, auf halber Strecke zwischen der Kölnstraße 247 und dem Herseler Yachthafen, nur durch einen Acker und ein Wäldchen getrennt von der Rampe der Rheinfähre nach Mondorf, dem jenseits des Flusses gelegenen Yachthafen und dem Naturschutzgebiet Siegmündung.

Alles passte.

Sogar das Auto. Auf Werner Frick war ein silberfarbenes Mercedes-SLK-Cabrio angemeldet.

Antonia Dix klappte den Stadtplan zu und sah auf die Uhr. Halb zehn.

Sie konnte jetzt noch eine geschlagene Stunde auf Morian warten, Kaffee trinken und Däumchen drehen.

Unternimm nichts ohne mich.

Falls Arentz ihn überhaupt pünktlich entlassen würde. Sie konnte aber auch die Zeit nutzen und sich schon mal diskret umsehen.

Als Gebrauchtwagen-Interessentin.

Wer sah ihr schon die Kripo-Beamtin an?

Und wenn er Lunte roch? Werner Frick schien jemand zu sein, der zuschlug, bevor er sich lange mit Fragen aufhielt. Und seine zwischenzeitliche Karriere als Zuhälter sprach dafür, dass er bei Frauen keine Ausnahme machte.

Andererseits wusste sie mit ihrer Waffe umzugehen. Sie war die Beste ihres Ausbildungsjahrgangs gewesen.

Antonia Dix überprüfte ihre Sig-Sauer P228, die eigentlich ausschließlich SEK-Einsatzkommandos vorbehalten war, schob die Waffe zurück in das Schulterholster, zog die schwere Kradmelder-Lederjacke über und steckte ein Ersatzmagazin in die ausgebeulte Seitentasche ihrer schwarzen Armeehose.

Selbst ohne Waffe konnte sie sich auf ihre Reflexe als Kick-Boxerin verlassen. Im Ring hatte sie es schon mit ganz anderen Gegnern aufgenommen.

Außerdem schien dieser Werner Frick nicht gerade mit außerordentlicher Intelligenz gesegnet zu sein. Sonst hätte er Jasmin Hahnes Tasche nicht im Müllcontainer jenes Hauses entsorgt, in dem er einmal als Kind gemeldet war. Nur weil der Container so bequem auf der Strecke von seinem Schrottplatz in die Stadt lag und man davor prima parken konnte.

Werner Frick schien allem Anschein nach ein muskelbepackter, hirnverbrannter Idiot zu sein.

Mit solchen Typen wurde sie allemal fertig.

Pünktlich um halb elf parkte Josef Morian den Volvo auf dem Hof des Präsidiums. Mit einem knappen Nicken eilte er durch das Foyer an der schusssicheren Scheibe der Wache vorbei, als der Dienst habende Beamte der Schutzpolizei ihm über die Lautsprecheranlage hinterherkrächzte.

«Morian?»

«Ja?»

Morian hielt in der Bewegung inne.

«Du sollst sofort den Präsidenten anrufen.»

«Mach ich.»

In seinem Büro fand er zwei Zettel mit handschriftlichen Nachrichten auf seinem Schreibtisch. Der eine stammte von Antonia.

Volltreffer! Bin gleich wieder zurück.

Der andere Zettel forderte ihn erneut auf, sofort den Präsidenten anzurufen. Das Haus verfügte zwar seit geraumer Zeit über eine Intranet-Infobox zur internen Kommunikation, doch jeder im Haus wusste, dass Morian es ständig versäumte, in seinem Computer nachzuschauen. Wenn die Sekretärin des Präsidenten eigens einen Zettel auf Morians Schreibtisch deponierte, musste es eilig sein. Über Antonia konnte er sich später noch ärgern.

«Morian hier.»

«Gut, dass Sie anrufen. Wir haben die nächste Vermisste.»

«Was?»

«Sie hören richtig. Eva Carstensen. 16 Jahre alt. Schülerin. Tochter von Theresa Carstensen. Sagt Ihnen das was?»

«Nein.»

«Die Kunstmäzenin.»

Morian glaubte, eine Spur von Ehrfurcht in der Stimme des Präsidenten zu hören.

«Seit wann wird sie vermisst?»

«Tja. An der Stelle wird's kompliziert. Frau Carstensen hatte ihre Tochter gar nicht vermisst. Die Schulleiterin hat sie heute gegen halb neun aus dem Bett geklingelt. Mehr aus Verärgerung denn aus Sorge. Eva war sowohl am Freitag als auch heute nicht zum Unterricht erschienen. Die Tochter schwänzt regelmäßig den Unterricht, und die Schulleiterin drohte Frau Carstensen heute mit dem Schulverweis ihrer Tochter, falls sie nicht augenblicklich ein ärztliches Attest als Erklärung für das Fernbleiben ihrer Tochter beibringe. Frau Carstensen war wohl erst vor ein paar Wochen zum Gespräch in die Schule bestellt worden, weil ihre Tochter Eva immer mal wieder stundenweise oder tageweise vom Unterricht fern blieb, wenn ihr danach war. Jetzt hat es der Direktorin wohl gelangt. Und deshalb rief sie gleich morgens an.»

«Das soll selbst in den besseren Kreisen vorkommen.»

«Der Haken ist nur: Wenig später fand Frau Carstensen einen Briefumschlag unter ihrer Haustür. In dem Umschlag befand sich ein Foto ihrer Tochter. Das Foto ähnelt frappierend den Fotos von Jasmin Hahne und Anna Wagner.»

Morian öffnete den obersten Knopf seines Hemdkragens. Er hatte plötzlich das Gefühl, keine Luft mehr zu bekommen.

«Morian, sind Sie noch dran?»

«Ja. Was ist bisher...»

«Die ganze Maschinerie ist längst angelaufen. Ich habe das veranlasst, weil Ihre Mitarbeiterin ebenfalls nicht zu greifen war. Wo ist sie überhaupt? Ich habe veranlasst, dass eine Hundertschaft erneut das Naturschutzgebiet an der Siegmündung durchkämmt. Die sind bereits vor Ort. Aber Sie wissen ja selbst, wie lange es dauert, diesen Urwald abzusuchen. Außerdem sind zwei Streifenbesatzungen unterwegs, um den Schulweg zu überprüfen.»

«Rettungsleitstelle? Krankenhäuser?»

«Fehlanzeige. Ich möchte Sie um einen Gefallen bitten, Herr Morian.»

«Und der wäre?»

«Bitte fahren Sie bei Frau Carstensen vorbei. Persönlich. Und alleine. Ich meine, ohne...»

«Ohne Frau Dix.»

«Verstehen Sie mich nicht falsch. Sie haben eine so besonnene, beruhigende Art. Außerdem ist es sicher ein gutes Signal, wenn der Dienststellenleiter persönlich bei ihr erscheint.»

Morian schluckte den Kommentar runter, der ihm auf der Zunge lag. Er notierte sich die Adresse.

«Das wär's wohl fürs Erste, Morian. Viel Glück.»

«Glück alleine reicht nicht, Herr Präsident.»

«Wie meinen Sie das?»

«Ich brauche mehr Personal.»

«Beyer wird Ihnen zwischendurch stundenweise zur Verfügung stehen. Mehr kann ich Ihnen nicht anbieten.»

Auf dem Flur lief er Erwin Keusen in die Arme.

«Schon gehört, Morian?»

«Ja. Soeben. Vom Präsidenten persönlich.»

«Ich mache dir einen Abzug von dem Foto. Das Original ist schon im Labor.»

«Danke. Hast du Antonia gesehen?»

«Nein. Heute noch nicht. Dafür habe ich eben die Mutter der Vermissten gesehen.»

«Frau Carstensen?»

«Oh ja. Du hast sie vielleicht um fünf Minuten verpasst. Du hättest eigentlich noch ihr Parfüm riechen müssen. Ich kam gerade zurück von der Rechtsmedizin, ich hatte einen Termin bei der Fledermaus, ich kam also gerade unten an der Wache zur Tür rein, als sie das Gebäude verließ. Junge, was für ein Auftritt. Großes Kino. Ich dachte, so was gäbe es nur in Hollywood. Sogar der Anwalt in ihrem Kielwasser sah aus wie einer aus diesen amerikanischen Gerichtsfilmen. Hätte mich überhaupt nicht gewundert, wenn die Jungs von der Wache aufgesprungen wären und zum Abschied salutiert hätten, als sie aus der Tür rauschte.»

«Danke für die Warnung.»

«Gern geschehen. Hast du eine Audienz bei ihr? Dann viel Vergnügen. Hast du dich auch ordentlich gekämmt und dir die Ohren gründlich gewaschen?»

«Du mich auch, Erwin.»

«Oh, sind wir schlecht gelaunt? Hat dich das Ergebnis der Bundestagswahl um den Schlaf gebracht?»

Auch das noch.

Er hatte gestern völlig vergessen, zur Wahl zu gehen. Er hatte den halben Sonntag im Büro der Hausverwaltung auf der Suche nach dem Bewohner Werner Frick verbracht und sich den Rest des Tages in seiner Dachwohnung vergraben und noch einmal sämtliche Akten studiert. In der vergeblichen Hoffnung, etwas zu finden, was sie bisher übersehen hatten.

«Oder ist dir das Foto in der Bild-Zeitung beim Frühstück auf den Magen geschlagen?»

«Was für ein Foto?»

«In der heutigen Ausgabe. Die haben das zweite Phantombild. Das von Mario. Du wolltest doch nicht, dass es schon in die Medien gelangt. Dann frage ich mich nur: Wo haben die das her? Wir haben einen Maulwurf im Haus, Morian. Einen Verräter, der diesen Schmierfink Pelzer ständig mit Informationen versorgt. Das ist gar nicht gut, Morian.»

«Bis später, Erwin.»

Als Morian in den Volvo stieg und den Gurt anlegte, bemerkte er den Fettfleck auf seiner Krawatte. Von der Mayonnaise des belegten Brötchens, das er sich auf dem Weg von der Staatsanwaltschaft zum Präsidium unterwegs beim Bäcker gekauft und während der Fahrt verzehrt hatte.

Manchmal ging wirklich alles schief.

Vor dem geschlossenen Tor des Schrottplatzes lungerten vier Männer herum und rauchten. Sie trugen ölverschmierte Arbeitskleidung, derbe Schuhe mit dicken Gummisohlen und altmodische, lederne Aktentaschen, aus denen Thermoskannen ragten.

«Guten Morgen.»

Die Männer nickten stumm.

«Ich suche einen Gebrauchtwagen. Ist geschlossen heute?»

Die Männer zuckten mit den Schultern.

«Arbeiten Sie hier?»

Die Männer warfen sich nervöse Blicke zu. Dann sagte der älteste von ihnen etwas zu den anderen, in einer Sprache, die sie nicht verstand, und dann nahmen sie wie auf ein Kommando Reißaus. Sie rannten, so schnell sie konnten, quer über die Straße, ohne auf den Verkehr zu achten, und waren Sekunden später über den Acker im angrenzenden Wald verschwunden.

So viel zum Plan einer Polizistin, sich als harmlose Gebrauchtwagen-Interessentin zu tarnen. Nicht mal illegale osteuropäische Arbeiter fielen darauf rein.

Das Tor war durch ein Vorhängeschloss gesichert.

Den Bruchteil einer Sekunde war Antonia Dix versucht, aus dem Kofferraum ihres Cooper, den sie zweihundert Meter weiter stadteinwärts geparkt hatte, das Brecheisen zu holen, ließ den Gedanken aber augenblicklich wieder fallen.

Sie spazierte stattdessen um das Gelände und fand schließlich an der Rückseite eine Lücke in dem provisorischen Zaun. Sie bog zwei der senkrecht aufgestellten und notdürftig in das Erdreich gerammten Platten aus Wellblech gerade weit genug auseinander, um sich durch den Spalt zu zwängen.

Ein Kran. Eine Schrottpresse. Ein Berg aus Altreifen. Etwa drei Dutzend Autos, die nicht so aussahen, als könnten sie sich aus eigener Kraft auch nur einen Millimeter bewegen.

Eine Werkstatt, kaum größer als eine Doppelgarage. Das Tor stand offen. Eine Hebebühne.

Keine Menschenseele.

Und zum Glück keine Hunde.

Antonia Dix schob unwillkürlich ihre rechte Hand unter die Jacke und umfasste den Knauf ihrer Waffe.

Daran hatte sie nicht gedacht. Auf zwei heranstürmende Dobermänner wäre sie nicht vorbereitet gewesen.

Außer der Werkstatt gab es nur ein weiteres Gebäude. Mitten auf dem Platz. Eine Baracke aus Holz, die Antonia an den Schlaftrakt des Schullandheims ihrer Kindheit erinnerte.

Die Tür war unverschlossen.

Ein Büro. Mittendrin ein Schreibtisch, dahinter ein Aktenschrank aus verwittertem, gesplittertem Holz, als hätte er zu lange im Dauerregen im Freien gestanden. Zwei Spinde aus grauem Metall an der linken Wand, dazwischen ein schmales Fenster, fast blind vor Staub. An der rechten Wand eine Küchenzeile. Herd, Spüle, ein halbhoher Kühlschrank. In der Spüle türmte sich schmutziges Geschirr, auf dem sich bereits Schimmel ausbreitete. Über dem Herd hing an einem viel zu großen Nagel ein Foto-Kalender. Eine junge Frau im rosa Häkel-Bikini räkelte sich auf der Kühlerhaube eines knallgelben Lamborghini und hielt ihre gymnastischen Übungen offenbar für erotisch.

Es war unerträglich heiß. Dafür sorgte ein Strom-Radiator, der auf höchste Wattzahl eingestellt war. Antonia Dix rannen Schweißperlen über die Stirn.

Auf der eingestaubten Resopalplatte des Schreibtisches stand ein Teller mit den Resten einer Mahlzeit, auf dem Kühlschrank stank die dazu passende offene Konservendose vor sich hin. Ravioli in Tomatensoße. Neben dem Teller standen zwei leere Flaschen Früh-Kölsch und ein zur Hälfte ausgetrunkenes Bierglas. Eingetrockneter Schaum. Hinter dem

Schreibtisch zwei schmale Türen, links und rechts von dem Aktenschrank.

Antonia zog ein Paar Latex-Handschuhe aus der Jackentasche, streifte sie sich über und horchte.

Nichts.

Die rechte Tür führte in ein winziges Badezimmer, kaum größer als eine Abstellkammer. Ein Klo, aus dem es nach Urin stank. Eine Dusche. Ein Duschvorhang aus Plastik, der einmal durchsichtig gewesen war. Ein Handwaschbecken. Über dem tropfenden Wasserhahn eine Ablage aus Stahlblech. Zahnbürste, Rasierzeug, eine Haarbürste, eine Schachtel Kopfschmerztabletten, deren Verfallsdatum längst abgelaufen war, außerdem eine Schere. Über der Ablage ragte aus der Wand ein Kabel mit einer Fassung und einer nackten Glühbirne am Ende. An dem Kabel war mit Draht ein winziger Spiegel befestigt. Das Waschbecken war voller Haare. Blonde Locken.

Antonia verließ das Bad und öffnete die linke Tür.

Lautlos, nur einen Spalt.

Ein Schwall warmer, abgestandener Luft schlug ihr entgegen. Ein atemberaubendes, aufgeheiztes Gemisch aus Männerschweiß, Alkohol, Zigaretten und billigem Parfum.

An der rechten Wand ein Bett. Eines dieser grauenhaften französischen Betten, die in den siebziger Jahren in sämtlichen Möbelhäusern zu finden waren. Komplett mit braunem Samt überzogen, inklusive des futuristisch geschwungenen Kopfteils, in das ein Kassetten-Recorder, ein Radiowecker mit blinkender Digitalanzeige, zwei Stereo-Lautsprecher und ein Regalfach eingelassen waren.

Antonia griff unter ihre Jacke und stieß zugleich mit der Fußspitze gegen die Tür, sodass sie komplett aufschwang.

Ein zweiter Radiator, mitten im Raum.

Daher die Hitze.

Weiter links die Rückseite eines Fernsehers.

Der Fernseher stand auf einem Hocker.
Davor ein Sessel, gleich links von dem Radiator.
Orangefarbenes Cord-Polster.
In dem Sessel saß Werner Frick.
Er trug Boxershorts und ein ärmelloses Unterhemd.
Wenn sie nicht zuvor die Schere und die blonden Locken im Waschbecken des Badezimmers gesehen hätte, dann hätte Antonia Dix ihn wohl kaum erkannt. Sie erkannte ihn vor allem an seiner Statur und an dem Stacheldraht-Tattoo um den linken Bizeps. Das Phantombild hätte ihr nicht weitergeholfen. Denn Werner Frick hatte kein Gesicht mehr.

Morian hatte erwartet, dass Theresa Carstensen ihm die Tür der Villa öffnete. Vielleicht auch die Haushälterin. Oder ihr Anwalt, der sie zum Präsidium begleitet hatte.

Stattdessen öffnete ihm ein junger Mann die Tür, dessen Äußeres selbst Morian überforderte, daraus die richtigen Schlüsse auf dessen berufliche Funktion zu ziehen.

Der Mann war schätzungsweise Anfang dreißig. Augen, Wimpern, Nase und Kinn waren von einer Ebenmäßigkeit und Harmonie, als hätte sich Michelangelo dieses Gesicht ausgedacht. Oder Arno Breker. Das pechschwarze, seidig schimmernde Haar war mit einer perfekten Nachlässigkeit nach hinten gekämmt und fiel ihm bis auf die Schultern. Der Mann war schlank und trug einen cognacfarbenen Anzug, der so perfekt saß, dass er ihn unmöglich von der Stange gekauft haben konnte. Morian musste zweimal hinschauen, um sicherzustellen, dass er sich nicht geirrt hatte: Unter den Hosenbeinen lugten Cowboystiefel hervor. Das hellbraune Wildleder war so abgewetzt, als hätte der Mann soeben an einem Rodeo teilgenommen. Morian kannte sich mit aktueller Herrenmode nicht besonders gut aus; deshalb fiel ihm zu dem mattschwarzen Hemd, den Manschettenknöpfen, dem nietenbeschlagenen Gürtel und der Uhr am Handgelenk des Mannes nur ein einziges Wort ein: teuer.

«Sie müssen der Herr von der Polizei sein. Treten Sie doch ein. Darf ich Ihnen den Mantel abnehmen?»

«Und Sie sind ... vermutlich nicht Frau Carstensens Anwalt, nehme ich an.»

Der Mann lachte auf und zeigte seine blitzweißen Zähne.

«Gott bewahre. Ich bin ihr Stilberater.»

Der Mann reichte ihm seine Visitenkarte.

«Unverzeihlich. Ich habe mich ja noch gar nicht vorgestellt. Roderich Wesselrode.»

«Josef Morian.»

«Freut mich, Sie kennen zu lernen.»

«Freut mich auch. In welchem Fach beraten Sie Frau Carstensen denn? Kleidung?»

«Um Gottes willen, nein. Ich gestalte ihre Vernissagen und ihre Benefiz-Events. Aber treten Sie doch bitte ein.»

Morian ließ sich kein drittes Mal bitten und trat ein, behielt aber seinen Trenchcoat an und folgte Wesselrode durch die Diele und am Ende der Diele durch eine offene Flügeltür. Mit den Fingern der linken Hand kämmte sich Wesselrode beiläufig das Haar hinters Ohr, während die weihevolle Geste der ausgestreckten rechten Hand Morian vermuten ließ, der junge Mann schicke sich nun an, den Raum zu segnen.

«Nun?»

«Was nun?»

«Der Salon. Wie finden Sie ihn?»

Morian hatte das Gefühl, mitten in einem Museum für Pop-Art der sechziger Jahre zu stehen. Nur der angrenzende, urwaldähnlich bepflanzte Wintergarten ließ die Hoffnung zu, dass auf diesem fremden Planeten tatsächlich Leben existierte.

«Interessant», stammelte Morian. «Vor allem die Gegensätze zwischen ... die Raumwirkung ...»

«Sehr klug beobachtet», lobte Wesselrode selbstgefällig. «Sie müssen wissen, Innenarchitektur ist mein Hobby. Frau Carstensen bat mich, etwas aus dem Raum zu machen. Ihm ein Thema zu geben. Eine Aussage. Sie ließ mir völlig freie Hand. Ich habe mich für eine Hommage an Roy Lichtenstein entschieden.»

Morian ließ sich ungefragt auf einem herzförmigen rosa Sofa nieder. «Ich bin eigentlich gekommen, um mit ...»

«Ich weiß. Frau Carstensen bat mich, Sie in Empfang zu nehmen und zu unterhalten, bis sie kommt. Ihr Physiotherapeut ist gerade bei ihr. Sie ist ganz verspannt. Der Nacken. Kein Wunder, bei der ganzen Aufregung.»

Roderich Wesselrode rollte die Augen gen Himmel, vermutlich um Morian zu signalisieren, dass sich die Hausherrin in den oberen Gemächern gleich über ihren Köpfen befand. Aber da irrte er. Die Hausherrin betrat in diesem Moment hinter ihrem Rücken den Salon. Ihr Parfüm eilte ihr voraus, und so konnte Morian sie riechen, noch bevor er Theresa Carstensen sehen konnte.

Und hören.

«Liebster Roderich, hast du dem Herrn Kommissar denn gar nichts zu trinken angeboten?»

Theresa Carstensen verbarg ihre Verärgerung über ihren Stilberater hinter einem mühsam abgerungenen Lächeln.

«Ich denke, ein Glas eiskalten Weißweins wäre jetzt genau das Richtige. Sei ein Schatz und lauf in die Küche.»

Sie nahm gegenüber Morian auf der gepolsterten Fußbank Platz. Ebenfalls rosa und herzförmig. Der Saum ihres schlichten, schwarzen Etuikleids rutschte über ihre wohl geformten Knie. Ihre Strümpfe raschelten, als sie die schlanken Beine seitwärts abwinkelte. Sie faltete die Hände in ihrem Schoß.

Roderich beeilte sich. Er war zurück, noch bevor das erste Wort gewechselt war. Roderich schob ein filigranes Beistelltischchen aus poliertem Stahlrohr zwischen Theresa Carstensen und Morian, platzierte auf der gläsernen Tischplatte ein quadratisches Tablett aus Kirschholz, das er aus der Küche mitgebracht hatte, gab ihr Feuer, als sie nach einer Zigarette aus dem goldenen Kästchen auf dem Tablett griff, ließ sich dafür mit einem perfekten Augenaufschlag belohnen, deutete ihr anschließendes knappes Kopfnicken richtig und verschwand wortlos und geräuschlos aus dem Raum, der seine Schöpfung war.

Morian nippte artig an dem Wein und beobachtete Theresa Carstensen, wie sie gierig an ihrer Zigarette zog und anschließend den Rauch ausstieß. Er wusste nichts über sie, außer dass sie 46 Jahre alt, rentabel geschieden und allein erziehende Mutter einer 16-jährigen Tochter namens Eva war, diese hübsche Villa in Bad Godesberg besaß, die ihr im Rahmen der Scheidungsvereinbarungen zugefallen war, sowie einen Jaguar XK Cabriolet, der draußen in der Einfahrt stand. Der daneben geparkte Audi A3 mit Kölner Kennzeichen musste Roderich Wesselrode gehören.

Morian nutzte das Schweigen und machte sich in den nächsten Sekunden ein Bild von ihr. Nicht nur ihre Frisur ließ Theresa Carstensen der Schauspielerin Iris Berben ähnlich sehen. Vor der Tönung der pechschwarzen, seidig schimmernden Haare hatte sie sich vermutlich zuvor bei ihrem Stilberater nach dessen Friseur erkundigt. Oder vielleicht umgekehrt. Ihr Gesicht war maskenhaft faltenlos, als hätte ihr bisheriges Leben keinerlei prägende Spuren in ihrer Seele hinterlassen. Morian mutmaßte, dass sie einen nicht unbeträchtlichen Teil ihrer monatlichen Apanage in ihren makellosen Jungmädchen-Körper investierte. Das war unübersehbar. Selbst für Morian. Und er war sich sogar sicher, dass sie sich dabei nicht mit einem Fitness-Trainer und einem Diät-Berater begnügte, sondern auch den Segnungen der modernen Medizin keineswegs feindlich gegenüberstand.

Lediglich ihre Hände verrieten, dass sie nicht mehr Anfang dreißig war. Darüber konnten auch die falschen Fingernägel nicht hinwegtäuschen.

«Rauchen Sie, Herr Morian?»

«Seit fünf Jahren nicht mehr.»

Sie schwieg wieder und musterte ihn währenddessen von Kopf bis Fuß. Morian beschlich das Gefühl, Theresa Carstensen habe soeben nach kurzer visueller Prüfung entschieden, Rauchen sei das einzige halbwegs interessante Gesprächsthema gewesen, das sie und er hätten teilen können.

Da war Morian anderer Meinung.

«Frau Carstensen, seit wann vermissen Sie Ihre Tochter?»

«Sie ist heute nicht in der Schule erschienen. Aber das haben ich und mein Anwalt vor nicht ganz zwei Stunden doch alles schon im Präsidium erzählt. Halten Sie das für sehr ökonomisch, noch einmal dieselben Fragen zu stellen?»

«Frau Carstensen, Ökonomie ist kein vorrangiges Kriterium für die erfolgreiche kriminalistische Ermittlungsarbeit. Glauben Sie mir: Ich verstehe was davon. Nach den Gesetzen der Ökonomie wäre es sogar sinnvoll, die Polizei komplett abzuschaffen. Wer es sich leisten kann, so wie Sie, schafft sich eine Alarmanlage an, engagiert ein paar Leibwächter zum persönlichen Schutz und einen Privatdetektiv, um verschwundene Familienangehörige aufzuspüren. Wer sich das nicht leisten kann, hat eben Pech gehabt. Oder kauft sich einen Baseballschläger. Und der Staat hat eine Menge Geld gespart und kann die Steuersätze senken. Vielleicht sollte man das der neuen Bundesregierung vorschlagen. Und Ihr Ex-Mann entwirft dazu die passende Werbekampagne.»

Sie starrte ihn an und vergaß darüber sogar das Rauchen.

Morian wusste, dass er sich den letzten Satz besser gespart hätte. Sie runzelte die Stirn. Tatsächlich. Morian hätte nicht gedacht, dass dies überhaupt möglich war.

«Herr Morian, leiden Sie unter Sozialneid?»

«Keineswegs. Neid in jeder Form ist eine widerliche Charaktereigenschaft.»

«Das freut mich zu hören. Wissen Sie, ich hatte keine besonders glückliche Kindheit. Ohne Sie jetzt mit Details langweilen zu wollen: eine Kindheit in bitterster Armut. Mit 21 Jahren habe ich CC kennen gelernt und noch im selben Jahr geheiratet. Seither führe ich ein materiell sorgenfreies Leben. Bei der Scheidung habe ich ihn bluten lassen, ich gebe es zu. Ich betrachte dies als Akt ausgleichender Gerechtigkeit. Kaum dass er mich damals geschwängert hatte, ging er fremd. Eine seltsame Vorstellung von Familienglück. Er überhäufte mich mit Geschenken, las mir jeden mit Geld erfüllbaren Wunsch von den Lippen ab, er vergötterte seine Tochter, dieses widerwärtige Balg, aber er stieg in all den Jahren jedem Rock hinterher, der seinen Weg kreuzte. Irgendwann war es mir egal. Alles hat seinen Preis. Nichts ist umsonst im Leben. Es war mir egal, solange er es heimlich tat. Aber als er dann damit anfing, all diese kleinen Fernsehnutten, die er aufgabelte und die kaum älter als seine Tochter waren, auch noch zu seinen gesellschaftlichen Verpflichtungen mitzuschleppen und stolz in der Öffentlichkeit vorzuführen, da war der Bogen überspannt. Ich hatte kein Interesse, mich auch noch zum Gespött der Leute zu machen, während ich zu Hause saß und mich um seine verzogene Göre kümmerte.»

«Sie reden von Ihrer Tochter?»

«Ja. Von wem denn sonst?»

«Frau Carstensen, auch wenn ich Ihre Geduld damit strapaziere, wiederhole ich ganz unökonomisch meine Frage ... in der Hoffnung, eine andere Antwort zu erhalten als jene, die

Sie mit Ihrem Anwalt im Präsidium zu Protokoll gegeben haben: Seit wann vermissen Sie Ihre Tochter?»

«Wollen Sie eine ehrliche Antwort? Ich vermisse sie gar nicht. Auch jetzt noch nicht. Kein bisschen.»

Morian wünschte sich jetzt, er hätte dem Stilberater doch seinen Trenchcoat überlassen. Dieses Frage-Antwort-Spiel konnte noch eine Weile dauern.

«Wann haben Sie Ihre Tochter zum letzten Mal gesehen?»

«Das war wohl am Donnerstag. Gegen Mittag. Als sie aus der Schule kam. Ja, so war's.»

«Das heißt mit anderen Worten, Sie wissen nicht, was Ihre Tochter am Donnerstagabend, am Freitag, am Wochenende und am Montagmorgen gemacht hat.»

«Nein. War das jetzt ein Vorwurf?»

«Nur eine Feststellung.»

«Ich schlafe gewöhnlich noch, wenn Eva zur Schule geht. Mein Biorhythmus spielt sonst völlig verrückt. Ich hasse frühes Aufstehen. Außerdem hatte ich die letzten Tage sehr viel zu tun. Auch außer Haus. Hinzu kommt, dass Eva keinen allzu großen Wert auf meine Anwesenheit legt.»

«Über was haben Sie am Donnerstag gesprochen, als Eva mittags aus der Schule kam?»

«Über gar nichts. Wir reden nicht viel miteinander. Oder? Warten Sie... doch, natürlich: das leidige Thema.»

«Das leidige Thema?»

«Sie wollte unbedingt mit diesem Versager Urlaub machen. In die Sonne fliegen. Mitten in der Schulzeit. Ich habe ihr das natürlich verboten. Ich habe ihr gesagt, dazu sind die Schulferien da. Sie wurde ganz hysterisch. Mir passt dieser Typ ohnehin nicht. Ein Nichtskönner. Ein Schmarotzer.»

«Ihr Freund?»

«Nennen Sie ihn, wie Sie wollen.»

«Haben Sie seine Adresse?»

Theresa Carstensen sah Morian völlig verstört an. So als hätte er sie gerade nach Gerhard Schröders privater Handynummer gefragt. Falsch, der Vergleich hinkte. Die hatte sie sogar womöglich.

«Keine Ahnung. Irgendwo in Köln.»

«Sein Name?»

«Keine Ahnung. Ich kann mir unmöglich die Namen sämtlicher Liebhaber meiner Tochter merken. Denn die wechseln gewöhnlich alle drei Monate.»

«Wohin wollten sie fliegen?»

«Auch das ist mir nicht erinnerlich, Herr Morian. Es hat mich nicht interessiert. Ist das strafbar?»

Morian hätte ihr beinahe etwas von elterlicher Aufsichtspflicht erzählt, als ihm einfiel, dass er keine blasse Ahnung hatte, wie seine eigene Tochter die letzten vier Tage verbracht hatte.

«Frau Carstensen, Eva besucht das Marien-Gymnasium. Das ist aber doch ein Mädchen-Internat, oder? Von katholischen Nonnen geleitet, wenn ich mich nicht irre.»

«Ja. Aber Eva war dort nur als Externe. Ich hoffte, die Nonnen könnten ihr Manieren beibringen. Deshalb hatte ich sie dorthin zur Schule geschickt. Eine trügerische Hoffnung. Ich hatte zwischenzeitlich auch schon mal mit dem Gedanken gespielt, sie dort im Internat unterzubringen, aber ...»

«Aber?»

«Die Nonnen haben abgelehnt.»

Morian sparte sich die Frage nach den Gründen. Theresa Carstensen beugte sich zu dem Tablett vor. Aber ihr Weinglas war bereits leer. Enttäuschung im Blick. Morian wartete, bis sie sich die nächste Zigarette angezündet hatte und gierig den Rauch inhalierte.

«Nachdem die Schulleiterin Sie angerufen hat, haben Sie dann das Foto gefunden ...»

«Ja. Aber das war Zufall. Es könnte schon die ganze Nacht dort gelegen haben. Es war in einem weißen Umschlag, halb unter der Haustür durchgeschoben. Dass Eva wieder mal in der Schule fehlte, hat mich noch nicht beunruhigt. Nur maßlos geärgert. Als ich aber das Foto sah, da habe ich meinen Anwalt angerufen. Und dann haben wir die Polizei kontaktiert.»

Kontaktiert. Blieb vorerst nur noch eine Frage.

«Erzählen Sie mir von Mario.»

«Was?»

Volltreffer. Die Verwunderung war nicht echt, sondern gespielt. Ihre makellose Gesichtshaut bekam augenblicklich rote Flecken. Ihre Pupillen weiteten sich. Sie blinzelte in kurzen Abständen.

Okay, noch ein Test.

«Ich denke, Sie haben mich sehr wohl verstanden.»

«Ich habe keine Ahnung, was Sie meinen.»

Kein Zweifel. Sie log. Sie fragte nicht nach dem Namen, so wie es jeder Mensch getan hätte, der Mario nicht kannte. Weil sie den Namen weder aussprechen noch ein zweites Mal hören wollte. Ihre Stimmlage hatte sich merklich gehoben. Sie wich seinem Blick aus. Ihr Körper ging in Verteidigungsstellung. Sie versteckte ihre Hände, indem sie die Arme vor der Brust verschränkte. Die Zigarette verglühte im Aschenbecher.

«Frau Carstensen, wir jagen einen hochgefährlichen Psychopathen. Eine tickende Zeitbombe. Ich habe einfach keine Zeit mehr, darauf Rücksicht zu nehmen, dass Ihnen die Sache verständlicherweise peinlich ist. Sie sind nicht sein einziges Opfer. Wir können die Sache abkürzen, indem Sie reden, oder aber ich lasse Ihren Computer beschlagnahmen. Wenn Sie jemals mit ihm in Kontakt standen, dann finden wir auch was. Ganz egal, wie lange die E-Mails schon gelöscht sind, unsere Experten kratzen die Reste einfach von der Festplatte und setzen sie wieder zusammen. Und dann lasse ich Sie ins Präsidium vorladen.»

Morian wartete ab. Mit Schweigen erzielte er die besten Erfolge. Niemand konnte das lange ertragen.

Das Schweigen brachte aber nicht nur Theresa Carstensen aus der Fassung, sondern auch ihren nebenan lauernden Lakaien.

Wesselrode steckte verwirrt den Kopf durch die Tür.

«Roderich, Liebster, bringen Sie Frau Carstensen doch bitte noch etwas Weißwein, wenn es Ihnen nichts ausmacht.»

Es machte ihm nichts aus. Er eilte in die Küche, holte die Flasche aus dem Kühlschrank und füllte erneut ihr Glas. Theresa Carstensen würdigte ihn keines Blickes und wartete, bis er wieder aus der Pop-Art-Kulisse verschwunden war.

«Ich war nicht sein Opfer.»

«Wie meinen Sie das?»

Sie ignorierte die im Aschenbecher verglühende Zigarette und zündete sich eine neue an, bevor sie antwortete.

«Es kam nicht so weit, dass er zum Täter werden konnte. Weil ich mich grundsätzlich nicht zum Opfer machen lasse. Übrigens von niemandem, Herr Morian.»

Dumme Kuh. Ohne ihr Geld hätte er sie längst in den Wind geschossen. Es gab in Köln interessantere Bräute. Die wenigstens was von Musik verstanden. Von richtiger Musik. Nicht das Gedudel auf EinsLive im Radio. Bräute, mit denen man sich richtig geil unterhalten konnte. Stundenlang. Über das Leben statt über Klamotten. Bräute, die nicht dauernd rumnölten.

«Ich hab Durst, verdammt.»

«Ich hab doch gesagt, im Kühlschrank ist Mineralwasser.»

Manchmal war sie eine richtig nervige Bonner Provinz-Tussi. Jan Kreuzer schloss die Augen. Er lag rücklings auf der

Matratze, hatte die Hände hinter dem Kopf verschränkt und versuchte, in Ruhe nachzudenken. Unmöglich.

«Ich will aber 'ne Cola.»

«Ich hol dir gleich eine am Kiosk.»

«Ich habe aber jetzt Durst, verdammt. Ich hol mir selber eine, du Arsch. Wo ist der Kiosk?»

«Um die Ecke. Aber du bleibst gefälligst hier. Du bist entführt worden. Willst du, dass dich die Bullen sehen?»

«Mich sieht keiner. Bis gleich.»

«Du rührst dich nicht von der Stelle. Kannst du nicht mal wenigstens einen Moment lang auf deinem süßen, kleinen Hintern stillsitzen und die Klappe halten? Dauert nicht mehr lange. Morgen fliegen wir doch schon.»

Die Wohnungstür knallte ins Schloss.

Jan Kreuzer riss die Augen auf.

«Das gibt's doch gar nicht.»

Er sprang von der Matratze auf, rannte aus dem Zimmer, durch den langen, engen, fensterlosen, stockdunklen Flur, stolperte über die beiden dort abgestellten, fertig gepackten Koffer, stürzte, fluchte, rappelte sich wieder auf, rieb sich das geprellte Knie, humpelte zur Tür der Souterrainwohnung, riss sie auf, brüllte durch das enge, dunkle Treppenhaus nach oben.

«Eva!»

Sie war weg. Weiter lief er ihr nicht nach. Er hatte nichts an. Oben hörte er, wie die Haustür ins Schloss fiel. Jan Kreuzer wusste, dass sie schon meilenweit weg sein musste, wenn die Haustür jetzt erst ins Schloss fiel. Weil der mechanische Türschließer immer eine Ewigkeit brauchte.

«Das darf doch nicht wahr sein.»

Er humpelte zurück in die Wohnung und ließ sich auf die Matratze fallen. Das Knie schmerzte.

«So eine blöde Kuh.»

Er hatte kein Eis da. Das Tiefkühlfach im Kühlschrank war kaputt. Schon immer kaputt gewesen.

Er drehte sich stattdessen einen Joint.

Es klingelte an der Tür.

Jan Kreuzer grinste. Garantiert hatte sie den Kiosk nicht gefunden. Selbst dafür war sie zu blöd.

Er rappelte sich von der Matratze auf, humpelte, immer noch nackt, durch den dunklen Flur zur Tür und riss sie auf.

Es war nicht Eva.

Es war ein fremder Mann.

Man hätte ihn durchaus für den Stromableser der Stadtwerke halten können. Er war ein gutes Stück kleiner als Jan Kreuzer. Er hatte kaum noch Haare auf dem Kopf. Er trug eine randlose Brille und einen Schnäuzer und einen grauen Büroanzug von der Stange und darüber einen altmodischen, dunkelblauen Anorak.

Außerdem trug er schwarze Lederhandschuhe.

Es war nicht der Stromableser.

Bevor sich Jan Kreuzer gesammelt hatte, versetzte ihm der fremde Mann einen Faustschlag gegen die Brust. Während Jan Kreuzer rückwärts über die Koffer fiel und mit dem Rücken hart auf dem lediglich durch den hauchdünnen Linoleumbelag gedämpften Betonboden aufschlug, schloss der Mann die Tür, drehte sich wieder zu ihm um, lächelte auf ihn nieder und trat ihm mit der Schuhspitze zwischen die Beine. Jan Kreuzer krümmte sich vor Schmerzen. Der Mann schleifte ihn an den Haaren durch den Flur ins Zimmer, riss ihn hoch und warf ihn gegen die Wand links vom Kellerfenster. Das Holz in seinem Rücken knirschte beim Aufprall.

«Hallo, Mastermind.»

«Scheiße, Scheiße, Scheiße. Du bist Mario, stimmt's?»

«Nein. Ich bin Carlos. Ich war Mario. Jetzt bin ich Carlos. Ich habe dir etwas mitgebracht.»

Der Mann lächelte und griff mit der rechten Hand in den Einkaufsbeutel aus Leinen, der über seiner linken Schulter hing.

«Was ist das? Was hast du vor?»

«Was das ist? Ein Freund hat es mir geliehen. Mal sehen, ob es auch funktioniert.»

Jan Kreuzer blieb kaum mehr Reaktionszeit, als die Augen aufzureißen, bevor sich der fünfzehn Zentimeter lange Stahlnagel mit Schallgeschwindigkeit durch seinen rechten Oberarm ins Holz bohrte. Noch bevor der Schmerz sein Gehirn erreichte, verschloss ihm der Mann mit einem Stück Gaffer-Tape, das bereits griffbereit an seinem Anorak geklebt hatte, den Mund. Dann zog er in aller Ruhe ein größeres Stück Klebeband von der Rolle, die er in dem Beutel aufbewahrt hatte, drückte es ebenfalls auf Jan Kreuzers Mund und klebte es sorgfältig fest, über die Wangen, unter den Ohren, bis in dessen Nacken.

«Das wird halten. Gutes Material. Das hier ist übrigens ein Schussapparat. Er verschießt Nägel. Er funktioniert mit Druckluft. Die reicht natürlich nicht ewig. Ich weiß nicht, wie viele Nägel man damit verschießen kann, bis die Druckluft verbraucht ist. Mein Freund, der mir das Gerät geliehen hat, konnte es nicht mehr sagen, als ich es auslieh. Weil er tot ist. Aber für einen zweiten Nagel wird es sicher noch reichen.»

Der zweite Nagel bohrte sich durch Jan Kreuzers linken Unterarm ins Holz. Der Schrei blieb ihm in der Kehle stecken. Er würgte. Tränen schossen ihm in die Augen. Er verlor die Kontrolle über seine Blase und urinierte auf den Linoleumboden.

Carlos trat einen Schritt zurück und sah zu, wie sich der Urin mit dem Blut auf dem Fußboden vermischte.

«Mastermind, du kleine Ratte. Hast gemeint, du könntest mich linken. Dein eigenes Spiel spielen, was? Dich mit deiner kleinen Schlampe auf Ibiza vergnügen und mir eine Entführung in die Schuhe schieben. Du hättest die Schachpartie nicht abbrechen sollen. Das war ein ganz blöder Fehler. Das hat mich erst aufmerksam gemacht. Wo ist sie, Mastermind? Wo ist die kleine Schlampe? Hast du sie versteckt?»

Jan Kreuzer schüttelte den Kopf und stöhnte.

Der Mann, der einmal Mario war und sich nun Carlos nannte, starrte an die Decke und flüsterte etwas, so leise, dass Kreuzer es nicht verstand. Er schien mit sich selbst zu sprechen. Dann drehte er sich abrupt auf dem Absatz um, machte zwei schnelle Schritte und stieß die Tür zum Badezimmer auf. Er warf einen Blick in die winzige, offene Küche in der Nische neben dem Bad. Schließlich sah er im Kleiderschrank nach.

Dann baute er sich wieder vor Jan Kreuzer auf.

«Wo ist sie?»

Jan Kreuzer glaubte, jeden Moment ohnmächtig zu werden. Sein ganzer Körper zitterte wie im Fieber.

«In der Diele stehen zwei Koffer. Einer gehört sicher dir, der andere ihr. Ich erkenne ihn wieder. Aber sie hatte noch eine kleine Reisetasche dabei, als ihr am Donnerstag von Bonn losgefahren seid. Die ist jetzt weg. Mit ihr. Also: Wo ist deine kleine Schlampe mit der Tasche hin? Ich verspreche dir: Ich schenke dir das Leben, wenn du es mir sagst. Vielleicht.»

Jan Kreuzer schloss die Augen.

«Hat sie dich etwa einfach verlassen, das miese Stück? Sie sind alle gleich, glaube mir.»

Jan Kreuzer wünschte, er wäre tot.

«Deine letzte Chance, Mastermind. Sonst bist du schachmatt. Manchmal muss man die Dame opfern, damit der König dem Schachmatt entgeht. Also: Wo ist sie hin?»

Mit letzter Kraft schüttelte Jan Kreuzer den Kopf.

Der Mann seufzte, zog die Rolle aus der Tasche, riss ein weiteres Stück Klebeband ab, drückte es Jan Kreuzer mitten ins

Gesicht, verschloss ihm damit sorgfältig die Nasenlöcher und ging.

Josef Morian arbeitete seit mehr als einem Vierteljahrhundert bei der Polizei. Gestern noch hätte er geschworen, in den langen Dienstjahren alles erlebt und alles erfahren zu haben, was ein Polizeibeamter erleben und erfahren kann.

Das war, bevor er Theresa Carstensen traf.

Am Vormittag. Jetzt war später Nachmittag, und Morian dachte während der Fahrt vom Präsidium zum Rechtsmedizinischen Institut der Universität an nichts anderes als an Theresa Carstensen. Die Frau, an der Mario gescheitert war. Die Frau, die nicht zum Opfer taugte.

Solange sich Josef Morian erinnern konnte, hatten sich ihm wildfremde Menschen, Männer wie Frauen, binnen kürzester Zeit anvertraut und ihr Herz ausgeschüttet, ihre Träume und Hoffnungen, ihre Ängste und Sehnsüchte ohne Zögern preisgegeben. Morian kannte keine Erklärung für das Phänomen. Dass Kollegen, Nachbarn, Freunde mit der Zeit die Sensibilität hinter der ruppigen Fassade erkannten und ihn als guten Zuhörer, als besonnenen Ratgeber schätzten, ihm unter Tränen ihr Herz öffneten, unter Tränen der Trauer oder Tränen des Glücks, war vielleicht noch nachvollziehbar, auch wenn er umgekehrt stets große Mühe hatte, sich zu öffnen, selbst gegenüber Menschen, die er lange kannte und denen er vertraute.

Dass aber Zeugen, ja selbst frisch festgenommene Tatverdächtige ausgerechnet ihm, dem Ersten Kriminalhauptkommissar Josef Morian, Leiter der Bonner Mordkommission, ohne Scheu ihr Inneres offenbarten und ihn tiefer in ihre Seelen blicken ließen, als ihm das lieb war, verwirrte ihn stets aufs Neue.

Völlig neu war für ihn jedoch die Art und Weise, wie Theresa Carstensen gegenüber einem wildfremden Mann, denn das war er schließlich für sie, über Sex sprach. Kühl und sachlich, ohne eine Spur von Emotion, ohne eine Spur von Scham. Als berichtete sie von ihrem gestrigen Besuch beim Friseur.

Als berühre es ihre Seele nicht.

Wenn Theresa Carstensen Lust auf körperliche Nähe verspürte, dann nahm sie sich gewöhnlich einen ihrer jungen, talentierten, hoffnungsvollen Nachwuchskünstler vor. Bis sie seiner überdrüssig wurde. Das geschah relativ schnell. Das Nehmen ebenso wie das Abstoßen.

Vielleicht wurde ihr das eines Tages zu langweilig, stets und auf der Stelle alles zu bekommen, was sie wollte. Vielleicht wurde sie der devoten Haltung ihrer Schützlinge überdrüssig. Vielleicht war auch gerade nichts Passendes dabei, und sie wollte lediglich die ärgerliche Versorgungslücke überbrücken. Theresa Carstensen verlor jedenfalls kein Wort der Begründung darüber, warum sie eines Tages im Internet surfte und dabei auf Mario stieß, und Josef Morian fragte auch nicht. Sondern hörte weiter schweigend zu. Um zu begreifen. Das System zu begreifen.

Mario traf exakt ihren Nerv.

Die Sehnsucht nach Abenteuern, die man mit Geld nicht kaufen kann. Die Lust auf volles Risiko. Die Freiheit, aus ihrer Haut schlüpfen zu können und in eine andere hinein, eine, die ihr beim bloßen Gedanken daran kalte Schauer über den Rücken jagte. Weil es so anders war als alles, was sie seit Jahren lebte, auch wenn dieser Rollenwechsel zunächst nichts weiter war als eine virtuelle Phantasie, transportiert über die Tastatur ihres Computers, den Monitor und das Internet.

Sie war gewillt, das Spiel zu spielen. Solange sie das wollte. Solange sie Spaß daran fand.

Diese wesentliche Einschränkung blieb unausgesprochen, weil sie für Theresa Carstensen selbstverständlich war.

Aber das begriff Mario zu spät.

Weil er glaubte, es sei sein Spiel. Nicht ihres.

So wie immer.

So wie bei all den anderen.

Aber Theresa Carstensen war nicht wie all die anderen. Theresa Carstensen würde niemals ein Spiel spielen, dessen Regeln sie nicht bestimmen konnte.

Mario begriff das erst bei ihrer ersten Begegnung.

Theresa Carstensen machte es ihm begreiflich.

Er hatte ihr eines Tages im Sommer ein Paket geschickt. Darin befanden sich ein kurzes, eng anliegendes, fast bis zum Bauchnabel ausgeschnittenes Kleid, ferner ein Paar Netzstrümpfe, ein Strapsgürtel und billige High Heels aus Plastik. Das perfekte Outfit für den Straßenstrich. Theresa Carstensen mutmaßte beim Auspacken ganz richtig, dass Mario für den ganzen Plunder in einem dieser schmierigen Erotikshops weit weniger ausgegeben hatte als sie kürzlich für ihre neuen Joggingschuhe.

Außerdem fand sich in dem Paket eine Nachricht. Eine Terminanweisung samt Wegbeschreibung.

22.30 Uhr. Am selben Abend. Köln. Turiner Straße, unweit des Hauptbahnhofs. Die Bar des Savoy-Hotels. Er habe im Savoy ein Zimmer reserviert, und er freue sich auf die erste gemeinsame Nacht. Sie solle in der Bar auf ihn warten, denn er könne nicht garantieren, auf die Minute pünktlich zu sein.

Sie kannte das Hotel noch von einem Empfang, den Curt dort für einen Kunden ausgerichtet hatte, vor vielen Jahren, als sie noch ein Paar waren. Außen ein hässlicher, ehemaliger Büroturm aus grauem Beton, innen ein orientalisches Märchen, vor allem die Suiten. Es hatte eindeutig mehr Atmosphäre als etwa das sterile Hyatt am jenseitigen Rheinufer, auch wenn Theresa Carstensen nichts übrig hatte für plüschiges Interieur. Im Savoy stiegen Schauspieler und Showstars ab, wenn sie in Köln zu tun hatten, auf Kosten von WDR oder RTL. Damit sie auch nach Drehschluss stets das Gefühl hatten, auf der Bühne zu stehen.

Die Bar des Savoy hieß ‹Divas Lounge›. Sie kannte den Künstler, der dort die Wände bemalt hatte, mit Porträts toter Stars. Maria Callas. Marlene Dietrich. Romy Schneider. Sie hasste Künstler, die sich für Wandverschönerungen hergaben.

Sie kannte auch einige der Stammgäste des Savoy. Leute, die über genügend Geld verfügten, um bei ihr Kunst einzukaufen, konnten sich auch das Savoy leisten. Einem ihrer Kunden würde sie jetzt nur ungern in ihrem Nutten-Kostüm in die Arme laufen. Deshalb trug sie ihren teuren Regenmantel, um nicht schon gleich in der Lobby aufzufallen.

Sie ahnte, worauf das Spiel hinauslief, kaum dass sie die ‹Divas Lounge› betreten hatte. Sämtliche Gespräche in dem unübersichtlichen Raum, der sich wie ein Hufeisen um die kreisförmige Bar wand, erstarben augenblicklich und für ewig lange Sekunden. Sie legte den Mantel erst ab, unmittelbar bevor sie an dem einzigen freien Tischchen mitten im Raum Platz nahm. Sie ließ den Mantel achtlos auf den benachbarten Clubsessel fallen, schlug die Beine übereinander und zündete sich eine Zigarette an.

In der Bar hielten sich um diese Zeit ausschließlich Männer auf. Die meisten sahen aus wie Teilnehmer eines Seminars für Führungskräfte aus dem mittleren Management. Männer, die nach oben wollten. Männer, die fremd waren in der Stadt. Männer, die an diesem Abend noch nicht zum Zuge gekommen waren und ahnten, dass sich an diesem Zustand den Rest des Abends nichts mehr ändern würde. Also redeten sie über ihre Arbeit und produzierten sich, als läge das Schicksal der Weltwirtschaft in ihren Händen. Sie standen am Tresen, allein oder zu zweit oder zu dritt, oder sie hatten die äußeren Tischchen okkupiert, wie Männer dies seit der Steinzeit tun, damit sie die schützende Wand im Rücken haben.

Allzeit bereit.

Zum Angriff. Und zur Begattung.

Theresa Carstensen sah sich betont desinteressiert um. Die Männer reckten die Hälse wie hungrige Geier und ließen ihre Blicke ungeniert über ihren Körper wandern.

Theresa Carstensen fühlte sich wie das einzige Weibchen auf dem Pavian-Felsen im Zoo.

Sie bestellte ein Glas Taittinger.

Sie trank sehr schnell.

Sie zündete sich die nächste Zigarette an. Aus schmalen Augenschlitzen beobachtete die Meute die fremde Frau, als sei die Art, wie sie den Rauch ausblies, eine einzige Verheißung.

Nach zehn Minuten klingelte ihr Handy.

Mario.

Sie hatte sich seine Stimme anders vorgestellt. Dunkler. Männlicher. Er komme leider etwas später, er sei von einem Geschäftspartner aufgehalten worden.

Theresa Carstensen bestellte ein zweites Glas.

Sie fixierte Romy Schneider an der Wand, um den Blicken zu entgehen. Dann änderte sie ihre Taktik, erwiderte offen, aber ausdruckslos die Blicke der Männer am Tresen, der Reihe nach, bis sie verlegen wegsahen. Sie versuchte sich vorzustellen, wie Mario wohl aussah, der Mann, auf den sie wartete, der Mann, der in wenigen Minuten die Bar betreten und neben ihr Platz nehmen würde, den Neid aller anderen Männer im Raum genießend, weil er völlig ungeniert ihren Körper betrachten durfte.

Groß. Stark. Souverän.

So, wie sie ihn aus seinen E-Mails kannte.

Ihr Handy klingelte erneut.

Er sei untröstlich, aber eine halbe Stunde werde es wohl noch dauern. Sie hatte Mühe, ihn zu verstehen. Denn hinter dem Tresen der Bar kreischte in diesem Augenblick das Mahlwerk der Espressomaschine auf. Sie war für den Bruchteil einer Sekunde irritiert, exakt das gleiche Geräusch aus ihrem Handy zu vernehmen. Doch dann begriff sie.

Und sie begriff das Spiel, das er spielen wollte.

Das Spiel hieß Demütigung.

Mario war hier.

Hier in diesem Raum. Er war nicht auf einem geschäftlichen Termin, sondern er war ganz in ihrer Nähe, schon seit sie das Hotel betreten hatte, er saß vermutlich irgendwo in ihrem Rücken, weil vor ihr, an der Bar, in ihrem unmittelbaren Blickfeld, eben niemand ein Handy gezückt hatte, das hätte sie gesehen. Er ergötzte sich daran, sie warten zu sehen, in diesem Zoo voller notgeiler Männer, und sie wusste nun, er würde ein weiteres Mal anrufen, so lange anrufen, bis ihre Selbstachtung zu einem Nichts schrumpfen würde, nicht größer als die Pfütze in ihrem Champagnerglas, und am Ende würde er anrufen und ihr mitteilen, dass er leider gar nicht kommen könne, nur um zu erleben, wie sie mit hängenden Schultern und gesenktem Blick das Hotel verlassen würde. Diese Bar hier war sein Versuchslabor. Und sie? Sie war seine kleine Laborratte.

Noch bevor sie einen klaren Gedanken fassen konnte, bevor sie es verhindern konnte, schnellte ihr Kopf nach links und nach rechts. Wer war er? Der Dicke links in der Ecke, dessen Weste über dem fetten Wanst spannte und der sie nach wie vor unverhohlen anstarrte? Der Hänfling nahe dem Durchgang zur Rezeption, dessen Gesicht sie nicht erkennen konnte, weil er es hinter seiner Zeitung versteckte? Der Typ mit den kalten Augen, geradeaus, aber jenseits der Bar, am anderen Ende der Lounge, von dem sie über den Tresen hinweg nichts weiter sehen konnte als die grauen Schläfen, diesen abschätzigen, kaltschnäuzigen Blick und die verächtliche Miene, die sagen sollte: Ich kriege immer, was ich will. Jetzt ließ der Hänfling rechts die Zeitung sinken und glotzte sie an. Jetzt grinste der Dicke links von ihr und nickte. Das Grinsen hielt er offenbar für charmant. Jetzt ruhten die kalten Augen von jenseits der Bar auf ihr, bohrten sich durch ihr hauchdünnes Kleid ...

Theresa Carstensen drückte die Menü-Taste ihres Handys. Anrufliste. Angenommene Anrufe. Die jüngste registrierte Rufnummer war die ihrer Kosmetikerin.

Natürlich. Rufunterdrückung. Er war schließlich nicht blöd. Und sie hatte Angst. Ganz plötzlich Angst. Angst? Sie, Theresa Carstensen? Panische Angst. Wovor? Er hatte sie so weit. So wollte er sie haben. Und sie tat ihm auch noch den Gefallen, ausgerechnet sie, die sich für so clever und abgebrüht hielt. Sie hatte das dringende Bedürfnis, den Raum zu verlassen. Jetzt. Auf der Stelle. Sollte sie jetzt zahlen, aufstehen und gehen, mit gesenktem Blick, während seine Augen ihr triumphierend folgten?

Nein! Demütigung war kein Spiel, das Theresa Carstensen zu spielen gewillt war. Sie taxierte kurz die Auswahl am Tresen, erhob sich aus dem Clubsessel, streifte ihren Mantel über und ging auf den einzigen Mann zu, der jung genug und attraktiv genug war, um ihren Kriterien standzuhalten, und der vorhin mit Sicherheit kein Handy benutzt hatte, sie schritt auf ihren hohen Absätzen so langsam auf ihn zu, dass ihm und allen anderen im Raum genügend Zeit blieb, darüber nachzudenken, was wohl nun passieren würde, sie hielt erst inne, als sie ihm so nahe war, dass er Witterung aufnehmen konnte, und dann sagte sie, so laut, dass es jeder im Raum hören konnte:

«Ich werde jetzt zur Rezeption gehen und eine Suite anmieten. Jede Suite in diesem Hotel verfügt über einen Whirl-Pool. Hätten Sie Lust, mit mir ein Bad zu nehmen? Sie haben genau drei Sekunden Zeit, sich zu entscheiden. Also?»

Der Mann grinste, um ihr so seine Entscheidung mitzuteilen, das Grinsen war eine Spur zu dämlich für ihren Geschmack, dann griff er in die rechte Hosentasche, schob dem Barkeeper einen Fünfzig-Euro-Schein über den Tresen zu und folgte ihr.

An der Rezeption legte sie ihre Kreditkarte auf den Tresen, wählte kurz entschlossen die Taj-Mahal-Suite und füllte das Meldeformular aus. Dann betrat sie den gegenüberliegenden Aufzug gemeinsam mit ihrem immer noch grinsenden Begleiter. Als sich die Aufzugtür endlich schloss, öffnete Theresa Carstensen ihren Mantel, um ihm das Grinsen auszutreiben und sich selbst möglichst rasch auf andere Gedanken zu bringen. Noch bevor der Aufzug sein Ziel, die achte Etage, erreichte, hatte sie Mario bereits vergessen und dachte nie wieder an ihn.

Bis zum heutigen Tag.

Eva Carstensen steckte das Wechselgeld ein, stopfte die vier Dosen Cola, die beiden Snickers-Riegel und die Kaugummis in ihre Reisetasche und verließ den Edeka-Laden. Natürlich hatte sie den Kiosk nicht gefunden. Natürlich würde er sie gleich danach fragen, kaum dass er ihr die Tür öffnete. Natürlich würde sie lügen. Nie und nimmer würde sie zugeben, zu blöd zu sein, um den Kiosk um die Ecke zu finden. Köln. Sie hasste Köln. Provinz-Tussi. Außerdem hasste sie seine dämlichen Sprüche.

Nachdem sie vergeblich einmal um den ganzen Block gelaufen war, hatte sie eine Passantin angequatscht. Ob es denn zur Not auch der Edeka täte, hatte die Passantin gefragt, blöd gegrinst und mit dem Finger auf die Leuchtreklame über ihren Köpfen gezeigt. Sie standen direkt vor dem Eingang.

Ihre Mutter beschäftigte einen Bring-Service. Man schrieb auf, was man brauchte, und am nächsten Tag stand es in der Küche. Eva Carstensen konnte sich nicht erinnern, wann sie zum letzten Mal einen Supermarkt betreten hatte. Jedenfalls war sie jetzt froh, wieder raus zu sein. Nur ekelhafte Leute. Voll-Asis, wohin man auch schaute. In diesem Viertel war es wohl obligatorisch, zum Einkaufen glänzende Jogging-Anzüge und dazu weiße Socken und Sandalen zu tragen.

Außerdem war sie heilfroh, wenigstens den Rückweg ohne fremde Hilfe zu finden. Und sie war wenig später heilfroh, dass gleich vor der Kasse des Edeka-Ladens die Bild-Zeitung gelegen hatte, ein ganzer Stapel, und dass sie mehr aus Zufall und aus Langeweile denn aus echter Neugier während des Wartens an der Kasse einen Blick darauf geworfen hatte. Denn nur wenige Minuten später hatte sie Gelegenheit, den Mann zu sehen, dessen unauffälliges Allerweltsgesicht die Vorlage für das Phantombild auf der Titelseite lieferte.

Der Mann stand vor Jans Haustür.

Sie war gerade um die Ecke gebogen, als ihr Blick auf den Mann vor der Haustür jenseits der Straße fiel. Sie ging augenblicklich hinter einem geparkten Mercedes in die Hocke und linste über die Kühlerhaube. Sie würde später nicht sagen können, wieso sie ihn eigentlich sofort erkannt hatte. Wahrscheinlich nur, weil er vor Jans Haustür stand. Als würde er auf sie warten. Und weil sie von Jan alles wusste, über seinen Fernschach-Partner, der angeblich mal was mit ihrer Mutter hatte.

Wenn sie ihn so betrachtete, konnte sie sich das kaum vorstellen. Denn der Mann auf der gegenüberliegenden Straßenseite, der die Hände tief in den Taschen seines ekligen Anoraks vergraben hatte und wie der Zuschauer eines Tennis-

Matchs dauernd abwechselnd nach links und nach rechts die Straße hinauf- und hinunterglotzte, nur langsamer, sah aus wie ein Beamter vom Finanzamt.

Langsam wurde es dunkel.

Ihr war kalt.

Was für ein Scheißspiel.

Sie hatte Durst.

Die Cola.

Sie öffnete ihre Tasche. Zwischen den Dosen lag ihr Handy.

Die Polizei anrufen?

Quatsch. Dann wäre ihr Plan futsch, und morgen wäre wieder Schule. Nix mit Ibiza.

Jan in der Wohnung anrufen?

Ging auch nicht. Jan hatte ihr erklärt, sie dürfe das Handy auf keinen Fall einschalten, weil die Polizei sie dann orten könne.

Also warten.

Sie öffnete eine der Dosen, ganz vorsichtig, damit es nicht zischte. Sie trank in kleinen Schlucken. Das tat gut. Als sie die Dose wieder absetzte, war der Mann verschwunden.

Er war tatsächlich weg.

Wahrscheinlich hatte er aufgegeben.

Sie wartete.

Worauf eigentlich?

Sie hatte keinen Schlüssel.

Wie lange würde es dauern, bis Jan ihr aufmachte, wenn sie an der Haustür klingelte? Wenn er sauer auf sie war, sich gerade einen Joint drehte und sie da draußen zappeln ließ. Und der Mann plötzlich wieder auftauchte.

In diesem Augenblick traten zwei Halbwüchsige aus dem Haus und schlurften in ihren offenen Turnschuhen und weiten Hosen in Richtung Chlodwigplatz.

Sie wusste, dass der mechanische Türschließer eine Ewigkeit brauchte. Also raffte sie ihre Tasche und rannte los, durch die Lücke zwischen den beiden vor ihr parkenden Autos, ohne nach links und rechts zu sehen, über die Straße, ignorierte das verärgerte Hupen, huschte durch die immer noch halb offene Tür, stürzte sich die stockdunkle Treppe zum Kellergeschoss hinunter und hämmerte gegen die Wohnungstür.

«Mach endlich auf!»

Der Lederhandschuh legte sich wie eine Schraubzwinge von hinten über ihren Mund. Der Geruch von Mottenkugeln stieg ihr in die Nase. Sie spürte den Atem des Mannes im Nacken.

«Er kann dir nicht aufmachen. Er ist leider verhindert. Warte, ich helfe dir. Ich mach dir die Tür auf.»

Sie hörte das Klackern des Schlüssels im Schloss. Sie konnte ihren Kopf nicht rühren. Ihre Augen wanderten nach unten. Aber sie konnte nichts sehen außer dem schwarzen Leder unter ihrer Nase. Die Tür schwang auf. Der Mann drängte sich mit ihr in den dunklen Flur. Sie hörte, wie er die Wohnungstür hinter sich ins Schloss warf. Ihre Beine gehorchten ihr nicht.

«Vorsicht. Stolpere nicht über die Koffer.»

Der Mann schob sie durch den Flur ins Zimmer.

Sie sah in Jans totenstarre Augen.

Die Fledermaus zog sicherheitshalber einen erfahrenen Ballistiker zu Rate, der die Vermutung des Rechtsmediziners bestätigte: Werner Fricks Tod war kein Selbstmord gewesen. Allerdings hatte sich jemand große Mühe gegeben, den Mord wie einen Suizid aussehen zu lassen.

Die Pistole, die neben dem Sofa lag, war eindeutig die Tatwaffe. Sie wies ausschließlich Werner Fricks Fingerabdrücke auf. Und an der rechten Hand des Toten fand Dr. Ernst Friedrich auch die dazu passenden Schmauchspuren.

Die Waffe war aus nächster Nähe abgefeuert worden. So nahe, dass der Lauf in Werner Fricks Mund gesteckt haben musste. Das bestätigten auch die Blutspuren an der Waffe. Die Pistole lag so auf dem Fußboden, wie sie tatsächlich gefallen sein könnte, wenn der Schrotthändler sich in das Sofa gesetzt, sich den Lauf in den Mund geschoben und abgedrückt hätte.

Wenn Werner Frick Rechtshänder gewesen wäre.

Die vom Erkennungsdienst eingesammelten handschriftlichen Notizen im Büro des Schrotthändlers hatte die Fledermaus einem befreundeten Graphologen gefaxt.

Der bestätigte den Verdacht des Rechtsmediziners.

Kein Zweifel: Werner Frick war Linkshänder gewesen.

Der Täter hatte einen Fehler gemacht.

Alle Täter machten Fehler. Früher oder später.

«Man muss sie nur finden, Morian. Das ist die ganze Kunst: Man muss die Fehler finden.»

«Also kein Beziehungstäter?»

«Das will ich nicht sagen. Selbst seine Ehefrau, wenn er denn eine gehabt hätte, könnte unter dem enormen Stress, den die Ausführung einer solchen Tat mit sich bringt, vergessen, dass er Linkshänder ist. Das heißt gar nichts. Die Anspannung, die Hektik, außerdem die seitenverkehrte Betrachtung des Opfers ...»

«Aber wie hat es der Täter geschafft, diesen baumlangen Muskelberg zu zwingen, sich in sein Sofa zu setzen, die eigene Waffe in die Hand zu nehmen und still zu erdulden, damit hingerichtet zu werden?»

«Ganz einfach», sagte die Fledermaus und konnte den Triumph in seiner Stimme nur mühsam unterdrücken.

«Ganz einfach?»

Morian tat ihm den Gefallen und spielte das Echo, um endlich zum Ziel zu kommen.

«Ganz einfach. Einen Toten abzuknallen ist ja wohl nicht

so schwierig. Der Kerl war schon tot, als die Kugel sein Gehirn zu Brei verarbeitete. Oder wenigstens so gut wie tot.»

In Werner Fricks Magen hatte Dr. Friedrich wie erwartet die Ravioli in Tomatensoße aus der leeren Konservendose auf dem Kühlschrank gefunden.

Aber das war nicht das Letzte, was Werner Frick zu sich genommen hatte. Das Letzte war das Bier, mit dem er die Mahlzeit runtergespült hatte.

Im Blut des Toten analysierte der Rechtsmediziner eine nicht eben geringe Menge Alkohol.

Und eine Überdosis GHB.

«Glauben Sie mir, Morian: Die Dosis hätte gereicht, um ein Nashorn außer Gefecht zu setzen. Die Grenze zur Überdosierung hängt zwar vom jeweiligen Körpergewicht des Opfers ab, bewegt sich aber im Milligramm-Bereich. Der Schrotthändler war also mindestens schon im Koma, als jemand ihm die eigene Pistole in die Hand legte, zum Mund führte und ihm dabei behilflich war, den Zeigefinger zu krümmen.»

Den Leichenflecken und der Totenstarre nach zu urteilen war Werner Frick gestern um die Mittagszeit gestorben.

So musste es gewesen sein. Morian hatte das Szenario jetzt deutlich vor Augen: Mario erscheint auf dem Schrottplatz, als Werner Frick gerade am Schreibtisch sitzt und seine aufgewärmten Ravioli isst. Mario wartet einen günstigen Moment ab, um ein paar Tropfen der farblosen und geruchlosen Droge in das Bierglas zu schütten. Werner Frick wird schwindelig und schwarz vor Augen. Er ringt nach Luft. Das Herz rast. Eine heftige Panikattacke. Schweiß bricht ihm aus sämtlichen Hautporen.

Mario gibt sich besorgt und fürsorglich, stützt den schweren, torkelnden Mann, bringt ihn ins Schlafzimmer. Werner Frick versucht noch, das Bett anzusteuern, kraftlos, saftlos, doch Mario bugsiert ihn in den Sessel. Denn der Sessel ist wichtig für die Inszenierung. Mario weiß, wo Werner Frick seine Pistole aufbewahrt. Jetzt muss er nur noch ein paar Minuten warten, bis der muskulöse Riese garantiert nicht mehr fähig ist, sich seiner Haut zu wehren. Mario streift sich Handschuhe über, während er seelenruhig zuschaut, wie ...

«Morian?»

«Ja?»

«Den schriftlichen Bericht schicke ich Ihnen zu.»

«Ja. Danke, Doc. Bis dann.»

Morian verließ das Rechtsmedizinische Institut der Universität, überquerte den Parkplatz und stieg in den Volvo. Er fühlte sich müde und ausgelaugt. Als ob ihm ein unsichtbares Wesen alle Kraft aus dem Leib saugte.

Werner Frick war tot.

Die einzige Spur zu Mario.

Unmittelbar bevor Morian erfuhr, dass Antonia Dix seine Leiche gefunden hatte, war er sich sicher gewesen, ihn noch am selben Tag vor sich im Vernehmungszimmer sitzen zu haben. Und er war sich ebenso sicher gewesen, spätestens zwei Stunden später Marios wahre Identität zu kennen.

Jetzt fingen sie wieder von vorne an.

Auf der Rückfahrt zum Präsidium fuhren die Spuren und Fakten und Erkenntnisse eines langen Arbeitstages in seinem Gehirn Achterbahn. Sie hatten, soweit das in den wenigen Stunden seit der Entdeckung der Leiche möglich war, Werner Fricks Biographie bis in den letzten Winkel durchleuchtet, in der Hoffnung, eine Verbindung zu Mario zu finden. Sie besaßen seit etwa zwei Stunden eine Namensliste aller Hausbewohner der Kölnstraße 247 aus jener Zeit, als Werner Frick als Kind dort lebte. Sie hatten außerdem eine Liste all seiner damaligen Klassenkameraden in der Schule erstellt. Was nicht einfach war, da er während seiner wenig erfolgreichen Laufbahn zweimal sitzen geblieben war.

Sie hatten eine Liste aller Mitglieder des Fitnessstudios, das er mindestens dreimal pro Woche aufsuchte, um zwei Stunden lang seine Gewichte zu stemmen. Allerdings hatte das Personal des Studios nie beobachtet, dass Werner Frick zu einem der anderen Sporttreibenden einen besonderen freundschaftlichen Kontakt gepflegt hätte. Er kam, stemmte seine Gewichte, besuchte manchmal die Sauna, duschte und ging.

Sie hatten eine höchstwahrscheinlich nicht vollständige Liste seiner Kunden aus den Akten in seinem Büro erstellt. Weil auf dem Schrottplatz garantiert vieles an der Steuer vorbeigelaufen war. Und ein Teil seiner Kundschaft garantiert keinen Wert darauf gelegt hatte, in seinen Akten abgeheftet zu werden.

Ludger Beyer hatte schließlich sämtliche männlichen Namen aller Listen durch den Polizeicomputer gejagt.

Ohne Erfolg.

Keine Vorstrafen, zumindest keine, die zu Marios Profil passten. Keine Auffälligkeiten. Kein Anhaltspunkt.

Und natürlich hieß auch niemand auf den Listen Mario mit Vornamen. Aber damit hatten sie auch nicht gerechnet.

Dennoch wusste Morian instinktiv, dass sich hinter einem der Namen Mario verbarg.

Nachdem sie die Frauen und die inzwischen Verstorbenen abgezogen hatten, blieben 146 Namen übrig.

Auf dem Schrottplatz fanden Erwin Keusens Leute in einer Werkstattkiste ein Dutzend Nylonstricke. Material, Farbe, Stärke und Länge passten exakt zu den Stricken, mit denen Jasmin Hahne und Anna Wagner in den Siegauen gefesselt worden waren. Sie fanden unter einer Plane ein Motorrad, zugelassen auf Werner Frick. Auf die Yamaha passte Martina Hahnes damals zu Protokoll gegebene Beschreibung des Motorrads, das sie nach Feierabend verfolgt hatte. Sie fanden außerdem einen angebrochenen Eimer mit Lackfarbe. Die chemische Analyse ergab, dass mit dieser Farbe die Schmiererei am Balkon des Hochhaus-Rohbaus gegenüber von Martina Hahnes Küchenfenster entstanden war. Die Schmiererei, die Martina Hahne in den Selbstmord getrieben hatte.

Schließlich fanden sie auch den silberfarbenen Mercedes.

Zumindest das, was davon übrig geblieben war.

All das hätte zweifellos genügt, um Werner Frick vor Gericht zu bringen.

Wenn er noch lebte.

Aber Erwin Keusen und seine Leute fanden nichts, was auf Marios Identität hingedeutet hätte.

Auf Morians Schreibtisch im Büro lag ein Zettel.

Bin im Besprechungsraum, falls du mich suchst. A.

Morian war klar, was das bedeutete. Antonia Dix brauchte viel Platz und einen möglichst großen Tisch, um neue Akten für die Unmenge frisch gesammelter Spuren anzulegen. Nur eine winzige Nachlässigkeit, ein kurzer Moment der Unaufmerksamkeit bei der Katalogisierung der Spuren konnte dazu führen, dass ein Täter für immer unentdeckt blieb.

Morian besorgte einen Kaffee, ein Glas Wasser und ein Aspirin für sie, bevor er den Besprechungsraum aufsuchte.

Was er sah, gefiel ihm gar nicht. Dunkle Ringe unter den Augen. Tiefe Kerben um die Mundwinkel.

«Warst du schon beim Polizeipsychologen?»

«Ja», erwiderte sie gereizt.

Morian hatte darauf bestanden, dass sie sich den Termin geben ließ. Krisenintervention. Seine Mitarbeiterin hatte binnen weniger Tage erleben müssen, wie sich eine Frau vor ihren Augen vor den Zug warf und wie ein Mann aussah, dem der Schädel explodiert war. Morian kannte genügend Kollegen, die sich nur wegen eines der beiden Erlebnisse hätten krankschreiben lassen.

Morian machte sich Sorgen um sie. Aber das sagte er nicht. Stattdessen fragte er:

«Wo ist Beyer?»

«Nochmal zur Stadtverwaltung.»

«Um diese Uhrzeit? Die haben doch längst zu.»

«Er hat dafür gesorgt, dass sie ihm wieder aufmachen. Er will nochmal seine Liste durchgehen. Damit sie weiter schrumpft. Einwohnermeldeamt, Kfz-Zulassungsstelle, Schulverwaltung und so weiter. Er sucht nach Querverbindungen. Er hat einen Computer-Spezialisten vom LKA mitgenommen.»

«Warum das?»

«Weil die ihm bei der Stadtverwaltung gesagt haben, dass ihr EDV-Administrator, übrigens der Einzige in dem Glaspalast, der in der Lage ist, die verschiedenen Dateien miteinander zu verknüpfen und abzugleichen, leider gerade in Urlaub ist. Und seine Vertretung ist eine junge Mutter, die halbtags arbeitet und also längst Feierabend hat und sich ohnehin nicht so gut damit auskennt, weil sie normalerweise was ganz anderes macht. Ist das zu fassen? Ein einzelner Verwaltungsangestellter in dieser riesigen Behörde hält alle elektronischen Fäden in der Hand. Brauchen wir ein Datenschutzgesetz in diesem Land? Nein! Wir müssen lediglich den richtigen städtischen Verwaltungsmenschen zum richtigen Zeitpunkt in Urlaub schicken.»

«Wo wir gerade beim Thema öffentlicher Dienst sind: Wie hat Beyer so schnell jemanden vom LKA kriegen können?»

«Das war schon beeindruckend. Ich kann Beyer zwar nicht leiden, aber das war wirklich eine beeindruckende Vorstellung. Er rief beim LKA an und sagte, dass man von Düsseldorf nach Bonn bei Einhaltung sämtlicher Verkehrsvorschriften maximal eine Stunde benötigt und dass er deshalb erwartet, dass der Experte in exakt einer Stunde hier auf der Matte steht.»

«Und? Stand er?»

«Nach exakt einer Stunde und zwölf Minuten. Ich glaube, die hatten in Düsseldorf Angst bekommen, dass Beyer anderenfalls durchdreht und Geiseln nimmt.»

Morian besah sich das Chaos auf dem Konferenztisch. Er war selbst mal Aktenführer gewesen. Nicht sehr lange. Und viele Jahre her. Er hatte es immer gehasst.

«Wie weit bist du?»

«Es geht. Langsam lichtet sich der Wald. Weißt du, was das hier ist? Ist doch deine Schrift, oder?»

Morian griff nach dem Zettel, den Antonia ihm über den Tisch entgegenstreckte.

Der Zettel stammte zweifellos aus seinem Notizbuch. Und die Notiz war zweifellos seine Handschrift.

Ein Kfz-Kennzeichen.

BN-RL 247.

Morian konnte sich nicht erinnern, wann und wo er das notiert haben sollte. Vielleicht fiel es ihm wieder ein, wenn er später in Ruhe darüber nachdachte. Sicher würde es ihm dann wieder einfallen. Er steckte den Zettel in die Seitentasche seines Sakkos.

«Keine Ahnung. Ich stehe wohl gerade auf der Leitung.»

«Hey! Wie soll ich hier Ordnung halten, wenn du Spuren im Sakko verschwinden lässt?»

«Du kriegst den Zettel ja wieder, sobald ich mich erinnert habe. Was ist mit Eva Carstensen?»

«Nichts. Bisher keine einzige Spur. Hast du die Kölner Kollegen eingeschaltet, Josef?»

«Natürlich. Aber du kennst das ja. Die eigenen Fälle gehen immer vor. Sie haben eine Kopie des Fotos. Und sie kümmern sich um die Vernehmung des Vaters.»

Antonia Dix seufzte, lehnte sich auf ihrem Stuhl zurück, streckte die Beine weit von sich und verschränkte die Hände im Nacken.

«Das war eigenartig.»

«Was war eigenartig?»

«Das Foto. Ich war damit schnell mal zu Ansgar.»

«Deinem Professor?»

«Ja. Vergiss nicht: Er ist Viktimologe. Er kennt sich aus mit Opfern. Wie kein anderer. Ansgar hat sich das Foto lange angeschaut und dann gesagt: Das ist kein Opfer.»

«Was soll das heißen?»

Antonia Dix schob ein Duplikat über den Tisch.

«Hier. Schau's dir selber nochmal an. Eva Carstensen blickt dem Fotografen offen ins Gesicht. Ansgar vermutet deshalb, sie kennt den Fotografen gut. Er sagt, sie posiert in Wahrheit nicht fürs Foto, sondern für ihn. Sie will ihn erregen, sie weiß ganz genau, was ihn erregt. Außerdem, so sagt jedenfalls Ansgar, strahlt das Mädchen ein übersteigertes Selbstbewusstsein aus. Für eine 16-Jährige. Er vermutet, ihr fehlt die klassische Opfer-Biographie. Er vermutet, sie spielt das Opfer nur. Er glaubt, sie spielt ein Spiel...»

«So, glaubt er das. Er ist doch Wissenschaftler. Ihm genügt ein einziges Foto, um...»

«Ja. Er ist eben nicht nur Wissenschaftler. Ich sagte dir doch schon, Ansgar ist außerdem ein Hellseher. Wir haben übrigens eine Idee entwickelt, ganz spontan.»

«So. Eine Idee. Wie heißt die Idee?»

«Die Idee zu einem Plan. Ansgar sagt, es gibt nur eine einzige Möglichkeit, Mario zu fassen.»

«So. Sagt Ansgar also. Und welche?»

«Wir stellen ihm eine Falle. Wir spielen sein Spiel mit. Wir installieren einen Lockvogel.»

Als Morian Antonias blitzende Augen sah, aus denen plötzlich alle Müdigkeit verschwunden war, ahnte er, dass sie sich auch schon Gedanken über die ideale Besetzung der Rolle des Lockvogels gemacht hatten.

Sie und ihr Hellseher.

Ausgeschlossen.

Das konnte sie sich von der Backe putzen.

Montag war immer Berufsschultag für die Kfz-Lehrlinge. Aber Boris Hahne war heute nicht in der Berufsschule gewesen. Stattdessen war er nach Bonn gefahren. Er hatte den ganzen Tag vor dem Haus gewartet. In sicherer Entfernung. Von kurz nach acht Uhr morgens bis zum späten Nachmittag. Vergeblich. Wahrscheinlich hatte er ihn morgens knapp verpasst. Länger konnte er nicht warten. Sonst würde Theo misstrauisch. Boris Hahne wollte nicht, dass sein neuer Chef Verdacht schöpfte.

Nichts durfte jetzt seinen Plan gefährden.

Boris lehnte am offenen Fenster und rauchte und blies den Rauch hinaus in die Dunkelheit. Unten in der Werkstatt brannte noch Licht. Also arbeitete Theo noch. Theo Maifeld arbeitete oft bis in den späten Abend.

So hatte Boris auch damals im Frühsommer im offenen Fenster der Küche gelehnt, nur war es an jenem Abend viel wärmer gewesen, und vor allem war es noch hell, als der Mercedes in den Wendehammer einbog, seine Mutter aus dem offenen Cabriolet sprang, übers ganze Gesicht strahlte, dem Mann am Steuer eine Kusshand zuwarf, sich umdrehte und leicht und beschwingt wie ein junges Mädchen in Richtung Haustür lief. Der kleine, hässliche Mann hatte ihr nachgestarrt, er hatte sich völlig unbeobachtet gefühlt, als er ihr nachstarrte, und Boris konnte von da oben, vom Küchenfenster im vierten Stock, trotz der Entfernung, in diesem kurzen

Moment der Arglosigkeit in seinen Augen lesen, dass er seine Mutter schon bald sehr unglücklich machen würde. Boris konnte das Böse in seinen Augen sehen.

Dann startete der Mann den Motor, und der Mercedes rollte aus dem Wendehammer. Der Mann hatte Boris nicht gesehen, wie er oben am Küchenfenster lehnte. Und Boris hatte den Mann nur dieses eine Mal gesehen.

Bis Samstag. Boris hatte einen Moment geglaubt, ihn träfe der Schlag, als sich der kleine Mann in der Baracke auf dem Schrottplatz plötzlich umdrehte.

Mario.

Boris Hahne wollte Theo Maifeld wirklich nicht enttäuschen. Hier waren alle so nett zu ihm. Aber Boris wusste, er hatte jetzt eine Aufgabe zu erfüllen. Das Schicksal hatte ihn auserwählt. Das mit der Stoßstange konnte kein Zufall gewesen sein. Nicht Theo, sondern eine höhere Macht hatte ihn am Samstag nach Bonn geschickt, nur damit er Mario wiedersehen sollte, ihm heimlich folgen sollte, bis zu dessen Haus.

Boris Hahne hatte nicht länger als drei Sekunden darüber nachgedacht, ob er mit dem, was er seit zwei Tagen wusste, zur Polizei gehen sollte. Nein, das hier war seine Sache. Seine Schwester, seine Mutter. Das musste er jetzt ganz alleine durchziehen.

Sie waren nett zu ihm gewesen. Der dicke, ältere Polizist, der immer so ernst guckte, bei dem er übernachtet hatte, und auch die junge, dieser Lara-Croft-Verschnitt.

Aber das war etwas anderes. Er misstraute Behörden, und dazu gehörte auch die Polizei. Behörden waren nicht dazu da, um zu helfen, sondern um zu schikanieren. Das war schon immer so gewesen. Seit sein Alter abgehauen war. Jugendamt, Sozialamt, Arbeitsamt, Wohnungsamt.

Keine Polizei.

Boris Hahne wusste jetzt, welches Auto Mario fuhr, er

kannte das Kennzeichen, und er wusste, wo Mario wohnte, und er kannte sogar seinen richtigen Nachnamen. Falls das stimmte, was auf dem Schild über der Klingel stand.

Löffler.

Aber Boris Hahne beschloss an diesem Abend oben am Fenster seines Apartments über Theo Maifelds Werkstatt, den Mann weiter Mario zu nennen. Denn das lohnte sich nicht, sich jetzt noch an einen neuen Namen zu gewöhnen.

Für die kurze Zeit, die Mario noch zu leben hatte.

Max Maifeld jonglierte gerade auf der Leiter, als drei Dinge gleichzeitig passierten: Der Lastenaufzug setzte sich in Bewegung, das Telefon klingelte, und eine Taube draußen auf dem Dach schaffte es tatsächlich, exakt jenes der inzwischen zahllosen Löcher zu treffen, das Max sich in diesem Moment anschickte, von innen abzudichten.

«Du hast dich bekleckert», sagte Hurl, der mit ungefähr sechs Einkaufstüten bepackt aus dem schaukelnden Aufzug stieg.

Max nahm beim dritten Klingeln ab.

«Ja?»

«Herr Maifeld, ich grüße Sie.»

«Wo haben Sie meine Telefonnummer her?»

«Das war in der Tat nicht so einfach, muss ich gestehen. Herr Maifeld, der Grund meines Anrufs ist…»

Max legte wortlos auf.

«Wer war das, Max?»

«Carstensen.»

«Curt Carstensen?»

«Genau der.»

«Was will er?»

«Keine Ahnung.»

«Du hast dich bekleckert. Da vorne.»

Hurl stellte die Tüten vor dem Kühlschrank ab und zeigte auf die Brusttasche des Hemds, das Max trug. Max zog das Hemd aus. Er war gerade damit beschäftigt, es in der Badewanne auszuwaschen, als das Telefon erneut klingelte.

«Ja?»

«Herr Maifeld, nur ein einziger Satz, bevor Sie wieder auflegen: Schauen Sie doch mal in Ihr E-Mail-Verzeichnis!»

Max legte auf.

«Wer war das?»

«Carstensen.»

«Und du weißt immer noch nicht, was er will.»

«Doch. Er meint, ich solle mal meine E-Mails checken.»

«Nett von ihm. Prima Service.»

Hurl fuhr fort, die Lebensmittel im Kühlschrank zu verstauen, während Max den Computer einschaltete und entmutigt zur löchrigen Decke starrte, bis sich der Rechner hochgefahren hatte.

«Rührei oder Spiegelei?»

«Was?»

«Ich fragte: Magst du Rührei oder Spiegelei? Ich mache uns jetzt ein ordentliches Frühstück. Das geht nicht so weiter mit dir, Max. Immer nur Espresso und nichts Nahrhaftes.»

«Und was ist mit der Vogelgrippe?»

«Solange du dir von Vögeln das Hemd bekleckern lässt, kannst du auch Eier essen.»

«Rührei, wenn das für dich okay ist.»

Höchste Zeit, dass sie eine neue Bleibe fanden. Und sollte er sich entschließen, mit Hurl erneut eine WG zu gründen, wie damals, vor vielen Jahren, dann nur unter zwei Bedingungen: getrennte Küchen und getrennte Bäder.

Die E-Mail hatte einen Anhang.

Max öffnete die angehängte PDF-Datei.

Sie zeigte die Titelseite der heutigen Bild-Zeitung.

DAS DRITTE OPFER!
WANN WACHT UNSERE POLIZEI ENDLICH AUF?

Von Klaus-Hinrich Pelzer
KÖLN. Sie ist jung, schön, unschuldig. Eva Carstensen (16), Tochter des Kölner Werbe-Tycoons Curt «CC» Carstensen (54). Das dritte Opfer. Spurlos verschwunden. Zum dritten Mal wurde die Polizei erst aktiv, nachdem ein mysteriöses Foto auftauchte. Der perverse Entführer fotografiert seine Opfer. Und verhöhnt damit die Kripo. Währenddessen bastelt Kriminalkommissar Josef Morian (Bonn) weiter an seiner Stalker-Theorie, die bisher ins Leere führte und die Ermittler keinen Schritt weiterbrachte. Wann wacht unsere Polizei endlich auf? Oberstaatsanwalt Dr. Peter Arentz (53), ein erfahrener Ermittler und versierter Strafjurist, seit vielen Jahren Leiter der Abteilung Kapitalverbrechen bei der Bonner Staatsanwaltschaft, hält gar nichts von dieser Theorie, auch wenn er gestern noch diplomatisch formulierte: «Wir haben es zunächst einmal mit Entführungen von Minderjährigen zu tun. Konkret mit dem dritten Fall in Folge. Der Modus Operandi deutet darauf hin, dass wir es mit ein und demselben Täter zu tun haben. Diese Stalking-Theorie ist aus meiner Sicht zunächst einmal nichts weiter als einer von mehreren Ermittlungsansätzen...»

Arentz. Diese Ratte. Max Maifeld hatte nur ein einziges Mal mit ihm zu tun gehabt, und das war schon vier Jahre her. Die Erfahrung hatte nicht gerade sein Interesse an einer zweiten Begegnung geweckt. Und Morian hatte jetzt ein Problem.

Max stützte die Ellbogen auf die Tischplatte und den Kopf in die Hände und dachte nach. Der Duft von gebratenen Lauchzwiebeln fand den direkten Weg vom Herd zu den Geruchsnerven in seiner Nase.

Hurl hatte sich eine Schürze umgebunden. Der Mann, der einst für Gott und Vaterland und im Auftrag der Regierung der Vereinigten Staaten von Amerika ausgebildet worden war, um rund um den Erdball Menschen absolut lautlos und mit der bloßen Hand zu töten, bevor er die Zusammenhänge begriff und desertierte, bewährte sich nun als Hausmann. Max beobachtete ihn amüsiert, wie er mit der Pfanne hantierte, und vergaß darüber, dass Hurl vier Augen hatte. Zwei vorne, zwei im Hinterkopf.

«Und, Max? Was will er?»

«Er will, dass wir seine Tochter finden.»

Zwei Wochen Urlaub mussten reichen, um alles zu regeln. Die Beerdigung zu organisieren und alles andere. Den Sarg hatte er gestern schon ausgewählt. Das schuldenfreie Haus hatte sie ihm schon vor einem Jahr überschrieben, ebenso ihr Sparbuch mit einem Guthaben von jetzt 16 872 Euro und 34 Cent. Da sie die letzten 30 Jahre mit niemandem engeren Kontakt gepflegt hatte, musste er auch niemanden informieren. Er allein war ihre Kontaktperson.

Und sie seine.

Jetzt war sie tot.

Und er war Carlos.

Knapp drei Stunden benötigte er, um zu finden, was er suchte. Indem er einfach kreuz und quer durch die Stadt fuhr, den Hotelführer auf dem Beifahrersitz, ein wenig nachdachte und sich in ihre Gehirne versetzte. Keine billige Absteige, auch keine Luxusherberge, das würden die Finanzprüfer nicht mitmachen. Öffentlicher Dienst. Ein anonymes Mittelklasse-Hotel, nicht zu klein, nicht zu abgelegen, mit hoher Fluktuation, das ideale Hotel für Staubsauger-Vertreter auf der Durchreise.

Gleich vor dem Eingang des Ibis-Hotels am Kaiser-Karl-Ring hatten sie den grauen Passat geparkt. Sie tranken Kaffee aus Pappbechern und starrten viel zu gelangweilt durch die Windschutzscheibe auf den zähen Verkehrsstrom auf dem vierspurigen Ring. Zwei jüngere Männer, um die dreißig, die verkleidet aussahen, weil sie keine Uniform trugen.

Carlos parkte im Schutz der Bäume neben dem Frankenbad, betrat die Pizzeria schräg gegenüber, setzte sich ans Fenster, sodass er das Hotel jenseits der Straße im Blick hatte, und bestellte ein kleines Glas Kölsch.

Eine halbe Stunde später hatten sie sich immer noch nicht von der Stelle gerührt. Sie hatten nicht einmal miteinander geredet, weil sie sich in den letzten sechs Tagen vermutlich schon alles gesagt hatten, was es unter Kollegen an Privatem und an Tratsch aus dem Büro auszutauschen gab, und ihre Spatzenhirne inzwischen wahrscheinlich vollkommen leer waren.

Ein Mini Cooper kurvte mit viel zu hohem Tempo auf den Parkplatz neben dem Frankenbad und stoppte gleich neben seinem Wagen. Eine junge Frau stieg aus. Mit ihrem dunklen Teint, dem auf Borstenhöhe gestutzten kohlrabenschwarzen Haar und den Military-Klamotten sah sie aus, als zöge sie gleich nach dem Einparken zusammen mit Che Guevara in den Guerilla-Krieg. Stattdessen zog sie eilig am Fenster der Pizzeria vorbei, überquerte im Laufschritt die Straße, obwohl die Fußgängerampel auf Rot stand, nickte den beiden Typen im Passat zu und betrat das Hotel. Die beiden nickten zurück, verrenkten sich die Hälse, bis sie durch die Drehtür verschwunden war, dann grinsten sie und hatten plötzlich Gesprächsstoff. Aha, eine Kollegin.

Eine kleine Bullenschlampe.

Carlos verlangte die Rechnung und bezahlte, ohne auch nur einen Cent Trinkgeld zu geben.

Während er zurück zu seinem Auto schlenderte, lächelte Carlos still in sich hinein.

Jetzt wusste er, wo Dagmar Losem wohnte.

Er würde kein Risiko eingehen.

Nicht hier. Nicht jetzt.

Während er die Fahrertür öffnete, warf er einen Blick durch die Seitenscheibe des Cooper. Auf dem schmalen Rücksitz stand eine Sporttasche. Sie stand offen, und Carlos glaubte, in der Sporttasche Boxhandschuhe zu erkennen. Auf dem Beifahrersitz lag eine angebrochene Literflasche Mineralwasser. Stilles Wasser. Aha, eine dieser körperbewussten Fitness-Tussis. Ernährt sich gesund. Außerdem lag auf dem Beifahrersitz ein ungeöffneter Brief. Ein schmales Kuvert mit Sichtfenster. Carlos lehnte die Stirn gegen die Seitenscheibe und kniff die Augen zusammen.

Von Debitel. Vermutlich die Handy-Rechnung der kleinen Bullenschlampe.

Antonia Dix, Frongasse 9, 53121 Bonn.

Er startete den Motor, verließ den Parkplatz und fuhr nach Hause.

Dagmar Losem.

Hockte jetzt da oben auf der Bettkante ihres Hotelzimmers und zitterte sich in die Zukunft.

Sie würden sie nicht ewig auf Staatskosten wohnen lassen können. Irgendwann würden sie ihr versichern, dass nun wohl keine Gefahr mehr bestehe, nach menschlichem Ermessen, aber dass es vielleicht besser für sie sei, die Wohnung zu wechseln, den Arbeitsplatz sowieso, in ihrem eigenen Interesse, auch die Telefonnummer und die Handy-Nummer und die E-Mail-Adresse, zum x-ten Mal, nur zur Vorsicht vielleicht auch die Stadt und das Land und den Planeten, und am besten auch gleich ihr Gesicht per plastischer Chirurgie.

Er würde noch eine Weile warten, sie in Sicherheit wiegen.

Vielleicht sogar ein paar Monate. Vorfreude ist bekanntlich die schönste Freude.

Aber irgendwer würde in der Zwischenzeit büßen müssen.

Jetzt.

Seine Mutter war tot.

Irgendwer würde dafür büßen müssen.

Egal wer.

Sie waren alle gleich. Alle gleich.

Ende der Schonzeit.

Zeit für die Jagd.

Carlos schloss das Garagentor, öffnete die Haustür, betrat den Flur, hängte seinen Anorak auf einen Bügel an der Garderobe, ging gleich ohne Umwege die Treppe hinauf in sein Zimmer und schaltete den Computer ein.

Während das Betriebssystem hochfuhr und die Programme checkte, betastete er vorsichtig seinen Kopf.

Am Ende war Josef Morian der Einzige, der gegen den Plan war. Alle anderen waren dafür: Beyer, Keusen, der Präsident, am Ende sogar, wenn auch nur auf ebenso subtilen wie massiven Druck des Präsidenten, Oberstaatsanwalt Dr. Peter Arentz, der die richterliche Genehmigung für die verdeckte Ermittlung und die Überprüfung der IP-Adressen einholen musste, damit die Ergebnisse später im Prozess verwendet werden durften.

Und natürlich war auch Antonia dafür.

«Und wer garantiert ihre Sicherheit?»

Alle am Tisch sahen sich verwundert an, als hätte Morian soeben nach den Lottozahlen der kommenden Samstagsziehung gefragt. Die Luft im Besprechungszimmer der Mordkommission war nach halbstündiger erregter Diskussion heiß und stickig und elektrisch aufgeladen.

Der Präsident setzte gerade zu einer Antwort an, als Arentz ihn mit selbstgefälliger Geste stoppte, seine Brille zurechtrückte und seine Stimme hob, als mache er sich für ein Interview in den Tagesthemen bereit.

«Morian, Sie und Ihre Leute treten momentan auf der Stelle. Als Leiter der Abteilung Kapitalverbrechen der Staatsanwaltschaft und damit als Herr des Ermittlungsverfahrens trage ich die volle Verantwortung für diese Entscheidung. Wir werden also...»

«Herr Dr. Arentz?»

«Ja, Herr Präsident?»

«Herr Dr. Arentz, das ist mir völlig egal, welche Verantwortung Sie zu tragen bereit sind. Sie reden wie diese Politiker, die im Nachhinein mit einem einzigen Satz abhaken, dass sie die Karre gegen die Wand gefahren haben. Herr Morian fragte, ob wir die Unversehrtheit von Frau Dix gewährleisten können. Können Sie Herrn Morians Frage beantworten?»

«Ich kann die Frage beantworten», sagte Antonia. Alle Augen waren auf sie gerichtet, während sie in aller Ruhe das Wasserglas vor sich bis zum Rand füllte.

«Die Antwort ist: Ich kann ganz gut auf mich alleine aufpassen. Allem Anschein nach ist Mario ein kleiner, schmächtiger Mann, der...»

«... der es geschafft hat, einen Muskelberg wie Werner Frick auszuschalten...»

«... der wiederum, wie wir inzwischen wissen, lieber Josef, über den IQ eines Goldhamsters verfügte. Unser Vorteil ist: Wir sind Mario zum ersten Mal einen Schritt voraus. Weil wir agieren statt reagieren. Diesmal bestimmen wir die Spielregeln. Ansgar sagt, der Kerl braucht dringend ein neues Opfer. So wie wir die Luft zum Atmen. Oder dieses Glas Wasser.»

«Und wie soll das jetzt laufen?»

«Es ist schon alles gelaufen, Josef», gestand Antonia mit gespielt verlegenem Augenaufschlag, den ihrer Ansicht nach die Höflichkeit gebot. «Dank der Hilfe der Computer-Freaks vom LKA. Die haben bei mir in der Wohnung schon alles vernetzt. Ich bin gerade gleichzeitig in vier verschiedenen Single-Börsen und in drei Chatrooms unterwegs. Die einlaufenden Daten gehen automatisch nach Düsseldorf und werden dort rund um die Uhr ausgewertet. Ich war heute bei Frau Losem im Hotel und habe mir nochmal genau beschreiben lassen, was er mag, wie er tickt, auf welche Sprache er steht. Meine erste Kontaktanzeige haben die Profiler vom LKA verfasst. Aber wenn er anbeißen sollte, wenn er im Chat oder per E-Mail mit mir Kontakt aufnimmt, bin ich auf mich alleine gestellt. Dann heißt es, ihn so lange bei Laune zu halten, bis die LKA-Leute die Leitung zurückverfolgen können. Josef, ich gebe zu: Es ist nur eine vage Chance. Aber besser, ich bin diesmal sein Opfer und wir schnappen ihn, als dass er wieder irgendeine ahnungslose Frau in dieser Stadt zum Opfer bestimmt. Außerhalb unserer Kontrolle. Ansgar glaubt ...»

Der Präsident räusperte sich. «Wer ist Ansgar?»

«Kempkes», half Morian ihm auf die Sprünge.

«Der Viktimologe? Ist der nicht längst ...»

«Im Ruhestand, richtig, Herr Präsident. Ich kenne ihn noch von der Polizeischule. Er war mein Profiling-Dozent.»

«Und was glaubt er, Frau Dix? Verzeihen Sie. Ich hatte Sie wohl vorhin unterbrochen.»

«Er glaubt, dass Mario mächtig unter Druck steht. Dass er sich diesmal nicht allzu lange mit dem virtuellen Vorspiel per E-Mail aufhalten wird. Dass er rasch auf ein Treffen drängen wird. Dass er jetzt dringend die Physis braucht, nachdem er zuvor Frauen noch nicht einmal anfassen konnte.»

«Warum das?»

«Weil er Blut geleckt hat. Sein Verhaltensmuster mutiert gerade. Seine Psyche hat ein neues Level erreicht.»

«Und was bedeutet das, Frau Dix?»
«Ganz einfach, Herr Präsident: Mario will töten.»

Hoch oben, am Ende der Treppe, lehnte Natascha Jablonski gelangweilt in der Eingangstür zum gläsernen Raumschiff, schüttelte ihre feuerrote Löwenmähne, streckte ihr knochiges Becken vor, das auf den endlos langen Beinen in den engen Röhren-Jeans saß, als wäre es falsch angeschraubt, verschränkte die Arme vor ihren unter dem weißen T-Shirt unnatürlich vorstehenden Brüsten, runzelte die Stirn und tat so, als krame sie gerade vergeblich in ihrem Gedächtnis.

Die Nummer kannten sie schon. Das sollte so viel heißen wie: Seht her, eine viel beschäftigte und zudem blendend aussehende Fernsehjournalistin wie ich hat in ihrem hübschen Kopf weiß Gott Wichtigeres abzuspeichern als die Erinnerung an zwei Männer, die vor kaum mehr als einer Woche ihren Lebensgefährten vor großem finanziellen Schaden sowie möglicherweise vor dem Ruin und vor dem Gefängnis bewahrt hatten.

Für eine 24-Jährige war ihr schauspielerisches Talent in der Tat bemerkenswert. Sie schickte sich gerade an, den beiden Männern, die soeben die vorletzte Treppenstufe erreicht hatten, eine weitere Kostprobe ihres Könnens zu liefern und mit fernsehreifer Geste die Rückkehr einer flüchtigen Erinnerung zu zelebrieren, als Hurl sie wortlos beiseite schob und Max den Vortritt ließ.

Curt Carstensen saß im Bademantel auf der Couch. Er war unrasiert. Er sah aus, als sei er seit ihrer letzten Begegnung vor einer Woche um zehn Jahre gealtert. Vor ihm auf dem Tisch lag der Computerausdruck eines Digitalfotos. Carstensen hielt sich nicht lange mit Vorreden auf.

«Das fand meine Ex-Frau soeben in ihrem E-Mail-Eingang.

Sie hat es mir per Mail weitergeleitet, und ich habe es ausgedruckt. Das ist ... meine Tochter. Das ist Eva.»

Er schlug die Hände vors Gesicht, damit niemand seine Tränen sah. Das stumme Schluchzen schüttelte seinen Körper. Natascha Jablonski stellte sich hinter das Sofa und massierte mit ausdruckslosem Gesicht seine Schultern und seinen Nacken, als würde sie dafür im Akkord bezahlt. Max und Hurl beugten sich über das Foto.

Eva Carstensen saß auf dem Fußboden eines kärglich möblierten Zimmers. Ihr Mund war mit Klebeband verschlossen. Sie hatte die Beine ausgestreckt. Ihre Füße waren gefesselt. Ihre Arme waren hinter dem Rücken verschränkt und vermutlich ebenfalls gefesselt. Sie lehnte mit dem Rücken an einer Holzwand. Zwischen den gespreizten Beinen eines Mannes. Der Mann war sehr jung, vollkommen unbekleidet und außerdem tot. Seine glasigen Augen ließen keinen Zweifel daran aufkommen.

Max und Hurl beugten sich fast gleichzeitig weiter vor, weil sich ihre Gehirne weigerten, zu glauben, was ihre Augen sahen: Der junge Mann war gekreuzigt worden.

«Weiß die Polizei schon von diesem Foto?»

Curt Carstensen schüttelte den Kopf, ohne aufzusehen.

«Wann wurde es an Ihre Frau, Ex-Frau gesendet? Die E-Mail muss doch eine Kennung haben.»

Curt Carstensen nahm die Hände vom Gesicht. Seine Augen waren gerötet. Natascha Jablonski beendete augenblicklich die Nackenmassage, warf Hurl einen Blick zu, der alles und nichts heißen konnte, und verließ den Raum.

«Vergangene Nacht. Drei Uhr.»

Max entfloh Carstensens flehendem Blick und konzentrierte sich erneut auf das Foto. An der Decke brannte eine nackte Glühbirne. Rechts war ein Fenster, in Kopfhöhe des Jungen. Also ein Kellerfenster. Eine Souterrainwohnung.

«Herr Carstensen, bitte leiten Sie die E-Mail an mich weiter, sobald wir gegangen sind. Ich muss in Ruhe damit arbeiten können. Und dann sorgen Sie bitte dafür, dass Ihre Ex-Frau umgehend Kriminalhauptkommissar Josef Morian von der Bonner Mordkommission anruft und ihn darüber informiert, dass sie diese E-Mail erhalten hat.»

«Ich dachte, es sei vielleicht klüger, nicht die Polizei…»

«Herr Carstensen, vor einer Woche noch haben Sie uns eine Menge Geld dafür bezahlt, damit Sie nicht wegen Bestechung vor Gericht landen. Jetzt tun Sie gerade alles dafür, doch noch vor Gericht zu landen. Wegen Strafvereitelung. Hier geht es um Mord. Sie können die Polizei nicht ausklammern. Das funktioniert nur in Hollywood. Kennen Sie den jungen Mann auf dem Foto?»

Carstensen schüttelte geistesabwesend den Kopf.

«Hatte Ihre Tochter einen Freund?»

«Ich weiß es nicht.»

Max Maifeld sparte sich die Frage, was er überhaupt über seine Tochter wusste.

«Wir haben keine Zeit zu verlieren, Herr Carstensen. Wir gehen jetzt und machen uns an die Arbeit.»

«Herr Maifeld?»

Max und Hurl hatten sich bereits erhoben und waren schon auf dem Weg zur Tür.

«Ja?»

«Lebt meine Tochter noch?»

«Sie lebte jedenfalls noch, als das Foto gemacht wurde.»

«Werden Sie meine Tochter finden?»

«Deswegen haben wir ja keine Zeit zu verlieren. Wir werden sie finden. Währenddessen sorgen Sie bitte dafür, dass Ihre Ex-Frau die Polizei informiert. Und kommen Sie nicht auf die Idee, die Öffentlichkeit einzuschalten. Keine Medien. Ist das klar?»

Carstensen nickte geistesabwesend. Dann aber wurde ihm der Sinn der Worte bewusst.

«Für was halten Sie mich, Herr Maifeld? Dachten Sie, ich schlage Kapital aus dem Verschwinden meiner Tochter? Indem ich etwa zu einer Pressekonferenz einlade, um den Bekanntheitsgrad meines Namens zu erhöhen?»

«Dann haben wir uns ja verstanden. Ich dachte übrigens weniger an Sie als vielmehr an Ihre Lebensgefährtin.»

«Macht es Ihnen Spaß, unverschämt zu Kunden zu sein, die sich in einer Notlage befinden?»

«Frau Jablonski ist nicht meine Kundin. Mein Instinkt hat mir geraten, Sie zu warnen, Herr Carstensen. Vergessen Sie's.»

«Herr Maifeld?»

«Ja?»

«Sie haben noch gar nicht gesagt, wie viel Sie...»

«Wenn wir Eva gefunden haben, schicken wir Ihnen die Rechnung. Bis dann.»

Nach zwölf Stunden Arbeit ohne Pause verließ Josef Morian das Präsidium, fuhr in die Wohnung, die nie sein Zuhause gewesen war und wohl nie sein würde, aß eine Scheibe Brot zur Hälfte, trank ein Glas Wein zur Hälfte und fühlte immer noch den Nadelstich in der Magengrube. Er fühlte den Stich, seit Antonia während der Besprechung erwähnt hatte, dass sie zu Dagmar Losem ins Ibis-Hotel gefahren war.

Er wünschte, er hätte ebenfalls einen Grund, ins Ibis-Hotel zu fahren. Aber er fand keinen.

Was sollte er ihr auch sagen? Dass er lediglich gekommen war, um ihre Stimme zu hören, die von der ersten Sekunde der ersten Begegnung an sein Herz gewärmt hatte? Dass er gekommen war, um für immer in ihren wunderschönen Augen zu versinken? Dass er gekommen war, um sie zu bitten, im

Hotelzimmer ein wenig auf und ab zu gehen, weil er die Art, wie sie sich bewegte, so unbeschreiblich aufregend fand?

Dagmar Losem wollte keinen Kontakt zu ihm.

Das spürte er ganz deutlich.

Sie ließ sich ständig am Telefon verleugnen. Von ihren Beschützern. Von Morians Kollegen. Wenn Morian nicht höllisch aufpasste, würde er sich über kurz oder lang zum Gespött des gesamten Präsidiums machen.

Er wählte ihre Nummer.

Noch während des ersten Klingelns wurde abgehoben.

«Ja?»

Eine Männerstimme. Jung. Energisch. Dienstbeflissen. Morian erkannte den Beamten nicht an der Stimme. Vielleicht war er erst vor vier Wochen von der Polizeischule gekommen. Das Präsidium verfügte nicht über die personellen Ressourcen, um rund um die Uhr speziell ausgebildete Personenschützer abzustellen. Das Dutzend trainierter Bodyguards des Bonner Präsidiums hatte genug damit zu tun, eitle Ex-Bundespolitiker im Ruhestand zu Sektempfängen zu kutschieren.

«Morian hier. Geben Sie mir Frau Losem.»

«Augenblick.»

Morian spürte, wie seine Handflächen während des Wartens unangenehm feucht wurden.

«Ja?»

Ja. Ihre Stimme. Ja. Ihre wundervolle Stimme.

«Ich wollte nur mal hören, wie es Ihnen geht.»

«Danke, gut. Und Ihnen?»

«Vielleicht haben wir ihn bald.»

Was für ein kreuzdämlicher Satz. Er hatte sie in der Leitung, er durfte ihre Stimme hören, und ihm fiel nichts Gescheiteres ein als dieser dämliche Satz?

«Heute war eine sehr nette Kollegin von Ihnen hier. Frau

Dix. Die hat schon so was angedeutet. Eine sehr kluge und sehr mutige Frau. Passen Sie gut auf sie auf, Herr Morian.»

«Ja, natürlich.»

Ja, natürlich. Ja, natürlich. Mein Gott, was redest du da? Fällt dir wirklich nichts Besseres ein?

«Wie kommen Sie mit der Schule klar?»

«Ich bin noch krankgeschrieben.»

Natürlich. Er hatte es vergessen. Einfach vergessen in diesem Augenblick. Vielleicht sollte er einfach auflegen und im Erdboden versinken, auf der Stelle.

«Hat er tatsächlich schon wieder ein Mädchen ...»

«Sieht so aus. Wir sind dran.»

Blödsinn. Sie waren meilenweit entfernt. Er und Beyer hatten heute sämtliche Mitschüler befragt, sie hatten sich von der Schule die Namensliste samt der 23 Privatadressen besorgt, die Liste untereinander aufgeteilt, sämtliche Schüler richtig in die Mangel genommen, trotz heftigsten Protestes der Eltern, *was erlauben Sie sich eigentlich, mein Kind ist doch kein Schwerverbrecher,* aber am Ende wussten sie lediglich, dass Eva Carstensens aktueller Freund mit Vornamen Jan hieß und in Köln lebte. Niemand wusste besonders viel über Eva Carstensen. Weil niemand ihrer Mitschüler sie besonders gut leiden mochte.

Und dann hatte Max ihn angerufen. Ausgerechnet. Noch bevor sich Theresa Carstensen meldete. Um ihn vorzuwarnen. Aus alter Freundschaft. Danke. Wenn Max und Hurl sie vor der Polizei finden würden, dann wäre das Geschrei in den Medien groß und das Geschrei der Politiker, dabei waren es doch die Politiker, die den Wirkungsradius der Polizei ständig einschränkten, mit ihren ganzen Verordnungen und ministeriellen Erlassen und ihren datenrechtlichen Bestimmungen und ihren Personalkürzungen. Max und Hurl mussten sich an gar nichts halten, und sie waren auch nicht auf die Amtshilfe der völlig überarbeiteten Kölner Kollegen angewiesen.

«Herr Morian?»

«Ja?»

«Weshalb haben Sie mich eigentlich angerufen? Wie es mir geht, hat Ihnen doch sicher schon Ihre Kollegin berichtet.»

Was sollte er ihr sagen? Die Wahrheit?

«Herr Morian?»

«Frau Losem, ich wollte Ihnen nur sagen, irgendwann, wenn das hier alles vorüber ist, dann würde ich Sie gerne mal zum Essen einladen, wenn Sie Lust hätten.»

«Herr Morian?»

«Ja?»

«Es ist noch lange nicht vorbei. Verstehen Sie, was ich meine? Auch wenn Sie ihn schnappen, ist es für mich noch lange nicht vorbei. Ich wache nachts schweißgebadet aus meinen Albträumen auf. Ich zucke unter der Dusche zusammen, wenn nebenan einer Ihrer Kollegen hustet. Das Telefon klingelt, und ich schrecke auf, weil ich denke, er ist es. Vielleicht wird es nie vorbei sein.»

«Die Zeit heilt Wunden...»

«Vielleicht, Herr Morian. Aber das ist es nicht allein. Ich finde Sie wirklich sehr nett, Herr Morian. Wären wir uns unter anderen Umständen begegnet, hätte ich mich sehr gerne von Ihnen zum Abendessen ausführen lassen. Aber alleine die Tatsache, dass ich Ihnen intimste Dinge preisgeben musste, mein Innerstes vor Ihnen nach außen kehren musste...»

«Ich kann sehr wohl Dienstliches und Privates trennen. Ich möchte nur, dass Sie wissen, dass ich...»

«Aber ich kann leider nichts trennen. Verstehen Sie? Bei mir ist nichts davon dienstlich. Alles ist höchst privat. Ich glaube, Sie haben die Dimension dessen, was ein Stalker bei seinem Opfer anrichtet, noch nicht begriffen. Ich mache Ihnen das nicht zum Vorwurf. Vielleicht kann man das gar nicht begreifen, wenn man es nicht selbst erlebt hat.»

«Frau Losem, ich ...»

«Im Augenblick sind schon Ihre Anrufe zu viel für mich. Zu viel Druck auf meiner Seele. Ich muss zur Ruhe kommen. Ich weiß doch ganz genau, was Sie für mich empfinden. Ich kann es durchs Telefon spüren. Ich bin doch nicht aus Stein. Aber genau deshalb bitte ich Sie: Rufen Sie mich nicht mehr an, Herr Morian, wenn es nicht wirklich dienstlich ist. Es tut mir Leid. Ich bin sicher, eines Tages werden Sie eine Frau treffen, die sich liebend gerne von Ihnen zum Abendessen ausführen lässt. Und ich beneide diese unbekannte Frau schon jetzt, weil sie an diesem Abend einen ganz liebenswerten Mann kennen lernen wird. Ich wünsche Ihnen alles Gute. Leben Sie wohl, Herr Morian.»

Sie legte auf.

Sie hatte tatsächlich aufgelegt.

Morian saß noch lange da, ohne sich zu rühren, mit dem Telefonhörer in der Hand.

Um fünf Uhr morgens erwischten sie CP endlich. In einem dieser Techno-Schuppen im Kölner Norden, wo er sich gelegentlich als DJ betätigte. Nur so zum Vergnügen. Kein Wunder, dass er das Klingeln seines Handys nicht bemerkt hatte. Nach nur dreißig Sekunden fürchtete Max, dass auf der Kostenseite dieses Auftrags ein lebenslanger Hörschaden für ihn und Hurl zu verzeichnen sein würde. Deshalb hielten sie sich nicht lange mit wohlfeilen Argumenten auf, die CP bei dem Lärm sowieso nicht verstanden hätte, sondern trugen das wild zappelnde Kerlchen kurzerhand von der Bühne und durch die schwitzende, dampfende Menge hinaus in die Nacht.

«Seid ihr jetzt völlig übergeschnappt, ihr Irren?»

Nach den zwanzig Minuten, die Hurl von Nippes nach Mülheim benötigte, hatte sich CP wieder halbwegs beruhigt.

Sie bugsierten ihn aus dem Lastenaufzug geradewegs zum Schreibtisch und ließen ihn auf den Stuhl vor dem Computer plumpsen. CP zupfte sich unsichtbare Flusen von der kanariengelben Samthose.

«Starker Auftritt. Muss ich schon sagen. So wie damals, als ich wegen euch fast einen Herzinfarkt gekriegt habe, da draußen in dieser gottverdammten Hütte in der Eifel. Nach vier Jahren hatte ich mich echt schon mit dem schönen Gedanken angefreundet, euch nie mehr wieder zu sehen. Lebt ihr hier zusammen? Habt ihr inzwischen geheiratet?»

«Willst du einen Kaffee, CP?»

«Nein. Kaffee ist ungesund. Ein Glas heißes Wasser hätte ich gerne, falls das eure Küchenausstattung ermöglicht. Einfach nur ein Glas heißes Wasser.»

Max verkniff sich die Frage, wie gesund denn wohl ein Leben als menschlicher Nachtfalter war. CP scheute Licht und Sonne wie der Teufel das Weihwasser. Er arbeitete grundsätzlich nur nachts und verschlief den kompletten Tag. Stattdessen schaltete Max den Computer an, während Hurl den Kessel füllte und auf die Herdplatte stellte.

«Also? Was habt ihr auf dem Herzen?»

Max öffnete die E-Mail mit dem Foto.

CP schluckte.

«Du meine Güte. Was ist denn das für eine Freak-Show? Ihr beiden seid wirklich irre.»

«Siehst du das Kellerfenster oben rechts, CP?»

«Klar. Schwarz wie die Nacht. Die Glühbirne an der Decke lässt den Belichtungsmesser der Digi-Kamera verrückt spielen. Deshalb ist das Fenster nichts als ein schwarzer Fleck.»

«Das sehe ich selbst, CP.»

«Ja dann ... was willst du, Max?»

«Ganz einfach. Ich will aus dem Fenster schauen.»

Sie waren makellos. Tadellos. Allesamt Prachtexemplare. Ohne Ausnahme präsentierten sie ihre Schokoladenseiten. Die einen priesen ihre Jugend und ihre Schönheit und ihre stählernen Muskeln und ihren Waschbrettbauch, andere ihre Klugheit und ihre Bildung und ihr schier grenzenloses Einfühlungsvermögen in die Bedürfnisse einer Frau. Die dritte Gruppe war davon überzeugt, dass ihr Geld, ihr Job, ihr gesellschaftlicher Status, ihre grenzenlose Macht sie so umwerfend attraktiv machte, dass Antonia Dix unmöglich widerstehen konnte.

Beziehungsweise Sonja.

«Prost, Sonja. Auf uns Frauen.»

Sonja, die Frau, die sich die phantasiebegabten Profiler beim Düsseldorfer Landeskriminalamt für Mario ausgedacht hatten und deren Biographie, deren Angewohnheiten und Hobbys, deren Lieblingsfilme und Lieblingsbücher, deren Größe und Gewicht, deren Konfektionsgröße und Haarfarbe, sogar deren sexuelle Vorlieben auf zwei DIN-A4-Bogen Platz gefunden hatten, die Antonia Dix mit Tesaband jeweils links und rechts an den Rahmen des mittleren Computerbildschirms geklebt hatte.

Der Name, die Biographie, die schwere Kindheit als Tochter eines Alkoholikers, der Beruf als Sozialpädagogin in einem Heim für jugendliche Lernbehinderte, die schmerzvolle Scheidung vor einem halben Jahr, nach acht Jahren kinderloser und vorwiegend unglücklicher Ehe – alles frei erfunden. Deckungsgleich mit der Realität waren hingegen Alter und Aussehen. Sie hatten sogar ein aktuelles Foto von Antonia anfertigen lassen und ins Netz gestellt. Falls es tatsächlich zu einem Treffen kommen sollte. Damit die Legende nicht zu früh aufflog.

86 Männer aus dem Raum Bonn wollten Sonja unbedingt kennen lernen. Warum nicht? Könnt ihr haben.

Sie hatten vereinbart, dass Antonia Dix ihnen allen antwortete, kurz und unverbindlich, mit einer offenen Frage endend, um sie aus der Reserve zu locken. Die Profiler wollten erst im zweiten Durchgang aussieben.

Also machte sich Antonia an die Arbeit.

Währenddessen überprüften die Internet-Experten in Düsseldorf bereits die 86 IP-Adressen der Absender. Das Landeskriminalamt hatte ihr einen superschnellen Rechner spendiert und in ihrer Wohnung installiert. Der Rechner war über eine gesonderte, sichere Datenleitung rund um die Uhr online mit Düsseldorf verbunden. Drei Flachbildschirme. Antonia Dix kam sich vor wie im NASA-Kontrollzentrum in Houston. Mit Hilfe der drei Bildschirme konnte sie gleichzeitig kommunizieren, dabei im Auge behalten, was die LKA-Computer-Freaks an Personendaten über die Kontaktperson herausfanden, und außerdem sofort registrieren, sobald sich ein neuer einsamer Single meldete, der unbedingt Sonja kennen lernen wollte.

Nach Antwort Nr. 43 holte Antonia die angebrochene Flasche Wein aus dem Kühlschrank und schenkte sich nach. Langsam machte ihr die Sache Spaß. Brunftzeit im Internet.

Antonia sah auf die Uhr.

Fünf Uhr morgens. Du meine Güte.

Die Summe unseres Lebens
sind die Stunden, in denen wir liebten.

Schrieb ihr ein gewisser Carlos.
　Mehr nicht. Nur diesen Satz.
　Nicht schlecht. Gar nicht schlecht, mein lieber Carlos.
　Kein Foto. Schade.

So sehe ich das ebenfalls, Don Carlos. Aber Liebe bedeutet für mich vor allem Hingabe, grenzenlose Hingabe. Das begreifen die meisten Menschen nicht, und deshalb ergibt die Summe ihres Lebens oft eine ganz traurige Liebes-Bilanz. Was bedeutet für dich Hingabe, Don Carlos? Ich bin sehr neugierig auf deine Antwort. Und natürlich noch mehr auf dich.
Sonja

Ziemlich dämlich. Aber Hauptsache, es erfüllte seinen Zweck. Sie konnte nicht mit jeder Antwort einen Literaturpreis gewinnen. Sie musste außerdem irgendwann ins Bett. Sie brauchte wenigstens noch zwei Stunden Schlaf. Sie nippte an ihrem Wein, kicherte in sich hinein wie ein pubertierender Teenager und antwortete Nr. 45: ein 18-Jähriger mit Glubschaugen und Segelohren, der vorgab, er stehe nun mal besonders auf ältere, reife Rubens-Frauen und deshalb auf sie. Und er freue sich sehr, dass sie so wie er ein Foto von sich ins Netz gestellt habe. Das hänge jetzt bereits als Ausdruck über seinem Bett.

Antonia mailte zurück. Zwei Sätze.

Viel Glück bei der Suche. Aber verpiss dich gefälligst auf der Stelle aus meinem Leben.

CP brauchte knapp zwei Stunden. Er musste sich erst einen elektronischen Werkzeugkasten aus dem Internet besorgen und auf die Festplatte laden. An seinem eigenen Computer wäre das alles wesentlich fixer gegangen, wurde er nicht müde zu betonen, während er wie ein Besessener auf die Tastatur einhämmerte und die Maus über die Tischplatte scheuchte.

«Fertig! Meine Herren: Wenn Sie sich denn nun mal

freundlicherweise wieder herbequemen und durch das offene Fenster schauen möchten...»

CP war ein Genie.

Ärgerlich war nur, dass er das wusste.

Das Foto war in der Dämmerung entstanden. Die Straßenlaternen brannten schon. Und die Leuchtreklame eines Gemüsehändlers jenseits der Straße. Ein türkischer Gemüsehändler, wie unschwer an der Schrift und an dem aufgemalten Halbmond zu erkennen war. Eine junge Frau eilte auf dem jenseitigen Bürgersteig an dem Laden vorbei, durchquerte das Bild von links nach rechts.

«CP, du bist ein Genie», lobte Max.

«Ich weiß», entgegnete CP und rieb sich die Augen. «So. Jetzt müsst ihr ja nur noch sämtliche türkischen Gemüsehändler Kölns abklappern. Wie viele sind das? Zweitausend?»

«Vom Alter und von der Kleidung her könnte die Frau da eine Studentin sein», sagte Hurl, während er sich über CPs schmächtige Schultern beugte.

Max musste die Augen zusammenkneifen, trotz der Lesebrille, die er aufgesetzt hatte.

«CP, kannst du uns die Frau mal heranzoomen?»

«Kein Problem. CP hat ein Herz für Spanner.»

«Seht ihr das? Seht ihr, was die Frau unter ihrem linken Arm trägt? Könnt ihr das sehen?»

«Klar», sagte CP. «Im Gegensatz zu dir bin ich ja nicht blind. Ein großes, rechteckiges Dings aus schwarzer Pappe.»

«Sieht aus wie eine Mappe, Max.»

«Genau, Hurl. Mit solchen Mappen unterm Arm laufen doch die Studenten der Hochschule für Kunst und Medien in der Südstadt rum. Darin transportieren sie ihre Entwürfe. Dämmerung, also ist die Studentin auf dem Weg nach Hause und nicht umgekehrt. Sie kommt vom Ubierring. Sie geht von links nach rechts durchs Bild. Also von Norden nach Süden. Denn nördlich vom Chlodwigplatz sehen die Häuser anders aus als auf diesem Bild. Dieser Gemüseladen befindet sich also in dem Quartier südlich des Ubierrings. Die Studentin ist nicht in die Straßenbahn gestiegen, sondern geht lieber zu Fuß. Obwohl sie es eilig hat, endlich nach Hause zu kommen. Das sieht man deutlich an der Schrittlänge und an ihrem konzentrierten Blick. Nichts kann sie ablenken. Was meinst du, Hurl?»

«Sie weiß, dass sie zu Fuß auf jeden Fall schneller ist als mit der Straßenbahn. Sie wohnt also nicht weiter südlich, sie wohnt auf keinen Fall in Bayenthal.»

«Genau. Jede Wette, sie wohnt da irgendwo gleich um die Ecke. Was meinst du, Hurl? Wie weit geht man lieber zu Fuß, statt das billige Studenten-Ticket zu benutzen?»

CP verdrehte die Augen. «Ich bin von Genies umgeben. Oder vielleicht doch von Scharlatanen?»

«Halt die Klappe, CP. Was ist das da im Schaufenster von dem Gemüseladen? Klebt da ein Plakat von innen an der Scheibe? Kannst du da mal näher ran, CP? Damit man was lesen kann?»

CP konnte.

Kinder-Kunst-Werkstatt
in der Südstadt
Ab sofort neue Malkurse für
junge Künstler ab dreieinhalb
Anmeldung im Atelier
Bonner Str. 87

«Bingo. Also doch Südstadt. Hurl, was meinst du?»
«Klar. Kein Zweifel. Lass uns losfahren, Max. Wir finden den Gemüseladen. Und dann haben wir die Wohnung.»

Sonja, liebste Sonja. Süß bist du. Und so naiv. Du gefällst mir. Du gefällst mir sogar sehr. Hingabe? Ich werde dir bald zeigen, was Hingabe bedeutet. Nur Geduld. Ich habe dich auserkoren, liebste Sonja. Du weißt es noch nicht. Du wirst es früh genug erfahren. Carlos hat dich auserkoren, um mit dir sein Werk zu vollenden. Du wirst dich nie wieder mit schwachen Männern plagen müssen. Weil jetzt Carlos in dein Leben tritt. Carlos nimmt dein Leben in die Hand.

Und deinen Tod.

Du wirst berühmt werden, Sonja. Alle Welt wird von dir reden. Die Zeitungen werden über dich schreiben. Weil du auf diesen dämlichen Spruch hereingefallen bist: *Die Summe unseres Lebens sind die Stunden, in denen wir liebten.* Die Summe deines Lebens ist nichts, liebste Sonja.

Was hast du dir nur bei deiner Antwort gedacht? Faselst von Hingabe und hast keine Ahnung, was das bedeutet. Und dieses miserable Deutsch. Dabei hast du doch Abitur. Du hast ja sogar studiert. Aber das heißt nichts. Ich weiß, wovon ich rede. Ich kannte mal eine Deutschlehrerin.

Sozialpädagogin. Opferst dich tagein, tagaus auf, für die Bälger anderer Leute. Mein Beileid. Vater Alkoholiker, traurige Kindheit, ich bin ganz gerührt. Willst du wissen, was eine traurige Kindheit ist? Eine wirklich traurige Kindheit? Ich könnte dir davon erzählen. Du hast ja keine Ahnung.

Sonja, liebste Sonja, wer hat sich nur diesen ganzen Stuss für dich ausgedacht? So ein neunmalkluger Profiler?

Ihr seid leider nur Mittelmaß. Ihr seid wirklich mittelmäßig. Du und deine Kollegen. Schade. Ihr beleidigt meine Intelligenz. In Wirklichkeit bist du übrigens viel hübscher als auf dem Foto, das du ins Netz gestellt hast. Viel, viel hübscher. Ich habe dich schließlich gesehen, wie du vor meiner Nase zum Hotel gehetzt bist, ich habe den Ehrgeiz in deinen Augen gesehen, die ungenutzte Energie, die Erregung. Ach, kleine, süße Sonja-Antonia, du willst den Stalker schnappen, du willst Karriere machen, und bist doch so dumm.

So dumm, so dumm, so dumm.

Diese Kleidung. Diese Frisur. Wie ein Soldat. Warum verkleidest du dich als Mann, liebste Sonja-Antonia? Wartest du nur darauf, dass Carlos kommt und dir zeigt, wie sich eine Frau kleidet?

Du willst spielen? Gut, spielen wir das Spiel. Aber nach meinen Regeln. Wir spielen das Spiel diesmal allerdings ausnahmsweise zu dritt. Ich muss nur noch einen geeigneten Mitspieler für uns auswählen. Ich werde dir die Regeln später erklären. Früh genug.

Bei unserem ersten Treffen.

Aber vorher muss ich noch etwas anderes erledigen. Jetzt gleich. Ich werde meine Akten im Garten verbrennen. Meine Dossiers über all die Frauen, die so dumm waren wie du. Ich will es euch nicht so leicht machen. Dir und deinen neunmalklugen Kollegen. Ich will ein unbeschriebenes Blatt für euch sein, unfassbar, unangreifbar, unschuldig. Wenn ich alles verbrannt habe, wenn alles in Feuer und Rauch und Asche aufgegangen ist, dann gibt es nur noch uns beide.

Dich und mich.

Eine große Unruhe ließ ihn aus dem Schlaf schrecken. Eine bohrende Unruhe, die sich in seine Träume gerobbt hatte und sich in seinem Unterbewusstsein breit machte. Morian öffnete die Augen, blinzelte und sah auf die Uhr. Halb sechs. Er sprang aus dem Bett, stolperte durch die dunkle Wohnung und stellte sich unter die eiskalte Dusche.

Was hatte er nur übersehen?

Morian rasierte sich, putzte sich die Zähne und fuhr ohne Frühstück ins Präsidium.

Die komplette Etage war noch verwaist. Kurz vor halb sieben breitete er auf dem großen Tisch im Besprechungsraum die Ermittlungsakten aus. Es dauerte eine Weile, bis er Antonias Systematik begriff. Er würde in nächster Zeit ohne seine Aktenführerin auskommen müssen. Als Lockvogel war sie auf unbestimmte Zeit von der Büroarbeit freigestellt.

Wo verbarg sich der Schlüssel zu Mario?

Was hatten sie übersehen?

Die meisten juristisch verwertbaren Straftaten waren eindeutig Werner Frick zuzuordnen. Und der war tot.

Ebenso wie die bisher einzige Zeugin, die sich an Marios Gesicht erinnern konnte. Jasmin Hahne.

Womit hatte Mario den Schrotthändler in der Hand gehabt, dass der sich zum willigen Werkzeug machen ließ?

Wie konnte Mario nur so viel detailreiches Wissen über seine weiblichen Opfer in Erfahrung bringen? Wohnadressen, Nachbarn, Beruf, Arbeitsplatz, Telefonnummern, selbst wenn sie mehrfach geändert und als geheim bei der Auskunft gesperrt wurden.

Wie schaffte er das?

Nur durch seine Intelligenz und seine Kombinationsgabe?

Unmöglich.

Mario musste Zugang zu Datenbanken haben.

Wer hatte Zugang zu Datenbanken?

Die Polizei.

Zum Beispiel.

Das fehlte noch: Mario, ein Bulle.

Morian rieb sich die Augen. Er konnte einen Kaffee vertragen. Die Kantine hatte noch zu. Also musste er mit dem Automaten auf dem Flur vorlieb nehmen. Er griff in die rechte Außentasche seines Sakkos, das hinter ihm über der Stuhllehne hing. Seit sich seine Geldbörse vor zwei Monaten in ihre atomaren Bestandteile aufgelöst hatte, war er noch nicht dazu gekommen, sich eine neue zu kaufen. Seither bewahrte er die Geldscheine in der linken Innentasche seines Sakkos auf, die Münzen in der rechten Außentasche. Er öffnete die Hand und betrachtete, was er aus der Tasche zutage befördert hatte: eine Euromünze, zwei 50-Cent-Stücke, drei 20-Cent-Stücke, eine Büroklammer, ein Zettel.

Der Zettel trug seine Handschrift.

Ein Autokennzeichen.

BN-RL 247.

Wo und wann und aus welchem Grund hatte er sich nur dieses Kennzeichen notiert? Morian erinnerte sich, dass Antonia ihm den Zettel gegeben hatte, als sie die Spuren in die Akten sortierte. Beziehungsweise: Er hatte ihn einfach an sich genommen und versprochen, sich darum zu kümmern.

Er nahm das Münzgeld und den Zettel, verließ das Zimmer, zog sich einen Kaffee am Automaten auf dem Flur, ging in sein Büro, schaltete den Computer ein, verbrannte sich die Zunge an der ekligen Brühe in dem braunen Pappbecher, fluchte still vor sich hin und startete die elektronische Fahrzeughalter-Ermittlung.

BN-RL 247.

Das Programm blinkte und blitzte wieder mal hysterisch, als stünde es kurz vor dem Kollaps.

Dann endlich öffnete sich ein Fenster.

Das Kennzeichen gehörte zu einem Audi 80. Der aktuelle Halter war der dritte Eigentümer, seit das Auto 1987 in Ingolstadt vom Fließband gerollt war, und hieß Reinhard Löffler, wohnhaft in Bonn. Meisenweg. Morian sah auf dem Stadtplan an der Wand neben der Tür nach, nur um sich zu vergewissern. Eine Siedlung mit winzig kleinen, frei stehenden Einfamilienhäusern und Doppelhaushälften in Alt-Tannenbusch, die man bald nach dem Krieg aus dem Boden gestampft hatte, als man dringend Wohnraum für die rasend schnell wachsende junge

Bundeshauptstadt benötigte. Ein Gewirr von schmalen Einbahnstraßen. Durchgangsverkehr gesperrt, Anlieger frei. Alle Straßen im Viertel waren nach heimischen Vögeln benannt. Amsel, Drossel, Fink und Star. Ein Rotkehlchen gab's auch.

Den Meisenweg säumten nur zu einer Seite Häuser. Auf der jenseitigen Straßenseite erhob sich die Lärmschutzwand der Autobahn nach Köln.

Audi 80, Baujahr 1987. Aus der Zeit also, lange bevor die Marke mittels millionenschwerer Image-Kampagne auch für dynamische Jungmanager attraktiv wurde. Das perfekte Auto also für die Kleinbürger-Idylle in der Vogel-Siedlung.

Audi 80, VW Passat, Opel Vectra älterer Bauart, gedeckte Farben: die perfekten Autos für Mario, den Geizkragen, den Sicherheitsfanatiker, den Spießer, den Garagen-Parker, den Schonbezug-Fan, hatte Ex-Professor Ansgar Kempkes, der Hellseher, gemutmaßt. Ausgerechnet Kempkes, der nie einen Führerschein besessen hatte.

Audi 80.

Und dann fiel Morian wieder ein, wann und warum er sich das Kennzeichen notiert hatte. Am Tag der Beerdigung von Martina und Jasmin Hahne. Der dunkelblaue Wagen, der auf der Kölnstraße das Tempo gedrosselt und im Schneckentempo das Hauptportal des Nordfriedhofs passiert hatte.

Morian ging zurück zum Schreibtisch, ließ sich auf den Drehstuhl fallen und besah sich das angezeigte Geburtsdatum auf dem Monitor. Demnach war Reinhard Löffler jetzt 36 Jahre alt.

Wie Werner Frick.

Exakt derselbe Jahrgang.

Morian sprang so ungeschickt auf, dass der Pappbecher umkippte und sich der Inhalt über den Schreibtisch ergoss. Er rannte rüber ins Besprechungszimmer und durchwühlte die noch auf dem Tisch ausgebreiteten Ermittlungsakten, bis er

Ludger Beyers Listen fand. Werner Fricks Grundschule. Fehlanzeige. Die Hauptschule. Wieder nichts. In keiner der drei Hauptschul-Klassen, die der Sitzenbleiber Werner Frick besucht hatte, fand sich ein Schüler namens Reinhard Löffler.

Das Mitgliederverzeichnis des Eisenkellers, in dem Werner Frick regelmäßig seine Gewichte gestemmt hatte.

Die Kundennamen, die sie im Büroschrank in der Baracke auf dem Schrottplatz gefunden hatten.

Kein Reinhard Löffler.

Kölnstraße 247. Die Mietskaserne, in der Werner Frick aufgewachsen war. Wo war nur die Liste der Mieter? Morian durchforstete die Akten, bis er begriff, dass die Hausverwaltung lediglich sämtliche Nebenkostenabrechnungen der betreffenden Jahre in Kopie zur Verfügung gestellt hatte. Sechs Stockwerke, dreißig Wohnungen, hohe Fluktuation. Ein ungeordneter Haufen Papier. Großartig. Morian wusste, Beyer hatte sich die Mühe gemacht und daraus in stundenlanger Fleißarbeit an seinem Computer eine Excel-Tabelle mit alphabetischer Namensliste und Verweildauer erstellt.

Nur hatte er sie offenbar nie in ausgedruckter Form in die Ermittlungsakten eingespeist.

Kleine Rache an Antonia?

Hatte er es denn nur mit Kindsköpfen zu tun?

Sollte er Beyer anrufen?

«Was machst du denn schon hier?»

Morian schrak zusammen. Ludger Beyer stand in der Tür, die Hände tief in den Taschen seiner Lederjacke vergraben, als sei ihm kalt. Er war unrasiert und sah müde aus.

«Ich arbeite. Wo ist die Liste?»

«Welche Liste? Ich brauche dringend einen Kaffee. Hat die Kantine schon geöffnet?»

Beyer zog den Reißverschluss auf, und Morian erkannte die kugelsichere Weste unter der Lederjacke.

«Du warst also noch gar nicht im Bett. Habt ihr den türkischen Dealer observiert?»

«Bingo. Wir haben ihn die ganze Nacht observiert. Und vor einer Stunde zugegriffen. Als er die Lieferung abholte. Er sitzt jetzt unten im Keller und denkt über sein Leben nach. Und wie ihm das nur passieren konnte, sich von uns mit 250 Kilogramm Heroin im Kofferraum seines Porsche Cayenne erwischen zu lassen.»

«Cayenne?»

«So heißt der Edel-Geländewagen von Porsche. Ein Cayenne Turbo. Nagelneu. 450 PS. 102 000 Euro inklusive Mehrwertsteuer. Morian, kannst du mir vielleicht mal verraten, was sich der Gesetzgeber eigentlich dabei denkt, diese Luxuspanzer mit landwirtschaftlichen Nutzfahrzeugen gleichzusetzen und ihre Eigentümer steuerlich zu begünstigen?»

«Kannst du mir verraten, was sich der Gesetzgeber dabei denkt, Stalking nicht als Straftat zu betrachten?»

«Wahrscheinlich haben Politiker einfach genug damit zu tun, an sich selber zu denken. Jedenfalls braucht der Typ die Kiste jetzt nicht mehr. Gut, dass wir ihn hatten, bevor er mit dem Ding richtig Gas geben konnte. Die Kollegen haben ihn gerade in der Mangel. Er ist noch so neben der Spur, dass er noch gar nicht auf die Idee gekommen ist, einen Anwalt zu verlangen. Wird aber wohl leider nicht mehr lange dauern.»

«Und die Zeit bis dahin nutzen deine Kollegen, um...»

«Klar doch.»

«Und du bist nicht dabei?»

Beyer kratzte sich verlegen am Kopf.

«Ich kenne mich. Ich bin zu hitzköpfig bei so was. Wenn ich diese Typen sehe in ihren Armani-Anzügen, die mit ihren manikürten Fingernägeln Autos fahren, die weit mehr kosten, als ich im ganzen Jahr verdiene, und wenn ich dann daran denke, womit sie ihr dreckiges Geld verdienen, was sie mit ihrem Dreckszeug anrichten, weißt du, dann drehe ich immer durch. Und wenn ich durchdrehe, dann sagen die verfluchten Anwälte später vor Gericht, die Aussagen bei der polizeilichen Vernehmung seien mit körperlicher Gewalt erzwungen worden.»

«Verstehe. Ludger, deine Liste der Mieter der Kölnstraße 247.»

«Was ist damit?»

«Sie ist nicht in den Ermittlungsakten.»

«Oh. Sorry. Vergessen. Was brauchst du?»

Das Erstaunen und das reumütige Bedauern in seinen Augen waren ebenso echt wie die Müdigkeit. Morian wusste, das konnte passieren. Dass man etwas vergaß. Zum Beispiel einen Zettel mit einem Autokennzeichen.

«Ich muss wissen, ob ein gewisser Reinhard Löffler da gemeldet war, in der Zeit, als Werner Frick dort wohnte.»

«Kein Problem. Bin gleich zurück.»

Ludger Beyer war kaum aus der Tür verschwunden, um sich auf den Weg in sein Büro zu machen, als das Handy in Morians Sakko über der Stuhllehne klingelte.

«Ich bin's. Wir haben die Kleine.»

Max.

«Wo?»

«Kölner Südstadt. Mainzer Straße. Die Wohnung ihres Freundes. Jan Kreuzer. Er ist tot. Sie lebt.»

«Seid ihr noch dort?»

«Natürlich nicht. Wir haben kein Interesse, der Polizei zu begegnen, die jetzt gleich mit Tatütata hier anrücken wird. Wir sind gleich gegenüber in einem türkischen Gemüseladen und kaufen ein bisschen was fürs Abendessen ein. Sobald wir sicher sind, dass die Grünen den Notruf ernst genommen haben und sich der Notarzt nicht verfahren hat, hauen wir ab.»

«Ist das Mädchen jetzt etwa alleine in der Wohnung?»

«Nein. Ihr Vater ist bei ihr.»

«Ihr Vater? Curt Carstensen?»

«Ja klar.»

«Ihr habt ihn mitgenommen?»

«Wir hatten ihn natürlich so lange im Wagen gelassen, bis wir fertig waren. Wir brauchten doch jemanden, der sich anschließend um das Mädchen kümmert und die 110 anruft. Offiziell hat er ganz alleine seine Tochter gefunden. Damit wir raus sind aus der Sache. Uns gibt es nicht. Er weiß, wie wir es gemacht haben, falls er später lästige Fragen beantworten muss.»

«Wie seid ihr in die Wohnung gelangt?»

«Theo ist mitgekommen und hat uns aufgemacht. Du weißt ja, es gibt keine Tür, die er nicht binnen Sekunden aufkriegt.»

Morian wusste das nur zu gut. Er wollte gerade zur letzten Frage ansetzen, als Max sie offenbar erahnte.

«Kein Mario weit und breit. Schade. Hurl hatte sich schon so sehr auf eine Begegnung mit ihm gefreut.»

Morian konnte sich lebhaft vorstellen, wie diese Begegnung verlaufen wäre.

«Danke für deinen Anruf, Max.»

«Gern geschehen, Jo. Wir dachten uns, es sei besser, dich vorzuwarnen. Wer weiß, wie lange die Kölner Polizei braucht, um dich zu informieren. Ich wäre dir nur dankbar, wenn du aufpasst, dass die Polizei jetzt nicht unnötig heftig an der Legende rüttelt und in Zweifel zieht, dass der Vater seine Tochter gefunden hat. Denn das wird deine Kölner Kollegen natürlich mächtig ärgern, dass sie jetzt bei ihren Vorgesetzten dastehen wie die Deppen. Weil der Amateur Carstensen schneller war als sie.»

«Dann sollte der Medien-Profi Carstensen vielleicht im Gegenzug die Öffentlichkeit raushalten.»

«Keine Sorge. Wir haben eine Abmachung mit ihm. Schau

nur, dass sich jemand um die Kleine kümmert. Sie braucht dringend psychologische Betreuung. Sie war schätzungsweise 36 Stunden lang an einen Toten gefesselt, und außerdem hat sie diesem Psychopathen in die Augen geschaut. Ich glaube, das Schwein hatte vor, sie einfach verdursten und verhungern zu lassen. Wie weit bist du eigentlich mit...»

Morian unterbrach die Verbindung wortlos, als Ludger Beyer das Besprechungszimmer betrat.

«Stör ich?»

«Nein. Was gefunden?»

«Volltreffer. Reinhard Löffler hat als Kind vier Jahre in dem Haus gelebt. Von seinem elften bis zu seinem fünfzehnten Lebensjahr. Mit seiner Mutter. Ein Stockwerk unter Werner Fricks Familie. Dann ist seine Mutter mit ihm umgezogen. In den...»

«...Meisenweg.»

«Woher weißt du das?»

«Später. Das erklärt jedenfalls, warum Löffler und Frick nicht zusammen in der Grundschule waren.»

«Ja. Während der Grundschulzeit und davor hat Reinhard Löffler mit seiner Mutter in einem der Betonsilos in der Londoner Straße gewohnt. Drüben in Auerberg. Kann man verstehen, dass sie da mit ihrem Sohn weggezogen ist. Sozialer Brennpunkt. Frag die Kollegen von der Trachtengruppe. Die werden fast jede Nacht gerufen. Diebstahl, Brüche, Schlägereien.»

«Deshalb ist Frau Löffler mit ihrem Reinhard da weg, weil ihr Sohn es später einmal besser haben sollte. Sie ist in die Wohnung in der Kölnstraße gezogen, hat ihren Sohn auf die Realschule statt auf die Hauptschule geschickt und ist vier Jahre später mit ihm in das Häuschen am Meisenweg gezogen, weil ihr der Umgang ihres Sohnes mit Werner Frick nicht gepasst hat.»

«Woher hast du deine Informationen, Morian?»

«Das sind keine Informationen, Ludger. Das sind bisher alles nur Vermutungen. Aber ich würde auf der Stelle meinen Volvo darauf verwetten, dass ich Recht behalte.»

«Toller Wetteinsatz. Klingt verlockend.»

Beyer setzte sich und schälte sich aus der kugelsicheren Weste. Er gehörte schleunigst ins Bett. Aber er blieb, ließ die Weste achtlos zu Boden fallen, stützte die Ellbogen auf die Tischplatte und massierte sich die Schläfen.

«Kopfschmerzen? Willst du ein Aspirin? Ich müsste noch welche im Schreibtisch haben.»

«Danke. Hab eben schon eine genommen, in meinem Büro. Müsste bald besser werden.»

Morian konnte zuschauen, wie Beyers Gehirn auf Hochtouren lief.

«Nun sag schon.»

«Der Name, Morian. Ich bin eben erst draufgekommen, als ich am Computer die Liste für dich durchging. Vielleicht ist es ja auch nur eine zufällige Namensgleichheit.»

«Nun rück schon raus mit der Sprache.»

«Wir haben uns doch immer gefragt, wie Mario an all die Informationen über seine Opfer kommt.»

«Ja. Und?» Die Büroklammer in Morians Händen zerbrach. Am liebsten hätte er Beyer an den Schultern gepackt und geschüttelt, damit er endlich zur Sache kam.

«Als ich das erste Mal ins Stadthaus bin ... also bevor ich später nochmal mit diesem Computer-Experten vom Landeskriminalamt hingefahren bin ... natürlich haben die zuerst einen tierischen Wind gemacht wegen Datenschutz und so ... aber dann sind sie mit der Sprache rausgerückt ... war ihnen echt peinlich, das einzugestehen ... dass sie mir momentan leider nicht helfen können, weil der Einzige in dieser riesigen Behörde, der alle elektronischen Fäden in der Hand hält, der

Einzige, der Verbindungen zwischen den einzelnen Dateien der verschiedenen Ämter der Stadtverwaltung herstellen kann, dass der leider kurzfristig Urlaub nehmen musste, dringende Familienangelegenheit, seine Mutter ist gestorben...»

Morian hielt den Atem an.

«Der Systemadministrator der Bonner Stadtverwaltung. Rate mal, wie der Typ heißt: Reinhard Löffler.»

In diesem Augenblick klingelte Morians Handy.

«Von wegen zu dicker Hintern und zu kurze Beine und zu kräftige Waden. Mein lieber Josef, ich kann mich vor Heiratsanträgen kaum noch retten. Außerdem habe ich soeben mein erstes Blind Date ausgemacht.»

Trotz des euphorischen Untertons klang ihre Stimme genauso übermüdet wie die von Beyer. Morian merkte, wie seine rechte Hand, die das Handy ans Ohr presste, zu zittern begann.

«Antonia, höre mir jetzt genau zu: Du rührst dich nicht von der Stelle. Du bleibst in deiner Wohnung. Du rührst auch die Tastatur des Computers nicht mehr an. Das ist ein Befehl, verstanden? Ich bin in zwanzig Minuten bei dir.»

Was brauchte eine 16-Jährige an persönlichen Dingen im Krankenhaus? Curt Carstensen hatte keine Ahnung. Seine Gedanken kapriolten wie Pingpongbälle durch sein Gehirn, während die Autos um ihn herum hysterisch hupten. Es fiel ihm schwer, sich zu konzentrieren, er übersah Stoppschilder und rote Ampeln und vergaß das Blinken beim Abbiegen, er nahm die vor Wut verzerrten Fratzen hinter den Windschutzscheiben wahr, als säße er in einem absurden Theaterstück. Duschzeug. Zahnbürste und Zahnpasta natürlich. Eine Haarbürste. Shampoo. Ein Deo. Eine Nagelfeile vielleicht? Sicher irgendeine Hautcreme. Welche Marke? Schlafanzug. Trugen

16-Jährige heutzutage überhaupt Schlafanzüge? Tampons. Welche Größe?

Curt Carstensen wollte alles richtig machen, alles gut machen, alles rasch besorgen, während sie schlief, scheinbar so friedlich wie das kleine Mädchen, das er einmal gekannt hatte, wären da nicht diese Infusionsbeutel an dem Gestänge über ihrem Bett und die Kanülen und die Schläuche, die in ihrem Körper verschwanden. Dehydrierung. Aber das Schlimmste sei der Schock, sagten die Ärzte. Sie hatten ihr ein Beruhigungsmittel gegeben. Er wollte wieder zurück sein, bevor sie aufwachte. Also trat er aufs Gaspedal. Waschlappen? Unterwäsche. Was für Unterwäsche? Natascha müsste das wissen. Natascha musste ihm helfen. Was Natascha nicht ausleihen konnte, würde er eben kaufen. Natascha musste ihm eine Liste machen. Dabei war alles perfekt gepackt gewesen in Evas Koffer. Doch der war von der Polizei beschlagnahmt worden, wie alles andere in dieser schrecklichen Wohnung, in der sie Eva am frühen Morgen gefunden hatten.

Curt Carstensen trat auf die Bremse, sprang aus dem Wagen und rannte die Treppe hinauf. Drinnen klingelte das Telefon Sturm.

«Ja?»

«Wo ist meine Tochter?»

Theresa. Meine Tochter, deine Tochter.

«Sie ist im Krankenhaus. Ich habe dir die Adresse doch schon als SMS auf dein Handy geschickt. Da musst du nur ab und zu mal reingucken. Kurzmitteilungen, Eingang. Theresa, kannst du mir vielleicht sagen, was Eva jetzt im ...»

Sie hatte aufgelegt.

Socken. Ja, Socken. Pantoffel? Oder Badeschuhe?

«Natascha?»

Sie war nicht da. Er hatte schon vom Krankenhaus aus versucht, sie auf ihrem Handy zu kriegen, aber da war sofort die

Mailbox angesprungen. Er hatte alles der Mailbox erzählt, weil das immer noch besser war, als mit niemandem zu reden.

Handtücher.

Das war wenigstens ein Anfang. Er wusste, wo die Putzfrau die Handtücher lagerte. Eine Tasche. Er brauchte eine große Tasche, um alles zu verstauen. Oder einen Koffer.

Der Schlüssel drehte sich im Schloss.

Natascha.

Sie war nicht allein.

Zwei Männer.

Der eine trug eine Kamera auf der Schulter, der andere wuchtete einen schweren Alukoffer über die Schwelle. Die beiden Männer hatten ihn ebenso wenig bemerkt wie Natascha. Sie sahen sich um, als wollten sie die Wohnung kaufen.

«Ach du Scheiße. Alles Glas. Viel zu viel Tageslicht. Natascha, Schätzchen, wo kriegen wir Saft für die Scheinwerfer? Sollen wir ihn gleich abschießen, wenn er die Tür reinkommt?»

«Natascha?»

Die beiden Männer zuckten zusammen, als wären sie soeben beim Diebstahl erwischt worden.

Nicht so Natascha. Sie setzte ein Lächeln auf, das die Antarktis zum Schmelzen bringen konnte.

«Liebling. Du bist schon da? Wie geht es unserer kleinen Eva?»

«Was soll das hier, Natascha?»

«Liebling! Ich bitte dich!» Sie schüttelte ungläubig den Kopf, als sei sie schier entsetzt über so viel Naivität.

«Natascha? Ich fragte dich: Was soll das hier?»

Natascha schaltete blitzschnell um und änderte ihre Taktik. Darin war sie Meisterin. Sie schob ihr Becken vor und schritt in Zeitlupe auf ihn zu, als sei die Wohnhalle ein Laufsteg. Sie trug den schwarzen, engen, unglaublich kurzen Rock, den

Curt Carstensen so sehr an ihr mochte, darunter blickdichte schwarze Strümpfe und ihre hohen Lederstiefel. Carstensen registrierte noch, wie die beiden Männer ihr auf den wohl geformten Hintern starrten. Carstensen wusste genau, warum sie so starrten, weil er selbst schon tausendmal so gestarrt hatte, wie das Kaninchen die Schlange anstarrte, hilflos, machtlos, hemmungslos, er wusste nur nicht, ob sie ihren perfekten Hüftschwung in diesem Augenblick für ihn einsetzte oder für ihre beiden Kollegen. Oder für alle. Bevor er registrieren konnte, was sie oberhalb der Stiefel und des Rocks und des Pailletten-Gürtels trug, war sie ihm schon so nahe, dass er nur noch ihre Augen und ihren großen, roten Mund sehen konnte. Sie war ihm so nahe, dass er ihre Hand auf seiner Brust nicht sehen, sondern nur spüren konnte.

Es tat weh.

«Liebling, ganz Deutschland wartet sehnsüchtig auf die ersten Fernsehbilder von jenem Mann, der seine geliebte Tochter soeben den Fängen eines grausamen Psychopathen entrissen hat... und du fragst, was das hier soll?»

Er spürte durch sein verschwitztes Hemd fünf glühende Nadeln statt ihrer Finger.

«Schick die Typen weg. Bevor ich sie eigenhändig rauswerfe.»

«Was? Nun sei nicht albern.»

«Hast du nicht verstanden, was ich gesagt habe?»

Sie nahm die Hand von seiner Brust und fuhr sich damit durchs Haar. Die fünf glühenden Einstiche blieben und brannten sich immer tiefer in sein Herz.

Der Kameramann räusperte sich. «Natascha, Schätzchen, wir warten draußen vor der Tür. Oder sollen wir schon mal ins Krankenhaus fahren?»

«Meine Herren, wenn Sie es wagen sollten, meine Tochter zu filmen, schlage ich Sie tot. Kapiert?»

Natascha lachte auf, viel zu laut, warf ihren Kopf in den Nacken, stemmte die Hände in die Hüften und blies eine Locke aus ihrer Stirn. Die beiden Männer schlichen hinaus.

«Ich habe dich schon heute Morgen in der Themenkonferenz angekündigt, Liebling. Du wirst mich doch jetzt nicht vor meinem Chef bis auf die Knochen blamieren, oder?»

«Mich angekündigt? Was hast du angekündigt?»

«Na, dass ich eine Homestory mitbringe. Und ein Interview mit dir. Muss ja nicht lang sein, Liebling. Ich verstehe doch, dass du noch ganz durcheinander bist. Ein paar kurze Sequenzen in der Wohnung, nur im Off, wenn du willst, und ein paar O-Töne. Nur zwei, drei Sätze von dir. Das ist alles. Hab dich doch nicht so.»

«Verschwinde, Natascha.»

«Natürlich. Nur ein paar O-Töne, und dann bin ich auch schon weg. Und das mit dem Krankenhaus machen wir natürlich nicht, da passe ich schon auf... obwohl mein Chef...»

«Natascha, du hast mich nicht verstanden. Ich möchte, dass du gehst. Für immer.»

«Liebling, du bist abgespannt, du bist...»

«Natascha, ich will, dass du noch heute aus meinem Leben verschwindest. Ich fahre jetzt ins Krankenhaus. Wenn ich heute Abend zurückkomme, sind deine Sachen verschwunden, und dein Hausschlüssel liegt hier auf diesem Tisch. Dann überweise ich dir noch heute Abend zehntausend Euro auf dein Konto. Das müsste wohl für den Neustart reichen.»

Ihr Mund war immer noch ein einziges verlockendes Lächeln. Aber ihre Augen waren voller Hass.

«Adieu.»

Er ließ sie stehen und ging.

Er hörte deutlich, was sie sagte, als er die Hand auf die Türklinke legte, auch wenn sie es nicht besonders laut sagte.

«Das wirst du noch bitter bereuen!»

Er hielt inne, aber er drehte sich nicht zu ihr um.

«So wie Guido van den Bosch?»

Er hatte sie noch nie sprachlos erlebt.

«Natascha, ich war dir zwar völlig verfallen, deiner Jugend, deiner Schönheit. Aber ich bin nicht blöd. Ich weiß sehr genau, welches Spiel du damals gespielt hast. Mit ihm. Und mit mir. Ich hatte es von Anfang an gewusst. Ich habe damals meinen besten Mann gefeuert, seine berufliche Existenz zerstört, nur um weiter mit dir leben zu können. Mit dir und mit dieser Lüge. Ich wusste, dass er sich nicht für Frauen interessiert. Du wolltest Guido vernichten. Weil er dich zurückgewiesen hat. Du wolltest deine Rache. Sein Leben zerstören. Und ich hirnverbrannter Idiot habe mitgespielt. Du hast keine Ruhe gegeben, bis er zerstört am Boden lag. Ist es dir danach besser gegangen, Natascha? Ich hätte bis dahin gar nicht für möglich gehalten, dass es auch weibliche Stalker gibt. Aber du, Natascha, du bist der lebende Beweis.»

Er schloss die Tür hinter sich.

Curt Carstensen atmete tief durch, atmete gegen den plötzlichen Schwindel an. Er musste sich jetzt um seine Tochter kümmern. Er würde kurz beim Supermarkt halten und ein paar Sachen einkaufen. Oder doch besser Douglas? Keine Ahnung. Alles würde sich finden. Und von unterwegs würde er seine Putzfrau anrufen, damit sie den Rest besorgte. Sie hatte eine Tochter ungefähr in Evas Alter. Sie würde wissen, was Eva brauchte.

Und morgen würde er Guido van den Bosch anrufen.

An der Tür hing ein Zettel. Darauf stand:

«Bitte klopfen! Klingel kaputt!»

Also klopfte Morian.

Nichts rührte sich. Kein Lebenszeichen. Also klopfte Morian ein zweites Mal, diesmal heftiger, schließlich trommelte er mit der Faust gegen die Tür und stellte da erst fest, dass sie nicht verschlossen war. Von innen war lediglich ein leerer Mineralwasserkasten gegen die Tür geschoben worden, um sie notdürftig geschlossen zu halten.

Antonia Dix saß mit dem Rücken zu ihm an ihrem Schreibtisch und starrte auf die Monitore. Morian riss ihr wütend den Kopfhörer von den Ohren.

«Josef! Du hast mich beinahe zu Tode erschreckt!»

«Das Wort beinahe könntest du jetzt streichen, wenn Mario schneller als ich gewesen wäre. Mit dem Kopfhörer auf den Ohren hättest du ihn jedenfalls nicht kommen gehört. Was ist mit deiner Tür? Bist du eigentlich lebensmüde?»

«Also um deine Fragen der Reihe nach zu beantworten: Mario weiß nicht, wer ich bin, und hat demnach wohl kaum meine Adresse. Die Tür ist kaputt; ich habe den Hausverwalter schon zweimal deswegen angerufen, und mit Musik kann ich mich besser ablenken. Dieser Fleischmarkt hier im Internet geht mir nämlich langsam auf die Nerven. Noch was?»

«Antonia, ich breche diese Lockvogel-Nummer auf der Stelle ab, wenn wir uns nicht auf ein Minimum an Sicherheitsregeln einigen können. Haben wir uns verstanden?»

Antonia stand auf und ging zum Kühlschrank.

«Willst du was trinken?»

«Nein!»

«Was ist los, Josef?»

Morian ließ sich im Mantel auf das pinkfarbene Sofa unter dem Hochbett fallen, bevor er antwortete.

«Vielleicht haben wir ihn.»

«Was? Wer ist es?»

«Er heißt Reinhard Löffler. Von Beruf Computer-Spezialist bei der Bonner Stadtverwaltung.»

Antonia nahm eine Flasche Mineralwasser aus dem Kühlschrank und goss sich das Glas randvoll. Morian beobachtete sie, wie sie das Glas an den Mund setzte und austrank, Schluck für Schluck, ohne es auch nur ein einziges Mal abzusetzen. Sie trug ein olivgrünes T-Shirt, das für den Polizeisportverein warb, und darunter Boxershorts mit aufgedruckten Teddybären. Morian betrachtete ihren durchtrainierten Körper, ihre muskulösen Arme und Beine. Jeder Einbrecher würde es sich dreimal überlegen, sich mit ihr anzulegen.

Aber Mario war anders.

Und plötzlich wurde Morian zum ersten Mal deutlich, wie sehr sie ihm im Lauf der vergangenen zwei Jahre ans Herz gewachsen war, und er hatte ganz plötzlich große Angst um sie, so wie ein Vater um seine Tochter.

Antonia stellte das leere Glas auf den Kühlschrank, wischte sich mit dem Handrücken über den Mund, verschränkte die Arme vor der Brust und grinste.

«Was ist? Machst du dir etwa Sorgen um mich?»

«Quatsch. Wie kommst du darauf?»

«Computer-Spezialist bei der Stadtverwaltung. Das würde vieles erklären. Wie er zum Beispiel problemlos an alle persönlichen Daten der Frauen gekommen ist. Alle Opfer, die wir kennen, wohnen in Bonn. Lassen wir ihn observieren?»

«Nein. Jedenfalls jetzt noch nicht. Er ist zu schlau. Er würde es merken. Psychopathen können so was riechen. Beyer ist übrigens derselben Meinung wie ich.»

«Na dann.»

«Sei nicht so spöttisch, Antonia. Beyer ist der mit Abstand beste Observierer, den wir haben. Er hat übrigens den Türken kassiert.»

«Glückwunsch.»

«Außerdem haben Max und Hurl das Mädchen gefunden.»

«Eva Carstensen? Lebt sie? Und ihr Freund ist tatsächlich tot?»

«Ja.» Mehr sagte Morian nicht.

«Also hatte Ansgar Unrecht.»

«Womit?»

«Mit der Deutung des ersten Fotos. Das Foto am Rheinufer. Ansgar hatte doch darauf getippt, die Entführung sei von dem Mädchen beziehungsweise ihrem Freund fingiert.»

«War sie auch. Die Kölner Kollegen haben in der Wohnung gepackte Koffer und zwei auf Eva Carstensen und Jan Kreuzer ausgestellte Flugtickets nach Ibiza gefunden. Wir wissen noch nicht, wie, aber irgendwie muss Mario herausgefunden haben, wer ihm da ins Handwerk pfuschen wollte. Das hat in ihm offenbar den Zwang ausgelöst, die fingierte Entführung nachträglich zu einer echten Entführung umzuwandeln, zu seinem eigenen Werk. Er hasst es, wenn er die Kontrolle über das Geschehen verliert. Wenn sich die Spielfiguren auf seinem Schachbrett selbständig machen. So wie Martina Hahne mit ihrem Selbstmord. Oder Dagmar Losem mit ihrem Geständnis. Oder Theresa Carstensen mit ihrem Auftritt im Savoy. Die erste Frau übrigens, der er nicht gewachsen war. Die sich nicht zum Opfer machen ließ. Jetzt wollte er die Chance nutzen, sich an ihr zu rächen. Wir wissen nur noch nicht, welche Verbindung zwischen Jan Kreuzer und Mario bestand. Erwin Keusens Leute sind gerade dabei, die Computer von Theresa Carstensen und Jan Kreuzer zu durchforsten. Wenn deren Möglichkeiten nicht reichen, bringt Erwin die Computer noch heute zum LKA nach Düsseldorf.»

«Und was nun, Josef?»

«Zeig mir doch mal deine zahlreichen Verehrer.»

Der Dealer war inzwischen auf die Idee gekommen, einen Anwalt zu verlangen. Nicht irgendeinen. Er zauberte eine Visitenkarte aus der Innentasche seines Armani-Anzugs.

Eine Kanzlei in Köln. Mit einem ausgezeichneten Ruf in der Branche. Der Dealer sagte fortan kein Wort mehr und starrte schweigend die Nadelstreifen auf seinen Knien an, bis 42 Minuten später gleich drei Anwälte der Kanzlei das Vernehmungszimmer betraten. Sie unterschieden sich zumindest äußerlich kaum von ihrem neuen Mandanten, von den seidenen Krawatten bis zu den von Hand genähten Schuhen, und äußerten augenblicklich und wortreich ihr blankes Unverständnis über den ihrer Ansicht nach dem Untergang des Rechtsstaates nahe kommenden Umstand, dass die Bonner Kriminalpolizei dem türkischen Staatsbürger noch nicht längst einen Dolmetscher zur Seite gestellt hatte. Obwohl der Mann 42 Minuten zuvor noch einwandfrei und flüssig Deutsch gesprochen hatte.

Jetzt war Ludger Beyers spezielle Vernehmungstechnik noch weniger gefragt als bereits zuvor.

Also vertrieb sich der Oberkommissar der Drogenfahndung in der Kantine ein wenig die Zeit mit dem erneuten Studium des dünnen Schnellhefters, in den mühelos das magere Ergebnis seiner mühevollen Versuche gepasst hatte, Werner Fricks Vorleben und mögliche Verbindungen zu Mario zu durchleuchten, während er lustlos ein Schnitzel Wiener Art mit Pommes Frites und gemischtem Salat verzehrte.

Am 30. April war Werner Frick mit seinem Mercedes um 23.46 Uhr im Godesberger Tunnel von einer stationären Radarfalle geblitzt worden. Auf das Protokoll waren Beyer und der LKA-Mensch bei ihrer Odyssee durch die Ämter der Bonner Stadtverwaltung eher zufällig gestoßen. Auf dem Beweisfoto war Frick dank der Minipli-Frisur unschwer zu identifizieren.

Gleich drei Radarfallen gab es in dem Tunnel. Wie dämlich musste ein Mensch sein, der schon ewig in Bonn wohnte und diese Radarfallen nicht kannte?

30. April. Tanz in den Mai. Im Rheinland ein Festtag vor dem gesetzlichen Feiertag. Wahrscheinlich wollte Werner Frick gerade die Party wechseln. Wahrscheinlich war er zu diesem Zeitpunkt bereits sturzbetrunken gewesen. Da hatte er verdammtes Glück gehabt, dass er nicht in eine ambulante Radarfalle der Polizei oder gleich in eine Alkoholkontrolle gerauscht war.

Das Schnitzel war zäh wie Leder. Tempo 50 war im Tunnel erlaubt. Werner Frick war mit 138 Stundenkilometern geblitzt worden. Nicht schlecht. Ludger Beyer stocherte mit der Gabel in seiner rechten Hand im Salat und blätterte mit der linken Hand weiter. Er hatte sich Werner Fricks beeindruckenden Punktestand vom Kraftfahrtbundesamt in Flensburg faxen lassen. Kein Zweifel. Den Führerschein wäre er los gewesen. Schätzungsweise für ein Jahr. Und danach der Idiotentest. Ludger Beyer hatte große Zweifel, ob Werner Frick den bestanden hätte.

Der Schrotthändler wäre also unweigerlich ein Jahr lang zu Fuß gegangen und brav mit dem Bus gefahren.

War er aber nicht.

Ludger Beyer blätterte noch einmal den kompletten Schnellhefter von vorne bis hinten durch. Dann griff er zu seinem Handy und wählte die Nummer der zuständigen Abteilung bei der Staatsanwaltschaft. Er konnte es ganz gut mit der Sekretärin dort. Sogar sehr gut. Aber das war schon eine Weile her. Sie war nett, sie war einsam, sie war acht Jahre älter als er, und sie kochte phantastisch. Er hatte sich vor einem halben Jahr mal von ihr zum Essen einladen lassen und war erst morgens wieder gegangen.

Er hatte sich seither nicht mehr bei ihr gemeldet.

Sie stellte selbst jetzt keine lästigen Fragen, als sei nie etwas gewesen, sondern versprach, sofort in den Akten nachzuschauen und ihn zurückzurufen, nur leider könne sie seine

Nummer nicht auf dem Display ablesen, warum er denn um Gottes willen die Ruferkennung abgeschaltet habe. Und ob man nicht vielleicht bei Gelegenheit nochmal was zusammen unternehmen sollte, einfach so, außerdienstlich. Beyer schien es, als könne er ihre Einsamkeit und ihre Verzweiflung durchs Telefon hören. Er nannte seine Handynummer.

Sie rief tatsächlich in weniger als fünf Minuten zurück und erzählte ihm alles, was er wissen wollte. Nämlich nichts. Beyer wusste, sie würde ihn in absehbarer Zeit wieder anrufen, abends, auf seinem Handy, außerdienstlich, und ihm dann vieles erzählen, was er gar nicht so genau wissen wollte.

«Danke für deine Mühe.»

«Gern geschehen. Also dann: bis bald mal.»

So viel stand fest: Werner Frick war wegen des schweren und wiederholten Verstoßes gegen die Straßenverkehrsordnung niemals belangt worden. Die Information war nie bei der Staatsanwaltschaft angekommen. Sie war in den Computern der Bonner Stadtverwaltung versickert.

Was konnte es für einen Menschen vom Zuschnitt Werner Fricks wohl Schlimmeres geben, als ein Jahr lang nicht mehr mit seinem schicken Mercedes durch die Gegend cruisen zu können?

Nichts, rein gar nichts.

Wer auch immer Werner Frick den Führerschein gerettet hatte, konnte sich fortan seiner grenzenlosen Dankbarkeit gewiss sein.

Und seiner völligen Abhängigkeit.

Reinhard Löffler, du kleine Ratte.

Jetzt kriegen wir dich.

86 Männer wollten Sonja unbedingt kennen lernen. Auf dem linken der drei Monitore aktualisierte das Landeskriminalamt permanent die jüngsten Erkenntnisse der elektronischen Rasterfahndung.

23 der Männer, die vorgaben, einsame Singles zu sein, waren in Wahrheit verheiratete Familienväter. Vielleicht waren sie dennoch einsam, aber sie passten nicht in Marios Profil.

«Schmeiß sie raus», sagte Morian.

Antonia Dix warf sie aus der Excel-Tabelle.

Vier Männer standen mit der deutschen Sprache auf Kriegsfuß, weil es nicht ihre Muttersprache war.

«Schmeiß sie raus.»

Antonia warf sie raus.

Sieben Männer waren nach den Ermittlungen des LKA noch gar keine Männer, sondern pubertierende Schüler, der jüngste 13 Jahre alt. Morian las die Texte und staunte.

«Hatten wir auch solche Phantasien in dem Alter?»

Antonia lachte und warf sie raus.

«Die Phantasien vielleicht. Aber nicht das Selbstbewusstsein.»

Zwölf Männer hatten schon vor geraumer Zeit die wohlverdiente Rente eingereicht. Ihre Phantasien waren denen der pubertierenden Schüler erstaunlich ähnlich.

«Ciao», sagte Antonia und warf sie raus.

Drei Männer waren keine Männer, sondern Frauen, die eine gleichgeschlechtliche Liebesbeziehung suchten und sich auch von Sonjas höflich formuliertem Hinweis, sie stehe leider nur auf Männer, nicht davon abhalten ließen, ihr zu versichern, die wahre sexuelle Erfüllung gebe es nur zwischen Frauen.

«Sorry», sagte Antonia und warf sie raus.

14 der noch verbliebenen Männer in der Liste zeigten offenbar keinerlei Sorge, enttarnt zu werden. Sie benutzten eine

E-Mail-Adresse ihres eigenen Providers. Zum Teil beinhaltete die E-Mail-Adresse sogar ihren echten Familiennamen.

Das würde Mario niemals tun.

«Schmeiß sie raus.»

Antonia warf sie raus.

Schließlich strichen sie noch einen Ex-Bonner, der seit acht Jahren in Argentinien lebte, und einen Rollstuhlfahrer aus der Liste. Mit einem Rollstuhl hätte Mario weder in Dagmar Losems noch in Jan Kreuzers Wohnung eindringen können.

Blieben noch 21 Namen.

«Das sind immer noch zu viele, Josef.»

«Kann man wohl sagen. Wie viele von den verbliebenen 21 haben sich mit einem Foto im Netz präsentiert?»

Antonia zählte durch.

«Sieben.»

«Schmeiß sie raus.»

«Wieso? Wenn er einfach ein fremdes Foto genommen hat?»

«Ist nicht sein Stil.»

«Sein Stil?»

«Das hat er nicht nötig. Und bisher auch nicht getan. Er setzt allein auf die magische Anziehungskraft seiner Worte.»

«Okay, okay, ich werfe sie raus.»

«Bleiben 14. Ist der Typ, der dir das Blind Date vorgeschlagen hat, jetzt noch darunter?»

«Ja. Die Startnummer 44. Carlos.»

«Carlos?»

«Ja. So nennt er sich.»

Antonia rief auf dem mittleren Monitor die bisherige Korrespondenz mit Carlos auf.

«Meine Güte, Antonia. Habt ihr euch die ganze Nacht geschrieben?»

«Kann man so sagen. Man nennt das übrigens chatten, Josef.

Hat Spaß gemacht. Er kann mit Sprache umgehen. Er ist ein richtiger Spracherotiker. Meine Güte, ich kann dir sagen ...»

Aber sie sagte nichts. Morian sah das Blitzen in Antonias Augen, und das schürte erneut seine Angst um sie. Der Monitor zeigte jeweils nur einen Ausschnitt der Korrespondenz.

«Wo kann ich den Text rauf- und runterfahren?»

«Du meinst scrollen? Hier.»

träume, als würdest du ewig leben;
aber lebe, als würdest du noch heute sterben.

«Alle Achtung, Antonia. Auf den Spruch ist er ja total abgefahren. Ist der tatsächlich von dir?»

«Natürlich nicht», sagte Antonia, grinste und deutete auf den Stapel Bücher auf ihrem Schreibtisch. Obenauf lag ein dickes Zitat-Wörterbuch.

«Und von wem ist der Spruch tatsächlich? Klingt wie aus dem Poesie-Album meiner Großcousine.»

«Sei nicht so sarkastisch, Josef. Hast du denn gar keinen Sinn für Romantik? Das ist von James Dean. Das hat er kurz vor seinem Tod aufgeschrieben.»

«Mein Sinn für Romantik wird seit geraumer Zeit von einem psychopathischen Stalker ausgebremst. Was wissen wir über diesen Carlos?»

«So gut wie nichts. Das LKA hat die IP-Adresse des Rechners zurückverfolgt. Bis nach Lagos.»

«In Portugal?»

«Nein. Lagos, die Hauptstadt von Nigeria. Zugleich die Welthauptstadt der Internet-Kriminalität. Das kostet Leute, die wissen, wie's geht, nur ein paar Euro, und sie generieren aus Lagos neue IP-Adressen am laufenden Band. Das LKA hat schon das Bundeskriminalamt in Wiesbaden kontaktiert. Das BKA hat einen Kontaktmann in Lagos, den sie in Marsch setzen wollen. Ich verspreche mir nicht viel davon. Lagos hat 13 Millionen Einwohner. Schätzungsweise. So genau weiß das keiner. Eine der am schnellsten wachsenden Städte der Welt. Täglich stranden dort mehr als tausend Neuankömmlinge. Banden, die plündernd und mordend durch die Straßen ziehen. Achtjährige, die für Geld töten. Lynchjustiz. Nachts an einer roten Ampel anzuhalten bedeutet in manchen Vierteln den sicheren Tod. Sollte unser BKA-Mann dennoch die richtige Wellblechhütte in einem der Slums finden, heißt das immer noch nicht, dass der Kunde aus dem fernen Bonn dort mit Echtnamen registriert ist.»

«Was erzählt Carlos selbst über sich?»

«Dass er 36 Jahre alt ist, in Bonn wohnt, Germanistik studiert hat und ein Software-Unternehmen in Köln besitzt. Seine sexuellen Vorlieben spare ich jetzt einmal aus. Was er mit mir erleben will, würde dir nur unnötig die Schamesröte ins Gesicht treiben. Wenn Carlos unser Mann ist, besitzt er die Dreistigkeit, noch nicht einmal ab und zu seine Legende zu ändern.»

«Wann will er sich mit dir treffen?»

«Heute Abend. Um 19 Uhr.»

«Und wo?»

«Wo ich möchte. Die Entscheidung hat er mir überlassen. Nachdem ich darauf bestanden habe.»

«Sehr gut.»

Morian sah auf die Uhr.

«Das müsste reichen. Bist du bereit, Antonia?»

Wer vom Bonner Hauptbahnhof kommend bei ungemütlichem Herbstwetter trockenen Fußes das Einkaufsviertel jenseits des mittelalterlichen Münsters erreichen wollte, war gut beraten, den Weg durch die Kaiserpassage zu wählen.

Eine gewaltige Dachkonstruktion aus Glas schützte die Passanten vor Regen, Kälte und Autolärm, und es war wesentlich angenehmer, sich unterwegs die Auslagen in den Schaufenstern der Boutiquen anzuschauen, als ständig mit gesenktem Blick auf die schmutzig grauen Pfützen oder auf das Spritzwasser der Busse beim Warten an der Fußgängerampel achten zu müssen.

Die Kaiserpassage hatte vier Eingänge. Die beiden kreuzförmigen, von Treppen, Nischen und verschachtelten Sackgassen gesäumten Hauptwege weiteten sich an ihrem Schnittpunkt zu einem Platz, dessen Mittelpunkt das ‹NT› bildete, ein beliebtes, mediterran ausstaffiertes Szene-Café mit Außengastronomie. Dank des Glasdaches in luftiger Höhe und der vor dem Café um die Tische und Stühle gruppierten Heizstrahler ließ sich dort die wehmütige Erinnerung an den letzten Sommer bis weit in den Herbst konservieren.

Außer heute.

Sehr zum Verdruss der Stammgäste standen die Stühle gestapelt und angekettet in einer Ecke des Platzes, und innen waren zwar erstaunlich viele Tische unbesetzt, aber reserviert. Vielleicht lag es an dem komplett ausgewechselten Personal, dass heute nicht alles so reibungslos funktionierte wie gewohnt. Niemand von ihnen, weder der Barmann noch die beiden Kellnerinnen, hatten jemals zuvor auch nur einen einzigen Tag ihres Lebens in der Gastronomie gearbeitet.

Sie wollten auf Nummer sicher gehen. Kein Risiko eingehen. Dass irgendein neugieriger Passant oder zufälliger Gast bei dem Einsatz verletzt oder gar getötet wurde, fehlte gerade noch. Ein Querschläger, eine Geiselnahme: Es gab unendlich viele unkalkulierbare Möglichkeiten.

Dennoch hatten sie sich für das Café und die belebte Passage mitten in der Stadt entschieden. Sie brauchten eine Falle, die auf keinen Fall wie eine Falle wirkte.

Um zwanzig vor sieben betrat Antonia Dix das Café und steuerte auf einen der drei unbesetzten Tische in der Mitte des Raumes zu. Niemand beachtete sie. Obwohl jeder im Raum sie kannte. Die Menschen an den Tischen entlang der Fensterfront und an den ockerfarben marmorierten Kopfwänden starrten gelangweilt in ihre Kaffeetassen oder lasen Zeitung, sofern sie alleine waren, oder unterhielten sich leise miteinander, sofern sie zu zweit waren.

Antonia setzte sich und sah auf die Uhr.

Eine der beiden Kellnerinnen nahm Antonias Bestellung entgegen und gab sie an den Barmann weiter. Der griff in den Kühlschrank, wischte sich die feuchten Hände an der langen Schürze trocken, um den Verschluss der Flasche aufzubekommen, füllte ein Glas mit Mineralwasser und stellte es auf den Tresen.

Die Kellnerin brachte es Antonia.

Antonia trank einen Schluck.

Nur der Koch war nicht ausgetauscht worden. Morian hatte ihm eine Weile bei der Arbeit in der Küche zugeschaut. Jetzt aber hatte Morian nur noch Augen für die Monitore der Videokameras. Und Ohren für das winzige Mikrophon, das am Kragen von Antonias Jacke befestigt und mit einem Sender an ihrem Gürtel verkabelt war. Alles funktionierte einwandfrei. Erwin Keusen hatte saubere Arbeit geleistet. Morian konnte über die drahtlosen Kopfhörer des Headsets sogar Antonias nervöses Schlucken hören.

«Alles in Ordnung?»

Antonia nickte einmal kurz in Richtung Kamera.

«Das Band läuft schon. Du musst ihn nur zum Reden bringen. Den Rest erledigen wir dann.»

Antonia nickte erneut.

«Einsatzleitung? Hier Eingang zwo.»

«Was gibt's?»

«Hier ist gerade jemand mit irrem Tempo an mir vorbeigehetzt, der könnte es sein. Er sieht aus wie der auf dem Phantombild. Allerdings konnte ich ihn nur ganz kurz...»

«Eingang zwo, danke und Ende.»

Dann hatte Morian ihn für zwei Sekunden auf dem Schirm. Ungünstiger Winkel. Ja, er könnte es sein. Er hatte den Eingang jenseits des Münsters genommen. Der kürzeste Weg. In zwanzig Sekunden wussten sie mehr.

«Einsatzleitung hier. Es geht los.»

Durch die Tür des Cafés trat ein kleiner, schlanker Mann mittleren Alters mit einem Schnäuzer. Nur ein dunkler Haarkranz umrahmte seinen runden, kahlen Kopf. Er trug eine randlose Brille und einen dunkelblauen Regenmantel, darunter einen dunkelgrauen Anzug und eine dunkelblaue Krawatte.

Er blieb stehen und blickte sich verlegen um.

Antonia sah gelangweilt an ihm vorbei, als sei er Luft.

Perfekt, Antonia. Auf so einen Typen hast du nun wirklich nicht gewartet, nach all dem, was er dir geschrieben hat. Und das weiß er. Damit rechnet er. Morian wischte sich die schweißfeuchten Hände an seinen Hosenbeinen trocken, während er in den Monitor starrte und der Koch mit den Töpfen klapperte. Nun mach schon, du Dreckskerl, du kennst sie doch, du hast sie doch schon auf dem Foto gesehen, im Internet. Ein kurzer Blick, und der Koch wagte nicht mehr, auch nur einen Löffel anzurühren.

«Entschuldigung ... sind Sie ...?»

Antonia schenkte ihm nichts als ein Stirnrunzeln.

«Tut mir Leid, aber der Platz ist besetzt. Ich erwarte noch jemanden. Er müsste jeden Moment ...»

«Ja, mich!»

Antonias Augenaufschlag war großartig. Eine Mischung aus Überraschung und blankem Entsetzen.

«Dann sind Sie also...»

«Carlos. Und Sie sind Sonja. Wenn Sie mir die Bemerkung gestatten: Sie sind in natura noch viel schöner als auf dem Foto. Darf ich mich setzen?»

Antonia nickte geschmeichelt. Der Mann setzte sich und behielt seinen Mantel an. Was soll das denn? Warum legst du den Mantel nicht ab? Was hast du vor?

«Ludger! Der Mantel! Behalt seine Hände im Auge!»

Ludger Beyer, der Barmann, nickte kaum merklich und begann, mit einem Lappen die Theke zu polieren.

«Wenn Sie mir die Frage gestatten: Heißen Sie tatsächlich Sonja? Ein schöner Name. Ich finde, die skandinavischen Frauennamen haben alle so etwas Sinnliches, Betörendes.»

«Und Sie? Sie heißen doch nicht Carlos, oder?»

Zu plump, Antonia. Zu schnell.

«Wie? Natürlich nicht. Ich verstehe nicht ... Sie wollten doch unbedingt, dass ich mich...»

Die Kellnerin trat an den Tisch, unterbrach die Unterhaltung und versperrte der Kamera und Morian das Sichtfeld. Verdammt. Sie hatten doch vorher ganz genau abgesprochen, wo sie zu stehen hatte, um die Bestellung aufzunehmen.

«Ludger, mir ist die Sicht versperrt. Hast du sie noch im Blick?»

Beyer nickte, während er die Theke polierte.

«Einen Rotwein. Was können Sie mir empfehlen?»

Irgendwas lief hier gründlich schief. Scher dich endlich aus dem Bild. Was war das eben mit dem Namen? Was wollte Sonja unbedingt? Dass er sich Carlos nannte?

«Hausmarke? Aber Sie müssen doch wissen, welcher Wein sich hinter Ihrer Hausmarke verbirgt, oder nicht? Die Rebsorte. Die Lage. Der Jahrgang.»

Sag doch was. Gib ihm doch irgendeine Antwort. Damit er endlich Ruhe gibt und Antonia weitermachen kann.

«Dann fragen Sie gefälligst nach!»
Endlich.
Freie Sicht.
«Wie meinten Sie das eben? Was wollte ich unbedingt?»
Dann ging alles ganz schnell.
Der Mann griff plötzlich in seinen Mantel. Beyer war mit einem Satz auf der Theke und sprang. Morian sah ihn auf dem Monitor durch den Raum und über den Tisch fliegen. Bevor der Mann seine Hand wieder aus dem Mantel winden konnte, schlugen Beyers Pranken in seine Brust. Der Mann kippte mitsamt dem Stuhl nach hinten, der Stuhl zerbarst unter der Last.

Morian hetzte aus der Küche.

Beyer kniete inzwischen auf dem Rücken des Mannes und legte ihm Handschellen an. In seiner rechten Hand hielt der Mann immer noch krampfhaft fest, was er aus dem Inneren seines Mantels befördert hatte.

Kein Revolver.
Kein Messer.
Keine Rasierklinge.
Sondern ein gefaltetes Stück Papier.

Sie brachten ihn schleunigst ins Präsidium, um nicht noch länger als nötig öffentliches Aufsehen zu erregen. Es reichte schon vollauf, dass sich ein Dutzend Passanten die Nase am Fenster platt gedrückt und zugeschaut hatten, wie Ludger Beyer auf dem Rücken des Mannes am Boden kniete, sämtliche Gäste des Cafés sowie die beiden Kellnerinnen mit Pistolen herumfuchtelten und Antonia Dix ihren auf dem Mann knienden Kollegen ankeifte, er habe alles vermasselt, weil er viel zu früh eingegriffen hätte, und sie könne sich auch ohne seine Hilfe ihrer Haut wehren.

Nachdem sie im Präsidium seine Personalien festgestellt,

sein Alibi überprüft und seine halbe Lebensgeschichte gehört hatten, brachten sie ihm einen Kaffee und ertrugen geduldig sein von Selbstmitleid triefendes Gejammere über sein schweres privates Schicksal, nur um ihn wieder halbwegs milde zu stimmen, nachdem er, kaum dass er den ersten Schreck nach der Festnahme überwunden hatte, etwas von Dienstaufsichtsbeschwerde und Schadenersatzklage und Schmerzensgeld genuschelt hatte. Sie klopften ihm zum Abschied auf die Schulter, wünschten ihm alles Gute für die Zukunft und viel Glück bei der Suche nach der Traumfrau, sparten nicht mit wohlmeinenden Ratschlägen und sorgten dafür, dass ihn eine Streifenwagenbesatzung schleunigst zurück in die Stadt chauffierte.

Der Mann hieß Sigmund Kelberg. Er war 42 Jahre alt und Bürovorsteher in einer Bonner Anwaltskanzlei, die sich hauptsächlich mit Erbschaftsangelegenheiten und Vertragsrecht befasste. Vor einem Jahr hatte ihn seine Frau verlassen und vor zwei Wochen die Scheidung eingereicht. Da erst hatte er begonnen, sich im Internet umzuschauen, mehr aus Langeweile und Neugierde. Denn ernsthaft hatte er nicht damit gerechnet, dass eine Frau ausgerechnet an ihm Interesse finden könnte.

Bis ihm Sonja geantwortet hatte.

Weil sie sich unbedingt mit ihm treffen wollte.

Noch heute. Sofort.

Und er solle sich Carlos nennen, hatte Sonja, die schöne, junge Sonja, die nur reife, erfahrene Herren mochte, ihm befohlen. Das hatte Sigmund Kelberg sehr gefallen.

Wie zum Beweis hatte er während der gesamten Vernehmung mit den ausgedruckten E-Mails herumgewedelt, die er schon im Café aus seiner Manteltasche ziehen und Antonia Dix zeigen wollte.

Jemand klopfte an Morians Bürotür.

«Komm rein, Erwin.»

Morian kannte nur einen einzigen Kollegen im gesamten Präsidium, der grundsätzlich anklopfte und dann brav auf eine Reaktion wartete, bevor er die Tür öffnete. Erwin Keusen wedelte mit den E-Mails herum wie zuvor Sigmund Kelberg und ließ sich ächzend auf den Stuhl vor Morians Schreibtisch fallen.

«Ich habe gerade mit den Computerfachleuten vom Düsseldorfer Landeskriminalamt telefoniert. Sigmund Kelberg war definitiv nicht unter den 86 Männern, die übers Internet mit Antonia Kontakt aufgenommen hatten.»

«Das wussten wir auch schon so. Haben die Schlaumeier sonst noch was rausgefunden? Wo ist Antonia überhaupt?»

«Sie ist schnell mal nach Hause gefahren. Sie sagte, sie braucht dringend eine heiße Dusche und frische Klamotten.»

«Und Beyer?»

«Ludger? Den hast du doch vorhin selbst rausgeschickt, um die Observation zu leiten. Löfflers Haus im Meisenweg.»

«Entschuldigung, Erwin. Ich bin im Augenblick wohl etwas mit den Nerven runter.»

«Kein Problem. Sind wir inzwischen wohl alle.»

«Was ist mit der IP-Adresse?»

«Die IP-Adresse der falschen Sonja, die Löffler auf Kelberg gehetzt hat? Wie immer: Lagos, Nigeria.»

«Er hat uns gelinkt, Erwin.»

«Kann man wohl sagen.»

«Er hält Kontakt zu Antonia, und gleichzeitig stellt er im Internet unter Antonias Decknamen einen Kontakt zu einem männlichen Single mit Torschlusspanik her, der ihm sogar äußerlich ähnelt, jedenfalls dem Phantombild zum Verwechseln ähnlich sieht. Er bringt ihn mit seinen E-Mails so richtig auf Touren und leitet Antonias Foto, das wir ins Internet gestellt haben, an ihn weiter. Sigmund Kelberg ist natürlich hin und weg und weiß gar nicht, wie ihm geschieht. Und als wir schließlich das ‹NT› als Treffpunkt vorschlagen, bestellt Löffler den Kelberg dorthin.»

«Er hätte ihn auch zum Mars bestellen können, und Kelberg wäre garantiert gekommen.»

«So ist es, Erwin. Er wusste also von Anfang an, dass Sonja ein Lockvogel der Polizei ist. Dass wir ihm eine Falle gestellt hatten. Das wiederum konnte er nur wissen, wenn er Antonias echte Identität kannte. Wenn er aber weiß, wer Kriminalkommissarin Antonia Dix ist, dann weiß er auch …»

In diesem Augenblick klingelte Morians Handy.

«Beyer hier. Der Vogel war schon ausgeflogen, als wir kamen. Das Haus ist leer. Ich denke, wir warten hier auf ihn.»

«Nein. Frongasse. Das Rex. Kennst du das?»

«Ja. Wohnt da nicht Antonia?»

«Genau. Rechts neben dem Eingang des Kinos ist ein Tor. Im Hinterhof gibt es links eine Treppe, erster Stock. Rechts neben der Eingangstür zum Vorführraum ist die Tür zu ihrer Wohnung. Ich hoffe, dass ich mich irre. Nimm deine Leute und gib Gas.»

Morian unterbrach die Verbindung und sah auf die Uhr. Kurz vor halb zehn. Er wählte Antonias Festnetz-Nummer.

Nach dem dritten Klingeln hörte er ihre Stimme.

«Hallo, ich bin leider im Augenblick nicht erreichbar, bitte hinterlassen Sie eine Nachricht nach dem Piepton.»

Erwin Keusen rutschte nervös auf seinem Stuhl herum.

«Meinst du wirklich, dass er …»

Morian sagte nichts und wählte ihre Handy-Nummer.

Die Mailbox sprang unmittelbar nach dem ersten Rufton an. Das Handy war also abgeschaltet.

Sie schaltete nie ihr Handy ab.

Morian sprang auf, griff nach seinem Mantel und rannte wortlos aus seinem Büro.

Vermieter waren doch alle gleich. Die Miete kassierten sie jeden Monat gern. Aber wenn es mal um eine Gegenleistung ging, eine Reparatur, dann schalteten sie auf stur. Antonia schob den leeren Kasten wieder von innen gegen die Wohnungstür, die nicht mehr schloss. Gleich morgen würde sie erneut den Hausverwalter anrufen. Und sich diesmal nicht mehr mit Ausflüchten und Vertröstungen abspeisen lassen.

Auf dem Weg durch die Diele ließ sie die schwere Kradmelder-Lederjacke von ihren Schultern rutschen und achtlos zu Boden fallen. Die Jacke hatte mal ihrem brasilianischen Vater gehört. Erzählte ihre Mutter. Eines Tages, sie war noch keine zwei Jahre alt, war er einfach gegangen und hatte die Jacke im Schrank vergessen. Die Jacke und die dunkle Hautfarbe hatte er ihr hinterlassen. Und vielleicht noch ein paar Eigenschaften und Talente, von denen sie nichts wusste.

Sie streifte das Schulterholster ab und legte es mitsamt der Dienstwaffe auf ihren Schreibtisch, vor den mittleren der drei Monitore, an dem immer noch die beiden Listen mit Sonjas Lebenslauf und Sonjas Charaktereigenschaften klebten.

Schöne Pleite.

Ihr Hals kratzte, ihre Kehle war wie ausgetrocknet. Sie hatte viel zu wenig getrunken in den letzten Stunden. Sie öffnete den Kühlschrank, nahm die frisch angebrochene Flasche aus dem Regalfach in der Tür und setzte sie an die Lippen. Sie war zu müde und zu durstig, um sich ein Glas zu holen.

Die letzte Flasche. Morgen würde sie dringend Nachschub besorgen müssen. Nicht vergessen. Und gleich, auf der Rückfahrt zum Präsidium, an der Tanke noch schnell eine kleine Notreserve.

Sie trank fast die halbe Flasche aus, stellte sie zurück in das Regalfach und schloss den Kühlschrank.

Seltsam. Sie hätte schwören können, am Morgen keine neue Flasche angebrochen zu haben. Und außerdem geschworen, am Morgen zwei weitere ungeöffnete Flaschen im untersten Fach gesehen zu haben. Oder war das gestern gewesen? Antonia, du wirst alt. Dein Gedächtnis lässt dich langsam im Stich.

Sie schleuderte die klobigen Arbeitsschuhe im hohen Bogen von den Füßen, löste den Gürtel, sodass die weit geschnittene Military-Hose augenblicklich bis auf ihre Füße fiel. Sie stieg aus dem Knäuel, ließ die Hose liegen und streifte sich, noch bevor sie die Tür zum Badezimmer erreichte, das Hemd und das T-Shirt über den Kopf. Im Bad drehte sie den Heißwasserhahn der Dusche bis zum Anschlag auf und entledigte sich dann erst ihrer Socken und ihres String-Tangas.

Das tat gut. Sie verharrte bewegungslos unter dem heißen Wasserstrahl. Sie mochte gar nicht daran denken, in spätestens einer halben Stunde wieder hinaus in den Nieselregen zu gehen und zurück ins Präsidium zu fahren.

Sie glaubte, das Klingeln ihres Telefons zu hören.

Egal. Wozu hatte man schließlich einen Anrufbeantworter?

Sie spürte das Blut in ihren Adern pulsieren. Sie hätte jetzt gerne mit Claude unter der heißen Dusche gestanden, mit dem süßen Claude, der in Paris war statt im Vorführraum nebenan, da gab es jetzt eine Gerda, die sie noch nie gesehen hatte, die es noch nicht einmal für nötig befunden hatte, sich vorzustellen, bei ihrer Nachbarin jenseits der Trennwand, so dünn wie Pappe, durch die sie Claude manchmal husten gehört hatte, ach Claude, süßer Claude ...

Sei nicht albern, Antonia. Reiß dich gefälligst zusammen. Sie spülte den Schaum aus ihren Haaren, drehte den Heißwasserhahn zu und den Kaltwasserhahn voll auf, hielt tapfer zwei Minuten durch und stieg schließlich aus der Wanne.

Sie gönnte sich ein frisches Badehandtuch aus dem Schrank unter dem Waschbecken und verließ, noch während sie sich abtrocknete, das Bad, um nach dem Anrufbeantworter zu schauen.

«Sparen Sie sich die Mühe. Der Anrufer hat keine Nachricht für Sie hinterlassen.»

An der Leiter des Hochbetts lehnte Reinhard Löffler und spielte mit ihrer Pistole. Mit ihrer Dienstwaffe. Er trug schwarze Lederhandschuhe, einen dunkelblauen Anorak, der ihm fast bis zu den Knien reichte, und darunter einen grauen Anzug.

«Guten Abend, Frau Dix. Sie sind spät dran. Ich hatte mir erlaubt, solange oben auf dem Hochbett auf Sie zu warten. Sehr gemütlich, Ihre kleine, luftige Oase der Lust. Die Tür stand übrigens offen. Sehr unvorsichtig von Ihnen. Haben Sie keine Angst? Ich habe mir außerdem erlaubt, Ihr Handy auszuschalten. Damit wir ungestört sind. Haben Sie wirklich geglaubt, mich mit dieser billigen Lockvogel-Nummer aufs Kreuz legen zu können? Hatten Sie ein nettes Treffen mit Herrn Kelberg? Er sieht mir verblüffend ähnlich, nicht wahr? Er war übrigens ganz verrückt danach, Sie endlich kennen zu lernen.»

Er sprach so leise, dass sie Mühe hatte, ihn über die Entfernung von allenfalls vier Metern zu verstehen.

«Was wollen Sie von mir, Herr Löffler?»

Seine Augen weiteten sich, das Grinsen verschwand für den Bruchteil einer Sekunde von seinen Lippen. Offenbar verwirrte es ihn, mit seinem echten Namen angesprochen zu werden. Offenbar hatte er in seinem Größenwahn nicht damit gerechnet, bereits enttarnt zu sein. Aber er hatte sich schnell wieder im Griff.

Antonia wurde schwindlig.

Verdammt, was war los mit ihr? Keine Schwäche zeigen, um Gottes willen jetzt keine Schwäche zeigen.

«Nennen Sie mich doch bitte Carlos, liebste Sonja. Gern denke ich dabei an unsere erotische Begegnung im Netz zurück. Höchst erotisch, wenn auch zu kurz, viel zu kurz. Aber jetzt haben wir ja zum Glück ausreichend Gelegenheit, sie ungestört fortzusetzen. Ohne diese lästigen Spanner vom LKA. Ich habe übrigens noch nie eine Polizeiwaffe in der Hand gehalten. Ein gutes Gefühl, muss ich sagen. Aber wem sage ich das? Im Internet tauchen Sie als Siegerin zahlreicher Wettkämpfe für Sportschützen auf. Erregt es Sie, eine Waffe in der Hand zu halten? Den kalten, glatten, harten Stahl zu fühlen... Antworten Sie gefälligst!»

Er brüllte sie an. Sie zuckte zusammen.

«Nein. Es erregt mich nicht.»

Er grinste wieder. Verachtung im Blick.

«Ich glaube Ihnen nicht, liebste Sonja. Aber bald werden wir die Wahrheit hören. Eigentlich müsste die Wirkung schon längst eingesetzt haben. Sie haben eben, bevor Sie unter die Dusche stiegen, mit Ihrem Mineralwasser eine hohe Dosis GHB zu sich genommen. Ich musste eine hohe Dosis wählen, um absolut sicherzugehen. Ich wusste ja nicht, dass Sie fast die ganze Flasche austrinken würden. Wissen Sie, was GHB ist?»

Antonia schluckte. Ihr war kalt. Sie zitterte. Sie drückte immer noch das Frottétuch an ihre Brust. Sie versuchte sich zu erinnern, was Dr. Friedrich, der Gerichtsmediziner, über GHB gesagt hatte. Wie schnell es wirkt. Und wie viel Zeit ihr jetzt noch blieb, um etwas zu unternehmen...

«Antworte gefälligst, wenn ich dich frage, du Schlampe!»

Jetzt duzte er sie.

«Natürlich weiß ich, was GHB ist.»

«Dann sag es mir. Ich will es hören. Jetzt.»

Er duzte sie, um sie zu entpersönlichen. Antonia wusste ganz genau, was gerade in seinem kranken Hirn vor sich ging. Und sie ahnte, was das für sie bedeutete.

«Gammahydroxybuttersäure. In Zuhälterkreisen auch unter den Namen Liquid X oder Fantasy bekannt. Oder unter dem Begriff Vergewaltigungsdroge...»

«Weiter!»

«GHB ist farblos, absolut geruchlos und außerdem geschmacksneutral.»

«Sehr schön», lobte Löffler. «Und die Wirkung?»

Sie spürte ihre Füße nicht mehr. Das Zimmer begann sich um sie zu drehen, in rasender Geschwindigkeit.

«Die Wirkung! Antworte!»

«GHB bewirkt eine temporäre Amnesie für die Dauer der Wirkung der Substanz im Körper. Gedächtnisverlust.»

«Ausgezeichnet. Weiter!»

Antonia redete weiter. Sie hörte ihre Stimme, als sei es die Stimme einer Fremden.

«GHB wirkt bereits fünfzehn Minuten nach der Einnahme angstlösend, enthemmend, euphorisierend...»

«... und sexuell stimulierend, nicht zu vergessen. Sehr gut aufgepasst. Du bist eine tüchtige Polizistin. Deine Vorgesetzten sind sicher sehr stolz auf dich.»

Sie vernahm die Stimme des Mannes, der vor ihr an der Leiter des Hochbetts lehnte, nur noch gedämpft, wie durch einen Membranfilter. Vor ihre Augen schob sich ein milchiger Schleier. Das Zittern ihres Körpers wurde immer stärker.

«... mehr, liebste Sonja, mehr. Was weißt du noch? Was passiert bei einer Überdosis? Erzähl es mir.»

«Die Gefahr der Überdosierung ist extrem groß. Es geht um Milligramm-Differenzen. Die Grenze zur Überdosierung hängt vom jeweiligen Körpergewicht des Opfers ab...»

«So ist es, liebste Sonja. Zum Glück bist du ein stämmiges Mädchen. Lass jetzt bitte das Handtuch fallen, damit ich sehe, was du für ein stämmiges Mädchen bist. Meine kleine, stramme Kick-Boxerin. Lass es fallen!»

Sie ignorierte seinen Befehl, ihre Finger krallten sich in den Frottéstoff, als könne sie sich an dem Badetuch festhalten, als böte es ihr sicheren Schutz, wenn sie sich dahinter verschanzte wie hinter einer Festungsmauer.

Der Mann wartete und stierte sie an, während er mit ihrer Pistole spielte. Hatte er sie entsichert? Wusste er, wo sich der Sicherungshebel befand? Wenn ja, dann würde sie in wenigen Sekunden sterben. Wenn sie aber nichts unternahm, dann würde sie auf alle Fälle sterben ...

«... ein Tropfen zu viel, und es kommt zu Schwindelanfällen, zu Muskelkrämpfen, zu epileptischen Anfällen, zu Atemlähmung, Koma, Herzstillstand, Tod ...»

«Halt die Schnauze! Habe ich dir befohlen weiterzureden? Nein, habe ich nicht. Ich habe dir befohlen, das Handtuch fallen zu lassen. Damit wir mit unserem Spiel fortfahren können, liebste Sonja. Du willst doch spielen, oder? Zuerst spielen wir, dann erst stirbst du. Erst spielen, dann sterben. Du wirst also jetzt ein braves Mädchen sein und ...»

Antonia zerknüllte das Badetuch zu einem Ball und schleuderte es ihm mit einer letzten großen Willensanstrengung entgegen. Das Frottétuch blähte sich im Flug auf und raubte dem Mann für einen Augenblick die Sicht. Antonia wollte sich auf ihn stürzen, doch ihr linkes Bein war wie gelähmt. Sie humpelte weiter, während sich der Mann das Handtuch vom Gesicht riss, sie rammte ihm ihre Faust gegen die Brust, auf den Solarplexus, doch der Schlag war seltsam kraftlos, ihre Muskeln gehorchten ihr nicht, der Mann schlug ihr mit der Pistole ins Gesicht, aber sie spürte nichts außer dem Blut, das ihr aus der Platzwunde an der Stirn in die Augen lief, die Leiter kippte und fiel wie in Zeitlupe und zerschmetterte die große, gläserne Blumenvase neben dem Durchgang zur Kochnische, sie holte erneut aus, doch der Schlag ging ins Leere, der Mann grinste und trat ihr mit der Schuhspitze in den Bauch, sie krümmte sich und ging in die Knie, nicht vor Schmerz, sie spürte keinen Schmerz, aber ihre Muskeln krampften, schüttelten ihren Körper wie eine Marionette am seidenen Faden ...

«Hallo? Frau Dix?»

Im Flur stand eine junge Frau. Sie war etwa 1,80 Meter groß und trug einen Baseballschläger in der Hand.

Reinhard Löffler zog die Kapuze des Anoraks über den Kopf und hob die Pistole.

Die Frau kam näher, Schritt für Schritt, und trug den Baseballschläger wie eine Monstranz vor sich her.

Löffler ging mit gesenktem Kopf und gezückter Pistole auf sie zu. Er sagte nichts. Die Frau verstand auch so. Sie machte ihm Platz, trat rückwärts in die Kochnische, ließ ihn nicht aus den Augen, hob den Baseballschläger noch ein Stück höher, fasste ihn fest mit beiden Händen, um ihm zu signalisieren: Du kannst gehen, aber du greifst mich besser nicht an.

«Die Wände sind sehr dünn hier. Wenn Sie jetzt schießen, hört es die ganze Nachbarschaft. Und bis Sie die Treppe runter sind, stehen mindestens zehn Leute unten auf der Straße.»

Antonia wurde schwarz vor Augen.

Sie schwebte im Nichts, dann fiel ihr Körper wie ein Stein, sie stürzte in einen dunklen Schlund, der nicht endete, immer tiefer, immer schneller, hinab ...

«Frau Dix, können Sie mich hören?»

Ihr Körper zuckte. Sie rang nach Luft.

«Frau Dix? Ich bin Gerda, die neue Filmvorführerin von nebenan. Ich habe so komische Geräusche gehört und gedacht, ich schaue besser mal nach, ob alles in Ordnung ...»

«Ist er weg?» Antonias Stimme versagte.

«Ja, er ist weg. Ich rufe jetzt wohl besser einen Arzt.»

«Bitte rufen Sie die 112 an», flüsterte Antonia und krallte ihre zitternde Hand in Gerdas Pullover. «Rettungswagen. Notarzt. Schnell. GHB. Gammahydroxybuttersäure. Bitte.»

Der Rettungswagen traf zwölf Minuten später ein, gleichzeitig mit Ludger Beyer. Aber davon bekam Antonia Dix schon nichts mehr mit. Sie war bereits ohne Bewusstsein.

Das waren Zivilbullen. Kein Zweifel. Die erkannte er auf den ersten Blick. Genauso sahen die aus, die manchmal bei den Kameradschaftstreffen aufgetaucht waren. Um rumzuschnüffeln. Auffälliger konnte man nicht unauffällig sein. Er steuerte den Polo in gleich bleibend gemäßigtem Tempo durch den Meisenweg und wagte nicht, den Kopf in Richtung des Hauses zu drehen. Nur für Anlieger. Wenn sie ihn anhalten würden, was würde er sagen? Aber sie hielten ihn nicht an. Sie waren nicht interessiert an einem 19-Jährigen in einem zitronengelben Polo.

Am Ende des Meisenwegs stoppte er vorschriftsgemäß, setzte den Blinker nach links und warf einen Blick auf die Uhr, während er auf eine Lücke im Verkehr wartete. Kurz vor halb zehn. Der Linienbus rollte im Schneckentempo von rechts nach links. Normalerweise hätte er jetzt Gas gegeben und wäre mit quietschenden Reifen noch vor dem Bus eingeschert, um nicht bis zur Autobahnauffahrt nach Köln hinter ihm herzockeln zu müssen. Aber nicht heute.

Endlich freie Bahn. Er wollte schon aufs Gaspedal treten, da sah er im Rückspiegel, wie die Zivilbullen plötzlich wie aufgescheuchte Hühner durch die Gegend liefen, in ihre Autos sprangen und mit Vollgas auf ihn zurasten. Scheiße. Er schaltete den Blinker um und bog nach rechts ab. Im Rückspiegel konnte er sehen, wie sich der Passat und der Vectra wild hupend Platz verschafften, die Fahrbahn überquerten und die Auffahrt der innerstädtischen Autobahn in Richtung Endenich hinaufjagten.

Okay. Ihr seid beschäftigt.

Kein Problem.

Dann übernehme ich für euch die nächste Schicht.

Er bog noch zweimal rechts ab, um wieder zum Meisenweg zu gelangen, steuerte den Polo an dem Haus vorbei und parkte schräg gegenüber, gut fünf Meter vom Haus entfernt, ganz dicht an der Lärmschutzwand. Er stellte den Motor ab und schaltete die Scheinwerfer aus. Er stellte den Rückspiegel so ein, dass er sich tief im Sitz zurücklehnen und dennoch das Haus im Auge behalten konnte. Der Regen wurde heftiger und trommelte aufs Wagendach und auf die Windschutzscheibe.

Vielleicht hatte er ja diesmal Glück.

Er hatte Zeit.

Viel Zeit.

Aber er musste nicht lange warten.

Der Volvo rumpelte über den Bordstein vor dem Eingang des Rex-Kinos und bockte noch einmal kurz, als Morian versehentlich den Motor abwürgte. Der Rettungswagen war Sekunden zuvor um die Ecke gebogen, das kalte Blaulicht zuckte noch einmal über die dunklen, grauen Häuserfassaden, dann verlor sich das Gellen des Martinshorns in den engen Gassen.

Unter der altmodischen Neonreklame hatte Ludger Beyer Schutz vor dem Regen gesucht und redete mit einer jungen Frau in Jeans und Pullover. Die Frau hatte ihre dunklen, langen Haare zu einem Pferdeschwanz gebunden. Sie rauchte nervös.

«Ludger, was ist mit Antonia?»

«Er hat sie mit GHB voll gepumpt. Der Rettungswagen ist mit ihr unterwegs in die Uniklinik. Der Notarzt meinte, fünf Minuten später hätte sie keine Chance mehr gehabt. Das hier ist übrigens Antonias Schutzengel.»

Jetzt erst bemerkte Morian den Baseballschläger in der Hand der Frau. Sie war etwa so groß wie er und hatte einen festen Blick.

Und einen festen Händedruck.

«Ich bin Gerda. Ich arbeite da oben, als Filmvorführerin. Ich hatte Glassplitter gehört und einen lauten Knall, als sei ein schweres Möbelstück umgefallen, und da bin ich rüber.»

«Haben Sie ihn gesehen?»

«Ja. Nein. Er war nicht besonders groß. Aber ich konnte sein Gesicht nicht richtig sehen, wegen der Kapuze. Außerdem hatte er eine Pistole, und alles ging so schnell. Ich hatte eine Heidenangst, aber dann war er auch schon weg.»

«Danke. Danke für alles. Haben wir Ihre Personalien?»

«Ja», antwortete Beyer für sie. «Ansonsten gibt es keine Zeugen. Vielleicht finden wir ja noch was in der Wohnung, obwohl da jetzt natürlich ziemlich viele Leute rumgetrampelt sind. Erwin Keusens Spurensicherer müssten jeden Augenblick eintreffen.»

Gerda räusperte sich. «Entschuldigen Sie: Brauchen Sie mich im Moment noch? Der Film ist gleich aus, und dann muss ich rechtzeitig das Licht im Saal anschalten ...»

«Nein, nein, kein Problem, nochmals vielen Dank.»

Beyer sah ihr versonnen nach.

«Ganz schön mutig. Sie hat Antonia das Leben gerettet.»

«Ludger, sie sprach eben von einer Pistole. Heißt das ... Mario hat jetzt eine Schusswaffe?»

«So ist es. Und zwar Antonias Dienstwaffe.»

«Das darf doch nicht wahr sein.»

«Ist es aber. Das wird eine Menge Scherereien geben. Für Antonia. Die Wohnungstür lässt sich nämlich nicht abschließen. Und du weißt ja, was die Dienstvorschrift über die Aufbewahrung von Schusswaffen ...»

«Ich kenne die Dienstvorschrift, Ludger. Ich denke, wichtiger ist im Moment, dass Antonia durchkommt und wieder gesund wird. Alles andere interessiert mich im Augenblick nicht. Vor allem keine Dienstvorschriften.»

«Tut mir Leid.»

«Schon gut. Ruf das Kölner SEK an, ich informiere die Staatsanwaltschaft. Wir treffen uns am Paulusplatz. Das ist gleich um die Ecke vom Meisenweg. Jetzt schnappen wir uns den Drecksack.»

Der dunkelblaue Audi 80 rollte in die Einfahrt und stoppte vor dem geschlossenen Garagentor. Dann verloschen die Bremslichter und das Motorengeräusch. Ein kleiner Mann in einem Anorak kletterte umständlich aus dem Wagen. Boris Hahne erkannte ihn sofort. Der spärliche Haarkranz, der Schnäuzer, die randlose Brille, die hauchdünnen, goldfarben glänzenden Metallbügel. Boris wartete, bis der Mann den richtigen Schlüssel für die Haustür gefunden hatte, dann griff er sich den Schraubenschlüssel vom Armaturenbrett, stieß die Fahrertür des Polo auf und rannte los. Der Mann hatte gerade die Haustür geöffnet und den Lichtschalter für Diele und Treppenhaus betätigt, als Boris Hahne ihm den Schraubenschlüssel in den Rücken rammte.

«Keinen Mucks. Sonst knall ich dich ab.»

«Was wollen Sie von mir? Wer sind Sie?»

«Ich sagte doch, du sollst dein dreckiges Maul halten. Vorwärts. Wo ist die Küche? Wir gehen in die Küche.»

Mit der freien Hand packte Boris in den Kragen des Anoraks,

trat die Haustür mit dem Fuß zurück ins Schloss und schob Reinhard Löffler vor sich her. In der Küche ließ er Löffler den Lichtschalter drücken. Dann dirigierte er ihn zum Spülbecken und stieß ruckartig seinen Kopf hinab, sodass die Stirn des Mannes auf die Einfassung der Spüle schlug, während seine Brille von der Nase rutschte und ins Spülbecken fiel.

«Du lässt deinen Kopf da drin, und die Arme lässt du schön brav hängen. Sonst bist du tot.»

Boris drückte dem Mann erneut den Schraubenschlüssel ins Kreuz und öffnete mit der freien Hand die Besteckschublade. Er nahm das größte Messer, das er finden konnte, und warf den Schraubenschlüssel in Richtung Tür. Dann durchsuchte er den Mann. In der rechten Anoraktasche fand er eine Pistole.

Nicht zu fassen. Noch besser. Er warf das Fleischermesser auf die Arbeitsplatte neben der Spüle und trat einen Schritt zurück.

«Dreh dich um, du Dreckskerl. Sieh mir in die Augen.»

Reinhard Löffler hob seinen Kopf aus der Spüle, richtete sich auf und drehte sich um. Er kniff die Augen zusammen.

«Ich kann Sie nicht richtig sehen ohne Brille.»

«Aber du kannst mich hören. Das genügt. Weißt du, wer ich bin? Weißt du, warum ich hier bin?»

Reinhard Löffler schüttelte verständnislos den Kopf. Feine Schweißperlen rannen von seiner Stirn.

«Ich sage es dir. Ich habe dich oft genug beobachtet, heimlich, aus dem Fenster, wenn du mit diesem Angeberauto meine Mutter abgeholt hast. Oder zurückgebracht hast. Du hast meine Mutter und meine Schwester umgebracht.»

Reinhard Löffler starrte ihn regungslos an.

«Du begreifst immer noch nicht? Martina Hahne. Jasmin Hahne. Begreifst du jetzt, du Schwein?»

Löffler lachte hysterisch auf und schüttelte den Kopf.

«Ich habe sie nicht getötet. Deine Mutter hat sich vor einen Zug geworfen. Da habe ich nichts mit zu tun. Und deine Schwester, da war ich gar nicht dabei, glaube mir, frag doch die Polizei, die kennt den Mann, der das mit deiner Schwester gemacht hat, außerdem war es ein Unfall, sie war so blöd und ist weggelaufen, und dabei ist sie gestürzt...»

Boris Hahne stoppte den Wortschwall, indem er Löffler mit voller Wucht zwischen die Beine trat. Der Mann sackte augenblicklich auf die Knie und übergab sich auf den grauen Linoleumfußboden.

«Du Schwein, du redest nie wieder in diesem Ton von meiner Mutter und meiner Schwester!»

Im Treppenhaus brannte Licht. Und in der Küche.

Alle anderen Zimmer des Hauses im Erdgeschoss und im Dachgeschoss lagen im Dunkel.

Das Haus am Bonner Meisenweg war von Spezialkräften des Kölner SEK umstellt. Sie trugen Jeans, kugelsichere Westen, Lederhandschuhe und Sturmhauben mit Augenschlitzen, damit man ihre Gesichter nicht sehen konnte. Nur ihre Augen. Unter den Westen trugen sie kurzärmelige Sweatshirts, damit man ihre gewaltigen Bizeps-Wölbungen sehen konnte. Sie hatten großkalibrige Pistolen und Messer an ihre Oberschenkel geschnallt. Manche trugen Maschinenpistolen, schwarze Helme mit getönten Visieren und Blendgranaten an ihren Westen. Sie sahen aus wie Propheten der Apokalypse. Das gehörte zu ihrer Strategie. Es lähmte den Gegner mitunter für die Sekunden, die über Leben und Tod entschieden.

Jetzt warteten die Propheten der Apokalypse geduldig auf den Befehl, das Haus zu stürmen.

Das SEK hatte Scharfschützen mit Nachtsichtgläsern in den Giebelfenstern der Nachbarhäuser postiert.

Die Sicht war denkbar schlecht, weil Neumond war, weil es außerdem in Strömen regnete, weil der Blick auf die Fenster im Erdgeschoss fast rundherum durch mannshohe Koniferen versperrt wurde und weil an sämtlichen Fenstern die Rollläden zur Hälfte herabgelassen waren.

Beyer entwarf einen ungefähren Grundriss des Hauses, indem er die Nachbarhäuser im Meisenweg besichtigte, während Morian deren Bewohner befragte. Die Häuser in der Vogelsiedlung waren fast alle identisch. Bei der Befragung bekam Morian eine interessante Information: Niemand der Nachbarn, von denen die meisten schon seit Jahrzehnten im Meisenweg lebten, hatte je einen Fuß über die Schwelle des Löffler-Hauses gesetzt.

«Komische Leute», sagte die alte Frau in dem glänzenden Jogging-Anzug und schüttelte missbilligend den Kopf.

Morian nickte.

«Die waren schon immer so komisch. Unnahbar. Er und seine Mutter. Aber die ist ja jetzt tot. Sie ist vor drei Tagen gestorben. Am Sonntag ist hier der Leichenwagen vorgefahren. Morgen ist übrigens die Beerdigung.»

Morian nickte erneut.

«Meinen Sie, ich müsste dahin, Herr Kommissar?»

«Wohin?»

«Zur Beerdigung.»

Morian schüttelte geistesabwesend den Kopf.

«Ich glaube, Sie haben Recht, Herr Kommissar. Die haben nie so richtig hierher gehört. Mich würde nur mal interessieren, mit wem der Löffler jetzt da drin ist, in seinem Haus.»

«Was?»

«Der Löffler. Ich hab das nur zufällig gesehen. Nicht dass Sie jetzt denken, ich würde den ganzen Tag die Leute durchs Fenster beobachten, Herr Kommissar. Jedenfalls: Als der Löffler nach Hause kam, rannte plötzlich ein junger Mann los, quer über die Straße, und ging mit ihm rein. Also das ist das falsche Wort. Er schubste ihn rein, sozusagen.»

«Ein junger Mann?»

«Ja. Der war vorhin mit dem kleinen gelben Auto gekommen, das da draußen steht. Er blieb da drin sitzen und hat auf den Löffler gewartet. Die ganze Zeit.»

Morian trat hinaus auf die Straße und schlug den Kragen seines Trenchcoats hoch. Ein junger Polizeibeamter in Uniform warf vor Schreck seine Kippe weg und sah ihn erwartungsvoll an.

«Schon länger bei uns?»

«Seit zwei Monaten, Herr Kriminalhauptkommissar.»

«Immerhin. Kriegen Sie doch mal bitte ganz schnell raus, wem der gelbe Polo da gehört.»

Der Beamte warf einen Blick auf das Kennzeichen und rannte zu dem am Ende der Straße geparkten grün-weißen VW-Bus, der als Einsatzzentrale diente. Beim Laufen hielt er mit der linken Hand die Schirmmütze auf dem Kopf fest und mit der rechten Hand die am Gürtel schlackernde Pistole. Morian schüttelte den Kopf. Wer dachte sich eigentlich Polizeiuniformen aus?

Zwei Minuten später war der junge Mann zurück.

«Herr Kriminalhauptkommissar, der Halter ist in Köln gemeldet und heißt Theo Maifeld. Das Fahrzeug ist auf dessen Firma zugelassen. Sollen wir ihn kontaktieren? Oder wollen Sie, dass wir den Wagen abschleppen lassen?»

«Nein, nein, tun Sie bitte gar nichts.»

Morian ging quer über die regennasse Straße zu dem großen, schwarzen Lieferwagen mit den abgedunkelten Scheiben, der gut fünf Meter vor dem Polo an der Lärmschutzwand parkte. Das SEK hatte seine eigene rollende Einsatzzentrale mitgebracht. Morian öffnete die Hecktür und kletterte ächzend ins Innere.

«Morian! Schon ewige Zeit keinen Sport mehr getrieben, vermute ich mal ganz stark. Was steht an?»

Henning Schwiers. Der SEK-Einsatzleiter. Ein durchtrainierter, drahtiger Endvierziger im schwarzen Overall. Keiner dieser dynamischen, hitzigen Jungspunde, sondern einer aus Morians Generation. Besonnen. Überlegt. Das war nicht ihr erster gemeinsamer Einsatz. Sie hatten schon drei oder vier Male miteinander zu tun gehabt.

Das würde die Sache vielleicht erleichtern, hoffte Morian und schob seine Dienstwaffe über den Klapptisch.

«Henning, ich gehe jetzt da rein. Alleine. Unbewaffnet. Ich habe meine Gründe. Sorg du nur bitte dafür, dass deine Krieger noch eine Weile ganz entspannt bleiben.»

Morian hatte immer geglaubt, ein vergittertes Kellerfenster sei eine sichere Sache. Die SEK-Leute brauchten keine zwei Minuten, um es aufzukriegen. Fast lautlos. Sie halfen Morian dabei, sich rückwärts durch die enge Öffnung zu quetschen, sie machten keine dummen Witze über seinen Körperumfang, sie sprachen überhaupt kein Wort. Sie seilten ihn wortlos ab, bis er festen Boden unter den Füßen hatte, sie nickten ihm zum Abschied zu, bevor ihre Masken aus seinem Blickfeld verschwanden.

Morian tastete sich durch den stockdunklen Kellerraum und fand den Lichtschalter.

Ein ausrangierter Wohnzimmerschrank. Oben auf dem Schrank zwei altmodische, eingestaubte Koffer. Ein Küchentisch, wie er in den fünfziger Jahren modern war. Die Tischplatte aus grau meliertem Kunststoff. Zwei Gartenstühle. Ein Bettgestell aus Metall, wie aus einem Feldlazarett. Ein verrosteter Sprungfederrahmen. Die Matratze fehlte.

Morian stieg die schmale, vom Schein der nackten Glühbirne an der Kellerdecke nur schwach erleuchtete Treppe hinauf und öffnete die Tür zur Diele.

Eine Garderobe aus Kiefernholz, ein aus Ton gebrannter Schlüsselkasten in Form eines Hexenhäuschens. Hänsel und Gretel und die Hexe hielten die Haken. Ein trapezförmiger Spiegel mit messingfarbener Einfassung, ebenfalls aus den fünfziger Jahren.

Stimmen aus der Küche.

Die Tür stand offen.

Links eine Küchenzeile, die das Fenster umrahmte. Vor der Spüle unter dem Fenster kniete Reinhard Löffler, würgte und starrte in das Erbrochene auf dem grauen Linoleumfußboden. Aus seiner Nase und aus seinem Mund tropfte Blut in den Brei. Vor ihm, gegenüber der Spüle, stand Boris Hahne, breitbeinig, und hielt in seiner zitternden rechten Hand Antonias Pistole.

«Ich bring dich um, du Schwein.»

«Und dann, Boris?»

Boris Hahne drehte sich erschrocken um und richtete die Pistole auf Morian. Löffler reagierte überhaupt nicht.

Morian breitete seinen Trenchcoat aus.

«Ich bin unbewaffnet, Boris. Kannst du dich noch an mich erinnern? Josef Morian.»

«Na und? Verschwinden Sie! Das ist meine Sache.»

«Du bist gerade dabei, dein Leben zu ruinieren, Junge.»

«Verschwinden Sie!»

Seine Stimme überschlug sich.

«Boris, willst du diesem Schwein etwa die Gerichtsverhandlung ersparen? Sodass niemand von dem Unrecht erfährt? Willst du ihm das Gefängnis ersparen? Kannst du dir vorstellen, was ihn im Knast erwartet? Die lebenslange Hölle auf Erden. Seine Mithäftlinge wissen binnen einer halben Stunde, was der Neue angestellt hat. Das verbreitet sich durch die Zellen wie ein Lauffeuer. Die Knackis werden einen Heidenspaß mit ihm haben. Stattdessen landest du vor Gericht. Und im Gefängnis.»

«Das ist mir egal.»

Es klang nicht sonderlich überzeugend.

«Was würde deine Mutter davon halten, wenn du in den Bau gehst? Weißt du, Boris, deine Mutter hätte sich so sehr darüber gefreut, dass du jetzt deine Lehre durchziehst. Theo hält übrigens große Stücke auf dich. Er sagt, du hast echt was los mit Autos. Ein echtes Naturtalent.»

«Der hier hat mir meine Familie genommen.» Seine Stimme klang müde. Boris deutete mit der Pistole auf den vor ihm knienden Mann, als sei die Waffe ein harmloser Zeigestock. Morian kniff die Augen zusammen. Aber sosehr er sich mühte, er konnte unmöglich erkennen, in welcher Position sich der Sicherungshebel befand.

«Ich weiß, Boris. Dafür wird er büßen. Das verspreche ich dir. Ich gebe dir mein Wort. Komm! Gib mir jetzt die Pistole. Ich bring dich hier raus, Boris. Wir rufen Theo an, und dann gehen wir was trinken, und wir quatschen in Ruhe.»

Da hob Reinhard Löffler den Kopf. Sein Gesicht hatte sich verändert. Sein vom Blut verschmierter Mund verzog sich zu einer Grimasse. Sein Antlitz hatte nichts mehr mit dem Phantombild gemein. Er murmelte Sätze, die nicht zu verstehen waren, leise, unverständlich, scheinbar inhaltsleer. Die Stimme klang seltsam fremd, als gehöre sie nicht zu ihm. Die Stimme passte nicht zu einem kleinen, unscheinbaren Mann, der über seinem Erbrochenen kniete. Dann wurde er lauter, kaum merklich lauter, und bevor Morian begriff, was da geschah, schoss auch schon das Gift aus dem blutverschmierten Mund, das gefährliche Gift seiner Gedanken, seiner Worte, seiner Sätze, wie feiner Sprühnebel, wie tödliche Dämpfe, und sie atmeten es ein, dieses Gift, das nicht ihre Lungen, sondern ihre Gehirne verätzte.

«Boris, ich weiß sehr gut, wie das ist, ohne Vater aufzuwachsen. Niemanden zu haben, der einen beschützt. Der weiß, was richtig und falsch, was gut und schlecht für einen kleinen Jungen ist...»

«Halt's Maul!»

«... ich bin genau wie du ohne Vater aufgewachsen. Er hat sich nie um mich gekümmert. Ich kenne ihn nicht einmal. Ich hätte ihn so sehr gebraucht, als ich noch ein kleiner Junge war.»

Boris richtete die Pistole auf Löfflers Stirn.

Und schrie, als könne ihn das vor dem Gift schützen.

«Halt gefälligst die Schnauze!»

Aber Löffler redete weiter. Er starrte in den Lauf der zitternden Pistole und versprühte sein Gift.

«Ausgerechnet dieser edle Herr Morian spielt sich jetzt hier als dein väterlicher Freund auf. Fall nicht auf ihn rein, Boris. Ihm ist in Wahrheit doch völlig egal, was aus dir wird. Er will endlich seinen Fall abhaken, und dabei stehst du ihm leider nur im Weg. Sobald er dir die Pistole abgenommen hat, bist du ihm wieder scheißegal. Weißt du eigentlich, dass er selbst Kinder hat? Frag ihn doch mal, wann er seine Kinder das letzte Mal angerufen, geschweige denn gesehen hat. Frag ihn doch mal, ob er überhaupt weiß, wie es seinen Kindern geht. Was sie so gemacht haben die letzte Zeit. Ob sie vielleicht Sorgen haben. Ob sie vielleicht seine Hilfe benötigen. Seinen väterlichen Rat. Aber nein, sie sind ihm scheißegal. Und du bist ihm in Wahrheit ebenso scheißegal, Boris. Er macht nur seinen Job.»

Boris starrte Morian an. Ohnmacht im Blick. Bevor Morian etwas entgegnen konnte, redete Löffler weiter, mit monotoner, fast flüsternder Stimme.

«Boris, weißt du eigentlich, wie sehr dich deine Mutter geliebt hat? Ja, du ahnst es vielleicht. Aber ich weiß es. Ich weiß es sogar ganz genau. Denn sie hat es mir oft erzählt. Sie hat dich über alles geliebt. Sie wäre für dich durchs Feuer gegangen.»

«Hey, Boris, merkst du nicht, wie er ...»

«Seien Sie still», zischte Boris Morian an und wandte seinen Blick wieder Reinhard Löffler zu.

«Sie hat sich krumm gelegt für dich. Sie hat Überstunden bis zur Erschöpfung gemacht, von morgens acht bis abends um acht gearbeitet, und samstags, nur um dir den Führerschein bezahlen zu können. Den Fernseher in deinem Zimmer. Den CD-Player. Deine teuren Klamotten. Die neuen Springerstiefel. Nie hat sie sich selbst etwas geleistet, nie etwas nur für sich, nicht mal ein neues Kleid. Hättest du sie nicht behandelt wie das letzte Stück Dreck, dann wäre sie doch niemals auf einen wie mich reingefallen. Sie war so einsam. Sie hat sich so nach jemandem gesehnt, der ihr mal zuhört. Du warst ihr leider nie eine Stütze, Boris. Bei dir hatte sie nie eine Schulter zum Anlehnen. Sie durfte sich nie ausheulen bei dir. Von ihren Sorgen und Ängsten erzählen. Nein, sie hatte gefälligst zu funktionieren. Sie musste immer stark sein. Für dich. Das Geld ranschleppen. Abends das Klo putzen und deine Sachen bügeln, während du den ganzen Tag auf der faulen Haut lagst. Was ist das Leben noch wert, wenn man von niemandem geachtet und geliebt wird? Warum hätte sie weiterleben sollen, nachdem deine Schwester tot war? Für dich etwa?»

«Boris, komm jetzt, lass uns gehen. Gib mir die Pistole.»

Boris sagte nichts. Er sah Morian nicht einmal an. Er hatte nur Augen für Reinhard Löffler.

«Boris, merkst du jetzt, wie dieser edle Herr Morian langsam ungeduldig wird? Draußen warten nämlich schon seine Vorgesetzten, um ihm einen Orden an die Brust zu heften. Und die Reporter, um ihn zu feiern.»

«Reinhard Löffler, ich nehme Sie fest wegen des...»
«Schnauze!»

Boris brüllte und zielte auf Morian. Hass im Blick. Löffler redete weiter, als sei nichts geschehen.

«Boris, du hast deiner Mutter nichts gegönnt, nicht einmal die kleinste Freude im Leben, nicht einmal eine fremde, starke Schulter zum Anlehnen, wo doch deine eigene Schulter nicht zur Verfügung stand. Du hast sie sogar für den Tod deiner Schwester verantwortlich gemacht. Das hat ihr den Rest gegeben. Das hat sie in den Tod getrieben.»

Boris öffnete den Mund, aber die Worte, die er sagen wollte, fanden nicht hinaus. Er ließ die Waffe sinken, bis der rechte Arm mit der Pistole schlaff neben seinem Körper hing.

Unerreichbar für Morian.

«Weißt du, Boris, meine Mutter ist vor drei Tagen gestorben. Hier in diesem Haus, gleich nebenan im Schlafzimmer. Wir sind also jetzt beide mutterseelenallein auf dieser Welt. Meine Mutter war übrigens nicht so gut zu mir wie deine Mutter zu dir. Oh nein. Sie war eine böse Frau. Eine sehr böse Frau. Aber dennoch habe ich sie immer geachtet. Mit Respekt behandelt. Bis zu ihrem Tod. Und warum? Weil sie meine Mutter war.»

Mit der linken Hand riss Boris am Ausschnitt seines Sweatshirts, als bekäme er keine Luft mehr. Aus seiner Gesichtshaut war jegliche Farbe gewichen. Er stand da und starrte hypnotisiert auf den Mann, der vor ihm auf dem Boden kniete und unablässig sein Gehirn manipulierte.

«Weißt du, Boris, mein Leben ist ohnehin verwirkt. Mir ist alles egal. Wenn du mich also abknallen willst, nur zu. Das erfordert keinen großen Mut, jemanden abzuknallen. Aber wenn du Mumm hättest, Junge, wenn du ein richtiger Mann wärst und nicht so ein jämmerlicher Waschlappen, ja dann würdest du jetzt die Konsequenzen ziehen und die Verantwortung dafür übernehmen, was du deiner armen Mutter angetan hast. Denn du allein trägst die Verantwortung für ihren Tod. Du allein, Boris. Wie willst du nur mit dieser Last weiterleben?»

Der Körper des Jungen begann unmerklich zu zittern. Tränen liefen ihm über die Wangen.

«Ja, weine ruhig, mein Junge. Das kann ich sehr gut verstehen. Ja, das tut sehr weh, für den Tod ausgerechnet jenes Menschen verantwortlich zu sein, der dich so sehr geliebt hat. Aber Weinen löst keine Probleme, mein Junge. So wirst du deine Schuld nicht los. Dabei ist es doch so einfach, den Schmerz zu beenden, wie ein Mann die Konsequenzen zu ziehen.»

Löffler leckte sich das Blut von den Lippen.

Morian wusste, ihm blieb nicht mehr viel Zeit, um Löfflers großen Triumph zu verhindern. Sein finales Meisterwerk als Manipulator.

Löffler lächelte gütig und schwieg, ließ den Jungen aber keine Sekunde aus den Augen.

Irgendwo da draußen in der Welt, weit weg, hupte ein Auto.

Löffler sah zu, wie das Gift das Gehirn des Jungen lähmte.

Morians Augen huschten durch die Küche, über die Anrichte, das Messer, zu weit weg, über den Fußboden.

«Nur ein kurzer Moment der Überwindung, mein Junge, und alles ist vorbei. All der Schmerz ...»

Boris stand da wie erstarrt. Seine Augen klebten an Löfflers Lippen. Er schwankte leicht, vor und zurück, als sei er einer Ohnmacht nahe.

Morian ging lautlos in die Hocke.

Boris hob den rechten Arm, Millimeter für Millimeter.

Morian tastete nach dem Schraubenschlüssel auf dem Fußboden, knapp einen halben Meter von seinem rechten Fuß entfernt, ohne Boris und Löffler auch nur eine Sekunde aus den Augen zu lassen.

«... so einfach, mein Junge.»

Boris winkelte den rechten Arm an, der Lauf der Pistole näherte sich unaufhaltsam der schwarzen Wollmütze auf seinem Kopf.

Reinhard Löfflers Augen triumphierten.

Der Lauf berührte die Schläfe unter der Mütze.

«Na los doch, du Feigling.»

Morian sprang auf und schnellte nach vorne. Der schwere Schraubenschlüssel traf das Handgelenk des Jungen. Boris schrie vor Schmerz auf, die Pistole fiel ihm aus der Hand und schlidderte über den Fußboden. Morian hechtete nach ihr, bekam sie zu fassen, war eine Sekunde später wieder auf den Beinen, gleichzeitig mit Löffler, der mit ungeahnter Geschwindigkeit nach dem Fleischermesser auf der Arbeitsplatte neben der Spüle griff. Morian wich aus, das Messer stach in das Innenfutter seines Trenchcoats, und Morian hatte jetzt endgültig genug.

Seine Faust landete mitten auf Löfflers Kinn.

Morian steckte Antonias Pistole in die Außentasche seines Mantels, hob das Fleischermesser vom Fußboden auf und legte es zurück in die Besteckschublade. Er beugte sich über den Bewusstlosen und tastete nach dessen Hauptschlagader. Zufrieden mit dem Ergebnis, wälzte er ihn auf den Bauch, kreuzte Löfflers Arme hinter dem Rücken, zog die Handschellen aus dem ledernen Futteral an seinem Gürtel und ließ sie zuschnappen.

Dann erhob er sich und betastete die schmerzenden Knöchel seiner rechten Hand.

«Ich bin wohl etwas aus der Übung. Können wir jetzt gehen?»

Am 22. November wurde Angela Merkel zwei Monate nach der Bundestagswahl von den Abgeordneten des neuen Parlaments in Berlin zur ersten Kanzlerin in der Geschichte der Bundesrepublik gewählt. Das von der zweiten großen Koalition in der Geschichte der Bundesrepublik gebildete Kabinett nahm seine Arbeit auf. Brigitte Zypries blieb Bundesjustizministerin. Daran hätte sich auch nichts geändert, wenn Josef Morian nicht am 18. September vergessen hätte, zur Wahl zu gehen.

Am 23. November, nur zwei Monate nach der nächtlichen Festnahme im Meisenweg, erhob die Bonner Staatsanwaltschaft beim Bonner Landgericht Anklage gegen Reinhard Löffler. In der von Oberstaatsanwalt Dr. Peter Arentz, Leiter der Abteilung Kapitalverbrechen, verfassten Anklageschrift wurden ihm neben einer Reihe weiterer Straftaten die Morde an Werner Frick und Jan Kreuzer zur Last gelegt.

Das Wort *Stalking* tauchte in der Anklageschrift kein einziges Mal auf. Weil Stalking laut Strafgesetzbuch keine Straftat war. Stalking existierte im juristischen Sinne nicht. Hätte sich Reinhard Löffler ausschließlich auf das Belästigen und Verfolgen seiner Opfer beschränkt, hätte er sich mit dem Ausüben psychischer Gewalt begnügt, um seine Opfer in einen Zustand permanenter Angst, Schlaflosigkeit und Depression zu treiben, dann hätte man ihn nicht anklagen können.

Eine Anklage nur zwei Monate nach der Festnahme, und das bei einem Kapitalverbrechen, zudem bei einem äußerst komplexen Fall: Das war Rekordzeit. Und darauf war Dr. Peter Arentz ganz besonders stolz. Wahrscheinlich wollte er aller Welt und vor allem dem Düsseldorfer Justizministerium beweisen, was für ein brillanter Kopf er war.

Der Fall Löffler stieß bald nach der Festnahme und lange vor Prozessbeginn auf ein ungeahntes bundesweites, von den Ermittlungsbehörden zunächst unterschätztes Medieninteresse. Unterschätzt hinsichtlich seiner Eigendynamik und seiner Wirkung auf den späteren Prozess.

Arentz wurde nicht müde, Interviews zu geben, bereitwillig in jedes Mikrophon zu sprechen, das sich ihm entgegenstreckte, in jede Kamera zu lächeln, die sich ihm in den Weg stellte. Spiegel TV, stern tv, Focus TV, die Bild-Zeitung, immer wieder Bild. Das Blatt zitierte ihn fast täglich und zeigte den blendend aussehenden Juristen Arentz im Foto. Klaus-Hinrich Pelzer verdiente sich eine goldene Nase. Und schrieb gleich eine Serie. Die schockierende Lebensgeschichte des kleinen, hässlichen Verwaltungsangestellten aus Bonn, der zum Monster mutierte. Seine Kindheit. Seine sadistische Mutter. Seine einsamen Nächte im dunklen, kalten Keller, wenn er nicht brav gewesen war.

Über die Opfer verlor Pelzer kaum noch ein Wort.

Morian hatte Arentz vergeblich gewarnt. Nicht vor den Interviews. Sondern vor dem seiner Meinung nach viel zu frühen Einreichen der Anklage. Zwischen jenem Donnerstag im September, als Martina Hahne mit dem Fahrrad durch die regnerische Nacht zur City-Wache gefahren war, um ihre Tochter Jasmin als vermisst zu melden, und jenem regnerischen Mittwochabend, als Morian ihren Sohn Boris vor dem Suizid bewahrt hatte, indem er Reinhard Löffler bewusstlos schlug, waren nicht ganz zwei Wochen vergangen. Auch das war ein Rekord.

Für die Bonner Kriminalstatistik.

Die Hauptarbeit lag da allerdings noch vor ihnen.

Die Schaffung einer lückenlosen Beweiskette, die der juristischen Prüfung vor Gericht standhielt. Das Sammeln und Dokumentieren weiterer, neuer Beweise zur Untermauerung der Anklage.

Dafür waren zwei Monate extrem knapp. Die Mordkommission arbeitete in diesen beiden Monaten fast rund um die

Uhr und orientierte sich dabei an der Liste, die Morian am Tag nach der Festnahme als Arbeitsgrundlage erstellt hatte.

Chronologische Liste aller strafrelevanten Taten (Opfer / Betroffene sowie Merkmale):

Verstoß gegen das Datenschutzgesetz:
Stadtverwaltung Bonn;
Untreue im Amt:
Stadtverwaltung Bonn, private und illegale Nutzung und Manipulation von geschützten Personendaten;
Gefährliche Körperverletzung:
Anna Wagner, GHB, Fesselung;
Gefährliche Körperverletzung mit Todesfolge:
Jasmin Hahne, GHB, Fesselung, dadurch tödlicher Sturz;
Verstoß gegen das Betäubungsmittelgesetz:
GHB (Gammahydroxybuttersäure, in der Szene auch bekannt als «Liquid X» oder «Fantasy» oder Vergewaltigungsdroge);
Diebstahl:
Jasmin Hahnes Umhängetasche;
Erpressung:
Dagmar Losem, diskreditierende Fotos;
Hausfriedensbruch in Tateinheit mit Tierquälerei:
Dagmar Losems Wohnung; ihre Katzen;
Mord:
Werner Frick;
Mord:
Jan Kreuzer;
Freiheitsberaubung in Tateinheit mit Körperverletzung:
Eva Carstensen, Fesselung und Nahrungsentzug;
Gefährliche Körperverletzung i. T. m. Hausfriedensbruch:
Antonia Dix, GHB;

Eigentlich gehörte noch versuchter Mord zur Verdeckung einer Straftat auf die Liste. Als Löffler mit dem Fleischermesser auf Morian losgegangen war. Doch Morian hatte seine Gründe, alles im Zusammenhang mit der nächtlichen Festnahme im Meisenweg außer Acht zu lassen.

Nicht wenige dieser Straftaten, vor allem die bereits problemlos beweisbaren, gingen auf das Konto von Werner Frick. Doch der war tot und konnte also weder zur Verantwortung gezogen noch im bald anstehenden Prozess gegen Reinhard Löffler in den Zeugenstand gerufen werden.

Das Tonband mit der von der Rettungsleitstelle aufgezeichneten Stimme des Anrufers, der von der Telefonzelle aus die Feuerwehr alarmiert und zu Dagmar Losems Haus geschickt hatte, wurde einem Gutachter zur Verfügung gestellt, ebenso ein Band mit einer aktuellen Stimmprobe zum Vergleich: Löffler musste den identischen Text im Vernehmungszimmer der Justizvollzugsanstalt Rheinbach in ein Mikrophon sprechen. Das für Morian und seine Leute völlig unbegreifliche Ergebnis des umfangreichen phonetischen und linguistischen Gutachtens: Es war zwar nicht auszuschließen, dass Löffler der Anrufer war; es war aber auch nicht auszuschließen, dass die Stimme einem anderen, einem unbekannten Mann gehörte.

Erwin Keusens Leute fanden im Meisenweg einen weiteren Anhaltspunkt für die Abhängigkeit des Schrotthändlers von Löffler. In einem der beiden Koffer im Keller des Hauses. Ein alter, vergilbter, handschriftlicher Brief. Von Frick an Löffler. Dem Zustand des Papiers und der Tinte nach zu urteilen war der Brief vor mindestens zehn Jahren und höchstens 25 Jahren geschrieben worden. Nach Feststellung eines Graphologen eindeutig von Frick in dessen ungelenker Handschrift verfasst. Der Graphologe hatte den Brief mit Schriftproben aus Fricks Büro auf dem Schrottplatz verglichen. In dem Brief bat er Löffler inständig, ihn nicht zu verraten – *wegen der Sache mit Sylvia.*

Morian brauchte drei Tage, um herauszufinden, wer Sylvia war: Sie war zwei Jahre jünger als Löffler und Frick gewesen und hatte so wie die beiden in dem Mietshaus an der Kölnstraße gewohnt. Am 8. August 1985 sprang die 14-jährige Sylvia Trimborn um 17.45 Uhr von der Viktoriabrücke, einer Eisenbahnbrücke in der Bonner Innenstadt, in den Tod. Etwa zwei Stunden nachdem ein Gynäkologe sie untersucht und ihr bescheinigt hatte, dass sie im dritten Monat schwanger sei.

Die Kripo ermittelte damals, so wie bei jedem unnatürlichen Tod. Und stellte wenig später fest: Drei Monate zuvor hatte Sylvia einer Klassenkameradin in der Realschule unter dem Siegel der Verschwiegenheit erzählt, sie sei vergewaltigt worden. Von einem Jungen aus der Nachbarschaft. Sie sei selbst schuld, denn sie habe mit ihm geflirtet. Er habe gedroht, sie umzubringen, wenn sie nicht schweige. Niemandem sonst erzählte sie davon. Es hätte ihr auch vermutlich niemand geglaubt. Selbst ihre Eltern nicht. Denn Sylvia Trimborn war dafür bekannt gewesen, dass sie es mit der Wahrheit nicht so genau nahm, wenn wieder die Phantasie mit ihr durchging. Sie erfand für ihr Leben gern wilde Geschichten. Die Ermittlungen wurden wenig später eingestellt.

Keusen stellte erneut sämtliche Tatorte auf den Kopf und sammelte jedes Staubkorn ein. Mit Erfolg. Winzige, nur unter der Lupe sichtbare Hautpartikel zum Beispiel auf Antonias Hochbett ließen laut DNA-Test den eindeutigen Schluss zu: Reinhard Löffler hatte sich in den Wohnungen von Antonia Dix, Dagmar Losem, Jan Kreuzer und Werner Frick aufgehalten. Nur wann und zu welchem Zweck, war damit noch nicht bewiesen.

Werner Frick war tot. Ebenso Jan Kreuzer und Martina

Hahne. Ihre tote Tochter Jasmin hatte Reinhard Löffler nie zu Gesicht bekommen, sie war von Werner Frick entführt worden, ebenso wie die Schülerin Anna Wagner. Auch deren Lehrerin Dagmar Losem hatte Mario nie von Angesicht zu Angesicht gegenübergestanden. Eva Carstensen hatte ihren Geiselnehmer zwar gesehen, war aber aufgrund ihres schweren Traumas laut Gutachter als Zeugin der Anklage denkbar ungeeignet. Die Verteidigung würde sie mühelos auseinander nehmen, wenn Arentz sie in den Zeugenstand schickte.

Antonia Dix fiel ebenfalls als Augenzeugin aus. Sie wusste nur noch, dass sie die Flasche Mineralwasser fast zur Hälfte ausgetrunken hatte, anschließend ins Bad gegangen war, unter der Dusche plötzlich an Claude, den Filmvorführer, denken musste und dieses eigenartige Pulsieren in ihrem Körper verspürte. Ab da war ihr Gedächtnis ein großes, schwarzes Loch; bis zu dem Augenblick, als sie vier Stunden später im Krankenhaus aus der Bewusstlosigkeit erwachte.

Aufgrund der Berichterstattung im Bonner General-Anzeiger meldeten sich sieben Frauen bei der Polizei, die nach eigenen Angaben im Internet kurz Kontakt zu einem Mario oder einem Carlos hatten, den Kontakt aber sofort oder frühzeitig stoppten, weil ihnen der Mann nicht geheuer war.

Unter ihnen befand sich auch eine Bonner Krankenschwester, die sich im Internet *Astrid-Asteroid* nannte. *Wer eine Rose ohne Dornen will, hat die Rose nicht verdient.* An diesen Satz konnte sie sich noch gut erinnern.

Keine dieser Spuren führte zu verwertbaren, strafjuristisch relevanten Beweisen gegen Reinhard Löffler. Morian war davon überzeugt, dass andere Frauen, die nicht so klug gewesen waren und den Kontakt rechtzeitig abgebrochen hatten, die also zu Opfern geworden waren, sich aus Scham nicht meldeten, nachdem sie aus der Zeitung wussten, dass ihr Peiniger endlich gefasst war und in Untersuchungshaft saß.

Dennoch hoffte Morian, dass die schlüssig dokumentierte Beweiskette für eine Verurteilung ausreichen müsste. Für was auch immer. Die Liste der Straftaten war schließlich lang genug. Hauptsache, das Schwurgericht schrieb die anschließende Sicherungsverwahrung ins Urteil.

Schließlich hatte er es Boris versprochen.

Am 24. November sanken die Temperaturen selbst im klimatisch verwöhnten Rheintal weit unter den Nullpunkt. Morian wartete vor der Parkbank am Ufer auf Dagmar Losem und fror.

Er war zu früh.

Sie war pünktlich und erschien gleich zu Beginn der ersten großen Pause. Das gefrorene Laub knirschte unter den dicken Gummisohlen ihrer wildledernen Wanderschuhe, als sie sich der mit Raureif weiß gepuderten Parkbank näherte, ohne sie auch nur eines Blickes zu würdigen. Selbst in dem derben Schuhwerk war ihr Gang unnachahmlich elegant und betörend, fand Morian. Sie trug außerdem eine gesteppte Daunenjacke, eine Cordhose und um den Hals einen Schal. Die Hände hatte sie tief in den Taschen der Jacke vergraben. Sie schenkte ihm ein scheues Lächeln, stellte sich neben ihn ans Ufer und ließ den Blick über den Rhein schweifen, als sei dort die Lösung all ihrer Probleme zu finden.

«Schön, Sie zu sehen.»

«Ja», entgegnete sie. Was das auch immer heißen mochte.

«Wie geht's Ihnen?»

«Jetzt besser.»

«Haben die sich in Ihrer Schule endlich abreagiert?»

«Keine Spur. Aber ich habe die Konsequenzen gezogen. Ich habe gerade gekündigt. Deshalb geht es mir jetzt auch besser.»

Morian spürte, wie sich sein Herz verengte.

«Und was haben Sie vor?»

«Indien. Das Goethe-Institut in Kalkutta. Am 1. Februar fange ich an. Als Deutschlehrerin auf Honorarbasis. Deshalb habe ich Sie auch zu diesem Treffen hier gebeten. Hier, wo ich Ihnen schon einmal alles gebeichtet habe. Ich wollte es Ihnen gerne persönlich sagen, Herr Morian.»

«Sie haben also aufgegeben.»

«Aufgegeben?» Dagmar Losem grub ihr Kinn in den Schal. «Aufgegeben? Er hat mein Leben zerstört. Mir bleibt gar nichts anderes übrig, als mir ein neues Leben zu suchen. Ich halte es in dieser Wohnung nicht mehr aus. In meiner eigenen Wohnung, in der ich mich immer so wohl und sicher gefühlt habe. Ich kann nicht einschlafen, ich wache nachts auf und habe panische Angst. Die Wohnung war mal mein Nest, verstehen Sie? Er hat mein Nest beschmutzt. Wenn ich heute, nach zwei Monaten, die Wohnung betrete, glaube ich immer noch, seinen Geruch wahrzunehmen.»

«Man kann umziehen.»

«Das ist doch noch nicht alles. Die Schulleitung hatte mir die Kündigung nahe gelegt, kaum dass ich nach der Krankschreibung wieder mit dem Unterricht begonnen hatte. Und ich Idiot hatte mich zuvor dem wohl meinenden Rat meines Arztes hartnäckig widersetzt, mich noch länger krankschreiben zu lassen. Aus Pflichtgefühl bin ich sofort nach der Festnahme wieder zurück in die Schule. Die älteren Schüler glotzten mich an und feixten und schrieben ekelhafte Sachen an die Tafel, es gab böse Briefe von Eltern, die sich wegen der moralischen Gefährdung ihrer lieben Kleinen sorgten. Sie können sich gar nicht vorstellen, was derzeit immer noch alles an Gerüchten über mich kursiert. Es werden sogar von Tag zu Tag mehr. Die wilde, lüsterne Dagmar.»

«Das geht vorbei.»

«Herr Morian, ich bin keine Beamtin, ich bin nur angestellt.

Und eine christlich orientierte Schule ist nach dem Arbeitsrecht ein Tendenzbetrieb. Wenn denen mein so schrecklich unmoralischer Lebenswandel nicht passt, dann können die mich jederzeit rausschmeißen. Darauf warten? Nein danke! In Kalkutta unterrichte ich Erwachsene, die beruflich weiterkommen wollen. Außerdem ist es da schön warm. Nicht so bitterkalt wie hier.»

Sie versuchte ein Lächeln, doch der Versuch scheiterte kläglich. Stattdessen schossen ihr Tränen in die Augen.

«Wer hätte das gedacht, dass ich mal wie mein Vater vor meinem Leben ans andere Ende der Welt flüchte? Wer weiß, vielleicht treffe ich ihn ja da unten, falls er mal mit seinem schweren Motorrad zufällig vorbeikommen sollte.»

Ihre Worte verloren sich in heftigem Schluchzen. Morian legte seinen Arm um ihre Schultern. Sie ließ es geschehen. Morian wusste nicht, wie lange er sie im Arm halten durfte, ohne dass sie die tröstende Geste missverstehen würde. Also ging er auf Nummer sicher und nahm seinen Arm nach drei Atemzügen wieder weg. Sie räusperte sich und putzte sich die Nase mit einem Taschentuch, das sie aus einer Tempo-Packung zupfte.

«In Indien werde ich dieses Gespenst hoffentlich los. Wie geht es Ihrer Kollegin?»

«Antonia Dix?»

«Antonia. Ja. Ein schöner Name.»

«Körperlich ist sie wieder voll hergestellt. Sie stürzt sich wie verrückt in die Arbeit. Sie hat ihr Kick-Box-Training verdoppelt. Aber ihre Seele ... ich weiß nicht ...»

«Das dauert, Herr Morian. Ich hatte sie damals im Krankenhaus besucht. Ich hatte einfach das Bedürfnis. Sie ist eine sehr mutige Frau. Außerdem klug und warmherzig. Ein wundervoller Mensch. Wissen Sie, was das Problem ist? Ihr fehlt jegliche Erinnerung daran, wie sie in ihrer eigenen Wohnung alleine und nackt und schutzlos diesem Teufel gegenüberstand. Das ist viel schlimmer, als sich erinnern zu können. Das machte es auch so furchtbar für Anna. Ihre ehemalige Frau hat übrigens ein echtes Wunder bei Anna bewirkt.»

«Ja. Liz versteht ihr Handwerk. Ich wollte deshalb auch Antonia zu ihr schicken, aber Antonia weigert sich. Sie meint, sie muss das unbedingt alleine klarkriegen.»

«Also ist sie genauso stur wie ihr Chef.»

Morian überhörte das.

«Anna Wagner geht inzwischen wieder zur Schule, habe ich gehört.»

«Ja. Nach den Herbstferien kam sie zurück.»

«Haben Sie inzwischen Kontakt zu ihr?»

«Nein. Ich vermeide den Kontakt. Die Eltern wünschen es so, und ich habe ihren Wunsch zu respektieren. Ich habe auch die Schreibwerkstatt schweren Herzens aufgegeben.»

«Wie geht es den Eltern?»

«Sie meinen, was die Wagners machen, wenn sie nicht gerade hässliche Gerüchte über mich verbreiten oder einen ihrer zahlreichen Protestbriefe an das Schulamt schreiben? Man erzählt sich im Lehrerkollegium, sie haben eine Paartherapie begonnen. Als letzten Versuch, ihre Ehe zu kitten.»

«Am Zustand ihrer Ehe bin ich nicht ganz unschuldig.»

«Blödsinn. Reden Sie sich das nicht ein. Auch ich trage keine Schuld daran. Ich habe ihnen unfreiwillig und unwissentlich großes Leid zugefügt. Was ihre Tochter betrifft. Durch Mario. Aber für ihr Eheglück sind Ruth und Walter Wagner ganz alleine verantwortlich. Wenn dieser promovierte Schlaukopf ohne Grund seiner Frau nicht mehr vertraut, dann stimmte schon vorher etwas nicht. Ich sage das jetzt so leicht daher. Aber es hatte eine ganze Weile gedauert, bis ich das begriff. Wo wir gerade von Schuldgefühlen sprechen: Wie geht es Boris Hahne?»

Morian zögerte. Er sprach eigentlich mit niemandem über Boris Hahne. Außer mit Antonia, und mit Theo, Max und Hurl. Er zitterte wie Espenlaub. Er wünschte, er hätte sich wärmer angezogen für dieses Treffen. Vielleicht sollte er sich endlich mal einen richtigen Wintermantel zulegen. Dagmar Losem lächelte und legte ihre Hand auf seinen Unterarm.

«Ihnen ist kalt, nicht wahr? Gleich sind Sie erlöst. Ich muss ja zurück in die Schule. Die Pause ist gleich vorbei. Ich weiß übrigens Bescheid, Herr Morian.»

«Bescheid?»

«Frau Dix hat es mir im Krankenhaus erzählt. Wie Sie Boris gerettet haben, in jener Nacht. Als Mario den Jungen zu seinem letzten Opfer auserkoren hatte. Seien Sie Ihrer Kollegin jetzt bitte nicht böse. Sie ist so wahnsinnig stolz auf Sie.»

«Bitte behalten Sie die Geschichte für sich, Frau Losem. Ich habe ihn nämlich aus der Schusslinie genommen.»

«Aus der Schusslinie?»

«Boris Hahne war nicht dabei, als Reinhard Löffler in seinem Haus festgenommen wurde. Verstehen Sie? Er taucht in keinem Protokoll auf. Auch die Staatsanwaltschaft weiß nichts davon. Wir haben ihn damals in den SEK-Einsatzwagen verfrachtet und zurück nach Köln gebracht. Und dann haben wir die ganze Nacht geredet und uns gemeinsam sinnlos betrunken.»

Dagmar Losem stellte sich auf die Zehenspitzen und berührte seine Wange mit ihren Lippen. Dann lief sie den Hang hinauf, nur ein paar Schritte, drehte sich um, lächelte und sagte: «Sie sind ein ganz außergewöhnlicher Mann, Herr Morian. Ich wünschte mir, wir wären uns früher begegnet. Sehr viel früher. Leben Sie wohl, Herr Morian. Eines Tages werde ich Ihnen schreiben. Und Ihnen von Indien erzählen.»

Indien. Morian bestaunte ein letztes Mal ehrfürchtig ihren schwerelosen Gang, bis sie hinter den Bäumen verschwunden war. Er spürte immer noch ihren Atem auf seiner Wange, ihre warmen, weichen Lippen. Er wartete schweigend und regungslos darauf, dass die Erinnerung an die zärtliche Berührung verflog wie ein welkes Blatt im Herbstwind.

Am 2. Dezember klingelten ein Dutzend Beamte der Kölner Staatsanwaltschaft, der Polizei und der Steuerfahndung um sieben Uhr morgens den Kölner Unternehmer Curt Carstensen aus dem Bett und zeigten ihm einen richterlichen Durchsuchungsbefehl für die Büros im Erdgeschoss wie auch für die darüber liegenden Privaträume seines Hauses in Marienburg. Der Vorwurf lautete auf Bestechung und auf Steuerhinterziehung in Zusammenhang mit der werblichen Vermarktung des Kölner Mediaparks. Carstensens Tochter Eva, die seit zwei Monaten bei ihrem Vater und nicht mehr bei ihrer Mutter lebte, sich seither in psychotherapeutischer Behandlung befand und immer noch unter den traumatischen Folgen der Geiselnahme in der Wohnung ihres toten Freundes litt, bekam angesichts der fremden Männer, die in die Wohnung stürmten, einen hysterischen Anfall, sodass der Staatsanwalt einen Notarzt anforderte, der dem Mädchen eine Spritze gab. In der Zwischenzeit kümmerte sich Carstensens Prokurist Guido van den Bosch um die Beantwortung der Fragen der Ermittler, weil der Unternehmer nach dem Nervenzusammenbruch seiner Tochter dazu nicht mehr in der Lage war.

Curt Carstensen konnte sich denken, wem er das zu verdanken hatte. Natascha. Aber er konnte es nie beweisen.

Das Ermittlungsverfahren gegen ihn wurde im Jahr darauf aus Mangel an Beweisen niedergeschlagen.

Am 13. Dezember trat Miguel gegen zehn Uhr an das Faxgerät seines Büros in der Madrider Zentralredaktion von *El País* und schickte Max Maifeld eine kurze Meldung, die so in der morgigen Ausgabe der Zeitung erscheinen würde.

Deutscher Geschäftsmann verurteilt
BOGOTÁ. Ein kolumbianisches Gericht in der Hauptstadt Bogotá hat am Montag einen deutschen Geschäftsmann wegen Mordes, staatsschädigenden Hochverrats und Gründung einer kriminellen Vereinigung zu lebenslanger Haft verurteilt. Über den Namen und das Alter des Mannes sowie über die genaueren Umstände der vorgeworfenen Straftaten wurde zunächst nichts Näheres bekannt, außer, dass der Deutsche zuvor lange in Quito (Ecuador) gelebt hatte und sich erst seit kurzer Zeit in Bogotá aufhielt. Auf Anfrage verwies die Staatsanwaltschaft auf die Notwendigkeit der strikten Geheimhaltung aus Gründen des Staatsschutzes. Der Mann habe dem kolumbianischen Volk großen Schaden zugefügt.

Unter der Meldung entzifferte Max Maifeld nur mit Mühe die grauenhafte Handschrift seines Freundes:

Max, das ist dein Mann. Kein Zweifel: Das ist Hartmut Herbach. Mein Informant sagt übrigens, er frisst tausend Besen, wenn der Kerl seine Villa in Quito freiwillig verlassen hat. Vermutlich ist er nachts gekidnappt und über die Grenze geschafft worden. Wie auch immer: Ich freue mich so sehr für dich, alter Freund. Trink ein Gläschen auf mich. Salud. Miguel

Seine Beine versagten ihren Dienst. Max Maifeld setzte sich und las die Meldung ein zweites Mal. Als Hurl mit vier zum Bersten gefüllten Plastiktüten aus dem Supermarkt im Lastenaufzug erschien, hatte er sie bereits zum fünften Mal gelesen. Und konnte es immer noch nicht glauben.

Es war vorbei. Für immer vorbei. Er schob das Fax wortlos über den Tisch. Hurl setzte sich ebenfalls, las das Fax, las es ein zweites Mal, stand wieder auf, beugte sich über den Rücken seines Freundes und nahm Max in den Arm. Sie verharrten schweigend in der Umarmung, bis Hurl sich löste und rüber zum Herd ging und Kaffee machte, damit Max nicht sah, dass er weinte.

Als Max glaubte, sich wieder im Griff zu haben und die ständig aufsteigenden Tränen lange genug unterdrücken zu können, nahm er das Handy, um eine Nummer in Amsterdam und anschließend eine Nummer in Denver / Colorado zu wählen.

Am 24. Dezember feierten Max, Hurl, Antonia, Theo, Boris und Morian gemeinsam Heiligabend. In Theos Werkstatt. Zusammen mit etwa zwei Dutzend weiteren einsamen Seelen beiderlei Geschlechts aus der ehrenwerten Kölner Gesellschaft, über deren berufliche Betätigungsfelder Morian nicht unbedingt Näheres wissen wollte, sowie einem halben Dutzend ehemals gestrauchelter Existenzen, die Theo Maifeld in seinem privaten Reha-Zentrum zu passablen Automechanikern, Elektrikern, Karosseriebauern und Lackierern umgeschult hatte. Theo und seine Jungs hatten die Werkstatt geschmückt und illuminiert, als gelte es, Disneyland in den Schatten zu stellen. Es gab zudem ein gigantisches Büffet und eine phantastische Live-Band mit vier Bläsern, die sich die Seele aus dem Leib spielten.

Gut, wenn man keine Nachbarn hat. Die wilde Party in der Werkstatt endete um fünf Uhr morgens und blieb allen Gästen noch lange in lebhafter Erinnerung. Theo ging als Letzter zu Bett. Er lag noch bis zum Morgengrauen wach und grinste die Decke an. Genauso hatte er sich eine gemütliche Familienfeier an Heiligabend immer vorgestellt.

Am zweiten Weihnachtstag startete Josef Morian mit seinem Sohn und seiner Tochter im Volvo zu einem neuntägigen Skiurlaub ins Sauerland. Das heißt: Die Kinder fuhren von morgens bis abends ihre nagelneuen Snowboards, das Weihnachtsgeschenk ihres Vaters, währenddessen Morian abwechselnd heißen Kaffee und Glühwein trank und erstmals seit einer Ewigkeit wieder ein Buch las. «Mystic River» von Dennis Lehane. Antonia hatte es ihm an Heiligabend geschenkt.

Der tapfere Volvo hatte sie heil, wenn auch schon unter Protest ins Sauerland gebracht, aber weigerte sich wie aus heiterem Himmel am vorletzten Urlaubstag, auch nur noch einen einzigen Meter zu fahren. Aus dem Dorf erschien der Mann von der Werkstatt, öffnete die Motorhaube, legte die Stirn in Sorgenfalten, schüttelte fassungslos den Kopf, klopfte mit seinem Schraubenschlüssel gegen die Eingeweide, so roh und herzlos, dass überall brauner Rost in den jungfräulich weißen Schnee rieselte, schüttelte erneut den Kopf und sagte: «Fragen Sie mich lieber, was an der Kiste nicht kaputt ist.»

Mannhaft verabschiedete sich Morian für immer von seinem über alles geliebten Volvo wie von einem alten Freund und kaufte drei Bahnfahrkarten. Am 3. Januar fuhren sie mit der Bahn zurück ins wintergraue Rheinland. In Köln mussten sie umsteigen. Vor dem Bonner Hauptbahnhof nahmen sie ein Taxi. Zwanzig Minuten später stiegen Laura und Tim aus, schulterten ihre Rucksäcke und ihre Snowboards und winkten zum Abschied.

«Tschüs, Papa. War schön mit dir.»

Er winkte zurück.

Ja, war wirklich schön gewesen.

Das Taxi fuhr ihn nach Hause. Die Dachgeschoss-Wohnung war eiskalt. Das mit dem Energiesparen war wohl doch keine gute Idee gewesen. Was würde er jetzt ohne Auto anfangen? Eine Weile Bus fahren, kein Problem. Theo anrufen. Allerdings: Was Theo gewöhnlich an Autos im Angebot hatte, war nicht gerade Morians Fall. Zu chic und zu schnell.

Morian drehte sämtliche Heizkörper-Thermostate bis zum Anschlag auf, machte sich in der Küche einen Kaffee, schaltete den Backofen ein, öffnete die Klappe, setzte sich im Wintermantel, den er sich selbst zu Weihnachten geschenkt hatte, an den Küchentisch und wartete auf etwas Wärme.

Mit einem großen Loch in seinem Herzen.

Er vermisste die beiden. Jetzt schon.

Außerdem vermisste er Dagmar Losem.

Der Gedanke an Dagmar Losem erinnerte ihn an das Datum, das er seit Heiligabend erfolgreich verdrängt hatte, um endlich ein wenig zur Ruhe zu kommen. Keine Sekunde hatte er die letzten elf Tage an den 4. Januar gedacht.

Morgen war der 4. Januar.

Der Tag, auf den er so lange hingearbeitet hatte.

Von morgen an würde sich Reinhard Löffler alias Mario alias Carlos vor der Schwurgerichtskammer des Bonner Landgerichts verantworten müssen.

Vermutlich hatte sich Oberstaatsanwalt Dr. Peter Arentz zu lange im Licht der Scheinwerfer gesonnt. Vermutlich hatte er das Interesse der Medien an dem Fall mit Interesse an seiner Person verwechselt. Vermutlich hatte er im Vorfeld des Prozesses täglich mehr Zeit auf die Auswahl möglichst telegener Krawatten zum perfekt sitzenden Anzug verwendet als auf die Ausarbeitung einer flexibel zu handhabenden Strategie.

Die Strategie der Verteidigung war brillant.

Und äußerst flexibel.

Reinhard Löfflers Verteidiger war ein junger, schlaksiger Mann von Anfang dreißig, den eine der ältesten und erfolgreichsten Bonner Kanzleien ins Rennen geschickt hatte. Er hieß Felix Kurz, er besaß keine Krawatten aus Seide, er trug billige Schuhe, und sein schlichter dunkelgrauer Anzug hätte dringend aufgebügelt werden müssen. Seine struppigen, zu Berge stehenden Haare hätten einen Besuch beim Friseur vertragen, und seine Brille, die immer etwas schief auf seiner knubbeligen Nase saß, erinnerte an die hässlichen Kassengestelle der sechziger Jahre, die früher in der Schule von den Jungs getragen wurden, die als Einzige nie zu den Geburtstagspartys eingeladen wurden.

Doch das spielte bei Prozessbeginn im schlichten, nüchternen Verhandlungssaal im Neubautrakt des Bonner Landgerichts alles keine Rolle mehr. Dort hatten Ankläger und Verteidiger pflichtgemäß die weiße Einheitskrawatte und die schwarze Robe zu tragen. Von nun an waren sie gleich.

Was das Äußere betraf.

Am dritten Verhandlungstag erschienen Max und Hurl morgens im Saal, sahen sich kurz um und setzten sich dann still in die hinterste Zuschauerreihe, gleich hinter Morian und Antonia, die zehn Minuten zuvor in der vorletzten Reihe Platz genommen hatten. Nach knapp einer halben Stunde beugte sich Hurl nach vorne, bis seine Lippen Morians Ohr erreichten.

«Jo, kennst du das Geheimnis asiatischer Kampfkunst?»

Morian sagte nichts. Wenn er den jungen Anwalt da vorne beobachtete, ahnte er schon, wie das Geheimnis hieß.

«Jo, die asiatischen Meister sagen: Setze den Kräften deines Gegners niemals Widerstand entgegen. Tritt einfach zur Seite und nutze die Kraft deines Gegners. Addiere einfach deine eigene Kraft dazu. So verdoppelst du die Wirkung ... aber in der von dir gewünschten Richtung.»

Hurl hatte völlig Recht. Arentz legte den Schwerpunkt auf die beiden Morde an Werner Frick und Jan Kreuzer und vernachlässigte alles andere sträflich. Er hatte sich auf die Morde eingeschossen, weil es bequem war. Und weil für Mord ohnehin die höchste Strafe zu erwarten war. Die Strafe für sein kurzsichtiges Verhalten folgte auf dem Fuße: Felix Kurz ließ ihn in aller Seelenruhe gewähren, bestritt die beiden Morde erst gar nicht und erwähnte den Rest mit keiner Silbe. Die weiblichen Opfer, der alltägliche Terror, all das spielte plötzlich vor Gericht keine Rolle mehr. Und während Arentz sich bereits als der sichere Sieger wähnte, in seiner grenzenlosen Eitelkeit nicht erkannte, welch teuflisches Spiel die Verteidigung mit ihm spielte, trat am vierten Verhandlungstag als Zeuge der Verteidigung ein psychiatrischer Gutachter auf, ein honoriger Professor aus Berlin, ein stattlicher Mann mit grauen Schläfen und sonorer Stimme, ein Halbgott in Weiß, auch wenn er im Zeugenstand keinen Kittel, sondern einen Zweireiher von Brioni trug.

Als der Professor das grässliche Ölgemälde im Schlafzimmer der Mutter erwähnte, zog Felix Kurz das Bild der heiligen Agatha unter seinem Tisch hervor.

Ein Raunen ging durch den Saal.

«Meinen Sie dieses Bild, Herr Professor?»

«Ja. Würde es sich nicht um ein altes Ölgemälde mit einem religiösen Thema handeln, sondern um eine moderne Darstellung, dann würden wir sicher von sadistischer, gewaltverherrlichender Pornographie der übelsten Sorte sprechen.»

Der Psychiater, der garantiert nicht zufällig demselben Geschlecht, derselben Generation und derselben Kinderstube wie der vorsitzende Richter angehörte, bescheinigte Reinhard Löffler eine paranoide Schizophrenie. Morian war sofort klar, worauf das hinauslief, noch bevor es der psychiatrische Gutachter aussprach.

Schuldunfähigkeit.

Reinhard Löffler hatte seine Sache gut gemacht.

Ansgar Kempkes hatte es prophezeit.

Das Gericht unterbrach und vertagte die Verhandlung und zog sich zur Beratung zurück.

Am fünften Prozesstag war Morian mit dem Bus und deshalb fast zu spät gekommen. Antonia Dix hatte ihn nicht wie an den vergangenen Tagen zu Hause abholen können, weil sie kurzfristig zu einem Einsatz beordert worden war. Er hatte gerade die Tür geöffnet, als sich alle Anwesenden im Saal von ihren Plätzen erhoben. Morian studierte die Gesichter der fünf Mitglieder des Schwurgerichts, die nacheinander durch die Tür des Beratungszimmers in den Saal traten. Der Vorsitzende gemessenen Schrittes und erhobenen Hauptes, felsenfest überzeugt nicht nur von seiner juristischen Sachkenntnis, sondern auch von seiner profunden Menschenkenntnis und seiner messerscharfen Urteilskraft, die Gesichtshaut noch leicht gerötet, was auf einen vorangegangenen Disput schließen ließ. Die beiden jüngeren Beisitzer mit dienstbeflissener Miene und leicht gebückter, angemessen devoter Körperhaltung. Die beiden Schöffen, zwei Frauen mittleren Alters, gesenkten Hauptes, als sicheres Zeichen ihrer soeben erlittenen Niederlage im Beratungszimmer.

Die beiden Laienrichterinnen starrten unablässig auf das Pult und vermieden jeglichen Blickkontakt zum Publikum, während der Vorsitzende die Entscheidung des Schwurgerichts verkündete, aufgrund des schlüssigen schriftlichen Gutachtens und der gestrigen Zeugenaussage des Professors das Strafverfahren gegen Reinhard Löffler hiermit in ein Unterbringungsverfahren in die geschlossene Psychiatrie zu korrigieren.

Morian sah zu Reinhard Löffler. Er erkannte deutlich den Triumph in dessen scheinbar unbewegtem Gesicht.

Die restlichen Prozesstage waren reine Formsache.

Am Ende der insgesamt acht Verhandlungstage, am Ende der Beweisaufnahme und der Plädoyers mussten unbeteiligte

Prozessbeobachter im Zuschauertrakt des Saals den Eindruck gewinnen, Reinhard Löffler sei das eigentliche Opfer, zumindest aber ein harmloser, willenloser Mitläufer, ein Leben lang hoffnungslos ausgeliefert den perversen Launen und abartigen Wünschen seiner bösartigen Mutter, die ihn als Kind je nach Belieben entweder nachts in den Keller gesperrt oder aber als Ersatz-Ehemann in ihr Bett geholt hatte, und den sexualisierten Gewaltphantasien des brutalen Schlägers und ehemaligen Zuhälters Werner Frick. Und so waren schließlich sogar die mutmaßliche Vergewaltigung und der Selbstmord der 14-jährigen Sylvia Trimborn vor zwanzig Jahren, von der Bonner Mordkommission in der Hoffnung ausgegraben, damit die Anklage stützen zu können, am Ende lediglich ein gefundenes Fressen für den Verteidiger, um Werner Fricks Gefährlichkeit und Skrupellosigkeit sowie Reinhard Löfflers Ohnmacht zu untermauern.

Arentz, der längst aufgegeben hatte, hielt ein farbloses, emotionsloses, juristisch stocksteifes Plädoyer.

Felix Kurz lud anschließend das Gericht zu einer Reise in die Welt eines seelisch schwer kranken Menschen ein. So ähnlich drückte er sich gleich zu Beginn seines Plädoyers aus. So ähnlich blieb es Morian im Gedächtnis haften. Der Verteidiger schilderte die grauenhafte Kindheit und Jugend des Angeklagten und die Zwangsläufigkeit, sich nach dem überraschenden Tod seiner Mutter, der einen Krankheitsschub bei ihm auslöste, nun auch aus den Fängen des zweiten ihn beherrschenden Menschen befreien zu müssen, der ihn immer wieder zu Straftaten verführt oder genötigt hatte. Nachdem er Werner Frick getötet hatte, habe ihm eine innere Stimme befohlen, auch Jan Kreuzer zu töten, damit sein Fernschachpartner, der ihn nach verlorenen Partien immer wieder gehänselt und gedemütigt habe, nicht Werner Fricks Position und damit dessen Machtfülle einnehmen konnte.

Felix Kurz empfahl die Einweisung seines schwer kranken, schuldunfähigen Mandanten Reinhard Löffler in die Psychiatrie. Damit er zumindest die Chance erhalte, eines Tages von seiner schweren Krankheit geheilt zu werden.

Am 16. Januar wurde das Urteil gesprochen.

Oberstaatsanwalt Dr. Peter Arentz verließ das Gerichtsgebäude wie ein geprügelter Hund.

Schuldunfähigkeit entsprach einem Freispruch.

Die Medien verloren schlagartig das Interesse. An dem Fall. Und an Oberstaatsanwalt Dr. Peter Arentz.

Der U-Häftling Reinhard Löffler wurde zwei Tage später von der Justizvollzugsanstalt Rheinbach in die forensische Abteilung der Rheinischen Kliniken in Bedburg-Hau überstellt.

Morian wusste, was das bedeutete. Unterbringung auf unbestimmte Zeit, so stand es im Urteil. Bis zur Heilung. Laut Statistik also viereinhalb Jahre, im Schnitt.

Was sollte er Boris sagen?

Felix Kurz wurde von den Seniorpartnern der Kanzlei zu einem Sektempfang in den Konferenzraum bestellt, vor der gesamten Mannschaft belobigt und mit einer Sonderzahlung bedacht. Die Kanzlei hatte sich um den Fall gerissen. Nicht weil damit unmittelbar Geld zu machen war. Reinhard Löffler hätte sich einen Anwalt dieser Spielklasse niemals leisten können. Sondern weil der medienträchtige Fall der Kanzlei zu kostenloser bundesweiter Werbung verholfen hatte.

Antonia Dix nahm ihren noch ausstehenden Resturlaub aus dem Vorjahr und flog für zwei Wochen nach Brasilien, um die Heimat ihres unbekannten Vaters kennen zu lernen.

Max, Hurl und CP erwiesen einem alten Bekannten einen Freundschaftsdienst und besuchten unangemeldet Klaus-Hinrich Pelzer in dessen Zwei-Zimmer-Wohnung in Köln-Zollstock. Während CP den Computer des Reporters durchforstete, führten Max und Hurl ein intensives Gespräch mit Pelzer. Nach einer halben Stunde verabschiedeten sie sich.

Nun wusste Morian, wer der Maulwurf gewesen war. Der Mann, der den Bild-Reporter unablässig mit Informationen aus den laufenden Ermittlungen versorgt hatte. Nicht des Geldes wegen, sondern aus Eitelkeit und Geltungssucht. Und er war sehr erleichtert, dass es niemand aus seiner eigenen Truppe war. Außerdem konnte er nun gegenüber Arentz endlich Wort halten. Endlich das Versprechen einlösen, das er ihm im September unter vier Augen im Polizeipräsidium gegeben hatte, im Aufzug, den er auf der Fahrt zur Pressekonferenz gestoppt hatte:

Arentz, ich werde Sie von nun an im Auge behalten. Sie dürfen jetzt nie wieder einen Fehler machen. Weder beruflich noch privat. Keinen einzigen Fehler. Lassen Sie sich weder zum Schwarzfahren in der U-Bahn verleiten noch zum Schummeln bei Ihrer nächsten Einkommensteuererklärung. Sie können sich darauf verlassen: Ich werde es erfahren, Arentz. Und dann sind Sie dran!

Arentz richtete wenig später eine Initiativbewerbung an das Düsseldorfer Justizministerium und ließ seine parteipolitischen Beziehungen spielen. Drei Monate später wurde er von Bonn in die Landeshauptstadt versetzt.

Damit war der Handel perfekt.

Heute ist Sommeranfang. Meteorologisch, nicht kalendarisch. Ein gewaltiger Unterschied. Kalendarisch erst drei Wochen später. Frühling ade, Scheiden tut weh. Trennung tut immer weh. Also? Wohin mit dem Schmerz? Weitergeben! Besser so. Dann geht das Leben weiter. Leben. Wessen Leben? Mein Leben. Mein Leben ist ein einziges Spiel. Stadt Land Fluss. Ihre Köpfe sehen über mich hinweg. Sie nehmen sich das heraus, weil sie weiße Kittel tragen. Sie sind so dumm. So einfältig. Sie loben mich. Sie sehen über mich hinweg und loben mich unentwegt, diese selbstverliebten Seelenkenner. Sie loben mich, weil ich ihnen dabei helfe, sich selbst aufzuwerten. Nur deshalb.

Da. Schon wieder zwei Exemplare im Anmarsch. Kann man hier nicht mal fünf Minuten in Ruhe seine Arbeit tun? Was ist denn jetzt schon wieder? Den einen kenne ich. Den anderen nicht. Muss neu sein hier. Kein Problem.

«Das ist übrigens unser Herr Löffler. Na, Herr Löffler, wieder fleißig? Ja, unser Herr Löffler, wenn wir den nicht hätten. Seit die Klinikverwaltung auf diese neue Software umgestellt wurde, gibt es dauernd Probleme. Aber angeblich ist das ja heutzutage üblich bei Systemumstellungen. Nur auf die Service-Techniker wartet man dann ewig, wenn die Systemumstellung einmal installiert und bezahlt ist. Na, Herr Löffler, alles im Griff?»

Schulterklopfen. Jetzt braves Kopfnicken. Lächeln.

Immer lächeln.

Aus Dankbarkeit für die Zuwendung per Schulterklopfen.

Das wollen sie sehen. Das mögen sie.

«Der Mann ist ein Genie. Er löst jedes Problem, was Computer und Netzwerke betrifft. Weiter so, Herr Löffler. Sie sind auf einem guten Weg. Nur können wir Sie ja niemals entlassen, wenn Sie sich hier so unentbehrlich machen, ha, ha, ha.»

Ich lache mit. Ha, ha, ha. Sie stehen um mich herum und reden über mich und sehen nichts. Mich nicht. Früher schlimm. Heute gut so. Erst wenn ich mich zwinge zu denken, die anderen sind nur Staub für mich, dann wächst mein Kopf wieder zusammen. Mich berührt nicht, was ich berühre. Deshalb berührt mich nichts.

Ja, geht schon endlich weiter, ihr diplomierten, promovierten, professionellen Flügelstutzer, kümmert euch wieder um die anderen Irren, oder kümmert euch endlich um euch selbst. Ich habe jedenfalls zu tun. Wiedersehen. Schönen Tag noch. Alles, was ihr hören wollt. Könnt ihr haben.

Kein Problem.

Wo war ich? Ach ja. Die Dichterin.

Haut an Haut, mein Herz,
das Salz unseres Schweißes
macht das Bett zum Meer
Mund fest an Mund
der Salm des Wissens, deine Zunge,
schwimmt heute Nacht in mir.

Was für ein Scheiß!

Gabi, 39 Jahre, geschieden, allein erziehend, zwei Bälger. Torschlusspanik. Ausgedörrt, ausgetrocknet. Gelernte Floristin. Lasst Blumen sprechen.

Die Dichterinnen sind mir die Liebsten. Man muss zwar ihre lyrischen Ergüsse ertragen, ihre gefühlsduseligen, aber selten geistreichen Ejakulationen. Aber Dichterinnen sind Träumerinnen. Sie träumen brav vor sich hin, bis sie vor dem Abgrund stehen.

Mit ihren gestutzten Flügeln.

Dann stoße ich zu.

Flieg schön.

Wie nenne ich mich heute?

Mario ist tot. Carlos ist tot. Das waren Amateure.

Ich werde mich neu programmieren.

Ich, der Jäger.

Nachwort des Autors zum Thema «Stalking»

Der Begriff «Stalking» ist der englischen Jägersprache entlehnt («to stalk»: sich heranpirschen). Ebenso wie für «Mobbing» fehlt uns noch ein geeignetes deutsches Wort. Der gelegentlich verwendete Begriff «Liebeswahn» ist meines Erachtens eine völlig unzulängliche Übersetzung, weil er der speziellen Problematik nicht gerecht wird: Stalker lieben nämlich nur einen einzigen Menschen auf dieser Welt: sich selbst.

Das Fehlen eines deutschen Begriffs spiegelt den Grad der Wahrnehmung des Problems in Deutschland im Vergleich zu anderen westlichen Industrienationen wider:

Forschung: Die ersten wissenschaftlichen Studien, auf die auch ich mich bei den Recherchen zu diesem Buch stützte, stellten angelsächsische Kriminologen an. Empirische Untersuchungen für Deutschland fehlten lange Zeit. Erst in jüngster Zeit leistet eine Forschergruppe der Technischen Universität Darmstadt (als erste deutsche Universität) vorbildliche Arbeit. Auf deren Internet-Website (www.stalkingforschung.de) erhalten Betroffene erste Antworten auf ihre Fragen, wertvolle Ratschläge sowie Hinweise auf weiterführende Literatur und Links zu Organisationen, die konkrete Hilfe anbieten.

Polizei: Inzwischen hat die Polizei in Bremen (als erste in Deutschland) eine Kontaktstelle für Stalking-Opfer eingerichtet. Zum Vergleich ein Beispiel aus den USA: Eine spezielle Einheit (Task Force) zur Bekämpfung von Stalking existiert beim Los Angeles Police Department (LAPD) bereits seit 1990. Doch der deutschen Polizei kann man keinen Vorwurf machen. Denn die Kripo ist für die Bekämpfung von Kriminalität und die Ermittlung von Straftätern zuständig. Solange aber Stalking in Deutschland immer noch keine Straftat im juristischen Sinne ist (Stand: Frühjahr 2006), sind den Beamten die Hände gebunden. Die Deutsche Polizeigewerkschaft hat dies schon mehrfach öffentlich kritisiert: «Unverständlich, dass ein Ladendieb mehr zu befürchten hat als ein Stalker.» Und ein hoher Beamter eines Landeskriminalamtes, der nicht genannt werden will, meinte kürzlich dazu: «Körperverletzung, Vergewaltigung, Mord – es muss erst Schlimmeres passieren, der Stalker muss erst zur Hochform auflaufen, bevor wir eingreifen dürfen.»

Politik und Justiz: Wenn Bundesjustizministerin Brigitte Zypries in der Vergangenheit gefragt wurde, weshalb Stalking in Deutschland (im Gegensatz zu den meisten anderen westlichen Staaten) immer noch kein eigenständiger Tatbestand im Sinne des Strafgesetzbuches (StGB) ist, verwies sie auf das von ihr initiierte und 2002 verabschiedete Gewaltschutzgesetz (GewSchG). Das sieht vor, dass sich Opfer zivilrechtlich zur Wehr setzen können: per einstweiliger Verfügung oder Unterlassungsklage.

Nur zur Veranschaulichung: Stellen Sie sich vor, ein Bankräuber hätte strafrechtlich nichts zu befürchten, sondern die beraubte Bank müsste über ein Zivilgericht erwirken, dass der Bankräuber aufgefordert wird, dies doch bitte schön in Zukunft zu unterlassen, und erst bei Zuwiderhandlung (also bei erneutem Überfallen exakt derselben Bank) drohten ihm strafrechtliche Konsequenzen – etwa eine Geldstrafe in Höhe von 500 Euro. Zudem müsste die Bank (und nicht die Polizei) ermitteln und (juristisch verwertbar) beweisen, dass es sich bei dem Bankräuber tatsächlich um die bezichtigte Person handelt.

Absurd – für Stalking-Opfer allerdings bittere Realität. Das neue GewSchG macht den Opfern falsche Hoffnungen, die oft furchtbar enttäuscht werden. Wenn etwa der Stalker unbekannt ist, kann das Opfer zivilrechtlich gar nichts erreichen. Denn wem soll die einstweilige Verfügung postalisch zugestellt werden?

Gerichte lehnen den Antrag auf einstweilige Verfügung gern ab, wenn ihn das Opfer erst nach sechs Monaten Stalking-Dauer stellt. Begründung: Eine einstweilige Verfügung setzt nach dem Gesetz Dringlichkeit voraus – die sei ja offensichtlich nicht gegeben, wenn das Opfer schon seit Monaten damit zurechtkommt. Arrogante, selbstherrliche, weltfremde Richter verstehen nicht, was da passiert, das Prinzip der Penetranz und Eskalation, die trügerische Hoffnung der Opfer, es könne eines Tages von selbst aufhören, um dann aber zu erleben, dass es noch schlimmer wird. Nur acht Prozent der Opfer offenbaren sich gleich zu Beginn, 28 Prozent erst nach mehr als einem Jahr des Leidens. Die Scham ist offenbar noch größer als das Leid, obwohl 39 Prozent aller Opfer laut Untersuchung der Darmstädter Forscher körperliche Gewalt erfahren, 23 Prozent arbeitsunfähig geschrieben werden, mehr als 50 Prozent unter Schlafstörungen, Panik-Attacken und einer massiven Veränderung ihrer Persönlichkeit leiden.

69 Prozent derjenigen Opfer, die nicht schweigen, stießen laut Untersuchung der TU Darmstadt auf erhebliche Schwierigkeiten, den Behörden den Ernst ihrer Lage zu vermitteln.

Bleibt die langwierige Prozedur der Unterlassungsklage – sofern die Opfer das nötige Geld für die vom Gericht geforderte Vorkasse aufbringen können. Wie bei allen Zivilverfahren neigen Richter auch bei Unterlassungsklagen gegen Stalker dazu, den beiden «streitenden Parteien» einen Vergleich zu unterbreiten. Das ist für Richter bequemer und spart Arbeit. Ein Vergleich schließt aber die weitere Anwendung des

Gewaltschutzgesetzes aus, vor allem des darin vorgesehenen strafrechtlichen Sanktionskatalogs bei Zuwiderhandlung. Denn das Ergebnis eines Vergleichs ist keine «richterliche Anordnung», sondern lediglich ein Vertrag zwischen den Parteien wie beispielsweise ein Mietvertrag. Wenn also der Stalker später gegen den Vertrag verstößt, muss das Opfer juristisch erneut bei null anfangen. Wer mehr über die juristischen Konsequenzen erfahren möchte, dem empfehle ich die informative und sehr anschaulich verfasste Internet-Website des Stalking-Experten und Opfer-Anwalts Dr. Volkmar von Pechstaedt (www.pechstaedt.de/kanzlei/stalking).

Medien und Öffentlichkeit: Wir sehen, hören und lesen vornehmlich von Prominenten, die Opfer von Stalking werden, und übersehen dabei leicht, dass Prominente in den Medien ohnehin stärker präsent sind. Prominent ist aber nur ein verschwindend geringer Bruchteil aller Stalking-Opfer. Zudem geraten Schauspieler oder Pop-Stars gewöhnlich an die vergleichsweise harmloseste Tätergruppe unter den Stalkern: Menschen, die von der fixen Idee besessen sind, sie (und nur sie) seien der ideale Liebespartner für den Star, der nur leider sein Glück (noch) nicht erkannt hat. Diese realitätsgestörten Schwärmer sind lästig und nervtötend (selten mehr: Bei einem Tennis-Turnier 1993 in Hamburg stach ein fanatischer Fan von Steffi Graf deren Konkurrentin Monica Seles nieder).

Prominente Stars sind es gewohnt und darauf trainiert, ihr Privatleben abzuschotten, sie verfügen außerdem über Berater und gute Anwälte. Hier trifft also die vergleichsweise harmloseste Tätergruppe auf die vergleichsweise (physisch / materiell) stärkste und (psychisch) stabilste Opfergruppe.

Die Masse der Opfer aber hat es mit anderen Kalibern zu tun: mit gewalttätigen Ex-Partnern, die sich weigern, die Trennung zu akzeptieren, oder aber, wie in «Herbstjagd» dargestellt, mit wahnhaft fixierten und/oder sadistischen Stalkern. Die Belästigung ist hier nicht mehr Mittel zum Zweck, sondern Selbstzweck.

In Großbritannien waren 23 Prozent der erwachsenen Bevölkerung schon einmal Opfer eines Stalkers – also fast jeder Vierte. In 60 Prozent der Fälle ist der Täter männlich und das Opfer weiblich, in 30 Prozent ist es umgekehrt, in zehn Prozent der Fälle haben Täter und Opfer dasselbe Geschlecht. Sind die Täter männlich, spielt physische Gewalt eine ungleich größere Rolle.

Ist Mario real?

Nein, Mario ist eine erfundene Figur. Während der Recherchen zu «Herbstjagd» im Jahr 2004 und 2005 sowie während des Schreibprozesses im Jahr 2005 bis ins Frühjahr des Jahres 2006 kamen mir hin und wieder Zweifel, ob die Figur des Mario vielleicht doch zu überspitzt sei. Die Realität, die mir während dieser Zeit in meiner journalistischen Praxis als Zeitungsredakteur begegnete, belehrte mich allerdings eines Besseren. Ein kleiner Ausschnitt jener Nachrichten aus dem wirklichen Leben des Jahres 2005 in Deutschland:

In Kempten verschafft sich ein 36-jähriger Mann Zugang zum Haus seiner 34-jährigen Ex-Frau, indem er einen 14 Kilogramm schweren Stein durch die Terrassentür wirft. Dann ersticht er die Frau vor den Augen der gemeinsamen siebenjährigen Tochter. Der Mann hatte zuvor mehrfach gegen das zivilgerichtlich angeordnete Kontaktverbot verstoßen. Das Gericht setzte aber die ausstehende Haftstrafe zur Bewährung aus, weil man den Mann jetzt endlich für «einsichtig» hielt.

In Aachen dringt ein 52-Jähriger nachts in das Haus seiner getrennt lebenden Ehefrau, gießt Benzin aus und zündet es an. Die 36-Jährige verbrennt bei lebendigem Leib. Bei der Festnahme erklärt der Täter der Polizei, es sei nur schade um den Hund, der mitverbrannt sei.

In Gronau ersticht ein 25-Jähriger eine 33-jährige Frau. Der Mann habe die Frau zwar schon seit Jahren verfolgt und belästigt, sei aber bisher «strafrechtlich noch nicht in Erscheinung getreten», teilte die Staatsanwaltschaft Münster mit.

Ein Todesopfer, mehrere Schwerverletzte: die Bilanz eines Amoklaufs mit einem Samurai-Schwert in einer Stuttgarter Kirche. Das Motiv des 25-jährigen Täters: ein abgelehnter Heiratsantrag. Seither hatte er die Familie der Frau, aktives Mitglied in der Kirchengemeinde, immer wieder terrorisiert und dafür auch schon eine Geldstrafe erhalten.

Von Leipzig aus terrorisiert ein 31-Jähriger ein ganzes Dorf in Rheinland-Pfalz. Der Grund: Dorthin, ans andere Ende Deutschlands, hat sich in ihrer Verzweiflung eine Frau aus Sachsen geflüchtet, die zuvor sein Stalking-Opfer war. Dafür wird den 40 Haushalten des Dorfes nun eine Kollektivschuld auferlegt: 100 nächtliche Anrufe im Durchschnitt. Da fallen dann Sätze wie: «Ihr Haus könnte angezündet werden» oder: «Ich weiß, wo Ihre Kinder immer spielen.» Die Opfer sind mit den Nerven am Ende und haben sich einen Anwalt genommen, der sie nun durch die juristischen Mühlen des Gewaltschutzgesetzes schleust.

Internet: Ich verstehe nicht viel von Computern. Ich bin heilfroh, wenn sie funktionieren und am Ende brav mein Manuskript ausdrucken. So ergeht es vermutlich nicht nur mir. Bei den Recherchen zu «Herbstjagd» begegneten mir erstmals Begriffe wie W-LAN (Wireless Local Area Network), Hot Spots (davon soll es in Deutschland bald mehr geben als Tankstellen), Tarnkappen- und Keylogger-Programme. Ich hoffe, ich habe im Buch alles korrekt wiedergegeben, was mir Experten freundlicherweise an Wissen vermittelt haben. Wichtiger aber als das technische Wissen war für mich die Erkenntnis, wie sich moderne Kommunikationstechnik missbrauchen lässt – mit einfachsten Mitteln. Die Kriminologen reden in diesem Zusammenhang schon von «Cyber-Stalking». Seit 1950 hat sich die Zahl der Single-Haushalte verfünffacht. Millionen Singles in Deutschland, die nicht Singles sein wollen und im Internet, in speziellen virtuellen Börsen oder in Chat-Rooms, nach dem großen Glück und dem Partner fürs Leben suchen, sind potenzielle Opfer. O-Ton einer Betroffenen: «Ich weiß nicht, wie er es macht. Aber er macht es. Er kriegt meine neue Adresse raus, sogar meine Geheimnummer.»

Umso dringender benötigen wir Strafgesetze, die nicht der Wirklichkeit hinterherhinken, sondern auch den technischen Entwicklungen Rechnung tragen.

Bonn, im Frühjahr 2006
Wolfgang Kaes

**Raymond Khoury
Scriptum**
Thriller
Rache verjährt nie! Eine glamouröse Ausstellungseröffnung in New York. Plötzlich erscheinen vier Tempelritter und stürmen die Ausstellung. Zielsicher stehlen sie einen Rotorchiffrierer. Eines der dunkelsten Geheimnisse des Vatikans droht entdeckt zu werden ... rororo 24208

**Thriller bei rororo
Lies um dein Leben!**

**Karin Slaughter
Dreh dich nicht um**
Thriller
Schon der dritte Tote am Grant College in einer Woche. Chief Tolliver und Gerichtsmedizinerin Sara Linton werden den Verdacht nicht los, dass mit diesen «Selbstmorden» etwas nicht stimmt ...
rororo 23649

**Declan Hughes
Blut von meinem Blut**
Thriller
Vor 20 Jahren ... verschwand Eds Vater ... hatte seine Mutter eine Affäre ... sah er Linda zum letzten Mal. Nun ist seine Mutter tot. Linda ermordet. Die Spur führt in die Vergangenheit. Dieses Mal kann Ed Loy nicht fliehen.
rororo 24142

Weitere Informationen in der Rowohlt Revue *oder unter* www.rororo.de